跨度小说文库
Kuadu Fiction Series

西湖烟云

公常平 著

中国文史出版社

1

"砰、砰、砰！站住！砰砰砰，站住！砰、砰！……"金苇湖南大堤上，枪声夹杂着狂叫声，一帮日伪军疯狂地追击着两男三女。那两男三女都是二十出头的年轻人，其中一个身材娇小的叫章辅的女青年小腿已中弹，另两位女青年搀扶着她向前小跑，两位男青年边掩护边向后撤。

枪声刺破黄昏的天空，惊扰了宁静的金苇湖，湖边的小渔船匆忙拔锚，像惊飞的小鸟离岸四散，躲避这不长眼睛的乱枪飞弹。然而躲开了乱枪却又躲不开天宫砸下来的碎琼乱玉，一场寒风暴雪使这些惊散的小渔船在寒冷浩渺的湖面上如一片片树叶飘忽浮荡。

"唷——嗨，唷嗨，唷喃嗨，唷了么一声号子，起来唷嗨！……"金苇湖北大堤上，一群挑圩的民工喊着号子打着石碛，一帮背着枪的乡丁抽着香烟来回监视着打碛民工。打碛民工都是北阿区的农民，十架石碛一字排开，一群黑棉袄头，号声震天，碛起碛落。排头一架石碛一班人中有位叫金忠礼的教书先生，二十来岁，身着旧长袍，在黑棉袄群里显得非常特别。随着石碛的上升，他瞥了一下茫茫雪空，决计向乡丁提出提前收工。

满天飞雪裹着冰碴儿直冲湖西大地，闪入湖中，无踪无迹，打在渔船上，咔嚓作响，飘洒在堤上，犹如天宫里的漆工挥舞着硕大的漆刷，将高宝湖两岸来来回回一排排、一层层地刷白。这是老天爷近年又一次把灾难降临湖西地区。

去年夏天，为阻断日本鬼子的进攻，国民党军队炸开花园口黄河大堤，黄河水倾泻而下，金苇湖、高邮湖、宝应湖水位迅速涨过近百年来最高水位，继而狂风暴雨肆虐，湖面上浊浪排空，像千万条狂野的巨龙破堤毁坝，将湖西地区的三百多处大小圩堤冲决殆尽，境内一片汪洋，民房倒塌，百姓漂尸，其状惨绝人寰。

经金苇乡的县议员杨老伯多次恳请、呼喊，又托在省财政厅做事的金苇人胡忠民多方找人，上边政府才拨了一笔款项给湖西修复圩堤，虽是杯水车薪，堵不了因炸堤而带来的洪水，但总想以此堵一堵湖西人民的嘴。刚才北阿区麦大庆区长在金苇乡罗界义乡长的陪同下，还在这儿视察了工程，以示对上边拨的款项极度负责。可是，国民党几级政府也真是对这笔钱负责，层层负责后，到保里、甲里分文没有，还得强行摊派。那些挑圩的、打硪的民工没得工钱不说，吃饭要自带干粮，干活还有乡丁看着，因而，复堤工程拖了几个月也没完工。

"石硪一举万丈高哟，唷嗨，唷嗨，唷嗬嗨！……"金苇乡金家庄金家六口人也在这儿打着一架硪。金大爷、金二爷、金三爷弟兄仨，加上金大爷家的金忠礼、金忠信两个儿子，金二爷家的二儿子金忠慈六人，在金大爷大领头号子带领下，其他五人从不同方位应和的同时拉紧硪绳用力向上一抬，石硪飞快跃向上空，到最高点，众人再向下使劲，石硪猛地砸向堤基。就这样，在雄壮的号子声中，石硪一升一降，将堤基一处处夯实。

湖西境内湖泊众多，能在全国排上号的就有靠南部的高邮湖、北部的宝应湖和白马湖。在高邮湖、宝应湖的西部是一片淤积平原，人们称之为"湖西"。湖西境内河网密布，沟渠纵横，其中有一条东西贯穿而又宽阔的河流叫金苇河，因似湖，当地人也称之为"金苇湖"。这金苇河像是被顶上那个洪泽湖提拉起来、被拉长拉变形了的"之"字，先向西偏北几十里，然后折向北偏西几十里，再折向西，弯弯曲曲地向上游连接洪泽湖，向下连接高邮湖。每遇大水年份，淮河泛滥，金苇河成了阻滞淮水下泄的咽喉，湖西地区便成了淮水发泄的替罪羊，大水漫灌，一片汪洋。金苇河下段将湖西地区间隔成南北两块，南部有个高黎镇，北部有个北阿镇，都是湖西地区有名的古镇。

这北阿镇相传是尧帝出生的地方。几千年前，这儿几个湖都是连成一片的，水域比现在的水面要宽广很多，在远古那个年代大概也是数一数二的大湖泊了。而湖西的地域却要比现在的地块小很多，就像浩瀚大海中的一只小渔船。如此广袤无垠的大水，自然是孕育出什么什么就出众。不管是动物植物，只要是跟这片大水沾上边的，一定会出落得如凤毛麟角，独领风骚。光这水里的植物能说出名字的就有芦苇、茭白、蒲草、菱角、荷藕、芡实、芹菜、慈姑等六十多种，样样奇特。单说那芦苇，十几万亩的芦苇，有茎秆呈暗红色的红苇，有呈白色的白苇，最奇特的是其他地方没有。只在北阿镇生长的还有一种秆茎为金黄色的金苇。这金苇比红苇、白苇更粗壮更坚硬，如竹子般难以折断，更奇异的是还散发着一种浓郁的香气，吸引着无数的蜜蜂在其管中酿蜜，而这些蜜蜂的头部、胸腹部也呈金黄色。

为什么北阿这里有如此独特的苇和蜂呢？老人讲，那年上元节，帝訾的三妃子庆都听说南方的高宝湖面悬灯结彩，热闹非凡，便驾玉虬来到北阿之南。极目望去，并无彩灯悬挂，只有满湖的星星点点，犹如倒扣的夜空，把庆都镶在一个星星环绕的巨大圆球中。庆都一时兴起，漫步湖畔，欣赏着天湖一色、渔火星月共闪烁的美景。倏然一阵风来，庆都顿感不适。斯须，一个男婴从母体娩出——尧，诞生在了这美丽的湖畔。庆都生尧时，因一时慌忙将金黄色的环佩遗忘在湖边的芦苇丛中，从此这一片的芦苇就变成了金黄色，成了金苇，在苇管里酿蜜的蜜蜂自然也就被乡亲们称之为金苇蜂了。

"唷——嗨，唷嗨，唷嗬嗨，打得高啊，唷嗨！夯得实啊，唷嗨！……"北堤上打硪号子此起彼伏，十架石硪随着号子的节奏一上一下、卖力地将一段段圩堤夯实。就在这石硪起落有致行进之时，枪响，风起，雪飞，而升向天空的石硪也有点发飘起来，像纸糊的风筝一样在上空忽忽悠悠的。穿旧长袍的金忠礼向乡丁喊道："柏队长，风雪太大，石硪定不住，得收工啦！"乡丁柏队长则对他吼道："就你会叫！教书先生好吃懒做，这才什么时辰，就要收工啊？少废话！"但金忠礼没听乡丁的，几十号打硪民工也没听乡丁的，他们都停下号子，收起石硪，涌到已夯实的大堤上。

打硪民工上身一式的黑棉袄头，有短有长，腰上都用麻绳或草绳系着，里边有的是光的，有的是一件颜色各异的粗布衬衣，下身一件黑棉裤，有的就是一件单裤，裤脚用布条裹着，或是用草绳绕几圈，以防寒气倒灌。唯有金忠礼穿着件学生时代穿的旧长袍，以一个乡村教书先生的形象走在收工的黑棉袄们前边。

乡丁头儿柏集椿、朱经农，一个被人称为"白鸡蠢"，言其是一只蠢笨的白鸡，一个被人称为"猪尽脓"，说他是一头全身都是脓的猪。这蠢鸡和脓猪哪里肯放工？区长、乡长视察时有交代，八更八点[1]也要做完再收工！他们端起枪拦头挡住黑棉袄头们回家的路，蠢鸡叫道："真他妈的懒驴上磨屎尿多，这才多晚就收工啦？区长、乡长说了，做完了收工！"金家人也不理睬这几个乡丁，继续向前走，其他打硪的黑棉袄头紧紧跟在

3

后边。这时蠢鸡真的蠢了起来，他拉开枪栓吼道："南堤打枪了，你们不要逼我北堤这边也开枪噢。"收工的黑棉袄头们停住了脚步。

穿长衫的金忠礼站了出来，他是金苇乡高集小学的教书先生，虽长得清瘦，但平时练武术，练得浑身的肌肉，并不缺劲，且又有文化，会评理，好打抱不平。他走到几个乡丁面前说："人心都是朝上长的，你们也不是没打过碳，你们也看看头上这天，这么大的风雪，又是在坡上，这种碳能打吗？你要不信，你到坡下站下风口，我们来陪你打！"说着拉着蠢鸡的膀子就要走。黑棉袄头们跟着喊道："叫他站下风口打！"蠢鸡挣脱金忠礼，然后把枪口对着他："你消停些个，快去打碳，不然这枪可不认得你还是个先生！"金忠礼心想，雪这么大，堤上已盖了拳头厚的一层，碳打下去全砸在雪上不谈，碳下来还不确定位置，砸到人可就不是小事情了，马上过年了，这要伤个人、死个人，放哪家都受不了。这些道理湖西几岁的小孩子都懂，你这乡丁头子难道不懂吗？这家伙还是拿枪对着金忠礼，后边有几个黑棉袄头已向后退，准备再去打碳。金忠礼四周望了一下，风雪狂舞，树苇乱摆，堤上的黑棉袄头都有点站不住了，还能打碳？大概这家伙是吃屎长大的，跟他也讲不起来个理，干脆横对横，我看你能怎么样。于是，他不再跟他讲理，只是向前跨上一步，两手抓着枪管向上一抬，砰的一声，子弹向上冲上了天空。

北堤上枪也响了，黑棉袄头们一阵骚动。金忠礼则不顾一切地迅猛地就势一拉，枪到了他手上，蠢鸡则趴在了雪地上。金忠礼用枪抵住他，也不跟他摆理，只是说："这么大的风雪能放工了吧？"脓猪见状，忙用枪对着金忠礼。金家人一起围了过来，后边黑棉袄头们也紧跟了上来。黑棉袄头们想：软的怕个硬的，硬的怕个横的，横的怕个不要命的。果然，刚才嘴硬人横的柏集椿坐起来说："风大，雪大，收工吧，收工吧。"金苇乡打碳的民工这才收工回家。

2

"砰、砰、砰！砰砰砰，砰、砰！……"金苇湖南大堤上两拨人还在追逐着，前面五个人影向停靠在湖边的小渔船跑来，希望借助渔船没入北边的湖荡之中。后边一群人一边开枪一边分路追击，劈出一小队人马冲下堤坡，意欲抢占渔船，断那五个人的后路。

其实这岸边的小渔船并不多，大大小小、新新旧旧，一总有十来只，船主都是以捕鱼糊口养家的高宝湖渔民，他们无意惹火烧身卷入这兵火之事，因而他们见到堤上这架势便纷纷起锚离岸，避而远之。最西边最靠近堤上"兵火"的那只渔船上的金老四听到枪声后，与其他渔民一样迅速跳下船去拔锚，但他稍微迟疑了一下，在拔锚的同时还抬头向枪响处瞄了一下。这一瞄，让他的心跳加剧，呼吸急促，手脚却越加笨拙。起初听到枪声时，他以为又是土匪抢劫，因为他刚才在高黎城里就被冀家那帮土匪抢了。

上午，他在金苇湖里抓了一只八斤多重的老鳖，他便想将它拿到大市场去多卖点钱，好给女儿和小儿子添身新衣服过新年。他首先想到的是南岸最大、最繁华的高黎镇，人多，有钱人也多。这是一座千年古镇，据说是高黎王所筑。当年，高黎王见这一片水土物产富饶，遂在此筑城，建粮仓草场，成为遐迩闻名的粮草集散地。高黎镇那里水陆交通便利，水路上溯洪泽湖，可达洪泽，再至清江、淮安，下游至大运河分别可到宝应、高邮，至扬州，陆路可至天长、盱眙，再至南京，因而商旅云集、富贵汇聚，人口超万，商铺数百，给一只鳖寻个好价钱不是难事。于是，金老四便和老伴一起带着一双儿女划船来到对岸的高黎镇。

金老四拎着老鳖下了大堤走进北街口，这么大的老鳖，这街上人也不常见，行人都投来慕求的目光，有的还拦住询价。金老四心里一阵欢喜，可天总不如人愿，不光是今天，好像这些年他就没有什么事顺心过，也不光是他金老四，他金家兄弟四个四门都没怎么顺意过。金老四正这样走着想着，手里的老鳖像玩魔术一样已被一个挎盒子炮的人拎在手上了。那人后边还跟着两个背着长枪的黑衣人。金老四知道这是冀家军的人，他下意识地一边说："做么啊？大白天抓武夺旗[2]的，打劫啊？"一边去抢拎在人家手上的老鳖。那盒子炮左手一推说："打劫？这东西是你的？我跟你讲，这一片都是冀区长的，岸上的湖里的都是，不要说一只王八了，就是一粒灰、一滴水都是冀区长的。再说了，大日本皇军来帮我们建共同圈，这老鳖就算作你送的慰劳品，孝敬皇军了。"皇军？那些烧杀掳掠的鬼子？我大闺娘是怎么死的？汉奸！鬼子！今个[3]你们吃王八，明个叫你们到高宝

5

湖里喂王八。金老四并没把心里想的这些说出来，只是声音比刚才软了许多地说："我辛苦捞上来的，多少给点辛苦钱沙。"那盒子炮一拳打向金老四的脸颊说："喃，拿去！这是你的辛苦钱。跟你说了慰劳皇军的，还在这块啰里不吊唉的，不识趣！"打完、说完，拎着那八斤多重的老鳖昂首而去。

砰、砰、砰！砰砰砰，砰、砰！……金老四再定睛一看，完全不是土匪抢劫。前面跑着的五人是两男三女，都是年轻人，那最前边三个女的一式的二道毛子，与这里的姑娘梳长辫子或是扎小把子不同。那后边两个男的，高个子是板寸发型，矮个子头发虽长一些，肯定也是板寸头长起来的，而湖西人，中老年人剃光头，然后任其长成光头基茬，青年人则是以分头为主。那两男的一边向前跑一边不时向后甩一两枪，手法娴熟，动作敏捷。因而，金老四断定他们是"四爷"，也就是湖西人说的"新四军"。那后边追着的，一看旗子便知是哪路货。看那旗子：一面旗子是一块白布上一摊血，一面是一块蓝布上一摊雪，那是日军和高黎镇上的冀家军一伙肯定无疑了。突然前面一个女子腿被子弹击中跪倒在地，另两个女子连忙搀扶起她继续向前。受伤的女子甩开她们说："快走！不要管吾，吾来掩护。"说着往地上一趴，向日伪军打了一枪。另两位女子哪里肯放下她，上前一人抓住她一只胳膊架着向小渔船那儿一路小跑。后边两个男的见状赶紧向敌人方向卧倒阻击，掩护三位女子向前跑。

"他呀⁴，稍快！"金四妈在船尾边划桨把船向后退边大声嚷道。金老四锚已拔在手，身体也已转向渔船，但他并没抬脚上船。他舍不得那在前面奔跑的三个小女侠子⁵，她们有点像他死去的大闺娘，要真是自己的闺娘，为父者哪能不救？因而他稍有迟疑。金老四和金四妈除了一条小渔船外，还用土坯在金苇湖北岸搭了两间茅草棚躲风避雨。他俩共生育三个子女，两女一男。大女儿十五岁，亭亭玉立，也像堤上那跑着的那三个小女侠子一样齐耳的二道毛子。她剪二道毛子是因她大爷家大哥金忠礼对金家第三代子弟的统一要求，他要求兄弟姊妹都要读书，能上学堂最好，不能上学堂在家也要识字念书，所有人都要练武强身，男孩剃平顶头，女孩剪二道毛，既显得精神，又便于劳动习武。这大哥金忠礼是个说一不二有血性的青年，只要他认准的事，他坚决倾力做成。十六岁那年，他因恨土匪猖獗，劝父亲出钱替他买支枪，后来他帮父亲边烧木炭边做木匠活积攒一

6

些钱，购得汉阳造步枪一支。步枪到家刚满月的那天晚上，土匪邹二乱子带几个人到金家庄抢钱物、逮女人。金忠礼提起枪躲在西山头[6]，瞄准土匪连连开枪。邹二乱子在这一带还没听过这么正规的枪声，不知虚实，以为是哪路正规军驻扎，慌忙逃窜。这几枪一放，金家庄青少年都喊他老大了。说他是老大，他既是金老大家的老大，也是金家"忠"字辈的老大。

金家"仁"字辈的老弟兄有两位，两人都参加过甲午战争，弟弟金仁良不幸阵亡，哥哥金仁善侥幸逃回老家，靠木匠手艺养活自己两个儿子和弟弟的两个儿子。这四个男孩"义"字排行，老大金义雄继承父业走村串户做个木匠活，冬天还收些树根烧木炭贴补家用。他有两男两女四子。

金忠礼是金老大家的老大，也是金家"忠"字辈13个兄弟姊妹的老大。两年前他从界首乡村师范学校毕业，与要好的同学天长的姚卿贤一起来到湖西，并联合高集小学校长万立誉，联络几位小学教师成立了"金苇读书会"，一起阅读《大众哲学》《生活周刊》等进步刊物和革命书籍，团结一批以小学教师为主的进步青年交流革命思想。两个多月后姚卿贤要回老家天长时对金忠礼说："日本人占了东北又占华北，现在又进攻上海，他们的野心是灭我中华，占领全中国，我们光发展读书会救不了国家，我们得去找共产党，找革命武装。"十六岁就开始玩枪的金忠礼对枪杆子更加迫切："对，必须找党找武装，没有枪是赶不走日本鬼子的。我们分头找共产党，你找到联络我，我找到联络你。"姚卿贤点点头，然后使劲握了一下金忠礼的手，甩开大步走向渡口回天长老家。金忠礼在湖西则一边到高黎镇、北阿镇、宝应城、高邮城找党组织，一边继续以"读书会"为阵地团结更多的进步青年，宣传抗日救亡思想。姚卿贤离开的两年，"金苇读书会"已经有了胡忠道、闵权、吴克春、杨永洲、万立誉等20多名湖西进步青年，同时他还把金家小一辈组织起来上学读书，向他们灌输不做亡国奴、精忠报国、打倒日本帝国主义的爱国思想。

老二金义正会个铁匠活，他打制的铁锹、斧头、锄头等农具远近有名，其"金"字牌刀具在湖西更是首屈一指，他也有四个子女，是三男一女，其中二儿子跟他学打铁。

老三金义武守着几亩薄田长些口粮，农闲时外出打点短工，他育有两个男孩。

老四金义勇，就是正在拔锚准备行船的这位，他从小喜欢捞鱼摸虾。

7

在他结婚的时候，老太爷金仁善偕四个儿子共同打造了一条渔船作为他的婚房和今后安身谋生活的摇篮。渔船并不大，长度上，六米多的撑竿放在船弦上还露出一小节竹梢，宽度上，若一个中等个子的人横躺在船头，那两只脚就露出了船帮，它的特点是在中间舱位的四周用木板盖起了一个约三尺高的长方形的房子，前后木板可以卸下，像街上店铺的门，左右木板是固定的，但各留了一扇一尺见方可以开闭的小窗，这就是金老四一家的生活舱了。生活舱前面一个小舱有水，平时取到鱼都暂养在这个舱里，最前边是不到三尺的甲板，船尾左右各装了一只桨，双桨的后边伸出一小块木板，上边放一只泥胎的锅灶。这条船与金老四风风雨雨一起在高宝湖里闯荡了十几年，坏了修，旧了油，一直当命根子保护着。金老四有一男两女三子，大女儿金忠英，就是金老四以为像大堤上跑着的那三个女侠子的那个大女儿，然而这女儿就在今年春初的那天永远地离开了他们。

3

金老四时常想，那天要是把大女儿一起带上船，她就不会死得那么惨。那天也是今天这个时分，他们夫妇俩和往常一样带着小儿子、小女儿去湖里下网，大女儿留在家里看家烧晚饭。他们下完网还没回到岸边，大侄儿金忠礼提着枪和一帮人在岸上一边招手一边向他们大声喊："四爷，快稍！小英子出事啦！""不得了啦！天塌下来啦！"

原来，湖匪邹二乱子老早就盯上如出水荷花一样的小英子，金老四他们刚走，邹二乱子就带两个土匪饿狼似的扑向堤边那两间孤零零的柴笆房。不一会儿从柴笆房里传出邹二乱子的叫骂声："浪奶奶的，老子吃国军的饭、皇协军的饭、皇军的饭，什么都统吃，吃你这块小嫩豆腐还不是柴滩上拔根芦柴花，轻而易举的事？再说了我这是给皇军先验货，验完货，还要带你去高邮城里慰劳皇军！妈里个巴子，从不从？"一边说着一边上去扒撕小英子的衣服。小英子一边反抗一边哭喊："土匪！王八蛋！救命啊！救命啊！"一边喊一边向后退，退到锅台处转身拿起菜刀对着邹二乱子一阵猛砍。过路人听到叫骂声、哭喊声，抬腿向柴笆房走去，见门口站着两个背着长枪的土匪，拔腿就跑，一直跑到金家大庄，把柴笆房发生的事告诉了金忠礼。金忠礼连忙提着长枪，带着庄上的青壮年一路向湖边跑来。这边柴笆房里的小英子哪是邹二乱子的对手，菜刀早被夺下，又遭气急败坏的邹二乱子一阵胡砍。待金忠礼他们赶到时，邹二乱子他们已逃之夭夭，而小英子倒在血泊中已奄奄一息。金忠礼赶紧吩咐大家把小英子往金苇街上抬，还没走一半路小英子就已停止了呼吸。

"砰、砰、砰、砰砰砰、砰、砰……"枪声不断，金四妈再次催促："他呀！还愣什么神啊？想吃枪子儿还是吃官司啊？人都到眼前了！不晓得愣什么神！"金老四这才如梦初醒，赶紧拎着锚向船上跨。金四妈轻划着桨，渔船便缓缓地向后退。此时，岸上三个女人也已奔下堤，离渔船仅剩几步了，其中一位瘦高些的女人见船已划动，便喊道："大爷！稍等一下……"这时，金老四正一只脚跨上船帮一只脚搭在岸上。他一边将自己的两腿使劲向中间并拢，一边回头看岸上，岸上三个女人已到眼前。他二话没说将搭在船帮上的脚收到岸上，并将锚上的绳往回拉，将渔船又拉回岸边，然后侧身将三个女人扶上船，只吩咐一句"快下舱"，再次拉紧船绳，金四妈也配合着划了两桨将船贴在岸上。等那掩护的两个男人也上了船，金老四俯下身，两手搭在船头使劲向前一推，船已离岸，待船离岸两三尺，他便拎着锚纵身一跃跳上船，迅速放下锚，操起船帮上的撑篙，疾速插进水里，使劲抵着撑篙，船头早已掉向北面，船身也已离岸十数丈远。

不一刻，岸上那帮日伪军追到岸边："老头！老东西！快把船划回来！""划回来，皇军大大的有赏！"金老四、金四妈根本没理睬岸上的叫喊，一个在船头更快而用劲地撑着船篙，一个在船尾拼命划着双桨，只想快点将船划进金苇湖北边那片一眼望不到边的芦苇荡里。"砰、砰、砰、砰砰砰、砰、砰……"南岸的日伪军向湖中急速前行的小渔船猛烈射击着。船尾的金四妈前倾着身拼尽全力地划着双桨。哗啦哗啦的水流伴随着前行的渔船，船头的金老四熟练地提篙、下篙、撑篙，像用梭子编织水网，冰冷的水滴伴着雪花随着一上一下的船篙飞溅到金老四的脸上、身上，他全然不顾，只是提篙、下篙、使劲将撑篙抵到篙梢，再提篙、下篙、撑篙，偶尔瞥一下船上的不速之客，猜度着他们从哪里来，到哪里去。

来的五人是苏皖省委和新四军选派到湖西来发展党组织、开发根据地的同志。两位男同志都是安徽人，矮一点的是姚卿贤，二十一岁；高一点的是余伟，也是二十一岁。三位女同志，年龄最大的是周璧，二十四岁；最小的是王辉，十九岁；受伤的是章辅，二十一岁。他们是一式的小青年，都是近年来入党的中共新党员，革命热情非常高。安徽含山人周璧两个小孩尚幼，听说要开发新区，她将两个小孩托给婆婆照料，决然迎接新的挑战。出生在浙江一个地主家庭的章辅刚加入新四军不久，正在新四军总队第八队学习，听说抽调部分学员到湖西地区发展党组织，为开辟湖西根据地创造条件，她毅然报名参加。那个子不高的姚卿贤，出生在天长龙岗镇一个富商家庭，人虽瘦小，但很精神，你看他瘦削的脸庞上，两柄浓密眉剑，两炬闪亮金睛，一副英雄气概。他与湖西金家庄的金忠礼是同学。那年他离开"金苇读书会"，从金家庄回龙岗，继续组织龙岗知识青年读进步书籍，宣传抗日救亡思想。去年中国共产党皖北工委派周利人等到天长一带开展工作，很快将姚卿贤吸收入党，并委任他为龙岗支部负责人，兼做湖西一带的建党工作。他计划从高黎镇乘渡船到北阿，找熟悉湖西情况的同学金忠礼帮助开展工作，把金家庄作为他们的落脚点。

抗战开始后不久，中国共产党中央、毛泽东同志及时做出了大力发展华中的战略部署，明确提出"整个苏北、皖东、淮北为我必争之地。凡扬子江以北，淮南路以东，淮河以北，开封以东，陇海路以南，大海以西，统须在一年以内造成民主的抗日根据地"。今天他们五位同志一起来湖西就是完成党交给的任务，在湖西发展党员，建立党的组织，发展抗日根据地。没想到在过高黎镇关卡遭盘查时，一位女同志的一句外地口音话被伪军察觉，要强行将三位女同志带到伪区公所，姚卿贤果断开枪将两个伪军打伤，带领四人向湖边飞奔。

上船后，周璧和王辉在船舱帮受伤的章辅包扎伤口，余伟在船尾斜趴在船帮上打掩护，不时地对南岸的日伪军开一两枪，姚卿贤在船头抢着要帮金老四撑船。金老四轻轻一推笑着说："玩枪这玩意你行，拿篙这玩意你不行噢。"说着两手飞快地交替提起撑篙，又猛地插进水里使劲向后抵去。姚卿贤没抢到船篙便蹲在一侧与金老四谈闲[7]："大爷，我们不是土匪，你放心，这过河钱我们会给你的。"金老四趁提篙时斜着瞄了他一眼，这人瘦瘦小小的个头，哪是当土匪打家劫舍的料？但他那眉宇间却透着股英气，心想此人绝非等闲之辈，他断定他们是"四爷"那边的人，但没说也没问，他只是回道："过河钱？我这过河钱说便宜也便宜，说金贵也金贵。要便宜的话，便宜到一毛钱不要，要说金贵的话，金贵到你们把不起。"姚卿贤在金家庄住时虽没见过金老四，但他知道金忠礼有个四爷是打鱼的，他觉得这船老大长得像金家人，便问道："大爷，我向你打听个人，你晓得湖西金家庄的金忠礼吗？""忠礼那小子啊？我……"

金老四话没说完，"他呀……稍快……"一声断续由尖厉到细弱的呼唤扯断了他的话头。渔船像是被这凄婉的呼唤拉了一下，减缓了速度，船头似乎也为之缓缓偏侧过来。金老四喊了声"不好！"便快速将撑篙放到船帮上，一脚跨进中舱。金四妈已躺在舱中，周璧脱下自己的罩褂，让王辉与她一起将罩褂从金四妈胸部缠绕一圈，扎紧，但鲜血很快染红了那件罩褂，并透过罩褂滴到船舱里。周璧右手托住金四妈，用左手按住她的伤口处，可是鲜血又从周璧的手指缝里滴出。两位女同志告诉金老四：敌人的子弹从金四妈的后背打进了她的胸腔，血流得太多。金老四默默地用手指靠一靠金四妈的鼻孔，感觉尚有微弱气息，便扭头跨到船尾一边使劲摇起双桨，一边吩咐小女儿金忠翠："小翠，撑船。"此时金老四只想让渔船快些、更快些向北，除了把船上的"四爷"们尽早摆渡到北岸，还要尽快把他的老伴送到金苇街上胡先生那儿救治。

4

姚卿贤蹲在舱门口看到了舱里发生的情况，依他的经验，金四妈流血太多，怕是不行了。他看着金四爷操起双桨拼命前划的样子心痛不已。他想，可能金四爷还不知道问题的严重性，不知道金四妈的生命已经到了最后时刻，再拼命地划也无济于金四妈的生命，但他一定在想只要那双桨在划动，金四妈的心脏就会跳动。姚卿贤忽地站起来抢小翠手上的撑篙，怎么能让一个十一二岁的瘦弱的小女孩为他们做这么重的活呢？小翠一手拎着撑篙，一手推挡姚卿贤。金老四在船后看到这一幕喊道："伙家，侠子撑船，你莫打岔！"姚卿贤对着船尾说："她力气太小，我撑得快些。"金老四说："哼，只怕更慢！"金老四看到姚卿贤摸着头想不通的样子，便又说道："前边撑，后边划是有门道的，三百六十行，行行有窍门，没弄过船的人弄船，船只会打转转不会向前行的。"姚卿贤想想也是，刚摸枪那会儿，手枪明明抬起向上向前的，可一扣扳机，子弹直冲脚前，这弄船的本事同打枪一样也是要学要练的。"大爷，以后我做你徒弟，跟你学弄船。"他想到将来要在湖西这地方开展工作，少不了跟水打交道，游泳、弄船是必须要学会的。金老四像是没听到他的话，仍拼命地划着双桨，姚卿贤见金老四专心划桨没与他搭腔，便索性坐在一边观察小翠撑船，想从她的操作中明白个一二。

小翠隐约感到有人盯着她看，便趁向后撑篙时扭头一望，正触碰到姚卿贤那闪电一般的目光，慌忙又扭过头去说："你这人盯着我看做什些啊？""看你怎么撑的，学窍门嘞。""嘻嘻嘻，有什么窍门啦？你听我呀的呢，他递哄[8]你的哎。""没有没有，这里头还真有窍门呢。我看你老是把篙子靠着船帮下去，这里头有门道。"姚卿贤说。"嘻嘻嘻，门道啊？依我呀说是有门道。什么靠船下篙啦，背向下力啦，篙弟桨兄啦，我亦不照着他的来，我就这么撑。""等下等下，你把刚才说的跟我说细点。""嘻嘻嘻，我不晓得说，你让我呀说。呀！你跟这人说！"小翠把皮球踢给她爸爸金老四。金老四嗔怪道："这傻丫头，你要不照着撑，你跟你呀这双桨能前后照应这么好吗？不要小看弄船，这门道真不少。侠子刚才说的全是门道。像靠船下篙，这篙下在哪里就是门道，靠着船帮下篙，船才听你的，下远了，船就不听你的。像背向下力，啊……"金老四向前一趴，鲜血从背部、腰部汩汩直流。在他旁边的余伟立刻将他抱进船舱，脱下自己的外衣丢给王辉，让她帮他包扎。

小翠尖叫一声"不得了！我呀！"放下撑篙，从船顶一下蹿到船尾，见爸爸已被那高个男青年抱进船舱，船又在原处打转，南岸日伪军仍在疯狂地向他们射击，她二话没说，操起爸妈的双桨使劲向前推去，弱小的身体几乎倾斜到90度才把桨柄推到位，然后又快速拉回，渔船才继续前行。姚卿贤心里极度悲愤，工作一点还没开展，就让两位老乡为他们付出了生命，更让他悲伤的是小翠不知她的父母已永远离开了她，她已成了孤儿，我们不能再让小翠倒在日伪军罪恶的子弹下了。此时此刻只有尽快将船驶出敌人枪支的射程外，才能保证小翠和大家的安全。于是，他拿起撑篙，学着金四爷和小翠的样子，将撑篙靠着船帮插进水里，然后用力向船后推去。几个回合下来，敌人的子弹只能落进船尾的水里，溅出一处处的水晕。且越落离船越远，终于日伪军的射击由零星到停止，渔船也划进了北岸的芦苇荡。

渔船划进了芦苇荡像是进了一个金黄色的迷宫，纵横交错的水路四通八达，但外来人乍一进去便会转头晕向不知东西南北，进得去却出不来，只能是左阻右碍，进退两难。而常在湖边谋生的人进入芦苇荡就像湖里的鱼、空中的鸟游刃有余、驾轻就熟。虽已隆冬，但芦苇荡里依然充盈着阵阵清香。渔船在荡里行，两侧无数支植根于水中的金黄色苇秆顶天立地，那如剑般金色的叶、如丝般银色的花不时地轻拍着渔船，将她自身的银丝与沾在她身上的雪花默默地撒到小渔船上，像是在向金四爷、金四妈致哀。

他们登上北堤举目眺望，堤内已被天官刷得一片白，堤外湖荡里，那浩无际涯的芦苇依然从飞雪下透出银色的花、金黄的秆和叶，倔强地向人们展现那"金"的本色，也许这就是金苇河上生金、湖中带"金"的来处吧。

这一切，姚卿贤现在都没有心思去欣赏和探究，他现在满脑子所想的是怎么安葬金四爷、金四妈，怎么为他俩报仇，怎么安抚小翠，怎么完成此来的任务。然而眼下小翠和弟弟忠智"呀啊，妈啊"那撕心裂肺的哭喊声不容他细想，于是他吩咐道："王辉和章辅，你们负责安抚劝慰小翠姐弟；余伟和周璧，负责警戒安全。我去金家庄喊人来，即刻就回。"他是要去金家庄找同学金忠礼，与他商量头脑里思考的问题，请他带人来运回金四爷夫妇俩的遗体。

5

两年不见，姚卿贤惊喜地发现原来跟他差不多个头、一样瘦的金忠礼长高长壮了许多，竟比他高出了一头。"吃的什么啊？长这么快！""吃芦苇、喝湖水，芦苇长，吃了就长高，湖面阔，吃了就长宽。哈哈哈。""不跟你说笑了，赶紧有急事！"姚卿贤也不跟金忠礼叙旧，也不谈来的任务，只把过渡口遇鬼子、金四爷夫妇为他们摆渡牺牲的事告诉了他。金忠礼两眼瞪得像要崩裂了似的，惊问："怎么出这么大事？"姚卿贤知道他是个喜欢追根问底的人，可现在哪有时间再让他追呀问的，天已暗，再迟，就到湖区土匪活动的时辰了，章辅他们将处在危险境地。于是，他拉着金忠礼边走边说："这些等等再问，现在赶紧去湖边！"金忠礼站住说："这么大事，又是这么大的雪，我一人去不是扁担插在桥眼里嘛，担不了的！"说着他对屋里喊："忠信！喊七八个人，带扁担铺板跟我走，快点！"然后与姚卿贤先向湖边奔去。忠信是金忠礼大弟，他听大哥这样急切地吩咐，感到事情不一般，一点也不敢迟延，赶忙到各家喊人。

金忠礼比姚卿贤大一岁，在学校两人经常会提出一些新的设想，先是两人商量，商量之后总是金忠礼拍板定夺。两年前在学校时，姚卿贤就想成立一个"读书会"了，但是他拿不准是在学校成立，还是毕业后到就业的地方成立。心思摆肚里好几天，忍不住与金忠礼商量。金忠礼一听这想法正合自己心意，立刻把手一拍说："竹篙撑船，不用讲（桨）了，还有20天就毕业了，20天后你跟我到湖西，我们在金家庄成立读书会！"这就有了后来湖西较早的进步青年组织"金苇读书会"。姚卿贤正是基于他对这位同学品性的了解，才决定为圆满完成这次党的任务，把落脚点定在湖西的金家庄，首先在湖西的金家庄播下革命的火种，再由金家庄点燃整个湖西地区，而金忠礼则是这火种的首选基床，同时今天这事如何处理也需要他的意见和支持。他还没开口，金忠礼倒先开口了："卿贤，我给你写了两封信石沉大海，杳无音信，这倒好，信不回，突然造访，还闯这么大祸！你这真是船老大敬神灵，为何（河）啊？"

姚卿贤看出来金忠礼有点怨气，他想把这两年找到党并加入党组织，以及这次党派他来湖西的情况向他和盘托出，但他欲言又止。党的纪律不允许他随意泄露党的机密，没到火候，他不能向外人透露此次来湖西的任务，即使是老同学也不例外，更何况两年没见，他金忠礼到底还是不是从前那个金忠礼，他也吃不准，因而只能含糊其词或顾左右而言他："按照两年前我们的约定，我离家去找党了。这两年你找了没？"

谈起找党，金忠礼劲头十足："找啦！我和二爷家的忠孝一起跑，宝应、高邮、界首、蒋坝、高良涧，不知跑了多少地方，鞋子都跑坏了两双。眼看着日本鬼子到处烧杀抢掠，忠孝急红了眼，硬拖我去黄埔考军校，我差点就动心跟他走，最后扪心再思，我觉得我更向往共产党，才没跟他走。结果他没回来，跑到黄埔去考上了军校。""你找到了没？""高宝湖里捞芝麻，难找啊！哎，你找到了吗？"这次来就是跟你商量这个事的。哎，你们读书会还在吧？""在啊！不光在，还像这芦材根破土一样的，越长越高了喃。现在有30多人了。"

人多固然好，但也难免鱼龙混杂，"金苇读书会"是我们发展湖西党组织的重要力量，但也不可全盘吸收，得先把他金忠礼这个头甄别清楚，因而，姚卿贤便故意问道："忠礼，我们找共产党的心是实的，不过，现在的形势是一致抗日，共产党，国民党，找谁都抗日，何必偏要踏破铁鞋满山遍野地找共产党呢？"听他这么一问，金忠礼像被点了穴似的定在那儿了，两眼直盯着姚卿贤，像看一个怪物。这人两年来遁迹潜行，音信全无，难不成他跟大弟忠孝一样，共产党没找到却入了国民党？难不成他这次来是带着国民党不可告人的任务来的？不管怎么说还是老辈们说的那句话，洪水没来先挑圩，该防的还是要防噢！不可把心全交给他啊。因而，他定在雪地上瓮声瓮气地吐了一句："国民党抗日？国民党抗日，怎么派国民党省主席韩德勤把抗日的陈团剿灭了？"

今年上半年，金忠礼看到陈文部队张贴的《告人民书》，知道这是抗日的部队。当时，这支部队正由陈文团长率领在北阿镇休整。听说他们部队来了共产党人，他的心一下就被这支抗日武装吸引了，便在小学校放暑假时去北阿镇投奔陈团，参加抗日队伍。可还没走到北阿镇就见镇上许多人向外逃难，说韩德勤围剿陈团。后来就听到陈团全军覆灭、陈文团长牺牲在国民党的屠刀下的消息。这让金忠礼更加坚定了非找到共产党不可的信念，这会儿原来那么迫切找党的老同学却说出这种话，的确让他气疑交织，像有什么东西堵住心口，让他僵立在雪地上了。

听着金忠礼这番话，看着他愠色的面颊上带有质疑的眼神，姚卿贤心中有七八分数了。他在学校就熟知金忠礼这种表情，每当有朋友对他表现出怀疑、轻视时，他都会出现这种神态，更何况他这番话也足以证明他的心没变。因而他心中一块石头虽没有定实，但也算是着地了，他金忠礼没有变，仍然是一个追求进步、追求光明的人。因而他大声说："愣什么神啦？天这么黑了，小翠姐弟再出事就没法交代了。"说着拉了一把金忠礼向湖边小跑起来。

不一会儿，金忠信带着七八个青壮年赶到了湖边。天空昏昏暗暗，大雪依然在北风中来回乱飞，一行人抬着金四爷夫妇的遗体踩着积雪向金家庄缓慢地行进，寒风的阵阵呼号与年幼的金钟翠、金忠智姐弟俩"呀、妈……"的哀诉声，让雪地上的每一个人都心如刀割。

一路上，金忠礼默默地走在一行人的最前面，一句话都没讲，只是深一脚浅一脚地走。他悲伤，为四爷、四妈悲伤，大女儿才过世不久，他们又双双离去。说是"爷、妈"，其实他们年龄都不大，一个三十六岁，一个三十五，正值持家立业的年龄，却被日本鬼子剥夺了生命。他憎恨，憎恨践踏中华家园的日本人，憎恶日本人的凶残狠毒，烧杀抢掠无恶不作，只有化仇恨为决心，决心找到共产党，把湖西民众组织起来，与全中国人民一道把日本鬼子赶出中国，才是最根本的。他抱怨，抱怨姚卿贤神神道道，说是来找我商量找共产党的事，却又带这么些大姑娘，到底是来干什么的？你找共产党带这么多大姑娘，招摇过市，谁愿意告诉你共产党在哪里？看来，与你商量八辈子也商量不出共产党来，我也等不及了，等四爷、四妈丧事办完，我立马远走高飞直奔延安！

姚卿贤几次示意金忠礼，想让他到后边与他单独说几句话，可是不知他是不理解还是理解了故意不睬，姚卿贤吃不准，直到一行人到了金家庄，他也没有找到与金忠礼单独聊的机会。但金忠礼并没忘了老同学的情意，待安放好四爷、四妈的遗体后，他吩咐二爷家的女儿金忠清带他们到她家安排吃住。

金家庄是一个濒湖村庄，离湖边三四里路，在湖西这个区域是个很大的村子。村子开始只有金家几户人，后因三个产业的发展逐步扩大。三个产业，一个是渔业，先是一些渔民在此晒网休息，后来逐渐来了鱼贩子以及卖竹子、卖丝线等渔具材料的；一个是运输业，先是一个码头，几条运输船，后来运输队伍扩大，再后来又有修船的、造船的，以及卖麻绳、马灯、桐油等船上配件、用品的；三个是柴席业，先是割柴、挑柴、收柴的，接着有堆柴库，又有编卖柴席、窝折、帘子等芦柴制品的，又因这三个产业，而有了旅店、饭店、杂货店、药铺等。人越聚越多，逐渐发展为有150多户居民的近似于集镇的地方。国民党政府还把周边的高集、万坝和小朱庄等几个村合在一起建了一个以湖为名的乡，叫金苇乡，乡公所就设在金家庄。

这会儿的金家庄漆黑一团，死寂一片，偶尔听到远处有一两声狗叫。在昏暗的茅屋里金家老爷子金仁善给在家的男人们训话："我七十六岁了，也该死了，甲午第二年初，我和老四他呀仁良在山东。他妈的日本人阎王跳舞，尽耍鬼把戏，几十只倭船在海里来回乱窜，突然乘夜黑人静从深水处登陆。仁良见滩头有黑影晃动，与另一兵勇近前一看，是倭寇，便大喊'倭寇！倭寇……'倒在了倭寇枪下。我侥幸逃得了一命，否则，那天黑夜死的是我兄弟俩。仁良走时，丢下老三、老四，一个三岁，一个还没过周，没过周的跟他呀一样，今个还是死在倭寇枪下，唉，惨啦！他爷俩命苦啊！"

金忠礼站起来说："爹爹，不是他们命苦，而是日本鬼子太可恶！二爹爹和四爷两代人死在他们的枪下，这是我们金家的仇、国家的仇，此仇不报，我们枉活此生！""对，杀日本鬼子，报仇！"几个"忠"字辈的也都站起来响应。老爷子右手对着他们向下按了几下说："性急抓不到大鱼，你们都是识文断字的，道理比我这个老不死的懂！有仇不报非君子，只是要从长合计。倭寇又鬼又凶，绝不可小瞧他们。今个不讲这些，今个要讲为老四厚葬的事。"爹爹说不讲，大孙子金忠礼不让："爹爹，要讲！你当年没打死一个日本鬼子，不是日本人厉害，而是你们上边的那些大人无能，今天不一样了，看看陈团的部队就晓得了。爹爹，现在日本人又跑到我们家门口，骑在我们头上拉屎了。你老了，你当年没亲手杀死一个日本人的遗憾，今天孙子们替你实现！""忠礼，你小子小看你爹爹了，天上下雨地下滑，自杆[9]跌倒自杆爬，我的遗憾我自杆补，我今个还要给你们放个准线，你们四爷、四妈不葬在祖坟那摊，另外在金苇高地有我一亩三分地，就在那块田里划一块地安葬，摘日子把你们二爹爹的坟也迁过去。你们听着，往后为打日本鬼子而死的金家人、金家庄人概里[10]葬在那里，不得含糊。今个你们把我那口寿材抬出来给老四，另外再打一口给四媳妇。小翠、忠智今个夜里你们给你呀、你妈守夜，忠礼，你们小一班子轮着陪夜，再有，你明个一早到仙墩庙请日光大和尚来主持念经。"老爷子给老四的丧事定了调，又为抗日而死者选了块风水宝地，听的人个个对老人又多了分敬佩，但都没有表示出来，只是默默地分头去准备治丧的各项事宜。

6

金忠清和两个弟弟把姚卿贤一行五人带到家里，淘了一竹筒子米放在中锅里熬粥。周璧一声"我来烧锅"，便坐到锅门口的烧火凳上往锅膛里填柴点火。忠清说了句"不好意思了姐，叫你忙了"，便去地窖拾了一盆山芋洗了放小锅里烀。又往大锅里舀了一锅水后，走到锅门口说："姐，你去歇会儿，让我来。"周璧推开她的手一边往锅底添柴一边说："你去忙，这锅门口我包了。""叫你忙，这就不好意思了。那姐，三个锅一起烧，我去洗点胡萝卜切了用大椒酱拌拌，给你们就咸。"王辉过来说："我来帮你洗胡萝卜。""不用，不用，你去照顾那个伤了的姐吧。""她躺下了，催我来帮忙的。""那你帮着姐一起烧锅吧，那儿暖和，再说三口锅她一人烧不过来。""好的。"王辉拿起一个小板凳与周璧一起挤到了锅门口。

这里忙定，金忠清又去街上的药铺，敲开胡先生家的铺门买了些药。给章辅重新清洗包扎了伤口。然后盛粥、拾山芋，喊他们四位在锅屋吃饭，又叫两个弟弟送粥给章辅。安顿好了，她带上门再到大爷家，看有什么事要她做的。

金忠清大弟金忠慈、小弟金忠国端着稀粥、山芋和胡萝卜送给躺在床上的章辅。章辅边喝稀粥边问两个小男孩是否都吃了，两个小男孩笑着点点头。他们虽没发声，可章辅却听到了他们下咽唾沫的声音和肚子里的鸣叫声。两个小男孩上身穿的小黑棉袄几处都上了补丁，还有几处露出了发黑的棉花，下身只穿一件黑色单裤，腰间紧紧地系着一根草绳，系那么紧大概是可以减轻饥饿和寒冷吧。看到他们这形象，章辅埋着头和着自己的泪水把稀粥喝了下去。根本不用问他们的饥寒，在这大雪肆虐的夜晚，看看他们单薄的穿着和瘦削的脸颊，你就知道他们一定是饥寒交迫的，只不过是他们忍着不说出来。她想起自己像他们这么大时，从来不知什么是饥什么是寒。而他们，唉，这世道真是太不公平！我们到这湖西来一定要打破这种不公平，不让他们再挨饿受冻！

刚才又冷又饿的姚卿贤吃了热乎乎的粥和山芋，吃了辣嗖嗖的辣酱拌胡萝卜，又用热水泡了脚，现在浑身暖和了，但躺在忠清为他们铺的穰草铺上却翻来覆去睡不安稳。这两年堤坡上、草丛里都睡过，再简陋的"床"他也睡得着，今天这"床"已经很高级了，厚厚的，软软的，还有一股淡淡的稻米香，这还睡不着，不是"床"不好，是心里痛苦。今天出师不利，章辅负伤，四爷、四妈身亡，没能保护好同志也没保护好老百姓，这是他心里最大的痛。他想起了白天四爷撑船时说的："我这过河钱说便宜也便宜，说金贵也金贵。要便宜的话，便宜到一毛钱不要，要说金贵的话，金贵到你们把不起。"是的，两条人命，我们怎么能把得起？但这账要跟日本鬼子算！想着想着，他一拳捶在地铺上，顺势坐起来说："不行，我们没有什么补偿四爷、四妈，我得去给他守夜，送他们最后一程。"余伟也坐起来说："我跟你一起去，尽尽我们的孝心和敬意。"姚卿贤说："我一人去，顺便再找忠礼唠唠[11]。你在这里还要负责她们的安全。"余伟说："也行。我看你可以向你这位老同学交底，以便我们落地生根尽快地开展工作。""你认为可以了吗？""我看能。"余伟在新四军是搞情报工作的，察言观色识别人还是比较准的。姚卿贤相信他的观察，也相信自己的识别，他心里已确定今晚向忠礼交底，但得他们几人形成一致意见。于是他喊来周璧，三人合计一下。周璧说："我与他总共接触不到两个小时，一句话没说，互相也没看几眼，了解实在太少，但看起来，他能成为我们的战友。要是保险一点，你再与他深谈一次，根据谈的情况你再做决定。""行，我再去跟忠礼谈一次，谈得好就交底，谈不好再从长计议。"

7

堂屋里，四爷的女儿小翠、儿子忠智趴在凳子上睡着了，只有金忠礼一人坐在凳子上守着。姚卿贤悄悄走到金忠礼旁边，往小凳上一坐问道："其他兄弟呢？""我叫他们睡一会儿，睡醒了来换我。"

"唉，四爷、四妈本可活着，都怪我们。"姚卿贤自责说。

"怎么能怪你们，不是怪到六国去了吗？这是日本人的又一罪行，这账得记在日本鬼子头上！我四爷、四妈没白死，他们从日本鬼子的枪口下救了你们五人，不管你们是共产党还是国民党，他们救了你们，他们也是抗日英雄。我爹爹刚才决定，在湖西最高的金苇高地那里安葬他们。那是我爹爹一辈子苦下的最心爱的亩把田，他拿出来了，而且往后我们金家、整个金家庄的人只要是因抗日而死的都葬在那里，以便后人祭拜。"

"忠礼，你爹爹的决定让我十分钦佩，他的意思我明白，就是要让那些为抗日而献身的人死得其所，流芳百世。四爷、四妈为抗日献出了他们的生命，我们要把他们的事迹宣传出去，让他们的精神激励更多人挺身而出，走上抗日前线。"

"我已想好了，那里也是我最后的归宿。"金忠礼坦然地说。

"忠礼，有这种献身精神是好的，但是抗日是为了我们全中国人民更好地生，过更好的日子，不是要大家都去做无谓的牺牲。"

"卿贤，我俩是无话不说的老同学，谁也不会出卖谁，我们今天仍然是太阳底下聊天，说亮话说实话。我知道你们这次来不一般，是为抗日的事而来的，但我咸菜烧豆腐，有言（盐）在先，假如你们是共产党，我就跟你们一起干，假如你们是国民党，只要抗日，我也支持，但是等你们与湖西人熟了，我就走了，仍然去找我最初想找的。"

"大哥，你去睡一刻儿，不早了，鸡都要叫了。"金忠信进来说。姚卿贤顺势拉着金忠礼的手向屋外走。

外边的雪已停了，地上盖着厚厚的雪，雪映着天，散着微光，西北风也停了，但寒气越加逼人。姚卿贤将金忠礼一直拉到东山头，仍然拉着他的手说："忠礼，你说得很对，我这次来就是要告诉你，我找到共产党啦！"

金忠礼两眼闪着星光像两只手电筒似的直盯着姚卿贤，盯了会儿问道："你是共产党，你们五人都是共产党？"

姚卿贤看着金忠礼的双眼说："不要问那么清楚，你知道我是共产党就行，知道我们是新四军第四支队派来的就行。"

"真是过河遇到摆渡的，说来就来了。惊喜！惊喜！这是最大的惊喜！卿贤，你得立刻让我加入进去！"金忠礼激动得两眼冒花，像刚才漫天飞雪的天空。

"忠礼，加入共产党有一定的条件，符合条件还要经过党组织一段时间的考验，个人要提出申请，然后有党员介绍，经组织批准，最后还要宣誓才能加入。"

"那我现在就申请，你现在就考验我！"金忠礼迫不及待地说。

"哎呀，你这是上午栽树，下午就要取材用啊。我知道你找党心切，但现在关键的是为党做事，完成党的任务。"

"我早就看出你们这次来一定有重要任务。说！有什么任务？交给我去完成！"

"忠礼，毛泽东的《论持久战》你读过没有？上面讲到了战争的伟力之最深厚的根源存在于民众之中。我们这次来就是要在湖西建立党的组织，放手发动群众，开辟根据地，广泛深入地开展群众性游击战争。"

"太好了！我可以把金家庄的老百姓动员起来。"金忠礼自信地说。

"光金家庄还不够，我们要把整个湖西地区都变成敌后根据地。现在要做的事情是要摸清、团结一批骨干，然后再由这些骨干去发展团结更多的人，以此类推，在湖西地区织一个巨大的网，网上的每一个结都是我们的骨干，每个骨干都联结着一片民众，把湖西建成日本鬼子的葬身之地，新四军打日本鬼子的后方基地。"

"我们金苇读书会有二三十号人都可以成为你的骨干。"

"好，可以以读书会成员为基础，但还要一个个识别清楚，看他们是不是真心向党，真心抗日。这个事不急，等四爷、四妈的丧事办完，找个时间，你先把读书会各人的情况以及金家庄和湖西社会的基本情况给我们做个介绍，然后再做下一步的安排。另外，我们目前一个时期的工作都是秘密进行，所有的事不可向外人透露。你家里人问，你就说我们是做大柴生意的，外边人问，你就说我们是外边请来做丧事的。明天，我帮着搭丧棚，我们有一位叫余伟的学过木匠，他去帮着拉大锯，再来一名女同志帮着拣菜、洗菜、做杂活，这样不让外人把目光盯着我们。"

金忠礼紧紧地握着姚卿贤的手说："放心！"

此时东方已露出了晨曦，太阳就要升起来了，地上的白雪已在微微地闪耀，庄上的公鸡也此起彼伏地争鸣起来。

天一亮，金忠礼父亲金义雄就召集了师兄弟和几个徒弟，带上余伟一起砍树锯板打棺材。金忠礼则请来了仙墩庙的日光和尚，由他指挥众人将房前空地上的雪清扫干净，然后在这块空地上搭丧棚，布置个简易的灵堂，姚卿贤跟着挖塘埋桩，忙上忙下，俨然一个司仪的小帮工。

湖西地区地势低洼，三面环水，十年九淹，因而这里的老百姓要建房必须先挑墩，得挑出一个高出地面的土墩子后，才在墩子上建房。到湖西一看有人居住的地方都是大大小小的墩子，从墩子的高矮可以看出墩子上居住人家的富贵贫贱，从墩子的大小可以看出家族的旺盛衰微。这儿的地名也以"某墩""某家墩"居多，金家住的是个大墩子，是金家四五代人逐渐挑起来的，开始叫金家墩，后来有他姓傍着金家墩向外挑，墩子不断扩大，居住的人家也越来越多，金家墩就成了金家庄。这儿农民的房子一般是土坯垒墙，或是用几根大柴并在一起，外卷穰草制成"草老鼠"，再将一根根"草老鼠"并排立在地面上，连成笆子，再用泥将其两面泥平即为墙，屋顶多用茅草覆盖或盖以柴席。一般人家建房也就是两到三间，人口多的会在正屋边带个拐做厨房。金家义字辈的老大、老二、老三房子都是去年大水之后重修的，从东往西排开来，每家都是朝南三间，西面一间向南拐一间做厨房。因老四仅在湖边有两间避风雨矮小的柴席棚，故当时老太爷金仁善将老四两口子遗体至老大家的堂屋。湖西农民家的房子开间都很小，约三米左右，门楣极低，中等个头的人进门都需低头而进，因而红白喜事都是在门前空地上搭简易棚子。

8

灵堂还没搭好，第一拨来吊唁的就到了。来者是湖西北阿镇上的北阿区区长麦大庆和他的父亲麦天理，两人坐着双人马车，后边跟着四个随从，两个挂着盒子枪，两个背着长枪。见来人了，吹呜哇[12]的便吹了起来，以示迎客。麦天理从马车上下来便高声喊道："哎哟，哟哟哟，大兄弟啊，你金家真是老虎掉到井里，怎么遭这个难的啊，吃日本人枪子，浪的大难还在后头呢啊！"他的声音盖过了唢呐声，金义雄和金忠礼父子迎上来听他这一说都皱起了眉头，金义雄嫌他一张臭嘴，跟只乌鸦似的一大清早就说这些不吉利的话。金忠礼则觉得很奇怪，这爷儿俩怎么这么灵通，昨晚发生的事，还没有人到镇上去说，这一大早他们怎么就晓得是日本人枪打的呢？莫非来者不善？

这麦大庆麦区长与金忠礼、胡忠道都是一起在北阿镇读过书的同学，他父亲与金忠礼父亲从小一起放过牛，也在一起读过一年私塾。湖西有首民谣："尖头上街，滑头乱转，老实头揪死了为算。"其中的尖头是指那些钻营讨巧的人，滑头是指那些狡诈油滑的人，而这父子俩尖头、滑头都沾，且已成精，达到登峰造极的程度，湖西人称他们为"尖头鬼""滑头鬼"，另外还有个头衔叫"嚼蛆鬼"，是说他们到哪里总是穷讲泼说、胡说八道。麦家发迹从麦天理开始，麦天理发迹也就全凭这"三鬼"。小时候他家也挺穷，常替人放牛，成家后自谋生路，农忙时在家种几亩薄田，农闲时到柴草行帮人家过秤记账，后来看到运柴草是个难事，就买了条船搞运输，以运柴草为主，兼运粮食及杂物，生意做到宝应、天长、高邮、扬州、清江浦。一次他给高黎镇一个大户搬家，在废纸堆中发现一本荒地田契，他偷偷往怀里一揣带回了家。辛亥革命那年的春天，他将那本田契以80万银圆的价格卖给了扬州一刘姓富商，并又与这位富商订了代为耕种经营的契约。可是订了契约，他并不履行契约，第一年他说是遭旱灾，第二年说遭水灾，第三年说遭虫灾，没有一年有收成，连续三年没向扬州刘富商上缴一斤粮、一分钱租子，反从刘富商那里骗到了三年的用工钱和种子钱。他将这几年所骗财物在湖西买下了上等粮田2500亩，一跃成为湖西首屈一指的大地主。

他把全家迁到北阿镇，在镇东头置地20亩建了前后四进院子、左右两栋小楼，共99.5间的庄园，人称"九十九间半"。现有三房太太，生有三子三女，起名时，他认为"幺"字有希望，"花草"好成活，因而他生的子女也不按麦家家谱排，自成一系，"幺"字排行，草字头的字为名，因而子女名为：麦幺草、麦幺花、麦幺苗、麦幺芽、麦幺荷、麦幺英。

麦幺草是长子，就是跟他一起来吊唁的这位北阿区区长。这区长读高小时对自己的名字就唠唠叨叨，就想改名："全是幺小的草木，一个栋梁都没得，浪的一辈子被人踩！我要改名。""你真是大旱年景里的一口井，水平太低！才读高小就满口栋梁栋梁的，就明个读了洋学堂，还楼板楼板呢。小草，小草怎么啦？小草还有野火烧不尽，春风吹又生呢。你栋梁呢？楼板呢？栋梁烧了，楼板烧了，你叫春风再吹个栋梁楼板把我看看！你老子起的名字，那就是圣旨，不得含糊！"被他爸这一顿呛，他只好作罢。后来，他到扬州读高中，天高皇帝远，开学第一天，他就把名字改成了"麦大庆"。去年，他听说金忠礼搞了个读书会，他也申请加入，参加了两次读书活动，他觉得他们读的书他不感兴趣，便又退出。见儿子无所事事，麦天理到扬州找人让他加入了国民党，又花钱弄了这么个区长位子。他这次来还真是没安好心喃。

虽说是与金忠礼同过窗，但也不至于人家没去报丧，又不是亲戚，他就第一个跑来吊唁，这在湖西这地方是很不正常的。因而，金忠礼警觉了起来，他朝在那里忙着搭丧棚的姚卿贤看了一眼，姚卿贤旁若无人地干着手上的活。他又看看麦大庆那四个随从，四个随从已不在麦大庆父子前后。他用目光四处搜寻，那四人分别到家门口和房子周边转了。金忠礼感到问题严重了，便想旁敲侧击从麦大庆嘴里套出他的鬼名堂来，可还没开口，麦大庆先说话了："哎呀！老同学啊，船行弯处须转舵，人逢绝境要回头啊，这四爷玩了一辈子船，怎么弄的，这么简单的道理倒忘了呢？在日本人面前开顶风船，四爷他这是玩大发的啦，人在屋檐下，浪的该低头还是要低头啊。猪鼻孔里插根葱充大象有什么用？浪的还不是鸡蛋往石头上碰啊……"金忠礼心里明白，麦大庆知道四爷、四妈是遭日本人枪击而亡的，但麦大庆到底对昨天的事知道到什么程度，姚卿贤一行五人来的秘密任务有没有泄露，这是他要搞清楚的。他几次想插嘴说话都说不上去，这父子俩到哪里只要开口，那基本上是包场，吐沫星子直喷，像开闸放水，哗哗不停。好不容易趁他吸烟的当口金忠礼插上来说："我们金家是贫穷人家，那几个人要过河，四爷总不能开着大门送财神爷，到手的钱不要吧？穷人苦钱，这有罪吗？就该死吗？你是区长，你说说天底下哪有这个道理？"

麦大庆哪有心情去评这个理，他知道四爷这事是国民党安插在高黎镇的内线报来的，上峰要求查清楚那几个人死伤情况，他们是路过还是就是到湖西来的，他们的来路是哪里，来有何贵干，这些才是他今天一大清早跑到这儿来吊唁的真正目的。他接着金忠礼的话茬说道："他哪里是苦钱啊？浪的他四爷是抱着金子跳井，要财不要命嘞。你说四爷苦钱，那我倒要问问，昨天四爷苦多少钱的？把那几个人送到哪里去了？""钱啦？那是口袋里装石榴皮，一个子儿都没有！我们得到消息赶到湖边时，船上只有小翠姐弟守着四爷、四妈哭喃。""那去问问小翠，那几个是什么人？往哪个方向跑的？小翠小翠，你过来。"小翠起身走向麦大庆。与小翠差不多大的二爷家的金忠国、三爷家的金忠臣也一起跟了过来凑热闹。

9

麦大庆喊来小翠问道："小翠，我问你几个事，你要跟我讲实话。昨个有几个人上你家船的？""五个。""几男几女？""两个男的三个女的。"金忠礼见小翠全说的实话，怕她把那几个人指出来，便背着麦大庆，对着小翠又是挤眼，又是摆手。在场上搭丧棚正在收尾的姚卿贤一边扎绳一边注意着麦大庆。余伟一边刨着木板一边侧耳听着这边的情况。"他们给了多少过河钱？"机灵地金忠国插嘴道："钱给大人又不给侠子，小翠晓得多少钱啦！""没问你，浪的你插什么嘴啊？叫小翠说！"小翠向麦大庆翻了一眼说："鬼钱！一分没给，还抢走我呀的卖鱼钱。""他们上岸朝哪块走的？""朝荡里走的。""你看他们像什么人？"金忠国又插嘴道："人家小侠子怎么晓得你们大人是什么人啦？净问些没用的。""去，滚一边去，叫小翠说！"小翠又向他翻一眼后吐出两个字："土匪。"金忠礼插上来说："我看多半是邹二乱子的人。"这时那四处搜寻的四个随从也陆续回到麦大庆身边。麦大庆见问也没问出情况，搜也没搜出人来，心里很不爽，正要拍屁股走人，忽又想起件事："忠礼，现在抗战了，急需用人，你不能老是在高宝湖里洗煤，浪的闲在家里没事干，得为党国做点事。不如这样，你先到我区里写写画画，做些收发文书的杂事，跟着我干保证你吃香的喝辣的。浪的我就是吃个虱子也少不了你一条腿，待有机会再给你弄个一官半职，让你光宗耀祖。"麦天理在旁边插话："哎呀呀呀，大侄子啊，多少人找我家幺草（他还坚持称呼他给儿子起的名字），他都没答应啊，这是你大侄子祖坟冒青烟，前世修得好啊，有这么一个好同学、好乡邻，给你谋这么个好差事，我要不是年岁大了，我还想去干呢，抗日嘛，匹夫有责。"金忠礼想如果不赶快表态，这父子俩两张嘴说起来会比日光和尚他们念经还要长喃，因而他赶紧双手合十对着两位说："谢谢大伯，谢谢区长大人，我在小学当个教书先生，向孩子们宣传抗日也是在做抗日的事啊，再说了这几年我们金家老是灾祸不断，不是墙倒就是屋漏，不是牛病就是人亡，压得喘不过气来，你容我喘口气来，待家境稍有好转我就去找区长大人，绝不食言。"

其实麦大庆也不是真想他到身边做事，他是想要把金忠礼像关在笼子里的老虎一样拴在身边，不让他走上共产党的路。他真正想的是金忠清到他身边："那好，你是金家的顶梁柱，金家离不了你，那叫你二爷家小清到区上去做事。"他一边说还一边盯着在东山头太阳下拣菜的小清。

小清，大名金忠清，是金二爷家唯一一个女孩子。长相甜美，鼻挺嘴小眼睛大，脖子上的红三角巾把脸色映衬得白里透红。这让早已想把小清娶进家门的麦大庆越加垂涎欲滴，他没等金家人回话便又急不可耐地说："不用你们说行还是不行，这是钉锈在木头里，铁定了，浪的这也不是我强求她去，而是高邮县党部指定她必须到区里参加抗日队伍，做抗日的事！"一直在那里剥葱的金忠清也听到了他们的对话，开始听麦大庆说要叫她到区里做差她还心动了一下，但现在听他说话这么霸道，她则坚决回道："剥葱剥蒜不剥人，你大区长有权有势也不要欺负人，我堂堂大活人，怎能你叫东就东，你叫西就西喃。"麦大庆被金忠清弄个没趣，心里更不舒坦，又要拍屁股走人，却发现与金忠清一起拣菜的那个女人他没看过，便走过去左瞧右瞧，然后问道："这个姑娘我好像没见过嘛。"他瞧的是和金忠清一起拣菜的周璧，幸好金忠清之前有准备，她给周璧头上扎了一块黄色的三角巾，让她看起来就是湖西当地人。

这三角巾实际上是一块四方的彩布，四边坠有同色的穗子，红黄蓝都有，将其对角叠成三角形，然后把对折的一边往头上一戴，下边两只角对折一扎，既挡风遮阳，又是一种装饰。湖西这地方的女人不管多大，头上总喜欢扎一块三角巾。所以，麦大庆尽管说不认识这女人，但他不怀疑她是湖西人。金忠清答道："她是我四妈的娘家人。"麦大庆完全相信金忠清说的，因而也不再追问，只是说了句"小清，我虚位以待，我们后会有期"，便要打道回府。一脚已踏上马车，又下来走到金忠清那儿问："小清，你说这个姑娘是四妈娘家人，浪的我怎么没见过？"金忠清头也没抬，拣着菜说："天下的姑娘千千万万，你能见几个？她是我四妈姨侄女，家在天长高庙，你去过啊？""去倒没去过，听说过，那儿美女多。浪的头抬起来看看是不是美女。"麦大庆说着用右手去摸周璧的头。周璧啪的一下将他的手打落，然后抬起头说："抬就抬，动手动脚做么啊？老娘的脸没见过啊？"麦大庆弄个没趣，自找台阶下："口音倒是天长口音，漂亮倒也漂亮，浪的就是鞭炮脾气，一点冲天，哪个姑爷也不敢娶。"说完也不再纠缠，踏上马车一溜烟走了。一路上他并不甘心，他在心里已经做了决定：这金苇乡是监视的重点，而他金忠礼是重点的重点，那五个人要真是土匪便罢，若是共产党，本区长必定严密监视，决不允许在我这一块湖西土地上有共产党的组织活动！

10

　　临近中午，附近的亲戚陆陆续续地来吊唁，他们都不知道四爷、四妈是怎么死的，个个对四爷、四妈突然离世感到震惊。平时四爷、四妈风里来雨里去闯荡在湖里，身体非常壮实，怎么就这么走了，实在叫人想不通。行医的胡义行、胡忠道父子俩来吊唁就有很多的疑问，而胡忠道疑问又最深："从来没听说四爷、四妈有个什么头疼脑热的，也从来没见过四爷、四妈到我家药铺抓过药，怎么好好的人就突然走了呢？想不通。"其实，他没说出来的还有一个疑问，就是昨天晚上金忠清敲门抓药，说是四爷腿被镰刀割了，他给她拿了酒精，又配了些治刀伤外敷的、内服的药，这是什么刀伤能致命？即使是致命刀伤为何不喊我们来诊治？再退一步说四爷是刀伤，但四妈又没有刀伤，她怎么也跟着没了呢？

　　这胡家是湖西有名的中医世家。胡忠道的曾祖父与金忠礼的曾祖父是表弟兄，又因胡忠道曾祖父遭土匪抢劫时被金忠礼曾祖父救下，故两人关系胜于亲兄弟，为了他们这种感情传承下去，他们将他们后代的排行统一起来，决定下四代两家子孙的排行统一为"仁义忠和"四字。胡家"义"字辈兄弟俩，胡义行是老大，在金家庄行医开药铺，育有三子一女，胡忠道是次子，在家帮父亲经营药铺，长子胡忠民在省财政厅做事，三子胡忠财读中学，小女儿胡忠云待字闺中。老二胡义言一家在北阿镇行医开药铺。

　　对来吊唁的亲戚们的疑问，金忠礼原来想把事实真相跟大家说清楚，以激发大家抗日热情，但考虑到姚卿贤他们五人正在这儿，万一走漏了消息，引来了日伪军，后果将不堪设想。因而，经过再三考虑，又与姚卿贤合计后还是决定暂不公布事实真相，亲戚有问，金家一概回答："四爷、四妈走得急，我们也不知什么急病，小翠又小又悲伤，一时也问不出个所以然出来，待事过后慢慢了解吧。"胡义行和胡忠道父子来吊唁时金忠礼也同样是这句话。胡义行点点头说："也是，一下子失去两位至亲，即使是大人也慌了神，何况小侠子呢，她哪里还晓得东西南北。"胡忠道则不以为然："大表弟哎，我看四爷、四妈走得蹊跷，你应该设法弄个水落石出，不能这么不明不白地就过去了，外人要是晓得真相，而金家还蒙在鼓里，将来会被外姓耻笑的。"金忠礼知道这位二表哥很精明，他也与麦大庆同过学，莫不是麦大庆把真实情况告诉了他？得问问："二表哥说得是，早饭吃了一大碗问号，我也是一肚子狐疑，这个事不弄个真相大白，我决不罢休。二表哥有什么线索要告诉我。"胡忠道马上朝金忠礼耳朵边凑过来问："小清子昨晚抓药你不晓得？"金忠礼摇着头说："不晓得。"胡忠道拉着金忠礼说："这棚里呜哇吹得太响，我跟你到棚外说。"

两人来到丧棚西侧，站在那里交谈起来，胡忠道把金忠清昨晚去他药铺买治刀伤的药的事向金忠礼叙述一遍后问："这个刀伤是给哪个治的，怎么伤的，是不是致命的，向小清一问不就全出来了吗？"金忠礼知道他并不知道真相，但就"买治刀伤的药"这一点同样会生出许多麻烦，产生可怕的后果，因而必须封住他的口，但毕竟是一起长大的表亲，又是金苇读书会的读友，也不能太糊弄他，只有暂时稳住他，稍后很快会有机会跟他说清楚的。因而，他说道："二表哥，昨晚事发突然，我这头忙得不可开交，小清那边的事我还真不晓得，她现在忙着，等她消停些我问问她。不过，小清也是大姑娘了，有些事不便对别人说，这买药的事暂时还不能告诉外人，万一说得满城风雨，小清再出事，那不得了啊！"胡忠道对金忠清也是暗慕着的，他一直想向金二爷家提亲一直也没有机会，这会儿金忠礼说得这么吓人，他自然更怕心上人出事啦："大表弟，这事你不说，她不说，那就只有天知地知了。"金忠礼岔开话题说："哎，日本鬼子到宝应、高邮了，现在你那药铺生意好不？""不能提！日本人真是可恶至极，控制着许多中药、西药，害得我们到处购不到药，药铺现在除了少量存药外，就剩湖西本地的中药材了，这年头，老百姓得个病也是无药可治了。""是的，只有大家齐心协力，赶走日本鬼子，老百姓才有天日呢。""大表弟，这些天我也想，药铺办不成我就去参加新四军打日本鬼子。""好啊，我也这么想，我们一起参加新四军。这样，二表哥，等这丧事忙停当了我去找你商量。""说话要算数啊！""打手击掌，一言为定！"表兄弟俩击完掌，金忠礼又问："哎，南京沦陷了，大表兄逃出来没有？有消息没？""来过信了，他与他们厅里人跑散了，他现在在高邮，与厅里人也联系不上，也没有事做，过些日子准备回来了。""来家好啊，他可带着我们一起抗日啊。""我哥这人吧，在国民党政府做事，虽不是国民党，但脑袋瓜子多多少少是要向着国民党的，不过抗日，他是肯定抗的，这个他不会含糊。"

"到处找你们，原来你们躲在这窟吹寒风呢啊！"两人正谈着，金苇读书会的一帮读友来了。

"寒风吹来你们这么一大帮子人，这寒风也是热心肠啊。失礼了失礼了。"金忠礼赶忙迎上去。高集小学校长万立誉说："你就是礼，有你在，就永远不缺礼、不失礼。"金苇读书会的会员来了十几个人，他们刚才在丧棚吊唁时就没看到金忠礼，听金忠清说在这里就都过来了。"这些人都是我召来的。今个一大早我到北阿镇看看，顺便买点年货。闲逛时碰到麦大庆，他告诉我说，四爷、四妈是被日本人打死的，我把这事跟大伙一说，大家都义愤填膺，要替四爷、四妈报仇。"

"必须报仇！""以牙还牙！血债血还！""杀到我们湖西来了，谁还有退路！""我们也杀他几个！"大家你一言我一语都是要替四爷、四妈报仇的话。高黎镇人孙峰提供情报说："我前两天回了趟高黎，原来镇里没有日本人，半个月前才有八个日本兵驻在镇里，我们读书会人都去，三个人揪[13]他一个日本鬼子，干净利索把他们全揪到高宝湖里喂鱼去。""对，小日本个子矮，即便他们有家伙，我们一个揪他一个也绰绰有余了。""说干就干，趁今夜天黑，我们划船过去，悄悄地摸进区公所，给他来个一锅端。"大家又就这一话题热议起来。金忠礼被大家的激情所感动，这真是一帮疾恶如仇、为朋友两肋插刀的好兄弟，但是此时此刻冲动不得，于是他对大家说："大伙息一下息一下，我替四爷、四妈感谢你们，我想他们在天之灵一定会因你们的话语而感动的。不过找日本鬼子报仇不是平时乡里乡村的械斗打群架，跟日本人斗，我爹爹是有教训的，说他们是鬼子，说明他们很野蛮很凶残且很鬼祟，我们绝不可轻敌，要报仇一定要做充分的准备，这样一举手一抬腿就去找日本鬼子报仇那会造成更大的伤亡。心急吃不得热豆腐，冷手抓不得热馒头，大伙儿不要急，等四爷、四妈头七过后，我们读书会搞一次活动，那时再作商议。"

"说得好极了!"姚卿贤一直在旁观察着场上的动向,也一直侧耳听着他们这边的议论,他为此而高兴,有这么一帮热血青年,上级交代的任务一定会不折不扣地完成。他也有点担心,万一这帮青年情绪失控,操起叉子、铁锹去找日本鬼子报仇那后果是会相当严重的,不单会造成许多无辜伤亡,还会使共产党难以在湖西扎根。他早就想出来给大家说道说道了,这群人中有当初读书会的几个老会员他都认识,交流不存在问题,这会儿听完金忠礼一番话他完全放心了,但还是被这群青年的激情给吸引出来了。

几个认识姚卿贤的人赶忙上前:"咦?姚先生,你怎么在这窟[14]的啊?""几年不见你影子,都跑哪块去了啊?"姚卿贤说:"我跟忠礼同学,老同学家有事我哪能不来呢?再说,我还要来看看读书会的老朋友喃。"小学校长万立誉拉着他的手说:"小老弟,你离开这两年,我们真想你回来。"姚卿贤说:"我也早想过来看看了,我这次来要多住一段时间,跟大伙儿多谈谈闲。"万立誉说:"那倒好了,我们读书会更有力量了。唉,姚先生,你对四爷、四妈这个事怎么看呢?"姚卿贤说:"我赞成忠礼说的,仇是要报的,但现在力量不对等,时间又这么急,这么大的事不好好筹划一番是要吃大亏的。忠礼定个日子,读书会活动我也参加,两年多没和大伙一起谈天说地了,到时要好好学习学习。"

11

四爷、四妈安葬结束的当天晚上,姚卿贤对金忠清说,他们几人要商量个事,请她帮个忙,把家前屋后照应一下,防止有人偷听。金忠清通过这几天与他们的接触,知道他们是来抗日的,不是来贩大柴的。只是她不知道他们到底是哪一路的,不过可以肯定的是他们不是跟麦大庆一路的,否则那天麦大庆来,他们就应该迎上去接头了。那天在场的姚哥、余哥、周姐三个人都没与麦大庆搭腔,足见他们不是一路人,姚哥又是忠礼大哥最要好的朋友,如果不是共产党,也肯定是比麦大庆他们要好得多的人,她愿意帮他们做事,平时给他们烧饭就很精心,今天姚哥特地请她帮这个忙,她更不能有一点点搭桨[15]。于是,她叫十六岁的二弟金忠慈去看着屋

30

后，她和十三岁的三弟金忠国在堂屋看住家前边的路。外边太冷，金忠国怕二哥受不了，便把家里的小黑狗带到屋后往树上一扣后对二哥说："二哥，你转一会儿就到屋里来暖和一会儿，它帮你看一会儿，等暖和了你再出来转一会儿。"

姚卿贤召集的这次会议，是他们五人到湖西后召开的第一次全体会议。会议在二爷家的锅屋召开，五人坐在小方桌周边。姚卿贤主持会议："上级交给我们的任务首先是在湖西地区发展党员、建立党组织，现在请你们根据这几天的观察和了解，各自说说我们下一步怎么围绕这一任务开展工作？余伟、周璧你们这几天都在丧事场上，你们先说说。"

周璧用右手拢了一下头发说："那我先说。我看下一步我们的工作就从金家着手，逐步向全庄全乡全区扩大展开，等发展一批本地党员后建立党组织。我看他们金家的金忠礼、金忠清都是我们重点关注的对象，通过他们向周边扩散。我就这个看法，余伟你说。"

余伟看了一眼周璧后说："我赞成周姐的意见，由点到面向外扩展。这个点，我也赞成周姐说的就是金家，我以为金家老老少少都是我们的依靠，除了周姐说的忠礼、忠清，还有忠信、忠苇、忠慧，甚至更小的这二爷家的两小子忠慈、忠国，他们的本质都很好，都可以把他们引导到革命队伍中来。我这几天跟着金大爷做木匠活，我觉得金家'义'字辈的几个弟兄也可以关注，有其父才有其子，他们金家'忠'字小一辈本质好也正是来自于'义'字辈的根基好啊，否则四爷、四妈不会为我们献出生命的。"

王辉接着余伟的话茬说："我听说他们家的老太爷还在甲午战争时跟日本人打过仗呢，要是真有这回事，他们金家有望成为'抗日世家'呢。噢，不是'有望'，是已经是'抗日世家'了，四爷、四妈就是为抗日而死的！"

章辅移了下搁在凳子上的那条伤腿，口音里夹着上海话说："吾觉得阿拉今朝该替四爷、四娘定个说法，勿让伊拉白白献出生命。吾觉得伊拉为抗日而死，就应该定他们为'抗日烈士'，为伊拉泥子、女恩留点呀呀、娘娘的荣誉，也为阿拉树个样子在那儿，激励阿拉为党奉献一切！"她说着说着竟流下了眼泪。

周璧、王辉异口同声地说："赞成！"周璧又补充说："卿贤同志，请允许我说说心里话。我们这些人自入党起，就把自己的一切交给党了，包括生命。到湖西来几天，我觉得这是一个非常美丽的地方，乡亲们都非常纯朴，但我党在这块地上没有开垦过，党的建设是一片空白，而国民党顽固派的势力却并不小，看那天高黎区那个冀区长和北阿区的那个麦大庆就知道一二了，这两人绝非草木愚夫，我们在湖西发展党组织、建立根据地，这两个人将是我们的凶狠对手，不排除我们有人会被这两人残害。这个，我早已有心理准备。牺牲我个人的生命，我毫无遗憾，我唯一一点想法就是要让我幼小的儿子、女儿知道他们的母亲是为抗日、为革命、为党的事业献身的，是光荣的。这就是我对党说的实心话，也是我赞成章辅意见的原因。"

"我也赞成章辅同志的意见，虽然我们参加革命不是为了荣誉，但给为正义事业牺牲的人一定的荣誉，既是对献出生命的人一种肯定，也是对仍然在奋斗的人一种激励。"余伟也表示道。

姚卿贤见屋里的气氛有点低沉，便挺直腰板用坚毅的目光扫了一下几位，然后说："同志们，刚才章辅、周璧两位同志说得非常好！我们当初宣誓入党就是要为党献出自己的一切，既然选择了共产主义，那么就要把生死置之度外。大伙儿到湖西来看到了，这里党的工作还是一张白纸，而国民党顽固派的势力、土匪的势力却根深蒂固，日本鬼子的魔爪也已伸进了湖荡，可以想象下一步的斗争是会很残酷的，我们每一个人都要做最坏的打算，无论在什么情况下，我们决不做对不起党的事，决不为了一己私利而叛党。对于为了党的事业而牺牲的人，我们要永远记住他们，让他们的精神永远流传下去。四爷、四妈就是为抗日而死的，他们都是抗日烈士，等革命胜利，我们五个人为小翠做证，让她能继承四爷、四妈的荣誉。"

情绪已稳定的章辅又说："万一阿拉五人都牺牲了，啥宁证明？阿拉得做个决定，然后请姚大哥写份证明交给小翠。"

姚卿贤即刻答应："可以！现在就写。"他从笔记本上撕下一张纸，边写边说："当然，我们既要敢于斗争，更要善于斗争，不做无谓的牺牲，我们都要争取活到革命成功。"他写完后首先在上面签下自己的名字，然后递给他们四人一一签字。待大家签过字，他把证明递给周璧，又说道："这份证明请你交给小翠。这个事就这样，下一步工作，我赞成周璧、余伟提出的先确定重点对象，逐步展开的法子。这样，明天下午，我们再开一次会，请金忠礼把湖西的情况介绍一下，介绍时请他以金苇乡为重点，兼及北阿区和高黎区，请他推荐一些思想进步的重点对象，然后根据他推荐的情况，我们确定第一批发展苗子，我们五人分工，一人负责几个人，重点展开调查、考察和考验工作，争取用八九个月时间，把湖西第一个党组织建立起来。"

12

第二天下午，依然是请忠清、忠慈、忠国姐弟仨望风，依然在二爷家的锅屋召开会议，只是比昨晚多了金忠礼，会议依然由姚卿贤主持。今天一开场，他也没多说什么，直接请金忠礼介绍情况。

金忠礼也早有准备，他直接条分节解地说了起来："我先说说我们湖西的区划。我们湖西地区就是高宝湖以西地区，也是高邮、宝应的西部区域，国民党在这里设了两个区，以高宝湖与洪泽湖相连的金苇河为界，南部为第七区，区公所在高黎镇，北部为第八区，区公所在北阿镇，我们金苇乡属第八区。第七区区长叫冀长根，就是带日本兵追你们的那个人，这个人早先是个土匪头子，后来被国民党收编，但这人是个墙头草，国民党来了，他投靠国民党，日本人来了，他又投靠日本人。我们这个区区长你们见过，就是那个麦大庆，跟我也一起读过两年书，也算是同学，他呀呀是湖西最大的地主，有三千多亩土地，还有柴滩，控制着我们这个区的政治和经济，就我们金苇乡就有他家四五十户佃户。

"我再说说我们湖西的物产。说物产前，得先交代一下湖西的两患。我们湖西，最大的坏处有两个：一是匪患，二是水患。湖西大小匪帮有20多个，其中最大的是南冀北邹，冀，就是高黎冀区长，邹，是北阿邹二乱子，都有几十条枪，上百号人，而且官匪一家、兵匪一家、财匪一家，湖西百姓深受其害。水患，湖西十年九淹，每次大水，颗粒无收，淹死、饿死、病死的有数千人，外出逃荒的数万人，民间歌谣是这样说的：'锅碗瓢盆一担挑，远走他乡去乞讨，家破人亡妻儿散，不知几人把家还。'

"如果没有这两患，湖西的物产还是能养育这方人的。就吃的讲：人

33

工种植的有稻、麦、山芋、玉米和一些瓜菜，人工养殖的有鸡、鸭、鹅、猪和马、驴、牛。马和驴是交通运输工具，牛是农民耕田的命根子，极少宰杀，即使杀了，农民也不忍心吃；野生的动物有野兔、野鸡、野鸭和狗獾子，野生的植物有芦蒿、马齿苋、香椿叶、芦柴根、唐棣树果、桑树果、菱角、荷藕、鸡头米，另外在槐树上、芦苇荡里还有一种野蜂酿的蜜，吃一点就可以充饥。用的有木材、芦苇、麦秸、稻草、蒲草、蓑草等等。我说这些就是要告诉你们，我们这里物产丰富，发展得好，我们湖西就是新四军最好的粮仓，最好的大后方。

"第三，我再说说日本鬼子的勾当。我们湖西这块地方交通不很方便，进出比较困难，日本鬼子从高邮、宝应过来要乘船。他们如果在北阿镇驻军，极易被新四军'包饺子'，他插翅难逃，所以他们不敢来驻军。在高黎镇也就驻了七八个鬼子，而且是临时驻的。我们这儿，日本鬼子只是不时地开着汽油划子来湖边转一转，对岸上一阵胡乱射击，或上岸放一把火烧民房。今年9月，从高邮开来四艘小汽艇，向靠近湖边的高集发射数十枚燃烧弹，高集街上房屋一半被烧，高集小学也被烧毁了两间教室，十名村民被枪打死、被火烧死，惨不忍睹。

"最后，我说说我们湖西的人。我们湖西人大多质朴忠厚，安于现状，卖肉的不卖盐，不管闲（咸）事，但如果有人挑头发动，也是可以拧成一股绳的。两年前，卿贤和我们一起成立的'金苇读书会'，现在已有二三十人，两个区的人都有。这些人都是二十多岁的青年人，思想都比较进步，有冲劲，大多也是可以成为挑头人的。我说这些意思是，他们可以成为你们这次任务的主要对象。我就说到这里。喃，这是他们的姓名、年龄和家庭基本状况。"

姚卿贤从金忠礼手上接过名单，沉静了一会儿说："忠礼对情况真是太熟了，对我们下一步开展工作帮助很大，谢谢忠礼！忠礼，你先去歇一会儿，我们几个再聊聊。"待金忠礼出了锅屋带上门，姚卿贤又说："你们都听到了，湖西这块地真是一块宝地，任务虽艰巨，斗争也会很残酷，但我们工作的基础是不差的，忠礼这两年也很努力，他已经为我们准备了一支骨干力量，我看我们也不要讨论了，我们就以这份名单为基础，分一下工，然后分头去做调查走访工作，用几个月时间考察，争取在今年秋天把湖西的党组织建立起来。"大家异口同声地说："同意。"姚卿贤继续说道：

"这样，我先分，如有不便的提出来再调。周璧和王辉一组，负责金苇乡，虽然近，但人数多一点；章辅因上海话口音较重，与湖西乡亲沟通不很方便，也很容易被国民党顽固派盯上，且腿伤未愈，行动也不便，你就负责金家庄金家三代上下几十口子，尤以金忠礼、金忠清等小一辈为主；余伟负责北阿镇，我负责高黎镇。你们看这样分有什么不妥的？"

"我有意见。"余伟扫了一下几位继续说："我和卿贤同志调一下，你负责北阿镇，我负责高黎镇。你姐姐、姐夫在北阿，你对那里更熟些。更重要的是高黎镇环境更恶劣些，我出事可以向天长撤，你要出事，群龙无首，影响任务的完成。"

周璧、王辉、章辅都知道高黎镇工作最难开展，余伟是想把危险留给自己，她们被他的精神所鼓舞，也纷纷表示："我去高黎。""我去。""换我。"姚卿贤把手一摆说："大家都别争了，就按余伟同志说的，我们俩对调一下，其他不变。我们分工各自为政，而是分工不分家，需要时可以协同作战。各位切记这次分工的主要任务是发展一批党员，主要方法就是走访谈心、考察考验，通过走访发现思想进步、品行端正的苗子，通过谈心教育引导他们走上革命道路，成为我们的同志。同时我们还要把走访当作一次宣传发动群众的过程，向乡亲们宣传我党的抗日政策，让乡亲们了解共产党是抗日的党，是救国救民的党。最后还有一点，金家人在这地方人缘很好，且对这一带比较熟，开始走访时可以请金家人带你们去，做些协助工作。"

13

任务确定后，五人便开始分头行动了。余伟一大早就到渡口，过河去高黎镇，姚卿贤吃过早饭也步行去北阿镇，周璧和王辉请金忠清带着去高集小学。章辅虽已能下地，但还得拄着拐杖行走，也不方便，她干脆也不出去了，就坐在二爷家的堂屋里把忠慈和忠国两个小男孩叫来。

忠慈、忠国站在这个与他们一起生活了几天的大姐姐面前并不拘束，以为又要叫他们望风放哨了，便学着她的口音抢着问："家家，是佛又叫阿拉牙册伏太阳啊？"章辅笑着说："今朝吾弗叫那伏太阳，今朝吾要讲故事。"忠慈、忠国各自拿只小凳坐到章辅旁边。章辅给他们小哥俩讲了这样一则故事："明朝嘉靖年间倭寇猖獗，而一些地方贪官污吏、恶霸奸商却认贼作父，勾结倭寇，倭寇在浙江、福建、广东沿海肆意烧杀抢掠，沿海百姓深受其害，不堪其扰。这时，戚继光，戚继光知道吗？"金忠国说："杀倭寇顶厉害的大英雄。""对，大英雄！伊从山东沿海调到江浙镇守宁波、绍兴、台州。到江浙后伊亲自招募新兵，精选3000名壮实胆大、吃苦耐劳、动作灵敏的农民和矿工，经过数月训练，打造了一支纪律严明、作战勇猛的队伍，转战在浙江、福建的抗倭战场，经过十数年的奋战，终于消灭了骚乱东南沿海数十年的倭寇，戚继光被倭寇称为'戚老虎'，而老百姓则将他们称为'戚家军'。"小弟兄俩听得很入神，听到最后，忠国说："我们金家个个会打拳，也可弄一支金家军，叫我大哥做金老虎。"章辅又笑笑说："那好啊，那侬现在叫侬大哥来耶。""真叫大哥？"忠国问。章辅点点头："真叫！"忠国一下从小板凳上起来，哧溜一下蹿了出去。

在章辅叫金忠国去找金忠礼时，北阿镇麦家庄园里麦大庆也正在叫他大妹麦幺花到金苇乡找金忠礼。一年前，麦幺花要去找金忠礼被麦大庆坚决地制止了。那时，麦幺花听说金忠礼他们有个读书会，就要到金苇乡去找金忠礼，要参加他们的读书会。麦大庆知道他大妹喜欢上金忠礼了，只不过是以参加读书会为名而实际上是要去与金忠礼约会。让自己如花似玉的大妹嫁给一个家徒四壁的穷教书先生，就感觉是把不会水的大妹扔进金苇湖，死鸭子一个。这让麦大庆想也不愿想，于是就与父亲麦天理一起劝说，劝说不成干脆将她锁在家里不准出门，后来准出门了，但有两个家丁跟着，始终不准前往金苇乡。这些事麦幺花哪里就忘了？"不去！你们不是永远不准我去那兔子不拉屎的穷乡僻壤吗？现在'永远'还没到喃，我怎么能去那鬼地方呢？等'永远'了，再让我去！"其实，她虽然嘴上这么硬，但心里还是想见她朝思暮想的心上人的，她怕大哥收回指令真的不让她去，便还没待大哥开口赶忙口气略软地又说道："大哥啊，今个什么日子啊？去年拼命不准去，今个又没命地催我去，怎么跟翻烧饼一样的，说翻就翻喃。""大妹啊，河有九曲八弯，人有三回六转，大千世界，你见过直肠子的人吗？哪个不是弯弯肠、花花肠啊？是个人，浪的就得见弯就拐，人这辈子就是拐弯、拐弯再拐弯！哪怕转一圈，也要拐弯！你看大哥堂堂一区之长，这不也拐弯来了嘛。""那行，拐弯就拐弯，我去。"麦幺花说着将大辫子一甩，转身就走。"不急，不急！大哥还有要事相托喃。""大哥要带信给忠礼哥？""你看你，忠礼、忠礼的，女孩子要收敛些，不要那么肉麻嘛。""那，有什么话，快说噻。""大哥上次去金家庄吊唁，看到一个姑娘，他们说是金四妈高庙的亲戚，你这次去顺便看看那姑娘还在不在。要是还在，就问问她多大，是做什么交易的。问细些个，看看还有没有别的人跟她一起。""看来，大哥又相中个大姑娘了，你到底要给我找多少嫂子啊？好的，不说了。这事大哥放心，大妹一定把你那个新人里里外外问个清清楚楚。"

金忠礼三步两步跨到二爷家，推开堂屋门，一片阳光照进了屋里，正照在坐着沉思的章辅身上。章辅到金家庄几天，金忠礼第一次见她是那天傍晚在湖边，当时急着运回四爷、四妈的遗体，只是向她瞥了几眼，没细看。昨天来开会是第二次见她，当时人多，又只顾介绍情况，没敢盯住一个人看，也只是瞄了几下，有点印象。今天门一开，阳光透进，她整个身体被照耀在光圈里，那白嫩的肤色让人感觉那才是光的来源，映得满屋红亮。她上身一件灰白色大袄，斜领上三条搭扣扭得整整齐齐，乌黑的头发，二道毛发型一丝不乱，细鼻薄唇始终透出淡雅的笑容，两笔纤眉下一双鲤鱼眼向站在门口的金忠礼透着满腔温情。

"侬进来坐噻。"只比章辅大一岁的金忠礼第一次与这样清纯温雅的女孩单独相处也有些局促，跨进屋拿起忠国刚才坐的小板凳不知放哪儿，转了一圈最后又回到门口放下凳子，坐了下去。平时说话幽默顺畅的他，坐下后也不敢正眼看章辅，也不知说什么话。章辅倒也大方，她扑哧一声笑了起来："忠国叫侬来看门口的伐？冷弗冷伐？"这一笑让金忠礼更加忐忑，他抬眼瞄了一下章辅，然后拎起小板凳关上门，又在门旁坐下。

章辅知道他有点紧张，便收住笑容尽量不说上海话，并且从他熟悉的事开始聊，让他的情绪放松下来："四爷、四妈走了，伊拉家小翠、忠智怎么安排的呢？""现在都在我家生活，由我两个妹妹带着，等春季开学，他们都到学校读书，读几年书再说。"这几天，章辅一直想为两个孤儿做点事，她很喜欢小翠，已有抚养小翠的想法，此时她便对金忠礼说："要不这样，小翠跟着吾，由吾来抚养教育伊成人。"金忠礼两眼盯着她看了半天没有说出一句话，章辅微微一笑："怎么，侬这个老大看吾托不起？"金忠礼还是看着章辅，他觉得眼前这个姑娘不光长相靓丽，说话甜美，还是个心地善良、品德高尚的人，他从心底里敬佩这样一位革命青年。愣了好一会儿他才开口说道："我代表小翠谢谢你！我知道你们这些女孩出来参加革命走南闯北，舍弃父母，舍弃家庭，要做出更多的牺牲，真是很不容易，我们不能再让小翠牵累你。"

他这么一说，倒勾起了章辅的思家情怀，一时泪珠在那双明眸里打转。金忠礼见状又是赔不是又是安慰："是我不对，我都胡乱说些什么啊？我猜你家也不远，总在上海浙江一带。你放心，我们团结民众一致抗日，早日赶走日本鬼子，等抗战胜利，你一定会回到老家去看看的。"章辅用右手理了理黑发，镇定了情绪，然后回他说："是的，一定会的。"金忠礼见她情绪有所稳定了，自己也放松了，便开始找话说了："看你这样子，你很小就离开家庭，又很早投身革命啦？"

这句话又勾起了章辅的思绪："是的，吾很小就出来上学了。不过，吾之家庭并不是革命的，但吾家人思想都很开放，吾叔祖父还参加过辛亥革命。吾父亲是浙江上虞我们那个章家村的大地主。伊的思想也很开明，家里很早就没有裹小脚那些束缚女人的封建思想，所以阿拉女孩子也可以上学堂读书，接受新民主思想。吾从小就对世间不平事非常痛恨，设想成为一个大侠铲平天下不平事。吾在春晖中学写过一篇题为'打抱不平'的作文。至今吾还记得里面有这样几句话：'吾最痛恨的就是不公平，吾最称快的就是打抱不平。有权有势的豪绅任意欺侮乡下小百姓，只讲势力，不讲公理，吾恨不得变成一个黑爷爷李逵出去打抱个不平。'哈、哈、哈，你说我像不像个绿林好汉？"

"哈、哈、哈，真英雄也，没想到你一个弱女子骨子里还有如此之豪气！真有你们浙江女侠秋瑾之风骨。佩服佩服！那你后来是怎么走上革命道路的呢？"

"秋瑾是阿拉浙江的女英雄，伊'拼得十万头颅血，须把乾坤力挽回'的英雄气概对吾还是有影响的。吾高中毕业后考到上海大同大学经济系，这所大学有许多进步师生，伊拉宣传抗日，捐款捐物，慰问抗日军队，吾亦是其中的一分子。后来学校被日本鬼子封了，吾就和另七名同学一起从上海到安徽泾县找到新四军，参加了阿拉共产党的队伍。哎呀……"说到这，章辅抬手用两根纤细的手指挡了下自己的嘴，她意识到自己说得太多了，并且还有不便向眼前这个还不是同志的外人说的话，她也没想到在这个金忠礼面前自己竟无拘无束地打开了话匣子，而且本来是应该向他提问了解情况的，现在倒反过来是他提问她回答了，不妥，不妥。

"怎么啦？怎么回事？""没什么，只是感觉牙齿麻了一下。"金忠礼刚才听她轻轻地吐了一声"哎呀"，看她那掩嘴的动作，现在又听她用牙齿发麻来掩盖，感觉她一下从豪爽的男子汉又变成了一个可爱的小女人，便又说道："我觉得你真是一个经历丰富、情感细腻、精神强大的姑娘。"

"不敢当，不敢当，吾只是一个有点正义感，追求真理的女孩子，吾听姚兄说侬也是一个有正义感的人，昨天听侬给阿拉介绍情况，口才又好，像说书的一样，还建了个读书会，组织一大群志趣相投的青年人读书，很了不起的。最近读些什么书呢？"章辅这时趁机把话题转到了金忠礼身上，回到她找他来的初衷。

"我与卿贤是同学，我们也是在学校时就对马克思主义产生了兴趣，我们一起建了金苇读书会，团结进步青年，阅读进步书籍，我们这些年读过《共产党宣言》《反帝国主义运动》《世界劳工运动史》等政治类书籍，还有《死魂灵》等文学作品。后来卿贤回高庙时，我们相约找共产党，先找到的人就要尽快告知另一人。"

"侬找到了没？""你们来之前，我没找到，你们来了，我也就找到了。"

14

"汪汪汪……汪汪汪……""做什么呀？做什么呀？小偷啊？""我找金忠礼！我看他到底死哪窟去了！"狗吠声、忠国阻拦声和麦幺花的喊叫声一起传到了金二爷家的堂屋里。正讲得起劲的金忠礼起身从门缝向外瞧，一只眼对着门缝歪了几下头，终于看清了："她来干什么？""她是谁？"章辅警觉地问。"麦区长的大妹麦幺花。""那吾进里屋避一下。"章辅正要起身进里屋，门开了。

"到处找！你这个死鬼在这窟呢啊！"麦幺花推门先看到金忠礼，再向里看到章辅："噢，我说你个死鬼青天白日把门关紧紧的做什些见不得人的交易呢，原来陪这个小娘们儿躲在这里骚的啊！"

金忠礼把她让进屋里严厉地说："麦财主家大小姐来我们乡下串门，

39

也不能穿草鞋坐大堂，忘了自己'高贵'的身份！二十岁的大姑娘了一言一行要文文雅雅，不要让人把你这个读书人当成乡野泼妇！"

"我哪里不文不雅啦？就是不文不雅也是被你气的！"

"被我气的？这不是呆狗撵兔子——边都沾不到的嘛。"

"怎么不沾边啦？你们一男一女在这黑屋子里有什么好事干啦？你们在一起影响我和我哥了！"

"这是我四妈亲戚，来奔丧的，今个我来把小翠、忠智的事跟她说说，与你何干？你不是米店里卖盐，多管闲（咸）事嘛。"

金忠国刚才没拦住这娘们正恨她呢，这会儿在一旁插上一句说："大哥，她不是米店里卖盐，她是老母鸡抱小鸭，多管闲事。"

"不是，是狗逮老鼠，多管闲事。"金忠慈也插上一句。

"金忠礼，你还叫我文雅呢，你看看你们金家这些小讨债鬼，他们嘴里说的多文雅啊！有嘴不能光说人家不说自家啊！这要是骂人，我也不是不会骂，兔子急了还咬人呢，把我弄急了，我什么祖宗八代的话都能说！"麦幺花越发生气地说。

金忠礼觉得也不能行一时之快把她这个不速之客气走，这么冷的天，她跑到我们这穷乡僻壤来一定有她的意图，她哥又是一区之长，倘若她真受她哥指派来探听姚卿贤他们情况的，那就不是个好兆头。必须把她今天的来意套出来！于是他口气缓和地说："麦幺花，你大冷天来我们庄，我们很感激，你先坐下歇口气，有事慢慢说，我保证尽力帮助办。"

麦幺花朝金忠礼翻了一眼，走到章辅坐的长条凳旁，又向旁边的章辅看了一眼，然后坐下说："我这次来既是我哥麦区长指派的，也是我要来的。怎么这么说的呢？我哥派我来，他叫他的马车送我到乡公所，马车在那里歇着，我走来的。他叫我来做什些的呢？是为了她。"说着用手指了下章辅，又接着说："我自己要来的，是为哪个的呢？"她故意顿了一会儿，然后又用手指着金忠礼说："是为了他！"

金忠礼心里一惊，不知她"他为了她、她为了他"真实含意是什么，不敢刺激麦幺花，便笑着问："麦小姐能不能说得更明白些，让我们晴空挂月亮，来个一清二白呢。"

"好啊，你们听我说嘞。我哥指派我来看看她。"再指一下章辅，又继续说："我哥上次来吊唁，看中了这位美人，叫我来请她到我们庄园小叙，不知她能否赏光。"

金忠礼知道她是认错人了，章辅来几天就一直没出二爷家门，上次麦大庆看到的是周璧而非章辅。即使认错人也不可能让他这小心思得逞！"麦小姐，请你替我们金家谢谢麦区长，下次我带我亲戚登门拜访。只是现在她家里有急事，过一会儿我就送她过河回高庙。"说到这儿，他想到不能再把话题集中在章辅身上，话题一再指向她，难免她要张口说话，如果她一张口，她那满嘴的上海腔定让读过几天书的麦幺花起疑心，因而必须把话题引开，引向谁呢？引向自己吧，这麦幺花要当章辅的面瞎说一通，自己很难做人，但不引向自己，她就死盯住章辅，那绝对不行！这时必须保护章辅，于是他赶紧把话题往自己身上引："你刚才说为我，又是什么意思？说给我听听嘛。"

"为你，你心里没得数啊？我几次叫忠清送书、笔，带口信、书信给你，你没听没看啊？"麦幺花反问道。

"听啦，看啦！不就是两件事嘛，一个是你要参加读书会，一个是邀我到你家玩。到你家玩，我不是一直忙嘛，今年就没去过北阿镇，只要去北阿，一定去拜访你和你哥；至于参加读书会，你自己说说，我们邀请你多少次了，可是每次邀请你，你不但不来，还芦柴花敲鼓，一点音信都不得，你说怪哪个？"其实，麦幺花在带给给金忠礼的信里还有男女情感的内容，金忠礼故意不提，还把失信的球赐给麦幺花。

麦幺花的脸涨得通红，像火燎的一样，她一急又把她哥推了出来："不怪我，怪我哥！我要来参加，他不让，叫我怎么办？"说到这里，她又想起他金忠礼刚才的话明显是避实就虚，心想：他心里明明知道我在信中主要不是讲读书会，他倒把读书会拿出来搪塞我，我偏要把他真心话给挤出来。于是，她又说道："男子汉大丈夫，说话不要遮遮掩掩的，信里还有内容你不说，尽说些读书会这些鸡毛蒜皮的事。"

金忠礼并不避讳："还有你要跟我讨论男女爱情的问题，我一个穷教书先生，整天忙了学生就忙饭碗，这个问题哪是我能讨论的？跟我讨论是面糊汤里淘米，越淘（讨）越糊涂。你要是真想讨论这个问题，可以写信给巴金、郁达夫去讨论嘛，他们这些大家一定会给你最满意的答复。"

"讨论什么问题要费那个事啊，说出来，我跟你们嚼嚼白[16]。"金忠清带周璧、王辉到高集小学去找万立誉，学校早已放假，空无一人，她又带她们到万坝万立誉家里，给她们介绍后，她就离开了。这会儿到家门外就听到大哥刚才说的话，一进门便插上了嘴。进屋一见小学同桌麦幺花便又忙打招呼："哟，幺花啊，这大冷天是哪路神仙把你请来啦？老同学来怎么也不跟我讲一声，就这么悄悄的啊。哟，又长漂亮了，这辫子真好看。"说着又拉了拉麦幺花的大辫子。

见金忠清回来了，金忠礼才松了口气，要不然这场戏不知道怎么收场呢。于是，他赶忙把麦幺花派给金忠清："忠清啊，你看你一点同学情都没有，人家大老远地来，你不在家不说了，来家了还不烧口热水把人家喝喝，暖和暖和身子，不得什么好待客的，顺便洗些个山芋烀烀，留人家吃中饭噢!"

麦幺花一听烀山芋就要吐，那是我们家猪吃的，我怎么能吃这种猪食呢？赶紧走! 她说："哎哟，老同学就不客气了，我家里也有事，我得先家去了，我请你，金忠礼，还有你，我哥说的佳人，一定一定到我家做客。走，忠清，你陪我到乡公所，我还有话跟你说。"

15

送走麦幺花，金忠礼进屋对章辅说："狐狸进堂屋，来者不善啦。"章辅浑身轻松，坐在凳子上直起腰，深深地呼了口气。刚才任凭屋里唇如枪舌如剑，她一直不敢吱声，生怕暴露身份，这会儿放松了："也没什么善不善，从吾女人的视角观察，伊欢喜侬咯。""哈哈哈……怎么可能？一个大财主家的千金能喜欢一个穷教书先生？她肯屈驾嫁入我们这低矮的茅草屋？那是金苇湖水面上漂秤砣，不可能的! 再说了，她家是大地主，大地主是什么？是湖西恶霸哎，我怎么能喜欢她？"

说者无意，听者有心。金忠礼这句话让章辅心里像开了调味铺，真是五味杂陈，吾之前才跟侬说过吾爸是大地主，侬现在却对大地主女儿这态度，侬是说给麦千金听的还是说给吾听的呢？不管侬说给啥人听的，吾一个共产党人也必须表明自己的态度："侬这话非真理也! 侬晓得吾出身大地主家庭，但出身不由己，道路可选择! 再说了，天下的大地主都是一样的恶霸吗？天下大地主的女儿都是臭狗屎吗？"

其实刚才金忠礼话一出口已经感到不妥了，但也收不回了，现在看到章辅严肃的表情，又听到她这严厉的质问，他感到非常内疚，人家这么一位清纯高尚的女子离开家庭，冒着生命危险，千里迢迢来帮助我们翻身闹革命，我却用言语伤害她，赶紧认错："对不住，对不住，我糊涂了，对这些问题分不清，真是米汤洗头，糊涂到顶！其实，人跟人是不一样的，即便都是地主，也有开明的，甚至于支持革命的，不都是像麦天理这种坏话说尽、恶事做绝的恶霸。地主女儿与地主女儿更不一样，走什么路，要看她们接受的是什么教育，有像你这样参加革命，为劳苦大众的利益奋斗的凤凰，也有像麦幺花那样游手好闲、欺压百姓的乌鸦。我是说凤凰乌鸦不同群。"

章辅的情绪稳定了下来，她想分清敌友问题是革命中的一个非常复杂的大问题，一些入党多年的同志在这个问题面前还时常犯"左"倾或是右倾错误喃，何况他一个还未入党的青年农民呢？她正好就势给他上一课："这也不好怪侬，阿拉共产党人今天的奋斗是一场前所未有的革命，在这场革命中分清敌友是一个非常复杂而又重要的问题。谁是我们的朋友谁是我们的敌人这是革命的首要问题，更重要的是不但要分清敌交，还要化敌为友，阿拉如果能把革命道路上的一些阻力转化为革命的动力，那么，革命的动力就会增大，而革命道路上的阻力就会减少。换句话说，阿拉的朋友越多，阿拉的敌人就会越少。因此，分化敌人，团结更多的朋友一起革命，就是壮大革命力量，就是保证革命的成功。"

现在金忠礼的脸红得像火烧云了，他羞愧地说："真惭愧，自以为建了读书会，也读了不少书，就是一个革命者了，岂知还只是一个革命的门外汉，跟你们比就是青蛙望玉兔，有天壤之别，真惭愧。""侬也不要妄自菲薄了，今后坚持在革命斗争中学习，不会比阿拉差的。""一定好好学！"

这时，金忠清急急忙忙推门进来又关上门对他们俩说："你们恐怕要早做准备。""怎么啦？出什么事了吗？"金忠礼看出忠清的慌张，急切地问。章辅在一旁则淡定地说："别急，忠清，有什么事慢慢讲。"忠清喘口气说："才将¹⁷，幺花叫乡公所罗乡长打电话给她哥哥，不知道说了些什么。我怕她这里头有什么鬼八道，等她走后，我就一路跑了回来。"

"鬼八道，她一个小女子也玩不出多高明的把戏，但准备，我们还是要做的。"金忠礼说。

"必须有所准备。侬记得伊一来时说的那些话吗？伊来也是伊兄指派的，伊兄指派就有鬼，回电话一定是向伊兄通报情况。"章辅分析说。

金忠礼警觉地说："卿贤临走时，要我保护好你们，现在看来你们需要赶快转移了。"

"我想也是，现在立即离开这里。"章辅坚决地说。

"哎呀，周姐、王姐还没回来，不等她们一起吗？"金忠清在一旁着急地说。

"不能等！她们去哪个庄了？"金忠礼问。

"万坝。"金忠清答。

"那就撤到万坝，到立誉家先蹲几天。忠清，你们俩赶快收拾一下，我去借头小毛驴。"金忠礼说完转身出了屋。

不一会儿，金忠礼和大弟金忠信一起牵来了一头小毛驴。这时，章辅、忠清也把她们的东西收拾好了。金忠礼把章辅扶上毛驴，把缰绳递给金忠信："你们把她带到万校长家，注意安全。忠清路上小心扶住她点。遇到周姐她们就叫她们一起在万校长家住几天。我在这边应付乡里的区里的那帮家伙。"

金忠礼站在庄上见大弟牵着毛驴下了庄台，从街上向西走去，赶忙跑下去喊道："回来！回来！走这边。"一边喊一边招手还一边将手指向南边。金忠信牵着毛驴走到大哥面前不解地问："不是到万坝吗？这边向西拐过去向南直走就到了呀。"金忠礼拿过缰绳向东走了几步再把缰绳递给大弟说："这边，这边，向东然后向南绕路过去到万坝。"忠信接过缰绳没挪步："这多绕路啊？向东，拐向南，再拐向西，绕了大半圈了。""绕大半圈你也按我说的走！"金忠礼说着将大弟向东推了一把。忠信这才牵着毛驴向东走去，忠清拎着个竹篮跟在后面。"忠清，让他们向东，你回来向西。"金忠礼又把金忠清喊回来，待大弟牵着毛驴向东走了，他又对忠清说："大妹，你从街上走西边到万坝，路上要是遇到周姐、王姐她们，你就带她们再回万坝万校长家，千万不要让她们回金家庄。"金忠礼这样安排是有道理的，因为早上他曾跟麦幺花说章辅是四妈高庙的亲戚，等会儿就要过河回高庙，而从他家去渡口就是向东再折向南，他叫大弟带着章辅这样走，就是要让路人见到她，知道她去渡口过河了。而向西到万坝虽近，但要经过乡公所，万一碰到乡里那帮人被劫住就糟了，即便碰不到乡里人，街上人看到了也知道她不是去渡口的。

　　章辅到了万坝与周璧、王辉一起在万校长家安顿了后，才佩服金忠礼这样安排的高明缜密。

16

　　送走章辅，金忠礼回到自家这边。他关上门刚坐下，就感到房梁上的灰往下掉，原来屋外的嘈杂声一阵响过一阵，开门一看，罗乡长带几个乡丁已来到了门口。

　　这罗乡长就是金苇乡的罗界义乡长，刚才金忠清说麦幺花请罗乡长打电话的就是这位。他还有个弟弟叫罗界仁，在高黎区磨脐乡当乡长，兄弟俩名谓仁义，但都以心狠手辣闻名于湖西。因为长得高大粗壮，乡里人私下里都叫他们"骚牯牛"，意指其野蛮、凶狠、霸道。你听他一发话那声音也像骚牯牛一样，低沉而亢奋，数十米开外都能听到他们的嚷嚷声。因而，这哥哥罗界义乡长一开口，房梁上的黑灰与他的脏话同时降下："浪奶奶的金先生，你个胆子比高邮湖还大呢啊，把个绝世佳人藏家里，竟敢不向我乡公所报告。金先生，我告诉你，那天在圩堤上你抢我乡丁的枪，违抗乡丁命令，账还没跟你算呢，浪奶奶的，你真是想吃官司了啊。"

　　旁边的乡丁蠢鸡指着金忠礼说："对，就是他，带头违抗乡里命令，还夺我枪支。"

　　"乡长大人，我就是浑身上下长满了胆，也不敢违抗您的命令，更不敢有什么事瞒着您乡长啊！哪个伤天害理的挨枪子的小人瞎说八道啊？哪来的绝世佳人啦？那是我四妈高庙的亲戚来奔丧的。罗乡长，死人为大，这拿死人开玩笑，这人也太阴缺了吧？"金忠礼边说边用眼睛瞪了一下挤过来的蠢鸡。

　　"浪奶奶的那天夺枪的事不说了，过了年你们把那圩堤收拾好就行。浪的，我今个单跟你说你亲戚的事。我跟你说，奔丧，没事的！浪奶奶的这样，你把那亲戚喊出来让我这个乡长查验一下，行吧？"罗乡长昂着头挺着胸要求道。

　　"四爷、四妈已经下葬，她们也已各自回家了。"金忠礼答道。

"回家？浪奶奶的，做贼的遇见打劫的了，这么巧啊？我不来，你藏着，我一来，你说走了，浪奶奶的是神啊还是鬼啊？"罗乡长斜视着金忠礼说。

"罗乡长，你是金苇乡最高的长官，这十里八乡的哪个还敢在你面前玩什么花花肠子吗？"金忠礼抬举他说。

"那倒也是，浪奶奶的哪个刀杀的敢跟我玩花花肠子，我就把他的花花肠子扯出来，一阵乱剁，剁成烂泥扔到金苇湖里喂鱼去。"罗乡长一边说还一边做着扯拽、刀剁、抛掷的动作。

这时，路上传来了马车声，金大爷屋里屋外所有人都循声望去。哟，是麦区长的马车。罗乡长连忙小跑迎向马车，几个乡丁也跟着罗乡长一路小跑过去。金忠礼站在家门口也往那路上看。只见麦区长马车在路口停了下来，罗乡长跑过了马车，又往回跑到马车旁，低着头弓着腰，将比自己小二十多岁、矮20厘米的麦区长搀扶下马车，一路上弓着腰一颠一颠地跟在如他刚才一样昂头挺胸的麦区长侧后，向金家这边走来。金忠礼看着这情形，不由得从心里发出一种轻蔑的笑声。

兴冲冲赶来的麦大庆听说那佳人走了，心里如老鼠掉进灰烬里，又憋气又窝火。他大妹对他说：那绝对是一个绝世佳人，鲫鱼眼柳叶眉，乌黑头发下长着一张白里透红的脸，从眼睛到鼻子再到嘴角都堆着满满的笑，我见了都着迷，何况哥你嘛！大妹的一番话把麦大庆心里撩得痒絮絮的，像有人用芦苇花轻轻地在他的心上悠荡。他当即在电话里叫罗界义带人先去把人控制住，他即刻就到。一路上乐滋滋做着纳妾美梦的他赶到这儿却不见了佳人，先把罗乡长训斥了一番，把高他半头的骚牯牛骂得头几乎低到了裤裆，气仍未消，他又转过头来对着金忠礼怒斥一番："你浪的以为是老同学，就可以跟我黄狗当马骑，胡来是吧！浪的，我是一区之长哎，我动一句嘴，全区人都要跑断腿的哎。浪的，就你不听，小花叫你把她留住，浪的你就是不留。你是先生，你本事大是吧？我跟你讲，你不把她交出来，你看你金家这辈子有得好！"

金忠礼待他喷完，连捧带刺地说道："区长大人，自从你当了区长后，我就只喊你区长，再也没把你当同学，你的命令只要到我这儿，我都是当圣旨一样看待的，没有说半个不字。你说我四妈的这亲戚，你要叫留住，就是她家里的事再急也要把她留住啊，可你没有半个字的指令，麦幺花来了半天也没说一个留字。即使这样，区长大人也不要急，消消气，你真想见她，赶明儿我带个信去叫她过来一趟不就行了嘛。"

这下，麦大庆心里又怪起了大妹麦幺花，她只晓得会自己心上人，忘掉了她哥的心上人，指定她没说留，怪金忠礼有何用？洋美人走了，还有土美人嘛，退而求其次吧。因而，他吩咐道："罗乡长，你们几个到他们金家这三户看一下，看看我这位老同学是不是跟我玩花花肠子。到金老二家顺便把金忠清叫来，我跟她唠唠。"

看着罗乡长带着乡丁向二爷、三爷家去了，金忠礼心里又犯嘀咕了，他倒不是怕他们搜出什么，怕的是怎么回答忠清的行踪，他自己肯定不便正面回答，只有她两个弟弟忠慈、忠国回答。先前送章辅走时他们也在，当时只跟他交代说章辅回高庙了，但并没教他们说忠清去哪儿了，这两个小弟要是说漏了嘴，那纰漏就大了。想到这儿，金忠礼对麦大庆说："麦区长，你先在屋里坐坐，我去照应[18]一下。"说完便抬脚向二爷家走去。"站住！老同学，浪的，你玩什么溜子[19]啊？我在你屋里，你主人不陪，这叫什么礼数啊？浪的，还亏你名字上有个'礼'嘛。"金忠礼只得回来陪他谈天说地。

不一会儿，罗乡长带队回来报告，金家来奔丧的亲戚确实一个不剩，全都走了。"金忠清嘛？""她也不在家！""她家关门上锁啦？浪的，人走绝了啊？""浪奶奶的只剩两个小罗汉狗子。""浪的，把那两个罗汉狗子揪来！"听得出，麦大庆对罗乡长办事很不满意，看他走了还掉过头对金忠礼说："浪的，手下全是这种尿人，长得脑满肠肥，浪的办起事来都是他妈戏台上的小兵，走走过场。"

金忠清两个小弟金忠慈、金忠国被带到麦大庆面前，麦大庆先走到大一点的金忠慈面前，眼睛瞪得像个骚猪卵子似的狠狠地盯着金忠慈看了一会儿，一句话没说又把两只骚猪卵子转向小一点的金忠国。猛然，他伸出手揪住他的服领，喷出三个字："你姐嘛！"这三个字像是从肚里就开始吐，一直向上冲，到喉咙这块被盖住，而后再运气，挤出了盖子，喷了出来，沉闷而凶猛。他这一个动作、一句话让屋里所有人都心里一拎。罗乡长心里咯噔一下，难不成他麦区长揪到一个小共产党？金忠礼心里一紧，心里骂麦大庆卑鄙，对小孩子来这么突然的恐吓，他担心忠国承受不住把姚卿贤他们五人住在他家的事说出来，他一边向忠国使眼色，一边在心里默念：忠国啊，你可要挺住啊。金忠慈表现最激烈，他见小弟被人揪住服

47

领，立刻嘴里喊着"不准打我弟!"两手已上去使劲掰麦大庆抓忠国的那只手。最淡定的却是金忠国，他一边配合哥哥忠慈，用两只小手抓麦大庆的手腕，一边对麦大庆说："你勒住我嗓子了，我怎么告诉你!"这时，金忠礼上去拉开麦大庆说："麦区长，他一个小孩在你堂堂大区长面前还不是毕恭毕敬的啊？犯得着来这一手吗？有事照问，他会好好回答你的。""他小啊？浪的小泥鳅还翻大浪呢，我来这一手，就是防止他耍滑头、跟我瞎说八道的。浪的好，那你说你姐不在家充²⁰哪去了？"金忠国仰对着麦大庆不紧不慢地说："先那晚²¹，她说新年快到了，去买个新三角巾戴戴，就跟高庙的表姐一前一后走了。""那是到高黎还是到北阿买三角巾啊？"麦大庆追问道。金忠国摇着头说："她没说，或许到高黎，或许到北阿，或许还有别的街，我姐这人就像个大仙，云里雾里，想到哪块是哪块，家里不晓得她猴在哪块的。"说到最后还不忘埋怨姐姐一下。

麦大庆听着听着就已不耐烦，他也知道在他们金家就是问一天，也问不出个名堂出来，但他心里有数，金苇乡这一块地方，有他金家在就不会是一块安宁的地方，必须要想一个能监视、控制金家人的万全之策，这得回家后好好谋划，今天不如先从控制他读书会开始吧。于是，他对金忠礼说："忠礼，我今个先走了，你改天到区里去一趟，把你们那个读书会到区里登一下记，登记后就是合法的了，就可以开展读书活动了。""怎么个登记法？"金忠礼问。"很简单很简单，你把主办人、人员基本情况、活动时间地点、读什么书等这些报给区里就行了，浪的很简单。"

金忠礼听出他的意思是要把读书会控制在他手里，但也不是说他想控制就能控制的，到时可以给他来个反控制，今天先答应他再作计议："好吧，你放心，等年关过了开了春我去登个记。"麦大庆心想也就是等个两三月的时间，这两个月天寒地冻的，量你也搞不出什么大事来："浪的那好，一言为定!"说完打道回府。金忠礼抬起一只手向麦大庆一帮人摆手送行，另一只手抚摩着金忠国的头，心想今天他是打退麦大庆的主角，十二三岁的年纪，那么沉着机灵，将来一定可堪大任。

17

周璧、王辉、章辅在万坝住了几天又回到了金家庄金二爷家吃住。余伟在高黎镇做了一段时间工作也回到了这里。姚卿贤在北阿镇联络考察了一些人，后接到上级通知回安徽开了几天会，今天才赶回金家庄。他一到金二爷家就召集另四人开会，传达上级指示，布置下一步工作："同志们，形势紧迫，上级要求加快发展党组织，紧快在湖西地区建立各级抗日民主政权和武装组织，根据这一要求，我们发展本地党员的步伐要加快，争取在年底前把湖西党组织建立起来。现在各人先报告一下这段时间调研考察的情况，尽管时间紧，但条件不能降低，各人报告时可以把成熟的说一下，成熟一个发展一个。"

这些天来，章辅对金忠礼、金忠清的了解逐渐加深，她认为要在湖西发展党员，他俩必须是第一批，她生怕被别人抢了先，便抢着发言："我先说说。我这边成熟的有金大爷家的金忠礼、二爷家的金忠清。"接着她把这两人思想和现实表现叙说了一遍。因为大家对这两人比较了解，便一致认为这两人确已成熟，可以发展入党。章辅见大家高度赞同她的意见，心里像是春天的花园一样，众鸟欢鸣，百花奔放。

接着周璧、王辉报告了工作情况，并报了胡忠道、丁固远、万笃禧、万立誉、马义泰等五位成熟对象。然后余伟报告说：高黎镇情况比较复杂，反动势力比较猖狂，目前纪铁胜、纪明葵、朱德仁、孙峰四人比较成熟，还有一个是区自卫队的，正在做工作，有待进一步考验。姚卿贤自己报了闵权、张之图、杨永州、吴克春四人。最后，姚卿贤说：根据刚才各位报的名单，我们暂时都把他们作为发展对象，你们继续跟踪考察，过两天我去向上级汇报一下，等上级批准后，我们进一步完善发展程序，尽快建立湖西党组织。

几天后，姚卿贤从安徽回到湖西，带来了上级关于建立党的湖西支部的批复，同意金忠礼、金忠清、胡忠道、万立誉、闵权、吴克春等16人为湖西地区第一批党员。经过一番准备，从12月20号开始至26号结束，用一周时间分头进行入党宣誓仪式。

1939年12月20日清晨，金忠礼早早起床穿了件黑色的旧棉袄在家里屋外忙了一阵，太阳出来时拿出一挂小鞭在家门口燃放了一会儿，待硝烟散尽回屋换了件灰色长袍，还是那天打碎穿的那件，虽然旧一些但洗得干干净净，穿在身上格外精神，他将长袍拽拽平，叫忠信拎着旋网，把忠慈、忠臣、忠国、忠翠、忠智一起喊上跟他走。一帮少男少女腰上系着绳子，肩上扛着笆子等工具，一路说说笑笑互相追逐着，向东拐向南朝湖边走去。乡里人一看便知是去捕鱼和拾柴的。

滩上的芦苇已经收割殆尽，见到的只是远近高低地堆着的一堆堆柴垛和横七竖八地散落的一根根柴草。远近早已有一些穷人的孩子在拾或笆散落的柴草，而荡里的芦苇还挺立在水里，向人们展示着它顽强的生命力。在湖西这地方，上等柴滩都是麦天理和另几个地主的，另一些富裕的人家只有极少数的购买十几亩、几十亩柴滩，还有一些中等人家平时用柴则是用现金购买。而穷苦人家烧柴都是在滩上、路上拾或者用笆子笆掉下来的柴草，或者是割财主不要的劣等柴和水里不便割的柴草，他们割的、拾的柴草除了背回家烧火，也有的卖给别人换点零用钱。

滩上芦苇割掉了，留下几寸长的根部像一支支埋在土里的暗剑错乱地凸出滩面，非常锋利。尤其北阿这一块金苇柴滩，更硬、更尖、更锐，若是不小心踩上去定会穿透脚板，直通脚面。即便是湖西人每到冬天割柴草季节，戳坏鞋的、戳破脚的也大有人在。所以上柴滩割柴挑柴与割麦栽秧、挑大圩、防洪护堤是湖西人最苦最累的四项活计，前两项是男人、女人共同的苦活，后两项是男人的专属苦活，能把这些活做下来的人，在湖西就没有什么活能让他们退缩的了。

在滩上走路很有讲究，不能像平时抬脚向前迈的。像平时走路一样地迈步极易戳到脚。这儿的人走这芦签地一般都是向前刺着走，脚不抬，或抬到不超过芦签就向前伸，前脚刺到前边，后脚跟着刮到前面，避开芦签那尖锐的锋芒。要么就是沿着别人踩出来的老路走，那里的芦签已被压平，不会再对人造成伤害。也有人到这滩上抬脚找没有芦签的空隙间着走，湖西人一看就知道这是个没上过柴滩的人，他不是来割柴的是来看风景的。

金家小兄弟都穿着草鞋，他们先是沿着老路走，没有路就直刺，一会儿就到了湖边。金忠信把旋网放到船上后便带领一帮小的分散在周围拾草、笆草，实际上，他们既是拾柴更是为将在船上举行的重要活动站岗放哨。

金忠礼放心地上了四爷、四妈原来的渔船。四爷、四妈去世后，这条渔船没人照应，一直扣在湖边。后来金忠礼想到今后参加革命、打日本鬼子或许能用得上，就和家人一起将这条船清洗维修，又用桐油油了一遍，现在与新船没什么两样。昨晚章辅找他谈入党的事，结束时问宣誓地点选哪里时，他立即想到了这条船。因为他和金忠清是家庭堂兄妹，最后章辅决定他们俩明天早上一起到船上宣誓。

不一会儿，姚卿贤、章辅陆续赶到，他们俩是金忠礼、金忠清的入党介绍人，章辅要给他们领誓，姚卿贤要向他们宣布上级的批复。

脚前脚后，金忠清也到了。她今天上身穿着件天蓝色的罩褂，下身是黑色长裤，最显眼的是头上那条红色的三角巾，在阳光照射下分外鲜亮。她走到船尾，大哥金忠礼在船头，两个人一个划桨一个撑篙，协力将渔船撑到芦苇深处的一片水域里。这里四周都是芦苇，唯有头顶上一片蓝天，蓝天上一群群白鹭翩翩起舞，芦荡中一只只苇莺尽情歌唱。章辅带着金忠礼、金忠清站在船头向党宣誓：牺牲个人，严守秘密，阶级斗争，努力革命，服从党纪，永不叛党！

宣誓结束，章辅与他俩紧紧地握手。姚卿贤也从船舱里上来与他俩握手祝贺，并向他们宣布上级关于成立湖西支部，支部书记由姚卿贤担任的决定。金忠礼非常激动，几年努力找党，今天终于成为中国共产党的一员，激动的心情无以言表，只是在心里默默决定，这辈子把这个身躯就交给党了，正如誓言中说的努力革命，全身心地为党工作，赶走日本侵略者，解放劳苦大众。放着一星火，能烧万顷柴，把我们这星星之火点亮整个湖西。

三天里湖西地区第一批16名党员全部宣誓完毕，中国共产党湖西地区最早的基层组织"湖西党支部"也宣告成立。党组织建立后，姚卿贤将湖西党员力量进行了新的分工，提出了新的要求：周璧、王辉、余伟带领高黎镇的党员集中做高黎镇工作，他和章辅、金忠礼与北阿镇党员一起做好北阿镇工作，任务是摸清敌情、发动群众。要了解清楚各乡自卫队的人数、枪支、弹药情况，区乡政权的活动情况，地主反动分子的思想动态和国民党军队在湖西的动态，同时，每个人再发展两名党员，为开春后建立抗日民主政权做好人力、物力和思想上的准备。

湖西党支部成立后第二天，周璧、王辉、余伟三人便渡过金苇河到高黎镇继续开展党的工作。姚卿贤与刚入党的北阿镇党员闵权、杨永州一起再次出发到北阿镇，他们这次去有一项重要任务，就是为在那里成立高宝县抗日民主政府做前期准备。留在金苇乡的金忠礼、万立誉征得章辅的同意开始着手筹办农民夜校。

18

　　夜校设在高集小学，金家、万家老少齐动员，不但两家族的人悉数参加，连金老爷子金仁善也去听课，还通过他们挨家挨户劝说亲戚、朋友、街邻和小伙伴去读夜校。年初六，开学上第一堂课，一间教室坐满了，到年初九上第二次课时，一间教室坐不下，改在了小礼堂上课。每三天上一次课，每次上70分钟左右，分三节，第一节30分钟由万校长教识字，第二节20分钟由金忠礼讲当前形势，宣传党的抗日方针和民主思想，第三节20分钟，由章辅教唱抗日歌曲。为了更好地开展工作，章辅此时以高集小学教师的身份已在金苇乡公开亮相。

　　前几次上课平安无事，三月初的这次上课却遭遇了不测。这天照例由万校长先教识字，大家跟万校长读字的声音很响亮，校园外都能听得见。待金忠礼讲课时，校园里则一片静寂。他讲道："中国共产党的抗击日本侵略者的战略总方针是建立抗日民族统一战线，就是要发展进步势力，争取中间势力，孤立顽固势力。我们做苦力的人都晓得，一人一双手做事没帮手，十人十双手推倒大山走。我们身上有三座大山……"突然，万校长插上来又领着大家朗读黑板没有擦去的歌谣："日本强盗黑心肠，开着汽艇来扫荡，坏事件件全做尽，奸淫烧杀又抢粮。全国工农兵学商，齐心协力打豺狼，拿起锄头和镰刀，人人都来保家乡。"

　　金忠礼走出礼堂，原来又是罗乡长派的那两个乡丁头子在外边伸着脖子朝礼堂里张望呢。一个是蠢鸡，一个是脓猪，金忠礼与这两个乡丁已打了多次交道，不打不成相识。两个乡丁知道金忠礼有两下子也不是好惹的，因而对他有时也套近乎，有事也放一马。而金忠礼对他们也是另眼看待，觉得这两人还是可以争取的，因而平时对他们也很客气，他们来了也不赶他们出校园，经常还递支烟给他们抽抽。不过他对罗乡长是早已有防备的，他跟万校长进行了分工，万校长上课，他就在校园里转转，他上课，万校长就到校园里晃晃，发现异常就立即改为识字。这次又跟往常一样将罗乡长派来的人支走了。

52

最后，章辅教唱歌，她先带大家复习一下上次课教的由金忠礼写词、章辅谱曲的歌："抗日精神的种子，普遍地撒在农村。动员全国各界民众，收获全靠锄头耕耘。宣传向大众，文盲要摘帽。发扬抗战积极性，提高民族自尊心，让湖西水乡满湖遍野，飘扬着我们抗日的歌声，飘扬着我们抗日的歌声。"一曲唱完，章辅说："湖西真是个美丽的地方，水美，人美，歌唱得也美。今天我们教《大刀向鬼子们的头上砍去》……"章辅还未教唱，外边先是传来狗吠声、马嘶声，进而又传来队伍的脚步声和队长的指令声。金忠礼迅速将章辅带到教室后边的人群中，金忠清则上台开始教唱。

麦大庆、罗乡长带着一帮黑狗子推门而入。先前来的蠢鸡和脓猪两个乡丁，金忠礼跟他们打个照面，递支烟，很快就被支走了，他以为跟往常一样他们也就是随便看看，没什么事。但是，这次却与往常不一样，那两个乡丁只是来确认一下活动是否正在进行，然后出去向麦大庆报告了。麦大庆带区自卫队在乡公所等候。一个月前他就接到内线报告，说夜校上课的有一个操上海口音的女先生，人长得漂亮，说话跟唱歌一样，好像是个什么领头的，连万校长他们都听她的。当时，麦大庆就怀疑她是新四军的人，因为省里韩主席已有训令下来，告知新四军正在向淮宝、盐埠地区渗透，各地要密切注意他们的动向，若有少量新四军人员在当地出没可以秘密抓捕，或利用其他武装消灭之。因对她还有没有其他同伙不知情，又对"秘密抓捕"和"其他武装"吃不透才没有妨碍夜校的正常活动。后来还是他老子麦天理精明，点拨他："秘密抓捕"就是神不知鬼不觉，在她睡觉时将她抓捕，哪个看到了，把看到的人一起抓来；"其他武装"，就是利用湖匪或是"小刀会"将他们消灭，我们不费一枪一弹，也不担任何名声就解决问题。老子是跟他说得清清楚楚，可是他急于要见这个漂亮女子，并也就没有秘密地，也没用其他武装，自己亲自带着区自卫队加上罗乡长的乡丁总共几十号人直接闯进了学校的小礼堂，在讲台前站了一排，有几个端着枪又顺两侧走道各站一路，外边剩下的把守着礼堂四周。

"把那个上海大闺娘交出来！"站在麦大庆旁边的罗乡长拿着手枪比画着说。

金忠礼上前说道："麦区长、罗乡长，让成人识字也是你们号召的，我们这是响应你们的号召才办这个夜校的，犯得着你们扛枪舞棒地来镇压？"

麦大庆眼睛在室内一边来回扫一边说："老同学，浪的，今天不是跟你耍嘴皮子的时候，你们办夜校我不反对，我今天来不是冲着夜校的，浪的我是冲着那个上海囡娘的，你叫她出来，夜校什么事没有，外甥打灯笼，浪的照旧（舅）。"

金忠礼装着很吃惊地问："麦区长，我们金苇这是哪一年修的，穷乡僻壤来了个上海佳丽？是仙女下凡，还是等您区长大人给我们派一个啊？"下边一阵乱喊："请区长大人派个来！"

"金先生，我尊称你先生，先生是个高尚的职业，他教学生诚实，浪的自己可不能不诚实啊！"麦大庆有点不耐烦了。

"区长大人，你这菜咸得叫我下不了口了，真言（盐）重了。这上海囡娘，我说没有，你说有，莫非你亲眼所见？"金忠礼继续与他周旋。

"你是让我拿证据啊？我没看到，浪的有人证明。来人！"麦大庆说着向罗乡长使了个眼色。罗乡长又向那两乡丁说了声："你们细细说给他听。"

蠢鸡、脓猪两乡丁走到金忠礼前面说："老弟，对不住了。我们亲眼所见，亲耳所听。你们每次夜校我们都来了，每次都在外边听到有个囡娘说上海话，还唱上海小调。"金忠礼见是刚才给烟打发他们离开的蠢鸡、脓猪两个熟悉的乡丁，便拍着近前的蠢鸡肩膀说："哟，是你们呀？你们看她长什么样了吗？可不要认错人啊！""那人倒没有见过，我们在外边就是听到过她的声音，不是我们湖西口音。"

他俩这一说，倒使金忠礼悬着的心放了下来，他想，看来这俩乡丁并没坏到头顶，将来说不定还是可以争取为我所用的。同时，他灵机一动又想出了应付这俩乡丁刚才所言之语的法子。他转向麦大庆大笑了一刻说道："麦区长，这真是糟鼻子不吃酒，枉担其名啦。来来来，我叫这个上海囡娘出来把你看看！忠清，你来，唱段越剧给他们听听，看你这个上海囡娘上海话说得怎么样！"

金忠清大大方方地走到讲台前，清了清嗓子，开口唱了段越剧《梁山伯与祝英台》唱段："书房门前一枝梅，树上鸟儿对打对。喜鹊满树喳喳叫，向你梁兄报喜来。"唱完两手一合向大家作了三个揖。下边一片叫好声。

"哟，忠清啊，以前只听过你唱秧歌，唱扬剧、淮剧，可从来没听过你唱越剧啊！"听了金忠清这甜美的歌声，麦大庆是又欣赏又怀疑。

金忠清又用上海腔回道："侬弗听过，吾亦会唱的呀。"

罗乡长不耐烦地说："麦区长不要听她在这里糊弄你了，肯定还有一个上海女子，你下令，我们一个个问不就出来了！"

"好！你们一个个查问！"麦大庆把手一挥下了令。

这时，后边有两个人向前边走来，一个穿着长袍，外边罩着件马褂，一个穿着西装，外边穿着件长大衣。这穿长袍的是金苇乡行医开药铺的胡忠道先生，他也是湖西第一批党员之一；穿西装的是省财政厅的处长、胡忠道的大哥胡忠民，前年逃出南京后到扬州做了几个月财政局长，现在辞官在家，他回来准备行医或者种田，后听大弟说金忠礼他们办夜校，他觉得这是启发民智非常好的活动，便与大弟一起来看看，正巧就碰上麦区长他们这一出。

他俩还没走到面前，麦大庆便迎上去点头哈腰地说："哎哟哟，胡处长，您处长大人怎么也在这里？您大人不会是到夜校来识字的吧？"

"我识不识字你区长大人不晓得吗？我是想来考察一下他们启发民智的做法。忠礼他们办夜校，让这些老老少少摘掉文盲的帽子，是天大的好事啊！你们区里乡里应该支持才是，怎么能这么兴师动众地来问罪呢？"胡忠民看着麦大庆说。

"处长大人，我们不是对忠礼办夜校兴师问罪，我们是奉命抓一个上海囡娘。"麦大庆赔着笑脸说。

胡忠民手向礼堂里一挥说："你看看，麦区长，不讲这里没有上海姑娘，就是有，人家到你这穷乡村教书、教农民识字，是多好的事啊？你抓人家干什么？吃饱撑的啊？"

麦大庆凑上去小声说："我怕她是共产党！"

胡忠民严厉地说："麦区长，你不看看现在是什么形势！现在是全国团结一致统一抗日，国共已经合作几年，共产党的军队也已改编成八路军和新四军，由国民政府统一指挥，你现在要做的事是带领北阿区人民去抗日，还抓什么共产党？！请把你们的人撤走，让他们继续上课！"

待麦大庆的人马撤走后，金忠礼与胡忠民相视一笑，金忠礼说："谢谢大哥相助！这些人平时横行乡里惯了，想抓谁就要抓谁，你看我们这穷地方办个夜校都不得安宁，哪一天能甩掉这个穷字？"金忠礼知道胡忠民是在国民党政府做事的，他现在还吃不准他这位大表哥对共产党的真实态度，因而说些桌面上的话试探他一下。胡忠民还是很精明的，他刚才听课时就已经猜到这里边肯定有共产党，但他对共产党没有什么反感，反而对共产党的一些主张还点头称赞，因而他平时对共产党是同情的。他刚才出面力挺金忠礼，叱走麦大庆，也是出于这一态度。这会儿风云过去了，他也想指点一下他这个大表弟："老表弟啊，办夜校是好事，摘文盲帽子，也是为了摘穷帽子，只是你们做事不能跟乡里、区里硬杠，他们不喜欢，你们就要少做或是瞒着做，要改变穷乡面貌，就要按照国父中山先生的遗训去做，解决好民生问题。当然了，现在一切服从抗日，我们就要先把抗日的事做好。"金忠礼这时并不想与大表哥讨论这些问题，他头脑里考虑的是章辅的安全问题，因而他点头说："是的，表哥。以后有什么事我还要跟你请教嗬。"胡忠民说："我也是想为乡里乡亲们做点事的，这辈子也是想改变我们湖西的穷面貌。这样吧，改天你们几个到我家喝杯茶，我们一起商量商量怎样改变湖西这种落后的样子。"

19

夜校散学后，金忠礼把章辅、金忠清送到二爷家后回到自己家。平时他上完夜校都很累，一躺下去就睡着，今天怎么也睡不着。他在想，这里边是不是有人到乡里、区里告密？如果有人告密，那会不会有人跟踪我们？如果有，不好！如果真有，那章辅这会儿就不安全了，他麦大庆也是个鬼精的人，说不定再来个回马枪，那章辅就危险了。想到这儿，金忠礼出了一身冷汗。他一骨碌爬起来，穿上衣服喊上大弟金忠信、大妹金忠苇一起直奔二爷家。

他们轻轻地敲开了二爷家的门，看到他们兄妹仁站在黑夜中，金忠清很惊讶，以为大爷家出了什么事，紧张得都不知说什么话了。章辅倒特别冷静，毕竟这几年经历了许多突发事件，深夜转移的事经常发生，因而她淡定地问："出啥事了？要弗马上转移？""立刻上船！章姐！"这是他第一次这样称呼章辅为姐，其实他比章辅还大呢，他这样称呼她"姐"，是发自内心的一种敬重。章辅听金忠礼在这么急促情况下叫她"姐",一种暖流涌上心头。平时,他称周璧、王辉她们为姐,而对她既不称姐也不称妹,她甚是吃醋,今天在那两位姐不在场的情况下听到他叫姐,她满心欢喜。然而,此时此刻他那坚决而又急促的答声不容她再让思绪漫飞,于是她没再说话便转身去取东西。忠清则在旁边问大哥:"他们人没走?""很难说,我就觉得今夜不上船就要出事的样子。"

金忠礼将他们三人送到向南往湖边的路上,又对忠信叮嘱了一番。看他们消失在夜幕中,才一路高一脚低一脚地摸黑往回走,刚上自家庄台,看见一个黑影在自家门口,他倏地一下闪到门前一棵大树后向门口看,那人已不见踪影。他揉了揉眼睛向四周搜寻一遍,什么也没找到。鬼啊,明明一个黑影在自家门口,这会儿却什么也看不到了。他是不相信有鬼的,但他没有轻易地走向前,而是仍在大树后屏住呼吸,睁大眼睛向家门口来回扫着,依然鬼影没有一个。忽然身后响起轻微的脚步声,他猛地一转身,两手一下抓住那黑影的肩膀,正要来个侧摔,只听黑影说:"忠礼,是我。"金忠礼听出是姚卿贤的声音,连忙松开手问:"出事了?""出事了!章辅在哪儿?""已向船上转移。""好样的,我没看走眼,有你保护她的安全我就放心了。麦大庆肯定要带人追过来,我不能久留,这是我离开后湖西的一些安排,你交给章辅,我这就过河去。"说着交给金忠礼一张纸条,然后拍了下金忠礼的肩膀转身就走。金忠礼追上去说:"我去找条船送你过河。""不用了,湖边我熟悉一家渔民,我去找他。你们一定要坚定信念!后会有期。"

姚卿贤在北阿开展工作一直住在他姐姐、姐夫家,他在镇上宣传抗日、秘密发展党员,这次又为成立抗日民主政权选择地址、筹集经费,他的这些活动遭到麦大庆的怀疑,麦大庆已将他列入监视对象,还派人到安徽龙岗暗地调查他的情况。可巧,今天麦大庆去金苇乡捉拿上海姑娘,没捉到反被胡处长一顿教训,心里窝着火。从高集学校出来便把罗乡长骂了一通。罗乡长赔着笑脸说:"区长大人,想不想把那个上海闺娘抓住?""浪的你不是屁话吗?我深更半夜劳师动众到你金苇乡,我来你乡里看夜景的啊?"罗乡长点头继续说道:"那是,那肯定是为那上海闺娘的。这样子区长,您先回府,只是,你要丢几个兄弟把我,浪奶奶的下半夜我去掀她被窝,我保证把那个上海闺娘送到你面前。"有了这保证,麦大庆心里也舒坦多了，临走时又撂给罗乡长一句话："那个上海囝娘连头搭尾、完完整整地到我面前，有重赏！"

麦大庆一路上想着好事、做着美梦回到麦家庄园，那个去天长龙岗调查姚卿贤的人也回来了。他想，看来今天鸿运当头啊，桃花运、富贵运都来啦！他连忙问那人："是共产党吧？""不光是，捉虱子逮到个苍蝇，还是个大共产党喃。""怎么讲？""这个姓姚的是他们共产党派到我们湖西找人入伙的，去年就来了，现在几个月下来，不晓得在我们湖西这窟拉了多少人入伙、哪些人被他拉入伙了。""不晓得，浪的抓住他不就全晓得了嘛！赶快去区公所，集合队伍。"

幸亏，这几个月姚卿贤在北阿镇时与麦大庆大妹麦幺花也有接触做工作，麦幺花对他印象也不错。刚才，麦大庆与那个到安徽调查的人在客厅里谈话时，麦幺花正在隔壁书房，他们的对话她也听到了。这麦幺花与麦大庆一个爸，不是一个妈，她对他有时亲，有时怨，也有时恨，对他的事有时帮忙，有时旁观，有时还拆台，完全看她当时的情绪。这会儿她的情绪在姚卿贤这边，因而趁她哥哥到区公所时，她跑到姚卿贤姐姐家，把有人要抓捕他的消息告诉了他。姚卿贤二话没说带上枪和笔记本从后门跑进黑夜中。

麦大庆带人到姚卿贤姐姐家没抓到人，把他姐姐家前前后后、旮旮旯旯翻了个遍，又对姚卿贤姐姐、姐夫盘问了半天，最后决定带着人马一路向金苇乡追捕。追到金苇乡正碰上罗乡长几人，麦大庆问："那个上海囝娘抓到了？"罗乡长不敢正眼看麦大庆："这就去。""浪的这都什么时候了？你才去！眼看着天都要亮了。"罗乡长揉揉眼睛说："睡过了。""浪的你这个屋尿[22]！现在去，人早跑了！""跑不了，浪奶奶的我这就去把她从被窝里拎到你跟前。""快去！抓到了，到湖边会合。"麦大庆说完继续向湖边追，罗乡长则带着几个人一路向金二爷家跑去。

麦大庆到湖边时，天已放亮，各家渔船早已离岸收渔网了，渡口附近只剩摆渡船和运输船，几个男人从滩上挑着柴草往船上装。麦大庆立即吩咐他的人马分头到各条船上搜查。这边还没搜完，那边罗乡长气喘吁吁地耷拉着个脑袋向麦大庆报告："没找到。"麦大庆骂道："浪的我就晓得你是个芦柴做的房梁，没用的东西！""麦区长，不是我没用，而是金苇乡压根儿就没有什么上海姑娘，浪奶奶的就是我这两个蠢货、脓包乡丁嚼蛆瞎嚼出来的。""是是是，是我们瞎嚼的。"那两个乡丁立马顺着罗乡长的话说了一句。麦大庆怒吼道："浪的给我挨家挨户搜！绝不让共产党在湖西这块地上播种！"

20

"我们共产党不光是要在湖西这块地上把种播下去，还要让她发芽、开花、结果，长成枝繁叶茂的参天大树。麦大庆他们蹦跶不了几天了。"金忠礼对吴克春、董仲岳说。清明刚过，金忠礼就接到新的任务：一天之内赶到安徽桐城为到湖西来的同志做向导。

赶到桐城时，他们才知道，中共皖东省委派胡扬、张灿明到湖西建立抗日民主政权，先由张灿明率许午阳、张剑飞等一批干部和新四军五支队一个连的兵力奔赴湖西，胡扬随后跟进，他们两人这次到湖西的任务就是筹建高宝县政府，因而他们一起与三位向导见了面，并详细了解了湖西地区的地理、政治、社会、经济、敌情等情况。

金忠礼自然是像开闸放水一样，把肚子里的湖西情况哗啦哗啦地向两位领导全部倾泻了出去。他为自己能向新四军提供有用的情报感到欣慰，但他更感到欣慰的是这次他们为新四军做向导还开了眼界，长了见识。他面前的这两位领导同志虽然年龄比他大不了几岁，但都是革命多年的老同志了。张灿明在大前年到延安抗大学习一年，后在大别山地区从事党的地方工作，又到新四军江北游击纵队任大队教导员及地方武装团政委，地方工作和政治工作经验十分丰富。胡扬同志原名邱剑鸣，参加革命已有十个年头了，先前在陈文部队任团部参事，随部队在湖西一代驻扎过多时，去年陈团部队在北阿被歼时，他突围潜入国民党高邮县党部协办《高邮日报》，后到运东找到苏北工委，奉调至皖东新四军第五支队工作。因高邮国民党部里一些人熟悉他，为工作方便，他向上级请示改名为胡扬。金忠礼觉得他们身上有许多东西值得他去学习，他坚信他们俩领导湖西革命斗争，姚卿贤他们在湖西播下的革命种子一定会成长为参天大树的。

更让他开眼界的是新四军武装连的威武风范，虽然他很早就玩枪了，但这么多枪他还是第一次见过。他们三人虽然是向导，但部队领导只叫他

59

们跟在后面，路有变化时他们说一声就行。一路跟着行军也让金忠礼学到了很多。行军时，总是有一个班或半个班提前在前面探路，后边又安排一个班殿后，这让金忠礼很受启发，在任何情况下都不可大意轻敌，必须做到有备无患。

第一站是高黎镇，还没进城，连长就安排一、二两个排分别插到区公所和冀家圩，解除他们的武装，只见两个排的战士一个个如猛虎下山嗖嗖嗖地蹿了出去，一会儿就不见踪影了。金忠礼和剩下的三排以及几位随行的领导同志一起隐蔽在城外的干沟里等待消息。

在那儿闲着没事，他们三个向导用一小块纸包些烟末卷成细卷抽了玩，一根纸烟卷三人轮着抽，还没抽完两路人马就分别派人来报告战斗已结束。区自卫队悉数缴械投降，冀家圩里的兵丁也已缴械，只是冀长根逃了。

听到冀长根逃了，金忠礼有点心神不安。这个冀长根勾结日本人烧杀抢掠，残害百姓，四爷、四妈就是死在他手上的，这些作恶多端的人逃了，如若反扑回来必是湖西人民的心腹大患。湖西两个区，高黎区顽区长跑了，可不能再让北阿区麦大庆跑了。想到这儿，他赶忙去找张灿明。这时张灿明布置待命的一个排和所有同志也已迅速进城，金忠礼跟着后边一路追，一直到区公所才追到。追到张灿明面前，张灿明正向连里干部下达命令："一排、二排，高黎、周璧、王辉、余伟他们已在湖边备好了两条运输船，你们稍作休整就准备渡河。三排，你们迅速在高黎镇布防留守，与在高黎的周璧几位同志一起做好建立抗日民主区、乡政权的工作。"

金忠礼好不容易等到张灿明布置完毕，连忙凑上去说："领导同志，我有个事想请求领导帮助。""你说。""高黎的冀长根跑了，不能再让北阿的麦大庆跑了。""你有什么想法？""我想跟你借几个新四军，现在就坐小渔船过去，把麦大庆先抓起来。""哈哈哈，好！想得好！不过新四军不是借的哟。这样，许午阳！""到！""你带一个武装班，随金忠礼同志即刻渡河，直插北阿镇，先把麦大庆控制住，我们随后就到。"

但在金忠礼他们找到几条小渔船渡河时，高黎区逃跑的冀长根已经逃到了北阿镇麦家庄园，正在准备与麦天理、麦大庆父子乘船向高邮逃窜。因而，金忠礼他们急急忙忙赶到北阿镇时，麦大庆他们的船已经行驶到高邮湖心了。

由于之前姚卿贤等党员在政府办公地址、人员、财物等方面做了不少工作，因而，胡扬、张灿明来了后工作开展也比较顺利，各界人士座谈会开得也很成功，很快高宝县抗日民主政权及各区乡政权组成人员方案就拿了出来。人员是按照共产党员、左派进步人士、中间派贤达各三分之一的"三三制"原则组建，胡扬任县长，这是由新四军江北指挥部指挥张云逸和政治部主任邓子恢任命的，其他人员都是根据"三三制"原则选任的，进步贤达胡忠民被选任为副县长。

这次湖西抗日民主政权建设，金忠礼也是忙前忙后，兴高采烈，他最高兴的是湖西两个区区长都是共产党员担任，张灿明任北阿区区长，许午阳任高黎区区长，而让他不高兴的是各乡级政府的乡长几乎都是原来国民党乡长留任的，共产党员只任指导员或副乡长，万校长他们几个党员都到其他乡当副乡长，而他最不高兴的是两个骚牯牛罗界仁、罗界义弟兄俩的留任，罗界仁留任高黎区磨脐乡乡长，周璧任磨脐乡指导员，王辉任副乡长；罗界义留任北阿区金苇乡乡长，章辅任指导员，他任副乡长。他倒不是对他的职务不满意，他是对还让这两个横行乡里、恶贯满盈的人任抗日民主政府的乡长不满意。为此他找到张灿明提意见："张区长，抗日民主政府是为民做主的政府，还让骑在百姓头上作威作福的人当乡长后患无穷。像罗界仁、罗界义这样的人，名字上也有仁有义，而实际上豺狼成性、坏事做绝，让他们继续任一乡之长，只会给两个乡的百姓带来更多的灾难。"

张灿明端了条凳子递给他说："你坐下听我说。忠礼，你要知道我们的民主政府前面还有抗日两个字，它是代表湖西各阶层抗日人民的利益，要和他们一起商讨湖西团结救亡的大事，以及各项应兴应举事宜，主要任务是发动、团结和带领湖西所有抗日人民力量，扩大巩固抗日人民武装，实现民主政治，改善人民生活，以培养加强抗战主力，为中华民族解放奋斗到底。从这个高度上去看，只要不是真正的亲日派、投降派、反共派，我们都要团结争取他们，组成最广泛的抗日统一战线。因而，当前留用原国民党政权的一些乡长，是形势的需要，我们应当理解。"

金忠礼站起来说："对党的政策我绝对理解支持，我是担心这些人身在曹营心在汉，表面上支持抗日，背地里破坏抗日，祸害人民。"

张灿明拍拍他的肩膀说："所以，在这种战争年代，我们共产党人做事必须有两手准备，对真心抗日的，我们支持拥护，对暗地里投靠日军、反对共产党的，我们要予以坚决的斗争，毫不手软。这次抗日民主政权建立后，你们回去要做好三件事：第一件事是建立武装组织，县里建武装连，区里建模范队，你们乡里要建民兵组织，这乡里的民兵武装你和章辅要掌握在手里，也就是说各级政权的武装必须始终掌握在共产党手里，这一点一定要切记。第二件事是要改善人民生活，这既是为了发展抗战力量，也是为了密切我们共产党与人民的关系，这个要通过发展生产、治水患、减租减息等方面去做，可做的事很多，你们要根据金苇乡的特点去做。第三件事是要发展财源，这既是为了解决政府的正常开支，又是为了保证前线部队的给养，你们金苇乡有很多资源，像芦苇、水产、运输等方面，你们要想办法把这些资源发挥好，比如在金苇渡设进出口货物检查处，代表区里收交易税，总之，办法是人想的，我所希望的就是你们要争取把金苇乡搞成北阿区的模范乡，新四军的后方基地乡。

听了张区长的一番话，金忠礼心里亮堂多了，他决心按照张区长说的去做，把金苇乡建成共产党放心、人民拥护的乡。他转头去区文书那儿找章辅，她和罗乡长正在那儿接受区里下达给金苇乡的新任务。金忠礼还没到文书办公室，就看到章辅精神焕发地像个小蜜蜂一样轻盈地飞了出来。章辅转头对罗界义说："侬腿长，走得快，侬先回乡里通知各保保长和一些乡贤晚饭后开会，阿拉把任务分下去，以最快的速度完成区政府下达的任务。"待罗界义走后，金忠礼迎着章辅说："看你喜气洋洋的样子像抱了个金娃娃似的。"章辅轻拍了下他的臂膀说："尽瞎说。吾是为民主政府高兴，要讲金囡囡，阿拉要给前线送金囡囡。""真有金娃娃？""嗬，完成这些任务就是给前线送金囡囡。"章辅说着把笔记本递给金忠礼。金忠礼拿过笔记本看到上面写的是区里下达的各乡任务数字：建立民兵组织30人，借枪60支（其中乡留30，送区30），借粮300石，建立农抗会、妇抗会、青抗会、儿童团等组织……

金忠礼看完把本子还给章辅说："任务不轻啊，光粮食这一项来说，去冬冻灾，今春麦子长势一般，还有两个月才收割，现在除了富裕人家还有余粮外，绝大多数穷苦人家是没有一粒粮食的，连夏种的稻种都吃得精光了，完成300石任务非常艰巨。"章辅轻轻一笑说："忠礼，前一阶段阿拉躲躲藏藏，空有一股抗日热情而无所事事，现在有抗日民主政府撑腰，能放开手脚为抗日尽心尽力是多么高兴的事啊，就是舍掉这条命，阿拉也不能说个不字啊!"金忠礼被眼前这个江南女子，这位身体娇小的女共产党员所感动，他激动地说："指导员，你放心，我金忠礼坚决完成上级任务，即使牺牲自己也在所不辞!""好，有侬这句话，吾更有信心了。走，阿拉往回赶。""忠清留在区里做妇抗会主任了，回去叫忠苇跟着你，没人在你身边我不放心。""有侬在，吾什么也不怕了。"

21

提前回到金苇乡的罗界义也是喜气洋洋，当然他与章辅的喜气洋洋完全不是一回事。他的喜气洋洋是从他心头里发出来的卑鄙的惊和龌龊的喜。惊，有三惊：一惊是这上海闺娘长得真是漂亮，那白嫩的皮肤在北阿镇怕是没有人能跟她比的；二惊是这美人在金苇乡生活了几个月，他这个大乡长竟然没见一面；三惊是那天晚上在夜校竟然没查出来，到金二爷家捉拿，她又跑得无影无踪。喜，有两喜：一喜他这顶乡长的帽子没丢，不仅帽子没丢，还给他配了条围脖，就是让这个上海美人在他旁边伺候；二喜是早已垂涎于这位上海美人的麦区长逃之夭夭，把这块没尝过的肥肉让给了他。他心里明白，慢工出细活，要想吃到这块肥肉要有耐心，得慢慢来，得在她面前表现得很进步、很积极，给她留个好印象，之后才能出手。因而，从北阿开过高宝县抗日民主政府成立大会回来，他就积极向章辅靠拢，十分关心她的生活。一到乡公所，他就叫人买了床棉被送到金二爷家，说是给章指导员配的，虽然被章辅退了回来，但他觉得他的心意也到了。因此，在区政府章辅叫他回来召集开会，他立即回家派人各处去通知带晚开会。

会议在原乡公所一间大仓库进行，罗界义通知了很多人，除了保长外，还有财主、商人、店铺老板等几十号人，靠房子北边摆两张学桌作为主席台，章辅、罗界义、金忠礼三人坐主席台上，其他人自带板凳面对着主席台随便坐，但前面坐的都是一些财主和大商人。罗界义坐在主席台中间，他的东侧是章辅，西侧是金忠礼。罗界义坐在上海佳人旁边显示出从未有过的亢奋，主持会议对着一屋子乡绅、保长也就不着边际、信口开河起来："大家伙听着，我们金苇乡前世修的，今世要发了，我们穷乡村来了个上海佳人，做我们的指导员，大家看看，不是吹的，浪奶奶的你们这辈子没见过这么漂亮的闺娘。还不光人漂亮，小曲儿唱得也漂亮，那江南小调一唱，浪奶奶的你就是块铁疙瘩也把你唱得跟个酥泥一样。"

坐在旁边的章辅脸涨得一片白一片红，眉头紧锁又不便发作。金忠礼看到这头骚牯牛唾沫星子喷喷的，还两眼直勾勾地盯着章辅，知道这家伙是烂泥捏的菩萨，绝没有好心。这时还摊不到他讲话喃，但他还是忍不住说道："介义乡长，省点油钱好不好？这大老晚的开会，有事说事，你这么满嘴跑马，跑到什么时候沙！你呀呀和杨老伯也在这，都一把年纪了，陪着你在这块跑马，想把他们累倒啊！"

这些话让罗界义很丢面子，比当面打他几个嘴巴还难受，要是别的人在这种场合这么说他，他早一拳砸过去了。他个头一米八多，在湖西也是数一数二了，且膀粗腰圆，在金苇乡他怕过谁？不过他唯独见到金忠礼要让三分。金忠礼虽比他矮一截，但金忠礼会武术，而他只是一身死劲，不敢与金忠礼硬碰。再说了，现在抗日民主政府中他虽是乡长，但另三人都不跟他一个心，章辅和金忠礼是一条心，还有一位胡忠道作为乡贤参加政府工作，这个郎中又与金忠礼是表兄弟，实际上也是跟金忠礼穿一条裤子的，他觉得自己势单力薄，根本不敢跟他们硬杠，因而，金忠礼说那番话直刺他心，但此时他也只是用眼睛翻了一下金忠礼。

章辅为了阻止罗界义再胡说，直接撇开他说道："各位父老乡亲，阿拉抗日民主政府，是要团结全乡民众抗击日本鬼子的政府，也是要治水患、治匪患，改善全乡民众生活的政府，盼望在场的各位绅士、各位保长多支持政府的工作，多宣传政府的抗日政策。民主政府成立第一件事就是减租减息，这是改善人民生活为更好地发挥抗战力量的必要步骤。今后阿拉要坚决执行县政府三七分租、分半给息、老债还本、八折赎当、减收牙帖、减低行佣、调剂食粮、办理农贷、增加工资、优待抗属等多项规定，阿拉反对隐匿乱巧，也反对实行过当，只要在规定范围以内人人都有提出合法要求的权利。"

下面一阵议论，有赞成的，有为难的，有发牢骚的。还有问"什么阿拉、阿拉的？"坐在前排的杨老伯回答说："上海话，阿拉就是我们。"罗界义只在那儿眯着眼睛不知想什么心事，也不制止现场的议论。金忠礼咳了两声说："大家伙先听着，等章指导员讲完再说话。"

待场内安静了，章辅又说道："刚才说的是第一件事。第二件事是借枪借粮。前线将士浴血奋战、前赴后继，阿拉唯一能给予伊拉以支持的是不能让伊拉缺粮缺武器，将来阿拉还要在人力、财力上给予伊拉以全力支持。吾说的这两件事都关系到抗日大局，望各位予以大力支持。吾讲完了，罗乡长、金乡长依拉有什么要说的，可以向大家说说。"

点到自己的名，罗界义不好不表态，他睁开眼睛说："大伙儿有枪出枪，有粮出粮，没枪没粮，你帮个腔，民主政府也不会怪你们的。"

金忠礼听他说这话觉得他不是在支持抗日民主政府的工作，而是在拆抗日民主政府的台，章指导员刚才是要大家尽力、全力支持抗日大局，你说这话明摆着叫大家不必出枪出粮，像江湖骗子卖膏药一样，要要嘴皮子就过关了，这怎么行！我们这个乡枪、粮任务完不成，他那个乡枪、粮任务完不成，前线将士拿什么去打日本鬼子？想到这儿，他愤而起立，对着大家说："乡亲们，我们湖西人许多家族都是把'贵人而贱己，先人而后己'作为自家的祖训，在国难当头的时候，我们湖西人从来不吝惜奉献，从来不惧怕牺牲，为了赶走日本鬼子，我们金苇人哪怕只有最后半升米也要送去做军粮！"

刚才回答阿拉是我们的杨老伯又开口说："好！是个真正的湖西汉子！光堂[23]话不说，我家有三杆枪全部借出，另借50担粮食，还叫我的四子杨正利、长孙杨义容参加你们民主政府工作，可以带枪加入民兵组织。"他这一表态，下面各种议论都来了："大器！""乖乖，了不得！""要拔头筹了。""显摆。""太扩[24]了。"

对这个杨老伯，章辅在前期做工作时有所了解，听人讲过他的故事：他是小朱庄人，自幼读私塾，后自学诗文、中医、佛经、地理、书法，辛亥革命时被推举为乡议员，后做过乡粮董和宝应县参议员。为了办好金苇小学，他自己带头并动员其他11户人家拿出650亩木果滩田作为小学校的办学经费。最让章辅敬佩的是他与湖西两大公害水患和匪患的抗争。每次洪涝灾害，他都一方面向县政府请求赈济，向慈善机关和商界人士募集钱、粮、衣、物及药品等救助灾民，一方面又亲赴现场打捞埋葬尸体、慰问灾民、修复圩堤。对于湖匪，他积极组织民众除了在村庄伏击来犯匪徒外，还组织水上自卫队用木船架上钢板多次主动出击，使湖匪丧魂落魄，保住了一方平安。章辅想，这个老伯虽也是一个地主，但他还是开明的，是讲大义的人，在这一点上有些像她爸爸。她准备让他做金苇乡的农会主任，并委托他编制金苇乡的田亩册串，以便日后按田亩分担钱粮。

大家议论渐渐停息后，罗界义的父亲，人称"罗一网"的金苇乡地主罗一旺发话了："哼、哼！"他先发出两声挤痰声以引起大家注意，见大家都不吱声并把目光转向他时，他才开口道："县民主政府的布告我也看了，上面说人人都有提出合法要求的权利，我也想说两句。"说到这儿，他用眼睛向台上几位瞄了一下，然后继续说道："民主政府一方面叫我们减租减息，一方面向我们借枪借粮，一方面又说改善民众生活，债主减我们的，民主政府借我们的，湖匪抢我们的，大水淹我们的，大雪冻我们的，你们说说，这一减、一借、一抢、一淹、一冻，我们的生活是改善了，还是石头掉下高邮湖越降越低了呢？我笆斗大的字不识一个，你们上边都是知书达理的，包括我儿子，请你们评评。"

下面又是一阵议论："咦，好像也有几分理啊。""是啊，这日子真没法过嘛。""把我搞糊得了。""废话。""强词夺理。"

金忠礼早看不惯他这种阴阳怪气的说辞了，他这明显是混淆是非，搅乱大家的思想，于是待大家议论声小了些后，他再次站起来，叫了声"罗爷"，他还尊称他为爷，以免引起正面冲突，现在需要的是把民主政府的政策宣传好，引导大家支持民主政府工作，因而，他继续讲道："罗爷，账不是这么算的！你这样算是脑门上挂算盘，算的是眼前，我们得算大账。罗爷，我先跟你算第一笔账：日本鬼子生性凶残，所到之处烧杀抢掠，如果大家都不抗日，我们在场的都是亡国奴，有朝一日鬼子踏进金苇乡，一把火烧光全乡、一把刀杀光全乡，即便你有万贯家产瞬间也化为灰烬。所以，在民族危难时刻，每一位同胞都要有牺牲精神，每一个人都牺牲一点是为了不会有烧光杀光的灾难，是为我们的子孙不再有牺牲，这笔账，只要有头脑的人都能算出个楚河汉界，一清二楚。罗爷，我再跟你算第二笔账：民主政府刚刚成立，百废待兴，你说的匪患、水患、冻患，湖西地区一直未断，罗乡长之前也做了好几年的乡长了，这些他还没来得及过问，现在他当民主政府的乡长肯定要逐步解决这三大患，至于枪和粮，前方急需要，大家有，丢在家里也是生锈发霉，借把前方将士用，可以多杀鬼子，发挥大作用，而且自古以来民间都是有借有还，再借不难的，民

66

主政府更是信守承诺了，一旦民主政府财政经济发展起来，秋后就可以还给大家伙。"

下面又一阵议论："好，在理。""也是，大家都难，能挤就挤点吧。""借还是要还的，等我回家算下子。""我也是。"

章辅见大家声音小了便说道："刚才金乡长说得很好，账算得很明白，对水患、匪患，阿拉民主政府下决心予以整治，对于枪和粮，阿拉民主政府是暂借，借有凭据，早则秋后就还，迟则明年开春还，这请大家放心。吾很敬佩杨老伯，侬要说难，这年头家家都难，但杨老伯从民族大义出发，二话不说，借！这个头带得好！"说到这儿，章辅转头低声对罗界义说："侬呀呀在湖西也不比杨老伯家差在哪里，侬劝劝伊，让伊也带个好头，给侬也长长脸。"

罗界义没法，嗯了两声开口说道："刚才章指导员叫我劝劝我呀，其实我现在跟他们是分灶吃饭，已另立门户，按理说对他们的财产我是无权过问的，不过谁叫我当这个乡长的呢，浪奶奶的既然坐上了这把交椅，就要过问这个事。嗯，呀，枪你也有支把，粮食嘛也有几担，都借出去，有你两个儿子在这，饿不了你。"

大家把目光再次聚焦到罗一旺身上，后边还有人喊："一网打尽，把我们的都借了。"罗一旺本来不想在今晚把数字说出来的，他想回去跟老婆商量过后，再问一下儿子罗界义，之后再报数字，现在被逼到墙角了只有表态了，说多少呢，说多了心里不自在，老婆那关也过不了，说少了这场面上也难过。咦，儿子刚才不是说了数字吗？就按他说的没错。于是他向上伸出手，大家的目光又被吸引到他的手上，他晃了一下手，竖起两根手指说："我两个儿子做乡长，我也不能不支持他们工作。"他把两根手指变成一根后又说："就按我儿子说的，我把我唯一的一支宝贝枪借出去。"接着他又伸出其他的手指，竖起一巴掌说："粮食，我借一巴掌，五担！"

场里哄的一下笑了起来，讥讽的话语此起彼伏："乖乖，这就多大气啊，比佃户借的多喃。""这一网没打到大鱼啊。""黄鼠狼泥墙啊，小手小脚噢。""麦秸秆吹火，气太小了。""抠到家了。"

金忠礼抬高嗓门插上去说："大家都笑了，其实大家都是乡里乡亲，抬头不见低头见，哪家有个什么家私谁还不晓得啊？"

大伙还在议论，章辅见时间也不早了，便对大家说："父老乡亲们，其实，民主政府也是体谅大家的，借，完全是自愿的，政府不强迫，只是希望大家在民族大义面前，尽自己所能，为赶走日本侵略者出一把力。"

"那行，枪我家没有，我借五担粮食。""我也没枪，我借三担粮食。""我借……"大多数人都做了表态，但报的数字都很少，金忠礼想，可能有的人怕露富不想在大庭广众面前说出多少数来，以免像罗一旺那样被指责，不报就不报吧，明天挨家挨户做工作。

22

大伙散了后，章辅精气神一点没减，工作劲头十足，她又把罗界义、金忠礼留下商量几件事：第一件事是几个组织的主任人选问题，农抗会请杨老伯做主任，妇抗会请金忠苇做主任，儿童团请金忠国做团长。罗界义、金忠礼没意见，通过。第二件事是民兵组织30个人的名单请各自提一些人选出来，最后再筛选，民兵队长由金忠信担任。罗界义提出："乡里原来的几个乡丁都经过正规训练，军事技术都不错，可以全部转入民兵队，另外，这其中的朱经农、柏集椿更高一筹，可以任副队长，或者小队长。"金忠礼提了一些名单后说："刚才，罗乡长说的乡丁的事，我看一些没有民愤的可以转到民兵队里来，但那些为非作歹的一个也不能要。"章辅说："民兵队等名单出来后我们再商量一次，选出30个身体素质、人品兼优的年轻人。另外，还有最后一件事，就是区里委托我们在金苇渡建一个进出口货物检查站，查验物品，征缴税收，这个事先请忠礼负责筹建。"

散会后，金忠礼送章辅回二爷家，快到家门口时，黑暗中一个人影快步走向他们，金忠礼迅速把章辅拉到身后，挺身向前迎着那个人影，正要施展拳脚时，那人压低嗓门说："金先生，别打，是我。"金忠礼这才看清原来是先前的乡丁蠢鸡柏集椿。"这么晚，你来干什么？""我是来讨赏钱的。""讨什么赏？"蠢鸡套着金忠礼耳朵叽咕了几句，金忠礼问："你要什么赏？"蠢鸡说："说起来也不好意思，随你给吧。"金忠礼催道："你开个低数，看我有没有这个能力。"蠢鸡说："其实也不得大要求。从小的说，你就让我到民兵队吃碗饭，从大里说，好办的话就让我当个什么小队长的一官半职，我保准把你的兵带好。"金忠礼想了想说："我现在不好答应你，等我见到物，一定会给你奖赏。你先回去。"

见乡丁蠢鸡走远了，金忠礼对章辅说："国民党军队撤走时，麦大庆把60支枪交给了罗界义，罗界义藏到了他父亲罗一旺家里。"章辅大吃一惊："啊？还有这回事。忠礼，赶快通知几个人，我们连夜去起枪！忠礼，托你吉言，这会儿真抱了个金囡囡喽！"说话中带有一种轻盈的笑声。金忠礼看着喜出望外的章辅，又望望这漆黑的夜说："章姐，这样，你跟我一起到我家安排忠信去召集人，然后我陪你一去找罗界义。"

他们到家后向忠信布置了任务：以最快的速度集合十来个人到罗一旺家集中，注意我们没到前你们不要先到他家，以免打草惊蛇。

给忠信布置了任务，他和章辅一起向罗界义家走去。漆黑的夜晚，金苇街上鸦雀无声，本就睡觉早的村庄不见半丝灯光和一个人影，只有一些野猫、野狗不时地从他们面前穿过，去寻找它们无人干涉下的自在生活。在如此寂静的街上，章辅低声问金忠礼："枪在罗一旺家，现在去找罗界义，为啥？"金忠礼也小声地回她说："罗界义这个人在我们湖西实际上是以凶狠闻名的，现在他还是一乡之长，几十条枪这么大的事如果不先告诉他，他使起坏来你难以想象。更重要的是这几十条枪也是他的命根子，你断了他命根子，他一定跟你拼命。再说了，他虽与他老子分灶吃饭，但两家房子是山搭山的，到他老子家起枪那么大动静，不可能不惊动他，一惊动他，他必有疯狂举动。所以，要想平稳地把这几十条枪起出来，得叫他有话说不出，有火发不出。"章辅从大学生到新四军战士，对这个社会的阴险凶恶也领教过一些，但还是没有想太多，也确实还没处理过这么错综复杂的问题，听金忠礼这一分析，觉得自己太单纯，乡村工作经验太少，以后有事还要多与忠礼商量。于是她对金忠礼说："忠礼，侬对湖西熟悉，见的世面又多，脑壳子活络，以后有啥事体真格要提醒吾，免得出差错。"金忠礼不好意思地说："哪里哪里，你的革命信念和精神够我学一辈子喃。"章辅轻拍了两下金忠礼的后背说："好啦，没时间谦虚了，阿拉得想好了去同罗怎么讲。"

见前边还有几十米就到罗家庄父子宅院了，金忠礼将章辅拉到一个偏僻处，然后你一言我一语地低声商量着怎样对罗界义说这事，如何既能把麦大庆藏在他这儿的枪悉数起出，又不发生大的流血冲突。商量了一会儿，似乎有了方案，只是章辅还有点犹豫："这样做，是不是有点不够君

69

子呢？""什么君子不君子的，君子只对自己人，对恶人做君子，结局就是东郭先生和狼。再说了，兵不厌诈，在战争年代用最小的牺牲获取最大的战果，何罪之有？""难道罗乡长不是自己人？""自己人能把国民党顽固派留下的枪瞒着你？"

两人正商量着，金忠信带着一帮人过来了。金忠礼一看有20多人，除了平时跟他们一起习武的头十个青年外，金家除了老爷子金仁善没来，其他第二代的有大爷金义雄、二爷金义正、三爷金义武全部到场，第三代有大爷家的忠信、忠苇，留忠慧在家照顾老爷子，二爷家的有忠慈、忠国，三爷家的有忠道、忠臣，四爷家的忠翠、忠智全都来了。章辅看金家几乎全家族出动有点舍不得，万一出点差错，或者出现预料之外的事，他们金家极有可能造成灭顶之灾，于是她对金忠礼说："要不请三位爷和小孩子们都回去吧。"金忠礼看看他们金家这些男女老少一个个精神抖擞的样子便对章辅说："打虎亲兄弟，上阵父子兵，国难当头，危难时刻，如果没有人在前边冲，后边就没有人跟上，今天这事也算是金苇乡的难事大事了，金家人冲在前面，金苇乡的父老乡亲都会跟在后边。这样，忠信，你们先隐藏在这儿，忠国跟我们先去找罗乡长，等忠国来喊你们时，你们再出动。"

23

章辅、金忠礼和金忠国来到罗界义家院门外先轻轻地喊了几声，里边没有回应，又轻轻地敲了几下门，还是没有回应。金忠国想了个办法，他拾起一块砂姜撂进院里，院里顿时传来一阵阵狗吠。不一会儿，有人开了房门，站在院里骂道："浪奶奶的，哪个讨债鬼这么深更半夜砸砖头啊，他妈的土匪啊？"按照事先的商量，章辅轻喊了一声："罗乡长，是我，有急事跟你商量。"哎哟喂，我的妈呀，这声罗乡长叫的，这上海闺娘叫得我这浑身的骨头都酥软了哎。老天爷啊，哪个想到好事就来得这么快啊，就是有九个脑袋也想不到啊，赶紧由刚才一脸怒色拉成满脸堆笑去开门。一边拉门闩一边温柔地说："我的个指导员啊，大夜晚的你叫我到你那窟去多好嘛。"门一开，霎时整个人像掉进冰窟窿里一样，从头凉到脚，脸立刻拉成驴脸："你们，你们这深更半夜的做什么啊？"金忠礼对他说："罗乡长，进屋，指导员有事跟你商量。"

进了罗界义家堂屋，章辅继续按照她和金忠礼商量的剧本开口说道："罗乡长，刚才区里吾一个熟人偷偷告诉吾一个消息。这个消息跟侬有点瓜葛，听到这个消息，吾考虑了半天，拿不定主意，是跟侬讲好呢，还是勿跟侬讲好？后来，我到大爷家找金乡长讲这个事。伊对吾讲，都是乡里乡亲还是跟侬讲为好，不跟侬讲，万一出事，对不起侬。"

罗界义是既高兴又紧张，高兴的是她熟人透露的消息在这么个月黑夜深天里还能来跟他讲，那真是对他好啊，真是感谢都来不及啊，紧张的是，区里的消息跟他有关也不是什么好事啊，是撤他职还是算旧账？他也不敢想，只是有点结巴地说："难、难为[25]指导、导员，我，我倒口、口水，把你喝。"

章辅和金忠礼见他额头上冒出冷汗，说话又这么断断续续，知道他不是一般的紧张了，已经有些不能自已了。他们要的就是这效果。于是章辅故意欲言又止，又朝门外看看，像是怕有人偷听似的。等罗界义去关了门回来，章辅才低声说："侬得保证绝不跟外边人说这消息是吾告诉侬的。""那，那是，那是一定，哪，哪个说，说出去，出，出这，这个门，就，就被鬼，鬼抓去！""那好，吾告诉侬，麦大庆被新四军抓到了，已经移交给县政府了，在县政府伊交代有60支枪交给侬了，县政府可能明天就要派人来追查这个事。吾想把这事告诉侬，让侬提前有个准备。"

这一下，罗界义整个人像冻成了冰人，一动不动了。不过从他转动的眼珠子看得出来，他心里翻腾着呢：他奶奶的，你个屋尿麦大庆，走的时候山盟海誓，这才被抓就什么事都吐出来了，你他妈的，你吐你的噻，你还把老子带出来，真他妈芝麻田里长出个黑豆，杂种一个。怎么办呢？

该金忠礼上场了，他见罗界义一直不吱声，知道他心里在乱打鼓喃，便趁势再给他一记重击："罗乡长。"罗界义这才猛一抬头"哎"了一声。金忠礼盯着他的眼睛继续说道："指导员可是冒着被上级批评处分的风险把这个情报告诉你的噢，就我这个局外人看来，这个情报对于你来说，就像《红楼梦》里贾瑞手上的魔镜啦，一面能救人病，另一面是要人命的啊，就看你是对着哪一面了。"

对着哪一面？治病和要命，这还用说吗？哪个他妈的愿意丧命呢？自然是治病啦！可治病也有讲究的哎，如果是贴个膏药、喝口汤药，也就算了，若像华佗给关羽那样刮骨疗伤，弄个半死不活我怎么能受？如若像华佗给曹操那种治病等于要命，我也要杀华佗！想到这儿，情绪也有所稳定了，不能再不回应了，骑驴看唱本，走一步看一步吧。于是，他向两位拱手作揖说："太难为你们了，我这辈子往后就是做牛做马都报不尽你们对我的恩情。不过这个麦大庆的人品你们是晓得的，这个人满肚子是黄豆，出来的全是屁，一步八个谎，他的话县政府可不能信啊！"

章辅和金忠礼都没想到罗界义会这么推得一干二净，这事先还真没考虑到这一点，章辅想怎么回应他呢？金忠礼还是见过些世面的人，他不紧不慢地说道："麦大庆确实也说谎成性，这个枪的事真假难辨。"章辅听他说这话用十分疑惑的目光看着金忠礼，难道他也替罗界义说话了？那60支枪的金图图就黄掉了？金忠礼还是盯着罗界义继续说："我看这样，为了证明您乡长的清白，我们现在就陪你去北阿找张区长，把事情说清楚，或许张区长会带你到县里当面与麦大庆对质，那样既证明了你的清白，又戳穿了麦大庆的诡计。"

这话一说，章辅心是放下了，可罗界义却变成了热锅上的蚂蚁。好一个金忠礼，你他妈的猫哭老鼠假慈悲，明的是为我好，暗的是踹我下汤锅啊。对质？对他妈的什么倒头质？60支枪的收据在他妈的麦大庆那窟收着呢，我能对质吗？怎么办呢？先假装跟他们去北阿，路上找机会开溜？不行，这金忠礼跑得比兔子还快呢，找死嘛。先交一部分枪出去，待他们松懈了再相机逃走？不行，窝藏顽区长麦大庆的枪支60支是罪，一支也是罪，交多交少都是罪！这也不行！那怎么办？忽然他眼睛一亮，有了！我反戈一击，我也来个检举揭发，不但可以坐稳乡长这个宝座，说不定还能立功受奖。想到这儿，他向章辅这边凑了凑说道："指导员，我想起来了，一次我呀好像跟我飘过什么枪的事，容我再想想。"说着，罗界义慢慢地坐下，微闭眼睛，紧锁眉头，嘴里念念有词地想了一会儿，突然拍了下桌子说："想起来了！那次我呀跟我说，麦大庆他呀麦天理喊他喝酒，酒席上说新四军要来了，他们准备搬家到扬州，家里有60支枪不好带走，让我呀帮他找个地方藏一下。这样，你们在这等下子，我去把我呀喊来，问他有没有这回事，如果有，看看他把那60支枪藏哪了。"说着起身就要出门。金忠礼看出了他那小心思，他拉住罗界义说："那就是说，你呀帮麦

72

家藏60支枪的事是板上钉钉了？"罗界义的魂像是被金忠礼牵着似的也跟着说了句："铁板钉钉！"话说出口又觉得说漏嘴了，想收回头，但已收不回了，只得像条被驯服的狗任由金忠礼他们牵着走了。

这时金忠礼又加重口气说："那好！忠国你去通知些人。我和指导员跟罗乡长去找他呀。罗乡长，走，请你呀带我们去起枪。罗乡长，这次你这功立大啦！"罗界义大魂已出窍，不但愿意顺着章辅和金忠礼的意思走，还加了一码，不过他把所有的罪责全推到他父亲头上了："我这就带你们去找我呀，这个死老头要死了，作这么大劣，什么事不能帮，竟敢帮麦家藏枪，要死啊，胆多大啊！我一声[26]大义灭亲算了。我小时候在家还见过我呀买过十支枪，叫他通通借给民主政府，再有，他家还有很多余粮，何况他在街上还开有'一旺粮行'，粮食堆得跟小山似的只说借五担，太啬抠了，我不叫他借出十五担，我不姓罗！"他这会儿玩的是丢车保帅的把戏，只有把老头卖了才能保住自己。

最终在罗界义父亲罗一旺家一共搬走70支枪，没收60支，借了10支，但粮食没有按罗界义说的借15担，罗一旺一口咬定只借5担，还气得直骂儿子罗界义，并顺手操起一把厨刀要砍儿子。章辅见这父子俩已闹到这种程度，便带领大家搬走枪支，撤了出来。

24

两天工作下来，借枪的任务已经超额完成了，总共借到枪支76支，除了留30支本乡民兵用外，剩下的连带没收的60支，一共106支，由民兵队长金忠信带着30名民兵到区里参加集训时全部运到了区里。章辅、金忠礼也兑现了对蠢鸡柏集椿的承诺，让他和脓猪朱经农都留在了民兵队，还让蠢鸡当了个班长。不过留下这两个乡丁时，章辅就提醒民兵队长金忠信，对他们留下的旧乡丁既不能歧视，也不可完全信任，这种人在利诱面前是会变的，要加强教育监督，防止他们重又走上歧路。

借枪任务完成得很顺利，但借粮和减租降息工作却没有什么起色，尽管章辅、金忠礼分头带人到那些有余粮的富裕户家里做工作，也有一些开明如杨老伯的绅士带头，但因为借粮要求自愿，一些地主就软磨硬抗不肯多借，甚至一毛不拔，有的不但不借，还囤积居奇，牟取暴利。这让章辅很头疼："前线将士饿肚子，本乡也有很多农户断粮，而那些有粮户却不肯借粮，真是恨不得拿把枪顶住伊拉的脑袋，逼伊拉借粮。"金忠礼说："我知道你这是气话，如果不是上级强调自愿，我早带民兵队去财主家挑粮了。现在全乡都是温汤水，不冷不热，必须添一把柴烧一把火，把水烧沸腾起来，借粮热潮才能到来。""阿拉保长、乡贤会也开了，挨家挨户也跑了，这些财主对侬热情也热情，可一讲到借粮，个个就装起了稻草人了。侬讲阿拉火烧得还不旺吗？""还不够旺，必须把火再烧大些！找一个突破口，让闷着的火爆发出来。""侬这说得有点道理，吾也想阿拉的主攻方向上可能有点问题。""是的，主攻方向不准，太分散。现在我们要把精力全集中在财主身上，而且从大财主身上开刀。不过这光靠我们几个人还不行，力量太小，摇不动他们，我们必须转变一下思路，把广大的雇农、佃农发动起来，依靠他们这把大火，把金苇的温汤水烧沸腾起来。""对啊，毛泽东同志早就讲过谁是阿拉的依靠力量了，忘掉这一点，工作就打不开局面。那阿拉一起研究一下怎样把这股力量发动起来。忠礼，侬是否已有思考？""依我看，三个步骤，第一步开个雇农、佃农大会，向他们宣传县政府减租减息的政策，给地主也列一些规矩。第二步，找一个头最难剃的囤积居奇、发春荒财、发国难财的地主，发动雇农对他进行说理、算账斗争，将他嚣张气焰压下去。第三步，请农抗会杨老伯根据本乡地主的实际情况搞一份借粮建议数量送到各地主手中，限期回复。"章辅紧锁的眉展开了："侬想法老好了，阿拉将具体事再商量下子。"

商量过后，借粮斗争依计展开。

会场选在街中偏东头"一旺粮行"门前的街面上。这个"一旺粮行"很独特，金苇街两边基本上是并排砌的商铺，到他家这儿向后凹进去一大块，门前留了一大块广场，地平又高于街面。金忠礼、章辅定下就利用他家门前这一块高于街面的平台做主席台兼舞台。他们拉了"金苇乡农抗会、妇抗会、儿童团成立大会"的横幅，又在周边及沿街张贴了"打倒日本帝国主义""万众一心，团结抗日""热烈庆祝我乡农抗会、妇抗会、儿童团成立""借枪支前线，借粮度荒年""减租降息，三七分租，分半给息"等标语，还特地在"一旺粮行"大门旁边贴了一张"坚决打击囤积居奇、牟取暴利"的标语直堵罗一旺的心窝。

第二天中午太阳一偏西，"一旺粮行"门前就响起锣鼓声，还有姑娘、小伙子们的对歌声。为了让更多的贫雇农来参加会议，章辅、金忠礼除了派人挨家挨户通知外，还特地请金忠清回来，让她召集她们过去过年过节临时搭班子玩花船的一帮子来演些文娱节目，吸引更多的人来参加。锣鼓家伙一敲，金忠清和几个青年男女轮流上场，大多唱的是秧歌小调，有男女对唱，有女声小合唱，章辅也登台唱了一段越剧，唱得台下阵阵叫好。

人越聚越多，"一旺粮行"门前已挤得水泄不通，黑压压一片。金忠礼看着人到得差不多了，在开会前又叫忠清和忠苇两人唱了几段与会议有关的湖西秧歌小调。歌词有："农民苦，农民苦，打下粮食交地主，月月忙，年年忙，一家老小饿断肠。""穷人身上三把刀，租子重，利息高，苛捐杂税完不了。""芦柴笆子芦柴墙，芦柴柱子芦柴梁。喝的湖中水，住的破草房，菱角充饥肠，蒌蒿当口粮。苦难日子何为头，穷人两眼泪汪汪。"人们正沉浸在这悲凉的音节中，台上金忠礼突然带头高呼口号："打倒日本帝国主义！""打倒汉奸走狗！""打倒奸商！打倒恶霸！"全场口号声震天动地。

这时大会才正式开始。会议仍然由罗界义主持，章辅宣布成立金苇乡农抗会、妇抗会、儿童团的决定，农抗会会长杨老伯代表三个新成立的抗日组织做了表态发言，金忠礼宣读了县政府颁发的减租减息法令，向大家宣传了"三七分租"和"分半给息"以及旧债停息还本的政策。在金忠礼宣讲快结束时，杨老伯递给他一张纸条，纸条上写的是农抗会要求地主老财处理与雇农关系的四条规定。这实际上也是事先说好的，昨天他们拟了这四条规定，觉得由农抗会提出比较合理，但如果大会上叫杨老伯宣读，他们又觉得力度不够，因而想了这么一个环节。

"噢，刚才杨老伯递给我一张纸条叫我代读一下，上面是农抗会给各家地主的四条规定，我现在读一下，大家伙听清了，特别是各家地主先生更要听清了，这是农抗会要求你们做到的。听好，第一条，要团结抗日，有力出力；第二条，要增加雇工工资；"读到这里，下面响起一阵喊"好"的欢呼声。"第三条，不准打骂雇工；"下面又是一阵喊"好"。"第四条，不准吃三等饭。"一阵长时间的欢呼鼓掌。外地人可能不知道"三等饭"是怎么回事，不过湖西人都知道，这儿的地主财主家里吃饭是分三等吃的，地主财主吃头等饭，儿媳吃二等饭，雇工吃三等饭，吃最后的剩饭，就是不把雇工当人看。章辅、金忠礼是想通过这些小事把贫雇农的情绪调动起来，以便进行下一步更激烈的斗争。下一步的斗争是今天的重头戏，不过这重头戏是在这一阶段大会结束，罗界义离开会场开始的。

25

罗界义宣布大会结束后，章辅把他、杨老伯和金忠苇喊住，说有事商量，他们便一起离开现场去了乡公所。这边金忠礼又安排金忠清他们演了两个节目，把绝大多数参加会议的人留在了原地。

第二个节目快结束时，一个虎头虎脑的人由一个年轻人搀着走上台大喊："我喊冤，喊冤！民主政府要为我做主啊！"这人一站一喊，台下一片"哦"声。他头发蓬乱如刚割了草的柴滩，脸色黑灰像刚用淤泥洗过了一样，上身光穿一件四处露出旧棉花的黑棉袄，下身一条打了补丁的黑单裤，腰上系根草绳，两只裤脚也扎着草绳，依然是冬天的一身装束。快5月份了，他怎么还穿棉袄？穷啊！湖西秧歌中唱的"做一天，穷一天，忙了一年穷翻天，冬天一件破棉袄，一直穿到六月底"，就是他们的写照。

台下人都认识他，他们的"哦"声里对他上台喊冤有疑问的：心想日子就是这样，喊什么冤？喊也这样过，不喊也这样过。有同情的：这家人真是可怜，做一天、穷一天、饿一天，叫人家怎么活？有佩服的：他能上台喊冤真是稀了奇去了，平时小狗小猫都能欺负他的，今天敢在这场合上台喊冤也真不易了。

这喊冤的人到底是什么人？他是金苇乡典型的贫雇农，姓顾，人们也不知道他的大名是什么，平时都喊他顾大愣子。其实，他不痴不呆，只是说话有点冲，不会拐弯。他老婆倒是有点疯疯癫癫，精神不正常。他们育有三个儿子，一个二十二岁，一个十五岁，一个才五岁。大的叫顾阿水，中的叫顾阿湖，小的叫顾阿渠，一家五口白天靠做雇工、讨饭过活，晚上有时睡在庙里，有时睡在街面上的廊檐下。搀着他的年轻人是他大儿子顾阿水，他穿得可少了，上身一件看起来发黑的白褂子，下身一条黑裤子，白褂子下沿到肚脐，黑裤子下脚遮住一半小腿，这套小褂裤大概他从十来岁就穿了，一直穿到现在二十来岁了。

"金乡长，我要喊冤！"金忠礼上前扶住他说："现在是民主政府，是为广大父老乡亲的。老顾，你有什么冤说出来，我们民主政府和台下的父老乡亲为你做主。"下面一阵高呼："好！"老顾向身后的"一旺粮行"看看，转过头面对台下欲言又止。"说啊。""不急，慢慢说。""不要怕。"下面一阵阵的鼓励声。

"好，我豁出去了！我说！向前个[27]我老婆饿昏了想喝口热粥，我就到这窟借粮。"他指了指"一旺粮行"继续说道："跟他家借半斗米，说到夏季要还一斗半，我咬咬牙，借！可拿到老婆那窟，到别人家一称，少了一升半，老大拎起米袋去找粮行，粮行不承认，硬说我家把米拿下去了，老二不让，结果他家几个家丁把老二打了个半死，连人带米撂到了街上。现在老婆还有半点游气，老二又半死不活，我这冤到哪窟喊啦！""走，找罗一旺算账！""找罗一旺！"下面人已经骚动起来，有的人已开始向前涌。

金忠礼见状便因势利导地说："乡亲们！这罗一旺还是人吗？你不借粮没人管你，可你借粮像杀人，又是杀这样一个无家可归的人，大伙说，这有没有良心？""没有！""良心叫狗吃了！"金忠礼又问："我们要不要给老顾找回公道？""要！""要不要找罗一旺算账！""要！""冲啊！"不等金忠礼说什么，人流已冲进"一旺粮行"。

今天一大早，喜鹊在罗一旺家院子里那棵树上叽叽喳喳叫个不停，罗一旺心想运气转好了，前几天倒了大霉，大儿子犯上作乱反老子，罗界义这个炮铳的[28]深夜带人起走了老朋友的60支枪，还捎带借走了他家的10支枪，真是倒霉透顶了。今个喜鹊叫了，好了，转好运了。吃过早饭去粮行，见门口贴了许多标语，他想好啊，红红绿绿，喜庆啊。吃过中饭来粮行，门口锣鼓喧天，人头攒动，他想好啊，人来人往，财旺啊。因而，他对在他粮行门口搞这次活动不但不气恼，反而觉得是帮他家招财的做法，因而他便闭着眼睛躺在粮行的躺椅上一边喝着茶一边听着门外的喧闹。突然人流堵满了粮行，他和他的躺椅陷入了"奸商、奸商"的声浪中。

他从躺椅上坐起，不行，还是在人谷里，又站起来，这才看到粮行里挤满了人，且个个满脸怒色。他对近前的老顾问："顾大愣子啊，来还米还是借米啊？今个我心情好，不管你借还是还，我都让你讨个大便宜。"老顾被他这么一说自己却不知说什么了，嗫嚅着嘴，"嗯、嗯"了两声就光盯着金忠礼看。他儿子顾阿水怒斥道："不行！先把前边的账算清楚！"

77

后边有的人又高喊："找他算账！""把克扣吐出来！""这几十年克扣了我们多少粮，把账算清楚。"罗一旺见老顾说不出话，而后边的人则吵个不停便对着大家喊道："乡亲们。"他这时叫得倒很亲喃。"乡亲们，抬头不见低头见，大伙儿有什么小不紧的²⁹事一个一个地说，我今个高兴，什么斗儿八升的来去，我都让你们讨点便宜。"

这时老顾回过神来了："我不占便宜，我只要我自己的。""大愣子啊，你这真是发愣了吧？你要你自己的，跑我粮行来做什么交易啊？你有一粒米存在我这窟吗？再说了，愣子啊，你和你两个儿子都在我家做过事啊，我对你们也不薄啊！马上等麦子熟了，你们一家还到我那窟做事，包你们有吃有喝，还能落些个。"老顾又愣了神，嘴里嘟囔着不知说什么，两眼又盯着金忠礼。倒是搀扶着他的大儿子顾阿水还清醒，他对着罗一旺喊道："你们财主心真黑啊，我们一家跟你家起早贪黑地卖命，只吃个剩菜剩饭，落个屁的钱啊？今个不谈这些，今个讲借米的事。你跟我讲，我呀借你多少米，你把我呀多少米？统共少了多少？"

被围在中间的罗一旺开始还没把今天这事当回事，可五月的天里被这么多黑棉袄头围得水泄不通，他开始感到气有点不够喘。他顺着老顾的目光转向金忠礼，不好！那么多黑棉袄头他不怕，他怕的是这金忠礼，上次借枪就被他弄个没头端³⁰，把家里的枪一股脑儿地全清出去了，后来虽在借粮上给他顶回去了，但他这个人是不到黄河心不死的人，借不到粮食他是不会罢休的。他见到金忠礼那眼神，他就打不到底³¹了，怎么大伙儿都怒目而视，他则面带和气？再一看，他傻眼了，金忠礼手里拎着他家粮行进出粮食的那只斗。奇怪了，这斗怎么在他手里？掌柜的就这么屎，连行里的斗都护不住？不行！天机不能泄露。他对着空中喊他家掌柜的："老应，你吃饭的家伙不要，不做生意啦，快过来，把斗拿过去。"一边说着还一边来拿金忠礼手上的斗。

看罗一旺表演得也差不多了，场里贫雇农们的情绪也达到了高点，金忠礼便顺势而为。他把斗递到罗一旺眼前问："这斗是你家的？""是我家的，我家已用了几十年了，从我爹爹那辈开粮行就用了，也是家里祖传下来的呢。你们看，上边四周都写着'罗记'两个大字呢。"说着还把金忠礼手上的斗向上举，想让大家都看到"罗记"两个字。金忠礼也乘势往上举，可后边的人还在喊"举高点，看不到"。罗一旺对金忠礼说："金乡长，来，你站到这椅子上，后边人看不到。"金忠礼顺势站到罗一旺的躺椅上提起那只斗向四周转了一圈对大家说："大家看好喽，这四面都有'罗记'的斗是'一旺粮行'用了几十年祖传下来的斗。大家里里外外看一看，这个斗与我们平时见到的斗有什么不一样啊？"说到这儿，金忠礼像在戏台上的魔术师一样，把这斗的里外四周展示给大家看了一遍。"一模一样啊。""一个模子脱的啊。""看不出来有什么不同。"

大家都说看不出来有什么不同，可罗一旺则在那儿急得浑身冒汗，他晓得这金忠礼肯定已经发现了这斗上的机关，不然他不会这样慢条斯理的。奇怪了，他怎么知道这斗上有机关的呢？看来今个这关是过不去了，是死歪子³²一个了，不行！死棋肚里有仙着，万一有救呢？于是，他面带微笑地高声说："乡亲们，乡亲们，这斗没什么好瞧的，就是木头家伙。我们还是唅唅饥荒，去年冬里头一场暴雪，我们湖西今春都闹饥荒，我呢也是个菩萨心，见不得乡亲们受冻挨饿。这么着，今个一早喜鹊就喳喳叫，我高兴，今个来的都是客，都让你们讨点便宜，在场的要想借米，借一斗还一斗一，我这个'一'也只能填填人工和损耗的塘了，实际本都保不了，规规矩矩，不用斗，用秤称。还有这位大兄弟，前次借给你的少多少，我加倍补偿给你。"

下边开始松动了，有的喊"好的，这等好事到哪块找啊？"有的说："有这话就够了，就不要闹了。"也有的怀疑："真的假的？"

金忠礼没想到他罗一旺甩出一只兔子保头牛，玩送甜头这一手，他看看场上的气氛，心想原计划可能要被打破了，但如果能让他把粮食借出来，让乡亲们得点利，也是大胜了。因而，他问道："你这借一斗还一斗一说的算不算？""指定算数！""能借多少？""敞开了借！"下边一阵欢呼："好！"有的直接喊："我借一斗。""我借两斗。"金忠礼见此情况，知道不能再深入下去了，便高声喊道："乡亲们，要借粮的排好队，一个一个来，粮行不借完最后一个人不打烊。应掌柜，你来给他们记账称粮。"

人们开始自动排队借粮。罗一旺看着这片大火被浇灭了，脸上露出了几丝轻蔑的笑纹：哪个在利字面前不低头？金忠礼看到贫雇农乐滋滋的样子，脸上露出了满意的笑容，毕竟饥民们可以度过一时的饥荒了。

见金忠礼高兴了起来，罗一旺把他拉到后院说："金乡长，你也借个三五斗吧，我再给你点便宜，跟你是借一还一。这斗你拿着也没用，把这小木头家伙给我吧。"一边说着一边去拿金忠礼手上的斗。金忠礼把斗让到一边说："小石头能砸破大缸。你别看这小木头家伙用处大喃。我问你，你刚才说敞开借是吧？""唅呆打算盘，说话算数。""给我借吗？""给！还是借一还一。""那好。我借50担。"罗一旺"啊"的一声向后一退，像是踩着个地雷似的，好一会儿才说："大兄弟，你这是玩我喃。"金忠礼严肃地说："不是玩你，是非常正经地借！我是为前方抗日将士而借，我们多一份粮就多一份战斗力。跟你借是像杨老伯那样的借，我也不要借一还一，保证与杨老伯同等谷利。"

你个金忠礼你绕了这么大个弯子，搞这么大阵势，原来是为了这啊！我没有那么多闲粮借给你！看来还得跟他兜圈子："乡长大兄弟，你看我哪有杨财主那本钱啊？""有，你比他本钱还大呢，光粮田你就比他家多400多亩，你不借这个数是说不过去的。""你看，我今个亏本借粮，都借差不多了，哪里还有多少余粮啊？要不，到夏粮收购时再借？""缺的就是现在，青黄不接，前线最缺粮，你必须借。""我也知道青黄不接，前线缺粮，可我库里没有，你叫我变啊？"

"没有是吧？那你看这个！"金忠礼说着把手上的斗提起，将斗下边的一个旋钮向上转了一下，斗里凸出一块木头："你看你是这样向外借粮的。"然后又转一下旋钮，斗里恢复了原样，再向下转一下旋钮，斗里凹出去一块："你是这样收粮和让人还粮的。到底是祖传的东西，就是不一样啊。"罗一旺额头汗珠直冒："我借，我借！可我确确实实没得杨老伯那么多啊，哪个要有半点撮空[33]，走到高邮湖边就被大水淹死。""那你说个我满意的数。"罗一旺竖起两根手指："20担。"金忠礼觉得这个数比他先前报的和他儿子说的都多了，便也不再跟他在这儿磨嘴皮："那好，你写个字据给我。"

罗一旺进屋写了个字据出来递给金忠礼。金忠礼接过字据说："你为抗日出力，抗日民主政府是会把功劳给你记那里的。不过今天这斗的账还没跟你算清。罗老板，我跟你讲，你要晓得，这斗几十年凹凹凸凸，你赚了多少亏心粮，你自己心里有数。民主政府功过分明，这个账也给你记那里，就看你今后为抗日出不出力！"

80

这次借粮借枪的任务，金苇乡在全县是完成得最好的乡，借枪还算顺利，很快借到了76支，超额完成了任务，又意外获取60支枪，真正让章辅感到抱了个金囡囡。但借粮却很难，开始一段时间工作没法开展下去，真正积极的反倒是一些缺粮少粮的农家率先积极地把粮食送到乡公所。他们听说前线将士需要粮食，许多农户把自家的口粮全部借了出去，金老大家甚至把留的稻种都借了出去，而那些有粮的地主老财却仍在观望和软抗，街上一些开商铺的有钱人更是理都不理，他们不少人在下抗日民主政府站不长的赌注。等到章辅、金忠礼决定围攻"一旺粮行"，挖了罗一旺这个坝头后，那些地主老财看到这阵势才如梦初醒，生怕自己做尾巴被农抗会揪住摔个半死，与其等农抗会围攻，不如先把粮食借出去省事吧，好歹只是借不是捐，比国民党的强征要好百倍，比日伪军明抢更好千万倍了。于是都自动到乡公所填写借粮数字，没过三天，金苇乡借粮任务超额完成，总共借出450多担。因此金苇乡受到了县政府的嘉奖，奖给章辅、罗界义、金忠礼每人一块毛巾。

这时，区长张灿明等几位区干部被抽到县里去筹备成立中共高宝湖县委，区里缺人，金忠礼便被提拔到北阿区政府任副区长兼武装队大队长。而他们这段时间借到的粮食全部堆在高集小学的教室里，等待着上级通知转运他处。

在金忠礼准备到区里去上任时，乡里就接到上级命令，要求金苇乡将300担粮食送至洪泽湖西新四军4师驻地青阳镇。这个任务很艰巨，因为一路上有多股湖匪各盘踞一块，雁过都要拔毛的，何况这300担粮食呢？谁去押运这批粮食，让章辅犯了难，罗界义去吗？不合适！她想来想去还是认为金忠礼最合适，可是人家调令下来，再叫人家去承担这重任又觉得不合适。金忠礼看出了章辅的心思，主动请战："指导员，我还没到区里报到，就仍然是金苇乡的人，你就下指令由我带队押运这批粮食吧，正好也是带区武装队之前的一次锻炼机会。"

章辅考虑再三，觉得现在把粮食安全送到新四军手里最重要，最后还是同意了："忠礼，最近形势很严峻，接上级通知，日军已经开始对津浦路东西两侧的根据地进行扫荡，路东根据地的反动地主恶霸势力在国民党顽固派的策动和支援下，网罗了一批兵痞、流氓正在策划反革命的武装暴乱。有情报显示阿拉湖西外逃的反动势力也在与根据地内暗藏的敌特人员联络，密谋在阿拉湖西根据地策动发动暴乱。所以，侬这次任务相当艰巨，路上一定要小心，小心，再小心！"金忠礼说："指导员，你放心，我一定尽快完成任务，回来和你一起反扫荡。""这次算吾请侬帮阿拉乡去完成这个任务的，吾不晓得讲啥子好了。"金忠礼说："章姐，你这就见外了，什么你的我的，都是党的任务，为党完成任务没有价钱可讲的。你放心，我保证一斤不少地把这批粮食送到新四军手里，让他们吃饱了有劲去杀日本鬼子。"章辅有点激动，泪珠在眼眶里打转了，这是多好的同志啊！她想说几句感谢的话，想想还是没说，经过这一段时间的携手前行，他们两人之间都有一种说不出来的感情，因而此时什么感谢的话都是苍白的，她只说了一句："等侬回来！""一定！一定回来与你并肩战斗！"

金忠礼组织了100多名青壮劳力连夜将300担粮食从高集码头装上三条帆船。他知道这条水路是逆水而上，行程较长，且湖匪很多，为了以最快的速度安全地把这批粮食送到新四军手里，他又精心挑选了30名强壮青年跟船，每条船10人，在途中，他们除了护送外还帮着船家撑船背纤，到青阳镇还要负责将粮食挑到新四军驻地。粮食装上船后，他一声令下，三条帆船升帆起航，连夜出发。

一路行驶，在湖西境里没遇到什么险情，风浪也平静，湖匪也安分，但到了洪泽湖上却刮起了大风，逆水顶风，船不但没法在湖中心行驶，还有倾覆的危险。于是，金忠礼下令三条船全部靠边，放下白帆，各条船上的护送员留两人在船上撑篙，另外八人全都上岸背纤。船行至金锁镇，天已经完全黑了下来，船上掌舵撑篙的人看不清水路，岸上背纤的人也看不清陆路，于是在金锁镇码头靠岸休息。

在大伙喝水吃干粮时，金忠礼到码头上转了一圈。码头并不多大，看上去还没有金苇渡码头大。船也不多，靠岸有四五条大帆船，另有十几条小渔船，都舍不得点灯，漆黑一片。码头上也十分安静，看上去只有两三个人还在执着地等着生意：一个卖面食的人坐在他的挑子旁抽着旱烟，挑子上挂着的马灯下冒着他嘴里吐出的灰烟和锅里冒出来的热气，在他不远处一个人坐在独轮车上像似还等着搬运生意，更远处黑暗中还有一个人也不知干什么的，只是坐着。审视一遍后，金忠礼有所放心，但还没有全放下。上船后，他又给每条船落实了三个轮流值班的人，才安心地去吃自带的烀山芋。

下半夜，月亮升起来了。码头、帆船在月光下有点朦胧，但也能看清人在上边的活动情况。三条运粮船的条板全部抽回，每条船上的船头都坐着一个站岗的人，码头上已空无一人，没有虫叫，没有鼠叽，四周连个野猫野狗的影子都没有，寂静得让人不安。

然而，此时湖上并没闲着，几条小划子正悄悄地向这三条运粮船靠近，当它们已靠上运输船时，码头上忽然冲出四五十人面对着三条运粮船。其中有一人拿着一挺机枪架在码头上，枪口直对着中间那条运粮船。机枪旁一个人向船上高喊："船上老大听着，把粮食留下，保你们活命，若要说个不字，这个歪把子机枪可是不长眼睛的。"

金忠礼走到船头对码头上喊道："我是船老大，我们是替人家运粮，自己只苦些撑船钱，要是丢下粮食，我们不但白跑一趟，回去我们就倾家荡产，请这位老大放我们一马。"

"放你们一马？你真是吃的是灯草，放的是轻巧屁。放你们一马，我们百十个弟兄怎么活命？少废话，快点叫你的伙计挑粮上岸，不要叫老子自己动手。"

说话间，金忠礼仔细观察了码头上和湖上的情况。码头上有几十号人，但只有一挺机枪，其他人并没有武器，湖上有几条小划子靠着运粮船，但他们手上也没有武器。他觉得可以摆脱这帮家伙，他们人虽多，但我们可以一个顶俩，只要把那个机枪手控制住，就已成功一半。于是，他决定先跟这伙人周旋一会儿，寻找机会下手："这位老大，我们在湖上也是风里来雨里去多年了，我们交个朋交，报个尊姓大名，日后见到也能喝口热茶。""这也没什么，在下免贵姓邹，名大鹏。这下晓得老子了吧？"

听到这个名字，金忠礼知道了，此人不是别人，正是湖西有名的湖匪邹二乱子。奇怪了，这伙湖匪为什么不在湖西抢我们，怎么突然在这外人的地盘上抢呢？难道他们一路跟踪又跟当地的地头蛇勾结起来抢劫的？更奇怪的是他们有百十支枪为什么只带了一挺机枪呢，难道码头上还有枪放在看不见的地方？想到这儿，金忠礼深吸了一口气。但不管面前是什么歹物，就是把这条命搭上也必须把新四军的粮食保住。先给他报个姓名吧："小的免贵姓冀，名长庆，小的是受冀老爷之托将这批粮食运往清江浦的，请邹老爷看在冀老爷的面子上，高抬贵手，放了小的。"他没报自己的真实姓名，他知道邹二乱子是湖上的惯匪，恶贯满盈，民主政府一个副乡长是唬不住这家伙的，因而他假报了一个与高黎镇大土匪冀长根相关的名字，看看邹二乱子能不能给这个面子。

谁知对面的邹二乱子听他这么一说非但没有半点客气，反而更火了："你他妈的连撮空都不会撮，还在这块跟我要嘴皮子呢。我告诉你，冀老爷如若要借路，事先都有专人送亲笔信到我手上，你放个屁都不会放，想跟我玩花头经[34]呢，跟着老子后边学三年吧。好了，不要再啰里不吊唆的了，快叫你们伙计挑粮上岸！我给你们一支烟工夫，否则机枪点名。"

提到信，金忠礼急中生智，就利用这信来搏他一把。于是他连忙喊道："等下子，等下子，邹老爷，我有他的亲笔信！"邹二乱子有点疑疑惑惑的了，万一他真有冀老爷的亲笔信，再抢粮既坏了湖上的规矩，又得罪了冀老爷，那以后在高宝湖上就不好混了。他既然说有信叫他拿上来看看，待看了信再作决定也不迟："那好，既然有冀老爷的信，你递上来给我审验下子。""好嘞。我这就给大爷送上。"金忠礼一边答应一边蹲下打开自己的包袱，从笔记本上撕了一张纸。他做这些动作时对三爷家的金忠法及身边的人轻声作了布置：大家准备好，都带着扁担准备上岸跟他们拼，但如果我没夺下机枪，你们就迅速起锚开船，一切听我的口令见机行动。然后对码头上说："我这就把信送给邹老爷。"一旁的人把跳板搭上岸，金忠礼一手拿着那张白纸，一手扛着扁担，小心翼翼的，故意做出不扛着扁担不敢走跳板的样子。

码头上的邹二乱子看着他一步一颤地扛着拐棍从跳板上走来，心想果真是冀老爷所派，那冀老爷也是老眼昏花了，派这么个走跳板都颤抖的家伙，怎么能经得起湖上这风浪？因为要看冀老爷的手书，邹二乱子克制着内心的烦躁，耐心等待着金忠礼晃晃悠悠地从跳板上走来。好不容易等到金忠礼上了岸递上那张纸。邹二乱子接过那张纸对着月光正审视着。

金忠礼操起扁担一边砸向机枪手一边大喊"冲啊！"金忠礼举起扁担砸向机枪手的头部，只见那机枪手头一歪躺到了一边，金忠礼迅速弯腰提起机枪对着邹二乱子大声喊道："我们是你们四爷，全都给老子跪下！跪

84

下!"这时三条运粮船上的30名青年每人都提着一根扁担喊着"冲啊""打啊"快速地冲到码头上对着那些湖匪一阵横扫。

邹二乱子听说是"四爷",又见唯一的武器,那挺机枪这么轻易地就被夺走了,心想确实碰到硬茬了,指定是新四军的运粮队了,也只得认尿了,先往后退再说。退了几步想伺机反扑过来,又见船上那森林一般的扁担直冲过来,便意识到自己遇到强手了,好汉不吃眼前亏,赶忙高喊一声"撤了",遂作鸟兽散。

月光下的码头恢复了平静,但金忠礼不敢怠慢,生怕邹二乱子再纠集队伍反扑过来,因而命令起锚,连夜起航。他端着那挺缴获的机枪站在船头监视着湖面和岸边,时刻准备击退再犯的湖匪。还好,一夜平安无事。第二天上午日上三竿时分,他们顺利到达青阳镇新四军驻地。新四军战士和他们一起卸粮,战士们一个人扛一袋,下了跳板就一路小跑,他们30人则用扁担挑着粮食在后边紧追,不到一个时辰,300担粮食全部运到了4师驻地。

金忠礼在挑粮时,心中一直噼里啪啦地打着算盘,那挺机枪是带回去用还是送把新四军?带回去放在区武装队,武装队的实力将大增,但是我们武装队平时遇到的对手基本上是伪军、国民党顽固派的军队,还有就是土匪,很少直接与日本鬼子交手,而新四军是要与日本鬼子面对面厮杀决胜负的,他们比我们更需要机枪这样的武器,这挺机枪还是应该留给新四军。不妥,新四军这么大一支队伍缴获的机枪多呢,也不缺我这一挺吧,我们地方武装得到这么一个宝贝疙瘩不容易,还是留着自己用吧。不行,新四军多一挺机枪就能多杀几个鬼子,少牺牲几个战士,留把他们更合适,我不能太自私。担子来回挑了几趟,脑子里反反复复斗争。直到粮食全部入库,金忠礼到4师供给部部长那儿拿收据时,他还是把那挺机枪带着送给了4师供给部。部长喜出望外,当即报告彭师长,由彭师长签名给金忠礼颁发了嘉奖令。

27

往回赶顺风顺水,又是空载,大半天就到了金苇渡。金忠礼在船上就看到夕阳下的金苇码头上站着两个女人，旁边还有个小伙子，靠近一看原来是章辅和大妹金忠苇，而那个小伙子则不认识。她们这么晚站在码头上干什么呢，莫非家里出事了？船靠岸时，看得更清了，两个人眼睛红肿，章辅的眼里还有泪水。难道真出事了？

真出事了！章辅一下扑到走过来的金忠礼胸前"呜呜"地哭泣起来。金忠礼知道她一定遇到什么非常悲痛的事了，否则她不可能哭得这样伤心。他抚摩着章辅的后背任由她在他怀里抽泣，那参加运粮的几十个青年一起围了过来："指导员，有冤申冤，有仇报仇，你说出来，我们替你摆平！"章辅抬起头，泪水止不住一滴滴往下掉，她指着远处的湖心呜咽着说："快，忠礼，快下水救周姐、王姐，她们，她们……"章辅抽泣到上气不接下气，说不出话来。金忠礼见她实在说不下去，便将她扶到旁边一个墩子上坐下，然后对大妹说："忠苇，你说，周姐、王姐到底出什么事了？"金忠苇深吸了一口气，抑制住胸中的悲伤说道："周姐、王姐被、被沉河了。呜……"金忠苇也说不下去了。金忠礼只得问旁边的小伙子。小伙子是冀长根自卫队的队员，是余伟发展的进步青年，这次是余伟派他渡河来向县里报告高黎区冀长根发动反动暴乱情况的。他向金忠礼叙述了这次事件的前后真相。

事情原来是这样的：高黎镇外逃的反动地主冀长根前几天潜回高黎，住在磨脐乡留用的原国民党乡长罗界仁家里，他是国民党顽固派选定的路东八县暴乱头目之一。他暗地串联了高黎区牌楼、草桥、磨脐和官塘四个乡的原国民党留任的乡长，纠集了原自卫队、小刀会部分成员密谋攻打区政府。前天晚上冀长根请磨脐乡留用的原国民党乡长罗界仁喝酒，席间两人商量先对在高黎宣传抗日积极、借枪借粮闹得凶的共产党的乡指导员周璧、副乡长王辉进行抓捕。冀长根咬牙切齿地说："抓到后，叫她们把从我家起走的50支枪、100担粮统统还回来，少一支枪、一斤粮就扒她们的皮，就把她们扔到金苇湖里喂王八。"两人商量好了抓捕的详细方案，开怀畅饮到深夜。昨天上午，罗界仁派人去喊周璧、王辉，说要商量运粮给新四军的事。她们知道最近日军到根据地扫荡抢粮，急于把近期借到的一批粮食运走，因而一听说商量运粮的事，两人信以为真，急急匆匆向乡公所赶。走到半路被冀长根纠集的一伙暴徒劫持。她们被暴徒带到衡阳岗头乡公所，冀长根、罗界仁先是引诱加恐吓，叫她们说出高黎区的共产党，交出他冀长根家的枪支和粮食，还要她们背叛共产党，跟他们干，遭到周璧、王辉的严词拒绝。周璧对他们破坏团结抗日罪行予以了严厉的批驳。冀长根、罗界仁恼羞成怒，对两位女共产党员施以踩杠子、竹签穿手指等酷刑，还吊到树上毒打，五花大绑上街游行。而两位女共产党员依然毫不畏惧，坚贞不屈。昨天晚上，冀长根、罗界仁叫人在她们身上绑上大石头，把她们沉入金苇湖了。

听到这里，金忠礼一手揪住那小伙子的衣领，一手举起拳头，两眼射着复仇的火焰喊道："她们人喃？人在哪里？"章辅现在平静了许多，她抓住金忠礼的手说："忠礼，伊是余伟派来的，不要为难伊。"金忠礼松下手，嗨的一声一脚踢向土墩子，土墩子崩飞了半堆。他完全把那小伙子当成了残害周姐、王姐的暴徒了。章辅接着说："周姐是两个幼儿的母亲，王姐还没结婚，忠礼，我们要为她们报仇啊！""章姐，你放心，这个仇我是不会忘记的，是一定要报的！章姐，现在要做的是把周姐、王姐的遗体打捞上来，她们为抗日为革命献出了宝贵的生命，我们不能让她们泡在水里，我们要让她们入土安息。"章辅也切望早点把周姐、王姐她们从水里救到岸上。一想到她们还在冰冷的湖底，她就感到浑身发寒，气也喘不过来，急于下水救她们。但忠礼他们运粮刚回来，一路劳累，天又黑了下来，也不忍心让他们再下到冰凉的湖里，因而她对金忠礼说："忠礼，现在天黑看不见，要不等明天太阳出来暖和些再下水？""不！现在就下水！周姐、王姐多在水下一分钟，我的心就得不到一刻的安宁。天黑更好，我们看不见，敌人更看不见我们，我们可以更放心地下水。兄弟们！会水的跟我走！"湖边长大的哪个不会水？跟他一起运粮的30个人再次跟他上船。他们上了一条船，由那个高黎镇的小伙子带路，来到了周璧、王辉牺牲的水面，30个青年人先后跳入湖中，潜水摸索。摸索到她们的遗体后又带刀下去割断绑在她们身上的绳索，将她们的遗体抬上了船，运回金苇乡。金老爷子再次让出新打的棺材，杨老伯也捐出一口棺材，连夜入殓，将她们与四爷、四妈安葬在一起，让她们在金苇高地上安息。

杀害了周璧、王辉后，冀长根又带人围攻高黎区抗日民主政府，被余伟带领民兵队击溃，他又纠集原自卫队队员400多人、小刀会会员1000多人盘踞在冀家围梅花子母型炮楼内负隅顽抗。冀家围内有五座坚固的炮楼，炮楼上各架着两挺机枪居高临下直对着围外，围的周边是一人多高的钢橘树及一丈多深的壕沟。冀长根、罗界仁以此固守，气焰十分嚣张。

为替周璧、王辉报仇，新四军二师的成团长奉命率部前来平息暴乱。鉴于冀家围地形复杂，易守难攻，成团长决定火攻烟熏。听说新四军攻打冀家围需要柴草，高黎区长余伟迅速召集区乡干部分头发动群众捐献柴草。很快，高黎区老百姓用板车拖、扁担挑，陆陆续续送来陈年稻草，不到半天，冀家围外就堆起了三堆小山似的草堆。等到傍晚时分，刮起了东南风，新四军用五挺机枪掩护，用四个排的战士把三堆稻草全部运到冀家围东南方向的壕沟边，洒水点火，顿时浓烟滚滚，借着风势直冲围内。待冀家围炮楼被黑烟笼罩后，新四军战士每人带着一捆稻草填满壕沟，冲进围内，仅用两个小时就攻下了冀家围，活捉了冀长根、罗界仁等罪大恶极的暴乱头目。

第二天下午，高宝县抗日民主政府在高黎镇召开万人大会，公审冀长根、罗界仁等九个暴乱头目。湖西地区大大小小地主豪绅都被通知来参加大会，让他们看到冀长根、罗界仁被执行死刑，受一次心灵的震撼。新四军二师罗司令亲临会场，并在大会结束时讲话：首先，我要号召高宝县军民向周璧、王辉学习，学习她们英武不屈、勇于献身的精神，让她们的精神在高宝湖西地区熠熠生辉！其次，我要号召全县人民团结抗日。我们新四军是抗日的队伍，是坚决按中国共产党的抗日救国十大纲领办事的。今天谁真抗日，谁假抗日，就看你打不打鬼子，是否给老百姓谋利益。刚才被镇压的这些土顽跟在国民党顽固派后面不打鬼子，和日伪汉奸勾结，制造摩擦，残害我新四军干部和抗日工作人员，是破坏抗日的罪人。我们把他们消灭是出于自卫，是为了抗日。我们愿意团结一切愿意抗日的人，同心协力把日本鬼子赶出中国去！

28

开完万人大会，章辅与金忠礼乘渡船回金苇乡。船到北岸，他们下船时，章辅发现罗界义没下船。她说道："忠礼，罗界义可能没回来。"散会后金忠礼的心思没放在罗界义身上，他认为那么凶残的恶霸都被人民政府镇压了，他一个罗界义还不是跟打怕了的狗一样，夹起尾巴做人啊。他这会儿的思绪被一封信打乱了。快散会时，他看到罗司令的警卫员送给章辅一个厚厚的信封，此后他就一直在想，这封信是谁写给她的？写的什么内容？有人向她求爱了吗？头脑一直乱七八糟的，这会儿听章辅说罗界义的事才蓦地清醒过来。他连忙回头跑上渡船，前前后后找了个遍，没有。他又上岸把船的周边看了一遍，也没有。"他弟弟被镇压，他心里有鬼，肯定跑了。"金忠礼对章辅说。"伊不会死心的。""是的，往后对他可要多防着点呢，这家伙可是条抹了油的钩被针，又奸（尖）又滑啊。""不怕！通知各个村庄，发现伊的踪迹立刻报告。现在侬陪吾到金苇高地去一下，吾要把万人大会的事告诉周姐、王姐。"

两人一路上采摘了两束野菜花放在周璧、王辉的墓前。章辅低头对着坟墓念叨说："周姐、王姐，罗司令为姐姐们报了仇，枪毙了罪恶的冀长根、罗界仁。周姐、王姐，罗司令还号召大家向姐姐们学习呢，吾亦决心以两位姐姐为榜样，团结一切力量抗日，为湖西老百姓谋利益。周姐、王姐，鬼子马上要来扫荡了，吾要回去坚壁清野，转移老百姓，下次再来看姐姐。"说完躬了三个躬后离开了墓地。

回到乡里，金忠礼要到区里去工作，他担心章辅的安全，临走时，他把大妹忠苇叫到章辅面前交代："从现在开始，你与章姐就是湖里的鸳鸯，形影相随，你就是章姐的保镖，章姐的安全就是你的责任，你要做好章姐的挡箭牌。"章辅听后很感动，她来到湖西这些日子得到金家人无微不至的关心照顾，特别是金忠礼对她关爱有加，她非常感激，心中对他有了一种男女间说不出的情怀。因而，她含情脉脉地对金忠礼说："忠礼，谢谢侬！吾不知说什么好了。侬到区里工作亦要注意保护好自己，有空时能记得回来看看吾。"金忠礼心里一阵激动，可瞬间又被那封信打乱，便胡乱问了句："二师不会有人来看你吧？""什么话？小心眼。"章辅说着拍了一下金忠礼，拉着金忠苇走了。

从此，金忠苇真是不离章辅半步，陪着她开会，跟着她到各村动员老百姓坚壁清野。就在她们一个村庄一个村庄布置反扫荡时，日本鬼子的扫荡已经开始了。

大清早，高邮湖上空就飞来四架飞机，盘踞在高邮、宝应的日本鬼子和伪军分乘八艘汽艇直奔湖西，先后在金苇河南岸高黎、北岸高集等十多处登陆。幸亏章辅她们已事先做了布置，绝大部分老百姓已藏好粮食，听到飞机的轰鸣声大都拖家带口向北跑反了。

在日军飞机向高集街投了若干枚炸弹后，一股日伪军从汽艇登陆冲进高集街。街上有六七户人家没来得及跑全都遭了殃。二十九岁的私塾先生郑义先在田埂上摘蚕豆时被日本鬼子抓住用刺刀戳了17刀，然后扔进河沟中。几个日本鬼子抓住妇女郑王氏，扒开她的衣裤欲行奸污，其夫郑得帆上前劝阻，被日军绑在堂屋的门上，由两个日兵当靶子练刺杀，被活活刺死，日本鬼子轮奸了郑王氏后又将她刺死。日军这次在高集扫荡，共炸死、杀死大人、小孩40多人，烧毁、炸毁房屋120多间，街上所有猪、牛、鸡、鹅、鸭都被抢劫一空，洗劫后的高集街成了一堆废墟。整个湖西，老百姓被日军炸死、杀死的有127人，烧毁房屋1000多间，粮食、畜禽等财物几乎抢空，没抢走的，也被烧毁。

为打击日寇的野蛮行径，巩固湖西根据地，新四军二师两个团与湖西地方武装一起参加反扫荡斗争和高宝地区的政权建设，经过十多天的英勇抗击，反扫荡斗争取得了胜利，日伪军仓皇逃回高邮、宝应，湖西根据地得以巩固。同时，又在北阿镇成立了中国共产党高宝县委员会，由老红军陈志方任县委书记，张灿明任组织部长。下辖北阿、高黎、银涂、闵塔四个区委。高黎区委书记由余伟担任，北阿区委书记由章辅担任，金忠礼任北阿区长，两人分开时间不长又走到了一起。

29

章辅与金忠礼迎着初升的太阳，走在美丽的乡村小路上，吮吸着泥土的气息，凝望着滚滚的麦浪，两人的心绪也随着那春天的芬芳一起荡漾，各自渴望着泊入对方的心房，憧憬那幸福的时光。不过，凡是进入两情相悦殿堂的男女，总是希望进入的是纤尘未染的殿堂。这对青年男女也不例外。这会儿，两人一起到区里工作，当一只脚已跨进那殿堂而一只脚还在殿外时，金忠礼心里又想起了那封信，章辅则也想起了反扫荡前他说的"二师会有人来看你"这句话。

起初两人都憋着不说话，默默地走了一会儿，还是章辅憋不住了："忠礼，吾问侬一句话，侬要对吾讲真心话。"金忠礼停住脚步，两眼望着章辅问："我哪次跟你讲假话了？你放心，我这辈子绝不可能跟你讲一句假话。""侬甭急。吾问侬，侬上次讲二师有人来看吾，啥意思？"被她突然问这事，金忠礼的脸唰的一下全红了，这胸中的小心思真要对她说吗？应该对她说，刚才不是已经表过态了，不对她讲一句假话，既然她问了，那就把心里的真实想法讲给她听，该是什么结果，不把心里话交出来也还是什么结果。于是，他鼓足勇气说："那你先说说万人大会那天，罗司令警卫员送一封信给你，是怎么回事？"

噢，原来是为了那封信，还真是耍小心眼呢。章辅边想边从布袋里拿出那封信往金忠礼手上一拍："拿着，侬自己看是咋回事。"金忠礼接过那封厚厚的信，犹犹豫豫地不知是看里边的信，还是把信还给章辅。看信吧，你算是人家的什么人，要看人家的私信？恋人吗？人家同意做你的恋人了吗？没有！没有你凭什么看人家的私信？即使是恋人，你看她的私信也是对她的不尊重！不看吧，心里老是有块小泥球堵在那儿，总在殿堂门口徘徊，不知是进还是退。

章辅见金忠礼的手像拿刚出锅的烫山芋一样，伸伸缩缩不知所措，便从他手里拿过信封，又从开口处抽出里边的信，打开，抖了一下，把信抖开，然后递给金忠礼。这次金忠礼没再接信，只是用眼睛瞟了一下。哎哟，全是图纸。金忠礼不好意思了："这？把这些图纸寄给你干什么？"章辅眼睛翻了一下金忠礼说："二师来看吾的就是这啊！就是这一张张图纸啊！"金忠礼连忙认错："我不对，我不对，我不该说那种没根没据的话。章姐，你骂我吧。""吾甭骂侬，侬讲以后啥人来看吾？""我！我从今往后月月看你，天天看你。""好啦，阿拉现在在一块工作，不天天看还不行嗯。""那你愿意在我们湖西一辈子吗？"金忠礼一边说一边将右手伸进口袋掏东西。"这么美丽的水乡同阿拉家乡一样，还有这么好的人，吾当然愿在这革命、生活一辈子啦，等打败日本鬼子，阿拉一起努力奋斗，建设一个富裕的湖西、美丽的湖西，到那时牛羊成群，稻麦丰收，乡亲们人人有田种，有事做，个个吃得饱穿得暖，脸上挂着幸福的笑容。多美的事啊！"章辅沉浸在美好的遐想中。金忠礼情不自禁地用左手拉着她的手说："一言为定！等赶走小鬼子，我们共建美好的家园。"说着从口袋里掏出两只煮熟的鸡蛋放在章辅的手上，"我不晓得忠苇这些日子怎么照顾你的，把你都照顾瘦了。快把这吃了，补补身体，补好了身体有力气打败日本，建好湖西。"

章辅眼泪要掉下来了，她知道上次日军扫荡将金荸乡的鸡鸭鹅抢劫殆尽，哪里还有鸡蛋？她深情地说："这么金贵，吾不吃，侬留给老太爷子吃。"说着将手上的鸡蛋递向金忠礼。金忠礼从章辅手里拿过一只鸡蛋，蹲下将鸡蛋在自己腿头子上敲了几下，然后将蛋壳剥尽递到章辅嘴边："快吃下。"章辅只得轻咬了一口说："真香。自打吾从上海大同大学奔赴皖南参加新四军，到现在还没吃过一次鸡蛋呢。""再不吃你恐怕连鸡蛋什么味都要忘了呢。""侬将这粒吃掉。""我吃过了，这只你留着当晚饭。"金忠礼说着将另一只鸡蛋放进章辅的布袋里，然后就看她吃鸡蛋。他看着章辅小口小口地咬，咬到嘴里又细细地嚼慢慢地咽，真比自己吃还高兴喃。他递上水壶说："喝口水，别噎着。你不晓得我为了拿这鸡蛋，险些杀鸡取卵呢。昨个晚上，我就将家里仅剩的两只老母鸡分别坎[35]在草窝里，早上起来，一只鸡的蛋生下来了，放它走，另一只鸡的蛋还没有下来。我怕时间来不及，摸它屁股，有蛋呢，就揉它肚子，揉了一会儿，再坎住。过一会儿再看，有了，赶忙拿去煮了。哈哈哈……"章辅用手轻拍了一下金忠礼肩膀说："没想到侬还是个催生婆喃，嘻嘻嘻……""哈哈哈……"两人的笑声在湖西的田野里随着麦香飘向远方。

章辅止住笑对金忠礼说："现在日本鬼子还很猖獗，阿拉还有很多工作要做，阿拉来日方长，必须以党的工作为先，以个人的事为后。忠礼，阿拉北阿区是县委、县政府所在地，阿拉各项工作一定要走在全县的最前面。这两天，吾一直在思考，怎样走，才能走在前列？你有什么想法吗？"

他们这些信仰共产主义的年轻人就是这样，总是把党的事业、民族的兴旺放在第一位，把个人的感情、个人的生活放在第二位。这会儿章辅从个人的情感中走出来，与金忠礼商量起如何更好地完成党的任务，金忠礼也随着章辅的节拍而动，他回应道："是啊，当前最紧迫的任务，那天罗司令在万人大会上已经交代得很清楚了，一是为人民大众谋利益，一是赶走日本侵略者。前一个任务，在目前我们所能做的就是减租降息，治匪患、水患。减租降息，各乡正在做，关键是落实到位。对匪患问题，我最近选个时机到几股湖匪那儿去一下，看能不能把他们收编了。治水患是长期的事，每年冬季农闲时搞一些土方，逐年积累。后边这个抗日任务则是我们现在的首要任务，而我们所要做的就是源源不断地向前方送粮、送钱、送武器，尽我们最大努力，为前线做出我们最多的奉献。"

　　章辅打断他的话说："侬讲得对，不过还少了两项。一是送棉纱布匹，二是送人。""向前线送人我理解，随着战争的发展，前线会有不少伤亡，只要前线需要，我们一定把顶呱呱的青年送到前线。但这棉纱布匹从哪里来喃，我们湖西用的都是从外边购进的，而且我们湖西大多是水田，这里不长棉花，拿什么去纺纱织布呢？"章辅又掏出那封信说："在金苇乡吾就想这个事了。吾在新四军时，部队首长的衣服都是打了补丁的，医院里的纱布绷带更是奇缺，我那时就想在金苇乡办一个纺纱织布厂，为新四军供应棉纱布匹。你看这些就是我找大学同学搞来的纺纱机、织布机的图纸。"金忠礼没想到他身边这个小女子心这么细，为她对党的忠诚、对抗日的热情所感动，但他还是担心地问道："我们湖西地区没几家工厂，即便有也是手工为主，没什么机械设备，这些图纸再漂亮也只是个图纸啊。""动动脑壳子。吾跟侬讲，吾之前了解过，阿拉北阿区的吉家庄乡的吉家庵里有一爿新华纺织厂，有两台土制织布机，阿拉区政府可以出钱出力将这爿厂扩建为区里的纺织厂。这些图纸，"她手一扬然后继续说道，"我给大爷、二爷都看了，伊拉讲用杂木和少量铁件可以做出来，伊拉已经备料了。至于棉纱，吾找了三爷，伊讲今年可先请商船代购，明年春天湖西高岗地区可以种棉花。"

　　金忠礼惊呆了，他被这个江南女子所折服，他知道从西施开始，江南女子就擅长纺纱织布，章辅自然也不例外。他结识过不少江南女子，江南女子那种心灵手巧、执着坚韧的品质在章辅身上更为突出。他也看过《浮生六记》，他觉得眼前的章辅有芸娘那种江南女人的美丽、善良、勤劳和聪慧，但章辅比她们又多了对党的无比忠诚、对革命事业的无比热情、对民族兴旺的无比倾心，他为有这样的同志而自豪，为有这样的搭档而欣慰，也为在不远的将来他们俩能成为革命伴侣而翘首以盼。

30

　　到区政府时，他们已就扩大新华纺织厂问题达成了一致意见，并做了分工：金忠礼负责资金筹措、设备打制和职工招聘，章辅则负责解决技术人员、纱源等问题。

"哟，一到区上，就这么卖命地忙工作，可不要累坏了身子骨噢。"两人正谈着，从窗外传来一串尖细的女人声。他们刚转头向外瞧，那女人已到了他们身旁。只见她把手里拎着的竹篮子往金忠礼面前的桌子上一放，说道："早听说你到北阿来当官了，我天天来看也不见你个人影。一早听忠清大妹说你今个来，你看我早早就煨了只老母鸡等你来，可左等没来，右等亦没来，鸡汤冷了热，热了冷，热了都有七八次了，终于到了。来，趁热喝口鸡汤，补补身子。"说着掀掉篮子上的盖布，揭开篮子里砂锅盖子，拿起篮子里的碗和勺就盛鸡汤。金忠礼站起来拦住她说："麦幺花，不客气，我们都吃过了。你坐，有什么事你说。""我没事，就是给你，还有这位长官送鸡汤的。"麦幺花本来就想讲只给金忠礼一人送鸡汤的，后又觉得人家两人在这，不说那一个显得自己小气，便又加上了章辅。

章辅上次在二爷家见到她时因怕暴露，没有吱声，她知道这女子对金忠礼是有那么点意思的，上次就看出来了，今天特地送鸡汤更可想而知了。至于麦幺花对她，那个时候确实不知道，可现在职务是公开的，她也跑了湖西的好些乡村，知道她的人已经不少，因而，她觉得这麦幺花肯定认识她，而此时却装不认识，她这是何意呢？于是，她开口说："麦老板，侬不认识吾，吾可认识侬噢。我们民主政府不兴叫长官啊什么的，侬就叫吾章辅就好了哇。"

"哪敢啦。对他，我可叫忠礼，对你还是叫长官，要不就叫区长。我第一次见到你时，他们说你是四妈家高庙的亲戚，我信以为真。那时我哥对你的美貌朝思暮想，整天茶饭不思，像害大病一样。我那时就想帮他一把，找人说媒，让你做我嫂子。后来他逃了，而你成了民主政府的长官，我就像吃了只苍蝇一样地感到不可思议，原来我哥那真是癞蛤蟆想吃天鹅肉喃。"金忠礼嫌她穷讲泼说影响他们谈事，便制止道："麦幺花，不要胡打热[36]说的了，你要有事就赶快说，没得事你就把鸡汤拿回去，我们民主政府不可拿你们的东西。""哎，金忠礼，你这就不对了，什么叫拿我们东西啊？我问你，你们民主政府慰问新四军应不应该？""应该！""你们慰问新四军，我慰问你们民主政府，行不行？""行也行，但我们现在不需要慰问，今个我们谢谢你，你先拿回去。""金忠礼，你这就不对了。我晓得你们什么意思了。你们是把我跟我哥、我呀划到一类去了。我今个要跟你们

94

说清楚了。我哥是我哥，我呀是我呀，我是我。他们跑了，我没跑，我是支持抗日、为抗日做事的。我跟你们讲，先前你们一个姓姚的共产党，要不是我报信把他，他早被抓住了，哪块还能逃脱？还有，我把我呀的'天理商行'改成了'幺花商行'，你们看我现在的那商行，我进的货大多都是被日本鬼子禁止到我们湖西来的货。像上次我给胡先生家进的医用材料和药品，根本是不让进来的，我给他进了，不信你们去问问胡先生。还有新华纺织厂要棉纱，我也给他们进过。你们不是讲团结一切力量抗日吗？像我这样支持抗日的人你们都不团结，那不是空喊白说吗？"

　　章辅虽然对这女人没有什么好感，但听她这么一说，觉得人家这话说得也不错，况且如果真像她说的那样，她在姚书记撤离上以及对根据地建设上还是有贡献的。最让她感兴趣的是这女人还提到了棉纱，这是她急需要的，说不定还要这女人帮帮忙喃。于是，她对麦幺花说："麦老板，侬帮姚书记撤离，阿拉非常感谢！侬替抗日做的事，民主政府都记着呢，阿拉希望侬为抗日做更多的事，像药品、棉纱这些被日寇封锁的物品，侬要想法子多购进来，阿拉会跟你做公平买卖的。侬放心，阿拉不会将侬与侬兄一样看待的，侬先回去，过两天吾登门拜访。""那敢情好啊，我在家等待二位，有什么事叫忠礼开个口，我保准给你办得好好的。那你们忙，我先家去了。"麦幺花说着转身就走出了门。

　　见那只篮子还在桌上，章辅示意金忠礼把篮子拎给麦幺花。"哎，麦幺花，把这个带上。"金忠礼提起桌上的篮子追上去说。麦幺花转头盯着金忠礼，眼睛里透出些许怨气说："你要这么见外，我就躲在家里不出门，什么抗日的事也不做！喝掉！"说完掉头快步走出了区公所。

　　金忠礼把篮子拿回来往章辅面前一放说："水至清则无鱼，一罐鸡汤也没什么，她家多的是，不吃白不吃，正好你把它喝了补补身体，更有力气去做抗日工作。"章辅微笑着说："人家可是亲手给侬煲的鸡汤噢，侬无论怎么说也要喝下去啊，只是喝鸡汤可以，可不要中了人家的美人计啊。"金忠礼说："我喝？我从出生到如今20多年，我不记得有没有喝过鸡汤。这鸡汤油这么多，我喝下去肯定就拉肚子，鸡汤喝不下去，美人计也就中不了了。"一句话把章辅说得心里很难过，是的啊，侬家是地主有鸡汤喝，人家是农民哪有鸡汤喝？阿拉需努力再努力，不仅要打败日本侵略者，今后还要让人人喝到鸡汤啊。想到这儿，她深情地对金忠礼说："忠礼，侬先喝一点，等打败日本鬼子，吾一定让侬每月都喝到鸡汤。"金忠礼拿起碗，先用筷子把两只鸡大腿夹到碗里，然后盛了满满一碗汤，端到章辅面前说："趁热喝了。"

31

定下来的事，立即就办。两人为办纺织厂的事分头忙开了。章辅通过地下党联系，请他们在敌占区的宝应、高邮聘请纺纱织布的老工人来传授技术。至于购进棉纱问题，她本来想去找麦幺花的，但她觉得去找那女人心里总有点怪怪的，还是先通过地下党经营的光华商店用湖西土特产与本地和外地的商行交换棉纱，如货源充足就不用找那女人了，若是货源缺再说吧。

金忠礼则等他大妹过来才能动身，因为金忠清任县妇抗会会长了，没人守在章辅身边，他不放心，把大妹金忠苇从金苇乡招来一边做区妇抗会工作，一边继续跟随章辅左右保障她的人身安全。

安排停当后，金忠礼才放心回到金苇乡，先找区里的金苇柴滩管理委员会借了一笔资金，还不够，他又请表兄胡忠道四方筹措，又筹了一笔钱。然后回家，请老太爷出马，召集他做木匠时的徒子徒孙以及做铁匠的二爷的徒子徒孙，约有三四十号人来商议这个事。

他把图纸传给各位先看，大家传看时就议论开了："这什么玩意啊，枝枝丫丫的？""这是什么机器啊？看不懂。""这是老和尚拿地瓜烧牛肉，大少爷叫我们开洋荤嘞。"忠礼父亲一个家在西岗的徒弟曾到过上海的一些工厂，见过点世面，他说："这玩意不是那什么纺纱织布机嘛，可人家那是铁打的，叫我们这些木匠来是不是把米醋当成了烧酒，搞错了啊？"

"没错！各位爷，还有兄弟们，找你们来没找错，就是想请各位爷、兄弟，把这些家伙揪出来。"又有人讲了："乖乖，我们就能揪个大桌子小板凳、方箱子圆桌子，这家伙看得头都昏了，能揪出来吗？""要看多少钱一个工呢，有工钱就慢慢磨呗，总能揪个七大八[37]出来吧。""七大八有什么用，你做出来要能纺得了纱、织得了布喃。"

"好嘞，都不要穷讲泼说的了，一个个手艺没学到家，倒成了没把子的茶壶，就剩个嘴了。"金老爷子发话了，他是在场木匠们的祖师爷，他一发声，场上都静了下来。"学这些年手艺，方的、长的、圆的、弧的、三角的，不就这几根料吗，这几根料你再做不好，你不是枉学了这手艺吗？这几根料按尺寸打磨得中规中矩的，然后照这纸上的模样子一凑，不就出来了吗？难吗？一个个脑袋瓜都成木头了！"

下面又有人开口了："哎，老爷子这么一说，还就是这么回事喃。""揪，肯定能揪出来。"

老爷子再发话："我跟你们讲，要揪就揪好了，这可是打小鬼子的家伙，你们一个个都给我用心做！不能有一点搭浆，我这把老骨头跟你们一起上工放工，绝不偷懒。还有，这次算我请你们上会[38]的，有得吃没工钱，欠你们的人情，以后我、我儿子、我孙子给你们还清。"

场上的人一阵喊："揪！"

爹爹的一席话让金忠礼非常感动，七八十岁的人了不但理说得明，还要跟着大家一起干，真是让人敬重。他知道，爹爹心里有个几十年的心愿，就是要看到把小日本打败的那一天。为了完成这个心愿，他什么都不惜。老爷子说到这份儿上，其实不用金忠礼再说什么，他父亲和二爷一定会带领这帮手艺人完成任务。他最后只补充了几句："各位爷、兄弟们，我晓得你们不愿看着前线将士衣不遮体地去打日本鬼子，你们也不愿看到我们的伤员因为缺少纱布，血流个不停。刚才爹爹说这是做打小日本鬼子的家伙，就是这个意思。请大伙儿一定尽心尽力，吃住做都在我们这庄台上，什么时候完工，什么时候回家。吃，我们照你们在一般人家做手艺的标准做饭，另外工钱也会适当发一些，但不能跟你们平时比。"

"没得事。""有钱就把点，没钱就是给老爷子上会。"大家也没其他要求，说完就在金家门前摆开场子干了起来。这些手艺人活干起来是不惜力的，仅几天时间，各种料就已开好，开始进入各个零部件的加工。金忠礼见这里的工作已上路子了，便回到区里和章辅一起去新华纺织厂谈扩建的事。

章辅和金忠礼天不亮就出发，走了大半天才到吉家庄，找到宝应湖边的吉家庵。吉家庄乡沈五根乡长、吉家庵新华纺织厂的老板程鹤全和厂里管供销的丁孟营已在那里等他们。

程老板二料个子，微胖，人称"程菩萨"。丁掌柜个子不高，精瘦，人称"丁猴子"。程鹤全在吉家庵办纺织厂，丁孟营也凑进来入了一份股，平时，程老板管生产，丁掌柜管买卖，把这吉家庵的香火也带旺了起来。吉家庵地处偏僻，离北阿镇较远，从区里到庵上要走大半天。但这地方的确适合纺织厂的经营，因为靠宝应湖，购进的棉纱和向外销出的棉布用船运都很方便。庵的规模并不小，坐北面南一个大殿，两侧两幢宽敞的厢房，大殿后边还有两进，都是生活区。

章辅向程老板、丁掌柜说明来意后，程老板未开口。丁掌柜一听章辅的江南口音，便学着上海话抢先说道："听侬口音，侬是上海人？"章辅以为碰到了老乡，惊奇地问："侬亦是上海人？""他是土生土长的湖西人！走，我们先到厂里看看吧。"程老板说着带章辅、金忠礼到厂里去。说是厂就是吉家庵西边的一幢大房子。走到门口，整个纺织厂就一览无余了：三五台设备，十来个人，东南角堆着一些纱，西南角堆着一些布。程老板介绍说："我们这个厂不起眼，小不拉几³⁹的，统共五台织机，二十来个人。区里拿去也没得什么大窍⁴⁰。"

丁掌柜拽了一下程老板的衣衫示意他不能把底交得这么清，还把自己贬得这么低，遇到政府这种买家，你孬好得捞他一把啊。于是，他凑到章辅面前说："嗳，话不能这么说，阿拉厂虽小，但小麻雀落在大桥上，虽小，架子大啊，别看阿拉这小厂，赚钱老鼻子啦。"

"猴子啊，你又嚼蛆了，几台土织布机，只能织很少的窄面土粗布，去掉付给工人的粮饷，赚的钱在哪窟喃？在你口袋里啊？横竖我没看到几个钱。走，两位请到那边吃口茶，坐下来谈。""甭用了，程老板，事情不复杂。实话跟你说，区里要把你这厂扩大不是为阿拉赚几个银子，而是为了打日本鬼子，让新四军有衣穿，伤员有绷带用。具体怎么扩大，金区长，侬给程老板摆摆。"金忠礼看了一眼丁掌柜，然后对程老板说："程老板，从民族大义上说，为新四军打日本鬼子出钱出力，是我们老百姓的应尽之义。好汉千里客，万里去传名。人啦，一辈子几十年，一晃就没了。在当今这日本鬼子猖獗的日子里，有几个能掌握自己的命运的？只有团结起来赶走日本鬼子，大家才能掌握自己的命运，才能颐养天年。""是啊，大兄弟，道理我懂哎，我这么跟你说，只要抗日用得上我这个小厂，你政府一张纸令，我一分钱不要，连人带机器全送给政府。"

乖乖，我的个程菩萨哎，你真是把床单当尿布，怎么这么大方的啊，

98

我的个亲妈么哎，你把我那几个钱也大方进去了哎。不行，我得把我那几个银子赚回来。丁掌柜正要发作，被程老板按住了肩。

　　而章辅则完全没想到这事谈得这么容易，这程老板竟然可以无偿奉送，哎呀，湖西人多么朴实善良啊："程老板，太感谢侬了，侬真个是大义之人啊。不过，政府也不是白拿的，还是要补偿的。侬听金区长接着讲。"金忠礼继续说道："程老板，我们是这样考虑的，政府出钱，再添些纺纱机或织布机，机器增加到六七十台，工人增加到二三百号人，还是你做老板，政府给你发粮饷，你要用哪个人你还用哪个人，你原来投资的钱算成股，赚到钱一样跟你分。程老板，你看这行吗？""行，就这么定了。"

　　丁掌柜两眼眨巴眨巴地朝程老板望望，又朝区政府两位望望，他觉得亏吃大了，本应卖个好价钱的，现在就这么黄了，便想把自己那股作价卖给政府。于是，他说道："两位区长，现在是民主政府噢，一个嘛，要允许我说两句，二个嘛买卖要公平。"章辅说："侬讲无妨。""我嘛，宝应有个亲戚开个酱醋厂，老早就叫我去帮他揪，前个又来信催我去。本来我想这边厂里我走不开，这下好，你们政府要收，我就想把我在厂里的那份作价卖给你们政府，我就到宝应我亲戚那窟帮忙了。我嘛也不是个贪财的人，要价也不高，你们就把……"丁掌柜话还没说完，程老板将他的肩膀使劲一掐说："猴子啊，不要在这窟瞎嚼大头蛆了！你那几个银子是投给我的，你要走，我跟你结清，你要不走，就还干你的老本行！两位区长，不跟他在这窟费精劳神了，新华纺织厂，我是老板，我说了算，就照你们刚才说的定，我这两天按照你们说的弄个计划出来给你们审，审过后就开始扩。"章辅夸奖道："大爷不愧是个明理知事的人啊。"金忠礼说："程老板，请有经验的老工人和增加机器、工人的事，我们都已做了，你就考虑厂房和生产的事就行了。""噢，还有购棉纱的事也请程老板一并考虑。"章辅最后补充说。

32

　　两人回到北阿，县政府秘书送来了《告湖上绿林兄弟书》，并传达县里对北阿区的要求：按照县里的布置张贴布告，尽快与辖区里土匪联系，做好教育瓦解工作。县政府秘书走后，章辅对金忠礼说："我们分个工，你带几个人负责西片布告的张贴，我带几个人负责东片。正好这次要发展几个党员，西片的四个发展对象，除了金忠苇家不用跑外，另外顾阿水等三人的家庭，你还要去跑一趟。"金忠礼说："行，另外我来找人联系我们区的几股土匪，争取瓦解一批。"

金忠礼回金苇乡召集西片几个乡乡长开了会，把张贴布告、劝导瓦解土匪的任务布置了下去，然后分别到顾阿水和胡忠道家。顾阿水也没有家，自从那次围攻"一旺粮行"后，他就在乡里的民兵队做个队员，后来，区武装连从乡民兵队抽走了十多人，他又在乡民兵队当了个小队长。这个青年不识字，但有力气，做起事来总是竭尽全力，上次鬼子扫荡，乡里还有30多担公粮储藏在乡公所没来得及转移，他就带两个民兵连夜把粮食挑上船，藏到湖荡里直到鬼子撤走，他又一斤不少地挑回到原处。乡里这次把他报到区里作为发展对象跟他这次保护公粮也有很大的关系。

金忠礼找他就是想问问他对共产党的认识。"阿水，你晓得共产党吗？""嗯，嗯，晓得，晓得，上次替我呀申冤揪罗一网的就是。""那你晓得共产党做什么的吗？""嗯，嗯，晓得，晓得，打日本鬼子，为穷人申冤。""你想加入共产党吗？""嗯，嗯，当然。""为什么要加入呢？""嗯，嗯，打日本鬼子，为穷人申冤。还有嗯，嗯，有饭吃，有衣穿。""你以前加入过什么帮吗？""嗯，嗯，以前有人拉我当湖匪，走到湖边，我又跑家来了。""为什么跑回来呢？""嗯，嗯，我舍不得我妈。""还有吗？""嗯，嗯，有人拉我进小刀会，我又跑了。""为什么又跑呢？""嗯，嗯，他们说刀枪不入，西打边的小二麻子还是小刀会的小头儿呢，嗯，跟我抢棠梨树果子吃，被叉针子一戳，手都淌血了，我一看，还刀枪不入呢，一根小叉针都戳出血了，假的！我就不入小刀会了。""那要是有人叫你加入共产党，你会跑吗？""嗯，嗯，不跑，要跑跟你跑。""阿水，我今个跟你说的话不能跟别人讲。""嗯，嗯，打死也不说。"金忠礼知道顾阿水对共产党的认识也只能是这些了，他家是全乡最穷的，又一个字不识，你指望他能对共产党说出多少有理论有水平的话是不可能的，至少现阶段不可能，但他的感情是朴素的，对抗日的事是积极的，如果要批准他入党，也可以在入党后慢慢引导教育。

与顾阿水谈过话，金忠礼便去找表弟胡忠道。找胡忠道不是谈入党的事，胡忠道在上一次的发展党员中就被吸收为中共党员了，不过他的党员身份还是保密的，党组织是要他利用行医的身份团结更多的人，同时完成党组织交给的搜集、传递情报等任务。金忠礼这次找他是请他与湖匪邹长青联系的事。北阿区最大的湖匪是邹二乱子，他在最近一次抢民主政府的运粮船时被县巡湖大队击毙了，他死后，原来二当家的他的堂弟邹长青做了大当家的。上次，金忠礼运粮给新四军，中途遭邹二乱子抢劫，那个挑面担子后来抱着机枪的正是这个邹长青。那么，金忠礼怎么来找胡忠道与湖匪联系呢？因为一些湖匪受伤，经常找他医治，因而金忠礼来看看，能否请他联系一下。

　　金忠礼刚把来意一说，胡忠道笑笑说："哎呀，你来得正巧。昨天他们有个头目来治枪伤，我跟他说了县里《告湖上绿林兄弟书》上的事，叫他带信给他们大当家的，约个时间与政府谈谈，他答应回去跟大当家的说，行不行，他后天来换药时给我回信。"金忠礼说："太好了，兄弟真是个有心人。那这样，兄弟啊，如果邹长青同意与政府谈，时间、地点由他们定，只是不能拖，如果不同意，你就直接叫那头目回去告诉邹长青，说三天后有人给他送机枪。""送机枪？什么意思？是准备攻打吗？大表哥，我不赞成。你去攻打，两败俱伤，削弱了抗日力量，日伪军最高兴。"见胡忠道没有完全理解他的意思，金忠礼又说道："兄弟，你只听了一半话，我是说想方设法跟他谈，送机枪不是去攻打，也是谈。满街的棉花店，都是谈。""兄弟，政府既然谈收编，那就要诚心实意，民主政府不能玩溜子[41]，你机枪捧在手里去找人家，你说人家是打还是谈？""谈！民主政府是诚心的，怎么可能玩溜子？你不晓得送机枪是怎么回事，你听我慢慢跟你说。"金忠礼把上次送军粮遇邹二乱子打劫，他和弟兄们一起抢夺机枪制服劫匪的事跟胡忠道讲了一遍，胡忠道才说："噢，还有这么一出。不过送机枪到底是给他面子还是涮他面子，还不知他怎么想，我看这还是朝后放放，要看人家回话的情况，送机枪也是没得法子的法子。""是的，那是谈的最后一招，只要有沟通的渠道，就不用这一手。这样，我先去有事，过两天来。"

　　金忠礼刚走出药铺碰到杨老伯："杨老伯，怎么？来抓药啊？""噢，忠礼啊。我有点伤风，抓两剂药吃吃。忠礼，我有件事想跟你说说。"他现在是县参议员，对治理水患特别上心，因而碰到金忠礼就想说这事：

101

"忠礼啊，民主政府百废待兴啊，要是为老百姓着想，这湖西地区最重要的还是要治好水患啊。"对治水患的事金忠礼早就有思考，但苦于治水知识不够、经验不足一时也不知从何下手，这会儿杨老伯主动找他谈这事，真是求之不得呢。他连忙将杨老伯扶进店里，端了条凳子请他坐下，然后说："杨老伯，我也晓得我们湖西治好水患，粮食丰收，让湖西老百姓获益。同时，我们湖西也成了新四军的粮仓，他们打鬼子也得劲啊。杨老伯，治水你有经验，你给我指点指点。"

"根治水患现在是可望而不可即，那是更高层、更广范围要做的事。然而，我们区就束手无策、一事无成吗？非也。我们也可以有所作为。那么怎么作为喃？你看我们北阿区，到处是小圩，有四五十个，各成一体，高高矮矮、长长短短、宽宽窄窄，互不连贯，洪水一来，首先从没连接处冲进，渐渐漫灌，以致一片汪洋，那四五十个小圩成了摆设。因此，政府当务之急，先把各家小圩连成一体，能抵御一般洪涝，往后再有大作为。"

金忠礼连连点头："哎呀，杨老伯真是有心人啊。我一定将你的意见在区里的会上提出来研究，争取今年冬季就开展这项工作。""你如果确定今年冬天能搞，我这人闲着也是闲着，我帮你们先拿个方案，你们在会上一并研究，冬季农闲时就组织开工。""哎呀，真是太难为老伯了，那等你方案出来，把个信，我登门来取。到时只要日本鬼子没占领我们北阿，你的方案就保准能在今年冬天实施。""好的，我抓紧，你也不要来取，我到县里有事时带给你。"金忠礼也没再说什么客套话，他知道湖西老百姓这样自愿为大家的事操心、出力的很多，如他爹爹、他父亲以及二爷、三爷、四爷一样的人太多、太多了，保护家园、共建家园是湖西人长期养成的习惯，他只是握了握杨老伯的手便告辞离开了药铺。

33

回到金家庄，那热火朝天、说说笑笑打制纺纱机、织布机的场面又令他感叹不已。个个打着赤膊有说有笑地干着活，锯的锯，刨的刨，凿的凿，有条不紊的场面不在上海那些洋工厂之下。看到这些，他对湖西人的聪明智慧又是由衷地赞叹，学什么会什么，干什么精什么，这就是湖西人的特性吧。这些天他没回来，场上已有一批成品摆放在场边，其中纺纱机六台、织布机三台。为了能尽快地生产出纱和布，他立即到街上雇来几辆小驴车，将打好的机器运往新华纺织厂，并在那里等程老板他们安装调试，看到这些木制的设备纺出了纱、织出了布，他才急急忙忙往回赶。

昨天是那头目到胡家药铺换药的日子，他应该将邹长青的回话告诉了胡忠道。金忠礼急于往回赶就是想尽快知道邹长青对县政府的布告到底是什么态度。"兄弟，怎么样？"金忠礼一踏进药铺的门就问了一句。店铺里治病的、打药的一个个朝他看，个个显出讶异的目光，以为他们金家又出什么大事了呢。胡忠道对着门口说："啊，大表兄来啦？放心，没什么大事。"药铺人多嘴杂，胡忠道是不可能在这么多人面前谈那事的，因而只大面上回了他一句，然后招手说："来，表哥，到后边喝口水，我跟你说。"

金忠礼跟在胡忠道后边来到里间。胡忠道告诉他："后天午后，邹长青在宝应湖边的嵇家圩等你，然后到湖上会谈，只允许你一人一枪，超过就免谈。"这个条件还是很苛刻的，如果他要玩些鬼八道那真可能是有去无回。金忠礼想了会儿问："兄弟，你说能去吗？"这一问，胡忠道也说不准了。那湖上土匪多少人多少枪，是真谈还是假谈，他们的情绪怎么样一概不知，他怎么好判断呢？但是事情既然通过他联系的，他就得把自己的分析说给老兄听："照我看嘛，那个头目说话时也看不出什么鬼头若脑[42]的样子。土匪也是有他们的规矩的，既然约你去了，按理说也不会把你怎么样。不过，匪情不明，你一个人深入匪穴就怕万一有什么不测之事。反正这事还要三思。""那行，我回去向区里报告了再说，好歹还有两天呢。""慢着，你把这收好。"胡忠道说着从柜子里拿出一面小三角旗子递给金忠礼，上面绣着一条张牙舞爪的龙："你去时，带上这个，他们就晓得是去赴会的了。另外我给邹长青写了封信你也带着，也许他能给我点面子。"金忠礼揣起信和三角旗转身走出了药铺。

出了药铺，他又回到金家庄，他要向父亲、爹爹以及几个爷告个别。到了家门口，还是那热闹的场面，他没打搅他们做活，走进屋里看到爹爹也在那儿磨着凿子，并跟爹爹聊了两句："爹，你老歇歇吧，那些工具给他们磨。""哟，忠礼啊，又回来啦。爹爹闲着也没事，有劲就帮他们磨几个，多个人不是做起来快些个嘛。""爹爹，我不在你身边，你自己要照应好自己啊。""忠礼，我不碍事，这把老骨头碰到个把鬼子也能跟他拼个七大八喃。你们年轻侠子跟公家做事要勤力些，也不要老往家里跑，家里很好。"金忠礼也不能说那么清楚，说清楚了反而引起家里人担心，因而，他也没再透露什么，只是跟爹爹请教了一些事："爹爹，我们区里要是治水你看从哪块先动手呢？""这湖西啊，水是命根子，又是心头大患啦。你们政府是要帮老百姓治治这水龙王了。要治先从连圩下手，把湖西大小几十个圩连接起来，先挡挡小洪小水，能够顶他个头十岁的小龙王，大洪大水不是你们一个区，也不是湖西一地能治的。再向后啊，就是连沟，从南到北把小沟小河挖宽浚深，帮老百姓解决旱季灌溉、雨季排涝问题。""爹爹，你这说得太好了，杨老伯也有这想法，但他还没有你想得多。""大孙子啊，爹爹到时也可以帮帮你们。这是水患，你们区里还要帮老百姓治治匪患。"金忠礼本不想说这事的，爹爹主动提到了，不如顺便请教一下："爹爹，这湖匪力量不小，我们区武装才几十个人，又被县里抽取一部分，现在只有二三十人，一时难以剿灭啦。""孙子啊，你们做事要动脑子啊！哪个叫你们石头上摔乌龟，硬碰硬的啊？你要学吴用抢劫生辰纲那样，智取哎。宋代皇帝还对梁山泊用招安呢，你们也能用啊。不过，你不能轻易往匪窝里跑啊！那些人都是杀人不眨眼的阎王啊。万一要去，一要找个好保人，二要懂他们的规矩。""土匪还有讲什么规矩吗？""虾有虾道，鱼有鱼路。座位不能瞎坐，喝酒要底朝天，吃住三天三夜，一点都不能搭浆。多呢，要去就要把这些打听清楚。"

　　金忠礼看看天色不早了便不再与爹爹聊了，他看篮子里有六个鸡蛋便拿了两个去煮。他刚放好水，坐到锅门口烧火，爹爹拎着篮子过来把剩下的四个鸡蛋都放到锅里说："孙子平时不吃鸡蛋，今个想吃鸡蛋，共计六个一起煮了吃掉。"金忠礼知道家里就剩只老母鸡，每天眼巴巴地指望它生些个蛋去商店换些针线油盐什么的，这一全煮了，他们又要省好些天了。煮好鸡蛋，他只放四个在自己布袋里，留两个在锅里给爹爹。他拎着布袋出来没有单独跟父亲说句话，只是面向场上对着大家喊了句："各位爷、兄弟，政府会记住你们的功劳的，我不陪你们了，回头见！"说完一路小跑冲下了庄台，站在那里回望庄台上那打制纺织机的场面一会儿，然后转头向北阿奔去。他要找章辅，尽快地把去匪穴的事向她报告一下。

104

34

章辅这两天也是急得要命，新华纺织厂那边规模扩起来了，从宝应请的老工人也到吉家庵了，可没棉花纱纺不出来，没棉纱布又织不出来。宝应、高邮的地下党都在想办法购买，可是运不上船，日伪军查扣禁运物资非常严，只有等待机会。一时棉纱进不来，她只得硬着头皮去找那个她不想见的女人麦幺花。

麦幺花远远地看到章辅从街南头向北边走来，后边还跟着一个人，不知她们干什么去，但她主动地迎了上去："早啊，章区长，你们这一大早是上哪去啊？"她上次喊章辅为"长官"，章辅不叫她这样称呼，叫她直呼"章辅"，她哪里敢啦？叫什么嗬，想来想去，叫金忠礼区长，不如也叫她区长吧："章区长，到我这小店里坐坐，喝口早茶再去忙啊！"她本以为客气几句，套套近乎就过去了，不承想，章辅跟她讲话了："麦老板，侬个商行蛮大的来。"

麦幺花暗喜，一个民主政府的大官能跟她这个小老板搭腔，街上人看到也是很有面子的了。于是她向街的东西瞧瞧，抬高嗓门说话，似乎要把街上在屋里的人都喊出来看看，民主政府的大区长到她商行来了："章区长，哎呀托政府的福啊，不是你们民主政府撑腰，我哪窟能开这么大呀，做的全是抗日物资的生意。章区长赏光看看。"边说边在旁边把她们向商行引。

章辅跟着走进"幺花商行"，麦幺花十分惊喜。一个从地主父亲的"天理商行"脱壳而来的"幺花商行"，虽然招牌换了，可换汤不换药，内瓤子没变呀！再说了，我这个老板大哥还是个逃跑的国民党顽固派呢，指不定又当了伪军呢。一个民主政府的大区长能到这种身份人的商行里看看，足以让满大街商铺酸溜溜的了，街上不晓得有多少人在伸着脖子朝她的商行望嗬。她赶紧小跑进柜台里拿了一张椅子递到章辅面前说："章区长，你俩各[43]请坐，小玲沏茶。"章辅站着说："麦老板，侬上次说为抗日购进了不少日伪禁运的商品，吾今个来就是特地来感谢你的。吾进侬的商行，也就是要向侬的左邻右舍表明，凡是为抗日做事的，阿拉民主政府就支持伊。"麦幺花连忙指着她货架上的商品说："章区长，我没撮空啊，你看这些肥皂、毛巾、纸张，那窟还有煤油、食盐、白糖全是日伪军禁运的啊，还有我给他们药铺进的药品都是啊。进这些货被抓到，轻的全部没收外加坐班房，重的砰一声就枪毙。"

"好，吾刚才说了，侬为抗日做事，政府都记着嘀。"说到这儿，章辅把话头一转说："哎，侬说进抗日物资，吾怎么没看到棉纱啊？"

"章区长，棉纱是大宗商品，得有人订货，我才能去购进啊，否则进了货在我们这个小地方一头死，想出货出不去，那要亏死了嘀。"

"噢，是这样。哎，忠苇，上次新华纺织厂程老板不是讲要购棉纱的吗？"章辅是想让金忠苇向麦老板订购棉纱。金忠苇也很机灵，她马上顺着章辅的话说："真的呀，他要的多嘀。"

"哎呀，这是忠苇大妹么啊，你看我这眼睛，刚才就没看出来，我还以为是章区长带着妹妹逛街的呢。大妹么，你长得跟章区长真太像了，圆脸、二道毛子，连衣服都一样，睁大眼睛还要贴住看，才能分清。我这真是有眼无珠，对不住了大妹么。姐姐给你赔不是，你说棉纱要多少，姐保准给你弄家来。"

章辅接上来说："这货确实也难搞，侬先外去购吧，能购多少是多少，当然越多越好。货到码头时，侬把个信给忠苇就好了。再会。"说完转身走出商铺。

"哎，哎，章区长、忠苇妹，等哈子，等哈子。"章辅站在门口看着麦幺花，麦幺花走到她面前说："章区长，我们这是小本生意，购这么大宗的货，又是禁运物资，假是货到了，你们又不要，玩我个空心跟头，我就呕血了。虽说是乡里乡亲的，公平买卖，照行规得押点什么吧？"

章辅转过头对金忠苇说："忠苇，侬定的纱，回头送点定金来。"

晌午前，金忠苇送来一笔定金。麦幺花写了张收据，到里屋盖了章拿出来给金忠苇，还外带一封信："大妹么，你晓得的，我对你哥多好，可他到区上来工作，一回也不来我这儿看看，我也这么大岁数了，还能等几年？大妹么，你把这封信给你哥，再怎么说得给我个说法啊。大妹么，姐对你也不错，你要做《西厢记》里的红娘，帮姐在你哥面前说说好话，姐有情后感。你要是帮姐把事办成了，姐这次纱线一分不少，白送给你。还有，大妹么，这封信千万不要给章区长看到，我看她对你哥也有那么个意思呢，千万千万不要让她晓得。"

金忠苇心想，我哥心里就是有章姐没有你，我即使把这封信给我哥看了，他也不会跟你回信的，叫我帮忙，我只帮章姐，我要章姐做我嫂子。

35

第二天金忠礼回到区里把与土匪联系的情况向章辅做了汇报后说："明天午后就是约定的时间，我这就要动身前去赴约，否则时间来不及，我们不能爽约，我必须在约定的时间里到，宁肯早一刻，不能迟一秒。"

是否同意金忠礼去赴约，章辅还拿不定主意。从湖西统战工作的大局看，这次是瓦解部分土匪，引导他们成为抗日力量的一次难得的机会，从这方面说应该同意他去。但从个人感情上说，让他一个人去冒这么大的风险，他一人深入匪穴无疑是送死，她感情上受不了，对组织也没法交代，因而她不赞成他明天去。所以，她连说了两句"三思而后行，三思而后行"后，顿了会儿又说："吾看邹长青这次有阴谋诡计。谈判应遵循对等的原则，从人数上说，伊拉几个人，阿拉几个人，顶多相差一两人，也绝不能侬一个人伊一窝人，相差太悬殊，其中就有诈。再从地点上说，应在第三方或保人的地盘上谈，伊倒好，约侬到湖上四不靠的地方，伊如鱼得水，而侬到时叫天天不灵，叫地地不应，任伊拉宰割。吾不赞成你明天去。吾看再通过胡先生与伊拉联系一下，从新确定谈判人数和地点，至少要有中间人参加。"

金忠礼之前已估计到章辅会不赞成他明天赴约，他知道她有她的考虑。章辅早年离开家人外出上学，长期与亲人分处两地，对亲情的渴望很深。参加革命后，来到湖西发展党组织、开辟根据地，与其情同手足的周璧、王辉被汉奸残忍杀害，对她是一次很大的打击，她真切地感受到了失去亲人的痛苦。在湖西的工作和生活，使她与湖西的乡亲们亲如一家，日寇在扫荡中强奸众多姐妹、杀死那么多父老乡亲，烧毁民房、抢劫私产，让她心如刀割。如今与她朝夕相处、如亲人一般的他又要深入死亡之穴，她自然于心不忍。但是这是抗日统一战线的需要，只要有一线希望，我们就应该去争取。于是，他对章辅说："章姐，党要求我们扎实地开展广泛的统一战线工作，团结一切力量共同抗日，这次是我们争取这股力量抗日的大好时机。争取过来，我们可以增加几百个人、几百条枪，我们不能放弃啊。""吾晓得这是将伊拉争取过来的好机会，但是吾不能让你一个人孤单地去面对几百个人。"章辅回他说。"章姐，人有人道，贼有贼道，他们那些做土匪的也有他们的规矩，既然他们这样约我，按道理他们不会在这次约谈中干背信弃义的事。""但是吾还是认为侬一人去有生命危险。""章姐，人少，其实更安全。首先，他们可以利用这次机会，让政府上一次当，但冤有头债有主，他们没有对我下毒手的理由；再说，在江湖中以多人打一个人为耻辱，一般绿林人是耻于做的，这是所谓江湖行规。还有，他邹长青本人以及他的弟兄们的刀伤枪伤都是胡先生治的，这次胡先生做中人，他们也不会在他的作保下对我动杀手，这是他们所谓的江湖义气。""那吾带区武装连埋伏在后边，再请县巡湖大队在宝应湖附近水面隐蔽待命，一旦有险情，立即攻打。""还没到那个时候，那是他们死心塌地做汉奸后我们采取的行动，那样不仅几百人枪化为乌有，我们还要有伤亡，那是不得已的。现在有机会避免，你就答应让我去试一下吧。"

　　章辅没有说话，她站起来走到后窗向外边望去。区政府后是一片麦田，成熟的麦子在风中摇曳，向人们报告着丰收的喜讯。然而，此时她看那无数根麦芒，就像一支支飞箭直刺她的心脏，让她又羞又痛，羞的是过于考虑个人感情而不给金忠礼放行，痛的是放他行将有可能两人就是阴阳两隔；而那无数麦穗又像无数个人在向她频频点头，似乎在催促着她同意金忠礼孤胆赴约。他分析得也有道理，希望是有的，如果让他去，他有没有想好如何去应对那众多的土匪？章辅想让他考虑得更周全一些："吾若同意侬去，侬有没有考虑好怎么去做伊拉工作？""我也想好了。先晓之以理，把民族大义放在第一位，以民族的兴旺去感召他们。然后动之以情，借胡先生对他们的恩情感化他们。最后交之以谊，用他们江湖的方式跟他们交朋友，以分化他们。我们湖西人常说人多打烂船，不要看他们人多，他们是多少股土匪合起来的乌合之众，我只要争取到其中的一两股土匪的支持，其他土匪就不敢动我一根毫毛。"章辅不住地点头，她佩服他考虑得这么周全，她说："吾与土匪也没打过交道，给侬也提供不了什么好办法。吾同意侬去，但吾还是要提醒侬，恶人多诡计，土匪毕竟是土匪，诡变多端，伊拉会生出许多侬意想不到的事情，侬一定要随机应变，吾相

108

信侬!"

终于同意他去匪穴，他把大妹金忠苇叫来交代说："忠苇，我马上要出去几天执行一项任务，你在家要照顾好……"没等他把下边的话说出来，金忠苇就撇着章辅的膀子说："哎呀，晓得来，替你好好照顾嫂子。""你这丫头。"章辅一边笑着说一边轻拍了一下金忠苇的头。金忠礼看到这场面心里像喝油一样舒坦。喝油有什么舒坦？对于金忠礼来说舒坦啦。人家天天吃的什么，你看他布袋里装的，是糠和野菜做的饼哎，一点油没有的，天天吃这糠饼，肚子里是干涩的，如若喝点油下去能不舒坦吗？此时金忠礼从布袋里掏出四个鸡蛋，递给金忠苇一个说："念你照顾章姐有功，赏你一个吃，这三个给章姐留着。章姐，你放心，我会完成好这次任务的。依他们的规矩，我可能要三天后才能回来。"章辅握住金忠礼的手两眼脉脉有情地说："侬一定要小心，吾等侬回来!"

36

来到宝应湖畔的嵇家圩，金忠礼站在一棵柳树下向湖里张望。圩堤不高，看得并不远，近处又长满了芦苇和菖蒲，遮挡住了他的视线。芦苇顶上一群蜜蜂嗡嗡地忙东忙西，芦苇丛里不时有一两只小鸟飞进飞出。芦苇的根部有几只小野鸭在水里游荡，远处一线碧水与蓝天相接，几片白帆在那连接线上飘摇。

突然，"砰、砰、砰、砰"四声枪响，上边一枪掠着金忠礼的头发飞过，左右两枪贴着他的耳朵擦肩而过，下边一枪从他两腿之间裆下缝隙穿过。接着又是一串"砰砰砰"，芦苇里的群鸟扑打着翅膀惊恐四飞，柳树上的枝叶纷纷落下。

金忠礼的上下左右各响一枪，他没有趴下也没躲到树后，他知道自己在明处，枪手在暗处，那枪手要想置自己于死地易如反掌。因而他站在那里一动不动地观察着，未见任何人影，也再没听到一点动静。这大概是土匪的见面礼吧，此时他突然想起口袋里的三角旗，他赶紧掏出三角旗向四周扬了扬。

"哈、哈、哈……"一阵狂笑划破天空，一个黑衣汉子握着驳壳枪站在了他的面前："哈、哈、哈，拔了萝卜栽上葱，你这茬还真比前茬辣啊！在下姓邹名长青。想必你就是那个区长大人了？失礼了！"说着向金忠礼抱了抱拳。

"本人姓金名忠礼，应胡先生之邀，特前来赴大当家之约。"说着把胡忠道的信递给邹长青。邹长青拆开信封看了信后说："胡先生是我的救命恩人，他救过我老父的命，救过我的命，还救过我好些弟兄们的命，他的话对于我就是圣旨，我是要听的，他的事对于我就是家事，我是要做的。但我想问一下，你跟他有什么关系呢？""我们是表亲。""好，表亲胜似亲兄弟，我带你去见他们。实话跟你说，看了你们的告示，听了胡先生的劝导，我这心里还是有所动的，但顾虑也多。我今个召集他们来，但他们是娘儿俩挺着肚子守寡，各怀鬼胎，不过也不要怕，啄木鸟治树，就看你嘴上的功夫了。哎，你带家伙了没？""没带，来赴你大当家的约哪要带家伙。""哎，不对，你不带家伙，他们看不起你。喃，拿着。"邹长青说着从腰里拔出另一把枪递给金忠礼，然后打了一个长长的口哨，一条小船从芦苇丛里露了出来。两人跳上船，还未站稳，那船便已转了个头驶向芦苇深处。

小船在芦苇荡里七拐八转，来到一片开阔湖面。抬眼远眺，一望无际，烟波浩渺。小船又向北一转，水面上忽地显露出一个扇形船阵。只见二三十条小船围成一个如芭蕉扇似的阵形，从扇柄向里望，扇形的中间停着两条双桅大船。金忠礼所乘小船从扇柄中撑进，进到扇里。离两条大船还有五六米时，只见右边一条大船上站在船头的那个人将手上的三角旗向前一挥，顿时枪声四起，大小船上的土匪将枪指向天空，同时扣动扳机齐射。枪声如雷贯耳，硝烟如帷遮日。天上的鸟儿惊飞，湖中的鱼儿乱跳。胆小的人见这阵势不吓得屁滚尿流，也惊得腰软腿瘫了。

金忠礼站在小船上，面不改色心不慌地听着枪声，眯着眼睛斜视着周边的小船。待四面的枪声停息，他掏出邹长青给他的那把驳壳枪指向天空，"砰、砰、砰……"连打20响，将枪里的子弹打完，然后将枪就势向大船的船头方向一扔，扔向了右边大船上挥旗的那个人。那人身手也不凡，手一举将枪接住。"好！"大小船上的土匪一阵呼喊。在一片叫好声中，金忠礼泰然自若地走上右边那条大船，进了船舱。

船舱里靠北舷一排七张太师椅，中间那张椅子空着，旁边六张椅子坐着各股土匪的头目。邹长青走到中间那把椅子上坐下，然后指着对面的长凳对金忠礼说："二两棉花四张弓，来，坐下慢慢细谈（弹）。"

金忠礼站在那里向对面几个头目扫了一下，看得出来年龄都已不小，他们那黝黑而布满皱纹的脸上印刻着岁月的沧桑。在这些人面前不能显出半点傲慢，必须首先把他们抬举起来，说话不能带半点歧义，以防他们理解不一而坏了事。于是，他两手一合向每个头目拜了一拜，然后开口说："各位爷，你们都是风里来浪里去、久经风霜的绿林好汉，杀富济贫的梁山英雄，在各位爷面前，我一个小字辈哪有坐着说话的道理？"

几个头目纷纷表示："坐下说、坐下说。""不要这么客气嘞。""王宝钏住窑洞，坐下无妨（房）。"最后还是邹长青说道："进了这个水寨、上了这条船就是一家人，一家人不要那么客套拘礼了，你坐下来说说你来有什么公干。"那几个头目有的点头，有的说"是哎，拘什么礼沙，坐下坐下。"

而邹长青西边那个头目则撂一句："有屁快放，有话快说。"邹长青东边那个头目也插话说："少废话，有什么脓就放出来。"金忠礼朝这东边的家伙望了一眼，心里一惊。这家伙长得很不相称，身子五短三粗像个肉墩子满满地塞在太师椅里，而他的头却小得可怜，獐头鼠目，像剥掉了一层厚厚的外壳，但两只鼠眼却冒着凶光。金忠礼再看看邹长青西边那个，心里暗笑，怎么都长得这么千奇百怪的喃。西边这一位瘦瘦高高，跷着二郎腿歪坐着，只占用了一小半太师椅，下巴墩在上边的膝盖，眼睛瞅着金忠礼。金忠礼想，这东西两个恐怕是这里最难缠的种了。

37

金忠礼走到长凳旁坐下，然后开口说道："各位爷，前次日本鬼子开着飞机、汽油划子到我们湖西扫荡，烧杀抢夺，强奸妇女，刺死老人和小孩，粮食、鸡鹅鸭、猪牛羊被抢劫一空，民房被烧毁1000多间，100多个父老乡亲死在他们的枪下，几十个妈妈和姐妹被奸污后刺死，这些累累血债难道就没人去清算吗？我们湖西人都尿到任人宰割了吗？"

下面一阵议论："我操他小日本奶奶，都是畜生啊！""贼有贼道，他

111

妈的这小日本连个贼都不如啊。"东西两边的头目说话又与众不同，东边的说："他奶奶的他烧他杀，只要不杀爷，爷就不杀他。"西边的说："老子只能拉二胡，自顾自（吱咕吱）。"邹长青左右摆摆手说道："各位当家的不吱声，先听他说。"然后对金忠礼说："你接着说。"

金忠礼继续说道："有血性的男子汉大丈夫要把枪口对准日本鬼子，往湖东去打击杀人放火的日本强盗。"

"我们这些人手上都是不大干净的，如果我们去杀日本鬼子回来，政府会不会跟我们算旧账？"邹长青问。

金忠礼站起来说："我可以给你们拍胸脯，你们杀日本鬼子，或是抢枪归来，或是自动洗手归田，我们抗日民主政府不但不追究你们，你们还可以享受抗日民主政府的保护，能得到三七分租，你们当出的田可以赎回，你们的生活可以得到改善。如果你们弃抢经商做公平买卖，政府可以给你们贷款，如果你们到敌占区替民主政府购买军用物资，民主政府将给你们奖励。如果你们愿意带枪加入县巡湖大队、区武装连、乡民兵队，我们双手欢迎，保证与其他队员同等待遇。"

几个人有议论开了："嗯，要真是这样，我们何必还在这窟把头拎在手里干呢。""要这样，那还是回家和家里人一起种田好，还能照应老婆、侠子。"正在大家有点心动时，东西两个又开腔了。东边的说："鸭子不跟鸡合伙，不是一路人，怎么能走到一起去？"西边的说："我们这些人是水沟里行的船，难回头了。"

"好回头！你们本身都是受旧社会压迫和剥削的，吃不饱穿不暖才亡命到湖上过上江湖生涯的，在湖上风吹雨打，还要拿生命作赌注，作为劫掠的本钱，自己提心吊胆过日子，家里呀呀、妈妈、老婆、侠子都背着骂名，甚至于子孙后代都会落个土匪后代的臭名声。雁过留声，人过留名。你们只顾自己一人自在，不顾家里几口、几十口子被人指戳、低头遮脸过日子，于心何忍啊？你们的家人要你们回去，我们政府欢迎你们回来。洗手吧，停止再做那些破坏我们湖西家园的事，不要再受敌伪的欺骗，大家一起去打日本鬼子。"

七个头目中有的已经有所感化："唉，岁数一年年老了，还有多少本钱干这交易噢，不如趁早洗手归田。"邹长青说："我跟你们讲，你们把我说的话记住，现在洗手归田是政府给我们的机会，等抗战胜利了，政府喘过气来了就没得这个机会了。"那东西两个这次没有讲话，不说赞成的话，也没说反对的话，眼和嘴都闭着。邹长青晓得这两人一时还不可能同意洗手归田，再慢慢谈吧。于是他说道："破除万事无过酒。走，喝酒、喝酒。"

金忠礼记住爹爹临行前跟他说的话，到他们这儿，他们叫你吃你就吃，叫你喝你就喝，只有这样，他们才觉得你这人是可接近、可相信的。因而，他随他们七人来到旁边一条大船上。

走进船舱，里边放着一张八仙桌，桌子四边一边放了两双筷子两只酒杯，共八双筷子、八只酒杯。桌子中间已放好油炸花生米、油炸小咸鱼、凉拌黄瓜、凉拌浮芹菜、凉拌菱角棵子、醉虾、咸鸭蛋、熏牛肉八个冷盘。邹长青在北面的西侧坐下后，叫金忠礼坐在他的上手，原来坐在他东西两侧的两人坐在对席，其他四人分坐两侧。两杯酒下肚，金忠礼才知道对面两位，就是原来坐在邹长青东西两边的两人是他们这七股湖匪中人枪、财物最多的两个，东边的叫杨大呆子，西边的叫刘藏发。

席间，金忠礼特地走过去到他们面前敬酒，敬过酒又站在那里对他们说："两位爷，你们什么时候抽空回家看看，你们的家里人都在民主政府的保护下，与其他老百姓是一样的待遇，没有什么两样。我们家都在湖西，何苦湖西人难为湖西人？我们又都是中国人，中国人就要枪口一致对外打日本鬼子。"那两人像是听进去了，但回话时，一个说："喝酒、喝酒。"另一个则说："酒桌不谈事。"金忠礼只得跟他们一杯一杯地喝。

菜很丰盛，酒席开始后又接连上了炒小藕、百叶炒肉丝、韭菜炒长鱼丝、菠菜炒猪肝、炒鸡头荠子、大蒜苗炒猪肚、蒜头炒苋菜、韭菜炒螺蛳等八盘炒菜，以及肉圆、鱼圆、红烧肉、粉丝烧小公鸡、红烧鹅、咸肉烧河蚌、莴苣烧大田螺、咸菜烧野鸭等八碗烧菜，最后一道鸭汤和一盘红烧鱼。鱼到酒止，汤到吃饭，这是湖西酒桌上不成文的规矩。而八碟八盘八大碗，外加一道汤、一道鱼，这种酒席在湖西绝对是地主老财家才办得起的上等酒席。金忠礼酒量不大，平时也没什么酒喝，这会儿跟这些酒场上的高手拼酒哪里拼得过？不拼也不行，这些湖里的人请你喝酒，你不喝，他会觉得你瞧不起他，你跟他们一样喝，哪怕喝到吐，他们认为你够朋友。喝，为了感化他们、瓦解他们，生命都置之度外了，还在乎这醉人的酒吗？喝多了到船头手往嘴里一抠，把刚才吃的、喝的全吐出来，再进去跟他们喝，再出来吐，连黄胆都吐出来了，为的是能把他们这些危害百姓的力量转化成抗日力量。

金忠礼在这儿谈了三天三夜，拼酒也拼了三天三夜，八碟八盘八大碗的内容每顿都有变化，把这湖里长的、水里游的、天上飞的换了个遍，每顿的数量都没有变，顿顿三八二十四，外加汤和鱼一个不少一个也不多。金忠礼跟他们谈了三天三夜，有和颜悦色，也有唇枪舌剑，有时搂肩称兄道弟，有时摔碗掼碟骂爹咒娘，真是晓之以理，动之以情，显之以威。最后金忠礼也明确告之：掉转枪口打日本鬼子，全中国民众都感谢你，这也是我们湖西人的品性；洗手归田、洗手从商，我们都欢迎，都是我们湖西的好兄弟；但是如果要继续危害湖西老百姓、与民主政府作对，我们民主政府和新四军是绝对不会放过的。

金忠礼离开水寨依然是邹长青送他到嵇家圩。在那棵柳树下，邹长青对金忠礼说："来的都是各方神圣，你晓得的，我们这江湖上是诸侯分天下，十八口子乱当家，各自为营。不过你放心，我是铁定洗手不干了，另外黄麻子、王小手、朱大头三个头目明确表示听我的，我们准备凑份子经商，把我那条大船改成货船，再添置两艘大船，在高邮、宝应、湖西之间跑买卖。半个月之内，我与胡先生联系，择日上岸向你们民主政府缴枪，彻底洗手不干。""也真是太难为你了，我这一趟没有白跑，也真感谢你的全力支持。""但也没全上你心想，杨大呆子、刘藏发和侯一刀表示再考虑考虑，意思你晓得的，不过他们也说了，既然你来了，多少也要给你点面子，他们表示今后不跟政府作对。你说他们说话算数不算数？算数。这一点你不要怕，其一，江湖人有自己的规矩，如果说话不算数他在江湖上就不要再混了；其二，他们的父母妻子都在湖西，那是他们的七寸，虎毒不食子，再毒的人也有亲情，你把他们控制好，等于控制了他们的七寸，他们不敢乱来。你什么话也不要说，我还有话说。上次在金锁镇，你打了我一扁担，还抢了我一挺机枪，你记不得，我可记得喃。""你认出了我啊？那你怎么没报仇啊？""三天前你站在这棵柳树下我就认出了，那一梭子枪弹就是我报的仇，打了那梭子，仇也解了怨也结了，更何况我不能让胡先生担个恶名，他做的中人，我要让他这中人做得有头有脸。你不忙说，我还有最后一句。我经商是从宝应、高邮只买你们需要的，他们禁运的。你担心我货运不回来啊？这你放心，我在江湖上也混这么多年了，别的没有，我们小弟兄还混了不少，他们有的是办法。你尽管放心，到时要什么货跟我说一声，但有一条，物以稀为贵，价钱是高的，票子你是要付的。"他这么说，金忠礼不知说什么好了，觉得面前这个人虽不算高大，但城府够深，且还是个很讲义气的人，说不定将来还可争取他做些抗日工作。因而，他最后只说了一句："不打不成交，我们是兄弟，今后是公平做买卖、共同打鬼子。后会有期！"说完，两人相互作揖告辞。

金忠礼一路大步流星急急忙忙往回赶，他知道区里有很多事要做，他担心章辅忙不过来，更担心她的安全，因而他恨不得一步跨到她们身边，向她报告这三天的战果，更是要分挑她肩上的担子。

38

从"幺花商行"回到区里，章辅收到县里三份文件，一份是《路东各县优待出征抗敌军人家属办法》，一份是县长签署的关于反扫荡结束后工作的训令，一份是县政府关于挖路工作的指示信。她知道，前线战斗很惨烈，伤亡较多，很快湖西就要向前线输送新的兵员，把这个优待抗属的办法落实好，既是对前线将士家属的安抚，也是对新兵员的一种鼓励，因此这个办法必须尽快传达到湖西每一户家庭。另一份训令是要求对在日本鬼子扫荡期间湖西出现的一些资敌行为予以惩戒，以免下次再出现类似行为。关于挖路的指示信也很重要，目前正值夏收季节，挖路是为了阻断日伪军到湖西抢粮。金忠礼去与土匪谈判要三天后才能回来，而这三件事又都很重要，等不了他回来再安排了，必须连夜开会把主要精神传达下去。于是，她立即安排忠苇找人到各乡通知晚上七点开会，同时叫文书把"优待出征抗敌军人家属办法"誊抄若干份，以达到每乡一份，便于各乡回去宣传。

乡长会议直到晚上8点才开起来。章辅自己主持自己主讲，她开门见山地讲了三个事："第一件事关于优待军人家属，办法上写得很清楚，这里要优待的军人家属，是与敌伪作战军人的妻子和伊拉的父母子女。这些军人家属如遇有下列情况，政府要给予金钱或物品补助：家庭赤贫，无钱治病和安葬去世亲属，无力抚养子女和供其求学，遭遇意外灾害的。家属如果是佃农，减半缴纳地租。"来开会的乡长文化参差不齐，她担心他们理解有误，对办法写明的 14 条逐一作了详细的说明解释。待大家没有疑问了她才讲第二件事："反扫荡结束后的工作，一是各乡、保的盘查哨要照常站岗，现在农忙，可以安排儿童团员严密盘查过路行人，特别是对生人要严查。二是各乡、保要查清在反扫荡中挂日本旗、杀猪办酒饭欢迎敌人、送粮送物给敌人的奸商和地主，对伊拉进行一次宣传教育，警告伊拉以后再有此类事发生，将严惩不贷！第三件事是挖路的事，目前正值夏收，敌人以抢粮为目的的新一轮扫荡可能就要到来，各乡必须乘这几天限期将主要大路挖断。大路上挖的交道沟，一律要挖到三尺宽五尺深，每隔三里到五里或是险要的地方，挖一道一丈深一丈宽的横沟。平时，在横沟上搭上跳板便于老百姓通行，敌人来时，立刻就将跳板撤去。跳板要由所在地的保内指定专人负责抽搭和保管。另外，在夏收中，各乡、保要快收快藏，特别是沿湖乡、保，要把收下的粮食向里边的乡、保转运收藏，沿湖乡保最好不要藏粮，以防敌人上岸抢粮。散会后大家连夜回去将这三项工作落实到各保、到人头。明天下午，区里将分头到各乡保检查落实情况。"

　　第二天上午，章辅刚将区里干部分工安排到各乡检查昨晚会议事项落实情况，新华纺织厂搞供销的那个丁孟营就找上门来了。他站在章辅对面显出很着急的样子，但还不忘学点上海人的话："章区长，侬赶快去阿拉那块。""怎么啦？日本鬼子来抢粮了？""不是日本鬼子，是自己鬼子把阿拉一船棉纱扣下去了。""什么？到底怎么回事？侬坐下慢慢说。"丁孟营坐下说："阿拉好不容易从宝应搞来一船棉纱，已经靠岸准备卸货了，县里巡湖大队的船一来，不管三七二十一就把阿拉的棉纱全扣了。"章辅霍地站起来："这叫什么话，侬没向伊拉讲清楚？""讲啦，我讲这是北阿区政府的棉纱，可他们就是不信。还说空口无凭，既然是区政府的，你叫区里来个人证明一下，我们就放行，你们区几个干部我们又不是认不得。"章辅心想，这巡湖大队大队长不是金忠信吗？伊会跟我过不去？于是她问："那巡湖大队领队的是谁？不是一个叫金忠信的？""不是什么金忠信，我只听到别人喊他什么李中队。"噢，那是一个中队去扣的，应该不会有什么大问题。她正想着怎么办，丁孟营又说："那李中队还说要快些，他们事多，还要到别的地方巡湖，等到晌午，如果区里还不来人，他们就把

116

船拖走了，厂里机器、工人全部停在那窑等纱呢。"怎么办呢？区里干部都下乡了，现在就她和文书，只有她跑一趟了。丁孟营看出章辅有点迟疑，便又加一句："区长，我雇的马车就在门口，区长要去，就快点，快去快回，我叫马车还把你送回来。"章辅想，也好，快去倒是真的，尽快让工厂生产，多织布供给新四军，快回倒不一定，吾顺便在那儿把昨晚布置的工作检查一下也很好。于是她到区文书那儿说："侬告诉忠苇，就说吾到吉家庄去一趟，叫伊不要等吾，伊自己到分工乡去就行了。"说完与丁孟营一起出了区公所。

　　因为昨晚金苇乡乡长没来开会，上午章辅就派金忠苇到金苇乡把昨晚会议上布置的几件事去落实一下。等她下午回到区里，文书告诉她章辅到吉家庄去了，她就慌了神，大哥叫我跟"大嫂"形影不离的，她要是在区里我还放心，她现在一人到那么偏远的地方怎能放心？这要出个事，我怎么向大哥交代？她二话没说掉头直奔吉家庄。她晓得，吉家庄地处宝应湖边，那地方既是土匪猖獗的地方，又是日本鬼子汽艇极易到达的地方，她一个人随那姓丁的去那里，能安全吗？那姓丁的本就长得尖嘴猴腮、让人很不放心的一个人。他说的棉纱被扣要是真的还好，他要是把"大嫂"骗去，半路上使坏，那还得了！想到这儿，她浑身颤动了一下，额头上冒出了冷汗。不行，得以最快的速度赶到她身边，保护她的安全。她一路跑步前进，经过"幺花商行"时被麦幺花拦住："大妹么，这么急急忽忽的，是哪个少年等你喃。"金忠苇哪有心思跟她开玩笑，只说了句："区里有事喃。"麦幺花一把抓住她的胳膊说："有事也要到姐的商行坐下子啊。唉，我上次托你送的信，你给我送了吗？""送了送了，他拆了读了。"金忠苇其实并没将她的信给她哥哥，那信还在自己的布包里躺着喃。但这会儿为了能尽快脱身，她只得说了个谎。"哎，看了？他没说什么？没给我回信吗？"金忠苇着急要走，便又假说道："看了，他笑得合不拢嘴喃，说这两天给你回信喃。我有急事，回来跟你说。""你有急事？来，到后院牵头马还是驴，随你。"哎，这倒是真的，不管骑马还是骑驴总比人跑得快，还是骑驴！不是马比不上驴，而是因为她不敢也不擅骑马，就只能骑驴。于是金忠苇牵出一头灰白色的小毛驴，跨上背，"驾、驾"两声，小毛驴一路小跑上了路。

39

一路上，金忠苇就不住地祈祷，姐啊，嫂子啊，你可千万不要有什么不好的事发生啊！祈祷一会儿，看看天空，万里无云，觉得这么好的天气不会有什么事的，只要我赶到章姐身旁，即使有事我也不怕，可现在这小毛驴跑得真是慢啊。你这个麦幺花平时好吃懒做，这小毛驴你没喂啊，跑得这么没劲啊。正想着，迎面一头驴跑了过去。过了一会儿那头驴竟然又跑了回来与她的坐下厮磨亲热起来，两头驴都站住不跑了，不是两头驴熟识，而是那头驴上的人走过去时觉得这女子面熟，便又折了回来。现在他向对面驴上的女子望了又望，终于确认这对面驴上的人就是有一次陪章区长到纺织厂的金忠苇，他霍地从驴上跳下，走到金忠苇面前说："姑娘，不好了，大事不妙，你们章区长被麦大庆抓住关在吉家庵里了。""什么啊！"金忠苇也霍地从驴上下来大喊一声。她认出这人是新华纺织厂程老板，她知道他的为人，他来报信一定是真的，而且一定是冒着极大风险来报信的。于是她强压住心头的惊恐和气怒的情绪对他说："是真的吗？程老板，你把事情跟我讲清楚。"

事情要从大前天说起了。那天，逃往县外的麦大庆与罗界义带着一个排的伪军，还有两个日本兵压阵，他们乘汽艇从高邮出发，悄悄来到高宝湖西岸，从偏僻的吉家庄上岸，为日伪军大规模到湖西抢粮做些前期侦察。他们来到吉家庵，两块银圆一塞就买通了丁孟营。丁孟营跑前跑后为他们安排食宿，并在吉陈港"湖心酒家"安排一桌酒席为麦大庆、罗界义接风。席间，麦大庆对丁孟营说："你如能帮我们搞到湖西收粮、藏粮的情报，我们有重赏。""麦区长，你俩各做区长时，承蒙你对我这个小作坊关照有加，小的当涌泉相报，吩咐之事，当竭力为之。""猴头，你也不要跟我说这些客套话。我刚才说了，你得尽快给我搞到湖西的情报。""小的只是个做买卖的，对情报不知道是个什么，请麦区长明示。""你妈的，长这么大也是白长了，浪的连个情报都不晓得，白吃这么多年饭了。浪的这么跟你说吧，你把湖西现在头头脑脑的情况、兵力情况、藏粮情况等等这些给我摸清楚，我有袁大头等你拿。""麦区长，你这就难为小的了，小的天天跑码头，哪窟管这些闲事啊。麦区长，你那些袁大头我拿不到了。""浪的你不拿也得想法子拿，不行你明天到北阿跑一趟，到他们县政府、区政府转转，拿袁大头找个把人把情况套出来。"丁孟营眼睛转了几圈说："麦区长，有办法了，揪一个人过来，保证给你把湖西的情况弄个小葱拌豆腐，一清（青）二白，到时你想要什么情报就有什么情报，床里头还多个暖被窝的。嘿嘿嘿。""揪个什么人，这么爽？""嗨，你要的那情报全在她肚里喃。""哪个？""北阿镇大当家的章辅。""她啊！老子老早就想揪她了。浪的，快说，怎么揪？"丁孟营凑上前去套着麦大庆的耳朵叽咕了一阵便定下了诱捕章辅的计划：丁孟营以棉纱被扣为借口，诱使章辅到吉家庄就大功告成了。最后丁孟营说："麦区长，这会儿你是鸿运当头，官运、艳运一起加身啦。哈哈哈……"

他们的马车进了吉家庵就被五六个端着长枪的伪军团团围住。章辅见此情形，知道上了丁孟营的当，可此时她一人势单力薄，无计可施，只能向旁边的丁孟营射出愤怒的目光，丁孟营转身下车溜了。

麦大庆走过来伸出一只手要来搀章辅下车："章小姐，本区长有失远迎，还望贵区长海涵啰。"章辅甩开他的手，一边下车一边怒斥："卑鄙！说！侬想把吾怎么样？""哎哟哟，章小姐愤怒的样子都赛若天仙之貌，说的气话都犹如天籁之音，真不枉我仰慕你多时啊。小姐啊，我想你都想不过来呢，哪能把你怎么样呢？"

"赤佬模子！"章辅到湖西来还没用这么粗的话骂过人呢。她严厉地说："麦大庆，侬要认清当前的形势！现在全国人民团结一心抗击日本帝国主义的侵略，侬祖祖辈辈都是中国人，侬又是知书达理的读书人，侬不应该穿着这身衣裳助纣为虐，跟着日本鬼子后边当汉奸！应该掉转枪口，反戈一击，与全国人民一道去打日本鬼子。""好说，好说，我们到后边喝杯茶，扑在床上数蚂蚁，从长（床）计议（蚁）。"章辅向周边扫了一圈，几十个伪军端着枪层层包围着她，还有两个日本鬼子与罗界义站在后边，看来跑是一时跑不了了，只有先跟他慢慢周旋，寻找机会，再作决定了。于是她随麦大庆来到吉家庵后院生活区，走进一间房子。

房子中间一张八仙桌，桌上摆好了酒和菜。麦大庆指着上席对章辅说："章小姐请上座。"章辅没听他的指引，而是从桌边抽过长条凳离八仙桌一段距离放在靠墙边，然后坐在那凳子上说："吾吃过了，侬若谈就现在谈，侬若吃饭就等侬吃过谈。""吃过了？说笑话吧？还是大清早吃的吧？章小姐，现在是晌午了，该吃中饭了。再说了，你们共产党区长吃的什么我还不晓得嘛，顶多嚼点山芋干子，啃个糠菜饼子罢了，肚里也没油水。来，这桌丰盛的菜肴是本区长特地为章小姐准备的。来，赏个光吧。"

章辅坐在那儿一动不动地说："吾不与道不同者为伍！侬不要看阿拉吃糠咽菜，阿拉今天吃糠咽菜是为了将来全湖西人都吃上自己的丰盛菜肴。""将来？浪的将来可太远啦。来，你今天先提前帮他们尝尝这丰盛的菜肴，回去也好向他们宣传将来丰盛的菜肴到底什么口味啊。"章辅说："侬之丰盛，是为可耻之丰盛。侬丰盛了，湖西人匮乏了；日本鬼子丰盛了，中华民族匮乏了。侬有何脸糟蹋如此丰盛之菜肴？""那你闻着这香，看我叭叽叭叽地吃，你小肚子也叽咕叽咕的啊，你总得吃点什么沙！""侬吃侬的，吾有干粮。"章辅说着从挎着的布袋里掏出一个鸡蛋剥掉壳子，脸看着窗外吃了起来。

看到章辅从包里掏出个鸡蛋，麦大庆就像看到个恐龙蛋似的，眼睛瞪得比章辅手里的鸡蛋还大："咦，共产党干部哪来的鸡蛋啊？浪的莫不是民脂民膏吧？唉，毕竟民以食为天啦。共产党干部再清贫，浪的见到好东西手也会伸得长些噢。"

章辅被他这种阴阳怪气又极具诬蔑性的言语气得怒火直朝上涌，噎在了喉下，堵在胸口，她连打了几个嗝。

麦大庆连忙端了杯茶递给她："哎哟，浪的饥不暴食，渴不狂饮嘞。你慢点，来喝口茶。"

章辅看都没看他，深吸了一口气后，打开背在身上的水壶喝了一口水，然后说："贼看谁都是贼，侬刮惯了民脂民膏，认为别人也会像侬一样，这叫以小人之心度君子之腹。吾对侬讲，阿拉共产党人光明磊落，国家至上，人民至上，为了自己的国家和人民可以献出自己的一切，绝不像侬一类人那样不管做了什么官都会雁过拔毛、贪赃枉法！"

麦大庆将手中的茶杯放回桌上说："哎呀，看来这鸡蛋挺香啊，这么细嚼慢咽，还被噎住，挺让人心疼的啊。这鸡蛋是哪窟弄得来的啊？告诉我，我去给你弄一大篮子来，浪的叫你这布包揣不下。"

鸡蛋哪里来的要告诉侬吗？即使告诉侬，侬又怎么能理解几个小小鸡蛋中所包含着的革命者之间那浓郁的感情呢？于是，她说道："侬靠抢、靠夺、靠骗得来的鸡蛋，就以为可以同吾这鸡蛋比吗？吾这是香的，侬那是臭的，吾这吃下去是甜的，侬那吃下去是苦的。"

麦大庆盯着章辅看了好一会儿，心想这江南姑娘是不是被我这阵势吓迷糊啦？我们湖西的鸡蛋都一样啊，浪的顶多有大小之分，哪来的香臭甜苦之别呢？他笑笑说："章小姐，我们湖西鸡蛋都一样，都是里边一个黄，中间一层白，外边一层壳，浪的没什么两样，都是人充饥的食物、媳妇坐月子的补品。就这么简单，我们争论这些一点意思没得。其实啊，人这辈子也就是走个过场，浪的一晃就过去了。你没听我们湖西人说过，人生一世，就是一场戏，什么真情实意、信仰追求都是穿上戏装演把别人看的，浪的脱下戏装都是光屁股大郎当一个。所以啊，章小姐，到什么滩上砍什么柴，今个你到我这滩上了，你就应该识相点，什么革命，什么团结抗日，什么为劳苦大众，等等，等等，浪的这都是你的戏装！今个，你的第一场戏演完了，该把这些戏装全脱了，换上我给你的戏装，该准备演你的第二场戏了。"

麦大庆这一大串话虽还没有把他的意思全直白地表达出来，但章辅已完全看清了他可恶的嘴脸，为了更准确无误地驳斥他，她让他明确表达自己的图谋："阿拉共产党人不伪装，也不演戏，请侬也扯下侬的假面具，是人是鬼露出侬的真面目。"

"章小姐，我听说你是上海大同大学的高才生，我的话难不成还听不明白吗？好，既然章小姐说了，浪的我也不跟你绕弯子了，我的意思就是要你脱离共产党，跟我到高邮去做大官。"

"呸！真是痴心妄想。麦大庆，侬大概不知道阿拉共产党人是什么材料做成的吧？侬以为阿拉同侬一样都是烂泥巴？吾同侬讲，阿拉共产党人铁打的意志、铜铸的信仰，任何官位、金钱的引诱都改变不了阿拉共产党人的意志和信仰！"章辅斩钉截铁地说。

"章小姐，铁和铜我还晓得一二。你可能不晓得，我和忠礼是同学，他二爷是铁匠，小时候忠礼经常带我去看他二爷打铁，我看到那再硬的铜和铁，浪的到他那个坩埚里都化成水，然后往模子里一倒，叫它做什么它就成什么！章小姐，信不信我也像金二爷那样，浪的用火慢慢烧，把你这块铁化成水，倒进模子，成我要的那个样子？"

"呸！赤佬模子！真是白日做梦！侬难道不知道百炼成钢、真金不怕火炼吗？这些词都是阿拉共产党人所专有的！侬那点鬼火能烧得了几时？"

麦大庆在湖西也是个能说会道的人了，可是再能说，在共产党人的真理面前，你的词也不够用啊，也是个理屈词穷啊！没办法，退而求其次，他又生一招："章小姐，如果没记错的话，开始我听你说过，你可以为共产党的信仰献出一切是不是？""阿拉共产党人从来不隐瞒自己的观念，阿拉愿意为阿拉的信仰、党和人民的事业奋斗一生、奉献一切！""那好，我现在不要你改变信仰，我要你为了你的信仰为我献身，浪的和我一起吃大鱼大肉，过上美满幸福的生活。当然，这也没叫你献出一切，只不过是献出身体而已，并不失什么。"

"呸！赤佬模子！卑鄙龌龊的东西！吾同侬讲，新四军就在北阿镇，忠信的巡湖大队就在侬后边的宝应湖上，忠礼的武装连离这20里，侬敢动我一根毫毛，他们都不会放过侬！""好！我不跟你嘴硬。来人！把她先关起来，让她一人反省一下，浪的到明天这个时刻答不答应必须有个说法，否则，我这两只手就不由你了！再说了，我告诉你，我这次来还有两个日本皇军跟着，即使我心疼你，不揪你，浪的那两个日本皇军也是不会放过你的，他们可是多日没沾腥啦。"

罗界义带了两个小兵进来，叫他们将章辅带到另一房间，先看起来再说。

40

程老板、丁孟营陪麦大庆、罗界义，还有麦田太郎、稻香大雄两个日本兵喝酒吃饭。席间，程老板把麦大庆来湖西的意图、带了多少武装等情况套了个清清楚楚。然后他又找个机会出去把关押章辅的情况摸了个清楚，最后偷偷走出吉家庵，借了头毛驴直奔北阿，正好在半路碰上来找章辅的金忠苇。

金忠苇听程老板说出的这种情况犹如晴天霹雳，顿时感到心跳到了嗓子口，窒得气喘不过来，一时不知如何是好。忽地跨上毛驴，猛拍驴臀，向吉家庵奔去。程老板见状连忙也跨上毛驴，一边追一边喊："姑娘，等哈子、等哈子啊！"追上金忠苇后，他从她手里拉过缰绳说："姑娘，不行啊！已经抓去一个，还要再搭一个啊？你一个小姑娘去，不是送死嘛。走，回头，赶快到区里去搬救兵。"

金忠苇跑到区里，区里只有文书一人。文书听到这情况也很着急："我立即叫人去报告区武装连，不过他们还在金苇乡。即使他们知道了，远水解不了近渴，人手还不足。这样，你现在和我去东大庙，向县里求援。"文书安排区通信员报告武装连后与金忠苇一起奔县政府。

他们到东大庙向县里张政委报告了情况。张政委没听完就立即把两个通信员叫来，吩咐他们一个过河到高黎，新四军二师有一个连在那儿，请他们火速过来救援，一个到高邮湖边通知大队长金忠信集结巡湖大队直接开到宝应湖，走湖上拦截。

三管齐下，三路武装去救援，金忠苇的心依然没有回到原位。她掐指算了一下，三路人马最快得到消息的应该是区武装连，就是连夜奔跑也要到明天下晚，而新四军要渡河，县巡湖大队分散在高宝湖上集结也要时间，就算一刻不停，以最快速度计，也要到明天夜里才能到吉家庵。那麦大庆阴险狡诈，又对章姐垂涎三尺，假如在三路武装未到前他对章姐下手那怎么得了？怎么是好？怎么是好？看看天黑下来了，金忠苇在章辅宿舍里止不住泪水唰唰地往下流，她伸手从布包里拿毛巾擦眼泪，忽然碰到包里一封信。她把信拿来一看，是那天她去把定金时，麦幺花叫她带给大哥的，她把那信狠狠地摔到了地上，心想，你麦幺花大哥抓我章姐，你还指望嫁给我大哥啊？你做梦去吧！擦了眼泪，又趴在桌上抽泣呜咽。不知哭了多久，她忽地止住哭，站起来去把那封信拾起来，撕开信封，抽出里边的信看了起来。看完信，她拿出笔和纸写起信来。她要干什么，章姐那里生命危急，她这里还有闲情写信？俗话说，急出来的主意，逼出来的祸。她这一着急，想出了一个主意。她是要模仿大哥的口气给麦幺花写封信，请麦幺花出面去求麦大庆放回章姐。她把信写好后，自己读一遍，觉得不知说的什么，便把它撕掉重写。再写一封，再读，觉得光在信中叫麦幺花去求麦大庆放章姐，麦幺花肯去吗？怎么写，麦幺花才肯去呢？对了，她不是要做我嫂子吗？得写点情话啊。于是把这第二封信又撕了重写，写好了，再读，一点不像情书啊。情书怎么写啊？自己也没谈过情说过爱，哪个会写那东西沙。嗨，这可怎么是好！手拿着笔，两眼盯着纸，在那发起了茨菇愣[44]。不行，鸡都要叫了，赶紧就这么写一封吧。于是她下笔写道：

123

"幺花，你好！大妹已把你的信送给了我，你在信上问我愿不愿娶你，大财主家的千金，这十里八乡的哪个不愿娶啊？只是我是民主政府的区长，要是娶你，得章辅政委批准同意并请她保媒才有可能，我现在在外地学习，等过些日子见到章政委再说吧，或是你见到她也可以跟她说。"

金忠苇实在不愿这样写。她想，这样写了，麦幺花真要拿着这封信要我大哥娶她那怎么是好。鸡叫了！快，不管这些了，救章姐要紧，先把章姐救出来，娶不娶她的事我管不了了。于是，她赶紧写好了信封，把信装进去，封好口，往布袋里一放。想想不行，得给大哥留封信，让她晓得是怎么回事，不然，麦幺花以后蛮起来拿着我仿写的信大闹区政府，要跟我哥结婚，那就麻烦了。于是她提起笔又给大哥留了一封信：

大哥：

早安！大妹对不起你，因我的疏忽，没能完成你交给的任务保护好章政委，致她身陷麦大庆这个汉奸之手。现在我已想好了一计去救章政委，就是我以你的名义给麦幺花写了一封信，让她和我一起去找她哥哥那个汉奸麦大庆，叫他放回章政委。大哥你放心，大妹一定把个完完整整的嫂子还给你。大哥，这次大妹若有不测，请不要告诉爹爹、爸爸、妈妈，就说我到前线打鬼子了，免得他们伤心。大哥，章政委是个一心为我们湖西老百姓的人，俊丽又善良，大哥你若有幸把她变成我嫂子，别忘了给我发喜糖，你就把两颗糖撒到金苇湖里，我一定会收到的。不说了，天快亮了，我要走了。

顺祝爹爹、爸爸、妈妈身体好！祝哥哥、嫂子幸福！

大妹敬上！

写完，她把给大哥的信装进另一只信封，在信封上写上"金忠礼大哥收"，没有封口，拿在手上，然后拿起针线盒里的剪刀放进布袋，以备不测时防身之用。随后拎起布袋出了门。在经过文书的房间时把给大哥的那封信从门缝塞进房间，接着去牵出麦幺花家的小毛驴，跨上驴背直奔麦家大院。

麦家大院大门紧闭，庭院又深，她敲了几下只听里边的狗叫而不见人的动静。又敲了会儿，一个看门的在里边喊道："什么人挺尸[45] 挺不着，这么早来敲门啦？""大爷，我是区里的，找麦幺花有急事！"听说是政府的，看门人也不敢怠慢，开了门让她进来后说："噢，你在这儿等下子，我去报一声。"

金忠苇站在门廊里等了好一会儿，麦幺花才打着哈欠说："什么人啦？叫人觉都睡不好啊！""我哎，忠苇。""哟，忠苇啊，这乌漆麻黑的，有什么急事啊？""还驴！""嗯哟喂，我亲妈么，还驴多大个事啊，你不能等到天亮啊？""送信！"一听到信，麦幺花像刚吸了鸦片一样，顿时来了神："信？你大哥的啊？快拿给我！""这块，拿去，快看。"麦幺花抓过信也来不及到自己房里，就便走到旁边看门人的房间，凑到煤油灯旁就看信。原来她从大门到房间几步路就已撕开信封，抽出折叠的信并把它展开了。

看完信她的脸兴奋得像一朵绽放的红月季，立刻问："忠苇，章政委现在在区里吗？"她想赶快把这到手的幸福揽在怀里，生怕慢了一刻幸福就从怀里飞了。"不在。她在吉家庵你大哥那儿。""大哥？他不是跑外边去了吗？怎么到那窟去了？章政委找他的？""不是，是你大哥找她的。""哎呀忠苇，你不要在这窟打啰啰[46] 了，快把事跟我说清爽了的沙。"于是，金忠苇把麦大庆诱捕章辅的事简要地跟麦幺花叙说了一遍。麦幺花说："这好办，等吃过早饭，我去找我大哥，叫他把章政委放回来。""只怕你大哥早饭后把章政委带到高邮。""那稍微等哈子，我不能就这样穿个睡衣、一点粉不搽沙？"然后她一边向自己闺房走，一边吩咐道："老袁，去叫老钱把马车赶过来，你再去给包几个包子带着，不能饿着肚子沙。"

坐在马车上，金忠苇想，麦幺花去说情，如果麦大庆就不肯放怎么办？有没有其他法子？实在想不出，她对麦幺花说："你哥要是不肯放怎么办？""肯放！我去说了，他保准放！""就不肯放怎么办？""你这人怎么这么犟的啊？""不放，我就死在那窟！"金忠苇不吱声了，但心里还是在嘀咕，你死了不要紧，可是章姐回不来还是没用。她忽然想起一件事来问："我好像听你说过，你大哥想纳章政委做小妾的，有没有这事啊？""唉，那是过去的事，现在人家是区里的长官，我哥是什么人你不晓得？现在还想人家做小妾，正是癞大鼓子想吃天鹅肉了。""嗳，你还真不要说，我看你哥把章政委抓去还真是想吃天鹅肉喃。""想吃，见到漂亮的都想吃，哪个猫儿不偷腥啦？想是想，要吃到呢，吃不到唉！"金忠苇始终

125

认为麦幺花就这么简单去叫她哥放人，她哥是不会放的，就像刚才她找麦幺花一样，不用点小计，她麦幺花能这么心甘情愿地跑这么远的路去找她大哥放人？必须也施点小计，想个万全之策，确保章姐安安全全地回到北阿。

马车颠簸一路，金忠苇想了一路。终于，她想到了一个大胆的主意。她揭开头上的三角巾问麦幺花："麦老板，你上次说我像章政委，你今个看像不像？"

麦幺花左右端详了会儿说："正面猛一看，是像，要是细瞧，还是能分辨的。侧面看就像，背后看更像，那就是一个模子脱的。""那好，我有一个主意，保准能让章政委回来，章政委回来，你和我哥……"还没等金忠苇把话说完，麦幺花就抢着问："什么主意，快说给我听！"金忠苇套住麦幺花的耳朵把这个主意说了一遍。

麦幺花听过后两眼直盯住金忠苇看了好一会儿，像是眼前的大活人金忠苇忽地变成了一丛芦苇，那金苇湖的金苇，惊愕、疑惑又感叹。她想，大哥这次来绝对不可能是他一个，肯定还有别的人，说不定还有日本人跟着，如果我哥同意放，别人不同意放，那就放不了。章政委放不出来，她和金忠礼的事就完不成，一拖就能拖黄掉了。金忠苇刚才说的这主意倒是个万无一失的好主意，只是苦了金忠苇，恐有不测之事。她不理解，金忠苇此前也就是湖西穷苦人家的一个柔弱的丫头，是什么力量把她变成这样一个敢于舍己救人的人了呢？唉，不能管那么多了，舍不得金弹子，打不了凤凰来，反正不管什么主意，只要让章政委回到北阿把我和金忠礼的事批了就行了，其他的也管不了啦。因而她最后向金忠苇点点头说："大妹么，看不出来，你鬼点子还就多呢。好，那就照你说的办。"

41

马车到吉家庵院门外被站岗的伪军拦住："靠边，靠边！干什么的？"马夫老钱把马车驾到院门西侧，然后回道："是麦家庄园的麦小姐来找她大哥的。"那站岗的问："她大哥是哪个？"麦幺花打开车门走下马车说："这还要问吗？你们这儿有几个姓麦的啊？""两个。""啪"麦幺花扇了那站岗的一个耳掴子："你个炮铳的，敢糊弄姑奶奶，哪来两个姓麦的？"那站岗的被女人打了一耳掴觉得很没面子，端起枪对着麦幺花拉开了枪栓："快滚，不然老子这枪可认不识你姓麦还是姓稻。"麦幺花见这小当兵的还挺硬气，便不敢再惹怒他，只是扯着嗓子向里喊："大哥，麦大庆！"

麦大庆没喊出来，喊出了罗界义。"哎呀，大妹么，什么风把你吹来啦？""哟，罗大哥啊，这臭当兵的真不是个东西。""怎么啦？欺负大妹妹啦？""你看，动刀动枪不谈，还糊弄我说有两个姓麦的。"罗界义对那站岗的呵斥道："去，枪放一边去，浪奶奶的麦小姐认不得啊？"呵斥完又对麦幺花说："不过也不能全怪他，我们这窟确有两个姓麦的，一个你哥麦区长，还有一个日本皇军麦田太郎。""啊？日本也有姓麦的啊？再不是我们麦家的后代的，至少也能算是个大兄弟吧。""五百年前是一家吧。这个麦田太郎跟你哥玩得像你我不分的弟兄一样。不过你在他面前千万不要发嗲，这个姓麦的是个色鬼，浪奶奶的见到女人就走不动了。我还告诉你，日本人里头，不光有姓麦的，浪奶奶的还有姓稻的，这次跟我们来的另一个皇军叫稻香大雄，这是个酒鬼，浪奶奶的见到个酒就像见到他个命样的。""日本人怎么全是些稀奇古怪的名字啊？"哎，你当他们面可千万不要摆小姐脾气，不能乱说啊，这两个日本皇军的姓看起来温和，其实跟姓狼姓虎一样啊，浪奶奶的做起事来那你这辈子都没见过那么残忍的啊。"麦幺花心里一颤，便不敢再多说什么。两人这么谈着来到了麦大庆的临时指挥部，就是新华纺织厂程老板的那间办公用房。

"大妹，你怎么晓得我在这窟的啊？"对大妹的到来，麦大庆既高兴又惊讶，高兴的是外逃这么长时间大妹她们的音信全无，不知她们是否遭到新四军的清算，今天看到毫发无损的大妹自然高兴，惊讶的是他从高邮潜回来是秘密行动，她在北阿怎么这么快就晓得他的行踪的呢？麦幺花还未开口回答，只听"花姑娘、花姑娘"如狼般的嚎叫声，只见趴在桌上眯觉的那个日本兵一下朝麦幺花扑过来。麦大庆没拦住，站在麦幺花旁边的罗界义上前一步拦住了日本兵："太君，太君，这是你妹妹。"麦大庆走过来也对他说："太君，这是我亲妹妹，不可妄动。太君，你先去吃午饭，米西米西，吃过饭有劲了，叫罗副官到小街去给你找两个绝世佳人来，让你快活个够。罗副官，你先带太君去吃饭。"

待罗界义把两个日本兵请走，麦大庆又问："大妹，是不是家里遭难

127

了？"麦幺花惊魂未定，一只手捂着心口说："嗯哟喂，我的亲妈么，吓死我了。畜生一样的，麦家哪能有这样的兄弟？""你也不要见怪，你不晓得，这些人离家时间太长，浪的看到老母猪，他们都朝上爬，何况……唉，不说这些了。家里怎么样？共产党没抄我们家吧？""没有，家里好好的，几个妹妹都好，只是西边院子被征用，平时县武装大队住里边，人家也没糟蹋。""噢，那好，那你今个有事找我？""我没事，我是来跟大哥贺喜的。""贺喜，浪的整天疲于奔命，有什么喜喃？""听说我又要添个新嫂子了，我来贺喜啊！""嫂子，哪个做新嫂子？""听说还是我们北阿大当家的喃。大哥啊，这是天生的缘分啦，你看，你以前是北阿的大当家，她今天是北阿的大当家，这一结合都是我们麦家的大当家啊！""浪的你说的是她啊，上海那姑娘啊？哎，你怎么晓得她在我手里的啊？"麦大庆有点警觉地问。

麦幺花怕她大哥识破她们的妙计，坏了她的好事，便胡编道："大哥啊，你大妹虽说是个女流之辈，但这双眼睛可管事呢啊。昨天快晌午了，丁猴子领着我这嫂子从我商行门前过，我就晓得她一定是去新华纺织厂了。下晚时分，程老板又到我商行来谈棉纱生意，把大哥劝人家做我嫂子的事都说了。这不，一大早我就赶来向大哥道个喜。"

听大妹这么说，麦大庆警惕地问："北阿共产党知道我来的消息了？""我不说，程老板不说，他们到哪块晓得？"麦大庆依然不放心地问："浪的姓程的那家伙会不去报告？"麦幺花不想节外生枝便糊弄他道："程老板跟我一起走的，他向南过河去高黎购材料了。哥你放心，没人晓得你在这儿。"

麦大庆这才稍稍放松了下来，他对大妹说："哥纳妾的心思倒确实有，浪的可这劝了快小一天了，人家还不为所动喃。我也不能再等了，我想到今个晚上她再不爽快的话，浪的我就强行成亲，让你新嫂子进门。""哎呀，大哥啊，不行噢，强摁牛头吃不到草。你妹妹有法子叫她心甘情愿做嫂子。""什么法子？""大哥啊，还是你妹妹晓得你的心啊。昨个程老板跟我一讲这事，我就晓得大哥这事吧成是准成的，只是差一把劲，我今个来就是来加这把劲的。""你？怎么加法？""我跟金忠苇两个女人一起去劝她，保准她自觉自愿地跟你进洞房。""金忠苇？不是金忠礼他大妹吗？那也是个美人坯子噢。不过，你现在再回去喊她来，浪的你哥就等不及了。"

"我晓得我哥栽完树就想乘凉，是个急性子，妹妹早给你想到了，既然来给你加力的，我锣鼓家伙行把郎当不带齐了还叫加力吗？她在马车上呢，你跟两个看门的说一声，我跟忠苇去劝她。"

叫人进去见共产党的大官不是开玩笑的事，要是被两个日本皇军晓得了，不但进不了洞房还得进牢房。他想了会儿，这事必须交给亲信办才行。他开门叫了个人进来，麦幺花一看是小福子，原来在她家做家丁，一直跟在大哥身边的。只见大哥向他交代了几句，然后他就走出去和罗界义一起陪两个日本兵喝酒。这边，小福子带着麦幺花向大门口走去。

金忠苇坐在马车上左等右等，那麦幺花就是不出来，本来设计好的叫她跟她大哥说几句话就出来的，没想到她进去这么大工夫，几十句、上百句话都能有了。该死的，不会把我出卖了吧？在车上空间又小，只能歪一会儿坐一会儿，想下车又怕被伪军盘查坏了事，想叫马夫去喊麦幺花又不知马夫底细，不敢乱来，只在这狭小的空间里干着急。但有一条，她是准备好了，她的右手始终在布袋里握着那把剪子，眼睛一直盯着院门，如有不测情况，就准备拼他个你死我活。

直到太阳快到正南偏西方向了，麦幺花跟在一个伪军后边向大门口走来了。她看他们左右没有更多的人才将右手从布袋里拿出。麦幺花与金忠苇说了几句，金忠苇便下车跟着他们绕过大殿，转到侧后边的生活区，又拐了个弯，来到坐东面西那幢房子，走到靠南头的一间房子门前。小福子先后指着两个站岗的说："麦区长陪皇军喝酒，你去端端菜，倒倒酒，你去刨口饭就过来，这块有我嗬。"两个站岗的见是麦区长的贴身随从，便行了个礼，交了钥匙，就拐弯向前边的食堂走去。麦幺花则掏出两块银圆往小福子手里一放说："跟着我哥吃苦了，拿着买几盒烟抽。"小福子半推半就地说："大姑，你这是做什么啊，不都是家里人啦？"虽然他跟麦幺花差不多大，但在麦家庄园当差时就这么叫，现在也就这么叫她。"拿着，自从大哥离家，我这么长时间也没给过你赏钱了。"小福子灌好银圆，拿起钥匙一边开门一边低声对麦幺花说："你有什么事稍快点说啊，若是皇军来查岗就不好说了。"

关押章辅的房间里边靠东侧放着一条长凳，北边地上铺着穰草。这个房间原来是庵里的一个储藏室，除了一扇门外，前后都没有窗户，门一关，房间里就乌黑。他们来之前，章辅正脸朝北侧卧在穰草上，头脑一刻不停地想着过去的事。她想到小时候过端午节，妈妈用红丝线结成蛋络子，把煮熟的鸡蛋放在里边，然后挂在她的脖子上，又在她的手腕上、脚脖子上用红丝线扣上小铃铛，跑起来叮叮当当地响个不停。提到鸡蛋，她又想到金忠礼为给她煮鸡蛋按压鸡肚子的事，她想象着一个大男人一只手拎着母鸡，一只手揉捏鸡肚子，想到这个场景，她竟扑哧一声笑了出来，还说了声"真傻"。她想到那次两人一起到区里工作，牵着他的大手走在金苇乡的田间小路上，吮吸着大自然的气息，谈工作、谈人生、谈生活，那是心与心的交流。唉，现在想想自己真傻，当时为什么不拥抱伊呢？又说了声"真傻!"她又想到她和金忠礼采摘野花去给周姐、王姐上坟的事。他手有劲，动作又快，不一会儿采了一大把，而自己才采一点点，他把他手上的花放在她手上，然后转身又去采，很快采好了两束花，两人恭恭敬敬地向周姐、王姐的坟鞠了三个躬，然后把两束花放在她们的坟前。想到此，她竟流出了眼泪。周姐、王姐，咱们一起到湖西来开辟根据地，亲如姐妹，你们却先我而去了，周姐、王姐，我想侬拉啊！周姐、王姐，侬拉放心！吾不是软骨头！无论伊拉施展什么诡计、用什么酷刑，吾绝不背叛革命、绝不背叛组织！周姐、王姐，吾亦不怕死，如果革命事业需要我献出生命，周姐、王姐，吾就到金苇高地去陪侬拉。想着想着，好像自己变成了一只小蜜蜂，飞回到了金苇乡的菜花田里采着花蜜，不一会儿又有一只蜜蜂嗡嗡地飞过来。咦，这不是金忠礼吗？侬跟那些土匪谈得怎么样？那只蜜蜂只是围着她转却不回答她，侬这是怎么啦？怎么不说话？

　　她这里思绪正连绵不断地飞着，听到了门外有人讲话的声音。她悄悄地从穰草铺上起身，轻轻地走到门后侧耳细听。听到外边女人的讲话声，听出来了，这不是"幺花商行"麦老板的声音吗？她感到很奇怪，伊到这儿来干什么的呢？难道是伊哥哥派伊来当说客的吗？不对呀，伊做说客，应给伊赏钱，怎么伊给看门人赏钱呢？难道伊另有图谋？接着，听到开锁声，她赶忙退后坐到板凳上。

42

　　门一开，一道亮光射进来，章辅猛一下看不清进来的两个女人是谁。

估计一个是麦幺花，另一个看不清，待靠近了，章辅看清了。她一下站起来迎了上去，拉住金忠苇的手说："忠苇，侬怎么也被汉奸抓了？"金忠苇看到章辅，眼泪直往下滴："姐，叫你受罪了。姐，我没被抓，我是自己进来的。"章辅一边帮金忠苇擦眼泪，一边埋怨她说："傻丫头，侬自己进来干什么？快走！"章辅说着两手把金忠苇往外推。麦幺花在一旁说："章区长，我们是来救你的。"她还喊章辅区长。"救吾？怎么救？人家一个排，侬两女子？"

金忠苇把章辅拉到板凳旁让她坐下，然后对她说："你跟麦老板出去，大门口有马车等着，上了马车你们赶快走。""阿拉走，侬不走？"金忠苇点点头说："我在这儿替你，我背对着门口，他们认不出来。""这怎么行？吾怎么能让侬留在这儿？伊拉抓的是吾，侬快走！"章辅站起来再次用两手推金忠苇。金忠苇抓住章辅的手说："古代还有狸猫换太子呢，我们为什么不能换？再说了，湖西根据地还有很多事等着你去做呢，我在这儿住几天，他们不会把我怎么样。"麦幺花也在一旁劝道："是啊，章区长，你就听忠苇一句吧，北阿还有那么多事等你做呀，我和忠礼还有事请你批喃。"金忠苇听她说这话便制止她说："这个地方不要乱嚼这些话沙！你先出去看看，我来劝她。"

看着麦幺花出去了，金忠苇把章辅按坐在板凳上，然后解开自己头上的三角巾往章辅头上一扎说："章姐，你不要跟我争了，我哥还等着你回去喃。"说着拉起章辅就往外拖。章辅就势一转将金忠苇按坐下，然后解开三角巾又往金忠苇头上一边扎一边压低声音说："忠苇，侬还不是党员，吾是一名共产党员，危险时刻吾必须在前面，怎么能把危险留给侬呢？你快走！"金忠苇站起来抢过三角巾又往章辅头上一扎，并且用两只手抓住章辅的手，不让她再去摘头上的三角巾，然后小声说："你不走，我们两个都跑不了，何必被他们再多关一个呢？再说，我们金家兄弟姐妹多，关我一个在这儿，也没什么大影响，但北阿政委只有你一个，你关在这儿，北阿就没有政委，对我们湖西根据地影响就大了。还有，我多少也会点武打，保护自己比你强，他们也不敢把我怎么样。章姐，不要再争了，我虽然不是共产党员，但我已经向党组织申请入党，我希望党组织就在这个时候考验我。我还要告诉你一件事，麦幺花这次同意和我来救你出去，应该难为她。另外，她手里有一封信是我仿照大哥的笔迹写的，是为了让她同意跟我来救你出去，你不要把那封信当真。"说着把章辅往门口拉。

麦幺花见她们半天没个人出来，小福子又不住地催，急得她几次想推门进去又停住了。这时，她见那去吃饭的小兵来站岗了，便赶忙对屋里喊道："忠苇，好啦？"见没人回话，她推开门进去一把抓住章辅的手说："忠苇，走啦！"把章辅拖出门对小福子说："我哥在那儿喝酒，我要不要去打个招呼？"小福子说："你们不能去，去了，那两个皇军喝了酒，又色得不得了，看到你们两个大美人，他们是不会放过你们的。我把你们送到大门口。""那好，你带个话给我哥，就说那上海闺娘要再想想，晚上给他回话。"

麦幺花挽着章辅跟在小福子后边到大门口，然后她推了章辅一下，改喊她为忠苇："忠苇，你先上车，我跟小福子打个招呼。老钱你把马头掉哈子。"麦幺花转身对小福子说："这次难为你啦，就明个请你吃喜糖。"小福子问："麦区长的喜糖还是大姑你的喜糖啊？"麦幺花说了声"同喜"，然后向小福子一扬手转身便上了马车。章辅转身要下车，麦幺花一把拽住她："下车大家一起都下汤锅！老钱，快走！"老钱打了个响鞭，马车飞快地离开了吉家庵。

坐在马车上，章辅埋着头，泪水止不住直往下滴。她陷入了深深的自责中。她责怪自己为新四军生产布匹心切，竟然没识破麦大庆的诡计，她骂自己眼睛瞎了，怎么没看出丁孟营这种人的贼脸，上了这种小人的当。她责怪自己没坚持叫金忠苇走，自己跑了，却把一个比自己小的女孩子留在那危险的地方。不行，我得赶快带人去救她，他们就一个排的兵力，外加两个日本鬼子，县大队就可以把他们吃掉。想到这儿，她抬头喊道："师傅，赶快点！赶快点！"

刚才，麦幺花见章辅低头流泪便没敢打搅她，这会儿见她情绪好了些便想把她和金忠礼的事跟她说说，现在正好是个机会，等回到北阿，她忙起来，说不定几天找不到她人呢。再说我冒这么大风险来救她，为的不就是自己和忠礼的事嘛。你也不能怪我心急，姐姐不出嫁，耽搁了妹妹。我不嫁下边三个妹妹都捞不到嫁，我能不急吗？于是，她鼓起勇气对章辅说："章区长，我有个事想请你批。""什么事？""批准我和金忠礼结婚。"

幸而之前金忠苇给她打了预防针，否则她乍一听这事还不是又惊又气啊，但尽管这样，她还是对麦幺花这个时候提出这事非常反感。不过也不

132

好发作，不管她动机如何，毕竟人家和忠苇一起去营救你了。想到忠苇，她又伤心了，可这种营救以一人换一人，付出的代价也是太大了呀。于是，她仍然冲了她一句说："侬一人申请批不起来的。""我有金忠礼的信，他说要你批准，还要请你保媒喃。"麦幺花说着掏出那封信递给章辅。章辅一边看信，一边暗自好笑，她笑金忠苇这鬼丫头怎么想出这鬼点子，人家真要拿这张纸吵着要跟金忠礼结婚，侬叫侬大哥怎么处理？她又笑这麦幺花浑身上下被结婚挤满了，结果脑子的位置都挤没了，这点小伎俩就牵住她的鼻子。她把信还给麦幺花说："信也没用，必须两个人到场，当面锣对面鼓地说清楚才算数。回去再说吧，现在救忠苇要紧。"麦幺花将信收好后说："章区长，我可是救你出来的噢，在我这个事上你可要还我个人情噢。"

章辅对她说这话很反感，侬做商人也真是做到家了，把什么事都看成可以买卖的了，而且还要当场兑现，真是一肚子商人习气。因而，她带点责备的口吻说："不是说了嘛，回去两人对个面再批，侬不能叫吾在马车上就给侬批呀。侬帮助政府做的事，阿拉感谢侬。侬不提救吾，吾心里还好些，侬一提吾心就烦，救一个丢一个，这算什么事啊？忠苇关在那里，还不知吃什么苦喃。"

"嗳，章区长，还是划得来的噢，你官大，她官小，拿小官换个大官，不亏哎。"麦幺花又说了一套买卖的话，这让章辅更气："麦老板，侬不了解民主政府，阿拉一起工作都是同志，没有大官、小官，每个人的生命都只有一次，每个人的生命又都是同等的，没有贵贱之分，侬不要老是把什么都看成是可以买卖的。"见章辅生气了，麦幺花向后退："好好好，我不跟你争了，我思想落后，对你们政府的行情不了解。不过章区长，你们政府不买卖，他们政府全是买卖喃。刚才带我们出来的那个副官你看到了吧，多热情！从头到尾没把你认出来吧？其实这家伙鬼得很呢，要不是我之前把他两个袁大头，他能认不出来你？呆子才认不出来呢。"章辅不想再跟她搭腔，便闭起眼睛往后一靠想着怎么救金忠苇。

太阳快要下山时，远远看到前面路上一支部队正迎面而来，越走越近。看清了，是新四军，前面是县里张政委。章辅一阵激动，连忙喊道："师傅，停车、停车！"马车还没停稳，她便跳下车迎了上去。她紧紧握住张政委的手说："张政委，侬拉可来啦。"张灿明疑惑地问："不是说你被麦大庆抓去了吗?""吾是被伊拉抓了,是金忠苇伊拉把吾救出来了。""出来了就好。麦大庆他们现在哪里?""伊拉还在吉家庵,快去救金忠苇,伊还在汉奸手里。""咦?她不是救你的吗?怎么她又被抓了?""走,阿拉边走边说。"队伍继续向吉家庵急行军,章辅一边跟着队伍,一边将自己怎么被诱捕,金忠苇她们怎么救她以及敌人的兵力情况向张政委做了汇报。

43

麦大庆与两个日本兵酒足饭饱后都东倒西歪地睡着了,直到太阳偏西,麦大庆醒了。他伸了个懒腰,端起桌上一碗水咕嘟咕嘟地灌了下去。然后开门走出餐厅,拐弯向后来到关押章辅的储藏室。"女共党在做什么啊?"麦大庆问两个小兵。"报告队长,不晓得她在做什么,门一直锁着,我们没进去,估摸着她在睡觉。""把门打开,我进去看看。"小兵打开锁,推开门,麦大庆走进去随手又将门关上。他摸着向北边的穰草铺那儿走去,嘴里还喊着:"章小姐,我的亲乖瓜,你说到晚上回话呢,浪的,我等不及了,我们现在就入洞房。亲乖瓜,你在哪块嘛?浪的来沙。"脚底下感到踩到穰草了,他定睛一看,草上没人,四处一扫,人在南墙脚呢。

刚才从门外边的讲话声中,金忠苇已经听出是麦大庆这个狗汉奸了,当外边站岗的开锁时,她便拎着布袋悄悄地移到了南墙角,警惕地盯着麦大庆。麦大庆见人在南边,便又向南摸过来,嘴里仍不断地叨着:"你这个上海姑娘,可把我想死啦,浪的老爷我在外就没有一天睡得着觉的啊,心里全是你啊。来,先让我亲一口。"说着一个猛扑,扑向南墙角。金忠苇一低头蹿到了北边穰草那儿。"我亲乖瓜,浪的你都跟个泥鳅一样的了,一滑就滑得了。"说着又转向北边,并伸开双手来挡住金忠苇。金忠苇见他靠近了抱起一把穰草砸向麦大庆。"呸、呸,亲乖瓜,浪的,我是你男人哎,你弄得我一头一嘴的穰草,遭雷打呢啊。呸、呸。"麦大庆一边吐出嘴里的草,一边掸掉头上、身上的草,然后瞅准金忠苇又是一个猛扑:"我亲乖瓜,浪的这哈子我看你往哪块跑。"他抱住金忠苇就在她脸上乱啃。金忠苇拼命地摇头,并用两手将他的头推开,趁他污言乱语时,将右腿后移,然后将膝盖猛地向上朝着他的裆部用力一顶,只听:"我亲妈么,

134

疼是我啦，疼是我啦，你这个女共党，他妈的施阴招害老子，马上老子也让你看看老子的狠招。"一阵狂喊，门开了，两个伪军冲了进来见队长歪在地上，双手捂着裆部呻吟着，便一边搀扶一边问："队长怎么啦？""怎么啦？浪的把老子蛋踢坏了。他妈的，把这个女共党衣服给她扒光，绑在板凳上！"

门开下来，储藏室里亮了起来。在两个伪军扒金忠苇衣服时，麦大庆又发出了制止的命令："等哈子，等哈子扒！"原来这下他看清了，屋里关着的不是章辅，而是金忠苇！开始叫他们扒，现在又叫他们停，两个伪军看着麦大庆，这队长蛋被踢坏了，怎么脑子也坏了呢？两个伪军正愣着神，麦大庆冲到他们面前一个人打了几个耳掴子："你们他妈的，一个个都是屋尿。"两个伪军被打得两眼巴巴地朝麦大庆望，这队长脑子真坏掉了。"望什么望？人嗬？"两个伪军听队长问这话，真的认为他脑子坏了。他们想，裆里的蛋肯定是通着脑子的，蛋踢坏了，脑子也就不管经[47]了，他们指着金忠苇回答队长："人在这窟呢啊。""浪的，你们睁开你们的狗眼看看，她是什么人？"麦大庆狂叫着。两个伪军更加坚信这队长脑子坏了，人已傻掉了，她怎么不是人呢？难不成她还能是个鬼吗？两个伪军不屑回答队长这个问题，都没吱声。"奶奶的，我叫你们睁开狗眼看看她还是不是那个女共党！"两个伪军听队长说这话讶然一惊，赶紧凑过去看金忠苇，看了会儿金忠苇，两人又相互看看，而后又看看金忠苇，这下慌了神，一个说："队长，女共党长变掉了。"另一个说："队长，看看屋里是不是挖了地洞，那个女共党从地洞跑了。"说着四处寻找。"浪的，找魂呢啊？要是有地洞，屋里就空嘞，还跑一个来一个，傻啊？把她衣服扒光了，给我绑到凳子上。"麦大庆知道这事肯定跟他大妹有关，追查下去还是追到自己头上，反正那两个日本皇军也认不过来，马上让他们发泄一下，大家过关了事。不过这个鲜得自己先尝，那个上海姑娘的鲜没捞到，弄个黄花闺女也蛮自在，得把她刚才踢蛋的这一腿之恨给报了。

两个伪军来撕扯金忠苇的衣服，金忠苇挣脱到另一边，指着麦大庆骂道："麦大庆，你这个狗汉奸，帮助日本人欺压中国人，你还是个中国人吗？你跟我哥同学，你这样欺负同学的妹妹，你还是人吗？再说了，你也有妹妹，要她们这样被欺负，你怎么想？""金忠苇，这是你该的，本来这个罪是那个女共党的，浪的你偏要猴子戴礼帽，充能（人）呢，你既然充这个能，你就应该自觉自愿地受这个罪，其实，也不是罪，大家都快活。如果你自愿的话，只要让我快活，结束就放你回家，还赏你几块大洋，你又不损失什么。浪的怎么样？不要让我来硬的，来硬的，你我都不舒坦。我们做个交易。"金忠苇想，今个看来逃不脱这个畜生的魔爪了，只有拼个鱼死网破了。她故意装着思考的神态，思考一会儿又朝两个伪军看看，让麦大庆感到她心里有所松动，接着走到板凳旁坐下。麦大庆认为有戏，她愿意了。于是，他对两个伪军说："你们关好门出去站岗，我再来审审她。"

两个伪军出去关上门，房间里又黑了下来。麦大庆急吼吼地脱下裤子就扑向金忠苇："小亲乖瓜，这样两相情愿多好嘛，两个人都快活。"待麦大庆到了身前，金忠苇从布袋里掏出剪刀，对着麦大庆的下身就是一阵乱刺："我叫你做汉奸，我叫你快活，你个畜生！""哎呀，哎呀，来人啦，来人啦！"麦大庆又是一气狂喊乱叫。两个伪军冲进来，只见麦大庆裤子也没穿，又捂着下身在那乱跳，指缝里还向外滴着鲜血。他对两个伪军喊道："快把她绑起来。"两个伪军将金忠苇五花大绑后把她放倒在穰草上，然后由一个伪军帮麦大庆穿好裤子，扶着他去包扎，另一个伪军关上门，上了锁。

44

麦大庆包扎好后，下身仍然疼。罗界义劝他说："晚上再弄些个酒麻麻就不疼了。""按道理今晚可能会有情况不能再喝酒了。不过我不喝酒不碍事，不给那两个皇军喝，他们怎么能放过我们？这样子，你去安排酒席，晚上少喝些。小福子，你赶快安排全队人员吃晚饭，吃过晚饭，把搞来的东西赶快装上船，弄不好，今个夜里就要撤走。章辅跑了，她肯定是要带人来的。"罗界义吃惊地问："莫瞎说噢，刚才戳你的不是章辅，是哪个啊？鬼啊？"小福子一只手插在口袋里捏住那两块大洋，不让它们碰撞发出响声，然后也问道："章辅跑了？看那么严，她有翅膀飞啊？"麦大庆不耐烦地挥了下手说："不说了，说起来丧气！你们各自准备去。"

不一会儿，罗界义请麦大庆去陪两个皇军喝酒，又喊上丁孟营一起陪。到了酒桌上，他因为下边疼，又说不出口，情绪受到影响，真是不太想喝酒。可嗜酒如命的稻香大雄怎么能放过他？他从罗界义手里夺过酒坛一下倒了五碗酒，分给每人一碗，然后自己端起碗"咕嘟咕嘟"一饮而尽，放下碗瞪着麦大庆。麦大庆没法，这皇军的眼神就是死命令，尽管名字前一个是稻，一个是麦，实际是兄弟，但要不执行他们的命令那是要人头落地的，因而他只得咬咬牙，端起碗，一仰头也喝了下去。其他三人也都跟着空了碗。喝了三碗后，麦田太郎看出麦大庆精神萎靡，被动喝酒，与平时在酒桌上判若两人，便端起一碗酒对他说："麦君，你的有麦，我的有麦，咱两麦是兄弟，干一杯。"说完自己先干了酒，然后又对他说："上午，你的说花姑娘的，大大地有，在哪里？"麦大庆听他问这话，脑子里就打转了，现在这儿只有金忠苇一个花姑娘，本来他是想等他先破了她的身，再让两个皇军去的，现在皇军先提出来了，而自己这下身伤成这样，一时半会儿也兴不起来，不如做个顺水人情，把这好事让给麦田本家兄弟吧。于是，他问麦田太郎："现在想吗？""大大地想！哈哈哈……""那好，界义，你把麦田君送到后边储藏室里。"稻香大雄见罗界义带麦田走了便喊道："罗君，麦田君的好了的，你的回来的叫我。"

麦田太郎拎了个马灯进了储藏室，把手上带刺刀的枪往门旁一扔，将马灯往地上一放，转身就扑向金忠苇。金忠苇上身被绑起来了，她就背部着地，然后抬起双脚对着麦田太郎，麦田太郎扑上来时，她就用两脚蹬他踢他，麦田太郎从左边走过来，她两腿就转到左边踢，麦田太郎绕到右边，她又转向右边踢。麦田太郎始终得不了手，急得他嗷嗷叫。他站在那儿与金忠苇对峙了一会儿，然后开门出去把两个伪军叫来帮他。麦田太郎叫两个伪军把金忠苇抬到板凳上，让她头朝南脚朝北仰躺在长条凳上，将她的两条小腿弯下绑在板凳腿上，又将她上身上的绳子解开，把她两只膀臂弯下绑在板凳后边两只腿上，又用绳子在她的胸腹部绕了十多圈将她固定在板凳上。

这一切完成后，麦田太郎将两个伪军支出去站岗："你们的没有太君的命令，不得进屋的有！"然后他围着金忠苇绕了两圈，接着将金忠苇的裤子解开往下扒，一直扒到她的腿部。金忠苇大骂："畜生，你个日本鬼子，挨刀杀的，你欺负你姑奶奶，你不得好死，出去就遭枪打……"麦田太郎听不懂她骂的什么，但他觉得肯定不是什么好听的话，便走过去一边骂着"八嘎呀路"，一边对金忠苇的嘴巴子连抽了十几下。金忠苇的嘴角流出了鲜血，她将嘴里的血向麦田太郎脸上吐去："日本畜生，姑奶奶做鬼也要把你拖进阴曹地府，把你打下十八层地狱。"麦田太郎又一边连声骂着"八嘎呀路"，一边拾起地上的穰草窝成一团使劲往金忠苇的嘴里揣。房子里没了声音，麦田太郎站在金忠苇的脚头，脱掉自己的裤子，对着金忠苇的胴体蓦地狂笑不止，待狂笑停息又猛然如野兽一般扑到金忠苇身上。

这时金忠苇嘴上的草戳到了他的脸，他嫌这穰草碍事便一下拔掉她嘴上的草，去狂吻金忠苇。金忠苇的头两旁扭着，要摆脱他的臭嘴。两人的头来回甩了一会儿，金忠苇瞅准机会倏地一口，一下咬住了麦田太郎的耳朵。麦田太郎一边狂叫"八嘎呀路，八嘎呀路"，一边用两只拳头从两边同时对金忠苇的头疯砸。金忠苇更下劲咬这个畜生的耳朵。麦田太郎挣不脱，只好站起来一边捶打金忠苇的脑袋一边将自己的头向上抬，忽地一下将鬼头抬了起来，但一节耳朵却落在了金忠苇的嘴里。金忠苇将嘴里的耳朵吐向麦田太郎："畜生，还你的臭耳朵！"麦田太郎提起裤子像发疯的野兽一样"哇啦、哇啦"吼着到门旁拿起三八大盖，跑过来对着金忠苇胸腹部就是一阵狂刺，刺了几十刀还不罢休。

金忠苇，湖西一个美丽的女孩，正值花季年龄，就这样在受尽日本小鬼子的摧残后，惨死在侵略者的刺刀下了。她被鬼子暴刺的那一刻仿佛变成了一只小蜜蜂飞出吉家庵，一直飞到金苇乡，她勤劳地飞到菜花上，飞到稻花上，飞到芦花上，为她们牵线替她们搭桥，让家乡的各种植物繁衍生长，让湖西的粮食、瓜菜、柴草一年一年地大丰收，让湖西的乡亲年年有饭吃、有衣穿、有钱用。最后，她飞到芦苇滩，在芦苇里酿出一管一管的蜂蜜，酿尽蜜，她躺在苇叶上，默吟着"大哥、大哥……"缓缓地、缓缓地合上了那双妍丽的眼睛。

这时，门外传来了枪声，满脸满身鲜血如鬼一般的麦田太郎端起枪向外冲。

麦田太郎冲出来时，站岗的两个伪军已不见踪影，他就慌了神，怎么敢把他一人放下，不告诉他一声？"八嘎呀路！死拉死拉的。"他一边骂着一边往前边跑，跑到餐厅，餐厅里空无一人，再一个房间一个房间地找，也无人，他慌忙折回向后门跑。

其实，此前两个伪军听到前边的集合哨声，他们就对门里喊了两声"集合啰""太君集合啰"，见屋里边没有回音，他们也不敢进去打搅，便提着枪先去集合看看什么情况再说，好歹那女犯人被绑得死死的也动不了，再说还有皇军在这儿，她跑不了。两个伪军前去集合就被派到前大院阻击新四军，而这会儿麦田太郎还在那屋里围着金忠苇转圈狂笑呢。

45

张政委、章辅和连长三人商量，将新四军分成三支。连长带一个排快速前进先到达吉家庵从正面进攻；张政委跟一个排走小路直插湖边，断他们的后路；章辅跟一个排直插吉家庵后门，从侧后进攻，快速解救金忠苇。

正面进攻很顺利，前院只几分钟就被新四军拿下了。接着连长一边吩咐分头到大殿和两边的工厂里搜寻残敌，一边带几个人守住通往后院的门，一方面防止后院的敌人冲出来，另一方面等待章辅他们那一个排从侧后进攻。

章辅他们这一排新四军还没到吉家庵后门，冲在前边的几个新四军战士就卧倒在田埂旁与从后门跑出来的伪军交上了火。那些伪军也不恋战，边打边向湖边退。因不明庵里还有多少人，章辅与排长商量分出两个班的兵力，由排长率领在这儿继续打击逃出来的伪军，边打边追，同时防止伪军反扑回来进攻从后门进庵救金忠苇的战士。章辅则带一个班向后门方向攻进，他们快到后门时，冲在前边的一名战士中枪倒地。章辅爬到他身边一问，还好伤在腿上，她立即从布袋里掏出毛巾帮他包扎好，然后仔细观察门里情况和门外的地形。观察中，一个满身是血的鬼子从门口一闪，躲到了门后。她想，这鬼子身上的血不像是他自己的，像是喷上去的样子，再说，这鬼子如果流了一身血，他也早躺那块去了，不可能还能这么跳来跳去。她估计门里敌人很少，因为里边向外射击的枪声隔一会儿才响一声，并不连续，但院里边的情况不明还是没往里冲。她爬到两个战士面前，吩咐他们一个战士赶快到前院请连长带队往后院打，叫另一个战士从围墙外的那棵老柳树上爬上去，向里观察，伺机而动。

139

不一会儿，前院战士高喊着"冲啊，缴枪不杀"向后冲。那爬上柳树的战士也看到了一个日本鬼子躲在后门旁，对着那鬼子就是一枪，打中了鬼子的后肩。那鬼子嚎叫一声从后门往外冲。匍匐在田里的章辅和几个战士一起向那鬼子射击，那鬼子再也没叫一声便倒了下去。这个鬼子正是凌辱杀害金忠苇的麦田太郎，他得到了他应有的下场。从前院攻进后院的战士们继续向生活区搜索，章辅则带着两名战士急急忙忙拐弯向后，直冲那间储藏室。

还没到储藏室门口，一股不祥之兆已袭进了她的心头。那门外明显地多出了几条从房里淌到外边的像小溪一样的鲜血流，她几个大步过去推开门，一股血腥味扑面而来。再朝里一看，章辅几近晕厥。她扶着门框咬紧牙关，强忍着心头涌上来的愤慨和悲痛，叫一个战士到前边工厂里拿几丈白布来，叫另一个战士在门外站岗，自己则走进去解开金忠苇腿上、膀子上的绳索，用布袋擦去她身上的血迹，帮她穿好衣服。然后叫站岗的战士进来与她一起将她抬到穰草上。待战士拿来白布，又和他们一起用白布将她的身体一层层裹好。到这时，章辅浑身瘫软，一下伏在金忠苇的遗体上号啕大哭。哭声震撼了吉家庵，打扫战场的战士们为之动容。连长找来门板，令四名战士抬着金忠苇的遗体回金苇乡。

张政委他们那个排追到湖边时，麦大庆、罗界义、稻香大雄加十几个伪军已经上了汽艇，离岸逃跑了，丁孟营也跟着一起跑了。张政委他们打死打伤几个在跳板上未来及登上汽艇的伪军，缴获了他们丢在岸上的几麻袋麦子和一些鸡鸭鹅等。

至此，这次攻打吉家庵的战斗全部结束。这次战斗共打死伪军十人，打伤八人，俘获七人，击毙日兵一人，缴获机枪一挺、步枪二十三支，而新四军受伤五人。

金忠礼从土匪窝里出来在回北阿的路上隐约见一支队伍在前面，他连忙跳进旁边的沟里，伸出头向队伍那边观察。不一会儿，又跳出沟上了路，向那队伍跑去。因为他看到了那队伍是新四军，队伍的前面是张政委和章辅。这边走在队伍前边的章辅也看到了对面跑过来的是金忠礼，竟情不自禁地也跑起来迎了上去。两人跑到面前都站住了，愣了一会儿，金忠礼说："章姐，我回来了。"章辅哇的一声扑到金忠礼的肩上痛哭起来："忠礼，吾对不住侬，吾没能保护好忠苇，她是为吾献身的，战士们抬着的应该是吾啊！"金忠礼从来没见章辅这样过，他知道一定是他离开这几天忠苇出大事了。金忠礼拍着章辅的后背说："别怕，天塌下来我们一起来顶！"章辅抬起头说："忠苇牺牲了。你去看看她吧。"说着挽着金忠礼的胳膊走到金忠苇的遗体旁。金忠礼揭开盖在遗体脸上的白布，顿时泪如泉涌。

张政委走过来拍着金忠礼的肩膀，眼里闪着泪花说："兄弟，要革命就会有牺牲，金忠苇是我们革命队伍的好妹妹，她这种把生让给别人，把死留给自己的精神，我们要号召全县抗日民众向她学习。兄弟，抗日正处在艰难时期，前线还有许多事需要我们湖西根据地去完成喃，我相信金忠苇同志最想看到的就是我们湖西为支援抗日新四军做出更大贡献！"金忠礼强压着内心的悲痛，盖上大妹脸上的白布，一手握着张政委的手，一手握着章辅的手说："你们放心，抗日战争是一场残酷的战争，但我们不怕！我们金家第三代有13个兄弟姐妹，时刻准备为打败日本鬼子牺牲自己的生命。我心里痛的只是我这个金家大哥没走在前面，而妹妹却走了。"说着两眼的泪水又流了下来。章辅一边替他擦眼泪一边说："阿拉一起为忠苇报仇！"张政委举起拳头对着队伍也高喊道："砍小鬼子的头，报金忠苇的仇！"队伍齐喊"砍小鬼子的头，报金忠苇的仇！"

金忠礼并没看到金忠苇放在文书宿舍留给他的信，并不知道她在信中要他不要把她的不测告诉爹爹、爸爸、妈妈，他当时想一个未出嫁的女孩在外失去了生命还是应该让她回一趟家。于是当新四军队伍有任务要渡河到高黎时，他和几个区武装连的队员将金忠苇的遗体抬到了金家庄。金家老爷子，参加过甲午战争的金仁善再次让出自己的寿材，将孙女安放在他第三次新打的棺材里。

第二天上午，章辅和金忠礼家人将金忠苇安葬在金苇高地四爷、四妈的墓旁。安葬完毕，家人们都回去了，章辅拉着金忠礼沿着四爷、四妈、周璧、王辉、金忠苇五人的墓默默地走了一圈，然后对金忠礼说："忠礼，如果吾将来有一天不幸走了，侬要把吾安葬在伊拉身旁，吾要好好陪他们。"金忠礼停住脚步两眼直愣愣地望着章辅："你又在瞎说什么！你不是说要和我一起战斗下去的吗？难道要失言吗？"章辅继续拉住他往前走："吾不失言，吾一定同侬并肩战斗下去。吾是说人总会有那么一天，只是早和迟的事情，吾是说如果在这金苇高地能有吾一席之地，说明吾为党和人民、为抗日事业是出了一份力的。"说着两手抱住金忠礼的左臂，头靠着他的肩膀上说道："忠礼，吾有个想法侬赞成吗？吾本来想找机会跟侬谈婚论嫁的，可是忠苇的牺牲对吾打击太大，吾想即使阿拉成家了，如果日本侵略者不被赶走，阿拉就不会幸福，因为倘若阿拉有一个为抗日而献身了，另一个都很痛苦，所以吾想把阿拉成婚的日子定在日本投降的那天，侬赞成不？"金忠礼没有说话，只是把章辅紧紧地揽在自己的怀里。

46

在安葬了金忠苇后，章辅召集在金苇乡公所开了个区委会。开会前，区文书将从北阿带来的县里关于麦收的指示令给章辅，另一封没封口的信交给了金忠礼。章辅看了县里的指示令后递给金忠礼："侬看一下，待会儿侬在落实县里麦收指示令时讲讲区里的要求。"然后她对大家说："今天区委会主要是讨论一下追认金忠苇为中国共产党党员的事。金忠苇在这次吉家庵事件中机智勇敢、宁死不屈，至死也没有向敌人投降，阿拉要号召全区干部学习伊这种忠于革命、舍己为人的精神。鉴于她在这次事件中的表现，结合伊之前的申请和伊平时的表现，我提议追认伊为中共党员。看大家有什么意见？"

参加会议的各自发表意见："应该的！""令人钦佩，是我们的榜样。""同意。""没意见。"章辅见金忠礼没吭声，而且还眼睛红红的，便说道："忠礼，侬亦表个态吧。"

刚才金忠礼正在看大妹留给他的信，看完忠苇的信，金忠礼强忍着眼泪低头不语。他确实不知说什么好，大妹在出发去吉家庵之前就知道她是拿自己的命去换章政委的，明知道此去回不来了，可她义无反顾，她在营救章辅的过程中所表现出来的机智勇敢让他钦佩万分，他觉得大妹长大了、成熟了。但她被凌辱惨死令他悲痛不已，欲哭无泪。这会儿章辅叫他表态，他举起那封信说："这是忠苇牺牲那天凌晨写给她大哥我的绝笔，我想请文书读一下。"文书将金忠苇的信一读，会场顿时静得能听到蚂蚁在纸上爬和章辅泪水滴到桌上的声音，大家无不被金忠苇这种为革命事业慷慨赴死的精神所感动。

142

区委会议题结束，各乡乡长进来开会。他们先汇报了本乡麦收进度和估产情况。然后金忠礼报告了去匪窝争取湖匪洗手归田的情况："会了七股湖匪，其中有邹长青等四股湖匪将于三天后，也就是端午节前一天的下午，在金苇渡缴枪，然后回家过节。"章辅问道："还有几天时间，会不会夜长梦多，这四股湖匪出现反复，到时不来缴枪了，或是佯装缴枪，实际枪杀吾区干部?"其他有人附和道："是这话噢，狗改不了吃屎，泰山能移，人性难改啊。"金忠礼答道："有这种可能。针对这种情况，散会后，我请我表哥胡先生明天启程也到匪窝去，他对匪首邹长青有恩，他去一方面继续劝导，另一方面督促他们三天后来缴枪。另外以刘藏发、杨大呆子为首的三股湖匪不愿洗手归田，但表示不跟民主政府作对，不过对他们的承诺，我不大相信，所以今后对他们还要多加防备。"

章辅说："嗯，忠礼同志这次是孤军深入匪穴，这种把党和人民的事业置于个人安危之上的精神值得阿拉在座的每一位同志学习。下边吾就这次吉家庵事件讲三个问题：吾要讲的第一个问题是我们要号召全区干部同志向金忠苇学习。要学习她舍己为人的高尚品德和坚定信念、不怕牺牲的革命精神。阿拉活着的人要为党、为百姓更努力地工作才是对金忠苇最好的纪念。吾要讲的第二个问题是在吉家庵事件中吾的错误，吾要向区委检讨。在这次事件中，吾之错误在三个方面，一是反扫荡过后放松了对敌伪的警惕，以至于麦大庆和日本鬼子从湖上登岸竟不知不晓；二是对丁孟营这些左右摇摆的人过于轻信，以至于上了敌人的圈套；三是到那么偏僻的地方没有向县里和区里报告，以至于事出来了，弄得组织上仓促救援，武装力量不能立即到达。因而，这次事件吾负有一定的责任，特向区委做检讨。同时，扣除吾四个月的菜金，以示惩罚。另外，吾决定将自己的名字改为章忠苇，一是为了纪念忠苇同志，二是为了记取惨痛教训，忠苇是替我而死的，我要替忠苇而活着。"

大家议论开了："要说责任，我们也有责任，大家都放松了警惕。""改名也可以，不改名也一样。""菜金就不要扣了，一天总共五分钱，我们没得这五分钱还能家去混混，你这摊又没个家，菜金罚掉了，不能不吃不喝沙。""是的哎，身体是革命的本钱，你还要领导全区革命斗争嗬。"也有人说："问题出在哪里哪个负责，要说责任，吉家庵沈乡长应该担责。"

吉家庵乡乡长沈五根低头坐在那里，心里在翻江倒海，他想蒙混过关，但这会儿有人点到他，他不得不开口说："问题出在我那个乡，既然有人说了，我就承担这个责任吧。我请求区委给我处分，以教育大家好了。"

他这么一说，其他人倒不说话了。会场沉静片刻，章辅对金忠礼说："说说侬的意见。"

金忠礼理解章辅的意思，她的目的是要大家在这复杂的斗争中保持清醒的头脑，更谨慎地面对当前艰险的形势。于是他说道："我同意政委的检讨和扣除四个月菜金的惩罚。虽然四个月菜金只有六块钱，但是它对大家的教育意义是很大的，它要我们在任何时候都不可有侥幸和麻痹大意的思想。至于改名的事，我不反对也不鼓励，尊重政委本人意见。另外，刚才吉家庄乡沈五根乡长要求处分，我赞成，这次麦大庆从吉家庄乡上岸，在那儿抢粮抢物，为非作歹两天，沈乡长在指导员在外调训期间，他因个人的事又离开乡里到高黎镇走亲戚去了，也没告知区里，因而从头至尾毫无反应，对这次事件他负有重大责任，我建议给予沈五根同志降职处分，撤去乡长职务，调区武装连任三排排长。"

章辅点头说："好，我赞成，各位对这建议有什么意见？"大家沉默了一会儿，然后接二连三表态说"没意见""同意"。

大家都点头赞成了。但低头坐在那儿的沈五根则气得牙痒，心里恨之入骨：你他妈的金忠礼跟我同时当乡长的，你现在霍起来[48]当区长了，不就是搭上了这个上海的小娘们吗？我刚才就是做样子说说的，你就这么下狠心踩我啊？一下踩到小排长啊？就明个我看你做不做错事，你要做错事，尾巴被我抓住，看我不踩死你！

章辅并没注意沈五根的情绪，她等大家表态完后说："好，区委决定给予沈五根同志撤去吉家庄乡乡长职务的处分，暂时调区武装连任第三排排长，吉家庄乡乡长职务由乡指导员吉德义兼任。吾要讲的第三个问题是阿拉要吸取这次事件的教训，以防再出此类事件。阿拉任何时候头脑都要保持清醒，什么事都要问几个为什么，自己的行踪要向组织报告，个人有事外出需向区里请假。现在正值麦收，敌伪匪极大可能会到湖西来抢粮，从今天起，各乡公所要加强夜间警戒，各保青年队也要站岗放哨，以防日伪军和湖匪袭扰。如果发现伊拉上岸抢粮，一方面立即向区里报告，另一方面联络邻乡救援，坚决将伊拉消灭或击溃。好，有关这次事件的问题，吾就讲这么多。刚才，县里关于当前工作的指示令送来了，下面，就请忠礼同志讲一讲当前工作。"

金忠礼举起手中的指示令说："这几天县里连续发来三封指示令，都是关于夏收工作的，说明这项工作是我们当前的中心工作，需要将大把的时间花在上面。上个月县府转发了《津浦路东各县非常时期救国公粮暂行征收办法》，各乡保也都张贴了，现在问题是我们在座的各位干部有没有认真学习过，是不是掌握了里边的办法和要求？我们有没有把这里边的精神在你那个乡里广泛宣传，让我们的民众像吃了个萤火虫在肚里一样，做到心知肚明。大家不要笑，这个很重要，我们自己不了解办法，就如戏台上的小卒，走一下过场。民众不晓得办法，就会厨刀割麦，转不过弯来。其实，我们这次夏收工作就是五个字，第一个字是快，要动员家家户户连日带夜、男女老少齐上阵，以最快的速度把田里的粮食收上来，因为敌寇会趁机打家劫粮，焚烧破坏，甚至发动残酷的扫荡清乡，所以，我们要'快'字当头。第二字是实，一是对耕种田亩、收获量等要查实，不可出现浮报和瞒报；二是我们的工作要实，乡保长要直接到农户田头查报。第三个字是准，就是要准确按上级公布的办法做，在步骤上，自报、查报、公布、补报、检举、奖罚一步不少；在积谷率上，严格执行百分之三的规定，不可多也不可少，多了影响民众的生活，少了影响抗战一线的战斗力，在减免政策上，参加正规军如新四军独立团的家庭一律全免救国公粮，参加区乡武装队的减半征收。第四个字是藏，征收的公粮要赶快分散储藏，储藏公粮的村庄要离集市五里以上，要有较好的民众基础，要注意储藏公粮每家最多不超过 5 担，一个村庄不超过 50 担。第五个字是禁，对我们的干部严禁假公济私，对全区要严禁粮食外流资敌，一经查获，不光是全都没收，对贩运者要作汉奸论处。好，我就讲这些。"

章辅最后总结说："忠礼这五个字已把夏收工作讲得很清楚了，各位回去要认真去做。下面，吾还要强调三点：一点是工作要认真负责，乡保长不可像大老爷一样坐堂指挥，要直接到村庄地头查收，确保又快又好地完成任务。二点是按照县府要求奖惩兑现，对完成九成救国公粮任务的，对乡长，报请县府准以副区长登记任用，副乡长准以乡长登记任用，另各奖布鞋一双，篾制凉帽一顶，毛巾一条，牙刷一把，牙膏一条。对粮食员、办事员也都有鞋帽等物质奖励。虽然这里要求的是九成，但阿拉要争取百分之百地完成，在抗日工作上阿拉一点折扣都不能打，侬打一点折扣，抗日将士就多一分危险。三点是配合主力部队保护夏收，各乡要加强盘查哨昼夜站岗，沿湖各乡要加强联络，互相策应，并要在重要河口哨所备置警锣，遇有敌伪匪船只就鸣锣报警，配合主力部队痛击剿灭敌人。大家回去抓紧工作，明天区里就组织检查员到各乡保检查。"

散会后章辅和金忠礼两人又做了分工，章辅说："侬下乡去检查夏收工作，吾去安排部队的生活。另外，阿拉还要想法增加区财政收入，保证开支。现在，支援前线要钱，区里这么多工作人员补助、服装也要钱。为此我还要到吉家庄乡找一下程老板，看看能不能请他到北阿来办些工厂，增加财政收入。他在这次吉家庵事件中是立了功的，就这一点我也去看看他。再说天气这么热了，区乡干部和武装连都没换装，正好也顺便去看看他那有什么合适的布做夏装。"

分手时，金忠礼把二妹金忠慧叫到章辅身边说："章姐，以后她跟在你身边接替忠苇，你们这次去多带几个人，先到他们乡里与乡里干部接上头，确保没有什么情况后再去。"章辅知道金忠慧比金忠苇小一岁，现在是金苇乡青抗会会长，还是乡民兵队的队员，枪法和武功与忠苇在伯仲之间，因而她摸着金忠慧的后背说："辛苦你了。"然后眼睛看着金忠礼，伸手掸一下他身上的灰说："往后吾会提高警惕的。侬亦照顾好自己，多保重！"

47

与章辅分开后，金忠礼回到金家庄又看看父母和爹爹，然后决定先就近检查金苇乡夏收的情况。正准备走，三爷金义正喊住他："忠礼等哈子，三爷有话跟你说。"金忠礼迎上去问："三爷，有事吗？""嗯，有大事呢。你说这次征收救国公粮，我们金家绝不落人后，乡里说是按一担三升交，我也按要求如实上报了我上缴公粮的数字，后来我听你说还有减半和免征的，我也不晓得我家是减半还是免征。"金忠礼说："三爷，你家忠法在区武装连，应该减半征收的。"三爷说："要是真减半征，我还是要把救国公

146

粮缴全了的，毕竟我儿子在武装连里也是要吃饭的，就当我儿子在家吃饭，反正他在家也要一份口粮，我把他这份口粮缴公粮，多养一个人打鬼子。"

金忠礼在心中叹道：真是好三爷啊。根据地有这些"三爷"在，前方将士就不会饿着肚子打鬼子。三爷都不知道有减半的事，这种情况肯定是乡里工作不细造成的，得去乡公所看看他们怎么做这工作的。他担心金苇乡这次夏收工作出问题，因为这个乡指导员上月底调高黎任副区长了，而乡长是顾阿水。这人穷苦出身，革命热情奔放，但没有文化，可能对路东根据地征收救国粮办法吃不透，得到他那儿去看看。

他带着通信员小万迈步向乡公所走去，中途经过表弟家的药铺，他又拐进去把这次去匪穴的事向表弟胡忠道说一下，然后还要烦他跑一趟匪穴。"忠道，这次扛你的大旗进匪穴，事情从大体上说，办得还很顺利。"接着他把在匪穴谈的情况简要地向胡先生叙述了一遍，而后他又说道："缴枪的日子是定了，但是这些湖匪都是坐船尾的老大，见风使舵惯了，我怕他们说话不算数，成为过冬的山芋，变了心。所以，我今个来跟你商量，是想……"胡忠道手一摆说："不用说了，大表哥，你嘴一张我就晓得你的意思了，正好他们一个弟兄病重叫我去出诊，我正忙着准备药品，等会儿就出发到老邹那儿去，我去帮你再给他们打打气，按照约定洗手上岸。""到底是我的好表弟。好，哥也不说谢了，我还有事，我先走了。"

"慢着，你今个来，我正好有几句话跟你说下子。就是今年夏收征救国公粮的事。津浦路东八县联防办事处的办法我也看了，可我们金苇怎么敢违背这些办法呢？""哪里违背了？你跟我讲具体些。""我就讲我们家的，我们家的田都是佃给人家种的，一些佃农直接来找我，说二先生啊，你也去找乡里人吃个饭啊，一顿饭花不了你们家几个钱啊，吃过了好处就多啦，他们嘴一抹，什么也不说、也不看，就听你报，我们少报些个，顶你多少饭啊？我说，不得饭把他们吃，你们如实报，收多少报多少，救国公粮，我们不能搭浆。"

金忠礼问："有这回事？"胡忠道说："我也不相信，但后来听一些来铺里抓药的人骂娘发牢骚，我也就信了。""发什么牢骚？""说什么，一盒烟，顶垧田，一顿饭，顶双担，一瓶酒，顶十斗。忠礼，这要是成风，民主政府还有什么威信？你北阿区救国公粮的任务怎么能完成？"

金忠礼脸一会儿红一会儿白，站在那不住地喘粗气。这是他家所在的乡啊，他和章辅负责这个乡时，这个乡是湖西模范乡啊！怎么这才离开几大天，就变成了这个样子？顾阿水，你搞的什么名堂！他气冲冲地直奔乡公所，可到了乡公所门口他并没进去，而是走了过去，直接下村庄了。

他觉得还是到村庄去实地看一看，了解一下表哥说的这种事是个别现象还是普遍现象。他们先来到了靠近乡政府的万坝庄，走了几户佃农和自耕户，没有反映什么问题，都说：已经如实地向保长自报了总收成，经得起乡里检查，经得起检举，救国公粮是抗日将士吃的，我们一斤一两也不少。这个庄的保长原来是个教书先生，上面的精神吃得透，又能向农户说得明白，人又行得正，保里所有农户的耕种田亩数、总收成数以及应征收公粮数已全部上榜公布，贴在万坝小店的外墙上。金忠礼心里这才舒展些，如果金苇乡各保都像万坝这样，完成夏季救国公粮的征收任务应该不成问题，拿到县区的大奖是有可能的。

他放心地离开万坝，向前走到靠湖边的高集庄。上个月，这个庄在敌寇的扫荡中是北阿区损失最重的。快一个月过去了，县区虽给予了一些农户以救济，帮助他们搭建临时柴笆房，但被敌寇炸毁的断垣残壁仍随处可见。他们来到高集小学，一群农民正在那里看公布榜。看完榜的在那儿骂娘发牢骚："救国公粮哪个不缴啊，可是这公布的也太多嘞。""瞎头闭眼的，睁着眼睛到田里看看沙，哪有那么多收成呀！"

站在人群外听到大家的议论，金忠礼脸又红了，他沉默地听了会后问周边的农户："乡亲们，大伙儿先不急。""不急啊，能不急吗？麦子还长在田里，劳力又不够，这块公布数量还把人牵在这块，这天要下个雨，家家烂麦场，不但公粮征不到，老百姓也吃草根。"有人认出了区长，便说道："让区长说，他会给我们做主的。"

金忠礼这时又讲道："这个公布榜主要是什么问题呢？"下边有人嘴快："问题出在日本鬼子扫荡上。"金忠礼问这位抢话的人："什么意思？"另一个看来识点字的人代那人答道："他说的意思是，我们耕种的总亩数是有的，但乡里人不能估个亩产，跟总亩一乘，就是我们的总收成。"金忠礼说："为什么呢？如果亩产估得适中也可以啊。"那人又说："在我们高集不行，他刚才说问题出在日本鬼子扫荡上就是这个意思。你到我们后边田里看看就晓得了。那是笨手姑娘纳的鞋底，坑坑洼洼哎。"是的啊，日本鬼子扫荡炸毁了他们的庄稼，田里的麦子像稀毛癞子一样，有田亩没收成啊，这个实际情况乡里为什么没考虑呢？于是，他说："我想问问你们，乡里有粮食委员和查报员到高集来过吗？""鬼影子没看到一个。""保长都不晓得到哪儿去了。""全在乡里喝漂肉汤呢。"

见老百姓的情绪又激动了起来，金忠礼赶忙站到台阶上说道："父老乡亲们，救国公粮是前线抗日部队战斗力的重要保障，增加一升公粮，等于多打死一个鬼子，少一升公粮，就少一分抗战力量。"下面有人喊道："我们赞成！坚决支持！""哪怕我们饿肚子种田，我们也不让抗日将士饿肚子杀鬼子。"金忠礼看了他们一眼说道："两位大爷说得好，我们湖西人不孬，救国公粮我们不搭浆。你们今个反映的问题我一定给你们一个公道的说法，你们先赶快回去抓紧收割打场，过两天一定重新公布一个靠谱的征收公粮榜。"说完，金忠礼在高集街上走了一趟，又到他们的麦田里看了一下。确实，现状比想象的要惨，许多田块已经完全荒芜，有麦的田块也稀稀拉拉，跟里边几个村庄完全不能比，这个村庄的实际情况必须予以考虑。走在田埂上，他忽然冒出一个想法要跟章辅商量。于是，他吩咐通信员小万："你现在就赶回区里，告诉章政委这里的情况，请她跟部队商量，能请他们到高集这儿驻扎几天，帮助这里的老百姓抢割麦子。"

通信员走后，金忠礼又向西北来到小朱庄。小朱庄田里一片繁忙景象，各块田里男男女女、老老少少都弯着腰抓紧割麦，而且进度也快，金忠礼估摸小朱庄这儿收割的麦田应该在七成以上了。这里的群众基础好，人们抗战的信心足、热情高。他径直走到保长家看看他在不在家，准备问一下情况再到前边的刘庄。

才到保长家门口，就听到里边的吵声："保长，你一碗水要端平啊。你不能见人家财大气粗就朝后让，见我们好欺就压我们哎。""朱爹爹，这不能怪我，我是如实上报的哎，可到乡里他二黄转中板，变掉（调）了呀，叫我有什么法子想沙，对着婆婆叫妈，没法子哎。"金忠礼插进来说："什么有法子没法子啊，来说给我听听。"朱保长头一抬："哟，金区长，你来得正好，你给评评理。论辈分我喊他爹爹呢，可他在这块跟我死犟。他家耕种120亩地，除去白田秧池5亩，他家按115亩耕种面积公布，你说这还不公平啦？金区长你说说，他家这个秧池是多还是少？"金忠礼知道这个朱爹爹岁数并不大，只是在小朱庄辈分长，人家都喊他朱爹爹，他家在小朱庄也算是个小财主，按湖西地区常理说 120 亩耕地，除去 5 亩秧池实际是多算了的，那这朱爹爹还有什么意见呢？还没等金忠礼问，朱爹爹就发话了："不怕肚不饱，就怕气不平。我家 100 亩扣除 4 亩，我也承认是多算了些，可人家 100 亩扣除 10 亩，是我家的拍双⁴⁹还拐个弯，他家这是什么鸟秧池啊？"金忠礼问："哪一家？"朱爹爹头一抬说："你叫他说。"朱保长只得说："金区长，是这样的，罗一旺在我们小朱庄有 400 亩田，我们是按扣除 16 亩上报的，可是后来乡里粮食员来说，查过了，给他家扣除 40 亩，我也没法，只得按扣除 40 亩的公布。"

金忠礼感到金苇乡夏收问题很严重，但一些村庄工作还是做到位的。他心里有火在这儿也不便发作，毕竟问题的根子不在他们这儿，因此，他说："朱保长，你们的工作总体是不错的，朱爹爹反映的这个问题，多报白田秧池，少报麦田，而且是翻倍地多报，性质很恶劣，这现象虽然出现在你们这儿，但那不过是屋檐下的冰冻铠子⁵⁰，根子在上面，不怪你，你现在还是按照你们实际查报的公布，一定要按照布告上的办法做，做到公平合理。"

从小朱庄出来，金忠礼继续向北再折向东，几乎围绕乡公所转了一圈，跑了七八个村庄，已经过了晌午，农民们歇过晌，又早已顶着烈日下田收割了，金忠礼才从田里上来，直奔乡公所。

48

乡公所里并不安静，食堂旁的凉棚下几个人在玩纸牌，掼得噼里啪啦。右边大树下两个人在下棋，棋子声敲得嘀嘀嗒嗒地响。左边的巷口中几个人横竖躺在柴席上呼噜呼噜地喘着粗气。金忠礼走进食堂，桌上的脏碗脏筷还未收，揭开三口锅的锅盖，大锅里是洗锅水，中锅里的漂肉汤仅剩锅底一勺汤，小锅里沾着几根韭菜叶。

金忠礼急步走出室外大喊道："全部集合！乡干部、粮食员、查报员，全部集合！"打牌的捏着牌，下棋的举着棋歪头向喊声这边看，以为是哪个恶作剧，再仔细一看，不好，金区长！一个个慌忙摔下牌、放下棋，一骨碌跑进食堂。"顾阿水！顾阿水！"金忠礼继续喊道。鼾声正盛的顾阿水骤然惊醒，抬头循声望来，猛地起身，一下蹿到金忠礼面前，低头站在那儿。

金忠礼对他们说："前线将士在浴血奋战，田里农民在挥汗抢割，区里在经费非常困难的情况下花钱请你们喝漂肉汤，为什么？为的是完成救国公粮任务，为的是一升不少地把粮食送到前线，让前线的将士们吃饱了肚子打鬼子。同志们啊，多一升公粮，抗战就多一分力量啊！而我们在干什么？我们喝了两碗漂肉汤，嘴上抹了点油了，就在荫凉下打牌、下棋、睡大觉，我们去帮老百姓收割了吗？我们去征收救国公粮了吗？"

"区、区长，他、他们，都下、下去，查过了，保、保准，完成……任务。"顾阿水战战栗栗地说。

"任务能完成？你底气足一点再说一遍。"金忠礼看着顾阿水说。

"能、能，完、完成。"顾阿水又叽咕了一声。

"能完成？我看你这是豆腐做根脚[51]，没有一点底气。同志们啦，我们金苇乡可是响当当的湖西模范乡啊，要是在征收救国公粮上打折扣，金苇乡人的头还抬得起来吗？我现在也不跟你争任务能不能完成，我这里就把我在金苇乡看到的听到的问题向你们公布一下：第一个问题，对征收救国公粮办法宣传不够，很多人对县府规定的新办法不清楚，因此，出现了瞒报田亩、瞒报耕种面积、瞒报收获量、多报白田秧池、少报麦田、大田充小田、小麦充大麦的现象。同志们，瞒报一担收获量，就少缴三升公粮，就少一分抗战力量啊！"

顾阿水表示疑问，他小声嘀咕道："不会，有、有这些吗？他、他们，都去查、查了的哎。"

金忠礼也没管他叽咕什么，继续说道："第二个问题，少数人贿通乡干部以及保长、粮食员、查报员，以致其中的一部分工作人员徇私舞弊，在征收公粮中带来了一些乱象和不公平。第三个问题，有乡干部及保长、粮食员、查报员不切实际执行县府规定办法，不认真工作，或者假公济私护亲护族，未查就报，使少数民众不明真相，产生反感，造成很多无形损失，影响民主政府的威信！"

站在金忠礼面前的顾阿水乡长脸红到了脖子根，就像喷了一层紫红色的染料，但他嘴里还在叽咕："哪个，哪个敢、敢啦？要有、有，肯、肯定是，下边，下边人。"

他这次叽咕的话被金忠礼听到了，金忠礼严厉地对他说："下边？是的，病在下边，但病根子在上边！"听区长这样一说，顾阿水浑身一颤，不敢再叽咕，只是低着头等着挨训。金忠礼又对着大家说："根子出在哪里？就出在我们乡里！出在乡长你顾阿水身上！"金忠礼又对着顾阿水："你是小公鸡跳到房梁上，官不大，架子不小。对办法吃不透亦不问，随便胡猜，乱忙一阵，派办事员下村庄，自己不下去，不跟查报员一起查报，坐在家里发命令，摆老爷架子。上梁不正下梁歪，你乡长不以身作则，一些保长、粮食员、查报员也就敷衍公事，不负责任，有的竟闭着眼睛填报数字。这样下去，金苇乡怎么能完成救国公粮任务？完不成救国公粮任务，你们怎么对得起前方血拼日寇的将士？怎么对得起湖西 30 万乡亲和全路东 300 万同胞？怎么对得起中华民族？"

下边的人大气不敢喘一口，毕恭毕敬地站在那里听区长批评。金忠礼发了一通火后叫大家找地方坐下，然后口气缓和地说："我今天没给各位留情面，尤其是对顾阿水乡长痛加批评，那为的是对大家负责，对全中华民族抗日事业负责。如果不给顾乡长身上的脓肿开刀，不把脓水挤出来，任其发展，等到病及内脏，那就无可救药了。现在还有挽回的余地。下边怎么办？我先和大家一起再学一下县府转发的布告，真正搞懂搞清今年征收救国公粮的规定办法。"

他请一个同志把县府布告一字不落地读了一遍，然后问大家有什么不清楚的地方。下边有几个人提了几处，他都一一做了解答。待大家没有问题后，他将在场的人员三人一组分成五组，其中四组由组长带队各负责三个保，另一组由乡长带队对前四组查报情况进行抽查，同时重点抽查地主大户、公学、寺庙等情况。最后，金忠礼再次问大家还有什么问题，见大家没再提出什么问题，他对大家说："从现在起，五天里完成查报、补报工作，对瞒报的，一经查实，将瞒报数量全部没收，并提取十分之三奖励乡里和查报人员。如我们工作人员再出现前边我批评过的问题，一经查实，将予以严厉处罚。好，前四个组现在就出发。"待这四组人员全都离开后，金忠礼又对顾阿水说："你这个组现在力量最强，他们几个对规定办法都很熟悉，你要同他们一道跑路查报，同甘共苦，不可浮在上面。要多学习办法，还要学习看产估产办法，以便自己胸中能对全乡的收获量有个大差不离的额度。好，你们也可以出发了，先去查报全乡几个大地主和

152

公学、寺庙种田户的瞒报情况，这一块收获量瞒报，对我们公粮征收损失就更大，一定要查实。"

从乡公所出来，他心里稍微畅快了些，幸亏问题发现得早，否则金荸乡这一季的公粮将会出大问题。他在路上想，其他乡会不会也出现金荸乡这些乱象呢？他在脑子里一个乡一个乡地盘着，每个乡过了一遍后，他觉得大凡乡长、指导员能干的，这个乡就不会出问题，乡长、指导员不一致、缺额或能力欠缺的，这个乡公粮征收就一定出问题。他盘来盘去，全区八个乡，最担心的还是金荸乡。他觉得顾阿水搞农抗工作还适合，但不适合做一乡之长，应当把他的工作调整一下。谁合适呢？一路想着，不知不觉竟到了自家庄台。

庄台上，他老父亲在夕阳下一边为附近的农民修着几柄连枷，一边还在与坐在一旁的爹爹闲唠。爹爹说："义雄啊，们家⁵²救国公粮报没报上去啊？""你不要烦了，上头有规定，们家缴一半，报了。""一半？凭什么少缴啊？""有规定呢，孙子、孙女在区里边武装连，减半。""他们在区里做事，区里还发菜金呢，等于吃的公粮，那他们在家里省下来的就全缴公粮。""政府是考虑你家有人去抗日了，家里少劳力了，就减半了。""义雄，你听我的，全缴！不要减半。你减半，前线的人肚子吃半饱能打仗吗？""你违反上边的规定，人家也不要的，政府叫你不少缴，你若多缴人家也不要哎。""不行！该我的口粮，我全缴上去！没得吃，我到滩上去挖萋蒿根吃。"老人犟起来了。"好，就照你说的全缴，不过你说缴，人家还不得收，你说捐人家兴许还能收。""什么缴啊捐的呀？把我那份送到前线，也算是我去打鬼子了。"

金忠礼拍了下脑袋，乡长人选有了，呀呀就是个很好的人选呀，虽然五十岁了，但对政策、形势掌握得很清楚，而且他在这个乡有很高的威信，更重要的是他走村串户几十年，对湖西哪家门朝东哪家门朝南，家里几口人、多少田都知道个七大八，请他临时出马救个急真是太合适不过了。于是，他向父亲说了这个想法。父亲立即回绝："儿子啊，我今个几明个几啦？你还以为你呀是初升的太阳呢啊？"爹爹在一旁又插上来说："什么今个几明个几啊？比我还大呢啊？去！孙子的事是抗日的事，抗日的事你就得去，你不去我就去！"金忠礼又把金荸乡这次征收公粮中出现的问题简要地跟他们说了下，爹爹听说要影响公粮征收，便说道："这还

153

得了？哪个误了公粮就把哪个关进大牢！义雄，你不可再一推六二五了。"
"好好好，你们让我考虑考虑，不能就这样赶鸭子上架沙。"金忠礼说：
"呀，就是请你救个急，你要不想做时间长，你就做一季，把夏季公粮完
成了你就卸挑子。"爹爹说："做做做，不要再欠⁵³了，打鬼子要紧。""好
好好，做，还不行吗？一个上不了品的乡官，没做过也相过，再不会就跟
儿子学。走，跟你去做乡长。没想到，知天命之年还弄个乌纱帽套头上。
哈哈哈。"金义雄说着笑着收拾起木匠工具准备跟儿子到乡公所。金忠礼
连忙拦住他："不急，等我跟章政委商量下子。"金义雄又坐下继续修农
具："弄到现在，原来还是吊在丝网上的蜘蛛，悬在那窟呢啊？""你看你
饿着肚子蒸馒头，等不及的样子。哈哈哈……"金老爷子哈哈大笑。

49

为了确保湖西根据地麦收安全，防止日伪军、湖匪抢粮，新四军二师
主力部队派驻湖西，以一区一个连的兵力驻防，武装保护麦收。章辅与金
忠礼分手回到区里就着手安排部队的吃饭问题。她指定一家磨坊专门给部
队磨面粉，限定每天向部队供应面粉200斤，又指定一家挂面铺，每天为
部队加工挂面50斤，再指定一家面食店，每天为部队加工馒头150个。所
需麦子，均凭部队机关开具的支取公粮凭单到区粮库领取。

解决好部队吃饭问题，第二天一早她叫上金忠慧，出发到吉家庄乡去
找程老板谈再开办工厂的事，路过"幺花商行"时，正碰上程老板从里边
出来，她便叫住了他，与他一起回到区公所。

程老板到北阿来是找麦幺花再进点棉纱的，近来棉纱根本买不到。日
伪军对运往湖西的物资查得比过去更严了，湖西民众的生产生活受到严重
影响。棉纱与军用物资一样控制，买不到，运不进。这麦幺花不知走的是
哪门路子，全湖西就是她敢答应别人买棉纱，而且从未落过空，每次都能
进到货，就是价格高些，高些就高些吧，总比没米下锅好啊。

章辅听他汇报了这些情况后问："程老板，吾请侬来，是想同侬商量
个事。""哎哟，你俩各客气了，还商量呢，有什么直接吩咐就是啦。""是
这样的，吾想再办几个厂，一个毛巾厂，一个被服厂，一个绷带厂，一个

154

铁木器加工厂。毛巾厂生产的毛巾除了供给新四军外，还可以在湖西卖给民众，被服厂专门为新四军、县区武装组织和其他工作人员生产服装和棉被，绷带厂专门为新四军生产绷带和敷料，铁木器加工厂先为湖西民众打制一些铁木器具，逐步地能做一些枪炮零件，提供给新四军。这几个厂想请侬来办，不晓得侬有什么意见？"

程老板想了会说："毛巾厂、被服厂，我可以来办，吉家庄那个纺织厂交给我儿子管，我可以到北阿来办这两个厂。可以从现在的纺织厂中分一些人和机器过来，再买一些新机器就能上马了。绷带厂暂时先不办，纺织厂分几台机器织纱布，然后在那边再搞个车间做绷带、敷料。这办铁木器加工厂，我不行，有两个人能行，这两个人就是金苇乡的金义雄、金义正，那弟兄俩一定能办得起来。"程老板推荐的这两人，章辅再熟悉不过了，一个木匠、一个铁匠，且都有点文化，又走南闯北见过世面，他们俩搭档搞个铁木器加工厂一定能搞好。哎呀，鼻子底下的人怎么就没想到呢？

和程老板商定好创办毛巾厂、被服厂的事后，章辅将程老板带到区财经科，要求财经科科长落实一个专人帮程老板办好这两个厂，负责资金到位和寻租厂房。回到区里，正碰上满头大汗、气喘吁吁的通信员小万。听完通信员转达的意见后，她转头就去找张连长，问张连长是否可以把部队拉到金苇乡帮助高集庄民众抢收麦子。张连长说，这是好事啊，部队来驻扎的任务就是保卫夏收的，如果老百姓的麦子烂在田里，那说明我们没有完成好支队交给我们的任务。张连长还表示，他们稍作准备，带上干粮，打起背包就出发。章辅从张连长那儿出来，和金忠慧雇了辆小驴车就先去金苇乡了。章辅和金忠慧到金苇乡金家庄时，金忠礼从双庙乡检查麦收工作刚回来。

到了家，金忠慧看到爹爹在那里打连枷，便拿起戗在屋檐的连枷就去与爹爹一起打场上晒着的麦子。在她手上的连枷举起、落下的过程中，麦粒纷纷从麦穗中脱下。显然，她比爹爹的动作更快更有力。

章辅看了一会儿便和金忠礼各拿了一只小板凳坐到金忠礼家东山头，金忠礼先汇报了检查情况。章辅听了金忠礼汇报的金苇、双庙两个乡麦收一差一好的情况后说："从区里下乡检查的同志报告，目前全区麦收工作总体是好的，看来金苇乡是全区落实征收救国公粮规定办法最差的，侬分

155

析得对，乡长、指导员是一个乡工作的关键，这两个人选不好，整个乡就不会好。侬提出换乡长的事，可以考虑，但这个节骨眼上临阵换将是否合适？""有什么不合适的？一个败军之将让他继续在阵前指挥，一定会带来更多更大的败仗，而换一将还有反败为胜的希望。""话也是的，可现在别的乡麦收工作都紧张有序地开展着，一时也抽不出人来啊，即使抽出人来，人家乍到金苇乡，情况也不熟啊。麦收就这么几天时间，等伊再熟悉情况，季节早过去了。""我这儿有个人选，既熟悉情况也不用抽。""啥人？"金忠礼脸向场那边一偏说："嗬，我爸金义雄。""伊？"

章辅转头向房前的场上看看，金大爷正在那儿锯着一段料。章辅以为他在干活听不到他们的谈话，其实，金大爷此前真不在意他俩谈什么，忽然听到儿子说到他的名字，他便一边干活一边侧过耳朵偷听着。这会儿他听出章辅疑问的口气，便想，看来她看不上我这个半百老头子了。真是吃多了腌萝卜，闲（咸）操心了。唉，还是干自己的手艺好噢。

"怎么，不行吗？"金忠礼问。章辅顿了一会儿说："行倒也行，只是吾另有事想请伊。"金大爷听到章辅说这话，两眼眯成了一条缝，看来她对我这老头也还是看得中的噢。另有事？还有什么事叫我做呢？"什么事？"章辅把再办几个厂支援前线部队、增加区财政收入的事跟金忠礼讲了一遍后说："吾想请伊和二爷一起办个铁木器加工厂。"金大爷心里乐开了花，这个事我倒是也能干，哎呀，乖乖隆的咚，我倒成了十月里的石榴，老来红了呢。

金忠礼听了章辅办几个厂的想法，真是打心底佩服这个江南女子。想得多好啊，既是发展区经济，又能保障前线部队的供给，还为下一步为部队提供枪炮零件做了准备。"哎呀，章姐，你这头脑怎么长的？叫我们这些泥土里长大的人，头想炸了也想不起来啊。""好啦，不要在这儿给吾戴高帽子了，侬说这铁木器厂叫哪个去办？""这事好办。这样，铁木器加工厂的事先叫二爷把事做起来，我呀先去做乡长，等他把金苇乡公粮任务完成了，就把他换下来，让他去帮二爷办厂。"

"伊是否愿当这个乡长呢？"听到章辅问这话，金大爷在心里一连默念了几句"愿意、愿意、愿意"。"他啊，哎哟，胸口炕饼，才热心嗬。""那行，就这么定，侬马上送伊去上任。""不行，得你去，不能叫儿子去宣布老子当乡长沙。"金大爷想，儿子这话也是实话，只有老子指示儿子

156

的，哪有儿子指派老子的。正想着，他见章辅站起来向他这儿走来，赶忙低头又旁若无人地认真干起了手上的活。直到章辅站在他面前喊"大爷，吾跟侬讲个事"，他才装得如梦初醒似的答应了一声。

章辅把要他做乡长的事跟他说了后，早有心理准备的金大爷立马满口答应。最后章辅对金大爷说："大爷，侬先把县里征收救国公粮的布告看看，晚上等乡里的人都上来了送你去上任。"金老太爷在一旁大笑道："我儿子是范进中举，老来得喜噢。哈哈哈……"

与金大爷谈过话，章辅回到东山头对金忠礼说："等这阵子忙过还是要给金苇乡选个指导员，得把这个湖西模范乡的旗子扛下去。哎，忠礼，阿拉得去安排部队的食宿了，伊拉晚上来，得有吃有住啊。"金忠礼站起来说："他们去高集帮忙，但食宿不能叫高集安排，那里许多房屋被日寇炸毁还没恢复，只有高集小学，整体上还算是好的，在那里吃住，烧饭由区里负责。""好，阿拉现在就去安排，边走边谈，你说还有什么事商量的呢？"

"噢，是这么件事：就是高集在日寇上个月的扫荡中损失惨重，不少农户失去劳力，这次请部队来收麦真是帮了他们的大忙。但还有一些农户全家死在日寇轰炸中，一部分耕地成了无主地，再加上那里还有个九里荒，我大概看了一下，有几千亩土地。俗话说，给只金碗不如给半亩田园。如果我们每年开垦一些，一年两季一稻一麦，既可以增加公粮数量，又可以增加区里收入，这不是过河洗脚，一举两得吗？"章辅拍了一下金忠礼肩膀说："侬脑袋瓜也不差啊，这事叫吾也想不出啊？只是劳动力怎么来，拿钱雇人，不光是缺钱，就是有钱，这大忙季节雇人也雇不到啊。""这好办，部队帮助收完麦子后，如果没有战斗任务，请他们帮助开荒，这就是100多号劳力。另外向县里张政委请示报告一下，请他给予支持，把县、区里的除不可离开岗位的工作人员外，其他人都来劳动几天，这可以调来头二百号劳力，我们乡里贴菜金供饭就行了。"章辅又拍了一下金忠礼的肩膀说："还是侬这脑壳子好使。到年底，阿拉区几个厂生产有收入了，这边开垦的耕地稻子成熟又收获粮食了，阿拉北阿区财政在湖西几个区中可以走在前边了。到时，阿拉不光可以拿出更多的物资支援前线，而且可以出钱修圩堤、挖河道，让北阿民众有更好的生产和生活，也可以更好地照顾抗属，动员更多的青年参加新四军。"章辅这样憧憬着，脸上洋溢着满意的笑纹。

50

张连长带着一个连的战士在高集仅用两天就帮无劳力的农户收完了麦子，接着又和县区工作人员一起开垦荒地，他们挑的挑，挖的挖，耕牛不够，他们就五人一组，一个人在后边扶犁，四个人在前边拉犁。又用了六天，整好无主田 2500 多亩，开垦荒地 500 多亩，这样北阿区一次就有了 3000 多亩公田。

在这期间，金忠礼去接受了邹长青等三股湖匪上岸缴枪，另一股湖匪临时变卦没来。缴枪的湖匪大多数各自回家了，只有 20 多人愿意留下来，金忠礼将这 20 多人编入了区武装连。安排停当后，他又到全区各乡去购买多余的秧苗。公田插秧前，购买的秧苗也陆续到位了。

章辅这些天一边搞好后勤服务，饭菜、茶水全部送到田头，一边跟县妇抗会会长金忠清商量："忠清，过两天要栽秧了，侬能否组织几个秧歌队来助阵？这些天，大家整日带夜地干，也疲劳了，让秧歌队给他们鼓鼓劲。"金忠清想了下说："我们湖西唱秧歌的有两种，一种是专吃秧歌饭，以唱秧歌为业的，我们湖西叫他们'锣鼓师傅'。在湖西一般是大户人家请他们为秧工唱歌助兴，让秧工们忘记插秧的辛苦，加快插秧的速度，这是要付钱的。'锣鼓师傅'在秧工后面唱'锣鼓秧歌'，他们一边敲锣一边唱歌，有下趟锣鼓、赶趟锣鼓、收趟锣鼓，唱得比较长，还有很多叫人难为情的荤黄的词句。""那这个不行，阿拉这里是共产党领导的军队和政府，阿拉不搞那些污七八糟的东西。还有一种是什么？"金忠清又说："我也觉得那个不合适。还有一种就是插秧的人自己一边插秧一边唱，相互鼓劲、自娱自乐。演唱的时候，没有锣鼓，而是先由一个人唱'格咚代'代替锣鼓伴奏，另一位歌手主唱，其他插秧的人可以对唱，还可以大家一起唱和。"章辅马上拍手说："这个好！阿拉要唱一些鼓劲的。忠清，这个事就请侬帮忙，看看能不能再编一些抗日的、革命的词句，唱得大家斗志昂扬、意气风发多好！另外，要多找些会唱秧歌的男女青年，分散在插秧队伍中，与大家一起插秧，一起歌唱，让阿拉秧田里充满歌声。"金忠清说："姐，你就不要跟我客气了，你交代的任务，保证完成好。不过，章姐，你那么好的嗓子，到时也要露一手噢。""行，侬编好了，吾去学一段，到时跟侬一起唱。"

　　天刚放亮，所有参加公田插秧的人全部卷起裤脚，挽起袖子下田插秧了。而在这之前，天还黑着时，金忠礼已安排人把秧苗挑到了田头，并且抛到了水田里。金忠清组织的十六七个人分散在插秧的大军中，同他们一起弯腰插秧。只见三四百人在远近七八处田块里同时开插，像启动了一台超大型的织布机，每一个人都是这织布机上来回引线的梭子，在他们弯腰后退、手起秧落的穿梭过程中，水田里显现出一块随着太阳渐渐攀升而变得越来越大的绿地毯，且在阳光的照射下显得格外青翠。湖西人从来没见过这么多人一起下田插秧的，他们只见过麦大财主家栽秧，也不过二三十号人，从未见过这阵势。在附近做活的农民都会停下手上的活看个热闹，心里想，先前那会儿国民党政府也没见过这场面，只有共产党的政府才有这气魄啊。

　　"格咚代，咯咚代，我代你格咚代，格咚代……"忽然，秧田里飞出了高亢悠扬的歌声。人们循声望去，认出了那是县妇抗会会长金忠清。那边"格咚代"刚落，这边又响起了"月儿弯弯影子长，逃难的人儿想家乡，问道家乡在哪里，就在湖西金莘乡。那天鬼子大扫荡，奸淫烧杀似虎狼，耕牛粮食都抢光，乱刀刺死孩子娘"。新四军那片水田里忽然有人喊起了口号："打倒日本帝国主义！""为乡亲们报仇雪恨！"……金忠清没想到秧田会响起口号声，因而，她待口号声停了后领唱了一句"要反抗，要反抗"，接着分散在七八个田块里的秧歌手同时唱起了："要反抗，要反抗，大家一起上战场，只有赶走小鬼子，我们才能回家建家乡。"

　　合唱声刚落这边又亮起了甜美的歌喉："阴天没得晴天长，西风没得东风强，自从来了共产党，湖西处处好风光。"大家又循着那委婉情深的歌声看去，哟，原来是北阿区的章政委，她还有这么美的嗓音！

　　"格咚代，咯咚代，我代你格咚代，格咚代……"金忠清又插上一段伴奏，待这伴奏停下来后，那边田块里男高音又响起："天上星星数不清，地上全是新四军，拿起刀枪杀鬼子，抗日救国留英名。"大家又循声望去，原来是北阿区金忠礼区长。被这歌声所感染，新四军张连长叫一个湖西的战士也唱一段："新四军军号响连天，新四军人马没有边，日里腾云走四海，夜里驾雾似神仙，个个都是英雄汉，小日本吓得一溜烟。"

刚缴枪加入区民兵连的那些人心里被唱得痒痒的，他们也推出一个常在湖里喊话的大嗓门唱道："姐儿俊，姐儿香，姐姐下田插小秧，不为师傅不下趟，不为哥哥不开腔。小咚呛，小咚呛，不唱秧歌心发痒。"他周边的人撺掇道："乖乖，这喉咙噢，比打雷还响"，"就是不过瘾"，"来个荤的"。那大喉咙抬起头看看其他田块，见没有人唱，他便又亮开喉咙："打鼓要打鼓中央，唱唱要唱《小红娘》，偷汉要偷年轻汉，撩姐要撩大姑娘。"他周边的人一阵大笑，被金忠礼制止住："这些东西，你们要唱家去唱，这块不准唱这些带荤的。"章辅也觉得不能让他们那种荤黄的东西搅浑这片净水，于是叫忠清暗示她组织的人一个接一个唱，不要给那些人有插进来唱的机会。

于是，金忠清又亮开歌喉："格咚代，咯咚代，我代你格咚代，格咚代，格咚代。吃饭要有好菜汤，当家要有好心肠，耕田要有好犁耙，唱歌要有好人帮。"金忠清组织的人听到这歌知道要一个接一个连唱了，便依次唱了起来。章辅先唱道："吃菜要吃白菜心，当兵要当新四军，新四军里真平等，官长士兵一样亲。"水田里响起一片"好"声。金忠慧跟着唱道："麦子黄，梅子青，妹妹割麦哥当兵，哥哥当兵打鬼子，家中的事儿你放心。"田里又是一阵叫"好"声。接着金忠清又唱道："格咚代，格咚代，我代你格咚代，格咚代，格咚代。太阳渐渐高，鸟儿喳喳叫，妹子里外忙，替郎打背包。取出一套新褂裤，又拿一件厚棉袄，还带上牙刷和牙膏。喊一声我的郎，细听我来把话讲，你去参军把心放，家中的事儿我承当。父母、孩儿我抚养，你安心去上前线，祝你天天打胜仗。"秧歌一个接一个唱下去，此起彼伏，一直唱到饭菜挑到了田头才暂停。就这样，秧栽了六天，秧歌也唱了六天，几百个人在秧歌的激励中，干劲十足，速度飞快，终于在刚开垦的公田上织出了一块3000多亩的绿地毯。

送走部队和县区工作人员，章辅和金忠礼站在这绿茵茵的田埂上舍不得离开，微微南风徐徐拂过，清清的白水漾起丝绸样的细纹，青翠地秧苗摇起碧浪般的排波。不远处一对尖嘴水鸟一会儿将嘴伸进水里觅食，一会儿抬头"咯噔，咯噔"地叫着。章辅问："那是什么鸟啊？"金忠礼答道："我也不知道它们的学名，因为它们总是咯噔、咯噔地叫，我们湖西人就叫它咯噔子。""咯噔子，咯咚代，也许伊拉也是来唱秧歌的吧？""也可能，咯噔子一般都是在人们栽秧时飞来，咯噔、咯噔地唱。它们还吃掉水

160

里的虫子，像是在守护着秧田，陪伴她们成长，等秧苗长成稻，稻谷成熟时，它们就飞走了。""无私的陪伴和守护，还真让人敬佩呢。伊拉是夫妻吗?"金忠礼也不知它们是不是夫妻，便跟她开玩笑道:"应该是吧，即使不是，至少也像我们这样，一个是政委，一个是区长，是个紧密搭档吧?"章辅拍了一下金忠礼的肩膀说:"侬个缺西，侬咋晓得它们一个政委，一个区长?"说完"扑哧"一下笑出了声。两人深情地望着这几千亩的新秧，就像一对小夫妻看着自己刚出生的婴儿，凝听着她吱吱的吮吸声，期待着她快快长大，将湖西变成新四军的粮仓，为新四军打鬼子增添一分力量。

两人正欣赏这块用战士们的汗水灌溉出的绿地，金忠慧带着一个人来找政委、区长。那人是金苇渡口的一户渔民。他来到两位面前，说话前先转头前后左右地望望，见远近无人便问道:"区长，我们北阿区准不准往外运粮食呢?"章辅说:"一粒粮都不可以向外运。"那人小声说:"我要告诉你们有人向外运粮的事，你们对我有什么作想[54] 呢?""侬放心说出来，会给侬奖励的。""那好，我跟你们说，渡口有条船运了不少麦子，正准备开船呢。我还听到他们冒了一句，什么么花商行，其他我就不晓得了。"金忠礼对他说:"好，难为你对抗日工作的支持，你先回去，我们查实了，一定给你奖励，到时忠慧会跟你联系。"待那人走后，章辅说:"怪不得，麦么花敲锣打鼓来送鱼送肉的嘛，狐狸夹住尾巴原来是要遮掩伊臀部的臭味啊。忠礼，阿拉绝不许她这种私运粮食的情况在阿拉区发生。这样，你现在就到渡口去设法查扣，我回区里去查么花商行。"

51

就在章辅、金忠礼他们抽调机关工作人员热火朝天在那儿开荒栽秧时，有一个人深更半夜敲开了麦家庄园的门。来人从门洞递给看门的老袁一封信，信是写给大姑娘麦么花的。老袁从门洞向外左右看看，只有一个戴着三角巾的女人，但他并没开门，而是对门外说:"劳你在外边站哈子，这半夜三更的不是我不开门，这年头实在是什么人都有，是人是鬼都是这个时辰出来，我得去禀告大姑娘哈子。"

老袁把信送到闺房，麦么花被叫醒很不高兴。她一边打着哈欠一边又开骂起来："就什么人这么晚还不挺尸，跑得来送什么倒头信啦？怎么半路上没被个鬼拖去的啊？"她拆开信，对着罩子灯读了起来："大妹，来人丁孟营与你熟识，今哥要他与你做一笔粮食生意，赚头颇大，望妹争取做成，阅后销毁，以免不测。"麦幺花读完信问老袁："纺织厂的丁掌柜不是来过的嘛，你认识不？""回大姑娘，丁掌柜我认识，不就是那个尖嘴猴腮的男人吗？可门外送信的是个奶脸们，没得你俩各的指派，我不敢让她进来。""奶脸们？我去看看。"

两人来到门口，麦幺花从门洞向外看，是一个奶脸们，她便问道："你是哪个啊？""麦老板，我是丁孟营哎。"门外传来粗壮的男声。"嗯哟歪我亲妈妈，你怎么打扮得像个鬼一样子的哎。老袁，开门，开门。是丁孟营那个猴子。"

那人随麦幺花来到客厅。进了客厅，他便摘下三角巾，拿下头上的假发，脱掉斜襟蓝衫，伸开双臂说："麦老板，你再看，是不是你心头肉丁掌柜。"说着就要去拥抱麦幺花。麦幺花一闪身让过来，把脸一摆说："死过去，少跟姑奶奶套热乎。"过了会儿，她见丁掌柜愣在那儿不吱声了，便又缓和地说："坐，坐。我来倒茶。"她一边倒茶一边说："做生意就做生意，这黑灯瞎火的你戴个戏台上的假发套，又穿这个装死衣服来，吓人的啊？"

丁掌柜坐到椅子上说："大妹么啊，你不晓得啊，到你们这窟多难啦？到处是岗哨，处处要路条，不是你大哥事先通过内线照应，我到哪块能见到我这个心上人哎。"见麦幺花把茶杯放在他面前，他没去端茶杯却去抓住麦幺花送茶杯的手。麦幺花抽回手说："喝茶，喝茶。丁掌柜，你老虎嘴上拔胡子，胆子真不小啊！上次你把女共产党章辅骗去，造成金忠苇被杀，他们正到处找你报仇喃。你这头大肥猪竟敢自己往屠户家跑，不是自找死嘛。""麦老板，我拎着头回湖西，我不晓得命悬一线吗？晓得哎，刀在头上挂着喃，随时刀起头落哎。我这命卖的，为的哪个啊？""人为财死，鸟为食亡。你为那几块铜钱呗。""为铜钱？我钱少啊？我在新华纺织厂做掌柜那会儿，那是银盆打水金盆装，到处是金银。要不那时，我要摸你就摸你，要亲你就亲你，现在不让我碰了，没钱哪。"说着两只小眼珠向麦幺花身上扫着。麦幺花说："那你不还是为钱卖命吗？""大妹么啊，再谈钱，你就小看我了。我跟你讲，我这人前半辈子是为金钱，这后半辈

162

子是为情义。""嘿嘿嘿……咯咯咯……"麦幺花像在树上鸣叫的一群鸟似的笑出不同声音来，笑了好一会儿，她一边抹泪一边收住笑说："嗯哟喂，笑死我了，你这种人也讲起情义来了，莫不是宋江的眼泪，假仁假义吧？""你笑我啊？我跟你讲，我是跟谁讲情义啊？跟你哥哎！不是你哥，我能冒死到湖西来？我卖命就是为你哥卖的哎。是你哥叫我来跟你做粮食生意的哎，我能不来？"

提到她哥，按理说，她应热心帮忙才是，可是她这个人就是不照常理行事的人。因而她直接拒绝说："你来找我做粮食生意是拉着和尚认亲家，找错了人。我跟你讲，现在湖西一粒粮都出不去，我自家收的麦子还在库里出不去呢，这生意怎么做？"

"麦老板，我跟你讲，现在日本人叫你哥什么事不做，就帮他们买粮。他们给你哥下了死命令，搞不到粮食，统统死拉死拉的。所以，我跟你讲，现在我的头不是我的，是你大哥的，你大哥的头不是你大哥的，是人家日本人的，而且还稍带把你呀的头也押那窟呢，名义上是把你呀养在日军那窟过好日子，实际上人家的意思你还不懂吗？你大哥急得像把二十五只老鼠吞肚里一样，百爪挠心啦。我的话，大妹么你自己掂量去。"

"我晓得他急，可我又有什么法子想？我库里有麦呢，根本运不出去。人家县货检处的巡湖大队二三百人，还有几十条钢板划子没日没夜地在湖上转，一只苍蝇都飞不出去，还运粮呢，怎么运？""麦老板，这批粮食，赚的可让你一年不用做事了，我告诉你，你们湖西麦子多少钱一斤？我们那窟多少钱一斤？差价可大了去啦！翻倍哎，保你赚足。"

听到有大赚头，麦幺花当然是要心动的了："让我想想。"麦幺花想，世人生死皆为利，这么大的赚头，拼就拼一下，也值得一拼！但如何拼？她没有轻易地与丁孟营谈这事，她要考虑考虑。这个女人在湖西商人中还是会算账的，一把算盘打得滴溜溜地转，她账不算好是不会下注的，她更不会明着把头伸过去给人家剁，她得想一个有利可得、有险可避的万全之策。她提着茶壶给丁孟营续水，倒满后又慢慢地把茶壶放到原处，然后往椅子上一坐说："这样，丁掌柜，看在你和我哥的分上，我跟你做这笔生意。""太好了，大妹么啊，真是千恩万谢，难为不尽！"丁孟营说着站起来伸出两手就要走过去抓她的手。麦幺花指着他的椅子说："坐下坐下。你听好了，我幺花商行一向讲究信用，做规矩买卖，我们得定个契约。"

只要弄到粮食，什么条件他都答应，签契约是小意思了："可以可以，契约你写，我签个字就行。""这个字还不能你签，你必须叫高邮荣记商行的荣老板签。"见麦幺花答应做粮食生意了，丁孟营又抖起来了："也行，高邮城里叫哪个签我都能叫他签，哪怕你叫日本司令官签，我一样找到他签。""不要吹牛皮了，牛吹死了，湖西那么多田耕不成，要抛荒了。这样子，我先草拟个契约，你趁夜回高邮，找荣老板签好字，把合同带来运粮。"

"弄了半天，这次不把粮食给我啊？"丁孟营有点失望。"这次不把，下次来把。""我钱都带来了，见钱也不要啊？""不要！下次来也不要！"丁孟营望望麦幺花，心想这人是不是被共产党赤化啦？怎么这么不可思议："那你这是做什么买卖，带我玩的啊？"

麦幺花也没管他是什么表情，只管自己说自己的："这样，你回去叫荣老板签字，然后你来时，从他的商行带棉纱过来，棉纱到多少，我按价款把多少麦子给你。""这样啊？你这人做生意真是精妈妈给精儿子开门，精到家了。那你这样行不行呢？我这次把麦子运回去，下趟来送棉纱，省得我多跑一趟，不好吗？我来一趟不易得的啊！""不行！这年头做买卖必须是张果老遇铁拐李，现（仙）对现（仙）。而且你要想把这笔生意做成，得抓紧就在这两天。他们县区当官的、跑差的大多数人在金荠乡那边大忙呢，只留少数人值班。赶紧的，这是个空档。"说完她从柜子里拿出契约底本，在上面写了棉纱换麦子以物换物的内容，然后一式三份，自己签了字交给丁孟营："你赶紧趁夜黑回去，天亮了就走不成了。下次你还要少上门，被政府发现了，想叫我跟你一起下汤锅啊？""巴不得一起下汤锅呢，跟你这个大美人一起在汤锅里滚，死了也甘心了。"丁孟营说着在麦幺花脸上抹了一把。麦幺花啪的一下把丁孟营的手打开："滚，有多远死多远。"丁孟营没法，只得套上假发，扎上三角巾，穿上斜襟蓝布褂子蹩出门去。

52

麦幺花回到闺房，双手在衣服上来回揩了几下，然后往床上一躺，眼睛看着帐顶，心里得意地想着：要是让你这点小灰尘沾到姑奶奶身上，那姑奶奶哪里还有脸嫁那个共产党的大区长？姑奶奶这是一枪四鸟：姑奶奶家库里的麦子卖了，还是高价卖了，姑奶奶赚了一大笔，这是第一只鸟；为北阿织布厂搞到了棉纱，新四军有军服穿，讨好了新四军，在金忠礼、章辅那儿立了一功，他们又欠了我的人情，这是第二只鸟；为哥哥搞到了粮食，他在皇军那儿立功，讨好了日本皇军，他的头保住了，呀呀的头也保住了，救了两条人命，这是第三只鸟；既能违反日伪政府禁令向湖西运棉纱，又可违反民主政府禁令给日伪军运粮食，在这湖西，只有姑奶奶，违反两边禁令，两边都是床板夹屁股，有苦说不出，这是第四只鸟。呵呵，呵呵呵……麦幺花在笑声中做起了美梦。她梦见：她和金忠礼举行婚礼，章辅做伴娘，新四军司令和日本军司令各带一队人马来送礼恭喜，大家正喝酒祝贺，突然枪声大作，两边开起火来，混战中，伴娘章辅拔出手枪，一颗子弹射进她的胸膛，她拽住子弹屁股拼命向外拔，越拔子弹越向里钻，忽然轰的一声，子弹爆炸，炸开了她的胸膛。她猛地坐起，原来外边电闪雷鸣下起了雷阵雨。

第二天早晨，天晴雨停，麦幺花心情格外舒畅，她知道丁孟营他们的棉纱今天不可能到货，便决定做一件既让金忠礼、章辅他们高兴，又让他们对她放松戒备的事。一大早，早饭没吃，她就跑到王记肉铺叫王老板杀三头大肥猪，吃过早饭来取。从王记肉铺出来，她又到旁边的杨记水产行订了200斤鱼。再到伍记豆腐坊买了两锅豆腐，然后又去雇了一队锣鼓家伙。这些安排停当后，她回家叫老钱准备两驾马拉板车。吃过早饭，她带着两驾马拉板车，一驾将猪肉、豆腐、鱼装上，一驾她和锣鼓队坐在上边。他们一路敲锣打鼓直奔金苇乡，犒劳在高集大忙的新四军和县区工作人员。

高集公田这边一边插秧一边唱着秧歌的人们看到两辆马车敲锣打鼓地停在大路上，都直起脖子向马车那边看。不一会儿，麦幺花打着把纸伞从马车上下来向秧田这边走来，后边跟着锣鼓家伙。章辅见是麦幺花，心想：伊这时来搞什么鬼名堂？一边想着一边走上田埂去迎她。麦幺花看到章辅迎来，便故意抬高嗓门喊道："区长，你们替老百姓收麦栽秧，累着你们啦，我们商行送点鱼啊肉的犒劳犒劳你们。"秧田里一阵叫"好"声，麦幺花颇为得意。

章辅则很是为难，接受还是不接受？接受吧，政治影响不好，她毕竟是个大汉奸的妹妹；不接受吧，这几百号人确实已经很累，肚子里也很空，眼睁睁看着到嘴的荤腥没了，口水要往肚里咽了。正在左右为难时，麦幺花迎上来用伞帮她遮住阳光说："哟，章区长，看你晒的噢，跟我们湖西姑娘一样，黑不溜秋的啰。"章辅向旁边挪了一步回她道："吾就是湖西囡娘，侬倒是大城市来的大小姐。这大热天的穿着袜子撑着伞，该不是怕把脚底板晒黑了吧？"麦幺花装出点笑容来说："到底是区长，说出话来这么笑人。哎，区长，真的，这点小意思你收下吧。"章辅说："侬这真叫人为难，侬大老远送来，不收吧，既让侬枉跑这么多路，又黄了面子；收吧，人家新四军不拿群众一针一线，又给人家新四军带来麻烦。侬还是拖回去吧。""哎呀，区长，你往日教育我们要团结抗日，我们这些爱国商人怎么抗？不就是为湖西买点棉纱啊、药品啊这些紧俏货回来，再就是捐点钱物支援前线嘛，我送这点肉啊鱼的，不就是让他们吃了更有劲干，更有力气去打鬼子嘛。"

这时，金忠礼走过来说："麦幺花，爱国商人为抗日捐钱捐物，我们民主政府感谢你。这次可以收下，以后捐钱捐物也不要每次都这样一路敲锣打鼓的，像是要整个湖西都晓得你的功德似的。另外，麦老板，爱国商人爱国还有一条就是不要背着政府做一些违反政府禁令的事。忠慧，你带他们去把东西送到高集小学，叫食堂师傅清点登记一下，给麦老板开个捐物的收条。"

待他们走后，章辅责怪他说："侬怎么一来，说收就收下了。伊得意得要上天了。"金忠礼对她说："你没看这妖精打扮得花枝招展的？田里的有些人跟看秦罗敷似的，耕者忘其犁，锄者忘其锄，影响插秧进度哎。再说了，她家有的是钱，出这点血犒劳战士们，不收白不收啊。""拿人家的手短，吃人家的嘴软。人家将来缠侬，看侬怎么脱身。""她是锣鼓喧天地送来的，大家都晓得，我又没有背着人收她东西，怕她什么？"

秧田里又响起了"格咚代，格咚代，我代你格咚代，格咚代……"的歌声，大家的双手又飞快地织起了绿毯。

53

麦幺花从金苇乡回到麦家庄园就盘算开了：看他们那插秧速度再有两

天就差不多结束了，插秧结束，几百号人回到各自位置上，想运粮出去就难了。她到老爷柜那儿点上三支香，小心翼翼地插进香炉，然后跪下虔诚地对着祖宗的牌位磕了三个头，默默地祷告着：哥啊，你那一船棉纱必须明天到啊，过了明天我也不能保证粮食能到你手啊；老祖宗啊，保佑我哥明天一船棉纱启运；老天啊，保佑明天顺风顺水，让那船棉纱安全到达金苇渡。磕过头，她起身望那三支香，灰烬笔直稍向中心倾斜。心想，好兆头，大吉大利，老祖宗有灵，老天保佑。

第二天早上，她预计那船棉纱下午能到金苇渡。因而，她去找在北阿这儿筹办工厂的程老板，告诉他一船棉纱可能下午到，叫他准备运货并筹措好货款。然后又叫老钱到街上雇好十辆马车、十辆驴车准备下午运粮。安排好后，她上午没到铺里去，就坐在家里一边喝茶一边放唱片听小曲。吃过中饭，她坐在家里心焦，茶也喝不下去了，小曲也不想听了，便叫老钱驾马车带她到金苇渡口去遛一趟，也许去看时那船就到渡口了嘞，更重要的是她想看看从北阿到金苇渡这一路对运粮车查不查。到了金苇渡口，她很失望，那棉纱船鬼影没得一个，湖面上一条大船没有，只有几条小渔船在湖里漂着。最令她失望的是这一路有三个关卡，从区里出来不到里把路就是一个，到金苇乡又是一个，最后渡口那儿还有个货检分局。这个分局检查最严，所运货物必经过分局大门运上船，这粮食怎么到船上？过去也见过有运粮通过的，但那些运粮都出示了个什么条子才放行的，而且那些马车上都有人带着枪押运呢，大概那是运给新四军的军粮吧。

麦幺花没精打采地回到麦家庄园，铺里一个伙计等她好一会儿了，说铺里来了个商人要跟她谈什么生意。麦幺花又来精神了，她估摸这人肯定与那船棉纱有关。果然，来人八字胡，左脸颊上一撮黑毛，头上戴着黑色礼帽，身上穿灰色长衫，鼻梁上架着一副金丝眼镜，后边还有个小随从。那人自报家门道："鄙人姓赵，名全，受贵兄之使送纱取粮。"麦幺花向他看了两眼后觉得这人像是在哪里见过，但一时也想不起来，便只好寒暄道："噢，赵老板，远道而来，受累了，坐下喝杯茶吧。"待店小二把茶杯放在他面前后，那人说："不认识老相好的啦？"麦幺花左看右看，还是从声音辨别出来了："丁猴子啊？你个死鬼装神弄鬼的，哪个敢认啊？"丁孟营说："人家都认识我，不这样我也进不来啊。""你这样反而会查你，你见过湖西有几个人像你这打扮的啊？赶紧换了。"麦幺花接着问道："契约

167

签好了吗？""签好了。"丁孟营说着从随从那儿拿过一份高邮荣记商行荣老板签字的契约交给麦幺花。麦幺花接过契约看了一遍说："棉纱船什么时候到？""大概在上半夜。粮食呢？""粮食我库里有的是，就看你有没有本事把它们弄上船了。""很严吗？""很严，三道关卡，就是长两个翅膀也飞不过去。你必须要有放行的条子。""条子找哪个能弄到？""找的官越大越好。"丁掌柜想了会儿说："这样，你能不能备些酒菜，晚上我请一个客人来。""这个没得事，小菜一碟，你请吧，就到我庄上。"丁掌柜要了张纸，裁了一截纸条，提笔在上面写了几个字，然后将它搓着一个小卷儿放在那随从的手心里，又低声跟他说了几句，那随从便走出了商行。

这两次丁孟营都是以一个商人的名义出面，但其实他已不是一个商人了，他随麦大庆从吉家庄乡逃走后，就变成了高邮日伪军的一个特务。日军把弄粮食的任务交给麦大庆，压得麦大庆夜夜睡不着觉，他晓得湖西是个粮仓，自己家里也有粮食，可湖西在共产党手里，共产党对粮食控制又非常严，湖西的粮食只准供应新四军，其他一律不准外运。他几次把粮食运上船了，又被湖西的巡湖大队没收了。钱损失事小，关键是日军粮食也短缺了，天天催着他要粮、要粮。他实在没法子想了，只有找他妹妹，但他知道她妹妹在湖西能量有限，要想把粮食运上船只有通过他们布下的内线。因而，他请日军派个情报人员以便打通关节，日军就把丁孟营这个分管湖西内线的特务派给了他。

这时，太阳也下山了，天渐渐地暗了下去。丁孟营随麦幺花来到麦家庄园。客人还没到，丁孟营拿下礼帽，摘下眼镜，揭掉脸上的八字胡和那一撮毛，对着麦幺花说："麦小姐，这下认识你哥了吧？"麦幺花转身一看说："嗯，标标准准的猴子。不过你刚才那装鬼弄神的样子极易引起人家的注意，人家上去一盘查，你就露馅了。他们要抓住你，非扒了你的皮不可。"丁孟营上去一边搂她的腰，一边说："好，哥难为大妹幺提醒，下次换个装。"麦幺花推开他说："滚，死一边去。"

丁孟营没趣地坐到椅子上说："你哥对这批粮食抱有天大的希望，如果这批粮食弄不回去，你哥的天就塌下来了。所以，大妹幺你要多为你哥想想啊。""你这话说的我不爱听，妹妹能不为哥哥着想吗？我要不为哥着想，我能做这笔生意吗？""依我看啊，你想得还不够！""怎么叫个不够，怎么才叫个够？""怎么叫不够？我告诉你，够，就是为了你哥，什么都要舍得!""我什么不舍得了?"丁孟营没有立即回答她,而是把茶杯端起来慢慢地品了一口才说:"你舍得不舍得,我也不想听你说得多漂亮,看你马上酒桌上怎么表现!""跟你客人喝酒啊?行哎,我跟他往死里拼。""唉,你这人吧还真是头发长,见识短了。酒桌上,你不要光看到酒嘛,就没有别的玩头了吗?""你这人说话怎么这么怪怪的啊?酒桌上不看到酒还看什么啊?难不成菜能把人吃昏?""行啦,我也不跟你说破了,你自己悟去,但是有一条,今个这位客人能帮我们把粮食运上船,就看你有什么法子变成如来佛,而把他变成你手心里的孙悟空了。""说是这么说,我要能变成如来佛喃。""麦老板啊,千万不要小看自己啊,你们女人个个都有这个能耐变成男人的如来佛啊,只是你要放得开啊,放开了就成佛啦。"麦幺花似乎听懂了什么,脸唰的一下全涨红了。

天黑透了,那随从送进来了一个人便退了出去。来人头上一顶新四军的灰蓝色军帽,上身白布褂子,下身灰蓝色裤子。丁孟营迎上去说:"哎呀老同学,才几大天不见,你发福了。来,来,介绍一下,这是跟我一起读过两年书的区武装连的沈五根沈排长,他原来在吉家庄乡当乡长那会儿我们经常在一起咪些个小酒。五根,这位是幺花商行的麦老板。来,照现代礼仪,你们也握个手。"沈排长握住麦幺花的手说:"认着认着,北阿镇上的大美人、大财主哪个认不着啊,只怕我们认着她,她认不着我们。""哎哟,大乡长、大排长、大美男子哪个认不得啊?你不晓得啊,他在街上走一趟,北阿哪家闺娘不开门偷偷望他啊。"麦幺花在沈五根"两大"的基础上又加了"一大",添油加醋地对丁孟营说。"哈哈哈,还有这等美事啊,沈老弟艳福不浅啊!来,坐坐坐。"丁孟营一边说一边将沈排长拉到八仙桌的上席坐下。沈排长坐下后说:"哪来的艳福啊,到现在光棍一个呢。""不急,沈老弟,我给你算过了,你今年行桃花运,艳福说到就到。来,麦老板,你做东,你坐在这窟。"丁孟营说着把麦幺花拉到沈排长旁边坐下。

54

酒菜上桌后,丁孟营和麦幺花就不停地向沈排长敬酒。几杯酒下肚,沈排长的话也多起来了，但他还算清醒，他想搞清楚这个吉家庄乡的老同学、老朋友跑到高邮去了，怎么突然敢回到湖西来的？不怕章政委找他算账啦？这一男一女两个商人又为什么突然请他吃酒的？头脑转着这些问题，他借着酒劲说道："丁老板，酒饮席面，话讲当面。你老兄去高邮发财，怎么又跑回湖西这个你得罪过我们区政委的地方呢？难不成还要回头找草吃？"丁孟营知道他这是要摸他的底了，于是他回道："湖西棉纱不是紧俏嘛，我这人别的没得本事，就认识个棉纱，就是想跟麦老板做些棉纱生意，混口饭吃。"麦幺花说："他是猴子上树，还是干老本行。"

沈排长说："是的，是的，干老本行熟悉，生意好做些。我们湖西是要棉纱，给新四军织布呢。你看我穿的这身就是你原来那个厂织的布。不过，我听说这种东西日本人查得紧呢，怎么能放它过来呢？""老弟哎，你们不是喊日本鬼子吗？有钱能使鬼推磨，有钱买得官来做嘛。我听说你跟那个金区长同时当乡长的，人家都当区长了，你才弄个小排长，你老弟还不是背锅爬树，钱（前）紧啦？老弟啊，不花点银子没官运啦。"沈排长端起酒杯一仰脖子把酒倒进肚里，放下酒杯说："唉，我们家八辈子佃农，能把个嘴糊住就不错了，哪块还有钱去通鬼神啦？"丁孟营说："不急，老弟我跟你算过了，你今年财运亨通。"说完向麦幺花使了个眼色。

麦幺花心领神会："是的啊，沈排长，钱这东西就像天色雨，说来就来。这样子，沈大哥，我不是小看你，你酒量比我还小，我喝十杯酒，你要是能喝五杯下去，就算我输。有一杯下肚就输大洋一块，喝不到五杯就是大哥输。"丁孟营也在旁边说："不行不行，我这个老弟哪能跟你赌酒啊？"沈排长心里则暗喜：你们这些臭商人，老子苦钱不行，喝酒输过谁？今个我让你们领教领教："丁老兄，你不要做拦停，我今个要败给女流之辈，我这个沈也就不姓了，我就是孙子的孙。来，摆下来喝！"用人拿来二十个小酒杯，在麦幺花和沈排长面前一人摆十个，倒满酒。还没说开喝呢，沈排长就像打靶一样，端一个一口喝下去，放下空杯再喝一个，十杯酒一口菜没吃一憋气灌下了肚。丁孟营喊道："好！英雄豪气！麦老板，你喝啊！"麦幺花看着得意的沈排长说："我认输，我认输。""不行！你得喝！"沈排长不答应。丁孟营也催她："麦老板，战争是你挑起来的，你不能一枪不放就投降啊。"麦幺花故意装出无奈又很难的样子，端起一杯慢慢地喝了下去，赶忙拿起筷子夹了一块红烧肉送进嘴里，再端起一杯分了

170

两次喝下去。到第五杯时，她故意分了四次一点点抿了下去，放下酒杯又摇晃着走到柜子前一边拿钱一边说："真的不行了，两位大哥饶饶我，我认输。"丁孟营知道她去拿钱了，便一边掏烟一边起身向外走还一边说："我酒也喝多了，头昏昏的，管不了你们的输赢了。我外去抽根烟。"说着出去带起了门。

麦幺花拿着银圆过来抓住沈排长的手，把十块大洋放到他的手心里。沈排长托着银圆向门口看看说："喝了玩的，还真把钱呢啊？"麦幺花从他手里把钱拿过来往他上衣口袋里一灌说道："说的话就要兑现。这是你赢的，就该你拿。"说着装着头昏站不住，晃了两下倒到沈排长怀里。酒乱性，色迷人。一个二十三四岁的坚壮小伙子，哪一天这么近地闻过女人味的啊？这撩人的酒，这勾魂的色，让这个精力旺盛的小伙不能自已。他一把抱住麦幺花狂啃一气，然后又腾出一只手伸进她的衣服里上下乱摸。不一会儿两人就搂着坐到了地下，坐一会儿麦幺花坚持不住又躺了下去，沈排长则就势趴到了她的身上。

丁孟营在外边抽了两支烟，估计里边交上火了，便推门进去一边有意说道："哎，人呢？人呢？"一边低下头到桌下寻找，一下看到两人在地上做肮脏事，心想：你们真他妈不是个东西。但他这时急于替日军把粮食运回去，不便计较，因而他忍住心头之火说道："喝多了，喝多了，都喝多了。"那两人霍地站起身提起了裤子。麦幺花低着头跑了出去，沈排长则站在那里尴尬地望着老同学、老朋友丁孟营，嘴嗫嚅了几下不知说什么好。丁孟营看到平时很威风的沈乡长，现在一副尿样，从心里发出一声轻蔑的"哼"，但嘴上却轻描淡写地说："坐，坐。年轻人喝多了，见到荤腥哪个不想吃啊，不过吃过了不能嘴一抹就走路，得敢做敢当，这才真是年轻人。"沈排长哪里敢坐？他站在那里有气无力地问："要我敢当什么啊？"丁孟营把他拉坐下说："也没什么，麦小姐毕竟是个大家闺秀，人家也不会为难你，你这么着，好歹两人都没婚配，你择个日子，把她娶了。这样你女人有了，钱也有了，你老弟真是鸿运当头了。""我这个人是八辈子佃农，人家千金小姐肯下嫁吗？""女人啦，你不懂，你睡过她了，她就跟定你了。你不要怕，我把她喊来，你自己跟她说吧。"说着走了出去。

麦幺花也没走远，她站在外边贴着门偷听呢。丁孟营一把将她搂过来套着她的耳朵小声对她说："他说什么，你都答应他，说完后，你就跟他要一样定亲礼。"麦幺花这次没再像以前那样推开他，而是任他搂抱着，听他说完，她才问："什么定亲礼？""粮食出运路条。"

当天夜里，麦幺花就把小麦运到了金苇渡口等那从高邮来的运纱船。直到天快亮了那条船才靠岸，赶紧卸棉纱，卸完棉纱装小麦，到金忠礼他们秧栽结束，这边小麦也快装完了。

55

金忠礼接到举报一刻也没耽误，带着通信员小万迅速赶到金苇渡，进了货检分局，那条运粮船已经启航驶离了，但它不是向东往高邮方向行驶，而是向西往盱眙方向去了。其实，那船上的人是为了迷惑货检分局的，因为路条上写的是盱眙，他们必须先向西行。行驶一段，等太阳下山，天色暗下来再掉头向高邮。

金忠礼向分局长询问那条船的情况："那条船运的什么货？""小麦。""粮食禁运，怎么放它走了？"分局长拿出盖有北阿区政府大印并有他区长本人签字的放行路条给他看。上边写着"持条人200担小麦运往盱眙黄花塘，沿路请予放行为感"的内容。金忠礼把路条往桌上一摔说："运送军粮要县政府盖章你不知道吗？这区政府的章就能放行啦？再说，我的签名你不认识啊？你再睁大眼睛看看，这是我签的名吗？追！"分局长说："我看他们有个人穿的是区武装连的衣服，还背着支枪，像是护送军粮的。""像？敌人要运粮他玩不像，你能放行？我们去追，你在这儿赶快与县巡湖大队联系上，让他们迅速过来接应我们。"说完从他这里拿了一把驳壳枪和一支步枪与通信员小万跑到湖边，上了一条小渔船，请渔民划船追赶。

一直追到太阳快下山了，才看到有条由西向东行驶的重载大船。起初，他们并不在意这条向东的船，继续又向西划了里把远。金忠礼忽然对渔民说："转头，快转头，追刚才那条大船。"他估算那条运小麦的船走得再快，他们也能在这块水域碰到了，可举目望去，湖上除了几只小渔船外看不到大船。他开始怀疑刚才碰到的向东的那条大船就是那条运粮船。他觉得那条大船吃水很深，且朝高邮方向，行踪可疑，得回头看看，不管是不是那条运小麦的船，追过去检查一下再说。

不一会儿，追上了那条大船。金忠礼站在小渔船船头喊道："前边船老大请停船，我们是湖西货检局的，请你们停船接受检查。"那条船并没停，他们仗着船大，你船小靠不上去，并不理睬金忠礼他们，继续向前行驶。金忠礼拔出驳壳枪对着大船上空打了一枪，同时喊道："停船！接受检查！"那船才停下来。小渔船靠上去，金忠礼叫小万站在小渔船船头端着步枪对着大船警戒，自己则跳上了大船。

金忠礼站在大船船头问："船主是哪个？船上装的什么货？"那船上的船主出来说："我是船主，在下姓李名开宏。""船上装的什么货？""豆饼。我交过税了。"李船主说着从口袋里掏出一张已交过豆饼税的税票向金忠礼扬了两下。金忠礼说："你拿过来。"李船主又到船舱里去了一会儿出来才到船头来。金忠礼拿过税票看了一下，确实已交过 50 担豆饼的税钱，但金忠礼脑子里转开了：如果这么大一条船仅仅是装了税票上写的这么个数额的豆饼，这船吃水线就不可能这么深，这条船装的货物远远超过50 担，这里边一定有诈。他对李船主说："你站着别动，我来看一下。"说着，他向前两步揭开一块船板向舱里看。李船主跟过来说："你看，全是豆饼。""你站到船头去。"金忠礼再次命令他。然后下到船舱搬起几块豆饼，下面露出了一层层的麻包，他手往麻包上一摁，心里有数了，装的都是小麦。他回到船头问："麻包里装的什么？"李船主知道碰到了高手，事情已经败露，他也不再争辩，只是掏出厚厚一叠钞票揣到金忠礼手上说："大兄弟，小意思，买几包烟抽抽。请大兄弟高抬贵手，放条生路。"金忠礼把钱还回李船主手里说："收起你的钱，这个对我没有用。我们县政府有规定，严禁粮食外运，更不准运往敌占区，运往敌占区就当汉奸论处。我现在代表北阿区政府宣布你这船小麦全部没收，命令你把船靠北岸行驶，开往金苇渡。"李船主愣了一会儿，然后只是"嗯"了一声便向船尾走去。

李船主到船尾好一会儿，金忠礼见大船并没向北边靠，而是继续在中线南侧向东行驶，他便叫小万也上大船和他一起押送大船回金苇渡，让小渔船先回去接应巡湖大队船只。

过了一会儿，李船主从船尾拎着一只布袋走过来。他走到金忠礼面前装出一副可怜相说："大兄弟，我们船家风里来雨里去，在浪尖上找食吃，也实在不易得。家里还上有老下有小，十几口子嘴张在那里等饭吃呢。大兄弟你可怜可怜我们，就放我们一条生路吧。这点小意思算是小的孝敬大兄弟的。"说着敞开包口把里边两条烟和两叠钞票显露给金忠礼看，然后把手里的包往金忠礼肩上一挂。金忠礼从肩上拿下那只布袋挂在李船主肩上严厉地对李船主说："你说你家上有老下有小，这钱你拿回去赡养他们，政府的禁令必须执行。如果我把你这船粮食放走了，日寇吃了，会更加惨无人道地喝我们中国人的血，吃我们中国人的肉，我们前线的抗日将士又会多牺牲几十、几百人，那我就是我们湖西的罪人，是我们中华民族的罪人！所以，我跟你讲，你不要再想什么歪点子了，任何歪点子在我这块都毫无用处。况且，我们的巡湖大队正在向这边结集，你们老老实实地把船向北岸靠，玩鬼八道绝没有好下场！"

烟没用，钞没用，李船主知道割麦割到了铁棒上，碰到硬茬了。不过，他并不想乖乖地听金忠礼的话。他一边"嗯、嗯"地应承着金忠礼，一边动着鬼脑筋。这时天已黑了下来，月亮还没升起，湖面上远近看不到一条行船。他想，风高放火天，月黑杀人夜。他既然软的不吃，就给他来个硬的。于是，他对金忠礼说："区长，既然你已经说到这份儿上了，我还有什么话说呢？只是，我这个船是两家子凑份子买的，还有刘家兄弟两个各一份，我去跟他们合计下子。"说着转身就向后走。"站住！"金忠礼喝住李船主，接着又厉声说道："我警告你，你要是耍花招，罪加一等。"李船主不住地点头说："是是是，我晓得，我们都想立功赎罪，我去劝他们认罚。"说着向船尾走去。

56

看着李船主的背影蹩进了后船舱，金忠礼对小万说："小万，我们两分开站两侧，子弹上膛，保险打开。你拿枪对着那个船舱的右侧，我对着左侧，那里边有一把步枪，防止他们玩诡计，铤而走险。"

金忠礼这块刚做了分工，船尾那边亮起了马灯，李船主提着马灯向船头走来。走到船头，放下马灯，掏出香烟一边递给金忠礼一边说："区长，我也把你的话跟他们说了，他们弟兄俩也知罪，只是一时转不过弯来，请求区长再让他们考虑片刻。"金忠礼推开他拿烟的手说："收起来，收起来，叫他们弟兄俩到外边来谈。"李船主听到这话刻意没拿马灯便随即转身一边向后走一边喊："刘兄啊，区长叫你们到外边来呢。"这话音未落，只听"叭、叭"从船尾先后传出了两声枪声，金忠礼和小万都迅即趴了下来。金忠礼趴下时顺势一脚将那只马灯踢到了湖里。漆黑中他向右侧看看，没看到小万，便小声喊着："小万，小万。"侧前方传出了小万的回话："区长，我在这喃，我没事。"

其实，小万已经受伤。刚才，李船主故意把马灯留在船头，使他们两人暴露在了明处，给船尾歹徒瞄准射击制造了条件。从船尾打出的第一枪正中小万的左腹部，小万忍着剧痛向前爬了两三米，他想这样可以把歹徒的注意力吸引过来，为金区长击毙歹徒创造机会。

这时，船头船屋悄无声息，只听到湖水拍打船板的声音。小万见船尾没再射击，他估计歹徒一时也看不清他们，才没继续开枪。他决定把这个开枪的歹徒引诱出来。于是，他一边向前爬一边喊道："你们不要再顽抗，赶快举枪投降，不然叫你们都到湖里喂鱼。"喊话一结束，他就对着船屋的舱门就是一枪。顿了一会儿，一个影子从那舱门探出头来对着小万打了一枪，与此同时，金忠礼向那影子也是一枪，只听"扑通"一声，那影子倒下了。可那舱里的枪依然向船头射来，小万也不断地开枪还击，金忠礼为了掩护小万，也不停地向那船舱射击。互相射击了十来分钟，小万那里已无声息。又过了几分钟，船尾船头都停止了枪声，整条船死一般的静寂。

船尾的歹徒不知道船头两人的生死，但船头的金忠礼知道双方都没有子弹了，而且知道船舱里肯定有活人，只是不知道他们几伤几死，所以他没有吱声，只继续观察着。观察一会儿他低声喊道："小万，小万。"前边没有回音。他知道不好，小万肯定是不行了。于是，他向小万爬去。爬到小万身边，推推他，没有回应。再去摸他的鼻子，他已没有了呼吸。金忠礼把小万向船中间移移，防止他掉落水中，然后拿过他的步枪准备与歹徒肉搏。

船尾舱室里共有五个人，李船主、刘家兄弟俩、舵工和一个押船的。那个押船的已被击毙，连人带枪滚到了湖里。舵工被击中小腿，坐在那儿扶着舵将船偏向东南行驶。李船主在船尾向船头观察了好一会儿，断定不了金忠礼他们的具体情况，便对刘家兄弟说："我们不能再等了，再等，他们的人上来就脱不了身了，只有拼死吃河豚了。你们两个兄弟，一个人拿厨刀，一个人拿撑篙从北边向前，我也拿根撑篙从南边向前，不管死活，碰到了就给他一阵乱戳！走！"

趴在小万遗体旁边一直盯着船尾的金忠礼看到有黑影向他这边游移，再定睛一看一根撑篙已伸到了他的上方，篙头的铁叉直对着他的头部。他忽地站起用步枪拨开撑篙，左腿一扫将前边举撑篙的刘家老大扫进湖里。谁知后边还跟着一个拿刀的，待金忠礼看清他时，他手中的刀已对金忠礼的头砍了过来，金忠礼的头向里一让，被那家伙砍中了右肩。金忠礼就势用枪向那家伙横扫过去，将那家伙也扫进了湖里。这时，金忠礼才感到右肩的疼痛，手一摸，衣服已沾染了鲜血。他脱下衣服扎在右肩上，突然从船南侧一根撑篙捣过来。那篙头上的铁叉正好顶在他刚扎好的伤口处，这猝不及防的冲击力让他失去了平衡，跌进了湖里。

在水里，他用两腿下蹬，将自己浮出水面。他出水面刚吐了个气，船上一撑篙向他的头砸了过来，他将头一偏，撑篙头打起一层浪花。船上的李船主抬起撑篙对着他的头又砸将下来，他又一偏，躲了过去，再砸，又躲，那撑篙连着向金忠礼砸了十几下，都被金忠礼躲了过去。

其实，金忠礼这时不用跟他玩这种"砸躲游戏"，他只要一个猛子扎进水里就可以远离大船，让李船主够不上他。但此时他不愿逃离，他仍在设法上船制服李船主，将他带回北阿惩处。因而他在这一砸一躲中寻找着机会。他两脚踩水支撑着身体，两眼紧盯着船上的撑篙，左手放在水面上伺机出动。在李船主数十下砸捣后，金忠礼已明显感到他砸下来的撑篙一次比一次无力。终于，金忠礼瞅准了机会，左手飞快一抓，将那撑篙抓住。站在船边的李船主手上的撑篙被抓住后，拼命地想夺回撑篙，来回夺了几次没有挣脱。他便一边继续与金忠礼一上一下推拉撑篙，一边气喘吁吁地说："你这个……共党分子，给你脸，你不要……脸，现在……落到这个……下场，还想抓根……救命稻草啊？于老大，你拿根篙子……过来，走那边砸、砸他的头，砸烂了，喂鱼。"

水下的金忠礼准备把那只受伤的膀子也用上，用两只手拼力搏一下，想把李船主给挑下来。因而，他一边把右手慢慢地顺过来与左手一起抓撑篙，一边回他的话来麻痹他："李船主，你听着，你现在把我拉上去，你还有救，民主政府会放你一条生路，如果你执迷不悟，真的把我头砸烂了，你的头离烂也不远了。""好，我来拉你。"李船主一边说，一边假装伸出头弯着腰要拉金忠礼的样子，实际想趁机猛地用劲抽回撑篙。在他还没直腰向上使劲的时候，金忠礼抓住他身体前倾的机会，忍着右肩的剧痛，两手合力拼命一挑一甩，将李船主挑下船，掉到了水里。掌舵的于老大这时拿着撑篙赶了过来，对着刚从水下冒上头的李船主就砸了下去。李船主头一歪躲过，骂道："他妈的，你眼瞎啦，我是哪个不晓得啦？把篙子伸过来拉我上去。"他抓住于老大伸过来的撑篙想往上爬，可脚底下很重，一爬一滑，越爬越向水下去，直到头闷到了水下。

原来，金忠礼见李船主抓住那撑篙想往上爬，便深吸一口气，一个猛子扎下去，游到李船主身下，一手抓住他的脚脖子就往下拖，拖下来后，金忠礼抽出左手勒住他的脖子不让他的头伸出水面。李船主两腿乱踢乱蹬，想冒出水面，两手乱划乱抓，想抓住东西撑上去，结果一下抓住金忠礼的肚子拼命地向肉里抠。金忠礼忍着痛使劲向下压李船主，不让他出水喘气。两人这么僵持了几分钟，李船主嘴里不停"咕噜咕噜"地向外冒气泡，渐渐没了气息，可他的两手还死死地抠在金忠礼的肚子上不松开。金忠礼掰开他的手，将他推到一边自语道："喂鱼去吧。"然后，他爬上船，责令于老大偏舵向东北方向的金苇渡驶去。约莫行驶了一刻钟，县巡湖大队一条钢板划子开来，与他一起将这条偷运小麦的船押回金苇渡。

57

在高集秧田那儿与金忠礼分手后，章辅一回到北阿就直奔"幺花商行"。店小二已开始上门板准备打烊。麦幺花正走出门外回麦家庄园，与章辅、金忠慧撞个正着："哎呀呀，章区长这急匆匆的是有急事吗？章区长，你说什么急事，我麦幺花今个就是不打烊、不吃晚饭也一定帮你。马小二，门板等哈儿上，让章区长进铺里坐坐。"章辅见铺子已打烊便说道："麦老板，侬打侬的烊，打好烊侬吃好晚饭到区里来一趟，吾有事找侬。"

离开"幺花商行"，章辅和金忠慧到东王庙看几个厂的筹办情况。来到东王庙，程老板还在那儿忙着。程老板迎过来跟她汇报道："纺织厂那边的绷带车间过两天就可以生产了。我们这边从吉家庄运过来的机器已经安装，过几天，我们试下子，看生产出的毛巾怎么样。被服厂这一块，已派人去买机器了，估计还要个把月才能回来，只有等外边的机器回来被服厂才能安装生产。另外，现在棉纱紧张的问题暂时解决了，只要新设备到家，我们北阿区军服、毛巾、军被、绷带、敷料就都可以成批生产了。"章辅问："棉纱哪里来的？啥时到货的啊？"程老板说："昨天夜里到了一船棉纱，用几个月不烦神了。这真要难为麦老板，是她从高邮运来的，不是这船棉纱，我们几个厂就断顿了。"

麦老板？从敌占区弄来棉纱，伊真有这么大本事？昨天？是不是跟那船粮食有关联？伊是不是把阿拉湖西的粮食卖到了敌占区高邮？在回区里的路上，章辅脑子里一直转着这些问题。回到区里，章辅叫来文书问："这些天，侬有没有开过运粮的路条证明？""章区长，你放心，没有你们的指令，我什么路条也不可能开的。"章辅又问："那这几天，有没有一些商人到区公所来？"文书想了会儿说："因为夏收大忙，这些天来的人倒也不多，也没见哪个商人、老板来过。噢，就是程老板来了好几次，他是找财经科的。""麦幺花来过没？"文书想了会，摇摇头说："肯定没来过，她那个人到哪块就像翻跟头的啄木鸟，是个卖弄花屁股的人。她来了，还能瞒得了哪个啊？"

吃过晚饭，麦幺花如约来到区公所章辅的办公室。她这个办公室中间用草老鼠隔成前后两个区域，后边用门板搁的两张床，是她和金忠慧的卧室，前边放着一张办公桌，办公桌里边一张方凳，外边放着两条长板凳，是章辅办公和区委开小会的地方。

麦幺花走进章辅的办公室四周望望，然后对章辅说："章区长，虽说是我哥那时的区公所被县里占了，可你这区长办公室也不能比我哥那时差太远了吧，这还不如人家一间民房呢。区公所虽不是老爷大堂，但也得威严些啊，要不然来个泼妇刁民，也压不住、镇不住啊。区长，要不这样，我们麦家庄园还有些房子，你搬我那儿办公吧。"

真是个贫嘴贫舌的家伙，刚踏进门就来这么一通开场白，无非是想跟章辅套近乎，拉近两人的距离。章辅当然不吃这一套，她们当初也是考虑过把区公所放在麦家庄园的，后来县委成立征用了麦家一部分，县大队又征用了麦家两进院子，麦家庄园就还有一进院子可用。这进院子与麦老板住的地方相通，进出都要从她院子里走，章辅不愿担她这个人情也不想天天看她的脸色，更不想她整天花枝招展地在金忠礼面前晃悠，也就没有再用她家的房子。现在区公所用的是泰山寺的房子，虽挤一点、简陋一点，但人很舒心，工作效率也高，这就很好。这会儿麦幺花嫌弃她的办公室，虽不必刺她，但也自然不会宠着她的。章辅这样想着便对麦幺花说："麦老板，侬记住，阿拉民主政府是为广大民众做事的，阿拉是不会比广大民众先住进宽大豪华的房子的，只有当广大民众的房子改善了，阿拉才能去改善。这个事就不用侬操心了。"麦幺花还不死心："那我给你添把太师椅总是可以的吧？这个不值钱，但可以增加你区长的威严。"章辅回道："麦老板，民主政府的威严不是靠一把太师椅就能建立的。阿拉民主政府的威信靠啥子建立？靠的是团结湖西广大民众齐心抗日，赶走日本鬼子；靠的是剿灭湖匪，治理水患，让湖西民众人人有饭吃有衣穿，过安居乐业的生活，绝不是靠坐在太师椅上板起面孔吓人获得的。"麦幺花讨个没趣，便自我解嘲道："哎呀，区长，我们这些人真是落后了，脑子里尽是老皇历。"章辅说："麦老板，老皇历不可怕，翻过去就没事了，最怕的是有的人老是以为钱可通神路，可以买通一切路，岂不知最后可能通的是鬼路是死路！"

麦幺花听到这话心里吃了一小惊，莫不是她章辅知道他们的底细了？不会的，她章辅再神她怎么能看到我们那天吃饭喝酒的事？绝对不会，不怕她，她抓不住我什么，镇静些。于是她咧开嘴微微一笑说："区长说得是，我们这些商人，你说不想赚钱那是假的，但在湖西这块，有民主政府在，大多数商人是支持抗日的，是做正经生意的。我这个人一个穷乡里的妇道人家，也是个马大哈，有时候也会看走眼，好不容易赚些个钱又砸到水里去了。区长，你是个精明人，要看到我什么走偏了的，给我说出来，我感谢不尽，重金买忠言嘞。"

两人在办公桌一内一外站着，就这么明里暗里斗了一会儿。章辅不想在这儿跟她耗时间，便准备切入正题："麦老板，今晚请侬来，是想向侬了解一些情况的。来，阿拉坐下讲。"章辅说着坐在办公桌里边的方凳子上。

麦幺花没有立即坐下，她在考虑办公桌外两张长凳，她到底坐哪条的问题。一条长凳与章辅的办公桌平行，坐上去正对着章辅，虽有点亲近感，但也有被她章辅审问的感觉；另一条长凳靠着隔墙放，与办公桌呈垂直形，且在这个小房间里是离章辅的办公桌最远的地方。坐那里有与章辅疏远的感觉，但更随意自由一点，且没有压抑感。于是她转身走了两步坐到了隔墙下的长凳上，并将身体斜靠在两面墙的夹角处。

　　章辅起先并不介意她坐哪条凳子，但当看到她坐在离她最远的角落里时，她感到这个麦幺花一定是心里有鬼，且这个鬼藏得很深又不易被捉出来的一个人。"怎么？麦老板累了？这么没精没神的，想必这两天忙得很呢！"章辅一语双关地问道。麦幺花也不隐瞒，她直截了当地答道："哎呀区长，你还不要说，我真累了，开始我以为你们在田里栽秧比我累，我在家里进货出货多轻松？现在想想还不如我去栽秧，换你们来做我这个事呢。"章辅追问道："怎么的？侬打打算盘，数数钞票也能累成这样？"麦幺花表现得很镇静："哎呀，要光打算盘、数钞票那倒是神仙过的日子了。只是，这个年头兵荒马乱，我们这些商人整天一只手打算盘，另一只手还要把个小心拎在手上喃，就一个怕噢。你看噢，钱付给人家，怕被搜去查去，货上不了船；货上了船，怕湖上出事，风大浪急把船掀翻了，一船货喂鱼，或是被湖匪抢了，货到不了岸；货到了岸，怕过不了卡，到不了铺，一路的怕。"章辅再问道："侬的货到湖西码头了不应再怕了，难道侬有政府禁运的货？"麦幺花装出惊讶的样子说："哎呀，区长，湖西就哪个吃了老虎胆还敢做政府禁止的生意啊？小命不要喽。货到湖西，我是怕湖匪上岸抢劫哎。"

　　章辅心想，侬明显说谎喃，货到湖西，只要上岸，路上只有区政府设的卡，现在哪有土匪上岸抢劫？她不想戳穿她的谎言，只是问道："侬最近有货到湖西了吗？"麦幺花知道她是为这船货的，她也不瞒着掖着，直接明白地回道："有啊。一船货，说好前天下午到金苇码头，结果一直等到半夜才到，弄得我一夜就没睡觉。""什么货？""不就是区长你俩各叫我买的棉纱嘛。""棉纱？从哪儿购买的？""高邮荣记商行。""那日本人就随便让侬的棉纱装上了船，又让这只装棉纱的船开到了湖西？"

58

　　见区长问棉纱怎么运过来的，麦幺花为了显示自己的通天本事，她把

180

身体向前倾了下说起了大话："那叫个千难万险啦，比唐僧到西天取经还难喃。不过，那些难啊险的到我这块，我都给它摆平。什么法子啊？就一个字，钱！上下通吃、人鬼通用。就一路花钱呗。"麦幺花这些话说出口，觉得自己有点飘了，有点说漏嘴了，因为刚才章辅才责备过拿钱买路的事，她这又说这事，不是明摆着要跟人家作对嘛，因而她又立刻补充说："噢，区长，我说的一路花钱可不是在我们湖西噢，我说的是在高邮噢。区长，你是晓得的，棉纱这货，日本人查得比什么都严。货从荣记商行上船，船开航，再行到高邮湖，层层关卡，卡卡都是真鬼子端着刺刀叽里哇啦地查，查到就死啦死啦的。"章辅警觉地问："侬这几天去高邮花钱买路了？"麦幺花摇摇头说："不是我去买路，是那边有人买路。""啥人？"麦幺花望了一眼章辅，发现她也正看着自己，便用手理了一下头发说："区长，不瞒你说，那边买路的是我哥。区长，你晓得他是个汉奸，但汉奸也想赚钱啦，他也想赚点外快哎，这次一船棉纱就是他运过来的。""是侬去船运的，还是伊那边的船送过来的？""是他们的船送过来的，船是高邮的，船也是他们雇的。"

谈到这儿，章辅觉得已接近正题，便趁势进入实质性问题："那伊不会做亏本买卖吧？伊总要从侬商行卖点阿拉湖西的物品过去啊。"麦幺花心里也明白章辅肯定要抓她把柄了，她索性和盘托出："区长，哪个都晓得棉纱是紧俏物资，他们在日本人眼皮底下送一船棉纱来，我麦幺花再傻也晓得这是白骨精给唐僧送饭，哪有什么好事啊？我晓得他们是以紧俏换紧俏，是要我们湖西的粮食哎。"

章辅想，这狐狸的尾巴就要露出来了："侬把侬家的粮食卖给他了吗？"

麦幺花咽了一口吐沫说："区长，我有那么傻吗？粮食在我们湖西是禁止外运的，我哪能违反县里的规定呢？区长，你猜我怎么办？我跟他们来个一脚踢。你的棉纱我全收下，一分钱不给，我把同等的粮食给你，也是一分钱不……"章辅打断她的话问道："侬把粮食给伊拉运走了？"麦幺花摇摇头继续说道："区长，你听我说。他们要粮食，我库里有，我也巴不得把库里粮食卖掉呢。区长，你不晓得，这小麦不好保管，特别是我们湖西这鬼地方，潮湿气大，再碰上个暴雨洪水，那小麦就在库里发霉，一发霉，人就不能吃了，只能喂猪，那损失就大了。我也急啊，不过再急，我的小麦就是烂在库里，也不准他们把我的粮食运到高邮去把鬼子吃。我跟他们讲，你们去开个粮食准运的条子给我看，只要是上面写的运给新四军，或是运到别的根据地，我立马带你把小麦运上船，不然，就不要想我的粮食。"

这女人把自己说得这么通情达理、这么支持民主政府的抗日工作，在一般人听来，好像这个女人真是个高尚的人。可章辅觉得，这女人越把调子唱得高、唱得动人，越是想掩盖她背后的肮脏交易。不过她也确实佩服这女人的演技，到现在竟然没露出马脚。章辅想，既然还没发现她的问题，那就让她继续表演下去，假面具总有卸下的时候。因而，她问道："伊拉弄到粮食准运的条子了吗?""区长啊，我收了棉纱，将棉纱送给程老板，然后我就坐家里等。哎，不一刻，荣记商行的人手里拿着条子来了。我拿过条子一看，上面写着：'持条人 200 担小麦运往盱眙黄花塘，沿路请予放行为感。'上面还盖着区里的大印，还有金区长的签名。这下我放心了，不是运往高邮，好! 赶快帮他们装小麦，这不，我家库里的小麦就出去了 200 担。"

这下终于被章辅抓到了尾巴，文书说伊没有给任何人开过条子盖过章，而忠礼一直在高集栽秧不可能回来给那条子签字，那这张放行外运粮食的条子一定是假的。现在只要追查到这张条子的来处，这里的鬼就全都会冒出水面。因而，她问麦幺花："给侬看条子的是啥人?""高邮荣记商行的李老板。""伊找的啥人，在哪里开的呢?""那肯定是找金区长在区公所开的呀，那上面有金区长签名，还盖着区里的大红印泥啊。"章辅心里有数了，那条子肯定是假冒的，但那章是真的假的呢? 这且放一边，还是问麦幺花："麦老板，侬今晚跟吾说这么多，吾怎么相信侬说的都是真话呢?"麦幺花愣了一下说："章区长，我们这些人在湖西土生土长，走不了跑不掉，做生意全靠个说话算数，人家除了要个定钱外，别的什么都不要，就是不怕我玩花头精，我们生意就这么做了这些年。区长，你叫忠慧到街上去问问，我们是欠人家一分钱还是赖过人家一笔账的? 不可能的。不过嘛，这次跟高邮做这笔生意，我倒留了个心眼，他们跟我签了个契约放在家里呢。""什么契约?""就是刚才说的那些跟高邮做这笔棉纱生意的事，契约上都有写明了的。"

章辅听说还定了契约，心想：好啊侬个麦幺花，侬是早有防备啊，难怪今晚侬说话滴水不漏啊，原来侬罩着个皮笊篱呢啊。看样子今晚想从她嘴里抠出真相来是不可能了。于是，她说："好吧，麦老板，侬带阿拉去看一下那份契约，顺便再看一下侬家库里还有多少小麦。"

章辅、金忠慧随着麦幺花来到麦家庄园，先看了麦家粮库，库里大约还有250担小麦。章辅问："公粮都缴了吧？"麦幺花说："那是的，缴公粮我不落后的，我缴了将近20担公粮嗫。"章辅夸她说："这个好，侬余粮多要积极完成任务。现在库里的粮食绝不可再向外卖一粒。阿拉湖西的粮食首要的是要供应新四军，同时，阿拉还要防天灾带来饥荒。""那是，区长你俩各放心，我的粮食只听区里的。"

看完粮库来到麦家客厅，麦幺花拿出那份契约递给章辅。章辅一字一句地把这份契约从头看到尾，看完后觉得这麦幺花真是个剃光头的妖怪，秃精！她这次是为自己脱身，留了足够的退路。同时她一手还抓到了三条大鱼：为湖西弄了一船棉纱，会得到区政府的赞赏，这是一条大鱼；为她汉奸哥哥弄了一船粮，日伪军会得意一阵，这是第二条大鱼；第三条大鱼是她自己又赚得钵满盆满。更重要的是她违反了政府禁令还难以查办她，她心里一定在自鸣得意呢。但是，纸糊的房子在一把火面前终究是要化为灰烬的。从内容上看，她是无懈可击，但从这个契约签订的过程中，章辅发现了蛛丝马迹。她对麦幺花说："政府感谢侬为区里搞来这船棉纱，救了阿拉的急，侬辛苦了。就说签这个契约，侬与高邮那边得有两三个来回啊。"

麦幺花觉得这是章辅给她埋的地雷，她回道："哪窟呀？我根本不用跑，是他们先来人求我买他们棉纱的。我觉得他们不牢靠，才跟那人商量签了个契约。我签了让他带回去，他老板要是同意就签字带回来。就这个样子的，我一步没跑。""麦老板，棉纱是紧俏货，又是日军严格控制的，那荣记老板是傻还是呆，冒那么大风险送棉纱把侬，侬不觉得这很荒谬吗？"章辅点出她的不实之处。

可麦幺花不是省油的灯，她从她父亲那儿继承了麦家天生的那种狡黠诡辩的因子。对章辅的质问，她并不躲闪，而是直接抛出章辅想要的："不荒谬呀，风险越大，红利越高呀。区长，我说他求我，不是求我买他的棉纱，而是求我卖给他粮食，他这是盲人骑瞎驴，险上加险啊，红利可大啦！"

章辅严厉地说："侬看，麦老板侬还是违反了县政府的禁令，把阿拉湖西的粮食卖给了高邮商人，这是资敌行为，政府是要查办的。""哎呀，章区长，这就把我冤死啦。我一没卖，我是紧俏换紧俏，这有契约为证。二没资敌，我的小麦是运给新四军的，这有路条为证。你俩各要是还说我错，不准我做这笔生意，那我就把棉纱退给高邮荣记商行，把小麦换回来。你们政府怎么说我就怎么做，从今往后绝不跟高邮那边做一笔生意。"

麦幺花撂出这个杀手锏，让章辅左右为难。事实是她麦幺花把湖西的小麦换给了高邮商人，这明显是违反了政府的禁令，但因为有契约和路条在，她麦幺花在这事上又没什么大错，更重要的是由于日寇对根据地的封锁，造成湖西生活、生产物资严重短缺，将来不排除在湖西粮食有盈余的情况下，拿粮食到敌占区去换重要的战略物资。而要去换战略物资，麦幺花这条道还是一个不可多得的渠道。为长远计，章辅觉得暂时保留她这根钉子比现在就拔掉更有利于湖西地区的抗日工作。因而，她对麦幺花说："麦老板，侬在北阿也是个大商人了，怎么学哪吒发火，耍起小孩子脾气来啦？吾今朝这么严格对待侬，不是针对侬这个人的。吾是太舍不得阿拉湖西的粮食，侬要理解阿拉，阿拉头脑里尽是粮食、粮食、粮食！阿拉多一斤粮食，前线抗日就多一分力量，所以若是吾一听到跑走了一粒粮食，吾就恼火、就爆炸！侬不要见外，侬为政府购来棉纱，是有功劳的。哪个对抗日有功，为抗日做事，阿拉民主政府都记下了。是功是过，等抗战胜利，阿拉民主政府是会把账算清楚的！"

59

从麦家庄园回到区公所，她到文书那儿给金苇渡货检分局打了个电话，得知忠礼和小万两人乘小渔船去追那条运粮船了，她替他们捏了一把汗。回到宿舍准备休息，可想想不对，她又到文书那里拨通金苇货检分局的电话，问局长有没有跟县巡湖大队联系。回答说已经联系上了，巡湖大队一只钢板船正在往这里赶。章辅这才放心地回宿舍休息，可躺在床上怎么也睡不着。

与麦幺花较量一晚上，没有赢也不算输，只能算是暂时撤退，为今后更有效的进攻积蓄力量。她现在想的是那张区政府盖了章的由金忠礼签名的放行路条。那是一张假路条是肯定的，忠礼的签名也是假的，但那区政府的公章是真的还是假的尚不可知。如果公章是真的，那区政府队伍里就可能出现了内奸。那么这内奸是谁呢？文书吗？他是管公章的，只能有两种情况，一种确实是他自己盖的，查起来，他就打死也不会承认。这似乎可能性不大，因为如果是他盖的，他就太愚蠢了，直接把大家的目光集中到他身上，他承担的风险很大，一般人不会去做。另一种情况是文书不在办公室，别人趁机偷盖的。这也难，文书离开办公室，他是要锁门的，他放公章的抽屉也是上锁的，撬锁不可能，费时费力又留下太多的痕迹，极易被发现抓现行，那就需要有个懂得开锁的人，这开锁的人是我们区政府内部的还是北阿街上的呢？

想到这儿，她轻轻喊了声"忠慧"。金忠慧一下从床上起来站到章辅床前："政委，有事吗？""侬还没睡啊？吾问侬，侬晓得北阿街上有修锁的吗？""有，我们泰山寺这块西边几步远就有一家修理铺。那师傅姓唐，不光修锁，什么钟表、钢笔、电话机啊都会修。听说还会修那些铁疙瘩机器什么的。怎么，章姐要修锁吗？你把我，我去找他修！""噢，这么能干啊。那明天白天去看看。侬困觉吧。"

待金忠慧上床后，章辅的脑子仍停不下来。她想，既然这唐师傅技术这么高超，那他就更是吾怀疑的对象。只有开锁技术娴熟的人去开文书的门和抽屉才用时最短又没有动静。但这位唐师傅为啥要来开锁呢，是被人重金收买，还是他本就是日伪的人？唉，不想了，困觉！现在想了也没用，明天去看了再说。说睡觉，她只是翻了个身，翻过去还是睡不着。忠礼追那条运粮船也不知追到没有？县巡湖大队的钢板船是否已经赶到？不好，刚才电话里只听说钢板船正在往那边赶，也没问从哪里往那边赶，这高邮湖、宝应湖那么大，若是在高邮湖最北边赶到金苇渡恐怕要到明天早上，若要是在宝应湖，那它赶到金苇渡就更迟了，忠礼他们现在恐怕已经陷入危险之中了。那湖里漆黑一片，风急浪大，又四边不靠，那运粮船上的人要是从暗中下手，那他们两人势单力薄，必难以与歹徒相抗衡。怎么办？又联系不上，派区武装连去又鞭长莫及，怎么办？想着想着，嘴里不由自主地喊起了"忠礼"。金忠慧又站到她床前问："章姐，你怎么了？是不是担心我哥他们？""嗯，伊拉很难了。""章姐，你不要担心，我哥他聪明着嘀，他会想出办法把那条船抓回来的。"也是，忠礼确是个有勇有谋的人，那次送军粮，以及后来孤身闯入匪穴，已经多次证明了，这样一个智勇双全的人一定会战胜风浪、战胜歹徒的。放心吧，他一定会胜利归来的，会胜利归来的，会胜利归来的。她这样默念着，不知什么时候迷迷糊糊地进入了梦乡。

她梦见自己站在金苇渡码头急切地等待金忠礼胜利归来。她远眺金苇湖，湖水在朝阳映照下像铺上了一层红地毯。天水相接处金忠礼押着那条运粮船向金苇渡驶来，驶近那红地毯。金忠礼手捧鲜花从船上走下，踏上红地毯向她走来。走到她身边，金忠礼对她说："我们结婚吧！"她点点头上去拥抱他，可他却拿着鲜花继续向前走，走到一个女人面前，把鲜花给了那女人。章辅转头望去，不禁脱口而出："麦幺花！"

"章姐、章姐，你怎么啦？"金忠慧站在章辅床前喊道。章辅睁开眼："忠慧啊。没什么，做梦了。哎哟，天亮了啊，起来。"金忠慧听她喊"麦幺花"，便说道："章姐你还想着昨晚的事呢啊？那个麦幺花是螃蟹走冰冻，狡猾（脚滑）得很呢，明明是她把粮食给了人家，违反政府禁令，还死不承认。等我哥回来，保准把她治得服服帖帖，承认她的罪行。"让侬兄治她？那还不晓得她怎么缠侬兄呢。算了，侬还小也不晓得个中滋味："好，先不说这事了，刷牙洗脸，吃过早饭到唐家修理铺去看一下。"

吃过早饭，文书向章辅报告："刚才接到金苇货检局的电话，高邮那条运粮船已被金区长押回金苇码头，通信员万一奇同志英勇牺牲，金忠礼肩部受伤，金苇药铺的胡先生正给他治伤。"章辅眼圈又红了，一个活灵活现的小通信员为了保住新四军的军粮献出了年轻的生命，万一奇同志永生！阿拉不会让侬的血白流的，侬安息吧！阿拉会把新四军的每一粒粮食保护好。

"忠慧，不去修理铺了，套个小驴车，阿拉到金苇去。"章辅没有心思去修理铺了，她要先去把万一奇同志安葬在金苇高地，让他与四爷、四妈、周璧、王辉、忠苇为伴。她还要去看一看忠礼，不知他的伤情怎么样，他辛苦了。

金忠慧套来了小驴车，章辅坐上车准备出发，被"章政委、章政委，等哈子、等哈子"的喊声叫停住了。章辅循着喊声望去，原吉家庄乡乡长、现在的区武装连三排长沈五根，边喊边招手边向她这里小跑过来。章辅下车问："沈排长有事吗？""嗯，有事，有个事找你谈哈子，不长，一支烟工夫。"章辅站着说："那侬说吧。"沈排长左右看看说："还是到你办公室吧，有个事请你批准呢。"

60

来到章辅办公室，两人坐定后，章辅问："什么事啊，还这么神神秘秘的呀？""政委，是这么个事，我呢属小龙的，今年二十四了，在我们湖西十五六岁就带媳妇了，我是老落后了。"章辅插话说："是想结婚啊？好事啊，赶快结啊，对象是哪里的啊？区里批啊。"沈排长接着说："不瞒政委说，对象是个大户人家，人家看上我这个没钱没钞、没袍没帽的小排长也真是不易得的。""小排长怎么啦？小排长是抗日排长，是革命排长。伊瞧不起，说明伊的思想落后。侬说出来，吾要教育教育伊。""不不不，不要教育，人家没有瞧不起我。""到底是哪个？""是幺花商行的麦幺花老板。"

"麦老板？"章辅不敢相信自己的耳朵，便又问了一句："麦老板？""嗯，就是她，我要跟她结婚。你要是批准，我就要下礼，选个好日子把事情办了。"

区武装连排长与麦老板结婚，又是在麦老板与敌占区商人粮食换棉纱之时，这个沈排长是不是被他们收买了的内奸呢？但他接触不到区政府的公章啊？不过如果是伊，伊怎么可能一大早来自投罗网，伊难道不知道回避吗？再说了，这麦幺花一直缠着金忠礼的，手里还捏着那封假冒信没发着呢，这没声没气地咋就同意与沈排长结婚的呢？这么大的事，吾昨晚跟伊谈话时，伊怎么一点都不透露呢？太多的问题解释不清楚。看来，得先要旁敲侧击地问一问了："侬啥时候与伊谈起这事的，吾怎么一点都没听说呢？""哎呀，也就是这几天的事，她的管家老钱跟我是一个庄上的，他撮合的。我岁数都老大不小的了，一个干柴一个烈火，老钱火星子一点，这就烧到一块了。""那么，侬是这两天到伊家相亲去了？"章辅想知道这两天他俩接触的情况，故这样问他。沈排长似乎嗅到了什么气味，便骗她说："哪窟哎，我们还没见面呢，只是老钱两头来来回回传几句话。""沈排长，吾跟侬讲，定亲前，女孩子一般会考验对象的，伊就没让侬做些什么事给伊作为见面礼吗？"章辅问得很随意，但眼睛则看着沈排长的脸。

乖乖，是不是查我弄路条的事啦？沈排长心里一惊，把眼睛向下合了一下，然后装着若无其事的样子说："政委你怎么晓得的啊？她还真叫我做件事了呢。政委你猜她叫我做什么事？"

好啊，侬个沈排长到底是帮伊做了事啦，什么事呢？是帮伊弄路条吗？章辅没有说得这么明白，而是说："不小吧？小事也考验不了侬啊！""呵呵呵，政委，还就是小事呢，小到不能再小的、连鸡毛蒜皮都不如的小事。"章辅感到他笑得不正常，像脸上的肌肉硬拉扯出来的笑，她盯着他脸没吱声，而是等他说出那小事。"什么事呢？送我一把牙刷，说人要保持嘴的干净，叫我天天刷牙。你说这闺娘多出奇？呵呵呵，呵呵呵。"

看来从他口里也问不出什么来。这沈排长上次被免了乡长，并没表现得消沉和不满。相反当了排长，他工作比以前倒更积极了。如果伊给麦老板搞路条，既可能也不可能，没有证据现在也不好说他什么。这个事还是请县搞公安情报的人帮助阿拉去处理吧，到时查出是伊，伊也跑不了，今天还是把伊的婚姻事解决了。于是她说："沈排长，她是大地主女儿，侬想好了，侬跟伊结婚合适吗？一定要与伊结婚吗？"这话说出来，章辅感到说得不太合适，大地主女儿怎么了，侬章辅不也是大地主女儿吗？正准备做些纠正，沈排长已发话了："政委，我找你就是告诉你我是要跟她结婚的。政委，你不晓得啊，我们家八辈子佃农啊，这样下去不晓得还要苦多少辈子才跳出佃农这个苦海啊！还好老天有眼，到我这辈子，祖坟冒青烟了，让我跟个大地主闺娘结婚，叫我一夜之间就跳出了佃农这个苦海，你说这桃花落在谁头上谁不跟她结婚啦？"

章辅说："吾不同意侬这说法，想脱离佃农的苦海是正确的。但脱离佃农的苦海不是靠一夜抱得财女归，而是靠团结一心赶走日本鬼子重建家园，靠全体劳苦大众团结起来闹革命啊。""政委，那要等到我白头了，还不晓得怎么呢。你就可怜可怜我这个八辈子佃农吧，不能再叫我沈家九辈子、十辈子还做佃农啦。再说了，政委，我叫沈五根，本来以为有五个根该枝繁叶茂吧？可偏偏人家都喊我沈无根，害得我这么大了找不到婆娘，没得后代。政委，你可不能真让我像那些瞎嚼白舌头的人说的，让我沈五根无根无子孙啦。"沈排长带点哀求的腔调说。

但章辅还是没有同意，而是说："吾还是要告诉侬，大地主女儿没问题，但伊还有哥哥在高邮当大汉奸嗮，这会……"还没等章辅说完，沈排长就等不及地抢着说："政委，我记得很清楚，你跟我们讲过，家庭出身自己选择不了，但革命道路是自己选择的。她是她，她哥是她哥。她是抗日的，没做汉奸。再说了，我跟她结婚了，还可以劝她哥回来，兴许他就不做汉奸了，反过来打日本鬼子呢。""那当然好啦。吾刚才话还没说完，就被侬岔开了。吾是讲侬真要跟麦幺花结婚了，可能会影响侬在政府里的工作。""政委，我来向你报告，是想得到你的批准。你批了，我们喜气洋洋地结婚。你不批，我们也要结婚。政委，你不晓得，我们沈家三房就我一个儿子。三个老弟兄眼巴巴地等着抱孙子。你看，不孝有三，无后为大，我到这年龄了还不结婚生子，我不孝啊。不孝还谈什么忠？我说这些，就是说，不批也结婚，就是一竿子抹到底，我也结，横竖跟麦幺花结婚。"说到这儿，他觉得不大合适，便又加了一句："结婚后，我叫她和我一起为湖西做抗日工作，一起劝她哥不当汉奸，掉转枪口打鬼子。"他觉得似乎这样就能掩盖了什么。

　　见他说到这份儿上，章辅觉得他心意已决，是拉不回头的了，到底是批还是不批呢？如果吾与金忠礼结婚请县里张政委批准，伊会批吗？应该会啊！阿拉跟伊拉不一样啊，阿拉两人是革命同志，伊拉则不是啊。再说，伊麦幺花的家庭跟吾的家庭又不一样，虽说都是地主家庭，但伊父外逃，伊哥是汉奸。而吾父是开明绅士，家人没有当汉奸的，都是支持抗日的啊！要是不批准伊吧，伊已说得很坚决，阿拉民主政府不能因婚姻问题把一个同志推向另一个阵营啊。那就批吧，但是要把话给伊说明白了。同时，将来组织上还要对伊加以严格的考验和监察。于是，她对沈排长说："沈排长，吾同意侬与麦幺花结婚，但是吾还要给侬提三条要求。""十条要求，我也保证做到。""第一条呢，政府工作人员结婚，现在抗战形势又很紧张，侬不要因伊家有钱就铺张浪费，侬要办简约的婚礼。""肯定的，肯定不浪费。""第二条呢，侬结婚后要多做麦老板和伊兄工作，争取伊拉多为抗战出力。""一定，一定争取她哥反水。""第三条呢，要遵守队伍纪律，队伍里的事不可放松。同时，即使是夫妻，队伍里的事不能对外说的绝对不可对伊讲。""那是，那是，政委三条我记住了，保准做到。吃糖，吃糖。"沈排长说完从口袋掏出几粒糖果放到桌上走出章辅办公室。

看着沈排长的背影，章辅脑子里还是认为这桩婚姻的背后一定存在着肮脏的交易，不是如沈排长说的那么简单。因而，她叫金忠慧去把区情报联络站闵站长喊来，把用假路条向外偷运粮食的事跟他说了一遍，然后对他说："侬现在就去县敌工部找一下卜部长，把这个事向伊报告一下，请伊拉帮助阿拉一起把这个事弄清爽，把这个内奸揪出来。"送走闵站长，正要出门与金忠慧一起去金苇乡，金忠慧带金二爷来找她了。

61

章辅见是二爷，赶忙一边叫金忠慧倒茶，一边把他拉到自己的位置上坐。"不客气，不客气，我就坐这窟。我是来跟你说铁木器加工厂这事的。"金二爷往桌对面的长凳上一坐，便摘下草帽，一边扇风一边说。

章辅一边喊"忠慧，把芭蕉扇拿给二爷"，一边对金二爷说："这大热天叫侬跑，侬叫哪个来说一声，吾到侬那儿去看侬哎。这不，吾正准备去金苇呢。怎么样？厂办得还顺利吧？""还可以，厂呢，是选在罗界义家的房子里办的。他不是跑了当汉奸去了嘛，用他的房子天经地义。现在呢，把他家的家什一股拢统⁵⁵ 全搬到他呀罗一旺那边去了。他的东西，我们一件不要，我们就用房子。现在锻打坊已经砌了四眼炉子，都配了铁砧子，锻打器件，像农具、长矛、大刀等，已经可以生产了。倒模坊一个大炉子正在砌。另外从南京一家废品行里买了一台小的废旧车床，一堆废铁堆在那儿，不晓得能不能用。现在呢，要找一个人把它装起来，还要修好。本来吧，想请你们区里到高邮、宝应请个师傅来一趟的，后来我二徒弟介绍一个人，在北阿开修理铺。我等会儿去看看，他有没得这个能耐，要是那人是个用芦柴挑水的，担当不起的话，还得找你们区里。"章辅问："二爷，那人是谁？""就你们区公所旁边不远开修理铺的。姓唐，叫什么唐玉成。"

"唐玉成？那个会修锁的？"听到这个修锁的，章辅就想起那张假路条，总觉得文书办公室的公章被偷盖与这人有联系。"对，对，就是他，我听二徒弟说，这个人很精的，什么东西都能捣鼓几下，什么玩意头走他眼前一过，他就能拆能装。""这么神啦？二爷了解伊吗？""以前我没见过

190

这人。我二徒弟说，他们是远房亲戚，说这人做事很牢靠的，代人修东西一是一、二是二，从不瞎要钱。要是他这次能把那个废旧的车床摆弄好，我就想把他留下了。区里答应吗？"

章辅他们五人刚到湖西时就住在二爷家，得到他和家人无微不至的照料，因此，她对二爷非常尊重。二爷说这事，她自然点头说："二爷，厂里用什么人，侬跟大爷定就行。"

听章政委这样说，金二爷笑得像个孩子似的说："哎呀，你太给我们脸面了。不过，有你这话我们就有底气了。这是一个事。再一个事嘛，就是，唉，也不好意思说。""二爷，都是家里人，侬尽管说，无妨。""就是，就是那窟十来个人在厂里整日带夜也忙了头二十天了，一分钱没付，还自带干粮，有的人还饿肚子，有点亏他们，我想请你拨几担小麦，给他们每人弄点面粉。不晓得能不能，要是影响新四军吃粮，就当我这话说了玩的。"章辅望着眼前这位典型的湖西人，虽只有四十多岁，脸上却布满了皱纹，看上去像六十岁。而最近办铁木器加工厂更加费劲劳神，伊比过去又瘦了。伊拉办铁木器加工厂就是为区里小的，区里本应适当地给了补贴，怎么让二爷来要呢？这是自己的失职。因而她对二爷说："二爷。"这"二爷"刚喊出声，金二爷就已站起身戴上草帽向屋外一边走一边说："我说了玩的，我说了玩的。我们有粮，我们有粮。"

章辅连忙追外去，和金忠慧一起将金二爷又拉回办公室。章辅对二爷说："二爷，侬是不是看吾没吱声就以为吾没办法啦？吾是在心里责怪自己喃。请侬办这个厂一是为湖西民众提供一些生产生活用品，二是为区里财政增加收入，最重要的是第三，要为新四军的兵工厂提供零件和熟练工人。这么重要的事请侬去做，却没给侬一分钱、一斤粮，让侬和大家饿着肚子做活。伊拉都是手艺人，到哪家做活都供喝供吃的，替区里做活要自带干粮，哪有这道理？这是吾的不是，吾向二爷赔个不是。"说着站起来向二爷鞠了一躬。

二爷赶紧也站起来扶着她说："闺娘，是二爷不好，前线新四军粮食那么紧，二爷不该来要粮的。二爷不要了。""不，二爷，有的。侬放心，吾有办法的，新四军的粮食，阿拉一粒都不可以动，吾动的是阿拉区工作人员的补助粮。"说着她拿起笔在一张便笺上写下："请给来人付小麦四担（从我的补助粮中扣除），章忠苇。"自从金忠苇牺牲后，章辅征得县里的

191

同意，对外一律用"章忠苇"的名字，就是为了永远纪念她，永远不忘对日本鬼子的仇恨。这里她签了名，写上日期，交给金二爷："二爷，侬先领四担麦子，到下个月再想办法，等高集3000多亩公田稻子熟了就有粮食了。""哎呀，够了，够了。等我们工厂生产有收入了，粮食也不愁了，难为了，难为了。咦？不对啊，从你补助粮扣，那怎么行？我不要了，不要了。"说着将条子放到章辅桌上又转身出门了。

章辅再次跑出去把他拉进来说："二爷，这是吾多下来的粮食，你看吾这么小的个子哪能吃多少粮啊？多下来的，又不占公家计划！拿着，拿着。"章辅说着边把纸条塞到二爷手上边将二爷向外拖，"忠慧，侬带二爷去领粮，放到小驴车上，我们和二爷一起回金苇。"

62

他们领了小麦，把驴车赶到区公所来接章辅。章辅发现车上又多了个人，还没等章辅问，金二爷就对章辅说："闺娘，事先没跟你说，我把唐老板捎带上了。我去他修理铺把事情跟他一说，人家二话没说，门板一上就跟我来了。"

章辅转头朝那人看去，这人长得精瘦，脸长得像湖西农民用的铁锹，窄而长。特别的是他的发型，跟湖西人那种板寸头不同，他留的是小分头，看上去像个学生。这唐玉成见章辅朝他望，便主动对章辅说："章政委，金二爷是我表兄弟师傅，他的事不管多难，我都要去帮哈子。他说有台车床要装，我想你二爷还真找对人了，在这湖西地区我不去真就没有人去了。"章辅问："侬怎的这么自信？""章区长，我是地道的湖西人，湖西哪家有个什么新玩意我还是晓得的。这车床也是个新玩意，在湖西我还没见过一台，一台车床没有，自然就没有人会这行了。"章辅又问："一台没有，侬又怎么会这玩意？""我在上海中华职业学校机械科学习过。""侬也在上海读过书？""是的，听到侬讲上海话特别亲切。"唐玉成也讲了句并不标准的上海话。

他也在上海读过书，这让章辅有种天然的可接近的感觉，因而她问："侬在上海读书，毕业后为啥没在上海做事呢？""当时，我呀呀病重，我妈叫我回来，后来我呀呀病故，再想到上海做事时，上海又沦陷了。再看看别的城市，到处兵荒马乱，就在老家开了这么个修理铺。""修理铺开有几年啦？""倒也不长，两年不到。""那二爷那台车床侬能装修好吗？""这个不能瞎吹，人家是当废铁卖给他们的，我要看到东西才能拍胸脯，保不准缺胳膊少腿的，那就真是一堆废铁了。"

章辅感到这人倒也实诚，并不是那种仗着自己懂得点新技术就飘飘然的那种人。因而，章辅对他说的在上海求学的经历以及回湖西老家的说辞没有提出质疑。但有一点章辅对他有点失望，就是在这民族危亡时刻，他这个知识青年没有挺身而出，走上抗日救亡的道路，显得落后了。

这人倒也健谈，他看章辅不讲话了便主动找话说："章区长，金二爷真是个精明人啦！他们搞这个铁木器加工厂了不得啊！"见他谈到铁木器加工厂，章辅倒想听听他的看法呢，于是她问道："怎么了不得嗬？"唐玉成将屁股向前挪了挪说："救国，除了跟鬼子真刀真枪地干，还要办实业啊，虽然不能说实业救国，但如果后方没有实业做后盾，前边的战士也坚持不下去啊。你看，前线打鬼子，要枪要炮要子弹，我们连实业都办不起来，还能去造枪炮子弹吗？不能哎。二爷办这个厂，虽造不出枪炮子弹，也是可以为造枪炮子弹出力的啊。"

听他这样说，章辅倒警觉起来了，办个铁木器加工厂，他一下子想到枪炮子弹，这人到底是干什么的呢？难道他当过兵？唐玉成见章辅没有回应他，便又说道："章区长，不瞒你说，我在上海毕业后就在上海一家兵工厂干了几个月，后来我妈发了几封电报催我回湖西，我才离开的。"章辅只"噢"了一声并没发表意见。倒是金二爷起了兴趣："哎，唐老板，你不如跟我们干，负责我们厂的生产技术，等我们厂有那个能耐了，我们就造枪炮子弹，送给新四军打鬼子。"唐玉成回道："金二爷，你先别说这话，我还是那话，我不拍胸脯，我得去看看你们有没有工厂的样子，要光是扔大锤、拉大锯，麻雀变不了凤凰，我去了也没劲。"这话听起来好像在理，但金二爷没放过他："话是这么说，不过现在到处打仗，哪块那么多凤凰呢？条件差那是狗咬屁股，肯定（啃腚）的，不过你二爷是包老爷儿子，老犟根，我就是要一锤一锤地扔，一锯一锯地拉，把个工厂扔出来、拉出来，保不准以后揪出枪炮子弹嗬。"

"好！二爷有骨气！战争年代，日寇对阿拉湖西实行严密封锁，阿拉在这种条件下办工厂就要靠二爷这种犟劲!"章辅立刻对金二爷予以了夸奖。她的目的是想激一下唐玉成,看他是什么反应。唐玉成就是想给章辅留下好印象,这会儿他见她夸金二爷便又对她说:"政委,其实我们湖西啊个个都是金二爷这样子的人,你说我吧,弄个修理铺,好像没为抗日做什么事,其实,我们的心啊一直在前线嗬,我要不是我妈病重要人端吃端喝,我早就当新四军打鬼子去了。"一直没说话的金忠慧顶他一句说:"杀敌不光在前线,在湖西一样抗日啊,怎么没见你做点抗日的事呢?"唐玉成向金忠慧瞟了一眼说:"小妹么,你还不晓得你哥我是个什么样子人呢。""什么人啊?""什么人啊?你到北阿街上去问问就晓得了,你哥我是大佛寺的千年大佛,老实(石)人,做了不说的哎。其实,我平时为抗日做的事动把抓呢。在上海上学时,我就参加过抵制日货、反对日本占领东三省的活动。我回到湖西一样做了不少抗日的事。你说今年征收公粮吧,我宁肯少吃一顿,我已经把公粮交了,征公草,我家没有草,我出了钱,坚决把任务完成。还有区民兵连枪坏了,我一分钱不要、一支烟不抽,我贴油、贴零件给他们修。小妹么你去问问他们,我给他们修了多少支枪?"

　　一路上,这个唐玉成比车上哪个人说的都多,他总是要向人们表现出他是一个实干者、一个爱国者。但到这时,章辅头脑里对这个人的印象还是中性的:技术上,可能他是懂得多一些;经历上,光是他自己说的,一时也无法证明;人品上,说老实,在有些事上他也确实没乱表态,但有些时候他又有些自我标榜的嫌疑。不管怎么说,这个人有机械方面的技术和经验这是肯定的,而这一点也的确是湖西需要的。有他的参与也许铁木器加工厂会办得更好些,向制造武器零件迈进会更快些。因而,到了金苇乡与他分手时,章辅对唐玉成说:"唐老板,前线将士浴血奋战,阿拉湖西人不能让他们缺粮缺子弹,阿拉办这个厂,是要多挣点钱,好去买粮买子弹送到前线。当然今后如果能自己造枪炮子弹那是求之不得的事了。侬是湖西人,侬要为湖西人争口气。侬先要尽力帮伊拉把那台车床装好修好能用。侬是中华知识青年,又有上海兵工厂的经历,如果侬能继续帮助这个厂发展,将来能为新四军提供枪支弹药,侬就是阿拉湖西的抗日英雄。"唐玉成立即表态:"政委,你就放宽心吧,国家兴亡,匹夫有责,我一个在上海读过书的青年怎么能落到后边?这下我敢跟你拍胸脯了,只要事关抗日,我一定积极去做! 金二爷这个厂我帮到底了!"

63

　　在去药铺的路上，章辅头脑里还转着这个青年的影子，觉得这个人在机械技术上肯定是有两把刷子的，在湖西是难得的人物，但又总觉得这个人哪儿不对劲，是他嘴呱呱地说得过多，还是他表现得过于高大？她这么想着，还理不出个头绪来，便已到胡先生药铺的门口。

　　"忠慧、章政委，一看就晓得你们是来看忠礼的。"胡先生出来说。"伊伤咋样，包扎了吗？"章辅问。"还好，忠礼命大，肩胛受伤，既没伤到内脏，也没伤到骨头，就是血流得多点，要养一段呢。""叫伊好好修养，吾去看看伊。"章辅一边说一边向后院走去。胡先生忙追上来说："他没在这儿疗养，说要回家养，包扎后回家去了。""这怎么行？家里哪有依这医疗条件？""他脾气犟，我说他不听，你去劝劝他，还需要吃药、换药的。""依给伊带药了吗？""他受伤后，在水里泡了很长时间，现在关键是怕感染。日本人对治枪伤防感染的针、药控制非常严，我这块一点都没有。""那怎么办呢？""我给他配了几剂三七、血竭、大血藤之类的中草药，这些药用完也没有了，又买不到。""那这些药吃完，伊的伤没好怎么办？""那只有看他身体能不能扛得住了，实在不行只有用我们湖西野生的马齿苋、蒲公英、野马追这些草药给他消消炎了。"

　　从药铺出来，章辅头脑里又转起了药品的问题，要把中草药充分地利用起来，减少缺医少药给湖西民众造成的伤害。但这只能医治一般的疾病，如果新四军转来伤员，治疗刀伤枪伤，防止伤口化脓感染还得要购买一些治疗效果快的药品啊。因此，阿拉还要想办法打破日本人的封锁，从敌占区购买一批药品，以备急用，这个事回去就得想办法。

　　来到金家庄，就见金老太爷叫人抬着一口棺材从庄台上下来。章辅连忙迎上去问："老爹，依这是要往哪儿抬啊？"金老太爷停住脚步说："哟，章闺女啊，你来啦。我把它抬到乡公所去。小万这伢子一直跟着我大孙子，昨个走了，他也是打鬼子的，这口棺木得给他用。"章辅又不知说什么好了，眼泪又在眼眶里打转了。这是金老太爷第四次把为自己准备的寿材拿出来了。第一次四爷、四妈为送他们五人渡金苇湖，被日伪军打死，金老太爷献出了自己的寿材。第二次周璧、王辉被敌顽杀害，金老太爷又献出了新打的寿材。第三次他孙女金忠苇被日寇刺死，他献出了不久刚打好的寿材。这次小万同志牺牲，他再次献出才为他做好的棺木。眼前这位老态龙钟的老人虽已无力上战场打日本鬼子了，但他一次又一次将自己的寿材献给这些为抗日而献身的人，他就是在用他的精神抗击日本鬼子，为抗日尽自己最后的一点力量。真是令人佩服、令人感动的老人。她不忍心让这位风烛残年的老人再献出自己最后的歇息之所。于是，她拦住金老太爷说："老爹，小万的棺木，阿拉政府为他做了，这个侬还是抬回去吧。"金老太爷边坚持朝前走边对抬棺木的人说："抬，跟我走！"然后又对章辅说："闺娘，阳间事不过三，阴域做不出四。这是第四次了，下边绝不可能再有第五次了。闺娘，我跟你说啊，其实这四次把寿材拿出去，我这个老不死的没有一次不伤心的啊，一次比一次伤心。"

听老人说这话，章辅和金忠慧都不由得扬了一下眉毛。章辅心想，怎能不伤心呢，吾也是才晓得侬湖西的规矩，为自己准备的寿材是不作兴[56]转给其他人用的，那样会给自己带来血光之灾。这些阿拉不信，但不可让一个垂暮之年的老人不信，伊既相信就有伤心，应当要理解老人。金忠慧心里则对爹爹说，爹爹，拿就拿出来了，不要说后悔话啊，献出来了，儿孙们再给你打一个啊。

"真的啊，闺娘，每次把我这寿材拿出去我都要伤心十天半个月的啊。"金老太爷继续说道，"你们不要错怪我这个半死老头啊，我不是舍不得这寿材，我也不是怕遭血光之灾，我是舍不得用我这寿材的人啊，一个个比我小一大截呢啊。我这个七老八十的该死的不死，让这些年纪轻轻的在我前边先走，我伤心啊！"金忠慧见爹爹眼泪挂了下来，便用手帮他擦了擦。金老爷子接着说道："闺娘，这是最后一次，从此往后把闸门闸死，不准比我小的再在我前边走了。闺娘，你同意我这个半死老头的话不？"章辅同意吗？同意的话，这位可亲的老爹就会先走；不同意吗？不同意的话，难道还让那些年轻人先他而去吗？为了打败日本帝国主义，大家早已将生死置之度外，尽管如此，谁生谁死，在这战争年代都不好说，也没法给老人一个明确的回答。因而她什么也没说，只是一边帮金老太爷擦一擦眼泪，一边搀着他跟在棺木后边朝乡公所走。一行人来到乡公所，金忠礼吊着右臂和他父亲金义雄已在门口迎接他们。

196

金忠礼在胡先生那儿包扎好伤口，拎着几剂中药就回家了。他心里惦记小万的遗体还停放在乡公所，这么热的天停放时间长了要出问题的，得赶快给小万置一口棺木，让他入土为安。他想到爹爹放在屋后草棚里的新棺材，那是在他前面一口棺材安葬了忠苇后又新打的一口寿材，再叫他让出来就是第四次了，不知道他能否同意。回到家，他找爹爹，爹爹正在屋后那草棚里用抹布精心地擦着他的寿材呢。金老爷子见大孙子回来了，便说道："回来啦？篮子里有几个鸡蛋，自己煮了吃，伤筋动骨一百天，你这身子要养好，得有个时日喃。"金忠礼说："我没事，你也息着吧，不要老擦它了。""嗯，不行，它也是人的房子，不扫扫也不行啊。"金忠礼见爹爹这么爱护他的寿材也就没有向他提献出这口寿材的事，但他也没去煮鸡蛋，就站在那里看爹爹擦棺木。他想等到爹爹像前几次一样主动提出把自己的寿材献出来，可爹爹一直在那儿默默地来回擦，等了好一会儿没见爹爹有主动献棺木的话，他想不能再等了，得赶快想其他办法。他赶紧来到乡公所与父亲商量请他找几个徒弟赶制一口棺材安葬小万，这刚商量好，正准备去叫徒弟，老爷子把自己的寿材抬来了。

64

乡里为小万做了简单的入殓仪式后也将他安葬在了金苇高地。安葬结束，章辅和金忠礼再次绕着四爷、四妈、周璧、王辉、忠苇、小万的墓走了一圈。走到墓地后边，章辅发现高地边上的芦苇颜色变了，上次安葬忠苇时，那边芦苇还是青绿色的，今天再看有几株已经变成金黄色了。她很奇怪，便问金忠礼："忠礼，你看那片芦苇丛里有几株格外令人注目，阳光下显得金灿灿的，而且比其他芦苇更高更坚壮。""是的，现在的季节还早了些，只是零星的几株呈金黄色。到了秋天，这一片芦苇都会变成金黄色，而且天越寒冷她越是金光灿烂，越是坚韧挺拔，这就是金苇湖的芦苇。"章辅站在那里向她们敬了个长礼，然后对金忠礼说："这很神奇，阿拉家乡也有芦苇，但是吾没见过颜色这么金黄的芦苇，也许那几株就是四爷、四妈、周姐、王姐、忠苇、小万伊拉的化身吧，否则怎么会那么闪耀？"她沉默了一会儿挽着金忠礼的左臂说："哎，忠礼，如果有一天我也

197

成为她们中的一株，你会来看她，并且给她敬礼吗？"金忠礼头歪过来亲了一下她的头发说："现在不行，等打败了日本帝国主义，我们还要结婚抚养后代，要变，等我们老了，像我爹爹这么大我们一起变成金苇，让整个湖西到处飘着苇香，闪着金光，充满勃勃生机。"章辅靠着金忠礼的臂膀"嗯"了一声，眯起眼睛沉浸在幸福的想象之中。

从墓地出来，他们径直来到乡公所。章辅想听听金大爷当乡长后，公粮任务完成的情况。金大爷也不汇报，他只是捧出几本登记册放到章辅面前，让她自己看。登记册是分保登记的，一保一册。

章辅翻开登记册，田亩大户、自耕户、佃户等分类登记，每一户种粮亩数、总产量、征收公粮的情况都登记得清清楚楚，最后金苇乡总共征收公粮3300石，人均半石，亩均五分之一石，这些数字在全区各乡中都排第一。这真让章辅对金大爷刮目相看。当初金忠礼推荐他父亲当乡长，她还担心他岁数大了跟不上趟呢，没想到他在全区第一个完成了公粮征收任务。她兴奋地喊道："大爷，大爷，侬也给阿拉说说，侬是怎么做的，做得这么好，这么快？"金大爷谦虚道："我这是大老粗赶考，硬憋出来的，没什么可说的。"章辅说："嗳，大爷，其他有的乡任务到现在还没完成喃，侬给阿拉说说，阿拉也让伊拉学学，让全区收好收足公粮，尽快地完成县里的任务啊。"

提到完成县里的任务，金大爷才肯说："其实也没什么，就两板斧，一板斧先砍征粮干部，自己先足额交粮，然后全部到田头农户家去耐心说服动员，一定要跑破鞋，说破嘴，让民众晓得交公粮就是打鬼子，交十斤公粮就算你打死一个鬼子，最后看你打死多少鬼子。第二板斧就是砍大户，这些大户少报四亩，公粮就少一石，对他们就是要滴斤滴两弄得清清楚楚的，一分田一斤粮都不能少，我们用一丈长的裁尺对全乡大户田、公学、寺庙田进行实地丈量，查量多出1600多亩，就是400多石公粮，占我乡公粮的一成还拐弯，这要多少佃户才能补得上啊。没了，程咬金的斧头，就这两哈子。"

听完金大爷的介绍，章辅满意地说："还是老马识途啊，大爷平时不露相，露一手，什么事就手到擒来啊。哎，大爷，吾还要问侬，征收的公粮存好了吗？"金大爷也没说话，又拿来一本登记册给章辅："都分散在这些农户家存着呢。"章辅翻开登记本，哪个庄哪一户存了多少粮，上面写

198

得明明白白。不用问，金苇乡公粮存储工作也是嘴巴上锁，不得话说的。

章辅没得话说，金大爷则开口说了："公粮存是存起来了，得要想办法尽快送出去。""为啥？""小麦比较难保存，我们湖西一到夏天，潮湿闷热，小麦很容易霉变发黑，要是里边有杂质又没晒干的话，那坏得更快。""民众不是要晒干扬尽才交公粮的吗？""大伙儿都是这样，不过有个别地主老财图省事不晒不扬就一股隆咚交上来了。几天前我收罗一旺家公粮时就有这种事，他家交上来的公粮杂质多，又不干，我让他们弄家去扬净晒干了再交。还不错，昨天他交上来的合要求了。"

夏粮难保管确实是个问题，刚才一直没讲话的金忠礼这时对章辅说："要不这样，明天我找几条船送一批粮食给新四军。"章辅摇头说："也不行，新四军要粮食都是伊拉来支取凭条，指令送到什么地方，阿拉才安排船只运送，现在没有指令来，部队天天在运动，侬晓得送到哪里嗬？再说，就是有指令来，也不可能一下子都送去啊。"金忠礼说："那这样，请县里联系新四军，联系上我们就先送一批，剩下的我们全区的磨坊整日带夜地磨，磨一批面粉，要比小麦好保存些。再不行，我还有个大胆的想法不知可以不可以。""啥想法？""把剩下少量的小麦拿出来换紧俏物资，像药品、盐、糖啊这些东西，把小麦变成钱，到时再拿钱买粮食。""可以倒也可以，只是到时遇到饥荒买不到粮食，而新四军又急需要粮食怎么办？"金忠礼想了会儿又说道："我们把公粮分成三份，一份等新四军指令送出，一份磨成面粉保存，一份换紧张物资，这一份不能多，只能占很少很少一部分。""这样吾赞成，首先确保军粮供应，同时要杜绝所存公粮变质，绝不能让新四军吃变质的粮食。确实有余粮时阿拉才能考虑换钱换物资。"

"好！我也赞成。""张书记！侬啥时来的呀？"

门外一下进来头十个人，而且都是县里头头脑脑。这阵势让章辅和金忠礼都感到不寻常，像有大事要发生的样子，是不是日寇要对湖西根据地进行大规模扫荡了？难怪他们两人要讶异了，看这阵势：县里书记兼政委张灿明同志带着组织部部长张炎、宣传部部长吴道明、社会部部长李道明、民运部部长陈源、司法科科长闵诚之、军事科科长朱仁鑫、保安分处主任李永海、秘书江岩等。县委、县府的领导同志几乎全体出动，他们这么大阵势到金苇乡来，确实是有大事，他们是为了落实新四军二师首长一项重要指令而来的。

65

刚才，张政委听到他们说公粮保存的事，觉得很有可行性，便推门进屋说了句"好，我也赞成"。寒暄过后，各人找位置坐下。张书记对章辅、金忠礼说："正好你们俩都在这儿，我首先要对你们北阿区在夏季征收公粮公草工作中全县领先表示祝贺，对你们开动脑筋办工厂、开垦荒地发展经济表示赞赏，对金忠礼同志不顾个人安危与歹徒英勇搏斗押回偷运的粮船表示敬佩，同时对你身负枪伤表示亲切的慰问。县里许多同志对你们两人配合默契、领导有方，使北阿区各项工作都走在全县前列交口称赞。对于这些，县里将给你们记功表彰，但是今天还不是时候，今天我们来，是找地方落实一项重大而又光荣的任务的，不知道你们北阿想不想、敢不敢接受这项任务？"

听说有重大而光荣的任务，章辅也不管是什么任务，立刻站起来表态："吾代表忠礼表态，阿拉北阿区不管多难多险的任务，阿拉都想接受、敢接受，也保证不折不扣地完成！""好！有志气。不过，忠礼让你代表吗？"大家"哈哈哈"地笑开了。民运部女部长陈源插了一句"能代表的，两人早就心心相印了"，又引得满堂大笑。章辅的脸都被笑红了，她用膀子碰了一下金忠礼说："侬表态呀。"金忠礼也站起来说："章政委说的就是我心里话。"大家又是一阵哄笑。

待大家的笑声停息了后，金忠礼继续说道："真的，我感觉刚才章政委说的都是心里话。她一个江南女子到湖西来发展党组织，发动群众抗日，她头脑整天想的就是抗日胜利，就是湖西发展，她心中只有两个人。"说到这儿，他故意停下看一下大家。大家都瞪着眼睛盯着他，等他说章辅心里的两个人是谁。有的人在窃窃私语："一个是她爸，还有一个是忠礼。"

等得大家心急了，章辅的脸都涨红了，金忠礼才说道："我们章政委心里只有两个人：一个是新四军，一个是湖西老百姓。她做的一切事都是为了这两个人，只要这两个人需要，她可以没日没夜，可以舍弃自己的一切，所以我相信她刚才的表态完全是她的心里话，我全力支持，请县委放心!""哗哗哗"一阵掌声。章辅的脸更红了，她小声对金忠礼说："甭这么自夸嘛。"

"好，县委、县府相信你们一定会完成这一项重大而光荣的任务，现在我宣布这项重大而光荣的任务交由北阿区完成。"一阵掌声后，张书记继续说："现在我告诉你们这项任务的内容：接二师首长来电，二师将在湖西根据地建一座兵工厂，你们的任务就是前期的选址和他们来建厂时、建厂后的后勤保障，包括厂房、食宿、设备、原材料、工人以及安全保卫等等他们需要的一切方面，只要他们自身解决不了的，剩下的全是你们的。不要以为都是琐碎的事，但做起来难度是很大的，你们要有充分的思想准备。"

接受这样的任务，章辅很兴奋。她知道新四军既缺粮又缺武器弹药，战士们每人只有两三发子弹。现在征收了公粮，不至于让新四军饿着肚子打鬼子了，但一个战士两三发子弹怎么能打胜仗？她就想有朝一日我们湖西除了给新四军送粮草、送衣被、送兵员，也能给前线送枪支弹药。因而，她之前请金二爷办铁木器加工厂就有向兵工厂方向发展的意思，这下新四军直接来办兵工厂正合她心意。想到这儿，她立刻再次站起来表态："请县委放心，党的任务就是生命，即使舍弃生命，也要坚决完成党的任务！"

"好，章忠苇同志（为纪念金忠苇，章辅改名为章忠苇是报县委批准的，因而县里同志都改称她为章忠苇），县委相信你们一定会出色地完成党交给的重大而光荣的任务。说实话，这个任务虽然交给你们两人了，但它不光是你们两人的责任，它也是我们全县的任务，也是我们县委、县府义不容辞的职责。你们有什么困难，尽管说，我们在座的部长、科长都有责任帮你们解决。现在我们就谈谈选址的问题。我们现在要选好至少有两三块地方，供二师选择，最后选哪里由他们定。忠礼，你对湖西这一块比较熟，你先说说你们北阿哪些地方合适。"

见张书记点到自己的名，金忠礼赶忙站起来。张书记摆摆手说："现在不是表态，是征求意见，你坐下说。"金忠礼坐下说道："要说群众基础呢，金苇乡最合适，在金苇乡中又有三块地方比较合适。一块地是乡南边的万坝，那里有许多房子可用，有小学校，旁边还有个尼姑庵，车间、仓库、宿舍都能安排下。缺点是靠湖边有点近，日寇小汽艇在金苇湖打炮很可能会打到那儿。第二块地方是金苇高地，地势高，又靠着芦苇荡，较掩蔽，日寇不易发现。缺点是房屋不多，需临时搭建一些房屋。第三块地方是小朱庄，离金苇湖较远，比较安全。更重要的是那里原来有新四军的一个枪修所，本身就有几间茅草房。离那儿不远有个仙墩庙，庙里房产较多，够兵工厂用的。这是三块地方中最好的，要叫我选的话我就选小朱庄这块。""行，就按你说的这三块地方，我们现在就出发，先一个一个地实地去看一下，看完后大家再发表意见。"张书记说完带领大家走出乡公所，去这三个地方实地考察。

他们由近而远，从万坝到金苇高地，最后到小朱庄，并在小朱庄就地展开了讨论。大家意见比较一致，都认为小朱庄条件最合适，群众基础好，有现成的房屋，安全隐蔽，又进有通道、退有纵深，是新四军建兵工厂的最佳选择。张书记一行临离开金苇乡时又对章辅、金忠礼交代道："我们回去还要与二师军工部联系，由他们确定厂址。你们现在所要做的有两点：一个是要绝对保密，不管定在哪里都要保密，对外只说是你们北阿办的铁器修理厂；第二个是你们现在就要着手收集破铜烂铁以备兵工厂急需。其他事等地址定下来再说。"

66

送走张书记一行，章辅对金忠礼说："忠礼，这个事是阿拉区今后非常非常重要的一项工作。以前啊，吾曾想过，新四军打日本鬼子需要两种粮食，一种是新四军自己吃的面粉大米，一种是给日本鬼子吃的子弹炮弹。自从到湖西这块地方后，这两种粮食吾都想要供应给新四军，马上这种想法就要变成现实了。张书记交代的两点，第一点很容易做到，只要阿拉不说，谁也不会晓得阿拉区有个二师的兵工厂。这第二点嘛就难些了，是否可以请全区所有收破烂的来开个会，请伊拉帮阿拉收购破铜烂铁？"

金忠礼沉思了一会儿说："不如这样，二爷那个铁木器加工厂本身也需要废铜烂铁，在他那里建一个废品收购行，专门收购废铜烂铁。""主意是好的，但收购是阿拉加工厂收，可加工厂不可挪用一根废铁钉、一块废铜钱，必须全数送兵工厂。""那是一定的，这个废品收购行只是掩人耳目的，名义上是为厂里收购，实际上是为兵工厂收购的，我们得派专人负责这个事。""这样也好，正好上次顾阿水被免了乡长，叫伊管这个事不是可以吗？""我也这么想，这人做这事很合适的，他不怕做脏事丑事，只要交给他，一家一户地去收废品他能干好。而且这个人做事顶真，说厂里不准用他们收的废品，他一粒铁屑子都不会给他们用的。不过，我想新四军这个兵工厂建起来，一定会要大量的钢铁，到那时候这个废品收购行就是把北阿区所有废铜烂铁收来，甚至于把北阿的锅全砸了去卖铁也不够兵工厂吃的。所以，我想嘛，这个收购行不能光在我们北阿收废铁，还要扩大到全湖西收废铁，甚至到敌占区去收。这样的话，顾阿水就管不了这么多了，就要再配一个人，顾阿水就管收北阿的和归总到行里的废品，另一个人管到全湖西和敌占区去收废品。"

章辅拍了一下金忠礼的头说："还是侬这脑袋灵光，视野比吾开阔！我赞成，侬想好这个人了吗？""能否请药铺胡先生的小弟胡忠财来试试看？""伊不是在药铺跟伊爸爸学看病吗？伊怎么会来做这种一般人瞧不上眼的事呢？""他的心思我晓得，其实他不愿跟他爸学中医，他从宝应高中毕业不愿回家，是他爸硬把他拉回来叫他学中医的。小牛不喝水强按头是不行的，他的心思是想办实业做生意，我们去请他，跟他讲明道理，他会来的。"

两人先到乡公所找了顾阿水。顾阿水听说叫他找几个人一起收废品，他特兴奋："金区长，还是你晓得我，你叫我当那个乡长是叫我拿猎枪打鱼，拿渔网打猎。那个我真做不好哎。这个是猴子上树，我的老本行，我保准做好，保准跟吸铁石吸的一样，北阿区一个铁屑子都不要想从我手里漏掉。你们放宽心，这个我再做不好，你们就还让我睡大庙里去。"他过去没吃没穿到处拾骨头、废铁等破烂，拾到一些就拿去跟卖麦芽糖的换糖吃。能拾到几块骨头换到一小块麦芽糖，一天的日子就过下来了。有时为了一块骨头，要跟狗来来回回互相追逐一响。

章辅听他这样说话会心地笑了，这真是一个实在人，选他做这事真是选对了。金忠礼也相信他能做好，但还得跟他把事情说死："阿水，我晓得你能做好，我再跟你说几句你记好啰。一句话，你要把北阿的废铜烂铁都收上来。""保准剃头还掏耳朵，收得干干净净，一个铁屑子没得。""第二句话，收上来的废铜烂铁不准别人动，我叫你运到哪块就到哪块。""放

203

心，想当初，几条狗想从我手里抢骨头，骨头星子都没抢去。放心！""第三句话，胡忠财也在收购行，他还要到外地去收废品，他是大管家，你要听他的。""大先生家小三子啊，张果老坐头上，顶精，我们小时尿尿和烂泥那时，我就听他的，叫我朝哪块尿我就朝哪块尿，现在还听他的。"

与顾阿水谈得很顺利，一支烟工夫解决问题，但到药铺则颇费口舌。章辅先开口的："忠财，现在阿拉民主政府有件事想请你做，侬有没有兴趣？"还没等胡忠财开口，他父亲，湖西一位知名老中医胡义行先说话了："他现在跟我学汤头歌诀，有兴趣没兴趣，他也没时间。"胡忠财向他爸翻了一眼说："呀，你等人家把话说完沙，要是跟汤头歌诀不相冲喃？岂不是好事？政委你说，我听着呢。"

章辅又说道："忠财，现在抗日形势非常紧张，民主政府有许多抗日事情等着人去做，侬一个有知识的青年人应该勇敢挑起抗日重任，出来为民主政府做点事。"胡老先生又抢话了，不过这会儿他没有像刚才那样生硬，而是口气趋缓地说："政委，抗日的事，我们坚决支持，我大儿子胡忠民在县里当县长，做的都是抗日的事。二儿子胡忠道虽在家里开药铺，但他经常给新四军和县里、区里人看病治伤，也是抗日啊。我叫这个三儿子学中医也是为了给他们看病治伤，都是抗日哎。"章辅这下没对胡忠财说，而是对胡老先生说："老伯，我们民主政府感谢侬老带出的这三个儿子，为抗日做了很多事，打败日本鬼子有侬家一份功劳啊。只是侬大儿子胡县长最近又给阿拉北阿区分了任务，吾和忠礼觉得侬家忠财能把这任务完成好。"胡老先生听说大儿子交代的任务，口气更缓和地说："政委，现在外边兵连祸结，我把三儿子圈在家里学中医，就是怕他学坏当汉奸啦。今个既然老大有任务，那就叫他先去做，等任务完成了再回来学。什么任务啊？几天能做完啊？"章辅用胳膊肘拐了一下金忠礼说："忠礼，侬告诉忠财什么任务。"

看这气氛，金忠礼想，不能一下子把收破烂的事说出来，这要直接说叫他三儿子放下中医不学去收破烂，他是很难同意的，因为在他眼里那些走街串巷收破烂的人是没出息的人，是被他瞧不起的。因而，他想了一下说："大舅，对我这忠财兄弟，我请人到大佛寺方丈那里给他拆过字，他这辈子最有出息的行当不是行医。"胡老先生用惊异的目光看着金忠礼问："何以见得？""大舅，人家方丈说啊，您三个儿子，老大取名忠民，他以民为先，必定是要为湖西民众做事的；老二取民忠道，他是以道为先，医道通仙道，因而只有他继承祖业，弘扬湖西中医药业；老三取名忠财，财与命相连，以商取财，取财有道，因而他命中注定从商。"胡忠财赶忙说："经商我喜欢，大哥这方丈真神了，我没去过大佛寺，他竟能算出我的命，命里还有财。"

胡老先生则没说话，他想想自己三个儿子过来的路，倒也蛮符合这方丈说的，特别这老三，学医真是学不下去，叫他记"汤头歌诀"，几天也记不住一个方子。金忠礼见他不吱声，便再施加压力："大舅，命不可忽，天不可违。忠财命定从商，你硬要他跟你学中医是有违天命的，你还坚持让他从医，保不准他将来把小病治大，大病治亡，坏了胡家几代医仙的名声。"这几句话让胡老先生心里一震，他连忙说："我也不是偏要跟他拗的，他要是有个经商的路子，这医不学也就不学了。你能给他指条路吗？""我不行，她行，她们江南人天生的经商头脑，请她给忠财指条路。"金忠礼把球又踢给章辅。

章辅朝金忠礼翻了一眼，然后对胡老先生说："老伯，阿拉区里要建一个商行想请忠财当掌柜。"胡老先生觉得商行掌柜这差事倒也不错，但他没立即表态，他要等她说说是什么商行他才表态。倒是胡忠财先表了态："我去，这个最上我心想。"胡老先生嫌三儿子表态太快："你看你急的，跟个小狗等骨头似的。你能给我稳重些吗？你看看是个什么商行再说话沙。""这个商行，侬不要看伊的名字不起眼，但伊的作用跟打鬼子一样。叫什么商行嗯，叫废品收购商行。"

听到这个商行的名字，胡老先生和胡忠财都愣了一下，缓过来后，胡忠财皱眉不吱声，胡老先生则说："嗯哟歪，多大个帽子，小鱼虾过金莘河，没边了。不就是挑个担子换糖的吗？硬生生地把个商行套头上，多大个帽子啊，叫货郎铺还合适些，省得弄脏了商行两个字。"金忠礼看出来父子俩都瞧不上这个收废品的交易，他便说道："大舅，你听话只听一半啊，现在什么最重要？当然是打鬼子最重要啦！"

"打鬼子？你们把日本鬼子当傻子啊？收个废品能打鬼子，那全中国人都去捡骨头拾破布，这样，日本鬼子就都完蛋了。你们哄三岁侠子的噢。"胡老先生说。

章辅想告诉胡老先生新四军马上要在我们湖西建兵工厂，而废品收购商行收破铜烂铁是为新四军兵工厂造枪支弹药用的，造出来的枪支弹药是送到前线打鬼子的，那收废品的不就等于也是打鬼子的吗？不过她不能说，说出去会泄露秘密，但不说这些，大伯怎么晓得这收废品是多么重要、多么崇高的一件事呢。章辅朝金忠礼扬一下眉，金忠礼知道她是让他接着说，他也是在考虑如何说服胡老先生，这会儿章辅催他了，他便说道："大舅，这个事我也请人向大佛寺方丈请教了，方丈只说了一句话，就是'废人匪也，废物肥也'。再向他请教这两句话怎么讲，他则说天机不可泄露就阿弥陀佛地走了。大舅，你是读过私塾的，你一定晓得这两句话的意思。"胡老先生朝他看看，然后说："人家方丈说得已经很明白了，你拿这么浅显的东西考你舅，你羞不羞啊？""不是考你，是方丈说的：其名无须吾拆，其父既命之必能解之。是方丈服你哎。""哈哈哈，你这个外甥，这会儿又把你舅捧上了天。哈哈哈……"笑过一阵，胡老先生说："说归说，笑归笑，打鬼子是大事，既然你们说收废品也是打鬼子，我信了，那就让他去吧！等打败了鬼子再作他议吧。"

从药铺出来，因又为前线的新四军办妥了一件事，章辅的心情格外轻松。她问金忠礼："侬真到大佛寺给忠财拆过字？""没有。我不信那些东西的，但我这大舅信佛，用方丈的话去说服他，他最信，否则不容易说服他的。""吾说的呢，一个共产党人怎么又信起了佛呢。那么什么'废人匪也，废物肥也'，我不记得哪位圣贤说过这话，一定也是侬假冒方丈说的了。看侬这人净骗人，不知啥时我也被侬骗了呢。"章辅说着拍了他的肩膀一下又继续说："哎，侬当时说得好好的，胡老先生已同意忠财可以不跟他学医了，侬为啥不一气呵成，又把吾推到前台啊？""我这个大舅也是见过世面的，他晓得江南人善于经商，在经商问题上他不会相信我这个教书先生，而最相信的是你这个西施的亲戚啊。呵呵呵……"章辅又拍了他一下说："又耍贫嘴。"两人相对一视，都忍不住笑出了声。

67

二师军工部吴师孟部长亲自带队到金苇乡察看，最后将地址选定在小朱庄，要在这里建一座年产60万发步枪子弹、修枪1万支的兵工厂。兵工厂将由军工部支部书记吴运铎同志带一部分人员来筹办，目前他们正从盐城起程向这边进发。二师首长要求当地党组织和政府积极配合、全力支持吴运铎同志把这个兵工厂办好。

章辅、金忠礼接受任务后一起来到小朱庄，这次金荞乡指导员刘铁、乡长金大爷也陪他们一起来了。他们还把区武装连第一排一个班调来在小朱庄周边布防，负责进出人员的检查，以防敌特人员混进兵工厂。他们今天来的任务是要做好兵工厂前期的准备工作，要在吴运铎他们到小朱庄之前，将兵工厂需要的房屋腾出来，并尽最大努力解决好他们的吃住问题。

这个小朱庄有几十户人家，但并没集中居住在一起，分了有五六处散住在周边。庄子虽不大，但几乎每家都有人参加抗日队伍，不是去当新四军了，就是参加了县区武装队，就连庄子最东边的大户县议员杨老伯家也把三儿子送去当新四军了。所以这个庄群众基础非常好，章辅他们来根本不用对庄上人保密，直接跟他们说清楚是新四军来办兵工厂的，他们不但会积极支持，还会自动保守秘密，把消息控制在小朱庄范围里，绝对不会对外人透露半点消息。外边来人，他们都盘查得非常严格，没有路条的人是很难混进他们村庄的。

二师军工部选中的是小朱庄西边一块地方，这里与其他庄台又隔有一定的距离，对兵工厂和村庄上的百姓双方来说都是安全的。这里原来有枪修所留下的门朝南的几间房子，可以作为兵工厂的车间。它的东边几步远有前保长家的一处小院落，有门朝南正房四间，两边各有两间偏房，前边用竹笆围栏圈成了院子，后边一个院子还有六间房。这保长跑了，人跑房空，无人居住，这里可作兵工厂工作人员的生活用房。原枪修所的西边还有一户姓徐的人家，他家也有五间房，前边三间后边两间，到时如需要，他家还可腾出两三间。

章辅和金忠礼他们这样安排后，即叫小朱庄朱保长通知一些村民来帮着腾空、打扫房屋。朱保长到其他庄上一说，庄上人听说新四军要在他们这儿办兵工厂几乎在家的人都来了。大人小孩、男男女女来了20多人，不少人直接把家里的铺板、穰草、柴席带来要给兵工厂的工人搁床用。大家七手八脚先把原国民党那个保长家的东西搬到院东侧的偏房里，再把其他房间打扫干净，搁上铺板，铺上穰草，垫上柴席，准备了12张床，将西边的厨房也打扫了一遍，作为兵工厂工人们的食堂。

房屋准备好，吴运铎他们还没到，据说他们已从盐城到清江浦上了船，正在洪泽湖上向盱眙行驶，估计再有两三天就会到小朱庄。章辅对金忠礼说："伊拉还有两三天才到，阿拉趁这个空隙回去把区里秋收的事安排一下，顺便再去金苇街看一下废品收购行这些天做得怎么样了。""好的，不如就在金苇乡召开各乡乡长会议，把秋收工作布置下去。"

　　两人来到铁木器加工厂，还没进门就听到院子里的吵架声。"你这个顾夯子，你收破铜烂铁，你不能把我家好好的铜水壶弄坏了当废铜啊，你这是做的什么交易啊，你给我赔！"这是家住在隔壁的罗一旺的声音。"赔你？赔你锅门口坐坐。别说收你个铜水壶，到时候只要金区长说要，我连你家的锅都给你砸了当废铁卖。"这是顾阿水的声音。

　　看到他们两人走进院子，罗一旺拎着个铜水壶转向他们诉苦："两位区长，你们给我评评理，你看我这个水壶，我用了几十年了，好好的个东西，他到我家转一圈，你看这个把子就掉了。"

　　顾阿水上去抢过铜壶放废品堆里一摔说："几十年了？几十年，就是个人几十年牙也掉了，你这个破铜壶还不缺胳膊少腿啊？你不要在这窟闹了，铜壶坏掉了再买个。你这几十年的老掉牙的东西，也该换了，几十年的壶还在烧水，小心喝下去全家肚子疼。再说了，你家又不是不得钱，还在乎这么个破尿壶啊？"

　　原来，胡忠财和顾阿水接受了任务后，两人合计了一下，先由顾阿水把过去一起流浪拾破烂的十来个伙伴招来，给他们每个人配一副挑子，分配一个乡，在这个乡的范围里收购破铜烂铁。出发前由胡忠财给他们做动员讲话，进行布置。布置完又由顾阿水领着他们敲着锣沿着金苇街从东到西走一遍，又反过来从西到东走一遍。他们一边敲锣一边喊道："敲锣卖糖，各干一行，破铜烂铁，卖给政府，换钱换粮。"十几个人，十几副卖糖挑子排着队在金苇街从东到西、从西到东这么一边敲一边喊。金苇街上的人还没见过这么大的换糖队伍，家家开门观望。当时就有不少小孩把家里的废旧物件拿来换糖，让这个小街也热闹了一番。他们以这样的形式算是给废旧物品收购行开了业，然后胡忠财到湖西其他区去找代收点，顾阿水则在行里坐镇。

　　以前流浪惯了的人哪里坐得住啊？顾阿水只在行里蹲了不到一支烟工夫就跑到旁边罗一旺家问有没有废铜烂铁卖。罗一旺两眼向他望了好一会儿，心想：这家伙不是做乡长的吗？怎么又来收破烂啦？

"你眼睛翻什么翻啊？得羊儿疯啦？认不识啦？"顾阿水背着手皱着眉，斜视着罗一旺呵斥道。

怎么能认不识呢？过去不是在他家打短工就是在街上流浪的大顾怎么能认不识呢？见顾阿水这种不耐烦的样子，他想，你他妈的，这要是在过去老子早一个巴掌呼过去了，但现在不能了，那次他出头大闹我家米行，后边听他的人多了，再加上又把过去他大儿子的乡长帽子顶在头上，那些穷户儿[57]都听他的，我自然得忍一忍，好汉不吃眼前亏了。于是，他点头道："乡长大人，这边请坐！有事尽管说。"顾阿水朝罗一旺指的太师椅看了一眼，没去坐，只是手一挥说："哪个有工夫在这窟闲坐啊？我今个商行开张，你快些个把你家那些破铜烂铁找出来，做第一笔生意，你发财我也发财。"罗一旺奇怪了："乡长，你这是唱的哪一出啦？民主政府不是抗日政府么？怎么做起收破烂的交易来了？""收破烂怎么啦？民主政府做什么都是抗日，收破烂也抗日，你就不要啰唆了！快去把你家破铜烂铁全拿出来，我照给钱，不白拿你的。""好的好的，我去找。"罗一旺晓得这个顾阿水跟个蚂蟥似的，叮上你了，不吸点血出来他是不会罢手的。因而，他一边答应着一边到后院去找。不一会儿，他左手拿着个断柄的坏铁铣右手拎着一篮子骨头过来说："乡长大人，喏，这么多你拿去，不要钱了，就算我孝敬乡长的。"顾阿水朝他手上的东西看了一眼说："就这么一块废铁啦？还有破铜呢，破铜！晓得啊？""铜器都没坏，哪来的破铜啊。这样子，等我家一声[58]有铜器坏了，我立马就送过去把你。""等到哪一天啊，等日本鬼子投降了，你就是把铜床砸了把我，我还嫌没地方摆呢。去，去，去，再去找找！""真没得了，你不能叫我把个好好的铜器把你当废铜沙。""真没得啦？""真没得了，哪个有半句撮空，出门就遭雷打。""我看你就能撮空，这个铜壶不是的啊？不是的啊?!"说着将桌上的铜水壶往地上一掼，半壶水迸出，湿了一地。顾阿水拾起铜水壶递给罗一旺看："你看你看！你们这些财主也太啬抠了，这壶到处是瘪子，把子又坏了，还当个宝贝。"说着顺势将铜壶的把子使劲一扭，将其扭坏，然后递给罗一旺看。不等罗一旺说话，他一手拿着坏铁铣和铜水壶，一手拿过那篮子骨头说："你说的噢，不要钱，我就不跟你算钱了。不过你大财主也不在乎这几个破烂钱，就算抗日的。"说着走出了罗家大门。罗一旺看着满地

209

的水，愣了好一会儿，忽然醒了过来出门追到他大儿子罗界义家院子。

听了刚才这情况，章辅带着批评的语气对顾阿水说："侬的工作热情是好的，是值得肯定的，但也不能做摔壶卖铜的事啊。"顾阿水见章辅不但不夸他还批评他而护着地主老财，他感到有点冤屈："政委，我，我又不是故、故意掼、掼的，我，我一拎，把子、把子断了，壶掉、掉下去了，就全是瘪、瘪子了。又不怪、怪我的。""还不怪侬喃，侬看看这铜壶，不使劲摔，能有这么多瘪塘啊？""政、政委，我可是为、为打鬼子啊。""阿水啊，有抗日热情，想把事做好这是可以肯定的，但阿拉不能违反纪律，破坏统一战线啊。这件事，侬要做检查，还要赔人家的壶。"这话一说，顾阿水脸涨得通红憋不出话来，低垂着头站在那里。

在一旁的金忠礼看看顾阿水低头委屈的样子，又瞧瞧罗一旺扬眉得意的神情，觉得章辅对自己的同志过于严厉了，很容易把顾阿水刚兴起来的工作积极性给打没了，而让地主老财得意看笑话了。因而，他想和点稀泥，让顾阿水精神振作些。于是，他把章辅拉到一边说："你歇下子，这个小事我来给他们解决。"说完，他过来对着罗一旺说："罗老板，你这壶看上去也有些年头了噢。""是的，区长，几十年了呢，弄成这个样子，我心疼啦。"罗一旺抢着说。金忠礼继续说道："几十岁的人都掉牙了，这东西几十年你还用，不怕人家说你小气鬼啊？旧的不去，新的不来。也该换个新的了，你又不缺这个钱。你跟他较什么劲啊？""不是几个钱的事，是猪尿泡子打人，不疼，气人嘞！还是章政委公道，又叫他检查又叫他赔的。""罗老板，你看你这人吧，这么大岁数了，跟他计较什么啊，他比你儿子还小喃，你跟他较劲，把他弄火起来，他连你祖宗八代都照骂，再把你当汉奸的儿子揪出来，你在湖西也就混不下去了。阿水，废铜的钱跟他结清了，不要赖人家账。"

听了这话，罗一旺浑身一抖。提到他两个儿子，他既心怀仇恨又担惊受怕。两个儿子都当汉奸，小儿子被民主政府枪毙了，大儿子跟着麦大庆在高邮当汉奸死活不知。上次替麦大庆藏枪，民主政府只是把枪起走，并没找他麻烦，若民主政府跟他算账也够他喝一壶的。罢、罢、罢，一只旧铜壶值不了几个钱，千万不要因为这只不值钱的旧铜壶引火烧身。于是，他对金忠礼说："区长，我这个人也不是较真的人，算了吧，也怪我。区长既然你说了，我就让区长做个拦停，我什么都不要了，以后家里有破铜烂铁我就送来，不要钱，破玩意，打日本鬼子，要什么钱啦？"

<h1 style="text-align:center">68</h1>

　　见罗一旺走出了院门，金忠礼则表扬起了顾阿水："阿水，你做得好。完成区里交给你的任务就要有这种冲劲，就要像新四军打鬼子一样，鼓足劲勇敢地向前冲！"

　　一直在旁边看着他们的章辅觉得他这样不妥，不应该助长这种随意损坏别人家东西的行为，对自己的同志应该要求严一些，不能这样和稀泥就算了。于是，她对金忠礼说："忠礼，阿拉做干部的要把水端平，把事情的是非搞清爽。"

　　金忠礼听章辅说这话像拿着个三丈长的扁担，摸不着头尾。她还从来没对自己说过这么严重的话呢，这是怎么啦？他觉得自己没说错什么啊，便辩解道："我刚才没说什么啊，争吵平息了，他们的矛盾也解决了，这不是皆大欢喜了吗？哪碗水没端平啦？"

　　"真皆大欢喜了吗？侬没见罗老板临走时斜眼斜嘴的那种口服心不服的样子啊？"

　　"他啊，他就是那种坯子，为什么要他欢喜啊？他欢喜了，那些佃农、贫雇农就不欢喜了。他不服，怕他什么？再不服，还像上次那样组织人围攻他。不怕。"

　　一直在旁边不敢讲话的顾阿水这时插上来说："是啊，他敢乱来，我还像上次那样揪他！"

　　章辅没搭理顾阿水的话，而是继续对着金忠礼说："忠礼，这不是怕不怕的问题，而是阿拉能不能团结争取更多力量，组成抗日统一战线的问题。"

　　"有这么严重吗？少他一个地主老财，我们抗日力量就小了？说不定，少了他，抗日队伍更强大嘞。"

　　"话不能这么说。"章辅认为金忠礼在组成广泛的统一战线方面认识比较模糊，觉得有必要帮他分析清楚。因而她说道："忠礼，毛泽东同志说过：抗日民族统一战线是全军全民的统一战线，绝不仅仅是几个党派的党

211

部和党员们的统一战线，动员全军全民参加统一战线，才是发起抗日民族统一战线的根本目的。毛泽东同志讲得很清楚，抗日是全军全民的事，全民是什么？在阿拉湖西除了佃农、贫雇农，也包括地主老财，所有支持抗日的人都算在内。忠礼，在刚才这事上，侬不觉得对罗老板有所不公吗？"

"没有啊？我对他一没发火二没动手，就心平气和地跟他说了几句话，他自己退下来，不再争吵了，也没半点不准他抗日的意思啊？"金忠礼辩解道。

"是啊，金区长没骂他，也没打他，就跟他说了几句话，他自己说不要钱的。"顾阿水又插嘴说。

"侬是心平气和地跟伊说了几句话，但是事情是阿水引起的，侬没说阿水，反说伊，伊能服吗？伊心里不服，伊能真心支持抗日吗？伊不支持抗日，侬刚才不是等于把伊推向敌人，而减少了阿拉的力量吗？"章辅耐心地分析说。

"你刚才说的统一战线问题我理解，但是具体问题还是要具体分析。你对湖西的实际情况还不完全了解，尤其是对罗一旺这个人，你不很了解。"金忠礼着急了，说话也有点轻重不分了。

"是啊，这个人砒霜拌糖浆，心狠手毒嗬。"顾阿水再插嘴道。

"吾来湖西也快两年了，北阿所有乡保吾都跑了个遍，对湖西人的了解虽然不好跟侬这个土生土长的人比，也不至于好人坏人分不清吧？"章辅有点生气地说。

见章辅显出不悦的表情，金忠礼忙说道："是我没表达好，我不是这个意思，我是说罗一旺这个人不可靠，不要看他表面上点头哈腰，其实这个人是很善于伪装的。你想，他两个儿子是汉奸，一个被我们枪毙，一个在逃，他能甘心？他一直面服心不服嗬。"

"侬这样看问题还是绝对了点。儿子当汉奸，老子就一定是汉奸吗？老子当汉奸，儿子就一定是汉奸么？都不是绝对的，所以，能争取的力量还是要争取，决不可轻易地将伊推向敌方。"

金忠礼觉得章辅在对待罗一旺这个人上过于乐观，因而深情地对她说："我知道不能绝对地看人，但对罗一旺这个人我是碟子盛水，算是把他看透了。我可以这么说，一旦有风吹草动，或鬼子来扫荡，这个人绝对会像豺狼张口一样，露出他的獠牙。如果我们对他不防备，恐怕是要吃大亏的。"

　　章辅觉得金忠礼对罗一旺过于苛刻，而对顾阿水又过于迁就，也深情地对他说："侬不能这样绝对地看人，这样就把人看死了。大家都会变，关键是侬让伊向哪里变。罗老板也会变得抗日，关键是阿拉如何争取。阿水，侬听着，实际上你刚才是错的。侬如果不认识到自己的错误，将来也会变的。"顾阿水忙点头称是。章辅又接着对金忠礼道："对阿水刚才的行为阿拉要批评引导，引导不好，伊也会朝反向转变，如果侬一味地放纵他的错误，袒护伊，将来吃亏的既是伊，也会是侬。"

　　"我有错，我有错，我改，我以后不让你们为我拌嘴了，也不会叫你们吃亏的。"顾阿水一直看着两位区领导你一句我一句地争来争去，起初不知他们吵的什么，最后说到了他的头上，他才感到他们的争吵是跟他有关系的，是说他有错误的。不过，他真没想通自己做错什么，就摔了地主老财的一只破铜壶，不摔它也要坏了，我只不过是提前拿来当破铜了，这是为了抗日，有什么错？她说你错，你就错吧，承认了不就算了吗？省得他们还在这块叽叽咕咕的，影响我做生意。所以，他便抖了这几句说自己错了的话。

　　对他说的这几句不痛不痒的话，章辅并不满意，她对顾阿水说："阿水，阿拉是对刚才侬和罗老板争吵的讨论，不是拌嘴。侬对收破烂的工作积极性高是应该表扬的，刚才又承认自己有错是值得肯定的，但侬要知道自己哪里错了，以后才能不犯同样的错。侬今天错在不应该为了完成任务破坏群众纪律，把人家一只好铜壶变成废铜壶收购了。当然，这铜壶对于罗老板来说不是多大的损失，但这要是发生在贫苦人家呢，损坏的该是多大的一笔家产啊！阿拉做事、干工作是以保护民众利益为中心的，而不是为了一部分人的利益又去损害另一些人的利益。"

　　"是的，是的，以后不这样子做了。"顾阿水一个劲地点头。

　　对于章辅的话，金忠礼从心里并不全部赞成，他赞成的是：我们做事干工作是以保护民众利益为中心的，为了完成任务不应该破坏群众纪律。还有，就是一只铜壶的损失对于富人来说不算什么，对于穷人来说就是巨大损失。他不赞成的是，不是为了一部分人的利益又去损害另一些人的利益。他认为这是如何处理整体利益和局部利益、个人利益的问题，为了整体利益，有时需要牺牲局部或个人利益，那就必须牺牲，没有二话可说。

但他今天不想再与她争论了，他怕再争下去影响两人的感情，自从章辅到湖西来到现在已有两年了，他们还没争过一次、吵过一回，连红脸都没有过，今天是怎么啦？是不是两人的感情经历不一样呢？他家境不富裕，他就偏向于顾阿水。她出生在地主家庭，是不是就……哎呀不对不对，她是立场坚定的共产党员，不管怎么说她是不可能违背党的原则的。唉，想不通，也许是我错了，不想了，以后会清楚的，但现在还是得和个稀泥，以免她误会："阿水，你今天是顺风顺水船不动，确实不对头，我们的工作是创造美好，你是为了美好又去破坏美好，把船头船尾搞反了。我今天是大旱年景的金苇湖，水平不够，不是政委指出，我险些忽视了你的错误。我们俩今后都得注意学习提高，不可第二次再犯这样的错误。"顾阿水头点得像小鸡啄食，章辅笑容微展如刚出水的荷花。

69

　　小朱庄的食宿、房屋安排停当后的第五天，吴运铎的队伍终于来了。章辅和金忠礼提前在小朱庄迎接他们。直到傍晚，吴运铎他们一行八人才到达小朱庄。八人中，另有两名钳工、两名车工、一名锻工和两名十五六岁的学徒工兼勤务员。章辅、金忠礼特地安排了金大妈和忠翠来给他们烧饭、洗衣、打扫卫生。她们为他们熬了一锅稀饭，摊了几锅煎饼，煮了一锅小杂鱼，烀了一锅菱角，算是为他们准备的接风宴了。待他们分配好床铺后，章辅请他们吃晚饭。吴运铎对她说："别急，你看太阳还没下山喃，我们先看一下场地，吃过晚饭，天黑了就看不清场地了。"

　　在吴运铎来之前，章辅、金忠礼就从张书记那儿知道了吴运铎的一些情况。他是从安源煤矿走出来的军工干部，是一个为革命能拼命不惜命的新四军战士。张书记还特地要求他们一定要把兵工厂的后勤工作做好，把吴运铎照顾好，他可是咱们新四军的宝贝疙瘩啊。当时听张书记介绍他的一些事迹，两人就对他非常钦佩，现在见到他人就感到真是名不虚传。其实，从他的长相看算不上高大英俊，中高等个头，清瘦的身躯，让人看不到有什么特别之处。但从那浓眉下的明眸中看到的却是卓越的创造智慧、炽烈的工作激情和无私的奉献精神。这不，风尘仆仆百里路，一口水没喝先看场地，这种只争朝夕、忘我工作的精神真令人感动。章辅一边在前边引路一边看着与自己差不多大的吴运铎说："侬也太急了，今天也跑了百十公里下来了，这么累还连轴转，真不愧是新四军老战士啊。"

"啊，章政委，不急不行啊。你想，前线战士早一天得到子弹，就少牺牲一个人，多消灭一个鬼子啊。其实，我恨不得今天夜里就能造出大把大把的子弹呢。""那侬以前就造过子弹？""不瞒你们说，我一颗子弹还没造过，也是个外行呢。""那侬带的几人中有造过子弹的吗？""没有，一个都没有。"章辅听他说八个人中没有人造过子弹，便担心地问："那侬怎么造呢？有把握吗？"吴运铎信心十足地回道："没事，我造过步枪，子弹的老子我能造出来，儿子还造不出来吗？能的，肯定能造出来！"

跟在后边的金忠礼说："这几间茅草房原来是个枪修所，可房子是空的，什么都没有，造子弹总得有造子弹的机器吧，说起来对不起你们，我们什么都没给你们准备好。"吴运铎笑着说："哎呀，兄弟，这你就不要客气了。这是我们分上的事，我们来做。你们地方同志有你们地方上的事，我们吃的粮、穿的衣，都是你们提供的，我们也插不上手啊。"章辅接上来说："阿拉种粮毕竟还有土地，织布还有机器，可侬造子弹材料没有，机器没有，总不能用烂泥巴捏吧？"

"哈哈哈，你这个妹子小看你阿哥了，你阿哥会变戏法，你等些日子来看，我把造子弹的机械都变出来。哈哈哈……不过，说归说，笑归笑，困难是有的。抗日战争，面对凶残的日本鬼子，大家都有困难，但是困难对于一个革命战士来说是不值一提的。这次党让我造子弹，这是让一个战士去执行一项重要的战斗任务，是党对我这个矿工出身的战士最大的信任。因为党相信我们不会碰到困难就向后退，更不会成为一名可耻的逃兵。因而我们应该珍惜这种信任，愉快地接受党交给的任务，坚决地完成党交给的任务。"说到这里，他看了看那几间茅草房，然后又接着说："从现在的条件看，这个子弹厂确实是一无材料，二无机械，但是革命战士就是要有信心、有办法、有能力让这个子弹厂从无到有，从小到大，只要我们发挥革命毅力和创造智慧，一定会想出办法，制造出射向日本鬼子的子弹。"吴运铎讲到最后时激动得像站在台上演讲一样，将自己的右手挥舞起来，突然左脚一软，身体向前跟了一下。章辅、金忠礼连忙上去扶住他。吴运铎放开他们向前一边走一边说："啊，没事，脚上的小毛病，不碍事。"

去年在盐城兵工厂制造枪支时，他的左踝骨被铁件砸伤，没及时医治。后来又正值反扫荡，在日夜奔波中，他的脚踝发炎化脓，至今没有痊愈，走路还有点一瘸一拐的。金忠礼看了他的左脚踝说："还红肿呢。明天，我去叫胡先生来给你治一治。"吴运铎摇摇手说："没事，这点小伤小痛与前线战士流血牺牲比算什么？战士们轻伤不下火线，我们这点小痛根本提都不要提，不影响工作，没事！"

听了吴运铎刚才的一番话，章辅和金忠礼感触颇深。章辅心想，多高的境界啊，心里装的只有党的事业、党的任务，几乎没有个人的位置，想想自己这些年来虽也为党和人民做了一些有益的事，但跟吴运铎同志比还是有差距的，革命的境界还没达到他那种高度，今后在思想上、工作上要向吴运铎同志看齐，为了党和人民的事业甘愿献出自己的一切。

金忠礼感到，自己当初选择了中国共产党是选对了，最初遇到的姚卿贤、章辅、余伟、周璧、王辉五位共产党人个个都是有崇高信仰、坚定信念的人，个个都是为革命事业而忘我工作的人。他们是自己的引路人，又是引导自己不断完善自我的人。而今天遇到的吴运铎同志又给自己树立了一个标杆，促使自己要像他那样在崇高的信仰面前舍弃私心杂念，为党和人民的事业不惜牺牲个人的一切，奋斗终生。想想那天在铁木器加工厂与章辅进行无谓的争论，真不应该，有那争论的时间为党的事业多做点贡献岂不更好。下次得找个机会为那次争论向章辅赔个不是。

70

心灵有了新的升华，行动上也表现了出来。章辅现在想的就是为了新四军这个兵工厂，区里乡里以及她本人可以献出自己的所有，只要他们需要，我们就毫不吝惜。这时，她想到那个铁木器加工厂，那里有些东西也许有他们需要的呢。于是她对吴运铎说："吴书记，在你来之前我们办了一个铁木器加工厂，有一台车床还有一些工人，我想一定有你能用得上的。""车床？你们有车床？"听到车床，吴运铎的眼睛更亮了，像是一个缺水的人在沙漠上行走了数日看到了一条溪流。他像个孩子一样连续向章辅发问："旧的新的？人拉的还是机动的？用得起来吗？"这些问题章辅和金忠礼都回答不起来，章辅说："阿拉也不晓得，明天侬叫个人去看看不就晓得了么。"金忠礼也说："是的，我们还提前给你们收了一些废品，你们再去看看哪些能用的。"吴运铎知道他们不搞这些铁疙瘩，他们自然也不懂，便又问些其他问题："你们这个铁木器加工厂搞起来有多长时间啦，有技术工人吗？"章辅回答说："也才搞起来时间不长，吾本来的想法就是搞一段时间后，看能不能帮着修理枪支，再搞一段时间看能不能制造枪支。退一万步说，就是不能修不能造也要为将来的兵工厂培养一些工人。没想到侬这个兵工厂来得这么快。阿拉得加强学习，不学习跟不上形势的发展了。"吴运铎笑笑说："你谦虚啦妹子啊。其实你这个妹子还真不简单喃，我从盐城一路过来还没见过地方上有你这种头脑的女干部呢。这样吧，我现在就派一个车工跟你们去看一下。"金忠礼怕他们累着饿着便阻拦说："先吃晚饭吧，一路奔波早累了，明天上午去吧。"

吴运铎又摆手又摇头，然后坚定地说："不行，不行，要是日本鬼子现在打过来了，他能让你吃过晚饭再来吗？不行的！革命工作一定要抓紧时间做，先做、早做才能抓住主动权。现在就去！"

章辅想想说："那这样，吴书记，阿拉县里张书记已经指示阿拉代表县里全力做好兵工厂的后勤。现在吾和金区长两人做个分工，吾侧重于区里工作兼问兵工厂的后勤，他侧重于兵工厂的后勤兼问区里的工作。这只是这段时间的临时分工，等侬兵工厂走上正轨，子弹生产出来了，阿拉再作调整。好，现在侬叫哪位跟吾去铁木器加工厂看一下？""行。"吴运铎答应一声后吩咐旁边的小战士："小丁，你去喊杨师傅跟章政委去铁木器厂看一下。"

章辅带杨师傅到铁木器加工厂时天色已黑了下来，杨师傅坚持提着马灯看一下车床。杨师傅一看到车床先是一喜，这是一台四尺长的皮带车床，很适合他们兵工厂；再细一看又是一喜，车床不新，但擦得油光锃亮，保养得很好；后见开动起来能用便更加喜悦，转动正常，又是削铁如泥，真如获至宝。他想，这车床虽不大，但生产子弹用的一些设备它是必不可少的，他自然是想把它弄到小朱庄去了。他想把情况问清了再开口，因而他问道："这台车床是从哪里搞来的？你们这厂是哪家的？他能卖吗？"

见是新四军同志来看机器，金二爷和唐玉成都很高兴，他们一直在旁边引导介绍。尤其是唐玉成显得格外的积极，不仅忙前忙后，还不住地介绍厂里的情况。这会儿他见新四军同志问，便又说起这台车床的来历："杨师傅，你看它现在像个活人似的，神气六国能削铁的，其实它才来时就是一摊废铁，是从南京废品堆里当废铜烂铁买回来的。"杨师傅有点惊奇了，这穷乡僻壤真有能工巧匠把一堆死废铁变成活机器？他又问："南京派师傅来装配的吗？""哪里？南京哪儿来的师傅，这装备、操作的事全是我一个人，哪有什么师傅啊？"唐玉成有点得意地说。杨师傅用惊异的目光看着眼前这个其貌不扬的小伙子："你？你懂车床？"章辅在一旁说："噢，伊前几年在上海中华职业学校机械科读过两年书，现在在阿拉北阿镇上开一爿修理行。"杨师傅觉得今天来这里最大收获是连获两宝，一个是那车床，一个是这位唐老板，这在整个新四军队伍中也是难得的。他按压住内心的喜悦说："噢，难怪呢，机械科的，否则你们湖西哪里会有人弄这铁疙瘩啊？那你们厂还有没有其他懂技术的工人呢？"他知道，他们要又快又多地造子弹，这次来八个人是远远不够的，临时带徒还不知又要多少日子呢，哪有这里现成的来得快呢？所以他问这话也是想从这里能带一些上手就用的人过去。"有啊，我们有一些人是打铁补锅的行家里手，各有各的绝活喃。"唐玉成立即回答道。其实，唐玉成也想从这厂里多挑一些人过去。去了，他可以继续做这一帮子人的头，更重要的是他觉得如果他一人去显得太孤单又扎眼。

从铁木器厂出来，章辅问杨师傅："怎么样杨师傅，这车床还能用吧？"杨师傅心里想要，又不好意思开口跟地方上要这要那，便暗示说："能用，能用。只怕放你们这块用场不大啊。"

章辅是个直性子又热心肠的人，她起初办这个厂就是将来要为新四军服务的。吴运铎一到，她就巴不得他们来选人选物呢。在她心里只要新四军需要，湖西的一切都可以给新四军。这会儿杨师傅虽没明说要，但她从之前他看那车床的眼神和刚才的口气中已经得知他们有多需要这台车床了。因而，她爽快地说："既然放阿拉这块没多大用场，明天一早吾就叫人用马车拖到小朱庄去。"

杨师傅心里乐开了花，这省了我们多少自己去设计制造这家伙的时间呀，前线将士又可提前多少天用上我们这杀敌的子弹噢。不过，除了这台

218

皮带车床，还有两只台虎钳和一台手摇钻，我们也需要呢。更重要的是我们有群众纪律，我现在又不能决定，得回去报告了吴厂长才能定，但话又不可说死，把这事回绝了。于是他对章辅说："章政委，你虽是位女将，但你比男人爽气，我代表吴厂长谢谢你。不过暂时还不能运，我们有规矩的，你稍等下，等我报告吴厂长，他同意后，我自己来搬，我不会客气的。"

71

金忠礼陪吴运铎看场地一直看到天黑，他们不光看了原来枪修所的几间茅草房，又看了旁边徐家的两间房子，最后还去看了仙墩庙。其实，吴运铎在看场地的过程中，头脑就已经设计好哪处房子放什么设备，做什么用场。吃晚饭时，他就通知大家吃完晚饭就地开会，商讨建厂的下一步工作。

晚饭后，他们就在食堂围着八仙桌坐下开会，吴运铎主持。金忠礼作为地方服务兵工厂的同志特邀参加。吴运铎先说道："同志们，我们首先要感谢章忠苇、金忠礼他们这些地方上的同志，为我们准备了这么热腾腾的晚饭、暖和和的床铺，但是越是让我们吃得香、睡得好，我们越不安。因为前线等着我们的子弹，我们的子弹一刻送不到前线，我们的心就一刻也不会安。我刚才看了一圈，条件比想象的困难，说是原来的枪修所，可什么都没有，只有地方同志为我们准备的一堆废铜烂铁。我们要靠我们这双手让子弹厂从这堆废铜烂铁中诞生出来。"大家一阵鼓掌。待掌声停息，他接着说："同志们，没有困难，党派我们来干什么，派我们来就是要我们克服困难、战胜困难的。我们都是党的战士，一个真正的战士，他对困难的回答是什么？是战斗！对战斗的回答是什么？是胜利！"听到这里，几位同志齐喊"战斗、战斗！胜利、胜利！"然后是一阵热烈的掌声。

在同志们的掌声中，金忠礼陷入了沉思。他早就听说新四军的政治动员非常鼓士气、振人心，今天听了吴厂长的这场动员，真是热血沸腾，有一种立刻要投入到紧张工作中去的冲动。想想自己平时工作，往往只顾自己埋头苦干，少有动员大家一起干的本事，革命事业是伟大的事业，抗日

219

战争是人民的战争，自己冲锋在前，身先士卒是必须的，还要有本事动员更多的人一起努力向前，这才是一个根据地干部应该有的能力。这一点，今天向吴运铎同志学到了，在今后的工作中就要用起来，真正把湖西全体民众动员起来，齐心协力打败日本帝国主义。

接着，吴运铎谈起了具体工作："明天，我们全面开工。原枪修所这边的房子，全部作为子弹厂生活区。这一段时间只有我们八个人，等我们能生产子弹的时候会有更多的人来当工人，这块多下来的房子为他们留着，到时不够住还要搭棚子。那么，我们工作的第一步先在生活区这边画好机床、煅烧炉、锻锤和其他一些工具的图纸。第二步，根据这些图纸分别在徐家那两间房子和仙墩庙里制造安装。这两步是我们近期的工作，大家抓紧完成，这两步少用一天，前线战士就早一天用上子弹。"说到这儿，他把目光转向金忠礼："金区长，在这两步中，有些事还要请地方上给予支持啊。""吴厂长，你尽管说，需要我们做的，我向你表个态，保证不打任何折扣地完成。"金忠礼站起来说。吴运铎抬起手向下摆摆说："坐下，坐下，我想请你们帮助的事主要有两件。""吴厂长。"吴运铎正要跟金忠礼谈任务，杨师傅喊着推门进来了。

见杨师傅回来了，吴运铎忙问："怎么样，能用吗？""哎呀，可逮到宝贝了。"杨师傅坐下掰着手指继续说道："设备，能用的，一台四尺长的皮带车床、一台手摇钻和两只台虎钳，这要是弄得来，我们制造其他工具也方便一些了。这只是一宝。他们还有几个懂机械会铸锻的工人嘞，到这块就能用，能解决我们一时人手短缺的问题呢。"吴运铎感到这是一个意外收获，可以使生产子弹的日期进一步向前提，他没想到在这个水泽之乡还能遇到这些宝贝。他来之前，二师领导就向他介绍过，说湖西根据地水美，地丰，人更好。小小一块地方为新四军供应了大量的粮食、被服、毛巾、绷带、敷料，还输送了更多的优质兵员。到这儿才一晚上，吴运铎感到这真是个人杰地灵的地方啊。可越是贡献大、牺牲多的根据地，吴运铎越不想向他们多派事，这会儿他就在想要不要把那些机械和人要过来呢，那机械和人要过来，他们那个厂不就瘫了吗？

金忠礼看出了吴运铎的心思，他知道他们是怕麻烦地方，怕影响群众。但作为地方上的干部，我们要主动为他们解决问题，台把车床算什么？更何况章辅办这个厂就是为了有这一天的，把机器和人输运到子弹厂不正合章辅的初心吗？因而他又站起来对吴运铎说道："吴厂长，尽早造出子弹打鬼子是大事，别的事都是小事。有任务需要我们做的尽管说，请你相信绝不可能从我们嘴里说一个'不'字出来。"吴运铎被这群湖西人感动了，是的，现在是打鬼子要紧，新四军和湖西根据地是一家人，还分什么你我呢？于是，他也站起来对金忠礼说："金区长，不好意思啊，刚才的话还没说开，被那台车床打了岔，我现在就不客气了，一家人不说两家话。刚才说请你们帮助的事是两件，这下看样子还要多加一件了。""吴厂长，都是党的事，不要说是加一件，就是加十件百件，章政委和我，我们湖西人也保证毫无怨言地去完成。"金忠礼表态说。

"好！我们坐下说。"两人坐下后，吴运铎继续说道："请你们帮助的第一件事是，我们的场地还要扩大，要把徐家那两间房腾出来，做一个小精工车间。还要与仙墩庙住持协商，我们要借用他们的庙宇，在大雄宝殿做一个大精工车间，庙外还要搭席棚，做铸锻车间。这协商腾房、搭棚的事请你帮忙。"金忠礼保证道："小事，今晚就完成。"吴运铎接着说："这第二件事是，我们需要大量的钢材和废铜烂铁，你们收购的那些还远远不够。请你向县里汇报，在全县发动群众，寻找更多的钢材和废铜烂铁。"金忠礼说："一定！竭尽全力！""这第三件事是，刚才杨师傅说的，你也听到了，他点到的能否请你和章忠苇同志商量后，尽快地同意放行，我们好派人去把设备和人接来。""这事用不着商量，铁木器厂的设备和人都是为你们准备的，这是她的本意，明天我就把人和设备带来。"

送金忠礼出门时，杨师傅还特地追出来喊了一句："可一定要把那个唐老板请来啊！"

72

从吴运铎他们那儿出来，金忠礼心里考虑着怎么去落实吴运铎布置的三件事。后来一想，其实不止这三件事，还有一件事要记住，就是明天把胡忠道请来给吴厂长治下脚伤。现在先由近到远、由急到缓地来落实那三项任务。他先来到老徐家，因早已跟老徐说过，刚才又陪吴运铎来看，因而他这么晚来一说，老徐就答应明天一早交空房。从老徐家出来，他直接来到了仙墩庙。

这庙规模还不小，平时金忠礼很少来，但日光和尚他是熟悉的。四爷、四妈、忠苇离世，家里都是请他超度亡灵的。其实，他不信日光和尚他们那一套，但他都默许了。他认为在日光和尚庄严肃穆的超度仪式中，人们表面是安静的，但思绪是活跃的，可以静静地回忆逝去亲人的音容，思考这些亲人离世的价值，由此修正自己今后怎样去生活的参考标尺。而不同的人对过去的回忆、人生的思考以及得出的结论是不一样的。他认为自己在为四爷、四妈和忠苇的两次超度仪式中是受到很大触动的，在人生追求上也是得到了不断升华的，而且两次升华的程度都非常分明。他在月光下一边走着一边想着，正想着两次不同的升华时，已来到了仙墩庙门口。

敲开庙门，进了院子，日光和尚将他迎到了大雄宝殿。金忠礼跨进大殿，迎面耸立着三尊大佛。那大佛大象一般的身躯、笆斗一样的脑袋直抵大殿的屋顶，个个眯着眼向你微笑着。两人就座后，日光和尚问："施主夜晚登门，莫非家中有事？"金忠礼说："家中确实有事，来请师傅相助。""施主请讲无妨。""秋收将至，日本鬼子觊觎湖西之优质稻谷，正谋划扫荡抢粮。""可恶！可恨！作恶多端必成地狱之魔。""我根据地军民正积极准备，进行反扫荡，要给日本鬼子迎头痛击。""好啊！有何需贫僧效力之事否？""反扫荡，根据地军民最缺的是什么？""隐藏之所。此仙墩庙可为避难之所。届时，贫僧处可容几百号人之避难。""非也。""粮食？""也不是。""那贫僧可就无从知晓矣。""其实也是粮食。""何种粮食？""子弹，枪支的粮食。""此粮贫僧则无一升一斗也。哈哈哈。""此处没有，然此处可种矣。""施主，本庙之田地均已收为公产，留下的十来亩地为本庙僧侣口粮田，已无田可种矣。""有啊，这大殿便可种之。"日光和尚越听越糊涂，便直接说："施主，你不要绕弯子了，直说吧，要此大殿有何用？"金忠礼说："是这样的，新四军要在小朱庄生产子弹，有一些设备要安装，整个小朱庄没有能装得下的房子，只有你这个能容天下事的高大宽敞的大雄宝殿能容下。不过，恐要影响你们一段时间了。""施主，自从日本鬼子来了，这清静之地哪有一日安宁？日本鬼子一日不赶走，我们就一日不得安宁。你们在大殿种粮食是为了赶走日本鬼子，是为了尽快地恢复安宁，菩萨是会笑纳的。行了，施主，这大殿明天就交给你们。"金忠礼站起来向日光和尚行了一个合十礼，感谢他对抗日工作的支持。

从仙墩庙出来，月亮已偏西了。金忠礼没有在小朱庄留宿，他要尽快赶到铁木器加工厂，因为吴运铎厂长安排的另两件事都需要到那里解决。赶到铁木器加工厂时已是下半夜，但厂里还亮着灯。章辅、金二爷一人提着一只马灯，照着唐玉成拆那台车床。金忠礼进门时，车床已拆了大半。他见此情形，心想根本不用与章辅商量了，这拆了大半的车床不正说明章辅已经决定连人带设备调到小朱庄了嘛！

天还没亮时，他们已开始把拆下的车床以及台虎钳、手摇钻往马车上装。趁这时，他将吴运铎厂长说的三件事向章辅做了汇报，章辅听后说："三件事，腾房的事已没问题，车床和工人的事天亮就能完成，剩下一件就是钢材和破铜烂铁的事，还是有很大难度的。破铜烂铁的事还好办些，马上向县里汇报后，请县里动员全湖西人帮着收集，会好些。这钢材是最大的难题。"

在一旁指挥装设备的金二爷走过来问："你们才将说什么材的事啊？"章辅说："二爷，阿拉说的是钢材，急着要钢材。""钢材？你们要钢材做什么交易？"金忠礼说："不是我们要，是小朱庄那边要。""噢，我晓得做什么交易了，小朱庄没得钢材是玩不转的，钢材是他们的粮食。哎，大侄子啊，我想起了一件事。"金忠礼急切地问："什么事？有钢材吗？"章辅眼睛也紧盯着金二爷，等着他的话，似乎从他嘴里能等出钢材来。

这时，两个工人抬着一个零件往马车上放，放了几次没放上去，金二爷上去在底下托了一把才将那个零件放上去。见章辅、金忠礼也跟着过来了，金二爷就对他们说："我们湖西不是年年受洪水的灾害吗？湖西人就年年跑到县里请求治理水患，当时是议员的杨老伯也不断地向省里反映，喊了不晓得多少年才答应在金苇河上修筑一个活动坝拦住一部分水。又过了几年，直到民国二十六年才开工打桩。当时各乡保抽调做过木匠铁匠的手艺人去做活，我跟你呀都抽去上工地了。到工地一看到处堆着什么机器呀、洋灰石子啊，还有很多钢材。""那些钢材现在在哪儿？"金忠礼好像嗅到了钢材的味道，便抢着问了一句。"莫急，你听我说沙。才打了一根桩，我就病倒了，上吐下泻，工地上又没人管你，我只好拖着病体回来治病。后来，日本鬼子来了，整个工程都停掉了，你呀也回来了。""那些机器设备和钢材呢？"金忠礼又问。章辅也问："怕是被国民党运走了。""运

223

到哪里总要存到个地方啊，钢材这东西也不像粮食，吃不掉，烂不掉。有戏，这些家伙肯定储藏在哪里呢。二爷你不晓得藏哪里吗？""我不是说我提前回来了嘛。这个事，你去问你呀看看，他最后走的，兴许他晓得个七大八的。"

听了金二爷讲的事后，章辅和金忠礼一刻也不想耽搁，立即转身回到金家庄。到金家庄时，天才麻麻亮，整个庄子一片宁静。但金大爷已经起床正在房前打太极拳。金家人都有早睡早起的习惯，早上天刚亮起来打一通拳，然后就开始做活。见父亲在打拳，金忠礼走过去问："呀，问你个事喃。"金大爷一边打拳一边说："哟，你们一大清早来有什么公干啦？""不是，问侬件事呢。"章辅说。金大爷停下来说："不是乡里的事啊？那什么事这么急啊？"章辅说："问你，那年在金苇河修活动坝，后来那些机器、钢材运哪儿去了？""噢，你们问这个啊？陈谷子烂芝麻的事，现在烦那个干什么？日本鬼子没赶走，那个修坝的事你们想都不要想！"金忠礼说："不是修坝，我们是想要那些机器跟钢材。""你要那些铁疙瘩不能吃不能喝的，做什么交易啊？噢，我想起来了，是不是小朱庄那边要啊？""是的是的。""那我晓得了。那年我跟你二爷抽去做活。"金大爷正要讲经过，被金忠礼打岔道："呀，经过，二爷刚才讲过了，你就说那些机器、钢材储存到哪里了。""噢，那年，我们正打第三根桩的时候，日本鬼子飞机来扔炸弹，还炸死了十几个民工喃。坝修不起来了，不能把机器、钢材丢给日本人用啊。那些长官就叫我们民工把那些东西全部抬到下游几十米远的金苇湾，全部沉到那个湾那摊了。""大爷，现在叫侬去找能找到那里吧？"金大爷闭起眼想了会儿说："能。我记得，修坝的地方是金苇河上游最窄的地方，沉钢的地方离坝半袋烟工夫，那儿有个大湾，水面很宽，水又很深。你们要找，我带你们去，保准找到那地方。只是，那些铁家伙撂下去轻巧巧，想要把它们捞上来就不易得了。"章辅说："没事的，大爷，吴厂长伊拉什么也没有还要造子弹喃，阿拉毕竟还有个东西在那儿呢，不怕捞不上来！""那，呀，你现在就跟我们走一趟呗。""早上栽树，晌午就要乘凉，这么急啊？"章辅说："大爷，不急不行啊，我们急赶一分钟，前线战士们就少流一滴血啊。""也不是今天就要捞，先去把个地方确定下来。正好我们有两辆马车去小朱庄，到那儿，我们把这事向吴运铎厂长报告后再说。"

224

73

太阳才升到一竿高，章辅和金忠礼他们送工人和设备的两驾马车已经到吴运铎他们的驻地。一大清早，吴运铎看到门口一车设备、一车工人，激动不已。他感到湖西根据地的干部和老百姓是那么的质朴、那么的纯真、那么的慷慨，没有多什么话，在最短的时间里就把他们仅有的设备奉献给我们了，把他们培养的工人输送给我们了，这会儿说什么感谢的话都是多余的，唯有只争朝夕尽快制造出更多的子弹、更多的武器，赶走日本鬼子，让湖西人民过上安宁的生活，才是最好的感谢。吴运铎安排杨师傅带唐玉成他们几个工人把那台车床运到徐家那两间空房子里安装调试，在那里建一个小的精工车间，目前可以在那里制造其他设备需要的零件。

待他们走后，章辅和金忠礼向吴运铎同志报告了金苇河里沉钢的事。吴运铎听后眼睛里顿时放出了光芒，高兴得像个孩子似的说："走，现在就带我去看看地方，我们先去勘探一下，视情况再走下一步棋。"

他们一行四人来到湖边，找了条小渔船向上游划去。快到晌午时，来到金苇湾。金大爷叫小渔船向南岸划，划到离南岸还有二十来米时，他叫渔船停一下。他向南岸看了又看，又叫渔船向上游划了几米，再向南岸看看，然后手一画说："就在这摊了，八九不离十了。"吴运铎见金大爷确定了地方，就一边脱上衣一边说："我先下去探一下。"金忠礼一把拦住他说："我比你熟悉水性，我下！"吴运铎说："我小时候一直在安源河边长大，水性也是练出来的，还是我下吧。我又比你熟悉钢，知道钢的规格，我下去情况会更清楚些。""不行！你的脚上还在化脓嗬，这一下冷水更难好了。"章辅也对吴运铎说："吴厂长，侬就不要跟伊争了，在北阿区这地方干活，区长有优先权，侬就告诉伊下去勘探些什么就行了。"

这时，金忠礼光着上身已经下到水里，他两手扒着船帮说："对，吴厂长你告诉我勘探哪些方面就行了。"吴运铎见他已在水里，便不再争。他弯腰对金忠礼说："你下去的任务是搞清楚这两点：一个是这些钢材在水底大概位置，要确定一个大致的范围；第二个是钢材的规格和数量，规格就是它多粗多长，数量大概估计一下，大差不离就行了。这两点也不要一个猛子就搞清了，可以上下几次，不要着急。"吴运铎这么交代着，金忠礼已松开双手，离开了船。

中秋季节，金苇河水清澈见底。金忠礼深吸一口气，松开两手转身游了两米，然后一弯腰，头朝下，脚朝上潜向河底。水面上荡起一圈圈的浪花，荡得小渔船也跟着晃动了起来。不一会儿一切恢复宁静，船不摇，人不动，水面平静如镜。大家屏着呼吸，使劲睁大双眼，低头紧盯着河面，像是要穿透河水直达河底注视着金忠礼在河底察看钢材。可是河水深七八米，他们的视线只能看个尺把深，对更深处的金忠礼的活动则是两眼一摸黑，全然不知。章辅有节奏地敲着船棚，心里在为金忠礼默记着在水底的时间。几条小鱼张着嘴啄着船帮上的小螺蛳，远处的水鸟不时俯冲而下，抓住一条小鱼又腾空而起。

章辅心里有点紧张了，伊怎么还不浮出水面？她想着金忠礼憋着气在水底这么长时间，自己都感到喘不过气来了。吴运铎也有点担心了，他问金大爷："大爷，您儿子在水下能憋多久？"金大爷笑笑说："不急，快了，一会儿他差不多也就上来了。"知子莫若父，章辅和吴运铎紧张担心时，他还稳坐钓鱼台，没一点着急的样子。可是，几个"一会儿"过去了，也没见金忠礼上来，他也开始有点心慌了。只见他一边盯着水面，一边解衣扣准备下水看看。吴运铎按住金大爷的手说："您这么大年纪怎么叫您下，这回该我下了！"章辅拉住吴运铎说："侬别动，在北阿区，应该北阿干部下，吾是旱鸭子，大爷是乡长，还是让大爷下。"这时小渔船船主开口说："你们都不动，我来，这片水面哪儿有漩涡，哪儿有暗流我晓得，我下。"几人正争着，前边的水面哗的一声，金忠礼冒了出来。

出了水面，他游到小渔船旁，两手抓住船舷向上一撑，人上了渔船，上下牙齿还打得咯咯响，浑身鸡皮疙瘩都冒了出来。章辅看他冷得发抖，赶紧给他披上衣服："坐到船头在太阳底下晒一会儿。"晒了一会儿，金忠礼暖和了，也缓过气来了。他说："全是宝贝，鸡蛋那么粗，撑篙这么长。刚才摸到了两摊，上面全是淤泥。"吴运铎拍了一下金忠礼的肩膀说："太好了！你可帮我们解决了大问题了！二师全体将士都要感谢你嘀。"金忠礼边唱边打趣地说："没有枪没有炮，敌人给我们造，没有钢没有铜，老蒋给我们送。不要谢我啊，你谢老蒋啊。哈哈哈……"章辅问："水下怎么样，很冷吗？"金忠礼说："很冷，越深越冷，两只耳朵还疼。"吴运铎说："水下晒不到太阳，温度很低，越深温度越低。耳朵疼是水的压力压的，越深压力越大。下次来打捞时大家要喝点烧酒、吃点辣椒，把身体弄暖和了再下去。"章辅看金忠礼还披着衣服，便对他说："侬把衣服穿起来，不要着凉。阿拉往回划吧。""没啥，没啥。我还要下去一下，刚才摸到两摊，再下去看看其他地方有没有，然后确定个大致范围，下次来就直接打捞了。"金忠礼说着拉下披着的衣服，又下到水里。船主喊道："等一下，喝口酒再下去。"说着递过来一个葫芦。金忠礼拔开葫芦上的塞子，仰起头喝了一口酒："哎呀，好辣啊。好了，浑身火冒冒的。"说完还回酒葫芦，一头又扎进水里。

过了几分钟，金忠礼穿出了水面。他一边用手抹着脸上的水一边说："刚才又找到一摊，总共找到三摊，不知道其他地方还有没有，下次来捞时，多下去几个人扩大范围再找一下，老蒋送来的礼品，我们一根都不能把它丢了。"

在返程的船上，吴运铎就与他们一起商量打捞的方案。最后确定找四五十个水性好的青壮年，带三条大船来打捞。一条大船打捞一堆，每条船上配两根十多米长的粗麻绳，由潜水下去的人扣住钢筋的两头，再由船上的人把钢筋拉上船。章辅和金忠礼想趁热打铁，定下明天找人找船，趁天气还不冷，后天下水打捞钢筋。

而吴运铎则拦住说："不急，现在正是你地方上秋收大忙时刻，你们要与老天抢时间，还要与日本鬼子抢时间，不知道什么时候日本鬼子就来扫荡了。再说，我们这一段时间要抓紧制造普通工具和机器，暂时还用不上这些钢筋，所以，干脆等你们秋收结束再来打捞。"章辅赞成说："也好，反正钢筋在下边已经睡了几年了，再多睡几天也无妨。那就这么定了，秋收一结束，阿拉就组织人来打捞。"

回到小朱庄，吴运铎他们开始设计制造生产子弹需用的工具，章辅和金忠礼则忙秋收和秋季公粮公草的征收。奇怪的是整个秋收中，日本鬼子并没来扫荡，湖西人紧张而有序地抓紧秋收工作，他们以最快的速度完成割稻、脱粒、晒谷、征收公粮、储藏公粮。3000 亩公田的稻子全部收割脱粒扬净，并都分开储存到农户家里。

小朱庄兵工厂的工作也有条不紊地展开着，自己制造的工具已全部完成，设备制造和安装也进程大半。其间，二师军工部的同志送来了一台中大型的皮带车床、一台牛头刨床和一些旧铁轨。他们将那台中大型的车床安装在仙墩庙的大雄宝殿里。安装时，吴运铎还对着三尊大佛说："请多包涵，得委屈你们一段时间了。不是机器打破了你们的清静，而是日本鬼子破坏了你们的清静，只有赶走日本鬼子才能恢复你们往日的清静。"大雄宝殿成了兵工厂最大的精加工车间。然后，又在庙门外搭了个大的柴席棚，在里边砌了个打铁炉，在旁边架个铁砧，做了一个风箱，这就成了铸锻车间。但是问题来了，锻件小的，有工人抡起大铁锤就可以解决。然而大锻件靠工人抡大铁锤是没用的。吴运铎开动脑筋，因陋就简，他用几根木头竖起一个支架，将一个水井上的滑轮吊在上边，再在井绳上系一块100多公斤的铁锤，将它拉上砸下，就成了铸锻车间的手拉锻锤。此后，他们又用旧铁轨和案板做成简易的冲床，用石磨轴和传送带做成人力发动机，总共添置了有十几件工具，制造了五台设备。

快要完工前，军工部又派了百十个男女青年到他们兵工厂当工人。整个兵工厂热火朝天，如火如荼。新来的工人中有一个女工叫陆平，她是扬中人，在江南六师的兵工厂火药车间当过工人，对火药方面的知识多少懂一点。同时，她后来又在敌占区搞过情报工作，因而她是来帮助吴运铎管理火药车间的安全和厂里人员的审查的。她来之前就听军工部同志介绍过吴运铎，说他是二师的"金不换"，所以，她来的当天傍晚就来找吴运铎了，一是想见见这个"金不换"到底是个什么样，二是也想向他了解一下厂里人员的情况。

吴运铎见是一个女兵，长得娇小可爱，两只大眼睛里透着江南女子的灵气，连忙放下手上的圆规和铅笔，递上凳子请她坐。陆平乍一看吴运铎，长相上虽说不上高大英俊，但眼睛里充满了激情和睿智。在她看来，他更像是一个和蔼可亲的兄长。陆平向他了解了地方上进来的几个工人的情况。吴运铎告诉她，那几个人都是北阿区铁木器厂的，因为当时急需要技术工人，所以就把他们临时抽过来了，对这些人都没进行过审查和考察。但从最近一段时间看，他们表现都很好，特别是杨师傅推荐的那个唐玉成，技术上有一套，工作也非常积极。陆平向他要了几个人的名单说："我们会通过地方上和情报系统对这些人的情况做一次调查，以确保兵工厂的内部安全。"接着，两人又谈起了各自的经历和家庭出身，原来都是穷孩子，共同语言更多了，直到外边响起一阵吃晚饭的哨声才把他们的谈话打断。

74

秋收结束，章辅和金忠礼挑选了五十名水性好的青壮年准备去打捞钢筋的时候，日本鬼子的飞机来轰炸了，大扫荡开始了。原来日本鬼子是故意推迟了扫荡的日期，春季扫荡时，许多田块的麦子还没收割上来，他们抢的粮食不多，这次他们等稻子全部收割并脱粒归仓了才进行扫荡，就是想抢更多的粮食。

六七架日军飞机沿着金苇河两岸低空盘旋，一路投下雨点般的炸弹，这是敌人扫荡的前奏。一阵轰炸后，十来艘汽艇沿着河的两岸在前边开路，用机枪和小钢炮向岸上狂射一气。后边又是十来条大机船载着日伪军一路向前，到一处村庄停下一条大船，船上的日伪军便端着枪登岸向村庄冲去。

天将黑时，章辅和金忠礼带领区武装连迅速来到小朱庄兵工厂。他们赶到兵工厂时，吴运铎正指挥工人拆卸机器，把小型工具和一些材料往箱子里装。吴运铎对金忠礼说："日伪军已经登岸，在沿湖村庄烧杀抢掠，离我们只有十多里路，我们必须趁天黑把重要设备全部转移出去。现在请你们的人到北边的小树林那儿挖塘，将重要的机器设备埋到地底下，以防被日寇炸坏了。"章辅对吴运铎说："设备就按照侬的要求转移掩埋。掩埋后，厂里所有的人再向北，那边有一片芦苇荡，阿拉在那边准备了十多艘大小船只，全部人员上船划进芦苇深处躲藏。"然后她又对金忠礼说："侬带领伊拉快去挖塘，我到庄子里再去喊人带杠子绳索来搬运。"金忠礼带着武装连到庄上各家拿了铁锹和担子直奔小树林。

不一会儿，章辅也回来了，她后边跟着几十号男女农民，有的扛着木杠，有的带着麻绳，一路跑到兵工厂。一到厂里，他们就分成不同的组用绳子捆绑机器设备，大的十来个人一组，前后两根杠子抬，小的四个人一组，一根杠子，四人轮换着抬。

这时一架敌机飞到小朱庄上空，扔下一串炸弹又折向南飞走了。看来日本鬼子并没发现这儿的兵工厂。但有两个炸弹扔在了庙前，把柴席棚炸

229

烧了起来。为防止大火烧到大雄宝殿，工人们又分出一部分去救火。

农民和工人们抬着机器设备向北边的小树林行进。敌人又一架飞机飞来投下一连串的照明弹，把小朱庄照得如白昼一般，接着飞来的就是敌寇的炮弹。炮弹在农民的队伍和小树林周边爆炸。抬设备的队伍冒着炮火向小树林前进。抬到小树林，赶快将机器设备往五六个挖好的大坑塘里放，然后填上泥土，再覆盖些枯枝落叶。等全部埋完，章辅指挥道："武装连就地选择有利地形阻击敌人，小朱庄朱保长带抬设备的农民向北撤至安全地带，兵工厂的工人撤到船上。待这两拨人都撤走了，武装连边打边撤，与日本鬼子脱离接触，撤回北阿。"

两拨人员开始撤退时，金忠礼告诉章辅："没看见吴运铎厂长。""走，阿拉回去找！"章辅对金忠礼说。金忠礼边向仙墩庙跑边说："你在这儿，我去找。"章辅哪里肯？她也一路跑了过来。跑到半路，见前边有两个人拎着马灯向这边走来，靠近一看是陆平搀着一瘸一拐的吴运铎走了过来。原来，吴运铎跟着抬设备的农民已经到小树林，后来想起宿舍还有些资料没带，又回头去拿资料。陆平见吴运铎又向回返，便也追了回去。

终于在黎明前，兵工厂的设备和工人、小朱庄抬设备的农民全部安全撤离。但是损失也不小，兵工厂铸锻车间被炸毁，打铁炉成了一堆断砖碎土。六名工人受伤，抬设备的农民两人被炸身亡，五人受伤，武装连两人牺牲三人受伤。

日寇这次扫荡非常疯狂，纠集的人数比春季扫荡多了一倍，在湖西根据地扫荡的区域扩大了两三倍。春季扫荡时，日伪军仅在沿湖村庄烧杀抢掠，这次在湖西根据地四周都向前推进了少则十余里，多则二十余里，根据地仅剩北阿镇街区周边一块。南边的金苇乡所在地金家庄第二天就被日伪军占领，庄上大多数老百姓都没来得及跑，全都被赶到了乡公所院里。这帮日伪军是罗界义带过来的，七八个日本鬼子，一个排的伪军，他们端着刺刀，架着机枪逼老百姓说出藏粮地点和新四军的兵工厂在哪里。

金家庄男男女女、老老少少200多人被刺刀围在中间，小孩吓得哇哇哭。罗界义手握驳壳枪站在前边大喊："大伙儿听着，都是乡里乡亲，你们不为难我，浪奶奶的我也不会为难你们。我就要你们说出两件事，一件是稻子藏在哪儿了，第二件是新四军的兵工厂在哪儿，说出来，浪的大伙儿高高兴兴回家，不说出来，浪的那就不要怪我不客气了，到时候机枪点名，浪奶奶的大伙儿一起下汤锅。"说完来回走了两趟，便站在中间用手枪对着人群，另一只手从口袋里掏出怀表看了一眼，然后再次对人群喊道："大伙儿浪奶奶的给我听着，我罗某人跟你们是耗不起的啊，我得给你们规定个时间，一袋烟工夫，十分钟！浪奶奶的现在开始计时。"说着他看着手里的怀表，怀表的秒针嘀嗒嘀嗒地转着，时间一分一秒地过去，人群中只听见婴幼儿的哭声，没有大人的说话声。

"浪奶奶的时间到！"罗界义同时向空中砰地打了一枪，人群中一阵骚动。一个日本兵走到人群处从前排拽出一个人来，罗界义走上去说："哟，顾大愣子啊。浪奶奶的这段时间跟共产党走，有房子住有饭吃了吧？""自己搭的两间茅草房。""饭菜呢？浪奶奶的该有大鱼大肉了吧？""一天一顿稀菜粥，就咸菜萝卜干。""哎哟，浪奶奶的没得大鱼大肉啊？""没钱买肉吃，睡觉养精神。一天睡两觉。""大愣子啊，你说出他们把稻子藏哪里了，浪奶奶的我请你吃大鱼大肉，还有小酒喝。""想吃想喝呢，就是没得这个口福哎，命不好。""浪奶奶的你就没看到他们把稻子往哪窟运的吗？""一天两觉，他们也尖聪呢，都是在我睡觉时刻运，不让我看到。"罗界义突然一把抓住顾大愣子的服领对着他的大腿就是一枪，顾大愣子一下栽到了地上，人群骚乱了起来。罗界义退后几步喊道："再不说，浪奶奶的机枪开始点名，我数三下子。一、二……"

"等哈子，儿子啊，等哈子。我来，我来。"这时罗界义的父亲罗一旺一边喊一边走上前来。他对人群喊道："大伙啊，一人做事一人当，他们乡干部藏的粮食，他们晓得，让他说，我们不能跟他们一起做冤鬼啊。"说到这儿，他向人群靠近几步，然后踮起脚，右手指着中间的金大爷喊道："金乡长，往日走在街上威风啊，今个怎么躲在后头不吱声啦？乡里的公粮不是你收你藏的吗？你不能叫这么多乡里乡亲一起跟你陪葬沙。"人群中的金大爷见罗一旺指着他，便挪身向前。站在他旁边的金老太爷拉住儿子，低声说："我来！"说着拨开前边的人走到人群前面。

"哟，这不是金老太爷吗？怎么你这把年纪，共产党还让你当乡长，浪奶奶的莫不是你那个当区长的孙子花钱帮你买的吧？"罗界义走到金老太爷面前说。金老太爷说："你小子跟老太爷说话嘴里干净些个，满嘴浪奶奶的，你不得奶奶啊？"罗界义被金老太爷这一戗，一时不知说什么好了。后边他父亲罗一旺则喊道："是儿子，是儿子。"罗一旺这里是提醒儿子罗界义，当乡长的不是他，是他儿子。而罗界义则把老子的话理解成了：是的，儿子啊。因而罗界义又说道："既然你是乡长，浪……"嘴里刚冒出个浪，正要滑出"浪奶奶的"，赶忙止住，面对这白发老人还是不说"浪奶奶的"了。他接着说道："那你告诉我，粮食在哪里？兵工厂在哪里？"金老太爷见他嘴里没有"浪奶奶的"了，便口气和缓地说："这个好说，你把这些乡亲们都放回去，我就带你们去找粮食和兵工厂。"罗界义说："放，可以，你可不要跟我玩溜子噢。""你看你这个小毛侠子怎么这么看你老太爷的啊，我这把岁数了，在这庄上几十年，你不晓得我，你老子不晓得我吗？你要信我你就放了他们，你要不信，那我也不会给你带路。"金老太爷回他说。

罗界义不敢做决定，他走到一个瘦猴样的日本人面前叽咕了几句，那个日本人跟着他走到金老太爷面前问道："你的，粮食、兵工厂的，统统地知道？"金老太爷点头说："统统地知道。"罗界义又对他说："你要是骗皇军，浪的皇军那可是白刀子进，红刀子出的噢，你想好了噢。"金老太爷说："我在这庄上几十年，你这个小毛侠子说说，我老头子哪件事是没想好做的啊？你快把他们放了，我这把年纪了还胡道你吗？"罗界义再次与那个瘦猴日本人叽咕了几句，那瘦猴日本人点了点头，罗界义对伪军喊道："浪奶奶的放他们出去。"外围的伪军让开了一条道，被围在中间的老百姓开始向外走。

罗一旺走过来套住他儿子的耳朵说："你把他大儿子金木匠留住，浪的防止这老家伙玩溜子。"罗界义忙吩咐两个伪军把正随着人群向外走的金义雄带来。老百姓陆续走出了乡公所，罗界义走到金老太爷和金大爷父子俩面前说："你们金家也真有本事啊，浪的自从我罗某人离开金荸，你们一个个都能弄个一官半职当当，也真是时来运转了啊。怎么样，照老爷子意思，人我已经放了，浪的，你现在该带我们去找粮食和兵工厂了吧？浪的你们两个，哪个带路？"金老太爷向前一步说："我带！走，我带你们去。""浪的好，那你在前边走。他在后边跟着。"

75

罗界义吩咐两个班的伪军和四个日本兵，由他与那个瘦猴日本兵带队押着金老太爷在前，一个班的伪军和两个日本兵在后押着金大爷。金老太爷抬头挺胸大步地向乡公所门外走去，后边日伪军端着枪跟着。

在后边的金大爷知道他父亲根本不晓得粮食和兵工厂在哪儿，他之所以这样做，是想让更多的街里街坊活下去，而他自己这次选择的却是不归路。金大爷看看前后几十个端着枪的日伪军，知道逃是逃不脱了，今天这道坎怕是过不去了。怎么办？总不能白白等死啊？不能跑，总能拼吧？怎么拼？身旁就有日伪军，到时拉一个垫背的应该没问题，若是伪军垫背我还不要呢，要拉就拉个日本鬼子垫背，拉一个够本，拉两个赚一个。不行，得先看老爷子的，甲午战争那年他就想干掉个把日本兵了，可惜他在的那军队溃败了，连根日本兵的毫毛都没揪到。几十年的心愿就要杀一个日本鬼子，报他们在甲午战争中失败的仇，报兄弟被杀之仇。也许他今天就是想完成这个心愿的，我得配合他，让他圆满地了却他的心愿。

金老太爷确实是要在今天了却藏在心底几十年的心愿的。打甲午战争那会儿他就恨日本人，但他觉得那时日本人还有所收敛，讨了便宜就没再侵占中国更多土地。这会儿的日本人却得寸进尺，简直可恶之极，竟然跑到我老头子的衣胞之地来杀人放火，我若不给点颜色给他们看看，我这把年纪还有什么颜面活在湖西？今个，黄泉的门已经开了，我得带两个人走，一个鬼子、一个汉奸。金老太爷向旁边的罗界义和瘦猴日本兵瞄了一下，心里说：就是你们两个了，那个瘦猴日本鬼子好揪，那个罗汉奸块头太大恐怕不好揪。到时看吧，不行就揪瘦猴吧，一个也行啊，好歹是个真鬼子啊。但这会儿他看到日伪军把他大儿子也一起带来了，他有点犹豫了。他还没到走的时候啊，他是我们金家长子，还有一大家人要养啊，还有一乡的事要做啊。我这前边一动手，他们怎么可能放过我大儿子嘛。怎么办？怎么办？他心里直打鼓。

"老不死的，浪的你把我们朝哪窟带啊？"是的啊，我把他们朝哪块带呢？金老太爷向街上四周望望，街上已空无一人，乡亲们这下是跑反去了。他想多耽搁些时间，乡亲们就会跑得更远些，就更安全一些。走着走着，"一旺粮行"的牌子到了他的眼前。有了！我就把他们带到罗家庄！他罗一旺家有一个大仓库，库里必定有新下市的稻谷。他罗界义院子里有个铁木器加工厂，是老二在那儿办的，我就说那个是兵工厂。到时找机会了却我几十年的心愿，动手时，看我儿子的造化，能不能趁乱跑了。这么想着，他带他们拐进前边一个巷子向北朝罗家庄走去。

见队伍拐向北了，在后边的金大爷晓得老爷子把他们带到哪块了。他也佩服自己的父亲，一把年纪了倒也不糊涂。公粮保住了，还把他罗家的粮食给暴露出去了。有了罗家那么多粮食，这些日本鬼子自然也无心再去追公粮了。

不一会儿，来到了罗家庄。罗界义见老头子把他们带到他家这儿，知道上当了，便上去抓住金老太爷服领骂道："你这个老不死的，浪奶奶的你跟我玩溜子是的啊？老子这枪是吃素的啊？"这时他嘴里"浪奶奶的"又喷出来了，一边喷还一边使劲推搡金老太爷。

而那个瘦猴日本兵似乎发现了什么，他将手一挥示意罗界义放开金老太爷，然后走到罗界义院门口四处察看了一下，指着院门说："打开！"原来，他一过来就看到地下有铁屑，觉得这地方像兵工厂，因而才制止了罗界义。罗界义再看看自家院门两边砖柱上各挂着一个牌子，左边的是"北阿区铁木器加工厂"，右边的是"北阿废品收购行"。他心里骂起了金忠礼，你他妈的追杀我、收我枪，还占我院子，今天你跑了，但你爹你呀在我手里，你要有种你回来换你爹你呀回去，你没种，就子债父偿，你就准备给你爹你呀收尸吧。

进了罗界义家院子，日本兵看到有大案板，有砖炉、坩埚、铁砧、铁锤以及一些木匠工具。瘦猴日本兵问："这是兵工厂？"金老太爷点头说："是，这个就是新四军兵工厂。"瘦猴日本兵摇摇头，不知是他认为不是，还是觉得这兵工厂也太简陋。他又问金老太爷："那粮食的有？""有，大大的有！在那边。"金老太爷边说边指向隔壁的罗一旺家。"带路的有。"瘦猴日本兵说道。

金老太爷又将他们带到罗一旺家院门前，指着后边的房子说："乡里的公粮都藏在那里。"罗界义上前对瘦猴日本兵说："太君，这老东西胡说嗬，这里是家父宅院，哪来的公粮？"瘦猴日本兵向大院看看，觉得新四军最会玩的就是这一套，把粮食藏在你认为不可能的地方。他手一挥说："打开！"罗界义没法，只得叫跟在后边的父亲开了门。

这罗一旺家建宅院时，金老太爷是木匠头子，带领一帮徒弟在这儿做工。他家哪个院子、哪间房子做什么用，金老太爷一清二楚。所以，院门一打开，金老太爷径直将他们带到西院的粮库，指着大门说："公粮的，大大的有，统统在这里。""打开！"瘦猴日本兵命令道。罗一旺望着儿子，心想你跟太君说一下，这不是公粮，这是我罗家的私粮啊。罗界义哪有这个胆子，他的胆子都用在对付湖西老百姓上了。他只有跟着说声："打开。"门一打开，看到满屋子的稻子，瘦猴日本兵喊着"要稀、要稀"就扑了上去，半个人都陷进了稻谷中。这是他们扫荡的主要目标之一，找到这么多粮食，他回去可以升职了。因而他从稻谷中站起，急不可耐地大声命令："罗桑，你的快快地运粮！"说完大笑不止。

罗界义则恶狠狠地盯着金老太爷喊道："给我把这个老东西绑起来看好，浪奶奶的等会儿看我怎么跟他算账！"金老太爷见两个伪军把端着的枪背到肩上，心想再不动手就没机会了。他想用左臂勒住罗界义脖子，手臂勒瘦猴日本鬼子的脖子，这样拖一个汉奸、一个鬼子奔黄泉。可是已经不行了，那两个伪军已上来，而且挡在了罗界义的前边。金老太爷迅速向右用右臂一把勾住那瘦猴日本鬼子的脖子，左手又绕过来与右臂一起使劲地箍住瘦猴鬼子的脖子。那瘦猴鬼子被勒得满脸充血，两手拼命抓金老太爷的脸，两脚腾空乱踢。两个近前来绑金老太爷的伪军赶紧上来掰金老太爷的手，到哪里掰得下？越掰，金老太爷的手臂勒得越紧。后边两个日本兵见状，端着刺刀对着金老太爷后背一阵乱刺，金老太爷的鲜血喷得两个鬼子一脸一身，他们倒成了血人。

外边的日伪军听到库里的叫喊声便向前冲，金大爷晓得老太爷在前边行动了，便挣脱抓住他膀子的两个伪军，也用右臂一把勾住拎着枪向前跑的一个日本鬼子的脖子，把他提了起来，勒得那个日本鬼子四爪乱招[59]。同样，两个伪军上去掰金大爷的手，更加掰不下来，金大爷比金老太爷的手劲大很多。他一边更用力地勒鬼子脖子，一边腾出一只脚踢那两个伪军。跑到前边的两个日本鬼子见后边也吵起来了，掉头一看，他们的一个兵被那个中国人像拎小鸡一样地勒在臂膀里，两手两脚垂在那里，舌头伸了出来。两个日本鬼子端着刺刀"哇哇"地跑过来，从两侧对着金大爷猛

235

刺一通。不一会儿，金大爷向后倒了下去，臂膀还死死地箍住那个日本鬼子的脖子。

金老太爷和金大爷父子俩以同样的姿势无声无息地倒在了地上，右臂都还紧紧地勒住日本鬼子的脖子，不同的是金老太爷背部被日本鬼子捅了十数刀，金大爷两腰被两个日本鬼子捅了十数刀。日本鬼子想把两个日本兵的尸体从他们的臂膀中弄出来，可几个日伪军使劲扳他们的手臂都扳不下来。最后把金老太爷和金大爷的右臂割了下来，才把那两个日本鬼子的尸体弄出来。

76

章辅、金忠礼和吴运铎他们在芦苇荡里已经是第七天了，对外边的情况一无所知，日本鬼子的飞机还在金苇湖两岸的上空盘旋，时不时地扔下不计其数的炸弹。在芦苇荡深处，安全没问题，敌人的飞机看不到，汽艇进不来。只是各人带的干粮所剩无几了，大家都省着吃，一天只吃一块饼。渴了没问题，头探到湖里，直接喝湖水。可饿就难解决了，可以从湖里抓到鱼，但不能生火，生火冒烟很容易被敌人发现。为此，金忠礼只有带几个人到浅水去摘野菱、采野藕，带回来给大家充饥。

这天下午，章辅陪金忠礼撑着小溜子一起去采藕。采了几篮子藕后，金忠礼对章辅说："你喜欢吃甜食，这么多天你没吃到甜的了，今天我请你吃一顿甜食。""又哄人，吾已经吃过侬请吃的藕呀、菱角呀这些甜食了。吾晓得了，菱是甜的，藕是甜的，还有这水也是甜的，侬请的这些甜食，吾都吃过了。""这些甜算什么？我请你吃的甜食可要比它们甜不知多少倍喃。""侬湖西人说，哄死人不偿命，侬尽管哄呗。"

金忠礼也不争辩，他在芦苇里走了一段，寻找到一处有蜜蜂飞的芦苇。他拉住一支芦苇将其中间一段折来递给章辅说："你从上边向嘴里倒着喝。"章辅按照金忠礼的演示，将金忠礼给她的那根芦苇上口套进自己的嘴里，抬起芦苇的尾部，芦苇管中一股甜味慢慢地流向嘴里。待管里的甜味流完，章辅咂咂嘴说："像是蜜。可是这芦苇里怎么长出蜜来呢？""这芦苇荡里的蜜蜂会把它们采的蜜储存在芦苇管里面，储满了还会用泥巴封住出口。要是冬天，你剥开芦苇，这些蜜会变成一粒粒的小糖果，到时你可以像吃糖果一样一粒粒地拿出来吃。"

"哎呀这小生灵真格很灵性的。""是的，虽然蜜蜂很小，并不起眼，但其实它们的奉献，人们还真不知道的喃。""对呀，吾在大学里看过一本书，上面讲世界上八成的开花植物需要蜜蜂授粉，如果世界上没有蜜蜂的话，阿拉只能吃风为花传粉的稻麦之类的作物，而不可能吃到那么丰富的瓜果了。哎，忠礼侬看，芦苇上两只蜜蜂往苇管里钻喃。"章辅指着眼前芦苇上两只蜜蜂说。

那两只蜜蜂黑黄相间，背上有一道道的黑色圆弧，像穿着一件崭新的条纹裙。看着两只小蜜蜂，章辅对金忠礼说："忠礼，侬晓得弗？那次吾被麦大庆抓在吉家庄，吾就变成了一只小蜜蜂飞到了金苇乡，和你这只蜜蜂一起飞在菜花上，那个高兴啊一般人体会不到。""我能体会到啊，我们俩就是蜜蜂，我们为党的事业酿蜜，为未来的家庭酿蜜。我们湖西人也都是蜜蜂，为抗日将士酿蜜，为湖西人将来的好日子酿蜜。""说得太好了，忠礼，吾现在心里有一种愧疚之感油然而生。""怎么啦？""侬想，那么一个小不点，千辛万苦采一滴滴的蜜，收藏在那里，不知伊是想孝敬父母的还是孝敬郎君的，却被吾偷吃了，岂不汗颜？""无妨，是郎君让你吃的，何愧之有？呵呵呵……"章辅拍一下他的肩膀说："又耍贫嘴，小心蜜蜂蜇侬的嘴。嘻嘻嘻……"两人的笑声惊起一对水鸟贴着水皮跑了出去。"哎，忠礼，再折两管蜜，带给陆平妹吃，女孩子都喜欢吃甜的啦。""不光喜欢吃甜的，也都喜欢听甜的喃。哈哈哈……"

他们回到大船上，陆平正在那里替吴运铎洗衣服。章辅拿着两管芦柴树起来喊道："陆小妹，侬看这是什么？"陆平一边将洗好的衣服往搭在两船间的撑篙上晾晒一边说："什么？芦柴！这也要考我吗？你不知道我可是江边长大的，老家那里虽然没有这么大片的，但一丛一丛的也是有的噢。""侬家也是水乡？"陆平走过来说："是啊，我家在扬中的一个小村子里，家里两间茅草棚子，家里遭到地主恶霸的欺凌，两间茅草房又被敌寇扫荡时烧毁了，实在生活不下去。我最后下定决心，包了两件衣服，瞒着年老的父母，只身一人跑到丹北参加了抗日游击队。因为读过几年书，部队先把我安排在文工团，后又调到六师火药厂，跟火药打起了交道。""小妹在过文工团，吾亦是喃。"一提到文工团，不知是谁先起的头，两人竟情不自禁地齐声哼起了《茉莉花》："好一朵美丽的茉莉花，好一朵美丽的茉莉花，芬芳美丽满枝丫，又高又白人人夸，让我来将你摘下，送给别人家，茉莉花呀茉莉花……"

"哎，小妹，有人送侬茉莉花吗？""战争这么残酷，哪个还有闲心思送花啊？""那侬心里就没想过谁给侬送花吗？"陆平顿了会儿，向四周望望，然后一手捂着嘴一手指着那边正在和金忠礼说话的吴运铎低声说："少女大了总会怀春的，我想那个人送花。"说完又捂起了眼睛。章辅顺着她刚才指的方向看去，他！吴运铎！"好样的！祝福侬拉！"

顿了一会儿，陆平将捂眼睛的手移开，望着章辅问："你喃？"章辅向着她刚才指的方向点一下头说："吾是伊对面那个。""也是好样的！"说到这儿，两人"嘻嘻嘻……"笑了起来。章辅把手中那两管蜜递给她说："喝了这管蜜，祝你们甜甜蜜蜜。"两人又是一串笑声。

"吃了什么欢喜团子了，笑得这么开心？"金忠礼一边和吴运铎走过来一边问。吴运铎也说道："是啊，一定是遇到什么大喜事了。"章辅说："女孩子的秘密。"吴运铎笑着说："共产党人胸怀坦荡，可不要把私心藏着掖着啊。哈哈哈……"陆平说："没什么隐瞒的，只是时候未到，时候到了会公开的。"章辅说："陆小妹就是敬仰侬的为人、侬的革命精神，要向侬学习喃。"金忠礼接着章辅的话说："名不虚传！吴厂长来我们湖西这些天，我是亲眼所见。他废寝忘食，一心扑在为前线将士造子弹上。其实，他做的那些工作整天与火药、哑弹打交道，是与前线一样危险的，也是随时都会流血牺牲的。但吴厂长依然无怨无悔、冲锋在前，这不光是陆小妹学习的榜样，也是我们大家学习的榜样喃。"

这时，船上的人都陆续向这边聚拢过来。吴运铎开口说："过奖了。其实大家都一样，像你们北阿区的章辅、忠礼同志，以及整个湖西老百姓为抗战，为我们新四军，为我们兵工厂都在忘我地工作，都在无私地奉献，也是我们学习的榜样啊！同志们啊，我们面对的是凶残的日本鬼子，我们所做的每一份工作都有危险，但是前线的战士缺少武器更危险啊！我们现在多工作一分钟，多流一滴汗，前线战士就能少流一滴血，这对于我们来说是多大的幸福啊！我这个人在安源煤矿参加革命时就下过决心，要用自己一生的努力，让我们祖国不再受欺凌受侮辱，只要我活着一天我一定为党和人民工作一天，即使我变成一撮泥土，只要它是铺在真理的大道上，让自己的伙伴大踏步地冲过去，也是最大的幸福。就如我们新四军军歌唱的：'为了社会幸福，为了民族生存，一贯坚持我们的斗争！'""哗哗哗……"响起热烈的掌声。

陆平和章辅都被吴运铎这段自白感动得热泪盈眶。她们情不自禁地唱起了新四军军歌："扬子江头淮河之滨，任我们纵横地驰骋。深入敌后百战百胜，汹涌着杀敌的呼声。"几条船上的人备受感动，也一起唱了起来："要英勇冲锋歼灭敌寇，要大声呐喊唤起人民。发扬革命的优良传统，创造现代的革命新军。为了社会幸福，为了民族生存，巩固团结坚决地斗争，抗战建国，高举独立自由的旗帜。前进、前进，我们是铁的新四军。"

"轰、轰、轰"，不远处的湖面上传来了炮弹的爆炸声。"分散！隐蔽！"原来围聚的人群迅速分开。突然，不远的湖面上升起一股浓烟。金忠礼迅速爬上船楼顶部，站起来向冒烟的地方瞭望，只听传来重物猛烈撞击水面的一声巨响，日寇一架飞机栽进了金荸湖。金忠礼一边欢呼着一边下来把这个好消息告诉吴运铎。

吴运铎问清情况后说："我们现在还没有炮能打飞机。这架敌机坠落有两种可能，一种可能是它低空飞行时，我新四军战士用机枪击中它的要害，比如油箱，起火燃烧坠落。第二种可能是机械故障导致坠落。不管哪种情况，我们最高兴，敌人又给我们子弹厂送材料来了。"

金忠礼说："吴厂长，我还有个判断，就是我们新四军已经跳到外线，开始反攻了，可能反扫荡就要结束了。"接着他又对章辅说："这样，你们在这里再坚持一下，我化装出去侦察，摸一下外边的情况。"章辅想也是，躲在这里，干粮已经吃完，光靠吃生的野菱、野藕、芦根，许多同志不适应，得肠胃病的很多，他出去可以了解整个湖西反扫荡是个什么形势。如果形势没有好转，则可以弄些干粮和药品进来。因而，她同意了他的请求："也好，只是侬千万注意安全，没有一定把握千万不要冒险。"

77

这次日伪军对湖西的扫荡采取的是四面合围、步步为营的战略，意图把新四军和县区武装包围在中心地带集中消灭。这样，在其扫荡初期确实收到了一些效果，占领了许多村庄，抢了很多粮食，将湖西根据地压缩成了北阿镇几十平方公里的一小块。然而，日寇的如意算盘还是失算了，他们如此战略则让其战线过长，兵力又过于分散，根据地新四军和县区武装充分利用了敌人的弱点，对敌人实施了有效的打击。县区武装留在根据地防御作战，而新四军在湖西的三个连，以连队为作战单位分别从东、北、南三个方向跳到外围作战，追着敌人的屁股打，各个击破，打得敌人节节败退，丢盔弃甲，最后上了汽艇仓皇而逃。

金忠礼从芦苇荡出来，路过小朱庄，日光和尚已在庙里。据他说，鬼子只是用飞机向小朱庄扔了一些炸弹，炸毁了一些民房，鬼子并没进庄。金忠礼也没细看便又赶紧奔向金苇街。到金苇街一看，满目疮痍，到处都是断垣残壁。街上已有人在收拾被毁的房屋。前边有区武装连的战士，他们告诉他，武装连正在金苇街休整。这次是罗界义带着日本鬼子和伪军到金苇街来烧杀抢掠的，昨天才被新四军打退，现在大概退到高集了。金老太爷和金大爷为了保护公粮、保护兵工厂、保护金苇街老百姓勒死两个日本鬼子后被日寇刺杀身亡。听到这话，他浑身发抖、头发上竖，他赶紧向金家庄台跑去。

只见家门口东边架着一口棺材，这口棺材是为爹爹打的第五口棺材，现在他可以在那里安息了。棺材西侧铺着一张床，南边场地上几个木匠正忙着。金二爷对他说："有种！我呀我哥都有种！他们都是好样的。你爹爹已入殓，你呀的棺材他们正在做。你去看一下你呀。"金忠礼过去先跪在爹爹棺材前磕了几个头，又去父亲的草铺前磕了几个头。然后，他揭开蒙在父亲身上的被子。揭开一看，他大惊失色，右臂怎么是空的？金二爷把他拉到一边给他讲了真相后说："他们都了不起。"金忠礼失声痛哭，哭了会儿，他擦干眼泪说："这个仇一定要报！二爷，你先照应一下，我得去荡里把赶走鬼子的事告诉吴厂长他们，好让他们尽快回来造子弹。"

金忠礼带着区武装连一起回到芦苇荡，他把反扫荡胜利的消息一说，全荡沸腾起来，芦苇里的一群水鸟腾空而起，飞向天外。金忠礼对章辅说："你协助吴厂长他们回小朱庄，我带武装连去小树林替他们把机器挖出来运回去。"

挖运机器忙了一整天，到晚上，章辅知道了金老太爷和金大爷牺牲的消息。她对金忠礼说："走，吾同侬回金家庄，阿拉要把老太爷和大爷安

240

葬好。吾对不起大爷，不该叫伊那么大年纪当乡长。""你这是说什么喃！金苇乡谁当乡长不是这样？日本鬼子阴险毒辣，他们能发善心放了谁？我们所要做的是把这仇牢记在心，血债血还，不赶尽杀绝日本鬼子誓不罢休。爹爹和呀呀的离去，我们全家谁不痛心？我们金苇老百姓也痛心，但他们的血不会白流，他们舍弃自己保护乡亲、勇敢杀敌的精神将会激励我们后辈、激励金苇乡民众更努力地做好抗日工作，更周到地服务好小朱庄兵工厂，更勤奋地为湖西民众做事。"章辅没再说什么，只是深深地点点头，然后挽着金忠礼的臂膀默默地走在月色中。

金苇街上的民众自觉来为金老太爷、金大爷送葬，大家被他们的精神所感动，纷纷为他们采一束花，捧一抔土，向他们默哀致敬。

用金苇高地这块湖西的风水宝地安葬为抗日而献身的人，这是金老太爷提议的，如今他和他的大儿子也安葬在这里了。这块风水宝地上如今已有金四爷、金四妈、周璧、王辉、忠苇、小万、金老太爷、金大爷八座坟茔。章辅和金忠礼采折了一些银色的芦花分成八束，在他们的坟前各放了一束。每次来，章辅都要向他们献上一束花，然后肃穆站立在坟前，在心里向他们报告抗战的情况，报告湖西根据地的情况，让他们在地下有知，湖西人没有忘记他们，永远怀念他们。

安葬了金老太爷和金大爷，章辅、金忠礼、金大妈、小翠四人一起回到了小朱庄。金大妈、小翠要为兵工厂工人烧饭，章辅和金忠礼来商量打捞钢材的事。再迟，金苇湖结冰，人就下不到水里去了，就是现在打捞，人在水底的时间也不能过长。因此，他们俩一到小朱庄就和吴运铎商量这事。

章辅对吴运铎讲："吴厂长，趁这几天天气好，有阳光，阿拉组织几十人把钢筋捞上来。"金忠礼则想干脆把那架敌机一起打捞上来，兵工厂不是就不愁材料了嘛："钢筋捞上来后顺便把日寇的那架飞机一起捞上来。"吴运铎对他们说："还是这样吧，你们明天就开始打捞钢筋，我因要抓紧时间把子弹琢磨出来，这次我就不陪你们去了，我派几个人协助你们。另外，那架飞机先让它在湖底再睡一段时间，它上面多是铝材，暂时还用不着。关键是打捞起来比钢筋要难得多，到时可能还要准备木排和几个滑轮，才能把那家伙请上来。那个不急，等我们把子弹生产出来后，再去请它。"章辅故意笑金忠礼说："看，捞飞机侬以为跟侬下湖捞鱼摸虾一样啊？水性再好也是麻雀干什么的呀，你上次说的。""我上次说的什么啊，麻雀生鸡蛋啊？""就是，麻雀生鸡蛋，办不到。呵呵呵。""你不要笑我，我在吴厂长这块一年半载地跟在后边学，保证也会造枪支弹药了。"吴运铎说："不怕学不会，就怕不肯钻。我就是一个矿工出身，从来也没造过枪炮子弹，就是有一颗向着党向着人民的心，不会就学就钻，在陌生的路上摸索，才能造出前线战士需要的武器。"

78

第二天一早气温明显下降，路上的行人穿上了棉衣，人们呼吸的热气已清晰可见。昨夜刮来的西北风并没有停息的迹象，卷走树上的枯枝败叶在地上翻滚，也把北方的冷空气不断向南推压。章辅担心这么冷的天下水捞钢筋会造成人员伤病，因此对金忠礼说："不行，今天暂停打捞，等冷空气过去了再下水。""那怎么行？如果这个时候日本鬼子来了，前线战士说等天气回暖我们再打，日本鬼子能让你吗？绝对不可能！吴厂长他们在那么艰难的情况下为战士们造武器，我们这点困难就退缩，还算什么共产党员？""吾是担心侬和大家的身体，如果给同志们造成无谓的伤害，不是得不偿失嘛。"金忠礼理解章辅的心意，但吴厂长他们兵工厂急需钢材，这事关系到前线战士的生命，关系到战场上的胜利，责任更重大，我们挨点冻吃点苦算什么？因而，他对章辅说："你担心同志们的身体我理解，但吴厂长他们急啊，早一点把钢材捞上来，他们早一点造出武器，前线战士就会早一点解决战斗。这样，你也不用担心，我去买几瓶白酒，到时让下去的人喝几口，估计不会有什么大问题。"

他们带着六十多名水性好的青壮年来到湖边，准备乘船去打捞。可湖面上的风更大，许多小伙子被西北风刮得缩起了脖子，抄起了手。章辅见湖面风浪较大，便走到湖边蹲下，将自己的右手伸进水里试水温，手才放到水里一会儿，整个右臂已感到冰凉。她过来对金忠礼说："水温很低，风浪又大，要不等风小一些再去打捞。"金忠礼也有点犹豫了，现在捞，还是等几天天气回暖再捞？他看着湖面上一起一伏的波浪，眼前出现了爹爹、呀呀、四爷、四妈、周姐、王姐、忠慧、小万的身影，他们踩着波浪向他奔来，到他面前将他往湖里拉，仿佛是催他赶快去打捞钢筋。他猛地一抬头，湖面上什么人也没有，只有一群白鸥一会儿在风浪中觅食，一会儿又在天空中飞翔。不行，爹爹、呀呀他们生命都不吝惜，我们还怕寒冷吗？我们如果在这寒风中退缩，那不是就会有更多的爹爹、呀呀、兄弟姐妹，更多的湖西人，更多的中国人死在日本鬼子的枪炮下吗？捞！下水捞！决不因风大浪高、天寒水冷而退缩！于是他对六十多名青壮年喊道："兄弟们，前线战士等着兵工厂的武器打鬼子，而兵工厂的工人等着水里的钢材造武器，我们早捞出一根钢筋，前线战士就能早消灭十个鬼子，我们迟捞一根钢筋，日本鬼子就会多杀害我们十个兄弟姐妹。你们说，我们能等吗？""不能！"大家齐声喊道。"好！有种的把手拿出来，脖子伸出来，跟我上船！"六十多名湖西青壮年一个个昂首挺胸分乘三条大船，顶风逆流向沉钢水面进发。

中午时分，三条大船载着湖西打捞队来到了沉钢的金苇湾。这时太阳当空普照，风浪也有所收敛，在船上朝阳背风的地方感觉已经比早上暖和多了。金忠礼依照上次下水摸到的几摊钢筋的水面分别安排一条船去对应。待各船抛了锚，将船固定好后，金忠礼为了慎重起见，对章辅说："我们这么多人谁先下，谁后下，要排个顺序，不能乱套，也防止苦乐不均。是否可以这样，我们把三条船上的人都分成四人一小组，每条船上五个小组，从第一小组向后依次下水一次，而在船上的小组从第三组开始向后依次在船上提运钢筋，几个小组轮流休息。"章辅说："行，吾来分。"她将船上从兵工厂来的六个人两个人一组分成三组，请他们负责三条船上人员运行、操作的指挥，并把金忠礼分组的要求跟他们做了交代，最后各船都看他们这条船上指挥手上的红旗上下左右挥舞统一行动。安排完毕，用小船将两组指挥分别送到另两条船上。

章辅在的这条"旗舰"上正准备分组，金忠礼开口说："从第二组开始分吧。第一组已经有了。"见章辅用疑问的眼神看着他，他又说："第一组，由金忠礼、金忠法、金忠臣、金忠国组成。"章辅一听，金字组啊，都是金家兄弟啊！她想调换一下，但想想还是没有，先下水总是最难，风险也是最大的，区长不先下难道叫群众先下吗？共产党员不带头，难道叫老百姓带头吗？她理解他，感谢他，也敬佩他，在困难面前，他起到了一个共产党干部的领头作用。

等一切准备就绪，各船第一组的人都跃跃欲试，蹦蹦跳跳地做着热身活动准备下水时，金忠礼又对章辅说："你先让各船都不忙下水，我先试个水。"说着拿起酒瓶喝了两口酒，脱了外衣，穿件裤衩子下到小船上。他弯腰用手在水里来回划了两下，舀水拍到自己胸部，再舀水往脸上、身上浇，然后一跃扎到了水里。过了一会儿冒上来，甩甩头爬上小船喊道："大伙儿听好了，下边的水比上边暖和，下水前往身上浇浇水，适应下子再下水，把绳子扣到腰上带下去，每次捆两根。好，通知第一组下水吧。"章辅先叫金家三兄弟准备下水，又叫指挥用红旗示意另两条船上的第一组下水。可金家三兄弟都只脱了个上衣就站着不动了，章辅看着他们不知是怎么回事。

金忠礼向她招招手示意她过来。章辅过来弯下腰问："什么事？"金忠礼低声对她说："你马上进船舱里去。""干什么？吾哪有这么娇气？吾不冷。""不是怕你冷。这些人多是穷苦人家的，里边没穿裤头，人家要光身子下水的，你在这儿，人家不好意思脱衣服。"章辅红着脸说："不早说！"然后起身走进了船舱。

金家三兄弟见章辅进了船舱，迅速脱光衣服，屁股大拉巴[60]地将绳子扎在腰上。二爷家的金忠国先跳到船上，弯腰用两手舀水往身上泼了几下，然后跳到水里，对着忠礼大哥指定的位置头一点，屁股一冒不见了。接着金三爷家的金忠法、金忠臣也先后扎到水里。金家这三个小弟兄，金忠法十八岁，金忠臣十六岁，金忠国才十五岁，年龄都不大，但水性都很好，在水里憋气一个比一个长，个个都是潜水好手。

过了一会儿，金忠礼、金忠国、金忠法、金忠臣先后上到大船上。四个人皮肤青紫，两排牙齿止不住地上下咯咯嗒嗒直响，他们赶紧套上衣服跑进了船舱。"冷吧？赶紧裹上被子。"章辅将棉被递给他们。最小的金忠国一边接过被子一边说："不，咯咯咯咯咯，不冷，咯咯咯……""牙齿都咯咯咯打架了，还不冷喃，赶快裹紧被子。"章辅关心地说。这时，船舱外一阵"噢，上来了"的欢呼，章辅和裹着被子的金家四兄弟一起跑了出来。两组四根粗钢筋提到了船上。接着另两条船也先后发出欢呼声。第一轮三组下去，六根钢筋捞上了船。

接着各船的第二至第五组先后下水，然后又从第一组开始再次下水，这样循环下去，一组组钢筋捞上了船。直到太阳下山，捞上来 532 根钢筋。

最后，金忠礼再次潜水下去，在湖底沉钢的四周又摸了一遍，确认没有漏掉一根钢筋，才上船。上船后他还要去探测一下那架敌机坠落的水面，被章辅劝止了："吴厂长已经说过了，叫侬不要急。现在侬在水里浸那么久，这么累，天又黑了，万一出事就不好了。走吧，下次专门来。起程返航！"

79

装钢筋的三条船在高集码头靠岸，他们一鼓作气，又驳上板车，连夜送往小朱庄。当他们把几百根钢筋运到小朱庄时，吴运铎带领全体工人列队欢迎，并送上热腾腾的生姜汤和馒头。吃过饭，卸了货，章辅和金忠礼到车间找吴厂长谈下一步的任务。

他们一走进庙门，原来院子里被炸毁的简易大棚再次搭起，里边又把上次因日寇扫荡而拆走的两丈多高的支架搭了起来。上面架好了滑车，滑车上吊着一个百十多斤的大铁疙瘩。吴运铎拉着垂下来的绳子介绍说："这是我们的大汽锤。拉这个绳子，把那个大铁疙瘩拉上去，松开绳子，大铁疙瘩砸下来，就可以锻打大的零件了。"金忠礼走过去拉了两下动了一点。吴运铎笑笑说："这是四五个壮汉做的活喃，你一个人做不了的。"金忠礼又去拽了拽，大铁疙瘩还是没升起来。章辅笑他说："侬看，平时总吹劲大、劲大，这大铁锤还是拉不起来。"吴运铎说："一个人的力量再大也还是有限的，大家团结一条心，才会无坚不摧。就说我们这兵工厂，没有你们地方上与我们齐心协力地干，哪有现在这样子啊？新四军和你们地方真是紧密不分的一家人啊。"金忠礼关切地问："怎么样？什么时候生产？"吴运铎说："快啦，再有个二十天就差不多了。"章辅连忙问："那还需要阿拉做些什么？"吴运铎迟疑地说："事情嘛，确实不少。算了，我们自己来吧。"金忠礼说："哎呀，吴哥，你这可就把我们当外人了。""是啊，刚才还说军地一家人、团结一条心喃，现在就把阿拉当外人了。吴厂长，侬有什么事尽快说，可不能耽误了造子弹啊。"章辅深情地对吴运铎说。

"我们到里边坐着说吧。"吴运铎带他们进了大殿，拿条凳子递给他们让他们坐下，然后又说："开工在即，要说事情确实也多。就说刚才忠礼

245

拉的那大铁锤，一班要五个人，干四小时换班，一天二十四小时分六班就要三十人。那铁锤东边的大风箱要两个人拉，拉半个小时就要换人休息。还有这车床，"吴运铎指着佛像下的车床继续说，"没有电，也没有机器带动，只有靠人力拉，一班轮换拉也要十多人，一天三班又要几十人，这一算，光人力就要百十号人。你看这……"章辅马上表态："这个人力问题阿拉解决，为了尽快生产子弹，阿拉地方政府坚决给予全力支持。""那太感谢你们了。"吴运铎激动地说。金忠礼说："吴厂长一家人不说两家话，我和章政委今晚来找你，就是来看有什么需要我们做的。县里张书记也有训令，要我们全力服务好兵工厂的工作，如果兵工厂不能按时顺利生产，那就是我俩的失职。所以，吴哥，为了子弹早日送上前线，就请你竹筒里倒豆子，没有一点保留地把要说的都跟我们说出来。""是啊，尽快把子弹生产出来，这是侬和阿拉的共同责任，侬可不要一人默默承受啊。"

望着眼前这两位湖西根据地的领导同志，吴运铎非常感动，多好的同志！多好的湖西根据地！干脆来个疙瘩饼子送闺女，实心实意，该说的都说出来。于是，他说道："这样吧，我跟你说一下我们这些天试造子弹的过程。都是一家人，我也不瞒你们，现在从试验情况来看，将来生产起来我最担心的还是材料跟不上供应。"章辅问："什么材料？阿拉去想办法。"吴运铎说："首先是缺铜。制造弹壳要铜，弹壳底部的火冒铜片也要铜。现在军工部和你们废品收购行都运来了一些废铜，但远远不够，奇缺。再说火药，我是怎么做火药的呢？我把火柴头刮下来。"金忠礼说："那能刮多少一点啊？关键是火柴也紧缺啊。"吴运铎继续说道："用酒精泡，没有酒精就到小店打两斤烧酒，回来把烧酒蒸馏一下，当酒精用。又到厨房刮锅烟子与火柴头掺在一起，才配成火药。刚才忠礼也说了火柴也紧缺，这个靠不住，就将缴获来的旧炮弹拆开，取出炮弹里的火药，把它碾成碎末，做成子弹的发射火药。还有，制造子弹头的材料更缺乏。我开始把铅熔化后注入模子里做子弹头，但是铅经不住高温，发射时，铅质的子弹头在枪管里摩擦产生高温，掉下铅渣，铅渣堵塞枪管里的来复线，枪管会发生爆炸。接着，我就改用铜元做成空心子弹头，再灌满铅，试验才成功。说完了，就这个过程，缺的就是材料。"

章辅和金忠礼两人像听惊险故事一样听呆了，吴运铎讲完了，他们竟一点反应都没有。直到吴运铎又说了一句："我说完了，就这么简单。"

"这还简单！"两人才从精彩的故事中回过味来。金忠礼赞叹不已："太棒了！过去说蜀道之难难于上青天，让那些走蜀道的人来看看小朱庄兵工厂，来看看吴厂长造子弹，他们就晓得原来蜀道并不难，难的是吴厂长造子弹。"章辅说："吴厂长是一直在刀尖上走的人，处处是危险，所以伊把危险当简单。吴厂长，阿拉就用侬这种精神去帮兵工厂找材料，就没有找不到的。"金忠礼也表态道："对，用吴厂长这种舍弃自己的一切的决心、一心只为党和人民的精神干事情，没有不成功的！吴厂长，我们也不说大话，你就看我们能不能跟上你的步伐！"

从小朱庄吴运铎那儿出来，章辅和金忠礼心里久久不能平静，他们还沉浸在吴运铎试造子弹的故事里。建一个60万发的子弹厂，几乎没有任何条件，步步是困难，样样都缺乏，就像一个赤手空拳的人攀爬悬崖绝壁，用双手一节节地向上抠，两脚一步步地往上蹬，一不小心就坠下万丈深渊。章辅对金忠礼说："忠礼，阿拉不光自己要学习吴运铎这种为党和人民忘我的革命精神，阿拉还要在全区党员干部中宣传学习伊这种精神。眼前考验阿拉两人的是怎么尽快地帮伊搞到紧缺材料。""是的，从吴厂长刚才讲的看，紧缺的有铜、铅和火药。"金忠礼掰着手指说。"这几样，哪怕搞到一样，也是好的。""是的，这样，我们先到我表弟忠道、忠财那儿看看有什么法子。以前，我听他说过，他二爷想办个鞭炮厂的，后来日本人来了也没办起来。问问他们当时是怎么解决火药问题的。"

80

两人来到金苇街药铺，正好胡忠道、胡忠财都在家。

他们先听了胡忠财报告这段时间废品收购行的情况："我们的生意分三段，第一段在北阿区范围里挑着货担分头到各村庄家家户户去收购，收购了一些，但不多，都已送到小朱庄。第二段，扩大到全湖西，因为县里已经下发了收购破铜烂铁的训令，各乡收购的破铜烂铁将归总到各乡公所，我们派货郎到各个乡公所去收购就行了，等五天后期限到了，我们就去。第三段是到敌占区，如扬州、江都、高邮、宝应等一些地方，现在音信不通，只有人过去才行。另外，北阿镇'幺花商行'麦老板说高邮有人

247

想拿这些东西跟我们换粮食，我怕上那边人当，还没答复她。"

听到"幺花商行"几个字，章辅警惕性就陡然升高，上次偷运粮食，虽然粮食收回来了，但我们也付出了沉重的代价，事还没查清，县公安科审查了七八个人也没个结果，这个案子还悬在那儿。她始终认为在这事上她麦幺花一定脱不了干系，她这次又要来换粮，会不会又搞什么阴谋呢？她正这么想着，还没开口，金忠礼说道："这也是一条路，是没有路的路，到时被逼得无路可走时，也只有试试这条路。"章辅补充说："依先挂着，探探她的口气，看看她的条件。"胡忠财说："我前两天问过她，她说等问过高邮那边再回我，现在还没消息。不行的话，我到高邮那边去一趟找找老同学。"金忠礼对胡忠财说："也行，到时候如有需要，我陪你一起去。"章辅则说："现在还没到要那么冒险的时候，先看'幺花商行'怎么说。"一旁未讲话的胡忠道说："如果高邮那边真有意换粮食，我看这条路可走，忠财可抓紧把情况摸实了，把她真实意图摸清了。""对，忠财明天就去。我明天到北阿，你问过她后，走区里告诉我们一下。"金忠礼说完又补充道："对了，去找她时，不要让她觉得急吼吼地专门去找她的，那样她会觉得我们急于要与她做这生意，从而要价过高。""行。"胡忠财答道。

谈到这儿，金忠礼又问起了火药的事："忠道，那年你二爷家准备办鞭炮厂，火药是怎么解决的嘞？""噢，鞭炮厂啊？那会儿我听说过。他在宝应有个朋友想跟他合作办的，那个朋友提供火药，后来日本鬼子来了嘛，火药控制起来了，鞭炮厂也就没办成。"章辅说："吾上大学时，上街游行，有同学想制造火药，就到中药店买了几味中药，把火药造出来了，当时吾也没在意，不知是什么中药，依晓得不？""这个简单啊，"胡忠道说，"学过中医的都会。我国医书上有这么一个方法：硫二两，硝二两，马兜铃三钱半，右为末拌匀，掘坑，入药于罐内与地平，将熟火一块、弹子大，下放里内，烟渐起。这样火药就制成了。上次吴厂长叫人来买药，还买了雄黄、洋硝，恐怕也是回去制火药的噢。"金忠礼说："真是，他是试做火药的。"章辅则赶忙问道："那依这儿这几味药有吗？"胡忠道回道："我这儿有硫黄和硝酸钾。这两味加上木炭粉末就可以制成火药。""少一味木炭，哪里能搞到呢？"章辅急切地问。金忠礼回她说："这多得是了。湖西许多人都会自己用树根、枝杈烧的，过去我呀、二爷他们都烧过的。""那好了，兵工厂的火药问题这不就解决了吗？"章辅兴奋地站起来说。

248

金忠礼晓得自从日本鬼子来了后，忠道这个药铺许多中药都缺货，这两味药恐怕也不会多，因而他问胡忠道："硫黄、硝酸钾你这儿有多少存货？"胡忠道说："这两味药日本人控制得也很严，我这儿有一些，北阿那边二爷家药铺估计也有一些，两个铺加起来，我估计够吴厂长他们能用个十天就不错了。"章辅顿时没了劲："就十天，太少了，这么点送给吴厂长，也太寒酸了吧？这才能生产多少点子弹啊？"金忠礼理解章辅的心情，她是急于多给吴厂长供应原料，让他们多生产子弹。因而他安慰她说："别急，你明天不是回区里吗？你到县里向张书记他们汇报一下，请县里给各区乡发个训令，把全县药铺的硫黄、硝酸钾全都收上来，两个药铺能用十天，全县那么多药铺，怎么说也能用个一两个月吧，再加上他们从旧炮弹拆下来的，生产个三四个月应该没问题吧，在这三四个月里，我们想办法到敌占区去购买，一定能让小朱庄子弹厂连续不断地生产下去。"章辅转忧为喜："好，我明天第一件事就到县里办这个事。"

第二天，章辅回到北阿，也没进区公所，直接到县委找到张书记。张书记听了报告后，当即亲自写好训令，叫秘书先电话通知区里，随后信件再发出，要求各区派专人在当天就到各药铺把硫黄、硝酸钾收购上来，第二天以区为单位送到金苇药铺交胡忠道先生。

"哟，章政委，早啊。好久不见啦，到铺里坐哈子，有事跟你报告喃。"章辅和金忠慧从县委回区里时又碰到了麦幺花，也正好要找她，从侧面摸摸她的情况，于是她们便进了"幺花商行"。

"章政委，托侬的福啊，这次日本人扫荡，湖西快扫完了，就是没敢到北阿来，要不然烧啊杀的，不晓得哪家遭殃呢。"麦幺花说。

章辅也不想跟她多纠缠，便就没顺着她的话说，而是直接切入生意主题："看侬这气色，这段时间生意一定不错，赚了不少银子吧。""哪里啊，这年头能不亏就是赚了，哪来银子噢。姜太公卖粉，越卖越穷噢。生意倒是有呢，就是没人敢做啊。"金忠慧说道："麦老板你不要一天到晚瞎嚼白舌头嘛，根据地生意要难做，你还不早跑到高邮你哥那窟去了呢。""哎呀，大妹么，这可不能乱说啰。我哥是我哥，我是我，他当汉奸，我可是抗日的噢。我是说生意难做，主要是买不到货啊，有货的生意又没人敢做哎。"

"噢？侬说说什么生意？只要不违反政府禁令，还能不敢做吗？"章辅

249

装着惊讶地问。麦幺花说："你看，刚才金苇破烂收购行的胡老板才在这儿的。我想跟他做笔交易，他怩怩歪歪的不敢答应。"章辅知道她说的是胡忠财，但她不想让麦幺花知道他们之前有商议，便故意说："现在这战争年代，商人谨慎行事也是正常的。谁都怕做成了猴子捞月亮，白忙活一场。""耶，章政委，我麦幺花不管跟哪个做生意，从来没叫人白忙过啊。不瞒你说，我这生意的主家也是大老板，人家答应货送到金苇码头，我把货下了，再把他的货装上船。这个银子是三个指头里的田螺，稳拿的，还有什么怕的？""那侬讲讲那个老板是什么货？""货啊？什么货都有，都是我们北阿人平时用的。像衣服鞋帽啦，牙刷牙膏啦，帆布渔网啦，多呢。""那侬自己做这笔生意，付钱盘下这些货不就行了嘛，这些东西再找个中间人，不是又被盘剥了一层利嘛。"章辅知道她另有所图，便故意这样说，想激她先开口把粮食的事说出来，以便以后谈换购紧缺物资的事。见章辅这样说，麦幺花只有显出为难的样子说："要是现钞交易倒好了，这钱我自己就对着镜子夸漂亮，自赚（赞）了，哪里还给别人留食？只是这高邮老板也是个不要银子要我们的货的祖宗哎。""伊要什么货？""稻子。""稻子？稻子是阿拉根据地严禁外运的，这侬又不是不晓得。""我拿自家的稻子去换不行吗？""侬家的稻子也是湖西的土地长出来的，一样必须执行政府的禁令。""章区长，湖西托你的福，今年秋粮丰收，我们湖西也用不着这么多啊。"说到这里，章辅觉得给她留条缝让她钻，逼她到高邮搞紧缺物资。于是她说道："麦老板，阿拉湖西的粮食在老百姓自留口粮后，确保军粮、政粮的情况下，确实有多余，也不是一斤不可以外运，但外运一两也必须经政府批准。再说了，这么金贵的稻子至少也应该换一样金贵的东西，侬拿阿拉湖西禁出品去换高邮的大路货，侬认为值得吗？"

81

兵工厂要造螺旋冲床，金忠礼把铁匠二爷请来，二爷又从铁木器厂带来十来个学打铁的小伙子。他们要帮兵工厂锻打冲床上的杠杆。在吴运铎的指挥下，他们在屋外的空地上，用砖砌好火炉，支起风箱，又在地下挖了一尺多深的坑，将铁砧埋在里边，在铁砧四周搭起一人多高的木架，上面铺上木板，作为扔大锤的小伙子们的工作台，再在上边安装上木轮滑车，作为搬运起吊杠杆锻件的起重机，这样就建起了一个锻打杠杆的露天车间。一切就绪，吴运铎一声令下："开工。"金二爷、金忠礼和十几个小伙子一起抬，金二爷喊了声"一二，起!"他们便空手将 1000 多斤重的杠杆坯件抬了起来。然后金二爷高喊"哟嗬"。其他人也跟着齐喊一声"哟嗬"，一步一步地将坯件抬到了火炉上。两个小伙子拉动风箱，烧旺火炉，火苗呼呼地烧着坯件。待那坯件中间烧得通红，就用粗绳拴住杠杆坯件的一头，几个小伙子拽着粗绳将那坯件拖出来，烧红的中间部分正搁在铁砧上。五个小伙子脱掉棉衣，一个人拎着一个大铁锤爬上木架，分开站在五个方向一边吆喝着"嗨"，一边抡起铁锤砸向坯件。五个人依照顺序，"嗨"声相接，锤落锤起。虽然是严寒的冬天，但小伙子们已汗流浃背。一拨小伙子累了，再换一拨。坯件冷了，再推进炉中烧制，烧红了又拖到砧上锻打。

吴运铎、金忠礼一边指挥一边为小伙子们端茶倒水。白天没完成，晚上点亮汽灯连续作战。只听到场地上"嗨"声不断，"当"声连绵;只见到火花飞舞，铁屑四溅。终于将那碗口粗的杠杆坯件锻打成型。

接着制造螺丝杠。在 8 厘米粗、半米长的铁棍上刻六条长 40 多厘米长斜旋一圈的螺丝扣。如果有铣床，这也不是什么难事。可这小朱庄连简单的普通车床都是他们造出来的，哪来的铣床呢?没有铣床难不倒吴运铎，他就用手工在铁棍上硬刻。这可是个细活啊，比李白看到的那个老奶奶铁棒磨针不知要难多少倍呢。手刻出血、磨出泡，仍不间断地刻。四个人轮流刻，用了两天两夜终于刻好。不过这才完成一半，这只是公螺丝，母螺丝还没做。吴运铎想好了，刻完公螺丝就用公螺丝让木工翻砂制成坯模，灌进去铜水，铸成母螺丝。

但化铜需要坩埚。没有坩埚，他们就用废炸弹当"钢锅"化铜。化了一次后，"钢锅"就报废了，吴运铎觉得心疼:"旧炮弹这么好的材料，我们留着可以造很多漂亮的工具嘛。我们自己来做坩埚，好歹以后还用得着。"他学补锅匠的办法，找来造坩埚的黏土，做成一个小坩埚放到炉火中烧。风箱一拉，火苗上蹿。坩埚在火炉上逐渐干裂，不一会儿就炸裂开来，失败了。一连做了四个，一放到炉子上就都没有逃脱与第一只坩埚同样的命运。

吴运铎召开"炉前会"，分析失败的原因，大家讨论来讨论去，最后的意见是，新的坩埚没有先晾干，一放到炉火上曝干，黏土里面的水分迅速化成蒸汽，从而导致坩埚爆炸。总结经验后再做，这次将新坩埚在温火中慢慢烤干后再放到炉子上烧，终于没再像以前那样顷刻爆炸。吴运铎等了十多分钟，用铁钳夹了几块碎铜放进坩埚，在烈火的喷烧下，坩锅里的碎铜渐渐变成了金黄色的铜液。大家正要欢呼成功时，忽地又是一声爆炸，坩埚四分五裂，铜水四处喷溅。拉风箱的同志头部被烫伤，吴运铎的右手臂也被灼伤，熔炉的炉桥也遭损坏。他们修好熔炉再次试验，还是失败，一连又是几次失败。

　　这天，金忠礼从区里坐小驴车送废铜烂铁过来，看到吴运铎他们个个紧锁眉头，沉默不语，便说道："哎哟，已经踩着银桥上金桥，越走越亮堂了，怎么一个个都像松了腰带抬石头似的，没劲了呢？"吴运铎说："忠礼啊，也不是没劲，是没辙。那么多大家伙都被我们拿下了，你看坩埚这小东西倒把我们难住了。""坩埚？怎么啦？""我们要做坩埚化铜水用。"金忠礼一听说坩埚差点没笑出来，真是隔行如隔山啦，二爷家什么都缺，就不缺坩埚，家里桌上、床底到处是坩埚。他赶紧说："哎呀，怪我，我要早知道你们要用坩埚，就不会让你们走这些弯路了。""怎么你会做啊？那来来来，赶快教我们。"吴运铎说着把金忠礼拉出车间。"不是我会做，是有人会做。你们等下子，我去喊个人来，包把你们教会。"

　　金忠礼乘着送废铜烂铁的小驴车赶回金家庄，把二爷请上车，又赶回小朱庄。金二爷走进车间，吴运铎一看是他，老铁匠，心想早该想到这位老师傅了。他忙迎上去拉着金二爷的手说："哎呀，金二爷，我们早就应该拜你为师啦。"金二爷也谦虚："高山有好水，平地有好花，各有其长而已。你那套本事，我再加一辈子也学不会呀。"金二爷把他们做的坩埚拿来正过来、倒过来仔细地看了几遍，又看了他们做坩埚的原料，用手捏了捏那些黏土，摇摇头说："这黏土就不能用。走，我带你们去挖黏土。"

　　他把他们带到金苇高地，来到一处近水的坡上。他用铁锹铲去上面的浮层，下面露出灰黑色的黏土。吴运铎用铁锹去挖，那黏土竟硬得像石块一般。金二爷说："我们湖西的铁匠祖祖辈辈都在这儿取黏土，这种黏土坚硬，不用加焦炭粉，做出来的坩埚密封坚固。"

　　黏土取回来，金二爷并没有急着做坩埚，而是找了些木柴和树枝放在旁边备用。然后金二爷对大家说："大家看好了，这可是手艺人的拿手处，即使是徒弟一般也不会当面看到我做坩埚的。你们是新四军，做坩锅是为了造武器打鬼子，我今天一点都不保留，当着你们大伙儿的面在空地上做坩埚。你们会做坩埚了，就等于我打鬼子一样。"说完他从一堆废炭渣里找了一些没烧尽的炭块，将一部分黏土和炭块放进木桶里，用一根两手可握的粗木棍把它们捣碎，拌匀，然后注水，又用一根一手能握住的细一点的木棍顺时针不断地搅和。他搅不动了，又叫金忠礼接着搅，一直搅到那木棍很难提上来了才停止搅拌。金二爷把桶里的黏土取出来，泥了一个坩埚泥坯，然后把刚才备用的木柴、树枝烧着，将坩埚泥坯靠上去慢慢地均匀地烤干。吴运铎仔细看那烤干后的坩埚光滑细密，一丝裂纹都没有。

最后，金二爷将烤干的坩埚拿进车间，将它轻轻地往炉心处平稳地一放说："好，拉风箱，火先小一些。"在"呼、哧，呼、哧"的风箱慢节奏的响声中，炉火里的火苗只在坩锅底部温和地烧着。约有半袋烟工夫，金二爷喊道："加火。"那风箱便"呼哧、呼哧"地加快了速度，火苗蹿上来均衡地分布在坩埚周边。又烧了有半袋烟工夫，金二爷用铁钳将废铜一块块地加进坩埚，层层交叉相叠，待加到一大半时停止加料。过了一会儿，坩埚里的废铜全变成了金黄色的铜水。吴运铎用铁勺伸进坩埚里，舀出铜水，注进坯模，铸成了母螺丝。

"金师傅，哎呀，这么长时间见不到你，做梦都想你啊。""小唐，是你啊。怎么样？还顺当吧？"金二爷走出车间时，一直站在后边观看的唐玉成跟出来向他打招呼。"还好，还好，拼命干呗。哎呀，金师傅你今天可帮了大忙啦，头功啊。""哎，小唐，你不要拿你师傅唓味了。头功我不敢贪，那一定是吴厂长他们和你们这些工人的啊。""哎，师傅，这你就不要谦虚了。我跟你讲，要不是你今天来把这坩埚做起来，他们做了炸，炸了做，子弹还不晓得什么时候能生产出来呢。""嗳，小唐，说起这话，我想起来了，在铁木器厂那会儿你不是看我做过坩埚吗？你怎么不提醒吴厂长他们哺？""金师傅，你不晓得他们这里头规矩大喃，我就是个扛火叉的[61]，不能随便插嘴的。这生产子弹开工的日子，我要不是听见人家说的，我也蒙在鼓里呢。""噢，能生产啦？日子定啦？""定了，正月十五。哎，想起来了，金师傅，你不是会玩旱船呢吗？这么大的喜事，又是正月十五闹元宵，到时你得带旱船队来给人家热闹热闹啊，弄些个鞭炮一放，多喜

253

庆啊。""小唐，你不要瞎嚼舌头根了，以为你师傅老了，不懂规矩了？新四军怎么兴这些东西？""哎呀，师傅这你就不晓得了，新四军搞起庆祝来比我们老百姓不晓得要强多少倍呢。他们还搞文艺会演，戏剧、相声、武术、大鼓、舞狮子样样齐全呢。这也是抗日工作啊。"金二爷觉得也是，人家在小朱庄千辛万苦搞出子弹，在湖西这地方真是闻所未闻的大喜事啊。新四军高兴，我们老百姓也高兴啊。因而，他说："我回庄上找人合计合计看。"唐玉成晓得金二爷这个人一般不打包票，他说"合计合计看"那就是肯定做了，因此，他露出了"嘿嘿嘿"的笑声。

82

过新年，吴运铎和小朱庄兵工厂的同志都没穿新衣服，也没休息，仍然在车间里没日没夜地赶制生产子弹的车床，只到正月十五前两天，才将制造子弹所需要的机器全部制造了出来。几个车间走一遍，大大小小一共30多台，全部编上了号码，新刷了油漆，整个厂区、所有车间干干净净、整整洁洁，里里外外一副崭新的面貌。

正月十五是正式开工生产子弹的日子。厨房里，金大妈、小翠她们在鸡没叫时就起来搓糯米圆子，天一亮就把一碗碗热气腾腾的圆子端上了桌。金大妈笑着说："吃了糯米圆，开工圆圆满满，家家团团圆圆。"说着说着抹起了眼泪，她想起了金老太爷和金大爷。

吴运铎穿上陆平过年前一针一线给他缝的新衣服来到仙墩庙的院子里，兵工厂的同志们有新衣服的也都穿上了新衣服，没有新衣服的也都穿得清清爽爽、整整洁洁。来祝贺道喜的也很多，地方上，县里的张书记带着几个科长来了，区里的章政委、金区长都来到了院里。新四军二师军工部吴师孟部长特地骑马跑了90多里路赶来贺喜。

上次在小朱庄做坩埚时唐玉成讲的话，金二爷一直记在心里。年初四旱船拜年时，他就跟两家旱船队约好了，正月十五跟他走。今天一大早两支旱船队就来到金家庄金二爷家门口。小儿子金忠国感到奇怪，便问他爸爸："我呀，初四不是拜过年了吗？这些旱船怎么又来啦？"金二爷说："今个不是来拜年的，今个是到小朱庄去贺喜的。""小朱庄那块们家哪个

254

亲戚家有喜事啊?""不是亲戚,是兵工厂今天开工,生产子弹啦,打鬼子啦!"

听爸爸说"兵工厂""造子弹",金忠国心里立刻想到忠礼大哥交代的:你们儿童团对小朱庄建兵工厂的事不能见人就说,平时还要留神向小朱庄去的陌生人,不能让他们到小朱庄去。他想,既然这么严,这旱船队锣鼓一敲,那么多人跟着都进了兵工厂那怎么得了?他正这么想着,两支旱船头已敲起了锣鼓跟着金二爷下了庄台走到了街上,他们从街东头向街西一边表演一边前行。金忠国尥起两腿冲到旱船队前边问爸爸:"我呀,你带旱船队去朱庄,大哥晓得不?""去贺喜,又不是别的,官儿还不打送礼人,我就是去道个喜,大家伙高兴高兴,要告诉他做什些啊?他那么忙,你让他省点心不好吗?"金二爷说完又到前边去引导旱船了。

金忠国见爸爸不再理他,又见两支旱船队伍周边看热闹的人越积越多,便退到最外边,跟着后边一边走一边想:到底要不要让大哥晓得?呀呀说道个喜不需要让大哥晓得,到底要不要?要,我说要!大哥那时告诉我,只要是陌生人都叫我们儿童团把他拦住,这下多少人啊?一、二、三、四、五……十……一百……唉,不好数,数不过来,反正人太多了,那么多我认不得,都去兵工厂那还得了?要是他们一人拿一颗子弹走,新四军又要少多少子弹啊!不行,我得去告诉大哥。

他边想边向前走。正走着,碰到罗一旺二姑娘家的小儿子、同学潘宝屋,同学们平时都喊他"抱窝鸡"。这会儿正牵着个小毛驴跟着后边看热闹。突然那小毛驴站着不动了,尾巴一翘,屁股一撅拉起了屎。旁边的人一边捂着鼻子一边躲开一边骂道:"新年头月的,到大街上拉屎,真是该杀了。""街屎,该死,这驴该死!"潘宝屋想把小毛驴牵到街边,可是小毛驴就是不动。潘宝屋正急得脸涨得通红时,金忠国喊道:"抱窝!"潘宝屋一看是同学金忠国,赶紧说:"金忠国,你快帮我对它屁股踢一脚。"金忠国走过去拽住他手里的缰绳说:"它还没拉完呢,到哪块肯走啊?要是你没拉完,我踢你屁股你肯走不啊?这样子,你去看玩花船,我等它一会儿,等它好了,我把它扣到你外爹爹粮行门口去。"潘宝屋把手松开,让金忠国拉住缰绳,一骨碌蹿到前边看旱船的人流中了。

缰绳在手,金忠国站在那儿等了会儿,等小毛驴屎拉完了,它小主人潘宝屋也没入了人群,他便牵着小毛驴走到小路上,跨上去,一扬缰绳,

255

嘴里吆喝一声"嘚儿，驾！"骑着小毛驴直奔小朱庄。

到小朱庄外围，站岗放哨的是区武装连的，他认识人家，人家也认识他，便放他进去了。但到兵工厂外边，他进不去了，都是新四军的战士在站岗。他对站岗的说："我是金苇乡儿童团长金忠国，你们不让我进去，我就不进去，请你们去喊北阿区金区长，章政委也可以，我有急事要告诉他们。"一个岁数大一点的战士说："现在不好喊，人暂时不准进出。再说，你一个小孩子叫喊就喊，又不得凭据，假如是要我们的喃，我们不上你的当。""这是急抓的事，到哪块有凭据沙？我真有急事告诉他们。"那战士说："我还是不能相信你。""那我赌个咒。我要是说假话，就叫这条小毛驴当场倒地，气绝归天。"那战士说道："你这咒赌得倒也蛮重的啊，这么贵重的牲口说死就死，一般人家也舍不得啊。得了，我相信你有急事，你也没说假话。不过，还是不能让你进。假如你进去搞破坏，那损失就大了。""我搞破坏啊，好心当成驴肝肺，你不让我进，搞破坏的人来了，你们挡都挡不住。"正纠缠着，里边金大妈和金忠翠各拎着个大菜篮子向前走。他赶紧喊道："大妈，小翠！"金大妈、金忠翠见是金忠国，便过来问："忠国，你怎么来了？""我有急事找大哥，他们不让我进，小翠你去把大哥喊来。"那两个战士也认识金大妈、金忠翠，便问道："大妈，你认识他？""他是我侄儿。他不玩谲头的，恐怕真有急事。""那你在这儿，我去喊金区长吧。"

章辅和金忠礼一起出来了，金忠国把他爸爸带两支旱船队来小朱庄祝贺，后边跟着看热闹的二三百号人的事告诉了他俩。章辅一听这话马上意识到问题的严重性："人少，站岗的同志能阻止，这么多人站岗的是挡不住的，这些人要都是老百姓还好，若要混进些敌特人员，问题就大了。这样，吾到前边去安排武装连增加防卫力量，侬进去参加他们的活动。"金忠礼对章辅说："我们现在都不要进去，慌慌张张的反而影响他们的高兴气氛。这样，我去迎他们，让他们回头。新四军在我们区办喜事，我们俩要保证这喜事办得喜气洋洋、顺顺利利。忠国，你陪章政委到村头，毛驴把我。"金忠礼说着从金忠国手里拿过缰绳，骑上毛驴，甩了一缰绳，小毛驴炮起蹶子狂奔。金忠国追着喊了一声："驴是抱窝鸡的。"

83

　　金忠礼迎到旱船队伍时，正好在交叉路口上。他骑在驴上就听到前面传来的锣鼓声、歌唱声和人群的嘈杂声。他向前边路上看去，只见路上塞满了人，前后有百十多米长，少说也有三四百人。见到这么多人，金忠礼真是浑身冒冷汗。他有点自责，子弹厂克服重重困难终于生产啦，作为子弹厂所在地的区长那真高兴啊！可是光顾了高兴怎么把春节期间人群聚集的事给忘得一干二净呢？这么多人涌进子弹厂，不要说混进敌特人员了，就光人多也能把厂房啊、设备啊给挤坏了。这要是出了事，那真对不起吴厂长，更对不起眼巴巴等子弹的抗日前线的战士。他拿着缰绳站在往小朱庄去的岔路头等着他们。

　　旱船边走边舞向这边前行，队伍缓缓地跟着。金忠礼想着怎么拦住队伍，怎么说服二爷。忽而，一个小孩冲出队伍向他这边飞奔而来，难道还有报信的？那小孩奔到金忠礼面前说："区长，这驴是我的。"噢，要驴的，他就是忠国喊的"抱窝鸡"了，这不是罗一旺家的外甥吗？难道罗一旺父子也在关心这个子弹厂？想到这儿，他又是一阵冷汗。他对那小孩说："好，它已完成了任务，给你。"说着把缰绳丢给忠国说的"抱窝鸡"。那小孩牵着毛驴便向人群走去。金忠礼拉住他的臂膀问道："就你一个小孩来的啊？"小孩挣脱金忠礼，边走边说："我呀我妈在里边呢，跑散了。"不管你呀你妈是真看热闹还是有其他什么作想的，横竖把你们拦回去，你们就只能是看热闹的。

　　"二爷，你把这么多人带到哪里去拜年啊？"金忠礼拦住金二爷。金二爷这旱船的打头者被拦住，后边玩旱船的、敲锣打鼓的都停下了，看热闹的人群也停下了。"大侄儿，你忙昏了，今个几啊还拜年啦？我这是去给吴厂长贺喜的哎。"金二爷回道。人群中吵吵的，金忠礼靠近金二爷说："人家新四军不兴这个，不敲锣不打鼓，不放鞭不发炮，人家就机器一开，轰隆轰隆转起来就行了。你这样锣鼓喧天的把人家还吓住呢。""大侄子啊，这你就不对了。人家新四军在我们这块办喜事，你不尽地主之谊，主动去贺喜，难不成你还叫人家借宿的人好意思跟你伸手要贺喜吗？大侄子

257

啊，你真忙昏了头了，哪个是主，哪个是从都分不清了。"说着就要向前走，后边的人也躁动起来。还有人喊："让开道啊，让我们看个热闹沙。"

金忠礼对二爷说："二爷，人家没叫你去的，你去了也进不了庄子的。"听他说这话，金二爷倒有点生气了，他说："这话叫人不快活，噢，叫我去做坩埚时，恨不得用八抬大轿抬，坩埚做好了，就把你撂到一边，这不近人情吧？"后边的人见前边还不动，又喊起来了："好狗不拦路，癞狗当路坐。"金忠礼又对二爷说："二爷，话不能这样说，人家吴厂长可没把你当外人噢，人家一直喊你师傅、师傅喃。"听到这话，金二爷脸色又转过来了："我那也是说了玩的气话。"金忠礼又说："再说，这个事外边人不知道，单你知道，那人家真是把你当一家人的噢。还有最主要的是生产子弹是有危险的，这么多人，万一出个事，新年头月的，哪家承受得起啊？"金忠礼说着把第一个旱船的头拉住转向万坝方向。金二爷也一边跟过去一边说："大侄子啊，你要早这么说，我哪块还烦这个神，带两条旱船闹到这块来啊？罢罢罢，还是怪二爷，老脑筋。"说着带着旱船队伍拐向南，朝万坝方向去了。

大庙里的钟声响起来了，听到钟声大家都涌进了大殿。战争年代，开工仪式非常简单，领导不讲话，吴厂长也没做任何介绍，一切从简。只是让大家围着那台自制的大冲床那儿看吴运铎制造第一颗子弹。在一阵热烈的掌声中，只见吴运铎手一举，金苇乡的几个小伙子推动沉重的冲床，冲床发出了巨大的轰鸣声。吴运铎把装好火药的弹壳和弹头放进机器中的不同位置，拔开机关，冲床砰啪一声，将弹头压进了弹壳，生产出了第一颗子弹。

小朱庄子弹厂第一颗子弹终于诞生了，整个兵工厂一片欢腾。小伙子们喊唱起了自创的号子："唷……嗨，唷、嗨，唷嗬嗨，一人领来众人嗨呀，唷嗬嗨；唷……嗨，唷、嗨，唷嗬嗨，众人拉来冲床嗨呀，唷嗬嗨；唷……嗨，唷、嗨，唷嗬嗨，冲床唱来子弹嗨呀，唷嗬嗨；唷……嗨，唷、嗨，唷嗬嗨，子弹送来前方嗨呀，唷嗬嗨。唷嗨，唷嗨，唷嗬嗨，唷嗬嗨！"

吴部长、张书记他们在大冲床那儿站了很久，看着黄灿灿的子弹从冲床下面一颗颗滑出来，他们露出了喜悦的笑容，走向前与参加生产的每一个工人握手致意。吴部长久久地握住吴运铎的手重复地说着："谢谢、谢谢！"临走时对吴运铎说："我这次来的贺礼，就是几马车的不能用的迫击炮弹，这是前线战士打扫战场时收集起来的，前方等着它们打鬼子，务请尽一切力量，提早修好。"吴运铎知道这是前线战士对他的信任，这是最珍贵的礼物，因而他对吴部长没多说话，只说了两个字："放心。"

小朱庄子弹厂的子弹源源不断地生产出来，兵工厂沉浸在欢欢喜喜的气氛之中，可有一个人表面上也显出高兴的样子，但内心却恨之入骨，这人就是唐玉成。他早在上海期间就是国民党的情报人员，后搭上麦大庆又为日伪军搜集、传送情况。他到小朱庄这段时间，开始管得还比较松，能进出。自从日伪军秋季扫荡结束后，子弹厂管理越来越严，任何人不准离开小朱庄。唐玉成急于要把子弹厂开工生产的情报送出去，可就是出不去，外边的人又进不来。上次好不容易怂恿金二爷带旱船来贺喜，想乘乱把情报带外去，或者搞点破坏使子弹厂开工失败，不知怎么的连旱船的影子也没看到。眼看子弹厂越来越成型，越来越兴旺，他就像死面蒸的馒头，一个眼儿也没有，没得法子想，还要学黄鼠狼戴草帽，假充善人。想要在这厂里争取个人过来吧，一个个那抗日的心坚定得比钢还硬，就连那食堂的金大妈、金忠翠，你想探探她们的口气都给你回得死死的，针插不下，水泼不进。

"唐老板，想什么喃？人家有老婆想家的，你没带媳妇，心事重重的，不是小狗抬头望碗厨，白想嘛。""哟，杨师傅，我哪有心思想媳妇啊，我在想，子弹我们造出了，下一步我们怎么造炮弹喃。""那正好啊，唐老板，军工部送来一批废炮弹，叫吴厂长把它们修好，你帮吴厂长琢磨琢磨，赶快修好让它们上前线炸鬼子啊。""义不容辞，义不容辞，杨师傅你放心，我一定积极配合吴厂长。"

两人说着来到了放废炮弹的敞篷，一地的废炮弹约有四五十颗。杨师傅感慨地说："这要都是好的，在前线要发挥多大的作用，炸死多少日本鬼子啊。"唐玉成连忙附和说："是啊，是啊，得赶紧修好啊。"待杨师傅走了，唐玉成心想，你们想叫它们上前线，我却要让这些废炮弹永远废下去，永远上不了前线。不过你不要看它废，它肚子里火药、雷管可没废啊，一旦将它们点燃，这几十颗废炮弹的威力那可不得了啊。想到这儿，他朝那大雄宝殿看了一眼，哼，到时就是那三尊大佛也保佑不了这子弹厂了。

吴运铎接受了修炮弹的任务后将造子弹的工作完全交给了其他同志，他带着几个骨干来抢修炮弹。来修这些炮弹时，才发现这批废炮弹大部分已拆得一个零件不剩，就剩下一个空弹壳，不是修理，而是等同于要重新制造了。他们好不容易在这摊废炮弹中找到一颗完整的哑弹，把它一个零件一个零件拆开，然后依样画葫芦制造每一个零件。零件都能制造出来，制造出来又能组装起来，让那些炮弹壳变成一个个新的炮弹。但这些新做的炮弹光有躯体没有灵魂，跟死的一样。只有装上引发爆炸的雷汞，这些炮弹才能真正地活起来。可整个湖西都没有制造雷汞的原料，前线又非常急迫地需要炮弹，这可把吴运铎急得寝食难安。

84

这个事传到章辅耳朵里，她也心急如焚。她想到上次陆平跟她讲要通过地下情报系统对唐玉成进行一次甄别。不如我们派人化装到敌占区去一趟，一方面购置制造雷汞需要的材料，另一方面顺便了解一下唐玉成的情况。她向金忠礼说了自己的想法后又说："吾想，吾与陆平去上海一趟，把这两件事给办了。""你们俩？不要开玩笑了，要去也是我去，怎么能让你们两个姑娘去呢？谁放心啊？"金忠礼不赞成。章辅说："侬甭小看阿拉，吾讲阿拉去是有阿拉的优势的。首先啊，阿拉都是江南人，到江南没人刻意盯着阿拉，行事方便；再者，女孩子亦有女孩子的好处，阿拉化装成女学生，活动起来要比男人便利多了。""便利，也是我去，不可能让你们去的。"两人正争执着，胡忠财敲门进来了。

"正好，两位都在。刚才麦老板约我去了，她急得很，说一定要叫我跟她做这笔交易。你们看怎么办？"胡忠财急切地说。章辅指着板凳对他说："侬别急，坐下慢慢说，啥子生意？"胡忠财说："她从高邮弄一批棉纱和破铜烂铁，要换我们湖西的稻子。"

章辅想，既然她急着想把粮食运往高邮，那何不逼她搞些雷汞之类的东西呢？这不正好是个可利用的机会吗？于是她说："做，倒也可做，只是吾想叫伊再搞一些别的禁运品，比如做雷汞的材料。"胡忠财说："这是军用品，是日本人绝对禁运的，抓到就杀头，她怕是弄不到。"

金忠礼也从麦幺花急于做这笔生意中看到了这背后的路子，因而他不紧不慢地说："我看能弄到，不光制雷汞的材料能弄到，还能弄到其他更多的敌占区禁运品。"章辅和胡忠财都用疑惑的目光看着他。章辅看了会儿说："麦幺花受侬控制？侬这么肯定伊能搞到敌占区禁运的军用物资？"

金忠礼说："不是她受我控制，而是高邮的日伪军受到我们湖西稻谷的控制。"章辅问："何以见得？"金忠礼分析道："你看，麦幺花急着要与我们做粮食生意，实际上不是她急，而是她哥哥麦大庆急了，而麦大庆急又是因为日本人急了。年一过，很快就是春荒，青黄不接，如果日本人秋季储粮不足，这个时候正是他们急于筹粮的时候。我们可以抓住他们这一点，逼他们放行一些军用物资。"章辅先是点点头，后又摇摇头说："理上好像有一点对，但是侬怎么就能肯定是日本人要粮食嗬？假如麦老板那边不是日本人，那军用物资就不可能放行啊？"金忠礼说："你怀疑得对，这是可以搞清楚的。这样子，忠财，你就这样跟她说：我把湖西粮食运到敌占区去是要杀头的，要想不杀头，只有你把敌占区杀头的东西运到湖西来，杀头对杀头才能不杀头。你这样说看她怎么回你。"

胡忠财照金忠礼说的回复了麦幺花，麦幺花当时翻翻眼睛没吱声。过了两天回胡忠财说：她哥直接出面，要选个地方当面谈定。金忠礼露出微笑说："怎么样？我说吧？雪堆里的玩意，它总要冒出来的。这样，我去跟他谈。"章辅觉得这事比较复杂，不能就这么草率地去跟他谈判。她的担心是有道理的，那麦大庆是个十分狡诈的人，万一伊是以谈生意为名把阿拉的人抓走了怎么办？或者退一步说就是真做生意，有人说侬以抗日为名行与日伪军做生意之实，向上级告侬以粮食资敌、暗中与日伪军勾结当汉奸论处怎么办？到时用尽这金莘湖的水也难洗清啊。因而，她说："忠礼，这事不能急。急行无善步。放两天再看看。""不急不行啊，吴厂长那儿急着把炮弹修好，湖西老百姓急着要药品，迟一天，损失就多很多啊。"金忠礼争辩道。章辅说："忠礼，事急，侬人不能急，吾是为侬负责，万一麦大庆抓你呢？万一有人告侬与日伪勾结说你是汉奸呢？"

听到这话，金忠礼愣了一下，迟疑了一会儿又回道："你说的这些确有可能，但是作为一名共产党员，在抗日大局面前，什么人身安危、名声毁誉都不是事，都可以抛到脑后。如果做成这笔生意能为新四军修好炮弹、造出更多的子弹，为湖西老百姓换到生活必需用品，被抓被诬陷，我不后悔。"章辅抑制住内心的波澜说："这样吧，阿拉也不要争了，几步远，阿拉到县里去一趟。这么重大的事，阿拉还是去县委报告一下，争得县委的支持。"

他们把事情向县委张书记报告后，张书记非常支持。上次在小朱庄，二师军工部吴部长和子弹厂吴厂长虽然对地方上没提什么要求，但他们话语中透出来的困难，我们地方上有义不容辞帮他们解决的责任，急新四军之急、忧新四军之忧是我们湖西根据地的重要职责，因而，他赞成北阿区与敌占区做这笔生意。他对章辅和金忠礼说："这个事有诈的可能性不大，我们在高邮的情报人员也传来过消息，现在的日伪军被粮食搞得头疼，上次扫荡抢的粮食已所剩无几，正急着到处找粮食呢。这一点要打消疑虑，不要怕。另外，在执行政策上，我们的同志要更开明、更务实一些。我们每一位党员干部做事想问题绝不能僵化、绝对化。我们执行县里的训令，都要一切有利于抗日工作的需要，虽然我们禁止粮食运往敌占区、禁止与日伪军做生意，但是如果我们这笔生意能为吴厂长修炮弹、造子弹解决难题，有利于新四军消灭更多的日本鬼子，又有利于根据地民众的生产生活，我们何乐而不为呢？这个事，我们县里支持你们。只是我提醒你们，谈判地点、安全措施、交易价位等等都要考虑周全，我们县大队全力配合你们这次行动。"

两人感谢县里的支持，表态保证圆满完成任务。最后章辅又向张书记报告子弹厂要对唐玉成情况进行了解的事。张书记说："噢，这个事上次在他们开工时陆平同志就说过了，我们已通过地下情报站请他们了解了，这事你们就不用问了。另外，去年冬天农抗河工程还有一些扫尾工程，现在年也过了，你们要赶快组织民工上河工，争取半个月时间完成任务，不要影响春耕生产。"

两人从县里回来做了分工，章辅负责农抗河扫尾工程，金忠礼负责与高邮的交易。他先叫胡忠财去回复麦幺花说可以谈，但地点不可在高邮城。麦幺花一听说"可以谈"，高兴得像泥人跌进汤罐里，浑身酥透了。她想，她呀、她哥一家子有救了。

原来，这次又像上次那样了，日本人粮食紧张，急得日军管后勤军需的军官稻香大雄像猴子躺在针毯上，坐卧不安。这个稻香大雄和麦田太郎那次一起去吉家庄抢了粮食，那个麦田太郎死了，而他跑了。他回去后，就被一路提拔，现在掌管高邮城日军的后勤军需。这个差事，油水倒不小，可是麻烦也大。关键是粮食老是紧缺，折腾得他吃不下饭，睡不着觉，已被司令官找去训了若干次话了。昨天不仅挨骂，还被抽了几个耳光，并警告，五天内再搞不到粮食，便撤职！

稻香大雄没法，他还是逮住麦大庆，只有催逼麦大庆给他想办法："你的，3000 亩田，粮食大大的有。""太君，我是有几千亩田，可都在湖西嘛，进不去出不来，我有什么法子啊？""麦桑，话的不多说，给你两天的时间，你的与湖西有关系，必须有眉目。""太君，粮食在湖西是禁止运到高邮来的，那边没有人敢做的，上次好不容易弄一船麦子，又被没收了，还搭上几条人命。""你的，想办法的有，这两天，你的一家人统统地到我这里，有我的招待。"麦大庆知道稻香大雄这家伙又把他一家人押为人质了，他没法，只得向稻香大雄要条件："太君，上次吃的亏，我们不能再吃。粮食可以弄到，但是他们禁运出不来。""你的，想办法。""太君，办法的你大大的有。""我有？我有什么法子？你的说出来。""太君，做生意是你有的向人家换你想要的，人家有的向你换他想要的。现在问题是你想要的他禁运，他想要的你禁运，这生意就做不起来了。""你是说，拿我想要的换他想要的，用我禁运的换他禁运的？"麦大庆竖起大拇指说："太君，大大的聪明。""你的中国人真会绕啊。用你们中国人的话说，舍不得孩子套不住狼啊。你的，可以谈，不过我们给他们的不可全是禁运的，禁运的可以给一些，大部分是不禁运的。还有，动禁运物品的事不可外泄。"

85

双方最后确定在高邮湖中谈判，双方各乘一条船到高邮湖中心相距100 米停泊。谈判者一方两人，主谈者和一名随从。主谈判人必须是说话能算数的，随从需是肚里有点墨水的。

这天，天气晴朗，湖上无风无浪，两条大船天一亮就出发，太阳出来时行到指定地点。这时那边高邮主谈者麦大庆和随员从罗界义大船上下到自家的小船上向中心划，这边湖西主谈者金忠礼和随员胡忠财也下到自家

263

的小船向中心划。两条小船各向前划了 50 米，在湖中间船头对船头靠在一起，主谈者麦大庆和金忠礼盘腿坐在各自小船的船头面对面开始了一场奇特的谈判。

"金家庄一别，一晃三载，没想到老同学一个教书先生，浪的也坐上了区长的宝座。真是鞋帮子改帽檐，高升一大截了。恭贺！恭贺啊！"麦大庆先开口说了带点酸味的寒暄话语，然后两手抱拳朝金忠礼拱了拱，想是要抢占个主导地位。

金忠礼也抱拳拱了拱手说："在我们湖西，为民族、为人民，区长和教书先生都一样，抗战胜利后区长也可以做教书先生，教书先生也可当区长。你知道，庄子说过，鹓雏绝不会贪念那腐烂了的老鼠，我不贪念名利地位，我们湖西人也不计较个人得失。"

"老同学，你这话说的对湖西地域情况就不熟悉了。浪的你是湖西人，难不成我不是湖西人？你家在金苇，我家在北阿，我告诉你，湖西这块地上，北阿是最早出现的，金苇不晓得要比北阿晚多少年了，要说我不是湖西人，浪的你就更不要称湖西人了。"

"麦老板，湖西人有不同的分法。我们称之为湖西人的是那些扛起抗日大旗，为抗战胜利能奉献一切、能舍弃一切的人，这些人才配称为湖西人。那些在日本鬼子的屁股下做汉奸走狗、欺压杀害中国人的人，他不配称湖西人！"金忠礼这话让麦大庆有点无地自容，他赶紧岔开话题说："老同学，浪的我们今个是来谈判的，不是听你审判的，我们也不嚼那些咸菜萝卜干子了，我们还是谈我们的正事吧。"

接触到主题，两个人都不讲话了，谁也不想先开口讲出自家的要价。还是麦大庆忍不住又先开口说："老同学，你刚才说我不是湖西人，以为我是给日本人做事，其实你错了。浪的我是端日本人的饭碗，不错，但我不替他们做事，更不做害人的事。"

"算了吧，你不要充大雄宝殿里的如来佛了，贴金也没用。我妹妹忠苇怎么死的，才多长时间啊，你就忘啦？"

提到金忠苇，麦大庆心里一惊，屁股向后挪了挪，生怕对面的金忠礼为替他妹妹报仇，跳过来把他推到湖里。他稍微定了一下神，然后对金忠礼说："哎呀，老同学，你妹妹没了，我也是很痛心的啊，你妹妹真是个大英雄啊！舍己救人，就是你刚才说的真湖西人啊，我敬佩得五体投地

264

啊。可她走了，与我一点关系也没有，那可是日本那老色狼麦田太郎作的孽啊，这个仇你应该跟日本人去报啊，浪的你可不能记到我头上啊。你可不能砌屋找箍桶匠，找错人啊？"

"找错人？我问你，日本鬼子是你带到吉家庄的吧？章辅是你诱捕的吧？忠苇是你叫关押的吧？在这件事上，你麦大庆就是汤罐里的螺螺，是脱不了的。一人做事一人当，忠苇这笔账怎么能跟你一笔勾销？"

麦大庆被金忠礼的严词厉色吓得不敢说话，他想这要谈判下去，双方还能处在平等的位置上吗？不能！他盛气凌人，我屈高就下，能平等吗？不平等，谈有何用？不如这次先回去，下次等心情平静了再谈。他朝前后两条大船看看，两条大船上的人都端着枪站在船头对着这两条小船，湖面上平静得一条鱼上来冒个泡都听得见。是回去下次谈，还是硬着头皮谈下去？这让麦大庆颇受煎熬。谈吧，对手是个讨血债的人，不谈吧，回去面对的是制造血债的人，家里几口子在那稻香大雄手里，不谈、谈不成都有血债，这可真是要了人命了。

他正在这船头犹豫不定的时候，金忠礼发话了："麦老板，今天我不是来跟你算忠苇的账的，今天我们是来谈生意的，下边不谈别的，只谈生意。"金忠礼说出这话也是经过心里折磨的，妹妹的惨死，他历历在目，眼见这杀死妹妹的凶手之一，他恨不得立马跃过去勒住他的脖子，替妹妹把仇报了。可他又想到小朱庄，想到没日没夜地研究制造子弹、炮弹的吴厂长，想到等待子弹、炮弹的前线战士，他把妹妹的仇恨强压了下去。他想能把造枪炮弹药的原料买回来，能让吴厂长他们多造枪弹、炮弹，能让前线有枪弹、炮弹打鬼子，就是替妹妹报仇。因而，他才强压心头仇恨对麦大庆说了这番话。

正不知进退的麦大庆听到这话，赶紧回道："是的，是的，谈生意，谈生意。老同学，我实话告诉你，其实我这个人不跟政治挂多少边的，浪的我就是个见钱眼开的人，我给日本人做事也是为自己赚钱。像这次的生意，也还是我的'荣记商行'在跟你做。"

"哎，麦老板，你这样说，我们就谈不下去了。我是代表湖西跟你高邮做生意的，如果只跟你荣记商行谈，你这个商行是没有那么大能耐的。"

"嗳，老同学，你不要急沙，我这个商行是挂的我的名，我是个小股东哎，背后还有大东家呢，这个大东家就是高邮日军司令部的军需处哎，浪的最后决定权是他们哎。""那好，这第一个问题，我们算谈好了，做生意的双方，定契约，你方是荣记商行，我方是金苇废品收购行，批准鉴证方，你方是军需处，我方是北阿区。"

86

这没问题，麦大庆马上也就拍板："行，这个就这么谈定了。下边就该谈要什么货了。老同学，我这个人是直大炮，我要什么货，我直接跟你说，我就要粮食，其他不要，浪的就一个品种简单些。"

金忠礼心想好啊，巴不得你要一个品种呢，这样我也要一个品种，你也不至于大惊小怪吧："我跟你一样，也简单，也就是一个品种，我就要枪炮弹药。"他这样说实际就是一种策略，他明知道对方是不可能全给他枪炮子弹的，那样不是等于高邮的日伪军反水了，给他送枪炮子弹，不是站到他这一边来啦？他这样说是为了下边再谈时可以慢慢往后退，在逐步的让步中使枪炮弹药的比例最大化。

麦大庆心想，乖乖隆地咚，狮子大开口啊，你张这么大嘴，我们高邮日军的枪炮弹药全给你，你这嘴也抿不起来呀。他对金忠礼说："呆，伙家老同学，浪的，帽子大不过一尺，你这就大多少啦？丈把了哎。这么大个帽子，浪的我全高邮都把你亦不够啊。"

金忠礼并不搭他这个茬，他说："麦老板，我是为你着想才这样说的啊。你说你这个人跟日本人做事只看重利，现在利就在你面前，就看胆子大还是小了。"

"什么意思？怕我没胆子啊？老同学，别人不了解我还带说，浪的你不知道我胆有多大，就不是真同学了。你忘啦，浪的上学时，我把刀尖上一滴蜜给舔得干干净净的事了？"

"我没忘，你那时舔掉了那滴蜜还留下了一滴血。但时过境迁，你现在是养尊处优，没那份追名逐利的胆子啰。"金忠礼故意激他。

"浪的，几年不见，你拿芦柴管看我，浪的小看我嘞。"

"我不是小看你，而是你就像金苇湖里的一粒沙子，小的让人看不到了。你说你为了利什么事都能做，那是对着牛屁股打喷嚏，吹牛！为什么这么说？现在这形势你晓得吗？"

"什么形势？"

"前几年，日本鬼子长驱直入，国民党军节节败退，我八路军、新四军也只能是防御突围。现在怎么样啦？日本鬼子连北阿都进不去了，扫荡也只能是速扫速撤。我军现在已经是拿着算盘走，到处找仗（账）打喃。你看这形势发展的，不用几年，整个就翻过来了，我军就大踏步前进，日本鬼子就节节败退，直至滚回日本。"

"我承认，这也有可能。不过，我们今个是来谈生意的，你现在跟我上这堂政治课做什么交易喃？"

"你这个老同学，我发现你跟日本人做事后，不光是'小'了，还'迂'得了。我跟你点得这么清楚了，你竟然还没开窍。"

"浪的，丈母娘夸女婿，我好得很呢，我要开什么窍啊？"

"我跟你讲的意思是，你要趁日本鬼子滚蛋之前，把他们的枪炮弹药多弄点给我们湖西，不但你可以赚到最多利，更重要的是将来民主政府也好根据你的表现给你宽大处理，否则有血债的汉奸是保不了命的！你把我这话记住！"

这话让麦大庆心里又是一惊，是啊，识时务者为俊杰，现在既然两军旗鼓相当，浪的我就两边下注，一边也不得罪，既然他稻香大雄急着要粮，我就多把武器，多要粮食，两边讨好，浪的做个赤脚和尚两头光堂，岂不高超？因此，他对金忠礼说："老同学，你不要跟我上政治课了，我什么都晓得。只是你刚才要价也太高了，我要是有孙悟空那本事，浪的，我把全高邮城的枪炮弹药拾掇拾掇，一点不留地全搬给你们。可惜现在没那本事。老同学，这样子，浪的我们也不要跟个老牯牛似的硬顶了，我们两人都往后退一步，我也不全要粮食了，可以把一部分其他货物，你也不全要枪炮弹药了，再拿些其他货物。浪的行不行？"

本来，金忠礼就没指望全拿他的枪炮弹药，他晓得能拿到一点吴厂长他们急需的材料就已经不错。他麦大庆现在这样提，看来他也明白了一些，也不能再逼他了，再逼，真谈崩了，我们损失也大。因而，他对麦大庆说："你知道，我这个人也不是难说话的人，你老同学既然说了，我就给你个面子，这就照你说的定。"

这让麦大庆很高兴，觉得老同学还是给他面子的。于是，他一高兴便又说大话了："这么着，我要你的除了粮食，你其他的想把什么就把什么，你们湖西卖不掉的，不管什么货，浪的都把我。"

金忠礼也没领他这份情："麦老板，湖西的物产你还能不知道？湖西天上的、地上的、水里的，哪样不是好东西，只愁过产不出，哪天愁过卖不掉的？"

"嘿嘿，那倒也是。浪的那这样子吧，我们高邮这边的，你要什么货你说出来，我尽全力满足你。"

他说这话，金忠礼考虑了一下，是多说还是少说？少说，只能按照需要什么说什么，如果被他找借口砍掉一些，再加就难了，那自己就失算了；多说，他可能又会说我狮子大开口了，但到他那儿即使砍一些，也还能保留很大一块，也许我们拿到的货就多一些。因为这些年日寇封锁，我们湖西根据地紧缺的货物确实太多了，必须多说些。于是，他说道："你既然不能全把枪炮弹药给我，那我就把我要的货分散些，不至于让你太为难。你们把我的货我分三块给：第一块，枪炮弹药、炸药、雷管、子弹、炮弹、枪械零件、六〇小钢炮。"

"慢着慢着，老同学，浪的你不如把我个头一起拿去算了。"

"怎么啦？"

"枪炮弹药，不是真给你枪啊炮的哎，浪的你不能把人家日本人当傻子哎，整枪、整炮，这些玩意，他能给你吗？不会的哎，他只能给你一些零件和材料，就是这些，浪的他也只能给部分，不可能把个小钢炮拆下来，所有零件全给你的。你刚才说的，什么子弹、炮弹、小钢炮，日本人宁愿饿死也绝对不会给你的，浪的你相信我说的。"

"我说的这些，你要帮助争取，你不能从你这块先打个坝头，这样，我们就弄不到什么货嘞。"

"老同学，这一块，我绝对尽全力给你多弄，但你确实不能抱太大希望，我尽力。好，第二块。"

"第二块，生产用品、钢材、机床、各种工具。"

"这一块嘛，有些问题，但能弄到，不过数量不会多。第三块。"

"第三块，生活用品、布匹、火柴、电池、盐、糖、纸、药品、医疗用材、五金电器。"

"这一块，基本没问题，只是药品品种上会有些问题，反正我尽力。

另外就是你这三块，我得给你划个大致的比例。"

"可以，你说。不过我想要的是什么，你心里是有数，这个比例绝不可小。"在他说出比例前，金忠礼先给他一点压力，防止他把军用品那块压得过低。

但麦大庆还是把军用品这一块压得很低了："老同学，我是这么想啊，民以食为天，不管湖西、湖东，浪的老百姓生活这碗饭是先要盛好的，那么，我给你生活类的货应占大头，大约在六成的样子。生产……"

没让麦大庆继续往下说，金忠礼就打断他的话说："对不起，等一下。我们湖西老百姓的生活不用你操这多的心。老实跟你说，你那生活类的货，我是看你面子才拿一点的，那些东西对我们湖西来说，就是大年三十逮个兔子，有它过年，没它也过年。你把这个给这么多，我放到家里烂啊。这一块比例不能高，顶多占两成！"

"呆伙家，谈生意亦不能这么谈啊，浪的对折拦腰一砍，还要拐个大弯，你划码些个沙。这样，生活类的五成，怎么样？让你一成了，不能再让了。"

"麦老板，你傻啊？你想多赚钱，这个生活类的都是大路货，不得什么赚头的。占得越多，赚头越少，而且你也换不了几个粮食。你把这个比例弄这么大，你是不想赚大钱了，还是不想换更多的粮食了？"

话也是这话，这大路货不值钱不说，确实利头也小，干脆做个人情再让些个给他："既然老同学说了，那行，浪的我再降些个。四成八怎么样，够朋友吧？"

"幸亏不是朋友，要是朋友你还四成九九呢。你也真会抠，但是你是替日本人抠的哎，又抠不到你腰包里去，你这抠得有意思吗？"

"那四成五。"

"三成！"

"四成三。不能再降了，再降，我就不是主谈了，日本人肯定就要把我换掉了。"

"那好，我说个数，两下就一就，这个数，我说出来既不为难你，也不至我们太为难。"

"多少？"麦大庆把脖子伸长了问。

"四成！不可再变，再变，就划船走路了。"

　　麦大庆眼珠子转了转，最后还是答应说："那就四成，就这么定了。那生产类的和军用类的还有六成，军用类的只能一成五，这一类卡得太紧，浪的弄不好就杀头。"

　　"麦老板，你忘了我们为什么要来跟你谈生意了？我开始怎么讲的啊，我要的全是枪炮弹药哎，你开始要是说你只有一点军用类的，我就不费这个神来跟你谈判嘞。你就这点军用品哄小侠子呢啊？"

　　"老同学，不是我不给你，也不是没有货。你想想，两军对垒，哪个傻子啊，浪的把自己的军用品卖给对方，让对方用自己的武器来打自己啊？上下几千年凡是两军对垒，浪的有过这个先例吗？"

　　"那你说说，两军对垒，一方有粮一方饿肚子，有粮的一方把自己粮食卖给对方，让对方吃饱了肚子，精神六国地来打自己，你说上下几千年有过这个先例吗？我缺武器不错，但对方缺粮快饿死了，我就等对方饿死得了，我还要你什么武器啊？"

　　"老同学，话是这么个话，但武器的占比多，这个生意就做不成了，浪的日本人是不会做的。"

　　这家伙就是个豺狼变的老母猪，又蠢又恶。看样子，不给他点颜色看看，他是不见棺材不落泪了。于是，金忠礼也不跟他纠缠，只是说："这样子，麦老板，我再提醒你一下，请你记住，粮食是我们的禁运品，军用物资是你们的禁运品，我们双方禁运品对等，你军用品给我一成五，我粮食也给你一成五，这样平等交易，合情合理。"

　　这下真把麦大庆给拿住了，本来就是冲着粮食来的，花这么大力气弄这么点粮食回去，稻香大雄那关怎么过得了？浪的他这关过不了，我那一家子的小命怎么保得了？这可这么办？也怪我，开始就把这个问题给忽视了，当时只说换粮食，怎么没把粮食占比给先定下来呢？那开始要定下来，他现在也赖不掉啊。唉，怪我，怪我。浪的只有现在再来跟他定粮食占比。不！稻谷占比！如定个粮食占比，到时又欠气，他可以把山芋、豆子、棒头这些杂粮的比例增加，而减少稻谷的占比。因而，他说道："老同学，浪的开始我忽视了个问题，我们现在得把这问题定下子，然后再谈军用品。"

金忠礼知道他所说忽视的问题是什么，他故意说："谈判一步步走到现在也不易，前边的问题都定过了的，你再像翻烧饼一样地翻过来翻过去，这生意谈到高邮湖水干了，把我们两条船顿到湖底再接着谈，再翻来覆去，等两条船谈烂了也谈不出个契约来。"

"老同学，浪的你也太能夸张了，我是那种翻来覆去的人吗？我只不过忽略了一个问题，浪的我承认我的失误，你们共产党人宽容人，请你允许我把这个问题说一下。"麦大庆连哄带求地说。

他说到共产党人宽容人，金忠礼还真没法拒绝他了，且让他说了再看吧："好，仅此一次，下不为例。你说。"

"我们的货你分三块，民众生活类占比已经定了，下边还有两块一分就行了。现在我想把你们的货中，稻谷这一项的占比定一下。"

金忠礼以为他会说粮食占比，没想到他一步就跨到稻谷，他只好把稻谷跟他的军用物资捆绑到一起："这也好办啦，禁运对禁运，你军用物资占多少，我稻谷就占多少呗，同升同降。"

"你这样说，我们就难谈了。其实稻谷与军用物资是不一样的。军用物资只限军队一类人用，而稻谷是军队和老百姓两类人用的，这样子看，军用物资如果是一成的话，稻谷就应该是两成。也就是说，如果我给你的军用物资占一成五，你给我们稻谷就应该是三成。哎呀不对不对，不是这个算法。"麦大庆本来想稻谷是军用物资的两倍还蛮上算的，可按自己定的比例算下来，也只能拿到湖西三成的稻谷，太少了，太少了！故而，他又反悔了。

金忠礼见他以一比二的比例来划定军用物资和稻谷的占比，心里窃喜，正准备立刻答应时，这家伙又自己打自己嘴巴收回了他的算法。他只得对麦大庆说："你看，我说你是个打烧饼的你还不承认，你看自己才算的账，立刻就推翻了。"

"你不急，浪的我刚才脑子一时糊掉了，现在重来。军用品是军队用得不错，稻谷是军队和老百姓都用的也不错，现在是老百姓要比军人多十倍左右，我再对个折按五倍算，我军用物资一成五，你稻谷应该是七成五，这个是合理的，浪的就照这个比例算。"麦大庆算到这儿得意了起来，认为又在理又对折让了，稻谷占比还不小。

金忠礼立即反驳："你错到天边去了，我们是全民皆兵，军民一家人，处处是前线，人人打鬼子，所以军用物资和稻谷只能1∶1。"

麦大庆实在没法再反驳金忠礼，只是坚持说他自己的："这样子，你让一小步，我让一大步，浪的你不要坚持1∶1了，我也不要5∶1了，就3.5∶1吧，你稻谷3.5，我军用物资1。怎么样？"

金忠礼说："麦老板，你这样是谈不下去的，你根本没把我湖西的稻谷当回事，到你眼里我们的稻谷好像玉米地里栽的葱，就比你的军用物资矮了一大截。要这样子，那就算了，划船回家。"

见金忠礼生气要走，麦大庆又软了下来。不软不行啊，家里几口人那等着他回家祈求的眼色，稻香大雄那咄咄逼人的眼光，都在他头脑里转着喃。因而，他说："老同学，你别急沙。这样子，你说个数，能成就成，浪的不能成算和。"

对方把球赐过来了，金忠礼必须要靠船下篙说个双方都能接受的比例了，否则真谈崩了，他心里也不愿意。他头脑里也显现出吴厂长修炮弹时焦灼的目光，前线战士没炮弹的着急眼神。这个比例定多少？差距小了，对方不会同意，差距大了，我们得到的军用物资就少。到底多少呢？他仰望天空，不知什么时候天空中已布了一层厚厚的白云，湖上也刮起了阵风，两条小船一起一伏，船头碰得嘭嘭响。

麦大庆催了："老同学，你说个数啊。再不说，浪的这小船都要翻了。"

金忠礼朝麦大庆瞄了一眼，然后站起来说："行，我说个数，能成便成，不能成，各自回家，老死不相往来，绝不再跟你们做这交易！"

"多少？"

"你说的稻谷那个数降1成，2.5∶1，我们稻子2.5，你们军用物资1。这个是最后的底线，如果你们不接受，各自掉转船头回家。"

对金忠礼说的这个数，麦大庆自然不满意，可不满意又能怎么样？对方已经下了个最后通牒，怎么办？接受还是不接受？且慢，等我算下账看看。于是他便在心里盘算开了，按他说的，如果我们军用物资给他两成，我们就可以获得他一半的稻谷，如果想多得稻谷，军用物资再放一点。但稻香大雄能把多少军用物资呢？我也吃不准啊。

272

这时，金忠礼又反过来催他了："哎，你怎么跟个摔下地的秋蝉似的，不吱声啦？同不同意，你倒吭一声啊？"

此时，麦大庆心里也盘算好了，因此他说："看你老同学的面子，我接受你说的这个数。不过嘛，今天这契约还签不了，我得回去跟军需处的太君，啊不，长官报告哈子，他们怎么定，浪的我就管不了嘞。定好了，我们再见面签约。"

"我跟你讲，麦大庆，这个数是你我双方都吃不了大亏的数，也是我们最后的底数，降无可降了。他们日本人怎么说我不管，但你好歹还是一个中国人、一个湖西人，不要做那种助纣为虐的事，否则，你今生是回不了湖西的。"

"你的意思我懂，你放心，我会在太君……耶，浪的怎么老改不了口的啊？我会在军需处里帮你们说话的，尽我的力量，为老同学效劳。"麦大庆说。

"不是为我金忠礼效劳，你要为湖西、为我们民族效劳，这样你才有回湖西的本钱。好了，不多说了，道理你都懂。这样吧，明天，还是这个时辰、这个地点见面。"

88

回到日本军需处，麦大庆在稻香大雄面前先表了一下功："太君，粮食的，大大的有。开始他们只谈粮食。""就是叫你去搞粮食的，不谈粮食，难道要谈烟酒吗？你的，不懂的。""不是，太君，粮食与稻谷不是一回事的。""怎么不一回事？稻谷就是粮食的。你的，不懂的。""稻谷是粮食，我的是懂的。但是粮食不是稻谷的，我们要的是稻谷的，不是粮食的。""八格！我们要粮食！粮食！""太君，你莫生气，你听我慢慢说。如果我们跟他们谈粮食，他们会给麦子、稻子、豆子、棒头，还有山芋。""山芋？那是猪吃的，皇军不要的。""所以嘛，我只跟他们谈稻谷。他们精得很，要谈稻谷，他们就要与我们的军用物资 1 比 1，就是他们 1 份稻子，我们就要给 1 份军用品。""这不行的，绝不可能的。""我哪里能答应他们，我就从 1.5 比 1，2 比 1，2.2 比 1，一直谈到 2.5 比 1，最后他们再也不肯让了。就这样，我们是以少换多了。我们出一份军用品，他们就要出两份半的稻谷，这样，太君的大米就大大的有了。""2.5 比 1，如此，我的能有多少粮食？哦不不不，多少稻谷？""那就看太君拿多少军用品去换了。"拿多少呢？稻香大雄一边思考一边自语道："我出 1 份，可拿回 2.5 份，我出 2 份，可拿回 5 份，我出 3 份，可拿回 7.5 份，我出 4 份，可拿回 10 份。稻谷就大大的有了，我也可升职了，就可以不用做这个麻烦事了。噢，不行，这么多军用品给他们，他们有力量打我们了，我们还吃什么稻谷？再说，这么多军用品运到湖西，容易被司令官发现的，他知道了是要杀头的，哪里还升得了职喃？少了也不行啊，稻谷也不够吃啊!"想到这儿，他问麦大庆："麦桑，你的说，军用品的出多少？"多少喃？说少还是多喃？说少了，那边不会同意，也换不了几石稻谷；说多了，金忠礼肯定快活死了，我们也可多得稻谷。干脆说多，你太君能出就出，不能出你就往下降。于是他说道："太君，舍不得孩子套不住狼。舍不得军用品，弄不来粮。干脆这次跟他们做笔大交易，永远解决我们吃粮问题。干脆，我们出 4 份军用品，拿他 10 份稻谷回来，跟他们签个协议，以后我们永远都不用为粮食烦恼了。"稻香大雄摇了摇头说："牙卖的（不行），大大的多。""3.5？"稻香大雄亦摇头说："牙卖的。""3？"稻香这回没有摇头，他顿了一下说："要西，3!"

第二天早上，两只小船再次在高邮湖心相会。从早上谈到中午，金忠礼和麦大庆最后达成贸易协定。协定先是胡忠财代表金苇废品收购行签字，罗介义代表高邮荣记商行签字。鉴证方则比较滑稽，落款分别是湖西地区和湖东地区，金忠礼代表湖西地区签字，麦大庆代表湖东地区签字。最后谈定的货物交易比例是：湖西的货物为稻谷、面粉、猪鬃、烟叶、芦柴和水产品等，其中稻谷和面粉占 75%；湖东的货物，生活类的占 40%，生产类的占 30%，军用物资占 30%。交货方式经过金忠礼竭力争取，确定湖东一方先将货物运到金苇码头，卸下货后，再装上湖西的粮食等物品返回。第一批货从第三天上午开始起运，晚上到金苇码头，以后每隔一天交易一船货。

两条小船分开时，站在船头上的两个人挥挥手都笑了。金忠礼是从心里发出的笑，他为解决兵工厂一时的原料困难、为解决湖西人民一时的物资紧缺而感到高兴。麦大庆是从牙根处发出的笑，他笑的是你湖西这次乖乖地把粮食给我放行了，我们迟早炸毁你们的兵工厂，叫你拿了他的军用物资也没兵工厂用，笑的是他终于也把金忠礼绑到他的船上了。两条小船离得很远了，他还向金忠礼扬了扬手上的契约，心里想的是，到时即使日本人被打败了，你也不敢动我，你敢动我，我们就一起下汤锅。

金忠礼看麦大庆远远地向他不住地扬起手上的契约，以为他麦大庆这次搞到了粮食，一定是在向他致意，根本想不到他麦大庆那阴暗的心理。于是，他也扬起手上的契约向麦大庆挥了挥。

晚上，金忠礼怀揣着这个协定回到北阿区。他想把这个事先跟章辅报告一下，让她高兴高兴。但他到区公所时，章辅已带着武装连上河工，去做农抗河的扫尾工程了。他又到县委，向张书记报告了签贸易协定的情况。张书记听了后大为赞赏："好！忠礼，你这事干得太漂亮了。我们的干部做事一定不能呆板，跟打仗一样一定要灵活机动，把棋走活。你这次去谈判，解决了我们湖西老百姓生产生活物资短缺问题，更重要的是帮吴厂长他们解决了燃眉之急。县里要给你记功啊。""张书记，功不功的，我没想那么多，主要是想帮吴厂长他们解决一些困难。不过这次也幸好他们被粮食逼得没法了才低下头来跟我们做交易的，否则叫他们心甘情愿地把军用品送来，这是想也不敢想的。""哎，忠礼，看了你们这个协定，我觉得有点奇怪。就是你们签约鉴证方，怎么用的湖西、湖东这两个地域名称而不是行政单位呢？会不会有诈？""这主要是障人耳目的。他们日本军需官稻香大雄不想让他的上司知道他的粮食是跟我们做交易来的。如果被他上司知道轻则撤职，重则军法处置，所以他让麦大庆签个湖东地区，到时候即使被发现，他稻香大雄就会把麦大庆推出来做替死鬼，这是这个日本鬼子找的退路。如果他有诈我们也不怕他，我们签的协定是他先把我们要的货送到金苇码头，货下了，我们才把同等的粮食和其他土特产品装船。他货不来，我们货不会去，顶多不做生意，不会有财货损失。"

"这家伙也真是牛魔王进屋，精到家了。好！这次你解决了物的问题，还有人的问题你也得去完成啦。"

"人的问题？""对，人的问题！最近前方战斗很残酷，一方面新四军需要扩军，同时因减员不少，急需补充新的人员，要求根据地各县尽快动员送兵。县里已经给各区下达了任务，你们北阿区是160人，任务不轻。你回去要与章辅商量，虽说是到三月底前完成，时间还有几十天，但你们要争取成为全县第一个保质保量完成县里下达任务的区。我也不多说了，现在你赶快到小朱庄，把雷管后天就到湖西的消息告诉吴厂长，省得他没日没夜地在那儿抠旧雷管，又麻烦又危险。"

<h1 style="text-align:center">89</h1>

为尽快地把后天就有新雷管的消息告诉吴厂长，金忠礼连夜套了驾马车奔驰在去金苇乡的土路上。当他的马车到金苇街时，他看到胡家药铺前的一幕让他心里一揪：表弟家出什么事了吗？只见药铺门前，人群聚集，声音嘈杂。马车靠近时，他看到人群里还有穿新四军服装的，难道有新四军的同志在表弟这儿治病？不对啊，即使有人来治病，他家门口也不可能聚集这么多人啊？胡家几代人开药铺从来也没出现过这种情况啊。难道是有人被治身亡了？也不对，如果有人死亡，应该有哭声或是吵闹声啊，传来的都是讲话声，像是在议论什么，没哭没吵也没闹。那是什么事喃？

马车到药铺门口时，不待车停稳，他就急不可待地跳下车问："出什么事了？""说是小朱庄那边的人受伤了。"小朱庄？不好，是不是子弹厂的人？他扒开人群向里挤，果然看到子弹厂的人在这儿，他问："谁受伤了？""吴厂长。"啊？吴运铎？他赶紧再向里挤，挤到铺里，只见一副担架上躺着一个人，胡忠道正在给他处理伤口。旁边站着杨师傅、陆平，还有唐玉成。

金忠礼挤到正在给吴厂长处理伤口的胡忠道面前问："伤得怎么样？""很严重。左手炸掉了四根手指，左腿膝盖炸开了，膝盖骨露了出来，脸上炸出了几个洞，最重要的是眼睛，左眼还在淌血，很可能失明，现在他已经失去了知觉。""你能不能处理好？""我这里只能给伤口消毒止血，然后包扎。可能要把他送到县医院做手术。"金忠礼转向陆平："得马上送到县医院动手术。"陆平流着泪点点头。金忠礼叫胡忠财从家里拿几床棉被垫到马车上，然后待胡忠道把伤口初步处理后，和杨师傅他们一起将担架抬起出了药铺。胡忠财已将几床棉被垫在了马车上，他们将担架轻轻地放在那厚厚的垫被上，金忠礼、陆平、杨师傅、唐玉成一边坐两人，扶住担架，以防路上颠簸给吴运铎造成更大的伤害。

马车师傅不断地扬鞭吆喝，马车飞快地向北阿奔驰。刚才，金忠礼没有问这次爆炸是怎么发生的，现在坐在马车上，他问起了情况："这事怎么搞的？唐玉成，你当时为什么不去保护吴厂长？"他没权责问新四军二师的杨师傅，但唐玉成是他们铁木器厂的，他可以质问他。唐玉成说："之前，我跟吴厂长说过，我来处理这些旧雷管，可他说，小唐，这是危险活，你是地方上的老百姓，我是新四军的党员，一个军人，一名党员，在危险面前，怎么可能自己在后，让老百姓在前呢？这危险的活必须我干！"

　　杨师傅也为他说话："这事不能怪小唐，吴厂长把雷管拿到了自己宿舍悄悄做的，他不让别人靠近。事情是这样的……"接着他讲了吴厂长炸伤的大致情况：

　　前线送来的炮弹其他零件全都修好了，就是缺引爆的炸药雷汞，他就从旧炮弹里挖。当初，我们跟他一起从旧炮弹上拆下了不少雷管，拆下雷管后，大家都争着要从雷管里挖雷汞，可是他一个都不让我们做，他说对付这雷管他比我们有经验，还是他来。他把那些雷管拿到自己的宿舍，放到脸盆里用水浸泡起来后放到了他的床底下。泡了大概有一个多星期，他听到敌人轰轰的大炮声，想到我们的炮兵还在焦急地等着炮弹，心里实在着急。今个下午大家都上班了，他一个人在宿舍，关上门，肯定是自己弄雷管了。不多时，我们听到爆炸声就都跑来了。我冲进他的宿舍时，他还在房间里乱转呢，脸盆里全是红的，桌上、墙上到处沾着肉和皮。我们赶紧绑了副担架，抬他到县医院，可在半路上因血流不止，他已神志不清，我们就先把他抬到金苇药铺，请胡先生先帮他止血处理伤口。这不，正在处理时你到了。

　　这些情况，金忠礼并不想听，他真正想听的是雷管怎么爆炸的。但到底怎么爆炸的外人并不知道，知道的人只有吴运铎。他此时已昏迷，向谁问去？他坐在车上不再吱声，马车跑得很快，但也很颠簸，他叫边上坐着的人把担架扶稳了，以减少吴厂长的痛苦。他抬头看看天空，天上的星星在闪烁，照着他们前行的路。此时，金忠礼的内心在自责，他觉得自己与高邮那边谈判太迟了，要是早几天谈成了，新雷管到小朱庄了，不是就不可能出这种伤人的事了吗？这还把吴厂长炸了，他这一伤，子弹厂怎么办？前线送来修的那批炮弹怎么办？唉，要把我炸伤，把他留下来多好！

他们把吴厂长送到医院时天还没亮，院长和医生们赶紧把他抬进手术室，为他做手术前的准备工作。护士们脱不下来他的衣服，只好用剪刀将他的衣服剪成碎片扔掉，然后再按医院的程序对他的伤口进行清洗消毒。一切准备工作做完，天还没亮。因为湖西根据地没有电灯，医生们只好等天亮才能为他做手术。天一亮，手术室里能看清物品了，医生们立刻给他做手术。手术过程中，因为麻药缺乏，眼部和膝部做完时，他就休克了，还有断指手术没做，为了挽救他的生命，医生们赶紧停止了手术，全力抢救他的生命。

一连几天，吴运铎处在严重的休克状态。他躺在病床上，只有脉搏还有微弱的跳动，同志们白天黑夜守着他，祈盼他能醒过来。县里张书记、二师吴部长都来看望了吴厂长。直到半个月后，吴运铎才苏醒过来，医院又继续为他做第一次没做完的手术。

他清醒后，县里张书记派公安科孙科长和金忠礼、章辅去看望他，并对这个事件的前后经过进行一次调查，把事件的真实情况弄个水落石出。他们走进病房，只见吴运铎左手、左膝和脸上都捆满了绷带，只露出嘴、鼻孔和右眼。见他们来，吴运铎很高兴。他一边叫陆平拿凳子，一边心里不安地说："你们看，我整天躺在这里望着日落日出，数着心脏的跳动，太清闲了。但当我一想到那些没修好的炮弹，想到前线每个战士都用高粱秆填满子弹袋，只发两三发子弹，我心里就像火烧的一样，整夜整夜睡不着，就责怪自己怎么就不小心把雷管弄炸了呢！"

"是你不小心吗？当时到底是个什么情况呢？"他们向他了解爆炸的经过。他回忆道：那天我把床底下的脸盆端到桌上，坐到桌子旁边准备挖炸药。我从脸盆里拣了一支最大的雷管，上上下下仔细地观察了一会儿，然后拿只小签子屏住气，轻轻地挖出了一小块炸药。炸药挖出来，我松了口气，心想应该没事了。但当我再次用那签子去挖炸药时，签子刚碰到炸药，眼前火光一闪，便轰的一声，我手里那支雷管就爆炸了。

听了吴厂长说的这个过程后，金忠礼来回将这些细节在脑子里过了几遍，到底是因为不小心造成爆炸，还是其他人为因素呢？想了会儿，他问吴厂长："吴厂长，就你考虑，这次爆炸是什么原因呢？"吴运铎闭了一下右眼后说："要说原因，我感觉还是雷管没泡透，水只浸泡了雷管的表面，里边的炸药还是干的。"章辅则追问道："依依的经验，依泡了那么多天，里边应不应该潮湿?"吴运铎说:"依我的经验,泡了十天了,应该是潮湿的,否则我也不会那天开始拆雷管的。没想到,里边的炸药就是没泡透。"金忠礼头脑里闪了一下唐玉成,会不会是他做了手脚呢?因而他问:"那会不会有人把你盆里的水倒掉嗬?""不太可能吧?那天我把脸盆端出来时,水还是满满的啊。"公安科孙科长问:"你平时宿舍的门上锁吗?""平时不上锁的,带起来就去上班的。"金忠礼说:"也就是别人是可以进到你宿舍的。""可以的。"金忠礼又问:"吴厂长,你那几天有没有每天都看看脸盆呢?""白天,我不看的,晚上回去有时看一看,有时也不看。"金忠礼再问:"吴厂长,你那天端出脸盆,里边的水是清的还是浑的呢?""还可以,不是很清的,但反正不浑。"金忠礼继续问:"吴厂长,你中途有没有换过水呢?""没有。"金忠礼接着问:"你那天端出脸盆来,里边的水少还是多了呢?""没多也没少,因为如果少了,盆里一定会有水印子出来,但那天端出来时,我没看到水印,就像我第一天刚浸泡时加的水。"章辅又问:"依宿舍旁边是哪些人住的呢?""我们住的是以前枪修所的房子,一个民居院子,前边一排,后边一排,我住前边东面一间,中间一间是堂屋兼绘图室,西面一间是杨师傅和小唐住的。"

问到这里,金忠礼、章辅和孙科长相对看看,像是明白了什么似的。章辅则说:"吾觉得事情已经比较明朗,这一定是有人趁吴厂长不在宿舍时,将脸盆里的水倒掉了一些。""你说得对,我们湖西地区,家里的水不打矾摆几天不流动是会泛浑的,所谓流水不腐,死水必浊。吴厂长泡八九天的水,虽是冬天,但时间这么长,又有雷管在里边,水是不可能清的,足见有人经常倒水、加水的。再者,八九天下来,一盆水是会耗掉不少的,我们湖西冬天干燥,水每天耗掉一点是正常的,八九天耗下来,水位会降低不少,盆里必定有水印,而吴厂长看到的是如第一天放的水一样,必定是有人盯上了这盆水。这个人应该就在小朱庄。""是的,这个人不挖出来,子弹厂就不得安宁,甚至可能会有更大的破坏。"在一旁的陆平说:"我怀疑一个人,上次已请县里出去查了,只是到现在还没有回音。"金忠礼说:"陆小妹,我知道你怀疑的是谁。你先不要说,等我们去小朱庄查过了再说。"

于是,他们决定到小朱庄去看一下现场,再找一些人了解一下情况。章辅则说:"吾就不去了,这个案子,有侬俩足够了。吾要到农抗河工地去，这几天把扫尾工程结束。"金忠礼对她说："要不我去工地，你一个姑娘跟那些老脸们在那儿挑大圩也不方便。"章辅对金忠礼说："侬想问题比吾深，破这案子还是侬合适。侬那儿也要抓紧，吾工程结束回来还要同侬商量扩军的事，阿拉区160名任务一定要争取尽早完成。"

90

金忠礼和孙科长来到小朱庄，先是察看了吴厂长的宿舍。现场已无一点价值。杨师傅说："第三天，我们从医院回来，小唐看到厂长的宿舍不成样子，说看到就让人伤心，要是厂长回来看到会更难过的，于是就把食堂的金大妈、小翠她们几个喊来，七手八脚就把房间整理打扫干净了。"

正好想问问杨师傅对这个事件的看法，于是金忠礼说："杨师傅，子弹厂发生这种爆炸事故，你是怎么看这个问题的喃？"而金忠礼在这与杨师傅谈话时，孙科长则到别的房间去察看了。杨师傅不假思索地回答说："这个事怪我，当时他把雷管放在他床底下，我就觉得不安全，我劝他，他说水泡湿了不碍事，炸不起来。后来我和小唐都说我们来拆雷管，他亦不让，他说他比我们有经验。我错就错在没坚持。你想，我要坚持一下由我和小唐拆，吴厂长他怎么会遭这个劫喃？"金忠礼说："杨师傅，你跟吴厂长这么多年，从江南到江北，从盐城到湖西，你们一路相伴，他的脾气你是知道的，这个危险的事，他是不会让别人做的。"

"是的，我跟他这么多年，我还从来没伤过，他不是脚伤就是腿伤，反正不是这块伤就是那块伤，他这辈子好像就跟伤结下了缘似的。不过，你们不要误解了我的话，我不是说他伤我不伤是我有本事，而是说危险的事、让人受伤的事都被他抢先做掉了。在厂里，他就是我们的挡箭牌，所以伤的总是他。"金忠礼说："是啊，他就是这样子的人啊。将自己的生死置之度外，把别人的冷暖时刻挂在心上。"杨师傅说："是哎，想起来我就难过，厂里这么一大摊子事等着他，再说他还没结婚，这要是眼睛瞎了，腿瘸了，媳妇可怎么找喃？"说着眼泪从眼眶里冒了出来。金忠礼安慰他说："没事的，他现在好多了，即使残废了，他有一颗为党、为人民做事的心，有舍己为人、一心为事业的品质，会有好姑娘看中他的。"

说到这儿，金忠礼转变话题问道：“你是一人住西厢吗？”杨师傅说：“不是，我和小唐两人住那边。”“哎，杨师傅，小唐在你们这块表现怎么样啊？”“耶，呱呱叫哎。这个小唐技术又好，人又肯做事，平时表现得非常积极，那是铁锤砸在铁砧上，真是响当当的啊。平时，我不跟他在一个车间，我在大殿这个车间，他在徐家那边管原来他们那台车床。反正平时交给他车的零件，他完成起来都是掉了毛的牙刷，有板有眼，没话说的。”

　　“那他平时除了工作，下班喜欢做些什么呢？”“他呀，不抽烟不喝酒不谈女人，别的没得喜好，就喜欢学好人、学模范。他吧，就喜欢向吴厂长学，平时总是瞄着吴厂长，经常到吴厂长那边看看他在不在。在嘛，就向他请教问题，不在嘛，他就到处去找他。这小唐要把吴厂长那套学到手，将来不得了。”

　　孙科长从外屋进来，金忠礼对他说：“我们到别处去看看，让杨师傅做事。”从吴厂长宿舍出来，金忠礼问孙科长：“怎么样？发现有什么问题了吗？”孙科长低声说：“两张床不知哪张床是他的，其中有张床的里墙角有根小雷管。”“这肯定是个事。拆雷管的事是由吴厂长负责的，他们俩是不用接触雷管的，而现在其中一人把雷管藏到床下，想干什么？我刚才在和杨师傅谈话中也发现了一些问题。一个是他平时表现过于积极，我听起来感觉有点装；第二点呢，是他整天瞄着、盯着吴厂长，又经常到吴厂长宿舍，这使他有机会在吴厂长那盆水里做手脚。”孙科长说：“这些确实是疑点，不过还需要更多的证据。”

　　两人说着来到了食堂。金大妈看到大儿子来了，忙问：“老大啊，家里有事啊？”家里能有什么事？爹爹、呀呀、大妹忠苇不在了，大弟忠信在县大队时整建制整编到新四军二师了，这会儿在前线打鬼子嘞，二妹忠慧跟着章辅呢，妈妈来小朱庄烧饭了，四爷家的忠翠、忠智一起也跟来了。家里已多时一个人没有了，哪还有什么事？他对妈妈说：“妈，家里没事。我和孙科长来问个事的。”“问我？你妈一个奶脸们大字不识一个，能晓得什么啊？什么事啊？”“妈，你看小唐这个人怎么样啊？”“问他做什么啊，跟他谈人[62]啊？”“不是，不是，就是问问他这个人情况的。”“噢，你们公家人的情况啊？这个人，要我说不怎么样。”“怎么的啊？”“那次，食堂吃一顿萝卜烧肉。我瓦[63]了两勺子放他钵子里，你猜他怎么说的？”“怎么说啊？”“他说，你眼里就是他们新四军，他们吃肉，我们吃萝卜

281

啊？""他碗里没得肉吗？""有哎，都是勺子这么瓦的，人家新四军的很多工人碗里的肉都比他少呢。他就是这样小尖块[64]呗。"小翠在一旁插嘴说："这个人才坏呢，有次他趁不得人在，对我的胸口就是一抓，疼得我眼油掉掉的。"金大妈和小翠又说了他几件为人不耻的小事，两人就像开批斗会似的越说越带劲。

他们从食堂出来，金忠礼说："看来这个人在新四军干部面前表现就非常完美，在他认为对他没大用的人面前，他就显原形了。""我们是不是找他来谈一次？从他的谈吐中我们再找些蛛丝马迹。"金忠礼说："暂时还不能找他，现在找他谈，可能会打草惊蛇。现在我们再找一下杨师傅，问那根雷管怎么回事。如果他知道，雷管就没问题，如果他不知道，那就是大问题。"

他们再次来到宿舍时，杨师傅已经到车间去了。他们来到仙墩庙的大雄宝殿，杨师傅正指挥着工人们推拉冲床制造子弹呢。杨师傅见他们俩来到车间，便迎过来大声问："还有事吗？"因车间里的机器轰隆轰隆、乒乒乓乓，声音太响，金忠礼把他拉到门外，将他们发现那张床床底下雷管的事跟他说了。杨师傅摇摇头说："有这事？西边那张床是小唐的，那根雷管哪来的我也不晓得。也许是他为了减轻吴厂长的负担自己搞试验的吧？"金忠礼心里已有数了，不过他还是追问了一句："你们平时这些雷管是可以随便拿到宿舍的吗？"杨师傅回道："不可以。我们平时管理很严的，车间里的任何东西不得带出车间的，子弹、炮弹、枪支的零件更是这样，除非厂长批准才可以。"金忠礼与孙科长相互会意地点了一下头，表示事情的眉目越来越清晰了。金忠礼对杨师傅说："你等一下，我跟孙科长说个事。"然后他和孙科长走到一边商量了一下。金忠礼对孙科长说："现在虽然不能完全肯定唐玉成有预谋地制造了这次爆炸，然而种种迹象指向了他，我们不好马上抓捕他，但我们不能不对他有所防备。"孙科长说："我赞成先对他进行暗中监视。""好，那我们找一下厂领导，请他安排。"金忠礼走过来又对杨师傅说："走，跟我们一起去找一下秦书记。"

他们三人回到大殿，杨师傅到另一侧喊来了秦书记。这秦书记原来在江西瑞金时就搞枪支修理，红军长征时，他因受伤留了下来。这次也是二师军工部派来协助吴厂长的。他是与吴运铎一起从盐城兵工厂过来的战友，现在任小朱庄子弹厂支部副书记、副厂长，是一位技术熟练、斗争经

282

验十分丰富的军工干部。在厂里，人们都习惯叫吴运铎吴厂长，叫他秦书记。金忠礼把这次爆炸事件的疑点向秦书记一说，秦书记马上就说："我早就怀疑他了，这次吴厂长被炸后，我已经安排人监视他了。"金忠礼敬佩地说："真不愧是新四军的老战士，警惕性就是高。我还有个问题提醒秦书记，就是这个唐玉成跟杨师傅住一间房，床底下还藏有一根雷管，不排除他会有更大的破坏。所以，在宿舍的活动还要请杨师傅负责监视。"秦书记转头对杨师傅说："好，照金区长说的，到宿舍就是你的事，有什么异常情况要立即报告，如有来不及报告的突发事件，你可自行决定果断处置。"

刚才听了金区长和秦书记的讲话，杨师傅心里是五味杂陈。他不相信唐玉成会是他们说的那个制造这次爆炸事件的人，但事实摆在这儿，他不信也不行。他感到愧疚，这么一个奸细混进子弹厂竟然是他杨师傅推荐的，自己识人的眼光太浮浅了。他感到后怕，这样一个恶人睡在他的身边竟全然不知，而且还私藏雷管，如果不被发现，其后果将是多么可怕啊！这会儿听到秦书记要求他参与监视的话，他又十分感动，这是党组织对他莫大的信任，自己再也不能辜负党组织对自己的信任了。因此，他回道："秦书记，请你放心，我就是拼了命也决不能让他再得逞。"

91

爆炸事件发生后，唐玉成在医院忙里忙外守了两天，时不时地催医生抢救吴厂长，还常问医生："他不会丢下我们就这样走了吧？那样，我们全体工人会失去主心骨的啊。"回到厂里后，他第一件事是把吴厂长的宿舍清扫整理好，把那只伤害吴厂长已经只剩几块碎片的脸盆踩了又踩，然后扔到废铁堆里，让人觉得他似乎是为吴厂长报仇雪恨。此后，他的工作更加积极，经常在车间加班加点。但近来，他隐约感到一种无形的压力在压迫着他。爆炸后，他预料的爆炸事件调查组没有来，他精心准备的接受调查人询问的答词竟然没派上用场。军工部、北阿区、子弹厂没有一个人来找他，厂里人也没有反常之处。反倒是在医院时，他收到一封信，信封上粘着些麦芽糖。他拆开信封，里边先滑下来一块麦芽糖，他把麦芽糖放进嘴里咀嚼着，然后掏出一张信纸，那上面就写了五个字：速炸子弹厂。信是一个乞讨的小孩送给他的。

那天晚上，他在医院外小摊子上吃面条，快结束时一个小要饭的走到他这边来，他以为他是来乞讨的，正准备掏零钱，那小要饭的把那封信往他桌边一放，转头就走了，谁叫他送的信一概不知。

回到小朱庄，他就开始谋划这个事。他觉得这是个机会，吴运铎受伤住在医院，大家的心都牵挂着医院那边，军工部也没派人来，厂里的管理不会比吴厂长在时严，因而，必须趁这个空档把任务完成了。要彻底炸毁这个子弹厂关键是要炸毁大雄宝殿和火药车间这两块，因为这两块集中了子弹厂的重要设备和重要物资：大殿里有冲压子弹的冲床等，殿外大棚里有熔炉和手拉大铁锤，还有许多的铜和铅，火药车间有大量的火药原料。但因火药车间与大殿相隔较远，他一个人要同时炸毁这两处地方也很困难。毁掉火药车间难度并不大，只要一把火就行了，不过那边看守很严，不是那个车间的人也难以接近。难的是大殿这边是很难炸毁的，现在只有一个雷管，没有炸药。光靠一个雷管最多炸伤几个工人，对那台笨重的冲床是不起作用的。前几天倒是运回来一批新雷管，据说那是金忠礼用粮食跟高邮换的，运得来就进了库房，如果把那些新雷管都引爆了威力肯定是很大的，但是对于炸毁子弹厂不起大作用。因为，那仓库离大殿又远了点，且是新四军一个班的人在那儿看守，根本没法靠近。

想了几天，唐玉成还没想出个有用的办法来。那边又传来吴厂长苏醒过来的消息，这让他急火攻心，整夜睡不着，常常在床上辗转反侧。他这种状态让杨师傅多了个心眼，乌云拦东，不下雨也有风。他这么做，看来蛇要出洞了。我倒是要套一套他，看能不能让他露出点风来。于是他问道："小唐，怎么，有什么心事吗，翻来覆去睡不着啊？""没事，杨师傅，我就是想厂长，想那天怎么雷管就炸了？你说这是什么问题嘛？"杨师傅本来想从他口里套出话来的，没想到这唐玉成反过来想从他这儿套话了。杨师傅这时候多了个心眼，他说："吴厂长说了，是他不小心用力过猛，擦着了里边的火药才爆炸的。这些事你也不要往心头放，现在设备条件这么差，兵工厂伤人的事总是免不了的。睡吧，明天还要上班呢。"唐玉成说："我睡不着，我是想要分挑些压在厂长肩上的担子。那批废炮弹还压在那儿，前方又等着用，我想帮他修修看，等他养好伤，回来看到炮弹修好上了前线，他该多高兴啊。""现在睡觉吧，你想弄炮弹，明天白天再说吧。我睡了。"杨师傅说这话是不想再跟他搭茬，而是想看他今夜有什么表现。因而不一会儿，他打了个哈欠，然后就假装打起了鼾声，而耳朵却竖得长长的。

听到杨师傅这鼾声，唐玉成又翻了几下身体，他是故意弄出声来给杨师傅听的。他跟杨师傅睡一个宿舍这么长时间，杨师傅打什么鼾他早已熟悉透了。像这种明显睁着眼睛打出来的鼾声，他一听就知道了，他甚至能想象出他那眼睁着、耳竖着的神态，他心里发出一种轻视的笑声。不过修炮弹的事，倒让他想出了炸毁子弹厂的办法：修好一发废炮弹，趁夜黑用手推车运到大雄宝殿放到冲床旁边，将几个旧雷管捆绑在一起，点燃一把火引爆雷管，带动炮弹爆炸。这边车间爆炸，全厂工人必来救火，自己趁乱炮到火药车间再放一把火，把火药车间炸毁。最后到仓库那边看看，有可能就引爆那些新雷管，炸毁整个库房，连同其他物资一起销毁，如果进不去就溜之大吉。

第二天早上，杨师傅起来哈欠连天，虽然鼾声不断，但一夜没敢睡，生怕那张床上的恶魔起来趁夜黑作恶，今早起来浑身没精打采。唐玉成看他这样子还讥诮他说："你昨晚打一夜的呼，不是睡得很死嘛，怎么还这样蔫了吧唧的啊？"杨师傅有苦说不出，只是在心里说了句："哼，你等着，会有好果子把你吃的。"上班时，他把这几天唐玉成晚上睡不着觉的反常情况向秦书记做了汇报。秦书记说："好，你继续注意他在宿舍的情况。"

其实，秦书记知道杨师傅心软，他怕杨师傅吃不住唐玉成的哄骗，被他蒙蔽而不自知，因而特地在外围精心挑选了八个思想、军事都过硬的人，分两班次在监视唐玉成，从他的宿舍外边到车间都有眼睛盯住他。他当然不知道哪双眼睛在监视他，他仍然一步步地在实施他的计划。白天，他向秦书记申请替吴厂长修炮弹，秦书记同意了，还派了小刘、小黄两个人协助他。忙了一天，他还真修好了一发炮弹。协助他的小刘说："修好了的炮弹，我们把它送进仓库吧。"唐玉成说："先放在这放一晚上观察观察，我这技术可赶不上吴厂长，我心里还没把握，万一放到厂库在夜里这家伙自行爆炸，那可不得了。等明天再说吧。"小刘、小黄觉得也是，便陪他一起下班了。

傍晚时分，刮起了西北风，北方一股冷空气又来了。到天黑时，天空中飘起了雪花。气温下降，天又黑得早，人们吃过晚饭早早地进了茅草屋。唐玉成今天睡得更早，一吃过晚饭就洗脚上床了。杨师傅说："你是不是有病烧心血啊，夜里睡不着，今个又睡得这么早？"唐玉成蒙起被子不睬杨师傅，不一会儿还真从被窝里传出了鼾声。昨天一夜没睡的杨师傅起初被这鼾声吵得睡不着，不过不多长时间，那鼾声竟成了他的催眠曲，使他很快也进入了梦乡。

屋里鼾声如雷，外边西北风呼呼吼叫，雪花盖白了大地。下半夜，唐玉成醒来，他躺在床上静静地听了一会儿。嗯，姓杨的这家伙今个这鼾声是真的，他是真睡了，而且睡得很沉。唐玉成悄悄地穿好衣服，从床底下拿出一只包，包里是他又弄到的几根旧雷管，他把包往身上一背，蹑手蹑脚地走到堂屋，慢慢将门开了一条缝，向外观察：外边到处一片白，门前两棵大树北侧堆着厚厚的雪，他合上门缝又静听了一会儿，断定这么大的雪也藏不住人，便开门迅速走出去。一阵风雪卷进堂屋，他立刻关上门，弓着腰向堆积废炮弹处小跑。

此时，北阿区公所里一辆马车冒着风雪向小朱庄疾驰。车上坐着金忠礼、县敌工部卜部长、县公安科孙科长和区情报联络站闵站长。他们刚接到高邮地下党送来的情报，说现在在子弹厂工作的唐玉成是国民党韩德勤派遣的特务，早在上海时就被韩部的情报部门收入旗下，代号"水果糖"，后又被麦大庆收买成为日伪军的情报人员，代号"麦芽糖"。他们此去，一方面是将消息告诉子弹厂秦书记，一方面是立即逮捕唐玉成。

92

呼呼的西北风中，马夫的扬鞭声啪啪地响，雪路上一串马蹄印和车辙不断地向后延伸。

子弹厂的厂地上也留下了几串印迹，那是唐玉成的脚印和后边跟踪人的脚印。

唐玉成在宿舍开门时，两棵大树那两堆雪下边的两双眼睛就盯住了他。待他出门向废炮弹处小跑有几十米时，那两堆雪从树后站起沿着路的两侧跟踪了上去。原来那两堆雪是两名战士披着白布趴在那儿监视唐玉成的。而茅屋里的杨师傅被刮进房里的一阵风惊醒。他抬起头听听，那边床上没有了鼾声。他赶紧从床上跳下，掀开唐玉成被子，人没了。他立刻套上衣服出门到后边敲秦书记的门，没人应，他推推门，门开了，里边空无一人。原来，监视唐玉成的人早已报告了秦书记，秦书记和宿舍的几个人也披上准备好的白布迅速地外出跟踪去了。

　　唐玉成到废炮弹那儿推来早已准备好的板车，把他白天修好的那发炮弹往板车上搬。跟踪他的人埋伏在周围与雪地一色，他们的目光都聚焦在唐玉成的身上。秦书记对着旁边小刘的耳朵轻声说："我喊抓住他时，大家往上冲，你的任务就是快速跑过去控制住他背的那只包。那包里有雷管，注意安全。"小刘"嗯"了声。唐玉成将炮弹搬上板车，在炮弹两边各支了一块木块，将炮弹固定住，然后拖着板车便向大雄宝殿走去。走没几步，只听秦书记大喊一声"抓住他！抓住这个狗特务！"四周的雪地里一跃飞奔过去五六个人。唐玉成见势不好，慌忙拿下身上的背包，妄图将包里的雷管掼向炮弹，引发爆炸。就在他将装有雷管的包举过头顶时，他的包已经定格在那里，被冲上去的小刘死死地揞在手里，动弹不得。见装雷管的包被铁塔似的小刘揞住，唐玉成腾出右手从腰间拔出匕首，向小刘猛刺过来。这时其他战士已冲到跟前将他控制。

　　连夜审讯。秦书记说："唐玉成，你终于撕下了自己的画皮显出了原形。说，你的计划是什么？受哪个指使？同伙是谁？"唐玉成说："秦书记，你说的我都听不懂。我只是加班，想为吴厂长分担忧愁，修好炮弹，前方战士急等着用呢。""说得好听，加班！加班你要把那颗修好的炮弹运到大殿干什么？""把炮弹运到大殿想拆掉重装，因为我晚上睡在床上突然想起，有几个零件装得不实，一碰撞可能会自行爆炸，影响前方战士的生命安全，所以我必须把它拆掉重装。""唐玉成你这理由编的能叫人信吗？我再问你，你重装这颗炮弹，又在包里装那么多雷管干什么？""我想能多修就多修几个啊。""唐玉成！你要老老实实交代，不要在这里狡辩，你狡辩得不合情理，不合常理，掩盖不了你的罪行。""秦书记，我没罪，也摊不到你们来审我。我是湖西地方上的老百姓，是杨师傅推荐，你们请我来的，要有话，地方上来人跟我说，摊不上你在这儿跟我耍威风。"

　　"我们来跟你说！"金忠礼他们四人推门进来，金忠礼继续说，"你嚣

287

张什么？水果糖、麦芽糖！你以为你吃的糖都是甜的啊？"一听到这"两块糖"，唐玉成顿时像个断了气管的公鸡，垂下了头。金忠礼他们把情报部门查到的情况向秦书记通报了一下，最后决定把唐玉成带到县里审判。

在北阿关押期间，他交代了制造爆炸事件伤害吴厂长的事实。正如金忠礼他们判断的，在吴厂长浸泡雷管的那几天，唐玉成每天早上趁吴厂长和杨师傅上班了，就摸进吴厂长的宿舍将水倒掉一半，上边露出几根雷管泡不到水。这样即使中途吴厂长想起来看一下床底，也不会怀疑，因为水放那儿会挥发的。到下午下班前，唐玉成又提前回来，将吴厂长床底下那脸盆里的水加上。这样连续多日，上面几只雷管得不到完全浸泡，只是外边一层炸药是湿的，里边的炸药还是干的，从而引起了爆炸。过两天他又交代了这次被抓那个雪夜的行动计划。正准备再交代其他罪行时，他竟收到了一张小纸条，上边写着：莫再说，将劫法场。看完他吞了纸条，闭口不再说话，拒不交代他的同伙和联络人。最后县民主政府对他进行了公审，他微笑着四处张望，似乎觉得下边看热闹的人都是准备劫法场营救他的，他一边听着宣判一边在耐心地等待劫法场的人动手，可是正义的子弹已经穿过他的天灵盖了，他也没等到劫法场的人。原来，这是与他有瓜葛的人玩的一个计，稳住他，让他不把别人交代出来，到最后他死了，却把与他有牵连的人保了下来。

小朱庄兵工厂里混进敌特分子炸伤厂长，这让全县干部都感到震惊，大家都觉得根据地的防范工作有待进一步加强。县里张书记在公审大会结束后特地把章辅、金忠礼叫到办公室做了进一步交代："这次的教训还是很惨痛的，吴厂长到现在还在病床上不能回厂工作。这个唐玉成最后又死不交代同伙，给我们留下了很大的隐患。兵工厂又在你们区，可以说，今后敌特分子会更关注你们区。因而我要特地给你们交代两条：第一条是在当前形势下，要十分注意敌伪的活动，刷洗区乡政府和区武装连中的不良分子，坚决将他们清除出我们的队伍。第二条是，扩军工作是当前我们县区政府的中心工作，必须保质保量按时完成，同时，要注意隐藏在地方上的奸细、反动派破坏扩军工作。"章辅说："坚决按书记要求做好阿拉的工作。"金忠礼说："这些天因农抗河扫尾工程和子弹厂爆炸事件牵扯了我们的精力，我区扩军工作还没开始，之前我们已商量过了，明天，我们就开动员布置会。"

93

　　在回区公所的路上，章辅说："吾始终觉到，阿拉内部一定还有唐玉成他们的人。那次偷运粮食开具的放行路条明知是假的，可是这个造假的人一直没查出来，会不会就是这个唐玉成干的呢？"金忠礼说："有可能，他这个人小聪明，什么技术一学就会，私盖个区政府的公章，对于他来说肯定没问题。不过也可能还有其他人，张书记说得对，新四军兵工厂在我们区，这必然是日伪军重点关注的地方，他们对我区的渗透不会少。""是的，今后不管到哪个乡保、做什么事，阿拉都要保持警觉性，多留个心眼。"

　　回到区公所，章辅和金忠礼两人商量明天的扩军动员会。每次两人商量事情，章辅从不自己先定个框子，而是先听听金忠礼的意见："侬对扩军工作的开展有什么好办法啊？""办法还是跟过去征收公粮一样，奖惩当头、干部带头呗。""吾看还要加个说服开头、优待对头。""对对对，你加的这个很重要，这次扩军是有难度的，不耐心说服动员很难完成任务。""那明天的会这样，吾主持，把县里的扩军会议精神传达一下，再分配一下任务，侬就围绕这'四头'，对大家就这次扩军工作提要求。""这次会议上我俩这样分工也可以，讲这些内容我也同意，但我还想增加一些内容。""增加啥子内容？""我有这几点想法，你看行不行？不行的话就算了。我的想法就是要开大会，开会的人多些，除了区乡保干部，还要请全区青年人、青年人的家人参加，把声势搞大些，会上还要给几个新战士上台戴大红花，还要请他们和他们家长讲话，让他们光光彩彩的，脸上有光、家庭荣耀。""很好，这样放个样子，让乡保干部晓得怎么做、青年踊跃参军、家长积极送子参军。不过这样，明天就来不及开了。""我们抓紧准备，准备好了就开会，争取在三四天之内把大会开起来。""行，我们先到金苇乡，那儿的群众基础好，阿拉先到那边看看能否动员几个。"

　　说走就走，他们马上叫金忠慧安排个马车就出发了。

　　金苇乡自从乡长金大爷被日本鬼子杀害后，有的人不敢当金苇乡乡长，又叫顾阿水当副乡长临时撑着，后来金忠礼与章辅商量，又动员金二

289

爷做了乡长，金二爷的铁木器加工厂又交给了胡忠财。

他们一到乡公所又进行了分工，金忠礼让乡长金二爷陪章辅、金忠慧到基础好的小朱庄去动员，他自己则与通信员小李跟副乡长顾阿水就留在难度最大的金苇街上做工作。待金二爷与章辅离开乡公所去小朱庄后，金忠礼想先有个目标再去动员对象家里，便问顾阿水："阿水，上次我路过你们这儿跟你说过扩军的事，你有没有先动动，跑几家子啊？""动嘞，也跑了。""跑得还有点儿名堂吗？"

"跑了四家子，一家子关门，一家子空门，一家子没门，一家子有门。""你说说什么意思。""关门这家子全家上锁外出，空门这家子男丁都不在家，就留女将在家，没门这家子，我才一开口说扩军当新四军，他家奶脸们就把我推出门外说叫他儿子当兵没门，只有一家说再看看，有点门。"金忠礼想有一个也好啊，那就到这个有门的人家看看呗："走，我们到这个'有门'的人家看看，争取把这家儿子先动员参军。"

顾阿水带着金忠礼七拐八拐，拐上一条小路，来到一处废弃的圩堤上，前面两间茅草棚住着一家人。金忠礼抬头一看这不是顾阿水自己家吗？这两间茅草房还是那年乡里帮他家搭起来的嘛。金忠礼心想也许不是他家，只是从他家这儿经过吧。他问道："还有多远？""前边就是。""那不是你家吗？""是的。""那你动员的是你自己还是你弟弟？""我大弟弟。""他多大了？""十七。""年龄倒也够了。他愿意当兵吗？""金苇湖边的双桨小溜子，左划一下，右划一下。有点想当，也有点不想当。"

进了茅草棚，里边一片漆黑。等一会儿，才看清房子里的情况：东边砌了一眼锅，锅台上散放着几只碗。北边、西边靠墙处有几张树桩做的小凳。里屋一张树棍床，地上铺着穰草，别的也看不到有什么东西。他大弟顾阿湖还不在家，说在南沟里挖藕呢。顾阿水叫他小弟顾阿渠去喊，金忠礼说："不用去喊，我们去找他。"

走了百十米远，来到南沟边。小沟里的水已经干涸。一个十六七岁的年轻人专心地在那河底挖着，旁边丢着几节长短不一沾着淤泥的藕段。顾阿水先在堤上喊道："二湖，二湖，上来，区长找你。"顾阿湖抬起头朝堤上看看并没有动，心想，瞎扯吧，什么区长会找他啊。"二湖，二湖，真的，快上来。"他见大哥又喊一遍，大概是真的了，便拖着锹上来了。

94

　　湖西的二月虽已是立春季节，但气温还很低，有的地方还有薄冰。顾阿湖赤着脚，拿着锹站在金忠礼面前：上身一件短小的破黑棉袄头，里边的灰黑色棉花从两肩和心口处露了出来，棉袄只有上下两个扣子，腰间用一根草绳系着。下身一条齐小腿肚的黑布单裤，这让他赤脚在淤泥里挖藕根本不需要卷裤脚。顾阿水说："你看你这个尿样子噢。见到区长也不叫一声。"顾阿湖向金忠礼看了一眼说："就是金先生嘛。"顾阿水说："那是哪一年的皇历了，早不当先生了，叫区长。""区长。"

　　金忠礼上下打量着眼前的顾阿湖，中高等个头，长得结结实实，除了看上去木讷一些，人并不愣也不呆，到部队扛枪打仗应该是一块好料。因而，这会儿金忠礼已经决定说服他参加新四军。他问道："穿这么少，又赤脚站在淤泥里，不怕冷吗？"

　　顾阿湖盯着金忠礼脚上那双皮底布鞋看了看，心想，他那皮底的鞋子一定很暖和吧？什么时候自己能穿这种皮底的鞋子呢？要多少藕能换一双呢？

　　其实，金忠礼脚上的皮底鞋，也就是皮底布鞋，皮底也不是猪皮牛皮而是橡胶底的，但这里的农民是很少穿这种皮底鞋的，顾阿湖更是碰都没碰过。这会儿当金忠礼问他怕不怕冷时，他也没直接回答，而是说："皮底指定暖和。"他这样答非所问，让金忠礼觉得这小青年还是有点愣头青的样子啊，难道他没听到我的问话吗？要是真耳朵聋的话那是不能把他送到新四军部队上去的。于是，他故意压低声音说："参军，指定穿皮底鞋。"顾阿湖又是一句："没穿过。们家人都没穿过。"还是没接他的茬啊，真聋吗？金忠礼再低声说："想穿皮底鞋吗？"

　　"坛子里斜觉[65]。"这下是对他问话的回答，金忠礼想这顾阿湖不但耳不聋，脑瓜子也不差呀。他说这话就有点心眼，这句话完整的是"坛子里斜觉，做瓮梦"，而他只说了上半句，看你懂不懂，你懂就知道他心思，你不懂，他跟你就谈不起来了。更艺术的是他用反话表达了他正面的意思，"做瓮梦"，是空想之意，他表达的是"想也空想"，说明他还是想的。

291

因而，金忠礼又说："想穿就参军，到部队有皮底鞋穿。"

"不下河哪个晓得有多深啦？"又来了，这话什么意思？想穿一下吗？大概是！穿了试过了他也许会决定去参军。这小东西鬼得很呢。于是金忠礼往地上一坐，脱下鞋子，并把两只鞋子送到顾阿湖脚下说："穿穿看，好不好穿，好穿就到部队穿去。"

一直站在旁边没说话的顾阿水看不下去了，他怕他弟愣起来真把脚套进区长的鞋子里，把区长的鞋子弄脏了："二湖，你看你脚上全是淤泥，穿什么皮底鞋啊？""让他穿穿，看看皮底鞋穿在脚上是什么味水⁶⁶？"顾阿湖看看脚下那双皮底鞋，又看看金忠礼，站在那儿没动。金忠礼对他说："不碍事，二湖，你穿了试下子。"

顾阿湖走到坡下把两只脚在草上来回荡了几下，然后薅了一把茅草上来坐到那双皮底鞋旁边，用手上的茅草使劲将脚上的泥擦去。金忠礼看他擦脚上的淤泥时，开始使劲地擦，当擦到脚后跟时特别轻又特别小心。原来他的两个脚后跟已经腐烂，里边露出白色的脓头。那是冻跟，是湖西这地方许多穷人家大人小孩冬天都会得的一种常见病。湖西的冬天异常湿冷，穷人家大人小孩吃不饱穿得又单薄，露在外边的脸、耳、手、脚就会冻伤，先是红肿发痒，继而破损溃烂，直到春天转暖才长好，留下疤痕。金忠礼知道顾阿湖那脚后跟一定很疼，但他并没叫苦喊疼，照样裸露在外，照样踩进淤泥抓鱼挖藕。像这样吃苦耐劳、不怕伤痛的小青年到部队杀鬼子一定是好样的。

这时，顾阿湖已套上金忠礼的那双皮底鞋站起来，在圩堤上走了很远。顾阿水在后边喊："二湖，可以嘞，回来，回来。"顾阿湖转过身昂着头、挺起胸，甩开大步向这边走来。顾阿水又对走过来的弟弟说："好嘞好嘞，脱下来，还真鼓着个肚子充胖子呢啊？"

顾阿湖并不听他哥哥的，又走了几步回头，走到金忠礼面前脱下鞋，露出笑容说："比草鞋轻巧，经磨，溜起来快。参军真有得穿啊？"金忠礼知道他的心已经在向往部队了，加把劲鼓一鼓，他应该会成为金苇乡在这次扩军中第一个报名参军的。因而，他对顾阿湖说："不是参军就有得穿，我要让你穿着皮底鞋去参军。"

"真的啊？不是穷庙里的菩萨吧？"又来了，又说半句话了，金忠礼笑着说："二湖，你意思是说我空许愿是吧？我跟你讲，我这是老和尚敲木鱼，实笃笃的，没有一句虚的。你要不信，我这双就把你穿家去。"

"去年的皇历，哪个要？我要穿崭新的。"这小东西还嫌我这双旧喃，但他知道，这顾阿湖参军已有七八分把握了："那行，一言为定，你一报名，就送新鞋把你。""皮底的？""对，崭新的皮底鞋。那我们到乡公所去给你登记报个名。"

"不急，我还要去多挖点藕换些个钱，给我妈打几剂药呢。"顾阿湖说着向坡下走去。这小东西真精啊，他说这话向金忠礼传达了几个意思：他妈病了，他挖藕是换钱给他妈买药治病，他得把他妈病治好了，他才能去参军。"你参你的军，们妈的病有我呢。"顾阿水对弟弟说。"有你呢，有你这么多天，们妈不是还在床上呢啊？"顾阿湖顶了哥哥一句。金忠礼理解他的意思，便说道："二湖，你放心报名参军，马上去登记时，路过药铺，我就叫小李带胡先生去给你妈把脉。"

"我的藕还没换到钱喃。"顾阿湖嘟哝一句。"不要你付钱，请先生和打药钱有我跟胡先生结。""那好，我去把藕拾上来。"顾阿湖说着跑下圩堤。"小李，你去跟他抢忙。"金忠礼只想他抓紧时间快点去乡公所登记。他看着小李和顾阿湖各拉着一捆藕走上坡来，心想这下没说的了。谁知等顾阿湖拎着藕走到金忠礼面前时，他又生出一事。

"金先生，我到部队要是一放枪吓得溜了怎么弄啊？"顾阿湖对金忠礼说。他这说的是什么意思，是说他胆小害怕打枪吗？于是，他开导他说："枪这东西没什么怕的，开始吧没打过枪的人，心里是会有点发毛，等打了两枪后就一点也不害怕了。"

"打了两枪不害怕我信，可是打第一枪我还是害怕哎。"顾阿湖说。在一旁的通信员小李说："没事的，人都有这个过程，我第一次打枪心里也是怵怵的，打两枪后就什么也不怕了。"

顾阿湖看着通信员小李背着的枪说："不是，金先生，我怕到部队第一次打枪，我吓尿了，新四军个个笑我，说我们湖西都是胆小鬼，丢我们湖西人的脸哎。我要在这块先打两枪，看看我会不会吓尿，要是吓尿了，你们看到的人少，也不怕被你们笑了。打两枪后，到部队，我指定不会吓尿了和吓溜了。"这是顾阿湖话说得最多的一次，旁边三人都听出了他的意思，就是现在他要打两枪，开个头，以免到部队第一次打枪出丑相。顾阿水说："二湖，你尽开玩笑，这枪又不是随便打的。"小李也说："刚才在沟底，他就叫我枪把他玩两下子，我没同意。"

金忠礼心想，他这确实也是出了个难题，枪是不能随便放的，听到枪声大家会以为出什么事的。但是他说的也是个理由，况且这儿相对也比较空旷一些，如果给他打两枪就能让他自愿报名参军何乐而不为呢？于是，他对小李说："小李，你带他到沟底，教他打枪的要领，给他打两枪。"

顾阿湖跟着小李再次来到沟底，他一边走还一边说："我叫你刚才给我打两枪，要不然现在就不要再跑一趟了。"不一会儿传来"砰、砰"两枪。待他们上来，金忠礼指着顾阿湖的裤子说："裤裆榜干[67]的呗。"顾阿湖上来笑着说："快刀剁嫩藕，真的得劲。我报名，打鬼子！"

95

另一路也旗开得胜，章辅他们刚到村头，完成两个人报名参军的任务就基本不在话下了。

从金苇乡公所出来，章辅和金二爷来到小朱庄，在路上就碰到了杨老伯。杨老伯很热情："请客不如撞客。政委、乡长一定得给个面子，到我家坐坐，喝杯茶。"杨老伯是县里的议员，又是湖西知名乡绅，还是金苇乡第一任农会主任。他平时非常支持政府抗日工作，这次挑农抗河，整个方案都是他协助县里制订的。这会儿，他这么盛情相邀，又到人家门口了，能不进屋坐一下嘛。

杨老伯是金苇乡的大户人家，一个坐北面南的大四合院，前排中间两扇大门，两边各两间房子是两门儿媳及其子女住的。后排五间房子，中间是堂屋，东边两间是杨老伯夫妇住的，一间书屋，一间卧室；西边两间是未成家的儿孙住的。东西两侧各三间偏房，西侧是厨房、餐厅和储藏室，东侧是用人和长工寝室。后边又圈了一个院子，是花园兼菜园，最北边一排马厩、猪圈、鸡窝和厕所。

用人送上茶后，章辅端起茶碗抿了一口说："好香啊。"杨老伯说："这是在红茶里加了点茉莉花。"金二爷没喝过什么红茶绿茶，他听他俩这么说，便端起来喝了口，咂咂嘴说："杨老哥，不是我说你们，花钱买苦吃，还不如我们到滩上挖点蒌蒿根，晒干了，泡茶比你这个香多了。""哈哈，金二哥，喝白开水吃菜，各有所爱嘛。""是啊，是啊，各有所爱。杨老伯，侬好福气噢，儿孙满堂啊。"章辅寒暄道。杨老伯则说："托你吉言，我有四个儿子，五个孙辈。就老三当新四军不在家，其他的都绕膝承欢。"章辅问："老三有信回家吗？""有啊，上次来信还说他立功了，还当了班长呢。老三参加新四军整个人就变了，长大了，懂事了，还晓得对上人嘘寒问暖了，孝顺多了。"提到当新四军的三儿子，杨老伯是满口的夸赞。

　　这倒使章辅产生一个想法，何不请杨老伯在动员大会上讲讲当新四军的好呢？伊现身说法有说服力，可以促进更多的家长送子参加新四军啊。于是她对杨老伯说："杨老伯，吾有个事想请侬。"杨老伯说："政委，你俩各客气了，有什么事只管说。"章辅说："是这样的，最近县里下达我区160名扩军任务，过两天我们要开一个动员大会，想请你在大会上现身说法，让更多的人像侬一样积极送子参军。"杨老伯推辞说："哎呀，政委，我是县参议，有四个儿子，送一个儿子参加新四军打鬼子太正常不过了。天下兴亡匹夫有责嘛，我没什么好讲的啊。""杨老伯，侬做得很好，侬就把刚才跟阿拉讲的儿子到部队的变化进步说说就行了。"

　　沉默了一会儿，杨老伯把四儿子杨正利、长孙杨义容叫到堂屋来问章辅："章政委，你看，我这四子、长孙个头怎么样？"章辅心想，伊还没答应吾的请求，现在却把儿孙叫来，是啥意思？难道在他们俩当中出一个上台发言吗？于是，她说道："都是好材料啊。""好材料要用在堪用处。"杨老伯又转向四儿子和长孙："正利、义容，如今民族危亡之时，你们可愿意参加新四军，到前线打鬼子，救国于危难之中？""愿意。""愿意。"四儿和长孙分别做了肯定的回答。这一幕让章辅和金二爷都始料未及，已有一子参加了新四军，这次又要送晚辈参加新四军，而且一送就是两个，这让他俩既惊喜又钦佩。金二爷直接在心中做了决定，我们金家决不能比他杨家还落后，回去就叫我们金家子弟报名参加新四军。章辅则劝杨老伯说："侬三儿子已经在新四军了，这次就去一个吧，留一个在家。"

　　正利和义容听说二去一，便争了起来。长孙抢先说："我们杨家子辈已有三爷参军了，现在轮到孙辈了，再说我的名字叫义容，打小日本鬼子义不容辞。这次该我去，四爷，你就不要跟我争了。"四子正利则说："民主政府没规定三子参军了，四子就不能去了。我呀给我起的名字叫正利，就是说我这把杀小鬼子的刀正锋利，这次必须我上前线杀鬼子。"

杨老伯心想你这老四也会找借口，我给你起的名字是要你将来谋正当利益，而不取非义之财，你现在解析为"杀小鬼子的刀正锋利"，也好也好！他点点头："不愧是杨家的后代。你们毕业歌上不是有要做国家的栋梁吗？刚才章政委说了，你们都是好材料，好材料就要做栋梁。你们都去参军打东洋鬼子，成为救国救民族的栋梁。"章辅看着两个挺拔的小伙子说："杨老伯，依杨家慷慨为国的精神真令人佩服。不过，两个都去，吾倒有点难决断了。"杨老伯说："章政委，你不是叫我在扩军动员大会上现身说法吗？这下我答应你，我有三个子孙参加新四军上台说话才有说服力啊。"金二爷说："杨老哥，说老实话，你今个这事做的，让我对你是喜鹊照镜子，要另眼相看了。我本来想，你们有钱人抗日顶多出出钱做个样子，真要叫你家出人你们就要往后退了，可今个让我见识了，真是一种米吃出百样人，有钱人跟有钱人也不一样啊。不过，杨老哥，在金苇送子孙参加新四军最多的头名还不能把你们杨家，等我回去看我们金家的。"

还没等金二爷回去，金家几个忠字辈的就已经争着要当新四军了。二爷家的金忠慈、金忠国，三爷家的金忠法、金忠臣，四爷家的金忠智五弟兄听说新四军要扩军，就来到乡公所看情况。

前一天吃晚饭时，跟姐姐一起在子弹厂食堂帮忙的金忠智听厂里人说新四军来北阿扩军了，他听到这个消息后就心动了，想离开大妈和姐姐到新四军队伍上去。今个一早，他就跑了十几里路回金家庄，把新四军来扩军的事跟几个哥哥说了。几个哥哥一合计，便一起来到乡公所打听情况。

到乡公所一看，大哥金忠礼正叫人帮着顾阿湖登记，便围住大哥吵着也要登记。金忠礼说："不要吵，不要吵，你们一个个说。你们说登记做什么？""参加新四军。"五兄弟一起喊道。"参加新四军干什么？""上前线。""杀鬼子。""打东洋。"几个人七嘴八舌说了一通。"好，说得好。不过，我跟你们说，新四军这次扩军也有条件的，不是个个都能去的。""我能去。""我最能去。""我能去。""我亦能去。""我偏去！"五兄弟各人都说自己能去。"我告诉你们，哪个不能去。"五兄弟不吵了，眼睛盯着大哥看自己在不在大哥说的"不能去"的里边。金忠礼说："有痨病、疯子、羊角风这些大病的，不能去。""我不得病。""我亦不得病，就是害冻疮。""我亦有冻疮。"金忠礼说："冻疮没事的。还有岁数，太大、太小都不行。"

五兄弟其中四个大一点的看着最小的金忠智说："忠智最小，他不能去。"金忠智说："我能去，我跟大人一样做事，怎么不能去啊？"金忠礼说："忠智，你是小了，还没得枪高呢，你就在家再吃几年饭，等长到我这么高，大哥送你去。"最早知道消息，却是最早一个被告知不能去的，这让兴冲冲要参加新四军的金忠智伤心不已。他听到大哥说那话时竟泪水唰唰地往下滴。他倔强地说："我呀，我妈是鬼子打死的，我要去杀鬼子报仇！呜呜呜……"说着竟哭出了声。那几个哥哥眼圈也红了，他们这个最小的弟弟父母不在了，一直跟着姐姐在大爷、大妈家生活。大爷、大妈对他再好，毕竟与亲生父母是有区别的，他情愿在爸妈的打骂下长大，也不愿在太客气的大妈家长大，这倒不是金忠智不识好歹，而是那份父子、母子亲情是别人弥补不来的。这也许是他这次这么坚决要参军的一个原因吧。

大哥金忠礼理解他这个最小的弟弟，在自己家养大，尽管家人对他很好，但他不能撒娇、不能发泄、不能索要、不能诉说，这对于一个十来岁的孩童来说心里是痛苦的。以后还要对他多关心才是呢，有时间要跟他多聊聊。这会儿，金忠礼将他拉到怀里，一边帮他擦泪水，一边说："大哥也想让你到部队去，可是部队经常急行军，一天要跑百十里路，你跑不动会拖累部队的，等过两年，大哥一准送你参军。""我不，我今个就要去。我能跑，我不拖累他们，我打完鬼子就回来。等过两年，鬼子都打没了，我去有什么用啊？""没那么快嘛。再说，你要打鬼子，在家也一样打鬼子啊。你参加儿童团，站岗放哨查路条，一样是打鬼子啊。你不是晓得子弹厂那个狗特务吗？在金苇乡、在北阿区，像唐玉成那种狗特务还有呢。你想，你要抓住那些狗特务不是一样打鬼子吗？"这时，金忠智才停止了哭泣，他抹了一下眼睛说："那个狗特务坏呢，把吴厂长炸伤，还没好呢。""是的啊，我们要早发现他，吴厂长就不会受伤了啊。""好，那我天天留神，看还有哪个是狗特务。"

解决了金忠智的问题，金忠礼又来解决其他四个人的问题："你们四人，两家各去一个，我的想法是小的留下，大的先去。""我去。""我去。"四人又争起来了。"你们争也没用。忠慈、忠国，你们俩商量哪个去。忠法、忠臣，你们俩商量谁去。"

金二爷家的两弟兄在商量。金忠慈对金忠国说："你看，我们忠孝哥投奔黄埔军校了，忠清姐又到外地工作了，我们俩得留一个在家服侍父母啊。"金忠国说："你大些个，能成家了，找个媳妇，生几个侠子，也让呀呀、妈妈抱个孙子高兴、高兴。我去参军，过两年来家换你。"

他这一说，把金忠礼说得"扑哧"一声笑了出来："那你不会在家结婚生侠子啊？""我小着呢，还不懂呢，哪快能结婚嘛。"金忠国回道。金忠慈则抓住他这话说："对呀，你小又不懂事，到队伍还不晓得把人家队伍拖成什么样子呢！"

金忠礼说："忠慈说的也是，我们参军是要去帮着部队打胜仗的，如果我们去处处要队伍上照顾，那就不行了。忠国，你跟忠智一样大，他留下了，你也留下，金苇的儿童团还指望你这两员大将呢。"大哥这样说，金忠国也就没再与金忠慈争。

金三爷家的金忠法、金忠臣两个人争得一个不让一个，最后金忠臣对大哥金忠礼说："大哥，要不，就让我们俩一起去吧。"金忠礼说："三爷就你们两个侠子，都走了，家里没人了。就是我同意你们去，三爷、三妈亦不得同意的。要不，你们今天不着急登记，好歹这次扩军还有一个月时间呢。你回去问三爷、三妈，他们定哪个就哪个。"金忠法不同意，他看跟他一样大的顾阿湖在旁边跟他显摆，他就不服气，心想，他还是个愣子呢，都先登记报名了，我还是区武装连的呢，为什么不能啊？于是，他对弟弟忠臣说："小弟，你小，你就让哥先去不行吗？这次都是我跟愣子这么大的人去，你就让一下吧。"金忠臣说："不行，你不会让我啊？你在区里扛过枪了，我还没扛过呢，你就让我去扛枪吧。"金忠礼说："忠法，人家二湖已经登记参军了，以后不准再叫人家愣子了。你看，你们一个都不让，定不下来，那还是回家叫三爷三妈定吧。"

金忠法也犟起来了："不行，就今个在这块定。小弟，我们这样子，我们比眼线[68]，哪个眼线准，哪个去！""好，比就比！""我们砸前边那棵树，一人砸三次，哪个砸中的多，哪个就去参军。"

298

金忠礼说："这也好，又合适又公平。我来做中人，谁赢谁参军，一言为定，不准反悔。""不反悔。""一言为定。"忠法、忠臣都表了态。但两人一个都不肯先砸，一个要大的先砸，一个要小的先砸。最后还是金忠臣提议："我们喔起[69]，哪个输哪个先砸。"两人站在对面同时喊一声"喔起"，同时出一次手。前两次都一样，到第三次，忠法出了个拳头，忠臣出了个布，忠法输。金忠法先捡起一根树枝在地上画了一条线，然后在地上拾了三块泥巴，站在那条线后，闭上左眼对着前边七八米远的那棵树砸了一块泥巴，中了。他又连砸了两块，全中。他高兴得跳了起来。

金忠臣开始听哥哥说比眼线时，他就暗自高兴，哥的眼线哪有他准？去年夏天两人带着鱼叉去叉鱼，结果，他叉到五条，哥才叉两条，哪个眼线准，心里还没得数吗？他也拾起三块泥巴，站到线后，不间断地连续将手上的泥块砸了出去。果然不是吹牛，三发全中。打个平手，再比三发。

金忠法又在地上捡泥巴，这次他拾了四块，再次站到线后，对着那棵树一口气将四发泥巴砸了出去，中了三发。大家都以为他砸了三发中了三发。金忠臣也没注意，便去拾泥巴再砸，结果三发中了两发。金忠臣站在那儿半天没说话。金忠法则高兴地跑到金忠礼那儿说："大哥，这下没话说的了，快叫人给我登记。我大名金忠法，虚岁十八。"

其实，他玩的那小把戏，金忠礼早在他拾泥巴时就看到了。开始，金忠礼以为他是从四颗泥团中选三颗砸出去，没想到他把四颗泥团全砸出去了。他之所以没戳穿他，是因为他也想忠法赢，让大的去，小的留家里。这会儿既然旁边没有人发现他作弊，他也就乐意替他隐瞒过关了："忠臣，你们自己商定的法子，这次只有让忠法先去了，下次你和忠国、忠智剩下的三人一起去。"金忠臣只得红着脸点点头。

97

有金忠法、金忠慈、顾阿湖和杨家叔侄这五个人自愿参军了，可以在动员会上亮亮相了。因此，金忠礼和章辅便回到区里准备召开全区扩军动员大会。

会场设在北阿街中心的大戏台处。这个中心实际是一个大广场，是北阿街逢集时商品的集散地。中心最北边一个大戏台，据说在乾隆年间，北阿人听说乾隆下江南到扬州时问起过湖西秧歌。他们以为乾隆真的会到湖西来听秧歌，特地用砖石砌了这么一个大戏台，等乾隆来听湖西秧歌时派上用场。可直到乾隆驾崩，北阿人也没见到他的人影，后来人们逐渐忘了此事，大戏台也变成北阿人自娱自乐、举行庆典的地方。

大戏台坐北面南，分前后两部分，后部分中间为戏台后门台阶通道，左右为戏台用房，东侧是观戏的达官贵人饮茶小憩之所，西侧是演员休息换装之地。前边部分为三面观戏舞台，离地三尺高，丹楹刻桷、雕梁画栋，檐角青瓦、起垫飞翘，一派古朴高雅气象。扩军动员大会把这大戏台作为主席台，就是要让参加新四军的青年在这高高的舞台上亮相，让他们成为今天舞台的主角。

在舞台前上沿挂着一条横幅，上面写着："为突破160名新战士扩军任务而努力奋斗"，两侧立柱上挂着两幅标语，左侧为"齐心协力，全区胜利"，右侧为"一人参军，阖第光荣"。主席台上放着前后两排桌凳，前排桌凳分两边，中间留出空档，露出后排的桌凳。

在区里工作人员准备会场时，章辅和金忠礼还在商量会议的开法。他们知道他们在金苇乡很快动员5人参军，并不代表后边155名青年的动员说服工作也这么轻松，这5人的家庭政治基础还是有优势的，他们对抗日工作是理解和支持的，更难能可贵的是他们知道参军上战场是会流血牺牲的，但他们依然选择参军，这是湖西人的典型品质。后边像他们这样的热血青年还很多，他们会选择扛枪上前线，但他们当中一部分人会遇到来自家庭的阻力，这些家庭也支持抗日，只是在口头上或钱物上支持，真正要他家人上战场，他们就变得犹豫了，因而这部分家庭才是扩军的难点。

最后两人决定会议分两个阶段开，第一阶段开大会，全区区乡保甲四级干部和所有工作人员、驻北阿的新四军、新四军来北阿的接兵人员、区乡武装组织、全区17岁至26岁青年及他们的家人、教师和学生、店铺老板、地方士绅等全部参加会议，总人数约四五千人，号称"北阿区军政民万人大会"。

会议的第一个议程就是各乡文艺演出队演出节目，然后由章辅主持会议，并做动员讲话。第三个议程是表态讲话。分别选一个乡长、一个保长发言。他们很快就定下了由横荡乡乡长徐理高和应庄保长应万全两人发

300

言，因为这一乡一保是北阿区工作基础最差的，每次完成县区的任务都是落在最后边。章辅让他们上台讲话，既是促其他乡保，也是给他们施加压力。

再选一个家长和一个青年代表讲话，家长代表很快定下了杨老伯。可定青年代表时，两人发生了分歧。章辅提出："参军青年就让金忠慈上台讲吧。"金忠礼不赞成："让金家人讲不合适，对其他青年起不到大的促动作用。"章辅说："怎么伊讲就没有促动作用呢，伊也不是铜头铁身，伊也是有血有肉的人啦？"金忠礼说："都是血肉之躯不错，但他的家庭有区乡干部，老百姓就会有不一样的要求，他们会认为你们这种家庭必须带头，必须冲在前面。因为老百姓心里有这种念头，叫忠慈讲话促动劲就不大。"章辅说："那依说叫哪个讲，杨家杨老伯已讲话了，不能再叫伊儿子讲，金家讲促动又不大，那总不能叫顾阿湖讲吧？"

"不错，就叫他讲。他讲太有代表性了。""伊能讲出话来？不要在台上半天讲不出话来，引起下边哄笑，把整个会场给弄砸了。""他即使讲不出话来，穿上新服装，戴上大红花，往那儿一站，会让全场、全区的贫雇农们感动的。""为啥？伊有这么大作用？""你想，他平时在区乡老百姓当中是个什么形象？""啥子形象？""上身一件黑色的露出黑灰棉花的破棉袄，腰间扎一根草绳，下身一件短至膝盖的黑单裤，蓬乱的头下遮着一张拖鼻涕的脸，赤裸的脚上露出冻根上的黄脓，满沟满塘里找食吃，满街满村找活做。这是一个在大街上遭人白眼、受人唾骂、最被人瞧不起、最底层的形象。这种形象的人在军政民万人大会上有了他的地位，而且还有讲话的机会，在北阿历史上是空前的稀罕事，是湖西地区的群众意想不到的。他如今享受政府物质待遇，得着政府的抬举，以一个崭新的形象站在台上，能不刺激群众、影响群众？条件跟他一样或者比他好的人心里会想，他这种形象的人都参军了，我们还有什么理由不愿离开家庭呢？"金忠礼说得激动起来，像似演讲一样。章辅被说服，同意顾阿湖作为参军青年代表发言。

会议的有关事宜研究结束后，金忠礼又提醒她一句："今天是开大会，你讲话尽量少夹些上海话。你到我们湖西也两年多了，湖西话也学了不少了，能讲湖西话尽量讲湖西话。"章辅心想，这虽是个小事，却也还是蛮重要的，来湖西两年多了，如果还不讲湖西话，也说明自己对湖西群众的感情还不够深，必须转过来。况且这次参加大会的多是地道的湖西人，如果还夹杂湖西人听不懂的上海话，大会的效果会减弱的。因此，她肯定地说："一定！"

98

第二天晌午，阳光明媚，大戏台广场上人山人海，参加会议的人席地而坐，外围还站着一圈看热闹的大人小孩，连后边的几棵大树上都爬上了小孩。一阵锣鼓后，北阿区扩军动员大会正式开始。先是各乡文艺演出队演出旱船、舞龙、秧歌、武术等节目，北阿小学师生特地编演了歌舞"秧歌舞""送公粮"和三句半"自动报名去参军"等。

演出结束后，工作人员将准备好的桌凳搬上台摆成两排。第一排中间一个讲台，隔开一些在两边各放了两张学桌，东边从中间数依次坐着顾阿湖、杨正利、金忠法、杨义容、金忠慈五位登记参军的青年，他们穿着区里配发的一式的新四军服装，胸佩大红花端坐在那里。西边依次坐着杨老伯、顾大愣子、金义正、金义武四位家长，胸前也都戴了大红花。

人家儿子参军是多么光彩的事，这儿怎么还称人家为"顾大愣子"啊，对人家多不尊重啊。确实这里不是不尊重，他自出生到现在就没有名字，幼小时家人喊他"小螺螺"。在他十二岁那年跟着父亲在罗一旺父亲家做工，从柴滩上挑草上船，一担都是100多斤，整挑一天，累得吐血。从那时起外边人都叫他"顾大愣子"，后来这名字也就一直叫到现在。其实，他今天是很光荣的，全区几万人今个坐在台上的就这几人，下面还有几千双眼睛看着他，人家都羡慕他呢。可他坐在台上就像是睡在蒺藜窝里一样，浑身不自在，一会儿搓搓双手，一会儿搓搓双耳。他心里一直以为下面的人吵吵的是在议论他长得比儿子丑，穿得比儿子孬。他心里盘算着，你们不要笑我，我还有个小儿子，等过两年我也叫他去参军，等他们打过日本鬼子回来，他们保准带我买肉打酒、买好衣服，偏让你们坐在下边看着我咂嘴伸舌头。

章辅、金忠礼、新四军驻北阿的叶连长、接兵的丁排长坐在后排，他们前边中间还放有一张高一点的桌子，桌上放几个白铁皮卷成的话筒，这是讲话席。章辅走到中间的讲台那儿，拿起一只话筒套在嘴上喊道："父老乡亲们，吾今天先请你们说说共产党到湖西这些年，我们北阿跟过去有什么不同了，你们说给我听听。"

她在这么大规模的大会上讲话这样开头，让台上台下的人都没想到，这大会不是你说给我们听，倒是我们说给你听了啊？下边人真的说开了。有大人的声音，也有小孩子的喊叫："减租降息了"，"土匪少了"，"有人主持公道了"，"挑农抗河"，"有学上了"……

坐在台上不断搓这搓那的顾大愣子心想，叫我坐这戏台上做什么交易的呢，是不是叫我们说说不一样的呢？他搓着双手，感到浑身冒火，热血上涌，听下边不少人站起来说，他搓着嘴巴子霍地站起来喊道："有茅草房住，还有，还有乡里给侠子他妈看病，不要钱！"

台上台下气氛很热烈，有的几个人扳着手指在交谈，有的坐在那儿喊，好些胆大的人直接站起来大声说，北阿人还没有见过这场面。见大家说了不少了，章辅开始收了："父老乡亲们，共产党的民主政府做了哪些事，你们看得最清楚，心里都有一本账。总的来说，匪患少了，圩堤修了，说话有人听了，生活比以前好过了。大伙儿说是不是？"下边一阵震耳欲聋的喊声："是！"顾大愣子也站起来喊"是的"。下边一片笑声。章辅说："我们民主政府正在发展经济，进一步治理水患、匪患，将来要让北阿全体人民有房住，有饭吃，有衣穿，还能看大戏。大伙说，这样的日子要不要？"下边又一阵高呼："要！"章辅继续说："可是万恶的日本鬼子不让我们过这样的好日子，他们抢我们的粮、烧我们的房、奸淫我们的姐妹、杀我们的爹娘，我们要不要把万恶的日本鬼子赶出中国去？"下边群情激愤："杀死他们！""叫他们滚出中国！"学校的方阵领头喊起了口号："打倒日本帝国主义！""团结一心，抗日救国！"全场喊声震天。

待场上安静下来，章辅说："现在需要更多的青年人为了我们国家、为了我们民族、为了我们湖西人的好日子挺身站出来，奔赴前线，这是我们北阿每个青年人肩上的重担。大伙儿请看。"章辅转身指向东侧的五位青年，"北阿区的青年同志们，他们五位已先你们一步登记参军了，多么光彩、多么荣耀！下面我们请带头登记参军的顾阿湖讲话，大家鼓掌！"

在一阵热烈的掌声中，顾阿湖走到章辅旁边，从桌上拿起一只铁皮话筒站在那儿嘴动了动，像是要讲话却没发出声来。下边开始很安静，可是等了一会儿仍然见台上的顾阿湖站在那儿不发声，便议论开了："侠子没见过这场面。""没讲过，讲不出来。""算了，不要为难他了。"章辅在他旁边也有点着急了，本来全场气氛很热的，这下冷下来了。她甚至有点怪金忠礼，偏要坚持让他讲，让另外四个不管哪一个讲也不会出现这种情况啊。

她正想着，顾阿湖对着话筒大声喊："哪个想到，赤脚大板锨的，穿皮底鞋了！真是藕塘里长芦柴，高出一大截了！"说着朝旁边走一步，向台下抬起一只脚，将皮底鞋亮给台下人看。台下人先是一阵笑声，接着一阵掌声。他看了眼台下继续说："皮底鞋，比草鞋经磨，比赤脚经戳。上柴滩，我不穿它，我还穿草鞋，挖藕，我不穿它，我还赤脚，我穿它，做什么交易？"说到这儿，他停下来，用眼睛扫了一下全场，然后高喊道："就是打鬼子！打鬼子！"下边报以雷鸣般的掌声。章辅趁势喊道："青年人，要不要像顾阿湖这样穿皮底鞋？"下边的青年人高呼："穿皮底，打鬼子！""我要穿！""我也穿它打鬼子！""登记！穿皮底鞋！"

待下边平静了，章辅又转向西边说："大伙儿看，这边是送儿子、送孙子参加新四军的家长。杨老伯前次把他的三儿子送到了部队，这次又让他四儿子、大孙子参军，现在我们请他说几句，大伙儿请鼓掌。"

待大伙儿掌声停后，杨老伯拿起铁皮话筒说："乡亲们，前几年的事，你们不会忘了吧？不管是街上人、庄上人，身上有十块钱就不敢走远了，哪块能算远啦，五里开外就遭土匪抢了。现在嘛？你就是带一百块钱，走夜路，在北阿哪个被抢过的啊？没有！还有啊，前几年一下大雨就发水，一发水就拖儿带女外出逃荒，这两年，发也发水了，那你看到有多少人外出逃荒的啊？修圩堤嘞，开农抗河嘞，赈灾度荒嘞。湖西人不忘本，湖西人抱气味[70]，共产党民主政府处处为我们湖西人着想，我们就要跟共产党民主政府走，响应共产党民主政府的号召。今个，共产党民主政府号召我们家里的青年人参军打鬼子，我们就要叫家里的青年人参军打鬼子。老脸们不能打拦头坝，奶脸们不能拖后腿，小媳妇要为劝郎参军说破了嘴。"下面一阵掌声夹带着笑声。"我还要跟青年人说句话：你们青年人参军，我们老年人脸上贴金，你们前程似锦，我们静候佳音。侠子啊，参军去，打鬼子！"会场又是一阵热烈的掌声。

接着横荡乡乡长徐理高和应庄保保长应万全上台表了态，表示保证完成扩军任务。随后丁排长讲了对参军青年的要求，叶连长讲了部队的生活，都赢得了会场里青年们经久不息的掌声。

金忠礼没想到章辅主持会议把会场里的气氛调得这么热烈，场里几乎每个人都受到了感染，特别是青年人，有一种跃跃欲试的冲动，真不愧是做过民运工作的干部，知道怎么去调动群众、激发群众。散会后，当场就有20多人找他们和乡长要求登记参军，动员大会收到了很好的效果。但章辅和金忠礼都知道这种氛围、这个热度不能让它冷下去，还必须通过区乡保干部不断地添柴加草，把这个热度保持住，直至完成扩军任务。

99

所以，第二阶段的会就是跟区乡保三级干部开会，对他们提要求。会议转到区里召开。依然是章辅主持，但这次是由金忠礼主讲。

金忠礼讲道："刚才开了一个很好的动员会，章政委把场上的气氛调动得那么热烈，把会议效果开得那么好，真是我们这些人要好好学学的。各乡的任务都已下发给大家，我要说的扩军任务是政府的首要任务，区长、乡长、保长是第一个要把扩军任务挑到肩上的人。下面就在这次扩军中，对我们区长、乡长、保长三级干部怎么做提四点要求。四点要求，简单地说就是'四个头'。第一个头是干部带头。扩军是这一个月的中心工作，区乡保所有干部都要尽一份责任，勇敢负责，吃苦耐劳，为完成扩军任务而奔劳。乡长负责完成全乡的任务，保长负责完成全保的任务，青年队长、农抗理事长协助乡长、保长完成任务。各乡公所工作人员，全部编成两三人一个的小组，深入保甲督促检查帮助工作。各保可编三四个小组，由保长、农抗理事长、青年队长，或有名望的士绅分别率领，带动各甲长、青年队长、有名望士绅，甚至老大妈、大嫂嫂、小媳妇全部参加说服动员。"

刚才在大会上表态的横荡乡徐理高乡长提出："请这么多人参加动员，给不给补助呢？要是一毛不拔，人家哪有闲空跟你去磨嘴皮子啊。"

金忠礼说："区乡工作人员本身就有补助，扩军就是大家的一份工作，不存在额外增加补贴的事。其他无补助的人员参加动员说服工作，本身是民主政府对他的信任，是一件光荣的事。应请他们积极参加，对完成任务的我们会给予奖励的。这就是我下边要说的第二个头，就是奖惩当头。对完成任务的要奖励，没完成任务的要惩罚。我们已扎好一些飞机，里边装了许多奖品，飞机有扩军冠军、扩军亚军和优胜乡保。我们还准备了画上乌龟的白布旗，送给那些完不成任务的乡保。做飞机还是做乌龟，在座的各位心中可要掂量掂量噢。"会场里哄笑起来："这要拿个乌龟白旗回去就丢死人了。"

横荡乡的徐理高乡长听到这种奖惩很不乐意，你区长明知道我们乡工作难做，还出这种馊主意，不是就针对我的吗？在大家议论声中，他再次发话："金区长，乌龟是骂人的，现在抗日形势这么紧张，我们应该骂日本鬼子是乌龟王八，怎么能用乌龟来骂为扩军奔忙的乡保干部呢？"他这样说，会场里的人又议论开了：有的认为他说的在理，有的说他钻牛角尖。

金忠礼回他道："哪个说乌龟就是骂人啊？那人家祝你龟寿延年也是骂你的啦？我们不能硬做个套子往自己头上套。这里是用乌龟爬得慢的意思，哪个拿到它就是表明任务完成慢，或是没完成，没有别的意思。"

徐理高又说了一句："反正我们那窟人都晓得乌龟王八蛋是骂人的话。"

章辅心想，当地老百姓既然有这种说法，那还是回避一下好。因而她说道："这样，还是把乌龟去掉吧。落后的，没完成的就挂白布旗。白旗已经足够让落后的人难堪了，没必要再加个乌龟了。"

金忠礼说道："行，就按照章政委的意见办。把白旗上的乌龟拿掉。没完成的、落后的挂白旗。另外，这里还要说一点算不上奖也算不上惩的规矩，就是完不成任务的，乡长、保长、青年队长、理事长等自己去当兵。"

徐理高又说话了："有的保长四五十岁了，不晓得新四军要不要他们，要还好，不要的话，任务又完不成。"

金忠礼说："说这么个规矩就是给各位再加一把压力，也表明区委、区政府要有一个不少地坚决完成扩军任务的决心。如果真碰到这种情况，那首先请那个保的乡长去参军。我要说的第三个头，就是要说服开头。我们这次扩军主要靠政治动员，靠耐心的说服工作，绝对不能出现国民党那

306

种抽丁、抓丁、买丁、派丁的做法和其他强迫的手段。说服，要发动家长、长辈、亲友，团团围住，轮流地、耐心地去说服，要不怕跑断腿、磨破嘴。说服开了头后，后续工作要跟上，就是关心他们的疾苦，帮助他们解决困难。如家里有人病了，要找先生郎中帮助瞧病，房子破了，要发动青年队帮助修房子，家里没有吃的，要适量帮助解决些粮食问题。"

横荡乡徐理高不知是有气还是对区长不满，今天就专门给金忠礼找碴儿了。他又开始说话了："对有些泼妇刁民家庭，你不用一些强硬手段你拿不下来。现在不准这不准那，还要完成任务，说服不了，他就是老鼠啃石墩，不得下手怎么办？"

又是他，金忠礼搞不明白他今天老是在眼睛里挑刺，怎么专找碴儿的呢？难道我讲的还不明白吗？他觉得不能老是顺着他的毛抹了，得给他点颜色看看："徐乡长，我觉得你再不加强学习就如撑篙撑船一样，跟不上趟了。大家都听得明白，你听不明白。你想想，这次下达你乡的任务也就是30人，你们乡有12个保，2000多户，其中有1200户人家有17岁到26岁的青年，你想想，你们横荡乡有多少户是泼妇刁民？让你们完不成这30人的任务？"

章辅也有点看不下去了，心想这么多户可以做说服动员工作，就是有几户说服不了又不可能影响任务的，真有什么问题等金区长讲完，或是会后留下来慢慢说，偏要这么说一句顶一句干什么？于是她对徐理高说："徐乡长，只要你们说服动员到家，完成任务是不会有多大问题的。金区长，你继续讲。"

"好，第四个头是优抚对头。"金忠礼接着说道，"我们要继续优待抗属，过去制定的政策不变，还要适当地解决抗属的实际困难，提高他们的地位。对今年新参军的家庭，我们要敲锣打鼓送红帖，上面一律写上：贵府某某公子自动参加新四军，阖第光荣，前途无量。同时要让他们戴上大红花，骑着马在乡里走一圈，利用一切会场提高他们的地位，让他们感到光荣。对新兵，区里一律配发新棉军装一套，袜子、皮底布鞋各一双。"

最后，章辅总结道："阿拉干部在这次扩军工作中要有必胜的信念，有确保完成任务的信心，绝不可工作没做就表现出畏难情绪，就有完不成任务的想法。区委将通过这次扩军工作了解全区干部的思想意识，通过扩军工作提拔区乡干部。当然，对完成任务不力、不好的干部，阿拉也绝不姑息，处分是必须的，直至免职、撤职。阿拉区干部和工作人员今天就组成八个组，下到乡保检查督促帮助工作，奖惩与下去的那个乡捆绑。"

　　散会后，金忠礼把横荡乡徐乡长叫住："徐乡长，你到我办公室来一下。"金忠礼想找他谈谈，他觉得徐理高今天好像带有什么情绪，像是变了个人似的，不知是对扩军这项工作有意见还是对他金忠礼本人有意见，他想弄个明白，以免徐乡长把这种情绪带到扩军工作中，而拖了全区扩军任务的后腿。因而，他必须找他谈一次，解开他的心结。他回到办公室等横荡乡徐乡长，可是等了好一会儿并没见人来。他又到会议室去看看，会议室已空无一人。他再回到办公室，又等了会儿，还是没等来。这时，通信员送来徐乡长写的一张纸条，上面写着："金区长，对不起，家里有急事我回去了。扩军的事你放心，我回去就做工作。"看了纸条，金忠礼更不放心，如果他家里真有急事，他是很难腾出手来做扩军工作的。因而，他当时在心里决定，一、过几天去横荡乡检查督促，帮助他克服困难；二、临时给金苇乡增加五个名额，以备横荡乡真的完不成任务。他把这个想法向章辅说了，章辅赞成他说的这两点。

100

　　动员大会开后的第三天，金忠礼就来到金苇乡，要把临时增加的五个名额落实到二爷的肩上。刚到街头就碰到二妈和郑大嫂，金忠礼问："二爷在乡里吗？"金二妈说："他现在哪块能猴在乡里啊，天刚亮就下保里去扩军去了。""你们这是上哪去啊？"金二妈说："现在能干什么啊，不全是扩军啊？你二爷把我们也都派上用场了，我们也帮帮他。昨个跑了一整天，鞋子跑破了，也没扩到一个，今个一定要扩到一个。"郑大嫂也说："这些男人也正薅，假使我是男人，我一定去当兵，还要别人来三劝四说的，真是羞死人了。""你要找你二爷，你去高集找他，我们去扩军了。"目送二妈和郑大嫂兴致勃勃地去扩军，他感到很欣慰。金苇乡民众的觉悟就是高，连二妈、大嫂这些人都参与了，扩军任务一定能完成。他这样一边想着一边向高集街走去。

　　到高集高保长家，见到的情景却与刚才见到的不一样。高保长正在埋怨金二爷："别人不晓得高集的情况，二爷你不晓得吗？鬼子几次扫荡，我们高集都是首先遭殃，死的死，跑的跑，还有多少男丁？再把剩下来的男丁送到前线，还有我们高家集，还有我们姓高的吗？你分任务也划码[71]些个嘞，你分这么多任务，我能完成吗？"金二爷说："鬼子扫荡，你们受害最重这不假，鬼子在高集作恶，更能让高集小护儿[72]们有参军打鬼子的心啊，动员工作应该更好做才是。至于你说男丁少，十天前，我走高集街走过一趟，小护儿也不少，按我给你们的任务数去扩，在你高集再扩十次也够扩的。"突然，几发炮弹在街面上炸开，通信员连忙将站在外边的金忠礼推进屋里。

这是日寇的小汽艇上发出的炮弹，他们隔些日子就开着汽艇在湖上转一圈，经常对着湖里的行船和湖边的村庄发射炮弹以发泄他们的兽性。

见区长来了，高保长又对金忠礼说："正好区长来了，金区长，你给评评理，你二爷把这么多任务分给我，你说应该不应该？不谈别的，你们就光听听这炮声，就晓得我高集这块事情多难做。冒寒冻、冒风雨，都不谈，还要冒炮火，这是其他保没有的哎。"金忠礼问二爷："二爷给他们保多少任务？""他们保分得是最少的，就四个任务，还在这块叽咕赖犟的[73]，干而脆一推六二五，一个亦不接受算嘞。"

见两人都有点赌气的架势，金忠礼并没给他们评理，而是先想缓和一下屋里的气氛："高保长，你家连张凳子都没有啊？客人来了都站在这块啊？"一听这话，高保长连忙一边递凳子一边说："哎哟，失敬了，失敬了。"待几人坐定，金忠礼说："扩军这事啊，不是你高家的事也不是金家的事，是全中国的事，全民族的事。你不当兵，他不当兵，谁最高兴？日本鬼子最高兴。因为这样，他日本人就可以让你民族亡，让你中国亡。民族亡、中国亡，还有金家庄、高家庄吗？还有我们姓金的，还有你们姓高的吗？这么看呢，扩军既是金家的事，也是高家的事，是我们湖西每家每人的事。"

高保长插上来说："区长、乡长，这些道理我都晓得，哪个不晓得参军上前线是要流血送命的哎，我就是抹不开面子，这高家集一门姓，我辈分又晚，睡在窝子[74]里的屁大个侠子我都要喊爷喊姑，我叫得动哪位爷上前线喃？"金二爷说："噢，原来是这回事，你高家集能参军的那些小护儿辈分高，不是你爹就是你爷，你是叫不动他们，不是嫌我任务给你分得

309

多啊？"高保长说："也不全是叫不动，别的事也能叫得动，这参军上前线，说没命就没命的事，你说叫爹啊爷的先上，他们就会说，你们龟孙子先上，上完了再摊我们上。你看我这个龟孙子都40出头了，部队里哪块要我这个半拉老头子沙。"

金忠礼问："高保长，我那天在会上讲的你恐怕没注意听。""区长，这你就冤枉我了，我还记得你讲的什么，说服开头，优待对头，干部带头，奖惩当头，四头，区长，我说的对不对？"金忠礼说："四头是四头，可你没放在心里头。就说这干部带头，我们金家你是晓得的，只要有能参军的青年必须参军上前线。干部带头，就是我们干部不能有私心，不能舍不得自己的孩子参军上前线，如果自己的孩子、自己亲属家的孩子不先报名参军，你是没法说服别人家的，这不是辈分不辈分的问题。高保长，你们高集就四个任务，你先从自家开始动员说服，逐步向你的亲戚展开，再向全保推进，我相信这四个扩军任务不够你几天忙的，区里扎的那些飞机，对于你高保长来说就是面盆里捉田螺，手到擒来。你先赶快分成几个小组抓紧动员说服，如果确实有困难你就说一声，我来帮你。""好，好，我用力，我用力。"

从高集回来的路上，金忠礼几次想把临时增加金苇乡任务的事跟二爷说，都欲言又止。从今天在金苇乡了解的情况看，虽然动员大会开得很成功，但困难还不少，干部群众的认识也不是一次大会就能普遍提高的，要保量保时地完成这次扩军任务也并非易事。二爷也是五十多岁的人了，还这么没日没夜地一个保一个庄地跑也不容易。原来分任务时考虑到这个乡群众工作基础比较好，已经多分了，现在再增加有点于心不忍。

两个人沉默走了一节路，金二爷先开口了："忠礼，我这个乡扩军任务没问题，你不要朝我这儿跑，你要多朝那些乡长思想还没通的地方跑。""二爷看哪些乡长思想没通呢？""依我看那个横荡徐乡长思想就没通。你看他那天会上阴阳怪气的，好像个蝎子放屁似的，毒气不晓得多大。我看他那样子，回家指定是把扩军当成金苇湖里的木头，漂在水上呢。""我当时有点察觉了，会后想留他来谈谈的，他说家里有急事回去了。""那是找借口，蛇走无声，奸计无形。他是原来吉家庄乡沈五根乡长的亲戚你晓得不？虽不好说他们玩什么鬼把戏，但是你区里得提前准备他完不成任务，现在不准备，到时临时够急的，恐怕填不上空子。""怎么准备？横荡是个

310

大乡，他那任务摊到其他哪个乡头上，人家都接不住。""分摊嘛，你二爷我再给你承担几个。"

听二爷说出这样主动要增加任务的话，做侄儿的感动至极，但他没有说什么感激的话，因为这个时候对二爷的感激，说任何感激的话都是表达不了心中之意的。因而他只说了一句："那给二爷增加五个任务。"金二爷说："行，你也不要老跑我这块了，你得多跑横荡乡，不行在那块住几天。"

101

那天开过动员会，金忠礼留横荡乡徐乡长谈话，他说有急事回横荡了。其实，他并没回横荡，而是溜到了麦幺花家，是沈五根排长请他来吃杯酒的。他与沈五根确是亲戚，他是沈五根姐夫的堂兄弟，来往密切。在上午开大会两人碰到一起时，沈五根就在他面前扇过风了，说叫他在大会上表态，说明工作不好才表态的，是区里当着那么多人丢他的脸。所以，下午开会时，他就故意冷言冷语地说一些扰乱人们思想的话，发泄心里的不快。

晚上在麦幺花家喝酒的共有四个人：麦幺花、丁孟营、沈五根和徐理高。丁孟营是在唐玉成被枪毙后，日伪军为了恢复湖西的情报工作，在近几天刚被派到湖西来的。他这次来的任务除了收集湖西情报外，还要破坏子弹厂、破坏湖西的重要工作、杀害湖西县区干部。其他三个人中麦幺花、徐理高并不知道他是日伪军的特务，只知道他现在是在高邮与湖西之间做买卖的老板。丁孟营也不想他们知道他的身份，因而他向他们布置任务都是间接的，是从做生意的角度请他们帮忙的。麦大庆要求丁孟营叫麦幺花做事可以，但不要叫她加入他们的队伍；而不让徐理高知道，是因为与他接触时间过短，还没完全了解他。

只有沈五根知道丁孟营的底细，因为前次他已经被丁孟营发展成情报员，那次叫小要饭的给唐玉成递信和后来给关押的他递纸条的正是这个沈五根。现在他完全听从丁孟营的指令，并从他那儿拿一份薪酬。

这会儿丁孟营对他们说："现在生意难做，物资弄不到手，弄到手运

311

不到湖西。"沈五根顺着说："哎，上次，金忠礼不是跟高邮签了个契约，我看现在我们湖西的粮食也让朝那边运了，你们那边还有些军用物资运过来的呢。"丁孟营说："兄弟啊，这你就有所不知了。浪的，他们那是官营，我们小老百姓哪块有那本事啊？"两人故意一唱一和，装着互不知底细的样子。

徐理高几杯酒下肚，就开始不知天高地厚了，不光是喉咙大，说话的胆子还大，像是能解决一切难题似的对丁孟营说："什么禁运啦？浪的，他官能做，你民就能做。不行的话，兄弟啊这样子，我横荡有个码头，你把货运到我那个码头。浪的别的码头查，我不查！我就这本事。浪的，人不能被泡尿胀死的哎。"丁孟营赶快敬了他一杯酒后说："兄弟你真大气，我明个就到你那个码头看看。"徐理高胸脯拍得啪啪响："你到我码头去，浪的我天天带你到船上喝酒。"丁孟营又敬他一杯酒说："五根晓得我，我们在吉家庄乡时就是玩得来的朋友，兄弟我从来不推办⁷⁵谁，兄弟虽没赚到什么大钱，但是酒钱、辛苦钱还是有的，到时少不了你们的。"徐理高端起酒杯回敬两杯后又说："浪的，这个样子，兄弟我好人做到底。麦老板，你这块有客房吧？""有的是。""有就好，浪的我今个晚上就在这块晒一觉，明天我带你一起走，省得你没路条，一路查死你。"

丁孟营哪里是真想到他那个码头做生意哎，他是想把徐理高困住，耽误他回乡里去做扩军的事。这会儿既然他主动说留下来，那就把他先灌醉再说。于是，丁孟营对沈五根和麦幺花说："你们不能光看我们俩喝酒噻，徐乡长这么爽气的人，你们也要敬敬酒哎。"

还没等他们俩举杯，徐理高倒先端起了酒杯站起来对麦幺花说："你是大户人家的千金，过去我们想见到你比见公主还难呢，今个不但相见，还能坐在一起揪几杯，浪的真是土地老爷放屁，神气啦。来，我敬你四杯，四四如意。"麦幺花举起酒杯说："四四如意，不如六六大顺，你敬我六杯，我再回敬你六杯。"徐理高哪肯示弱："好，浪的我就不信我们横荡人今个能败在一个女将手下。"酒桌上说大话、说话多的人本就是醉的祖宗，更何况丁孟营蓄意要把他灌醉呢！没几个来回，徐理高就已烂醉如泥了。他一直睡到第二天下午才起床，晚上又被留下，再醉。

第三天下午又要留他喝酒，他不肯留了，盛情邀请丁孟营跟他一起去横荡："你要现在不跟我去横荡，浪的我们以后就不遇了。"丁孟营想去，但也有点怕去。他想只要去横荡，他就得陪着，他陪着，横荡扩军的事就泡汤。他又怕去，横荡那边没人认识他，但万一被区里下去的人认出来，不就完了吗。于是，他说："我不能去。我是做生意的，不得屌事，你是干部，事多，我去你那块，人生地不熟的，浪的你把我朝那块一晾，我不是去做客的，是去受罪的了。"这话把徐理高说急起来了："浪的，你这话说的就不把我当兄弟了。我这么跟你说吧，你到我那块去，浪的县长、区长我都不陪，我就陪你，保证不离你前后，浪的你就是去撒个尿，我都跟着你。"丁孟营要的就是他这句话，去了，风险虽不小，但为了达到破坏扩军的目的，只有硬着头皮去了。

这边横荡乡华指导员在区里动员后第二天一早就到徐乡长家，准备跟他把扩军的事安排一下，可等了一天也没等到他回来。他想，散会时，区长是留他的，但也不会今天一天都不回来啊。第三天，又到徐家，仍然没回来。第四天一早再到徐家。徐乡长老婆也很担心："朝个⁷⁶没有过这么长时间不来家，也不得个信呗。"华指导员二话没说抬腿直接向北阿方向走去，他想到区里去问问情况，这徐乡长到底是怎么回事。

102

金忠礼刚从金苇乡回来，正在办公室听分在横荡乡督查扩军工作的高副区长汇报："昨天我们去横荡乡，乡长、指导员都不在乡里，乡里人说，乡长不知在哪里，指导员到夹荡去了。问他们扩军情况，都说区里开动员会回来，就没见到乡长，乡里也没研究布置。我看横荡乡这次扩军要出问题。"

华指员跨进门来说："我来找金区长也是谈这个问题的。我第二天一大早就找他了，可是几天不见他个人影，我想问问区长，把他派哪去了，他要不回来，我就一人做主，赶快回去扩军了。"

金忠礼听两人的汇报后，大致判断出徐理高肯定在横荡，很可能是在船上，跟渔民喝酒喃。于是，他对华指导员说："你坐下，我写个条子给你带给徐乡长。"

他拿了张便笺写道："徐乡长，明天我将率领大批的工作同志坐守横

313

荡的扩军工作。在这次扩军中，唯横荡乡的工作最差，听说你乡各保的工作一点也没动，这要由你负全责，如果完成不了任务数，乡长、副乡长、保长、青年队长、理事长等自己去当兵。兹订明日上午9时来你乡召开扩军工作检讨会，你乡干部、各保长、理事长、青年队长须按时到会，不然者，立即拘押，以示惩戒。"最后签了名，写了日期交给华指导员："你回去先安排通知明天9点开会，派几个人到湖荡渔船上找徐乡长，把信交给他。"

乡里的人一直到晚上才在湖荡里的渔船上找到徐理高。徐理高把丁孟营带到横荡乡后，没有到乡公所，而是直接到渔船避风的下河口，上了一条大渔船。大渔船的船主正是徐理高的大哥徐道高，人称徐老哇[77]。他这条渔船平时并不捕鱼，就是在这一带湖面转悠，压低价格收购渔民的水产品，然后运到对面的高邮出售。这一带渔民吃尽他的苦头，捕点鱼、打点野味，自己不能随便卖，得先送给徐老哇，他不要的才能自己上街出售。他要的，他说多少钱就多少钱，没得二价可说。横荡下河口的渔民怨声盈湖，但敢怒不敢言，只有任由他盘剥。

丁孟营来到徐老哇的大船上，由徐乡长陪着喝了两天酒，他感到这徐家兄弟倒是可利用的两把好手。他想，把自己的大本营从麦家庄园搬到这条船上再合适不过了。麦家庄园那儿实在不方便，白天根本不敢出来，夜里出来还怕碰上巡夜的。而到这条船上，天高皇帝远，县区公安、敌工部门很少到这个偏远湖荡来，且与对岸高邮的联系又快又方便。他决定后对徐家兄弟说："两位兄弟，这两天喝酒看风景，过着神仙的日子，我都不想走了，实在想在这块住段时间，顺便看看有什么生意好做。不知兄弟这块方便不方便？"徐老哇立刻拉住丁孟营的手回道："兄弟，不说你住段时间，就是在这块打万年桩，我一样好酒好菜宽待你。"徐理高也说："兄弟，我大哥比我还爽，可以这么跟你说，不要说住这块，就是你要这条船，我大哥眼睛都不会眨一下的。"一个比一个吹得牛。

正说着，听到岸上有人喊"徐乡长、徐乡长！"徐理高走出船舱对岸上骂道："勒什么嗓子[78]啊？有什么事，快嚼！"岸上的人说："区长给你的信。""区长什么屌事，还写信啦？拿过来。"岸上的人跑上船将信递给乡长说："叫通知你明个早上9点开会。""晓得了。"待送信的人离开后，他打开信读了一遍，然后窝成一团正准备扔到湖里，被出舱来的丁孟营拦住了。他拿过纸团打开也读了一遍，然后问："你打算怎么对待这封信？""浪的我把它当揩屁股纸。扩军，扩军不是还有指导员在那块问呢吗？什么屌事都要乡长去，我徐理高就是三头六臂也忙不过来啊。"徐理高说着从丁孟营手里拿过信一边撕一边又说："一天到晚文屁冲天的，明天有屁当面放，还写个信，浪的就不晓得你识几个字。"说着将纸屑扔到了湖里。丁孟营则说："兄弟，英雄不逞一时之气，人家的屋檐下，该低头还是要低头的。"徐理高说："我怕他个屌，浪的大不了这个乡长不当了。"丁孟营把他拉进船舱让他坐下后对他说："兄弟，我还指望你帮我嘛，你乡长不做，怎么能帮我呢？"徐老哇也劝道："小弟，忍耐忍耐，家财还在。你不要看大哥在这湖荡里呼风唤雨，没有小弟乡长这顶帽子罩住也不行啊。"徐理高看看丁孟营，又看看大哥，然后说："你们意思是叫我听他的。"丁孟营说："暂时听他的，以后就听你的了。你明个去开会，正好大哥的船明个到高邮送鱼，我跟着回去一趟。"

第二天上午9点，横荡乡扩军检讨会准时在乡公所召开。幸亏徐乡长准时到会了，要不然金忠礼今天真是要拘人的。今天不光是分工在横荡乡的区里干部全到了，他还将区武装连第三排的人马都带了来，他倒是要看看你横荡乡是不是北阿区民主政府的一个乡。还好，开会时，该来的人一个都不少。

金忠礼直接主持会议，他一讲话就对横荡乡的工作进行了批评："全区动员会后，各乡第二天都已开展工作，有的乡仅仅几天就完成了一半的任务，而你横荡乡到现在锅不动，瓢不响，你们是对扩军工作不理解还是不支持？"华指导员有苦说不出，但他这时也不想把责任推给乡长，因而主动承担责任说："区长，我乡扩军工作没做好，我指导员先认个不是。那天动员后，我千不该万不该，不应该当时不找徐乡长商量，一耽误就耽误了这么多天，怪我，我检讨。"华指导员这样说，徐乡长心里暗自快活，是啊，你指导员不承担责任谁承担啊。因而，在华指导员讲完后，他也说道："现在嘛，也不是最后没日子了，我们努力一下，工作还会赶到前边。金区长，我在这块表个态，虽然华指导员说抓迟了，但我们乡完成任务不能迟，我们从今个开始，完成扩军任务应该是张飞吃豆芽，小菜一碟吧。"金忠礼说："徐乡长，扩军是全县、全区的头等大事，你把头等大事当成小菜一碟，这本身就是对扩军工作不重视。再说了，那天会上区里明确扩军工作主要是乡长抓，乡长抓不好就要当乌龟。"徐理高说："哎，区长，上次会上章政委不是把乌龟拿掉了吗，你怎么还在这块说乌龟乌龟的啊？"金忠礼说："徐乡长，今个我们是来开扩军检讨会的，你作为乡长，你就说说，横荡乡扩军工作怎么落后了，下一步怎么赶上，别的不要扯远了。"

被金忠礼直抵住，徐理高没法，只得说："我承认我们乡扩军工作比别的乡是慢了，不过还没到最后，谁就能说到最后我们就一定落后呢。区长，我跟你讲，开检讨会没有什么用。我跟你这么说，到送兵的那天，我们横荡要少一个，浪的我就补上去。这还不行吗？"金忠礼说："我们庄稼人都晓得，夏天不插秧，秋天哪来稻谷香。徐乡长，工作都是一步步做下来的，你第一步工作还没做，你是有责任的，但是鉴于还没到最后时刻，现在还不是到最后追查责任的时候，我今天带这么多人来，本来是要拘人的，通过拘人来促进大家尽快清醒过来。还好，大家都很自觉，都准时到会了。现在就是要团结一致，赶快把横荡乡扩军工作抓起来，我们也希望你们能迎头赶上。我们将在这里住几天，同你们乡里同志一起分组到各保帮助开展扩军工作。"

金忠礼这一招果然有效，横荡乡的扩军工作在落后多日后也轰轰烈烈地开展起来了。

103

一个月时间，北阿区扩军任务超额完成，登记参军青年 163 名。章辅和金忠礼研究安排怎么欢送参军的新战士。章辅说："这次是第一次这么多人参加新四军，吾觉得，在进入新四军队伍前要搞一次参军前的教育，要让新四军的首长和老战士感到阿拉北阿的兵就是不一样。"金忠礼马上表示赞同："好，这个想法好。干脆在欢送大会上你给他们讲一课，一定会收到很好的效果。"章辅摇摇头说："这个讲课，吾不行，侬亦不行。"金忠礼心想今天怎么这么谦虚起来啦，跟那些小青年讲堂政治课，你肯定行，我也不一定不行啊，但他没把心里的想法说出来，而是说："那我们湖西哪个能担此重任呢？不是要请县委张书记吧？"

"不是，就在阿拉北阿区有一个非常适合讲这堂课的人。""谁？""吴运铎。""确实很合适，可人家忙得很啦。伤没全好，他就坚决要求出院，回去把那批炮弹修好了。听说现在又接受了新任务，要造什么枪榴弹喃。""当然事先要征得人家同意的。吾想这样安排，这批新战士是从金苇渡乘船去部队，阿拉欢送会就放在金苇街开，所有新战士先到小朱庄参观子弹厂，请吴运铎给他们讲话，然后回到金苇街开欢送会。"

接着，两人研究确定了下列具体事项：所有参军的新战士于欢送会前一天下午四时到达金苇乡公所，各乡必须发动群众欢送，沿途设招待点，准备专人负责欢迎招待慰劳。所有集镇都要张贴标语、张灯结彩，准备锣鼓鞭炮。各学校全体师生整队参加欢送本乡新战士，并领喊口号。各乡组织剧团、民间艺人欢送，并准备节目到金苇乡公所参加会演。各乡武装模范队全体集中，整队欢送新兵到金苇乡公所，并自备干粮伙食一顿。各乡慰劳新兵的鱼肉菜蔬等一并带到金苇乡公所。

各项事宜安排停当后，两人来到金苇乡落实大会事项和新兵吃住安排。大会会场设在金苇小学校园内，在草场上搭个舞台。住，就在教室和小会堂里铺上穰草打地铺。吃，将米、菜分到街上八个大户人家烧煮，一个乡的新兵在一个大户家吃饭，一共吃三顿。第一天晚饭和第二天早饭由区里招待。第二天中饭是各乡提供菜肴。

这里安排好，他们又来到小朱庄。他们把来意向吴厂长一说，吴厂长二话没说，当场答应下来："这是好事嘛，我全力支持。"

欢送大会这天，新战士们一吃过早饭就整队前往小朱庄。吴厂长穿了身干净的军装，早早地就站在厂门口迎接他们。吴厂长先带他们看了堆在外边空地上的废旧炮弹、枪支、大炮，然后到小金工车间、火药车间，再到仙墩庙这边的铸造、锻造车间，再进大雄宝殿看了子弹生产过程，最后来到庙外广场，听吴厂长讲话。

吴厂长从他在安源煤矿当工人讲起，一直讲到参加新四军，加入中国共产党，把自己的经历跟新战士们讲了一遍。然后他说道："我为什么要讲这些给你们听？我就是想告诉你们，为了党和人民我什么都舍得，包括我的生命。我今天的生命是党给的，从我入党那时起，我的一切也就是属于党的，党要我做什么，我就做什么！"新战士们一阵热烈的掌声。

他接着举起自己的左手说："同志们可以看看，我这只手断了四根手指，我这只左眼是瞎的，左腿也是残废的。同志们，我为什么要告诉你们这些？我就是想告诉你们，革命战士上了战场要不怕死，面对凶恶的敌人、面对枪炮子弹，你越贪生怕死，他们越对你凶残，你越是沉着冷静、舍生忘死，你就越有胆量、越有智慧战胜对手，像武松一样三拳打死凶狂的老虎。"新战士听后又报以长久的掌声。

他继续说道："刚才你们看了我们的子弹厂，我们从修枪炮开始到造子弹、地雷，现在我们正准备造一种可以打到一里开外的枪榴弹，可以更远更多更狠地杀伤鬼子。为什么要讲这些，为什么要让你们看子弹厂？就是要告诉你们，在你们后方有一批人在艰苦的条件下为你们修枪修炮造子弹，你们要爱惜手中的武器，苦练百发百中的本事，个个都成为神枪手，让每一颗子弹都能消灭一个敌人。"下边一片沸腾，掌声经久不息。

吴厂长讲话结束，一些在前边的新战士又围住他问了好些问题，他都一一地认真予以了回答。从新战士们的议论和他们的面容中可以看出，参观子弹厂确实让新战士们受到了一次非常好的入伍前的教育，连来接兵的几位老兵都纷纷竖起大拇指啧啧称赞，表示以后所有部队接新兵都应该搞一次类似的教育，让他们在政治上得到一次洗礼。

新战士们回到金苇乡的会场先看演出，然后是新战士代表、家长代表、接兵代表、地方代表都一一讲话，接着继续文艺演出。新战士去吃中午饭时，台上的锣鼓仍然响个不停。吃过中饭，整队出发。这时鞭炮齐鸣，锣鼓喧天。各乡舞龙的、玩旱船的、踩高跷的以及秧歌队、腰鼓队一路把他们送到金苇渡，163 名新战士分乘三艘大木船扬帆远航了，岸上送行的人还久久没有离去。

104

湖西根据地热热闹闹送新兵上前线的时候，在高邮的麦大庆又被日军稻香大雄斥骂了。这个稻香大雄自从上次搞到粮食后立了功，现在分管特高科。他一上任就要在新四军的湖西根据地制造一些大的破坏活动，比如炸毁子弹厂，杀害县区干部，可几个月过去了，什么事也没干成。因而他只得把麦大庆找来训话，骂他在湖西的情报工作完全没有一点起色，不但没做成一起轰动的事，连一件让湖西共产党挠头的事都没有，还要你这个吃皇军饭、穿皇军衣、拿皇军饷的没用的东西做什么？麦大庆哪敢吱一声，只得低头听训，等到他骂累了，他才一边给稻香大雄倒茶一边低声下气地说："太君，这事急不得，我们现在已经开辟了一条渠道，我们的人可以到湖西驻留十天半月的不会被他们发现。""什么渠道的有？""对面横荡有一条大渔船经常把他们收购的水产送到高邮这边来卖，我们的人可以搭此船去湖西。""多少人的有？""十几、二十几个人不会被发现。""什么计划的有？""现在还没有，可否让我回去研究一下，来向太君报告？""要西！票子大大的有。"

麦大庆回到家把罗界义、丁孟营叫了过来，三人研究能在湖西做些什么事可引起轰动，并让日本人高兴的。麦大庆对他俩说："日本人又给票子了，你们晓得的，这个稻香大雄是从来不瞎给票子的。拿了他的票子就是你答应为他办事了，办不成事，不但票子要吐出来，人头还要落地的。浪的你们就一点也不在乎？"罗界义说："老大，我这么多年跟着你鞍前马后，对你是忠心耿耿，有一斤能力都是要用二斤力的，哪能不在乎呢？你就是身上有一处痒痒，我们就要心痛流眼泪的。你不高兴，我们哪能快活得起来呢？现在苦的是回不了湖西，要是能回去，浪奶奶的我不杀他个天昏地暗我就不姓罗。"丁孟营虽然也是个拍马屁的好手，但见罗界义这副嘴脸他还是不适应："罗副官，你就不要说这么好听了，大哥现在心里烦着呢，你有本事干件把大事为大哥解解难，也强似你在这儿嚼白舌头。"罗界义不高兴了，心想，老子跟大哥干时，你还在替共产党办厂赚钱呢，才跟老大几天就他妈的土地佬儿腾空，神起来了？他看看麦大庆，以为老大会为他说丁孟营几句，可老大没说，他只有自己出击了："丁老板，你不是说能为老大赚到万贯家财吗？财呢？浪奶奶的，我看你也就是小毛驴嚼豌豆，嘴上一套功夫。"丁孟营也不示弱："你跟大哥这么多年也没看你有什么丰功伟绩，也不过是狗掀门帘，浪的全凭一张嘴啊。"

"好啦好啦！请你们来是给我拿拿主意的，你们自己先咬起来了，浪的我还有什么指望呢？"麦大庆将他们制止后问："你们俩有本事没本事，不是在我这块咬两嘴毛。我现在问你们两个，哪个能在湖西给我干一件轰动高邮的大事出来？浪的能干出来的才是真有本事。"丁孟营想先表态，但他没有，他得先让罗界义讲，看你这下能说个什么鬼八道出来？罗界义确实想先讲，他不愿意让丁孟营这个猴子把头功抢了去，可自己这段时间一次都没潜回湖西，对湖西的情况真是两眼一抹黑，但他仍然不愿让丁孟营先说，他还是抢在他前面说了："老大，我有个办法。"丁孟营一听他说这话，心想，乖乖？他还真留了一手呢啊？麦大庆则依然躺在椅子上闭着眼睛问："什么法子？"罗界义向丁孟营鄙夷地一瞄说："我过去在金苇乡做乡长时，手下有两个乡丁，一个叫柏集椿，一个叫朱经农，现在听说一个是区武装连的副排长，一个是班长，我可以通过他们干些事。"麦大庆猛地坐起来瞪着眼睛问："这消息确实吗？"罗界义没把握地说："应该是确切的，你要想做，我就先潜回去看哈子，回来再做下一步打算。"麦大庆又躺下去说："到时候实在没办法想了，这也是一条路。"到底被老大作为备选路子了，罗界义得意地对丁孟营说："丁老板受老大指派到湖西有些时日了吧，浪奶奶的票子也花了不少了，该策反一些共产党干部了吧？"丁孟营不紧不慢地说："你那两个乡丁，是不是还肯认你，还未知两可呢，说不定你去时就能把你五花大绑送到区里邀功请赏喃。至于我，我不会白花大哥的票子的。你说的策反共产党干部，确实有两个！一个已成为我们的人，另一个虽不敢就说他是我们的人，但至少跟我交上了朋友。朋友嘛，到时你叫他做事，他还是能帮的。"听到这话麦大庆又坐了起来，他睁开眼睛问："什么干部？"丁孟营说："肯定要比他那个副排长官职大了。"麦大庆说："好了，你不要卖关子了，说出来看看。"丁孟营说："是北阿区的两个乡长，一个是吉家庄乡长沈五根，因为你们上次去抢了粮，又杀了金忠礼的妹妹，他被免了职，现在做区武装连三排长，这一个沈某人已经是我们的情报员。还有一个是横荡乡长徐理高，我说的要是去十几个人不会被发现，就是藏在他哥哥的大渔船上。他哥哥就是经常到高邮来卖水产的徐老板，人称'徐老哇'，在那一带湖面上可以兴风作浪、呼风唤雨。""好，这很重要，说明你在那边没白吃饭。这样，你们两人也不要跟两个骚牯牛打架似的，浪的钩心斗角、明争暗斗。现在我需要你们两个联合起来，一起在湖西干几件大事，浪的来个中心开花，给他们共产党的湖西根据地造成重创，真正让日本人开心。怎么样？你们俩跟我表个态，浪的能不能联手干？"一个说"能"，一个说"可以"。麦大庆站起来说："拿酒来，一要恭贺你们两个联手，二要为我们找到了法子干杯。喝完酒，你们俩去商量在湖西干什么事、怎么干，商量好了来报告，我再向太君报告，他们同意支持后我们再干。"

过了几天，罗界义和丁孟营来向麦大庆报告他们研究的计划：先派人潜入湖西，暗地里做好沈五根、徐理高、柏集椿、朱经农的工作，约定时间在北阿举行暴动，枪杀章辅和金忠礼后把队伍拉到金苇乡攻打小朱庄子弹厂，把子弹厂炸毁后撤到湖上，由汽艇接回。麦大庆对这计划大为赞赏："好，你们都是我的好弟兄。你看，你们联起手来，浪的什么大事都能干得出来。等大功告成，浪的你们都官升一级。"当天他就带着这计划去日军司令部向稻香大雄报告。

麦大庆把计划向稻香大雄报告完毕后说："这下太君你可以在高邮城看湖西那边的大戏，听湖西那边的爆炸声了。"稻香大雄摇摇头说："不，不不不，这样子是看不到大戏的。你的，这样子不行的。"满以为会得到稻香大雄的夸奖，没想到他却开口就说不行，这让麦大庆很沮丧，但又不敢发作，只得低三下四地不住点头说："太君明示，太君明示。"稻香大雄指着麦大庆的心口说："你的这里的可以，对大日本帝国忠心的有。"麦大庆听到这话心花怒放，喜笑颜开地说："太君过奖，太君过奖。大庆愿为太君效犬马之劳。"稻香大雄又指着麦大庆的脑袋说："你的这里的不行，猪头一样的。"麦大庆听到这话心里顿时凉了半截，心里骂道，去你妈的，老子是猪头，你他妈的就是狗头。然而，只能在心里这么骂，他哪里能说出来？此时他只能顺着稻香大雄的话笑着说："是的，太君，我的猪头，猪头。"稻香大雄说："湖西那边的情报不明，到底区武工队有多少人能参加暴动？北阿有没有其他武工队？有没有新四军？这些你的知道的多少？""我的不知，我的不知。""你的，派人过去，把情报搞清楚的有。"

回来后，麦大庆再把罗界义和丁孟营叫来说："你们两个也真够浑的，弄个计划破绽百出，浪的叫我去糊弄太君，人家稻香太君那狗脑子也真够用，比你俩猪脑子管用，浪的一听就听出问题了。"罗界义说："浪奶奶的他才猪脑子呢，有什么问题啊？他亦不看看我们想干什么的，我们就是杀他共产党几个干部的，其他都是砌屋带猪圈，能带就带，不能带亦不强求的，我们这个计划有什么错的？"丁孟营说："裤裆里放屁，两岔。想的不是一回事，我们想的就是杀几个共产党，他想的要闹翻整个湖西，我们想的我们做得到，他想的我们做不到。他妈的不管他稻香还是稻臭的，他就是把高邮全部鬼子开过去，恐怕亦踏不平共产党的湖西根据地。"麦大庆见这俩家伙都发起了牢骚，便宽慰他们说："来来来，坐下说，坐下说。

人家稻香太君骂的我，也没骂你们，浪的你们真是癫蛤蟆鼓肚子，不是干生气啊。"罗界义说："骂你老大就是骂我们，骂在你脸上疼在我们心上，我们是为你打抱不平。"麦大庆说："好啦，好啦。稻香太君既然叫我们再研究，我们就再研究，浪的中了主人意才是好把戏，他是主人，我们不过是演戏的，浪的他叫怎么演我们就怎么演，不要再争了。根据稻香太君的指令，我们要继续过湖西去摸情报，不要急，把湖西的兵力布置、武装人员情况、干部情况搞得越清楚越好，还要多争取共产党干部和武装人员。你们看这次哪个去？"罗界义推脱说："到湖西搞情报，我肯定不适合，我这张脸在湖西一出现，浪奶奶的三岁侠子都能认出来，叫我去面对面地打啊杀的，我二话没有，去搞情报还是丁老弟合适。"丁孟营说："你看你，说起来，胸脯拍得震天响，真正叫你去做了，浪的跟个乌龟似的，头缩进去了。""丁老弟，你这话说的就叫人不快活了，浪奶奶的你看我还是个贪生怕死的人啦？我是说不适合去湖西去搞情报，我到湖西不管往哪块一站，保证一冒头就被抓，浪奶奶的抓住我，我不怕死，关键是老大的情报没人搞了。浪奶奶的你要是真想老大搞不到情报，那我就去！"丁孟营又说："你这话说的，浪的真是杀猪捅屁股，外行到家了。我丁孟营不是湖西人啊，我当初搞新华纺织厂，北阿哪个不认识我啊？熟脸不错，浪的熟脸不能变生脸啊，大哥刚才不是说我们是演员吗？做演员那就化装呗，这还难吗？"麦大庆开口道："好啦，好啦。这样子，这次去湖西搞情报还是丁老弟去，这方面你是过来人，懂得多，你去我放心。下次带小股力量去策应暴动，这个事就是罗老兄的。"

105

　　根据县委决定各区武装连改为武装中队，各区自行进行为期半个月的整训。北阿区因武装连在上次扩军中有十大几个人成为新战士加入了新四军，人员和干部都缺额不少。章辅和金忠礼决定从各乡模范队中抽调一部分人员充实区武装中队，并对武装中队干部进行了调整。金忠礼兼任武装中队指导员，吉家庄乡指导员兼乡长的吉德义调任武装中队中队长，三个排的排长中的一二排都是共产党员担任，三排因柏集椿、朱经农军事上有一套，平时表现也积极，便一个任三排排长，一个任二排副排长，为了加强三排的领导力量，特地安排共产党员冀德伦任三排副排长，原三排排长沈五根调区里任教育科员。干部和人员调整后，开始了为期半个月的整训。金忠礼请了驻北阿新四军三名班长分别带领三个排进行军事训练。

金忠礼给他们上了第一堂政治课，他主要强调的就是纪律："大家不要以为我们是区武装，就可以自由散漫一些，不行！我们虽然是地方武装，但我们的要求跟正规部队一样，也有严格的纪律。纪律是什么？就是规矩，没有规矩不成方圆。家有家法，族有族规。武装中队不能没有纪律。大伙儿说说，我们武装中队要有哪些纪律？"金忠礼也学章辅上次扩军动员会上讲话的方法，调动会场上的气氛，让参加会议的人自己先讲，然后再根据大家说的情况加以提炼总结。

他这么一问，下边就议论开了。有的说："听干部话。"有的说："有事要报告。"还有的说："不占老百姓便宜。"后边一个人喊道："不乱玩女人。"引起大家一阵哄笑。待笑声稍停，三排长柏集椿站起来说："要我说，最重要的是服从命令。战士听班长的，班长听排长的，排长听中队长的，不能有半点搭浆。"

"刚才大家说了不少，都是我们的规矩。因为我们是抗日民主政府的武装中队，我们都是战士。战士就不能还是没穿这套衣服之前老百姓的那个样子。战士的第一条规矩是什么？刚才三排长说得是，服从命令，兵随将令草随风。你是一个兵，就要像风中的一棵草，风朝哪里吹你就要向哪边动，指挥员向哪边指你就要向哪边打。作为我们武装中队的一名战士，你的一切行动，大伙注意，我这里说的是一切行动都要服从命令，听指挥。"

下边有人问："要是家里有急事嗬，怎么办呢？"

"好，这位战士问得很好。要是家里有急事怎么办？两种情况区别对待。两种情况就是战时和平时，战时，就是行军打仗，执行政府任务时，平时，就是训练休整，没有战斗任务时。那么在战时，不管你家有什么急事，都要兵不离营，马不离站，放羊不离破羊圈，每个战士都必须坚守岗位，决不可擅自行动。在平时，也不能说走就走，有急事也要向上级报告，批准后才能离开，离开后还必须按时归队。"

下边又有人问："那我们在驻地能不能抽烟喝酒玩纸牌呢？"

"好，这也是一个问题。抽烟可以，但不能抽大烟。我们武装中队如果有人抽大烟，将由民主政府拘押判刑。喝酒，看在什么时候喝，像前两次我们组织水性好的到金苇河里打捞钢材、打捞飞机，喝点酒祛寒取暖，那是必须的。再有，有战斗任务需要上前线，行前喝碗酒壮行也是应该的。其他情况喜庆事或是喜庆日子喝两口也可以，但不可贪酒斗酒，酒盅虽小淹死人，还会误大事啊！下棋打纸牌，休息时可以玩一两把，但吹熄灯号就必须停止，绝对不允许借玩纸牌赌钱，抓到也是要拘押的。"

这堂政治课，金忠礼就这样以答问的形式向全体战士讲了执行纪律的问题，中队的战士们提了平时搞不清楚的问题，他都一一做了分析和回答，在一问一答中让战士们对中队的各项纪律有了更清晰的认识。散会后大家意犹未尽，从区会议室回宿舍的路上还议论着刚才金忠礼讲的纪律问题。三排这边的战士谈得更多，因为他们这个排人员比较复杂，里边有一部分人员是从原来的乡丁和湖匪转过来的，平时更懒散一些，头脑里纪律的概念不多。这次，金忠礼的问答把他们平时认为不起眼的小事都明确了准还是不准，什么情况下准，什么情况下不准，都让他们听得清清楚楚。

一个战士说："得亏指导员今个讲了，要不以后不明不白地就犯了纪律关了禁闭呢。"另一个战士说："乖乖，也太严了。我们那刻儿当乡丁，哪家红白喜事，我们都去混两杯酒喝喝呢，现在不能了。"旁边一位马上顶他："还当乡丁呢，我们在湖上混时，哪家带新娘子，浪的，我们还先抱哈子呢，现在你敢啊？"柏集椿跟在后边听了一会儿，然后上前说："好啦，你们不要在这块瞎嚼蛆了。"几个战士一看是柏排长赶忙闭口不言。柏集椿又说道："你们就跟我记住一条，一切行动听指挥，在我们三排，我的话就是圣旨，叫你们往东就往东，叫你们往西就往西，不得有半点违拗。听我的，跟我干，我照样让你们吃得好、喝得好，还玩得好。"周边的一群人连连说："好，我们听排长的。"

突然战士们都闪开站在街边向街中间望去。只见二三十个民工抬着担架向县医院一路小跑，后边还有几个新四军女战士背着医疗包跟在后边。这是从前线转移过来的重伤员，约有十三四个。等担架队走过去后，武装中队的这几个战士又议论开了："乖乖，看来仗打得不轻呢啊。""这里边恐怕能有我们北阿人噢。""乖乖，我们上次才去参军的都有打伤的啦？""打伤的啊？说了你还吃惊呢。我告诉你，既有伤的，那肯定就有死的。"

324

"乖乖，不得了，这要是哪家儿子打死了，那家里人要哭死了呢。""乖乖，得亏上次没去参军，要不小命都玩完了。"柏集椿再次把他们一骂："你们这些挨枪子的，瞎嚼什么东西啊？扛枪打仗还能不死不伤啊？要想不死不伤，你们得学本领啊。"他前边一个战士问："排长，那子弹又不长眼睛，你往哪儿躲啊？"在一旁的朱经农插上来说："你个呆瓜！子弹不长眼睛，你没长眼睛啊？以后好好听排长话，跟排长学，排长会教你们怎么躲子弹。"

106

刚才担架上抬的确是有湖西上次参军的三名战士，其中就有北阿区金苇乡乡长金二爷家的金忠慈。那批新战士集训20天后分到不同的连队，到连队不久就遭遇日伪军的扫荡，这十几位战士就是在反扫荡中受伤的。转到湖西来的伤员伤势都较重，金忠慈是为了救金忠法而身负重伤的。当时他们班阻击敌人，等待后续部队的进攻。有几个日本鬼子见他们人少便从左侧摸了过来。短兵相接，阵地上几个新四军战士都迅速跃起与敌人拼刺刀。金忠法被两个日本鬼子前后夹击，金忠慈见状冲上去刺死一个鬼子，又与金忠法一起将另一个鬼子刺死。这时，对面阵地上的日寇向这边打起了迫击炮，突然一发炮弹呼啸着向他们这边下坠，金忠慈大喊一声"忠法"，就扑过去，将金忠法扑到身下。金忠慈被炮弹炸伤，身上多处被弹片击中，昏迷过去。金忠法将他背了下来，一直到现在都没有苏醒。

听到这个消息，金二爷、金二妈、弟弟金忠国都赶到了县医院。医院不让他们进病房，他们只得在医院门口等。金二爷、金二妈坐在医院门口的台阶上，金二爷抽着旱烟一言不发，金二妈则默默地抹泪。金忠国看他们这样，决定离开医院去区公所找大哥，看大哥能不能问问情况。

金忠国到区公所时，金忠礼正在与章辅商量事情。他们接到县里两件通知，一个通知是组织三条大船和民工将一批公粮运往盱眙黄花塘，另一个通知是关于北阿区一个患腿病加痨病的新兵退回原籍的事。这第二件通知上说目前这个退兵还在医院治病，十天半个月送至北阿，请区里派人将他送回家。在这个通知后边还抄了一段上级发至县里的训令："月前钧部曾训令各部，关于扩大新战士时须注意体格，奈现在各部仍多忽略不能切实执行。最近来院休养者，乃多系扩大来之痨伤老病，独四团送来的一患腿病加痨病者至少须经四个月之治疗，每天须费药金一元六角左右，治好后共需一百九十余元，如再加军服被单等费六十元，则共需消耗二百五十元，且在院伙食费七十多元，总计扩大一名身体不好之新战士，就要耗费四百元左右。不但浪费医药费用，尤其影响部队战斗力量。"

读到这段话，两人脸都红了，训令上虽没指名道姓地说出北阿区，但事实这人就是我们湖西北阿区横荡乡的。本来热情满满地动员更多青年参军，想为新四军多增加战斗力的，结果这事出来，反而给部队添麻烦了，两人气得心里像堵住了一样，真是没把事情做细做实。他们在想，问题出在哪里呢？之前要求各乡组织医生对参军的新战士过过目，防止有明显生病的人进入部队，可偏偏还是出了问题。金忠礼先承担了责任："这事怪我，是我在横荡乡检查帮助他们做扩军工作的，我竟然被他们蒙蔽了，把一个病人送进了部队。"章辅说："你也不要先自责，你好好再回想一下，横荡乡登记参军在哪个环节上出了差错。"金忠礼说："现在闭着眼睛也想不出来，等那个退兵回来，我送他回横荡，顺便把这个问题查一下。"章辅说："那也行，到时我、高区长与你，我们三人一起去，如果查出是徐乡长搞鬼的话，当场把他乡长给免了，还要加重处罚他。忠礼，今天上午你给武装连讲课时，上边转来一批伤员，其中有我们金苇乡的。"

站在门外的金忠国带着哭腔说："是我哥忠慈。"金忠礼抬头问："忠国，你怎么在这儿？""我呀、我妈在医院门口呢。他们想看看我哥，医生不让，也不说伤得什么样。我想叫你去问问我哥伤在哪块了。要是眼睛瞎了，我就搀他一辈子，要是腿残了，我就背他一辈子。"金忠礼安慰他说："别哭，忠国！金家人流血不流泪！走，我带你去看看。医生会治好他的。"章辅说："我跟你们一起去。"

见忠国领着忠礼、章辅来了，金二爷、金二妈迎了上去。金二爷说："不许看，恐怕不得轻。"金二妈说："这怎么得了？我焦死了。"金忠礼安慰他们说："二爷、二妈，你们放心，人已经到医院了，这就不怕了，医生一定会治好他的伤的。"金二妈说："我不是焦我儿子伤，要是伤了倒不焦了，我是怕他万一有个三长……"金二爷马上打断她的话说："瞎说什么啊？净在这块说些个不吉利的话，把人心里说得揪揪的。"金忠礼也担心，他知道，伤重是肯定的，不然不会送到后方医院来，到底伤重到什么程度就很难说了，因而只有继续安慰他们："二爷，二妈，不用怕，这里的医生高明，会治好的。你们在这块等，我们去问问情况。"

　　他们进医院找院长了解情况，院长告诉他们："刚来的13名伤员，都是重伤员，其中还有三人昏迷不醒，这三人中就有你们北阿的金忠慈，主要是严重的细菌感染，像他们这种细菌感染一般的药物已没法控制。"金忠礼说："中药，用中药嘛。"院长说："中药不能说没有用，就怕时间来不及，挺过去就有用，挺不过去就没用。"章辅问："那什么药能控制呢？"院长说："现在有一种药叫青霉素，有它可以控制。但很难搞到，我们院是一支没有。"金忠礼又问："那到哪里能搞到？"院长说："高邮不知有没有，如果没有，南京、上海肯定有。但也不是随便就能买到的，这是日军严格控制的药品。"

　　从院长那儿出来，两人心情都很沉重。他们都担心金忠慈挺不过来，要是挺不过来对金二爷、金二妈是个很大的打击，对北阿下次扩军工作也是会产生一定影响的。因而，金忠礼准备铤而走险化装去高邮一趟，去买青霉素，把这三名昏迷的战士救过来。他向章辅说了自己的想法："上次跟麦大庆他们签的契约，做了几次生意，现在他们把契约撕毁了，不跟我们换粮食了。这个渠道没有了，现在这样，我化装去一趟高邮，买几支青霉素回来，也为以后再去购药探一探路。"他说出这个想法，章辅不知说什么好，特难做决定。同意他去吧，明显是虎嘴夺食，非常危险，不同意吧，不能眼睁睁地看着忠慈他们三名抗日英雄的生命就这么消逝。最后她决定同意派人去高邮一趟，前提是去敌占区的方案要拿好，并且经过县委批准。金忠礼的方案是：带罗界义的父亲罗一旺和其妹妹的小儿子潘宝屋一起去高邮，天黑时县巡湖大队出几艘钢板划子将他们送到湖中心，然后三人乘小渔船划到对岸，他以潘宝屋为人质在渔船上等，叫罗一旺去找他儿子罗界义买药，药买到时即划船离开。

　　这个方案，章辅对其他细节没有意见，但对金忠礼亲自去不太同意，觉得可以从区武装中队选一个精干的班排长去。金忠礼则说："我是区长，有危险我自己不冲在前怎么行？况且买药也是为了救忠慈的。"章辅说："有危险，像吴厂长那样冲在前是对的，但阿拉不能做无谓的冒险，阿拉要分析谁去牺牲更小、把握更大？""我去会比别人去风险大吗？""吾认为侬去比别人去风险更大，侬一个湖西共产党的区长如果在高邮被抓，那是

327

高邮日伪军非常得意的事。""我在罗界义外甥腰上绑上手榴弹，他罗一旺、罗界义能不顾惜潘宝屋而去报告日军？即使日本鬼子知道了，看到我手上的手榴弹弦扣，他们也不至于下手抓我吧？""侬高看了罗氏父子的善心，看低了日本鬼子的兽性。到时，罗界义为了升官发财，极有可能将伊这个外甥出卖，而日本鬼子更不可能顾及罗家这么一个外甥的死活，伊拉抓不到活的，宁愿看到侬与伊同归于尽。""要不这样，我们去向县委张书记汇报一下，请他定。""不至于去，去了伊也不会同意的。""如果不让我去，那也不能让别人去冒这个险。"章辅想了会儿说："能不能走这条路？""哪条路？""上次侬去土匪窝不是认识一个姓翼的湖匪吗？"还没等章辅说完，金忠礼一拍脑袋说："对对对，他不做土匪后购置了几条木船在高邮、宝应一带做生意，请他去购青霉素，他应该有办法。""行，这个吾完全赞成。""好的，那我现在就去金苇乡找我表弟，他们之间有联系。正好，我再到金苇渡把送军粮的船和民工安排一下。"他话一说完就立即回到区公所套了马车，出发去金苇乡找胡忠道。

107

金忠礼没去高邮找罗界义买药，罗界义则找上门来了。麦大庆后来又把再派人去湖西刺探情报、摸清情况的事向稻香大雄做了报告，稻香大雄叫罗界义和丁孟营一起去，这样两方面的关系可以整合起来用，以取得更多有用的情报。但叫两人一起去湖西，谁听谁的颇让麦大庆费尽了心机，他晓得这两个家伙就像他们的长相一样，罗界义粗壮高胖，莽撞一些，丁孟营细尖瘦矮，刁钻一些。两人一个还不服一个，叫哪个听哪个的，哪个都不服，最后没法，各自带一部分经费，各人的关系各人自己找，哪个找的关系听哪个的，这次就刺探情报和策反人员，下一步行动回来报告后确定。不过最后麦大庆还是做了交代："如果有紧急的事，丁老弟，罗界义老哥年长些，你就听他的。"

当天下午，两人登上徐老哇上午送水产来的船出发到湖西，一路顺风，晚上就到了横荡下河口。当晚两人在船上住了一夜。第二天徐理高得到消息，上船来跟他们喝酒。他跟丁孟营已是老朋友了，而对罗界义，虽然是一个区的，但一个是金苇乡的，在西边，一个是横荡乡的，在东边，相距几十里，平时并未来往，听说过这个人，但并没交往过。

罗界义向徐理高自我介绍说："提到一个人你就晓得了。""哪个？""罗界仁。""高黎那次万人大会上被枪毙的那个？""是的，他是我亲弟弟。"徐理高心里一惊，那可是个杀害共产党女干部的家伙啊，他哥哥能好吗？看他满脸满身横肉，怕也是个狼头上戴草帽的，不是什么好人啦。罗界义继续说："你是横荡乡乡长，我做过金苇乡乡长，不过，我要比你早不少年喃。我们两个乡长喝一杯。"丁孟营看出徐理高脸上疑惑的神情，便对罗界义一边使眼色一边说道："你不要瞎摆谱了，你那是国民党的乡长，人家这是共产党的乡长，不好比的哎。"接着又对徐理高说："徐乡长，你不要跟他一般见识，他现在跟我一样就是做点小生意。来，徐乡长，我们两个生意人敬你一杯，还要请你多照应喃。"徐理高这才转过神来，喝掉杯中酒后问："你兄弟二位这次来想做些什么生意啊？"丁孟营怕罗界义再大话连篇的惹恼了徐乡长，便抢先说："我俩想到北阿街去看看，上次托幺花商行收购的土特产干货，不晓得她有没有收到，要是有货，这次就运回高邮。"徐理高爽气地说："那兄弟我陪你们去。"丁孟营连忙摆手说："这次不麻烦你了，过几天回头还要走你这块地盘上的。"

"不麻烦我，你们过不去啊。每条路上都有盘查的啊。"罗界义不知道湖西这么严了："乖乖，真查呢啊？""真查，按道理，像你们从高邮来的，我这块第一道就要把你们扣留住送到区里了。"罗界义心里有点虚了，像他这样的人送到区里还不就露馅啦？因而，他说："丁兄啊，要不这样子，你去北阿，我在横荡看看能不能收点野味带回高邮。"

听到这话，徐老哇来神了："野味啊？哎呀你早说噻，这事包在你哥我身上了。什么野兔、野鸡、野鸭、野王八，要多少有多少。"罗界义想，这徐氏弟兄肯定是这块地上的土地老爷了，得给他们烧点香。于是从小包里掏出两叠票子给徐氏两兄弟一人一叠："两位兄弟，我请你们收购点野货，这是订金，是难为你们帮忙收的，拿货另算账。"徐老哇接过钱说："罗老板做生意爽气，你放心，你要的货保质保量。"

徐理高则半推半就地说："乡里乡亲的，这算什么？"丁孟营把他面前的那叠钱拿起来往他口袋里一揣说："拿着。我还要把喃。"说着也掏出两叠票子给徐氏兄弟说："我就什么话也不说了，上次承蒙你们照应，我回

329

去也赚了，这是给你们的辛苦钱。你们什么也不要说，拿着，不拿就不是兄弟。我还有话跟兄弟说呢。"徐理高收起钱说："哥恭敬不如从命，就拿住吧。丁老弟，你刚才还有什么话尽管说，在这块地上，我们弟兄俩办不到的事，浪的其他人也就办不到了。"丁孟营说："徐老兄，我们这次到北阿就不要你陪了，你就给我们弄两张路条就行了。""小事一桩！把你们俩尊姓大名写给我，明天跟我一起到乡公所拿路条。""耶，老兄，不能写真名字的。我俩过去都做过一些错事，我们的真名字写到路条上容易被人家抓住小辫子，惹麻烦啊。""对啊，也是，他罗兄这个名字扎眼，浪的人家一看就起疑心。好，不写真名就不写真名，明天写两个我乡渔民的名字就行了，包你们到北阿。"

108

金忠礼找胡忠道，胡忠道托冀老板，冀老板真搞回了八支青霉素。他的船到金苇码头时已是那批重伤员到北阿的第三天晚上。金忠礼接到金苇货检所的电话，立即骑马到金苇码头冀老板的船上拿青霉素，拿到青霉素就往北阿赶。赶到北阿县医院时已是凌晨两点多钟，金二爷、金二妈、金忠国还坐在医院门口的台阶上打盹。医生劝他们先去休息，他们不肯，章辅来劝也没用。因为，昨天他们听说了，三个昏迷的重伤员有两个已经醒过来了，而忠慈还是一直昏迷不醒，他们就固执地在这儿要等到忠慈醒来。他们相信只要他们心诚，忠慈会像那两个战士一样醒过来的，何况大侄儿已经到船上去拿药了。这会儿听到马的嘶鸣声，他们都醒了。

金忠礼在马上就喊道："二爷、二妈，药到啦，忠慈有救了。"金二爷、金二妈、金忠国他们立刻迎过来，脸上的倦怠霎时被微笑所驱散，像是阴了多时的天空，忽地云开雾散，一片清朗。几人一下围上去，都把希望放到了忠礼手上那盒子里装的神药上。

金忠礼跳下马，拿着药盒，没时间跟他们搭腔便一路跑进医院。医生把他引到院长办公室。院长正神色凝重地与章辅谈话，章辅一边默默地听着，一边止不住眼泪往下流。金忠礼拿着那盒青霉素站在那里不动了，嘴上则嗫嚅着："迟了？迟了吗？"

见金忠礼进来，院长迎过去接过他手上的青霉素，把他拉坐下说："一个小时前走了。"章辅抽泣着对他说："忠礼，这可怎么对二爷、二妈说啊？"院长室里只听见章辅抽泣声，好长时间没有人说一句话。后来还是院长提醒道："你们是党员干部，你们自己首先要表现得坚强一些，上战场必然会有流血牺牲，只是我们这些活着的人要学习他们的战斗精神，让他们的生命在后人身上延续。"院长这番话让章辅和金忠礼清醒了起来。章辅抹了抹眼泪说："是的，忠礼，阿拉都是党员干部，战士牺牲是悲痛的，但阿拉自己不能陷在悲痛中而不能自拔，阿拉要从悲痛中奋起，要安抚好伊拉的亲人，让逝者安息。"金忠礼深深吸了一口气说："我去跟二爷、二妈说。""等等，侬把二爷、二妈带到区公所，到那里再跟伊拉说。"金忠礼理解她的意思，怕他们在这儿情绪失控会影响其他伤员。

他走出医院，在门口左手拉着二爷，右手拉着二妈说："你们又是一夜没睡了，走，跟我到区里去喝口水，歇一下子。"金忠国跟在后边追问："大哥，青霉素打了吗？"金忠礼并不作答，依然一声不吭地拉着二爷、二妈向前走。

走了一段，二爷、二妈都感觉到了不对劲。二爷觉察到金忠礼紧绷着脸，心想：是不是忠慈已经不行了？他这么想着，忠国又在后边问了："大哥，青霉素打了，忠慈差不多能醒了吧？"金忠礼仍然拉着二爷、二妈向前走不作回答。这时二爷心里已经有数了，忠慈没了！他的泪水已经往下滴了，但他没有用手去擦，他怕用手去擦被老伴察觉。他现在知道了忠礼的意图，他怕当时在医院说出来，他们承受不了打击，但是总是要让老伴知道的啊。

此时二妈心里也嘀咕开了，这大侄儿平时可不是这样的啊，他小弟问了两次他都不吱声，肯定是我儿出事了。想到这儿，她心里一阵猛缩，大喊一声"不好，我的儿"，挣脱金忠礼的手就掉头往医院跑。金忠礼放下二爷赶紧去拉住二妈。二妈双脚直跳，哭喊道："你让我去看一眼我的儿，看一眼我的忠慈！"金二爷先是愣在那儿，后来过去一手抓住老伴的手，一手箍住老伴的肩背向区公所走。

到金忠礼的宿舍，二爷、二妈已泣不成声，二妈瘫歪在床上，忠国拉着妈妈的手，使劲地按压她的虎口。金忠礼对二爷说："二爷，上前线就有流血伤亡，不是忠慈也会是其他人家的孩子。我们忠慈是好样的，他在战场上杀死了两个日本鬼子，又救了忠法，他是我们金家的好儿郎，是我们金苇、我们北阿、我们湖西的英雄，我们全区人都要学习他的这种抗日精神。"金二爷擦了擦眼泪说："是的，他是你爹爹的好孙子，他这样子到他爹爹那儿，他爹爹一定会给他竖大拇指的。"

这时章辅赶来对他们说："二爷、忠礼，上午区里派人把忠慈护送回金家庄。"二爷说："落叶归根，总是要回家的。"二妈听到了一边抽泣一边说："他呀，你哭糊得了，湖西的规矩你不晓得啊？在外边暴走的人不作兴进屋的啊。"金忠礼说："二妈，忠慈是英雄，英雄回家不在这些习俗范围里的。"章辅说："二妈，抗日英雄回家，必须让伊风风光光，阿拉要为伊开个庄重的悼念大会，让全湖西的人都知道金苇乡金家庄有一位抗日英雄，他的名字叫金忠慈。"

章辅把金忠礼叫到自己办公室商量金忠慈的后事。章辅说："县里已来通知了，第二次扩军工作将于下个月开始，一个月时间，吾区任务是扩军100名。忠慈的牺牲对第二次扩军一定会产生影响。刚才吾从医院出来时，就有人议论说：这才参军几大天，人就没了，往后再扩军，侠子恐怕不敢去了。""是的，会有影响，既可以向不利于扩军方面影响，也可以向有利于扩军方面影响，看我们如何去做工作了。""所以，无论从纪念忠慈角度，还是从下一步扩军角度看，阿拉都要把忠慈的追悼会开得隆重些。吾想向县委报告一下，请张书记批准，由县里追认金忠慈为中国共产党党员，并颁发'湖西抗日英雄'奖状，号召全县青年学习伊。""好的，那你去向县委报告，我和二爷他们护送忠慈回家，如果可能我再动员几个青年人讲几句话。"

征得二爷、二妈的同意，他们去医院见了忠慈最后一面，然后在北阿购置了棺木，将金忠慈入殓，随后将棺木抬上马车，由金二爷、金二妈、金忠国坐在棺木两旁，金忠礼带部分区干部和区武装中队全体战士步行跟随护送至金苇乡金家庄。

109

晚上金忠礼带金家几个小弟、小妹为忠慈守灵。金家第三代八男五女十三人，在外地的四人，去世的三人，在家的还有四男二女：大爷家的金忠礼、金忠慧，二爷家的金忠国，三爷家的金忠臣，四爷家的金忠翠和金忠智。金忠礼让几人围坐在灵柩旁，对他们说："这几年，爹爹，我呀，四爷，四妈，忠苇，忠慈，忠英，都离我们而去，你们要记住，他们是怎么离开人世的。"金忠国说："他们都是被日本鬼子杀害的。""对，忠国说得对，冤有头，债有主，我们活着的人要为他们报仇，把日本鬼子赶出中国。"

金忠国说："我要参加新四军，替我哥报仇。"金忠臣说："我不怕死，只要杀鬼子，死就死。"金忠智说："我仇最大，我呀、我妈、我姐都是他们杀的，大哥，这次你让我去登记参军。"金忠翠说："我和我弟一起去，我保护他。"金忠智说："人家又不要女的当兵，你在家蹲着。"金忠翠说："要呢，新四军有女兵呢，我看到的。"金忠智说："有女兵，我亦不要你保护，我自己打鬼子。"金忠礼说："好了，大家记住一条，我们金家从爹爹开始，都是好样的，面对凶恶的侵略者，我们金家人都是勇往直前、敢于血拼的人，绝不会做软骨头那种贪生怕死的人。"

追悼会的确开得很隆重，县区乡的部分干部和县大队、各区中队的部分战士都来参加了追悼会。县委张书记不但全部同意了章辅提出的意见，还亲自到会讲话，号召全县青年学习金忠慈不怕牺牲、英勇杀敌的精神。在追悼会上金家三个小男孩都要求参加新四军为忠慈哥报仇。

金二爷最后也讲了几句话，他讲的虽短但很打动人心，他说："我儿子牺牲了，我们全家都很悲痛。谁家的儿子被日本鬼子杀了不悲痛？都悲痛！只有让更多人家的儿子上前线把日本鬼子赶出中国去，我们才能有更多的儿子、孙子留下来，才能让更多的人不悲痛。我说了，为给忠慈报仇，我们金家剩下的忠国、忠臣、忠智三个男丁下一次扩军都要去参加新四军。国家没有了，要儿子有什么用？好侠子上前线，打鬼子救国家！"

追悼会后，按照金老太爷的遗愿，凡是为打日本鬼子而死的都葬在金苇高地，自然将忠慈也葬了金苇高地。安葬结束，金二爷把金忠礼和章辅叫到金老太爷坟前边来对他们说："金苇高地已经有九座坟了，你们小一辈也有先走的了，我想请求你们一件事，你们今个对着你爹、你呀的坟答应我。"

金忠礼不知二爷要说什么事，不过他相信二爷不会为难他，因而马上回答说："二爷，你说，我答应你。"

金二爷又问章辅："你答应不？"章辅想起几年前初到湖西，自己受伤住在二爷家，二爷经常下湖捕鱼烧鱼汤给她喝，让她长伤口，滋补身体，真是比自己父亲做得还好，这样的长辈又有什么事不能答应他呢？想到这她立刻回道："二爷，吾答应侬。"

"看得出来，这仗打得很苦，还不晓得打到多晚呢，眼看着我们金家孙辈儿已经在减少，曾孙辈还一个没有，外边人都说你们两个相好，我就是想赶快把你们两人的婚事办了，让金家多添些曾孙辈，好接过他们长辈的枪去打鬼子。"

章辅的脸唰的一下全红了，不知说什么好，她朝金忠礼看看，他则看着爹爹的坟。金忠礼没想到二爷这个时候会说这件事，这可叫他难办了。他是和章辅好，但他们早有约定等抗战胜利再结婚，现在还没到抗战胜利的时候啊。

二爷见他们不吱声又催问道："我跟你们讲，二爷年岁也大了，下次鬼子还不知什么时候来扫荡，下次来扫荡，二爷说不定也跟鬼子同归于尽了。我就想在我走之前把你们的事办了，最好看到我们金家有曾孙子，我也就安心了。你们现在给我个话，办还是不办？"章辅拉了一下金忠礼的衣角示意他回二爷的话。但金忠礼吃不准这拉衣角是叫他回答"办"还是"不办"呢？他吃不准又不敢自作主张，便把皮球踢给章辅："二爷，办婚事是两个人的事，我一个人亦做不了这个主的。"

"我不是问你们两个人的吗？我又不是问你一个。"金二爷说着把目光向章辅这边扫了一下。章辅想，因为忠慈的牺牲，金二爷看到了战争的残酷。伊这次这么着急，是怕金家男丁不够扩军用的，伊的想法是令人敬佩的，心情急切自然也是可以理解的。阿拉原来是约定等抗战胜利再结婚，但满足这样一位如父亲般老人的心愿提前办婚事也未尝不可。因而，她说："二爷，侬的心情吾理解，不过这段时间事情也多，也腾不出手来忙这事啊。"

金二爷听出她这话里的意思了，马上说："你们忙你们的，准备婚事有你妈、我和你二妈，到时你们搬到一起住就行了。"章辅看看金忠礼又说："人家还没说话呢，还不晓得伊是啥子心思喃。"

金二爷更是听出了她话里的意思，马上转向金忠礼："忠礼，平时能叫能喊的，今个怎么像个大姑娘似的害起羞来啦？你跟二爷说个准话，办还是不办？"金忠礼看了一眼章辅说："她是书记，我听她的。她要是没得意见，就按二爷说的办。"

金二爷又转向章辅："闺娘？答应不？"

章辅点了点头。

金二爷这么多天来的苦脸顿时展开了，他们答应办婚事，像是他儿子忠慈得到了重生一样。他又向他们俩说："你们同意，那我就告诉你们，我看的日子，是阳历5月9号，阴历初六，这是个黄道吉日，你们同意不？"金忠礼心想，二爷这是早有盘算啊，真是难为了二爷，在失子之痛中还在替我们谋划。章辅在心里计算了一下，离二爷看的日子还有半个月，时间也来得及。其实战争年代结婚一切从简，也没什么好准备的，就是打个报告请县里批一下，县里批下来就行了，用不了多少时间。不过那时第二次扩军刚刚开始，恐怕事情比较多，因而她说："二爷，下个月要完成第二次扩军任务，恐怕事情多些吧？"金二爷说："你们革命工作哪天不忙啊，下个月扩军，再下个月麦收大忙、征集公粮，月月有事，还能不吃饭呢啊？闺娘，就这么定了，把个主给二爷做哈子！"

章辅又点了点头，同意了二爷的安排。

110

拿着徐乡长开的路条，化装了的罗界义和丁孟营一路顺利到了麦家庄园。第二天他们就叫麦幺花把沈五根、柏集椿、朱经农请来晚上聚一下。沈五根自然不得话，她一请，他必到，但请那两人她颇费了一番心思。区武装中队虽然住的是她家的院子，就在她住的院子西侧，但原来两院相通的门早被堵死了，是过不去的。不过即使通，她一个大姑娘，又是大汉奸的妹妹，既不敢进也进不了武装中队的院子。于是，她叫沈五根去武装中队的院子邀请他俩晚上到麦家庄园喝酒。

开始沈五根没提罗界义和丁孟营，就说自己和麦幺花晚上请他们吃饭，柏集椿一听说："哎呀，老弟啊，你小日子过得不错啊，人家都说你无根无叶绝后呢，这下倒好，一撩就撩上个财主家的大闺娘。"沈五根说：

"新时尚嘛，恋爱自由。"朱经农则说："怪不得，区里把你调去管学校，不让你掌兵权了，原来你勾上了大汉奸的妹妹啊。"沈五根回道："不要瞎嚼，人家幺花可是抗日的噢。"柏集椿问："那今个晚上，你是请我们吃定亲酒还是带新娘子酒啊？"沈五根说："就是聚聚，离开你们怪想两位哥的。"柏集椿问："今个礼拜几啊？"沈五根回道："礼拜三。""那不行，老弟，自你走后，我们中队抓得严呢啊。平时不准外出，只有礼拜天才能外出。算了，算了，今个晚上不行。"柏集椿将他的邀请回掉了。

回到麦家庄园，沈五根和麦幺花把没请到那二人的事向罗界义、丁孟营一说，罗界义就发起了火："他奶奶的，老子请他们都不给面子啊？看来，这两个东西真被共产党给赤化了。"丁孟营劝他说："老兄别急，他们可能是真的管得严，并不是不给你面子。这样子，沈兄明天再去邀他，日子就定在礼拜天。这次你把罗兄抬出来，说罗兄在这儿坐等他们，看他们来不来。"罗界义赶忙说："不行，不行。现在这两个东西是不是被赤化还不晓得，浪奶奶的万　他们真被赤化，你把我抬出来，他们正好带人来把我们给抓了，还连累沈老弟和麦老板。"丁孟营又说："沈老弟，那还以你的名义请，日子定在礼拜日晚上，再不来，浪的那就是真的被赤化了。"

沈五根再次去邀请柏集椿、朱经农时，他们两人爽快地答应了。礼拜天晚上，他们俩乘天黑进了麦家庄园。走进餐厅，两人惊诧不已，罗界义坐在那上席位置上。两人盯着罗界义看了好一会儿，说不出一句话来。倒是罗界义镇静地对他俩说："怎么的啊？狗脸不长毛，浪奶奶的翻脸不认人啦？"柏集椿忙上前问道："罗、罗乡长，你怎么在这块的啊？"罗界义说："怎么的啊？湖西是我家，浪奶奶的你们能来，我不能来啊？"朱经农说："不是，不是，我就是几年没见到乡长，猛地一见不敢认啦。"沈五根在旁边说："来来来，两位先坐，坐下再慢慢叙。"说着把他们两人拉到对席上坐下，他自己则与麦幺花分坐两侧。柏集椿见上席罗界义旁边还有一位不认识，并问："这位是？"沈五根说："噢，他是丁老板。"接着他又指着下席向丁老板介绍说："丁老板，这位是柏排长，那位是朱排长，都是我的好兄弟。来来来，喝酒喝酒。"

几杯酒下肚，柏集椿镇静了下来。他站起来，顺带把朱经农也拉站起来说："罗乡长，我们俩敬你两杯酒，难为你当年的栽培之恩，不是你俩各，我们就不会有今天的。"两杯酒敬完，他心里有一连串的问题，他们都是有血案的人啊，怎么敢溜回来的呢？不怕被抓啊？他们来干什么的呢？想不透彻，得摸摸他们的底。于是他说道："当时我就佩服罗乡长的聪明过人，这么多年下来，肯定早已升官发财了。"

罗界义心里也想摸摸这两人的底，他们到底是真被赤化了，还是身在曹营心在汉呢？正想着，听柏集椿说这话，知道他是先摸底来了，小子哎，这些小伎俩你还要跟老子学几年噢。他回道："浪奶奶的财倒是发了些，官是丢得一干二净。你们不晓得，我这几年一直跟丁老板做生意，我们这次来也就是买些湖西的土特产，运到高邮、扬州转手，赚些差价。两位手上如有货也可兑给我们，我们不会让你们吃亏的。"朱经农倒是感起兴趣来了："罗乡长都要些什么土特产呢？"罗界义说："天上飞的，水里游的，土里长的，鲜的、干的、咸的，这么跟你说吧，只要是湖西产的什么都要。二位介绍也好，自己收购也好，介绍有介绍金，收购有收购价，保证让你们发笔外快财。"朱经农说："罗乡长，我敬你一杯酒。过几天我来给你介绍一笔生意，全是野货。"

罗界义说："好啊，我现在就给你定钱，浪奶奶的看我罗某人说话算不算数。"罗界义说着从包里掏出两叠票子，放到柏集椿、朱经农一人面前一叠。他是想通过给钱来辨别他们两人是否被赤化了。朱经农将钱拿了放进自己口袋里说："罗乡长还是那么爽气啊。钱我拿了，货我就肯定能帮你弄到。"见柏集椿那叠钱仍然放在桌上，罗界义说："柏排长是嫌钱少啊还是臭啊？"柏集椿连忙说："罗乡长，哪个嫌钱少钱臭啊？孬子[79]啊？我是想，无功不受禄，等我能帮上你俩各的忙，再拿钱也不迟啊。"沈五根把桌上的钱拿了往柏集椿口袋里一搋说："拿着，罗乡长马上就有事请你帮忙呢。"

柏集椿没有去摸口袋，而是嘀咕道："什么事啊？"罗界义说："是哎，是有事要你们帮呢。你们想，我离开湖西这几年，浪奶奶的湖西的路怎么走都不晓得了，那县里区里乡里的人也是认不得几个，现在湖西买卖的规矩更是半点都不知道，就跟睁眼瞎子一样，浪奶奶的弄不好就亏大本。你看，这些你们不要帮帮我吗？"柏集椿站起来说："罗乡长，我和经农都不是忘恩负义的人，你俩各说的这些事，只要用得着小的，小的决不推辞。"罗界义似乎放心了许多，至少说他俩还没有被赤化，酒席散了，他们也不会去告密。因而，他端起酒杯站起来说："好，讲义气，来，我敬你们两个，你们还是我当乡长时的你们，我就欢喜这种脾气。来，我们三个人喝三杯，三个好兄弟。"

111

五月的湖西春暖花开，姹紫嫣红。金二爷心里也跟开花一样，他喜滋滋地把金忠礼家的房子外墙用泥浆重新泥了一遍，对里墙掉土裂缝的地方用泥浆进行了修补。金大妈和金二妈购买了一床新被子，又买了几张红纸回来剪了两个大的"囍"准备贴在外门上，又用剩下的红纸扎着彩带拉在里屋的四周，算是金忠礼和章辅的新房。

章辅和金忠礼开完第二次扩军动员大会后回到区里。章辅对金忠礼说："这一次扩军，为了防止把病人送去参军，除了要求各乡郎中严格过目外，阿拉在送兵前将新兵集中起来，整训十天。一方面，可以提高他们政治、军事素质，更重要的是通过十天的整训发现身体有病的人。""哎，你这主意好，有十天时间吃住在一起，他们相互就会晓得哪个有病哪个不得病了。我还有个想法，十天中，前五天中午分五批，一批二十人，我带他们脱光了到金苇湖里做游泳科目，哪个身上有个疤都给他看得一清二楚。"

两人正谈着，县里一位干事将横荡的那个退回来的兵徐塔财送了过来，要求区里干部送他回家。他们两人上下打量了他一下，粗看除了脸色黄，就是单薄。金忠礼指着长条凳叫他坐时，他走几步到靠隔墙那条凳那儿，他们才发现他的腿是有点瘸的，但不很明显。

这时横荡乡华指导员在区第二次扩军动员会散会后也来到章辅办公室。章辅见他站在门口便说："太巧了，正准备找侬呢，侬来了。喏，这是侬乡里的。"华指导员说："噢，他，我晓得的。章政委，你来，我有个事跟你报告下子。"

章政委和华指员来到隔壁金忠礼办公室。华指导员说："这个退兵的事，我要向你检讨，事先我确实不晓得，后来听说他在部队医院治病了，我才晓得出了这事。一次乡里有个人在我面前冒了一句，说这个兵是徐乡长换上来的，换的是他大哥家的儿子，就是那个徐老哇的二儿子叫徐塔

338

财，具体怎么换的我也不清楚，也许问问这个小王就清楚了。""小王？县里送来时说伊叫徐塔财，怎么变成小王了？""这就是当时我没能发现问题的关键。我们乡新兵登记册上谁的名字都没变，送新兵时这个小王就是用'徐塔财'的名字到部队的。"他们又把金忠礼叫过来，把情况跟他碰了碰，他说："那我们过去问问他，他是怎么冒名顶替的。"

回到章辅办公室，章辅叫金忠礼问。金忠礼便问那退兵："小伙子啊，你叫什么名字啊？""徐塔财。"华指导员插上去说："王顶贵，你是王庄的，以为我不晓得啊？还在这块瞒，瞒什么瞒啊？老老实实地把事情说清楚，就不得你的事，要是再有半点隐瞒，什么账都跟你算得清清楚楚，一分钱都不得让你，包括在部队治病的钱！"

王顶贵心里翻腾开了，乖乖，什么账都算清，们家皮不得嘞，部队那一块就是几百块，们家哪代人见过这么多钱的啊？把们家几口子全卖得了也不够还这个钱的啊。说吧，说了徐家人会揪们家吗？

这时金忠礼催他道："小伙子，你要晓得你这次冒名参军给部队、给我们区、给你们乡带来太多的损害啦，要跟你把这些账算清了，你这辈子也还不完。还不完怎么办？只有把前前后后的事情说清了，这些账我们也就跟你清了。"王顶贵咬着嘴沉默了好长时间，最后还是把冒名顶替参军的事全部倒了出来。

送新兵的前两天，横荡乡徐理高乡长突然到王顶贵家。王顶贵正眯着眼睛歪在南墙上晒太阳。徐乡长问："你呀在家啊？"王顶贵睁开眼盯着徐乡长打量了一会儿，有气无力地问道："你是哪块的啊？""我是乡长，找你呀有事。""什么事啊？""送钱把他。"

这时王顶贵父亲从屋中出来："哟，喜鹊叫，贵客到。我说一早喜鹊叫的呢，原来是乡长来啦。侠他妈，端两个小板凳来，让乡长就在这外边坐坐。"顶贵妈妈从屋里拎了两个小板凳出来，一条递给徐乡长，一条给自己丈夫，然后也歪在墙边两手抄在一起，一边晒太阳一边听他们说话。

待徐乡长坐下后，顶贵爸又问："我才将[80] 听乡长说送钱，送钱把哪个啊？""还能有哪个啊，送钱把你呗。"徐乡长说。王顶贵爸爸眼睛瞪大了瞅着徐乡长，心想这是天上掉下来的财神爷吗？然后摇摇头，在心里说，做梦拾元宝，不要空想了。徐乡长看出了顶贵爸的疑惑，便对他说："你不相信？我跟你讲，我堂堂大乡长，哪天撮过空的？不信，我掏出来把你看看。"说着从口袋里掏出几张票子在顶贵爸爸眼前扬了扬。

斜在墙边的顶贵妈说："真钱啦?"顶贵爸则一边伸手去拿一边说："真把我的啊?"徐乡长将几张票子灌进口袋说："现在还不好给你,等你答应我一件事就给你。"顶贵爸还不知什么事,便一边问一边答应:"什么事? 我应承你。"顶贵妈也在一旁催道:"侠他呀,应承他、应承他。"

"真应承啊? 我还没说什么事嗬。"顶贵爸口气坚决地说:"应承! 不管你什么交易我都应承!"顶贵妈也加一句:"应承!"徐乡长说:"好。什么事嗬,就是我们乡扩军任务没完成,想让你儿子去参军。"

两口子听说叫儿子去参军都不吱声了。徐乡长见他俩面有难色,便又说道:"要是你们今个答应,我口袋里这几张票子就把你们当定钱。等你儿子参军走了,还要把十份定金这么多的票子。"顶贵爸有些心动了:"说的算数啊?"徐乡长指着天说:"头上三尺有神灵,哪个说话不算数,就遭神灵砍头。"

王顶贵听说叫他去参军,在一旁说:"我不敢去,我小膀子跟个芦柴似的,没把鬼子打死,鬼子就把我打死了。我不去。"顶贵妈说:"们家侠子有病呢。"徐乡长知道他儿子有病,就是冲着他家这病儿子来的:"有病好啊,到新四军那块,不要他去打仗,还给他治病。你看,你们这块拿票子,他那块到部队治病不花票子,治好了还送他回家,八辈子找不到的好事啊。"

顶贵妈说:"不要撮空噢,天下哪有这等好事噢。"徐乡长拍着胸脯说:"有半句撮空的话,浪的刀就从这一块进。"然后又从口袋里掏出那几张票子说:"哎哟,这票子在口袋里焐得滚热。你答应,浪的我就放你手上。"顶贵爸咬咬牙说:"我应承你。"徐乡长当即把票子往顶贵爸手上一拍说:"给你。"顶贵妈说:"要是不像你说的,们家人就到县里告你。""行! 你叫他去,浪的我保证他不上战场上医院,治好病来家。"

王顶贵到乡里报到那天,徐乡长把一叠票子给了他爸,然后把王顶贵带到自己办公室。徐乡长带上门,从口袋里又掏出几张票子给王顶贵:"这票子是给你的,从现在开始你就叫徐塔财。"说着他又在纸上写下"徐塔财"三个字递给王顶贵:"就是这个名字。"王顶贵说:"我又不是你儿子,怎么跟你姓啊,我不叫这个名字,我还叫王顶贵。""徐塔财,我跟新四军说好了,见到这个名字就不让他到战场上,就把他送到医院。记住,叫徐塔财，不这样子就到战场上打鬼子。"徐理高骗他说。

王顶贵最后对金忠礼他们三人说："后来我就成了徐塔财，到新四军当天就咳个不停，腿病也犯了，一瘸一瘸的。班长说我装病怕上战场，硬拉我去跑操，跑没几步就一头栽到了一地上。后来就到医院看病了。"

听完这个经过，三人都感到震惊。一个乡长居然花钱买人当兵，而且买的还是一个病人，真是令人愤怒。章辅对华指导员说："侬先带伊到小旅店住下来，明天吾和金区长一起到横荡，顺便把他送回家。"待他们走后，章辅又说："伊这样的行为必须严肃处理，以免再出现类似事件。"金忠礼说："我看必须撤去徐理高乡长的职务，横荡乡乡长暂时由华指导员兼任，待这次扩军工作结束再选配。""行，那阿拉晚上开会研究一下吧。"

112

连续请柏集椿、朱经农喝了两次酒后，罗界义、丁孟营已经对他们两人的心里所想把握得透透切切，在区里第二次扩军动员会的前一天晚上，也就是昨天晚上，他们又聚在麦家庄园喝酒了，这次多了个徐理高。他因要参加区里动员会，昨天下午就到北阿来了。罗界义和丁孟营已商量好，今晚必须跟他们摊牌，让他们搞点大事出来。

几位互相敬过第一遍酒后，罗界义端起酒杯站起来说："我现在站起来说三句话，敬大伙三杯酒。我说的话，不要你们吱声，你同意就喝掉杯中酒，如果你不同意，浪奶奶的你就坐那块不动，不端杯也不喝酒。"

说到这儿，他向几位扫了一眼，然后继续说道："我说的第一句话是，在这兵荒马乱的年月里，我们这七个人聚在一起实在不易得，今后我们要以兄弟姐妹相称，有福同享，有难同当。浪奶奶的同意就喝掉这杯酒。"说完自己先干了杯里的酒，其他六人也先后干掉了各自杯里的酒。罗界义放下酒杯说："好，都喝了酒。浪奶奶的喝了酒，我就来定长幼。按年庚，我是老大，柏排长老二，朱排长老三，沈科长老四，丁老板老五，徐乡长老六，麦老板是我们大家的小妹，我们就喊她小七妹。"柏集椿站起来举杯说："来，我们一起来敬老大两杯酒。"徐理高觉得很高兴，一下子有了这么多兄弟，将来在北阿还不横过来走啊，因而，他毫不犹豫地跟着大家喝了两杯酒。

干完大家回敬的两杯酒后，罗界义拿起酒壶倒了一圈酒，然后又端起酒杯站在那里说："我要说的第二句话是，我们都是麦区长手下的兵，吃他的饷，为他干事。同意我这话的，就喝一杯酒，不同意的，浪奶奶的就不要勉强。"说完一仰脖子干掉了杯中酒。

沈五根故作疑惑地问："慢着，慢着，我不懂你才将说的，麦区长的人是什么意思？"徐理高心里这时则是浊浪滔滔，麦区长可是有血债的汉奸啦，他的人，难不成叫我们都当汉奸？他心里这么想，但是没敢吱声。丁孟营喝掉杯中的酒又故意对沈五根说："浪的，你更是麦区长的人嘞，你马上跟麦幺花成亲了，成了麦区长的大妹婿了，还不是他的人吗？"沈五根说："噢，是，是，是。我喝。"说着，喝掉了自己杯里的酒，又对几个没喝的人说："来，来，来，我们都是兄弟，我是麦区长的人，你们还不都是吗？喝！"几个没喝的，听他这么一说，觉得是这么回事，也端起杯子喝掉了杯中酒。

"来来来，吃菜，吃菜。浪奶奶的喝几杯酒了一口菜还没吃呢。"罗界义叫大家吃菜，也是给自己一个盘算的空间。他想，喝第二杯酒时已经有人犹犹疑疑的了，这第三句话更猛，要是一说出来，假如炸锅怎么办？看来，得搭个条板，过渡一下。于是，他对丁孟营说："丁老板，我们哥俩喝一杯。刚才，我说我们都是麦区长的人时，有人有疑问。丁老板你说说我这第二句话是什么意思。"罗界义说着还在桌肚里用脚踢了踢丁孟营，示意他跟他们解释清楚。

丁孟营心领神会地说："这很简单嘞，刚才五根讲的就是这个理，我们都是弟兄，他是，我们肯定也是嘛。另外喃，我们吃的喝的都是麦区长开的销，你们拿的票子是麦区长给你们发的饷，你们拿的礼品都是麦区长给你们发的奖。就这么简单，吃的他的、喝的他的、用的他的、拿的他的，还不是人家的人吗？这还不是人家的人，你自己就不是人了。"

听了丁孟营这一番话，徐理高肚子里的酒直向上翻，恶心想吐，他夹了一块红烧肉塞到嘴里，嚼下去，把上翻的酒压了回去。乖乖，酒是回去了，我可回不去了，弄到现在这两个家伙不是生意人，而是那个大汉奸的人啦。乖乖，上了贼船了，下不来了，下不来了噢！谁叫你吃人家的拿人家的呢？拿人钱财，替人撑台噢。他不敢吱声，只是跟着大家一起喝酒。

柏集椿心想，麦区长过去是区长，现在可是个大汉奸啦，他的人，什么意思？这还用问吗？小汉奸呗。他知道自己已经走上了一条不归路了，这下是回不了头了，前面是平坦大道还是万丈深渊，看不清了，只有眼睛闭起来往前走了。因而，他附和道："是的，这还不承认是麦区长的人，良心就被狗吃了。"朱经农则给大家倒了一杯酒，然后站起来说："来，我们为都是麦区长的人干一杯。"桌上的除了麦幺花，其他六个人个个争先恐后地干了自己的酒。

经过这么一铺垫，罗界义觉得讲第三句话就是水到渠成的事了。于是，他再次拿起酒壶又给每人酒杯倒满，然后端起酒杯站着说："我要说的第三句话是，麦区长这次派我们来，要我们在北阿干一两件大事，比如杀些个县区共产党干部、炸子弹厂这些，同意跟着我们干的就喝掉这杯酒，不同意的，浪奶奶的立即起身离开这里。"说完自己先把酒干了，然后站在那里拿个空酒杯对着大家。丁孟营干了，麦幺花干了，沈五根干了，柏集椿、朱经农也干了，徐理高只得跟着干了。

"好，这才是真正的弟兄！"罗界义坐下说。丁孟营开口道："你们两位排长懂军事，你们说说，我们怎么揪？"朱经农说："明个区里开第二次扩军动员大会，不如就在开会时，偷偷带几发子弹，朝台上打几枪，把章辅、金忠礼打死。"

丁孟营说："这个不行，能不能打那么准暂且不谈，在人群中举枪对着台上瞄准早有人把你扑倒了。"柏集椿说："一人干，干不出大事，我可以把我这个三排拉出去搞一次暴动，朱排长从他们二排带些人过来，这样子可以将区里干部抓几个杀掉。然后，向横荡那边撤，徐乡长准备两条大船，我们可以把暴动的人拉到高邮。"

罗界义说："浪奶奶的这个好。就是撤退时，能不能不往横荡撤，直接到金苇乡灭了金家人，炸掉子弹厂，然后从金苇渡上船开往高邮？"他最恨金家庄的人，认为他家遭那么多劫难都是金家人带头干的，他恨不得血洗金家庄。

柏集椿则给他打了拦头坝，他说："不行，西边金苇乡不能去，那里有新四军一个连的兵在那儿，金苇渡还有县巡湖大队几条钢板划子在那儿。力量悬殊，去了找死。"丁孟营说："那是不能去，不能拿鸡蛋往石头上砸沙。柏排长先前说的，我看可以。徐乡长在横荡准备两条大船，在那块向高邮撤近很多呢。"

朱排长又插上来说："我只怕撤不到高邮就被他们抓了。我们区武装中队三个排，第一排人数最多，武器又全又好，步枪一支不少，还有一挺轻机枪。柏排长他们三排总共才二十来人，人缺，枪也缺，加上我从二排能带个十个人，加起来也就三十来个人，就是新四军不参加，光县大队，加区中队第一排就把我们吃掉了。"丁孟营问："那你的意思是怎么揪？"朱经农回道："揪还是照柏排长说的揪，抓几个区干部，抓不走就杀几个，然后放一把火把区公所烧掉，向横荡撤。"丁孟营说："那还不是柏排长说的那个样子嘛。"朱经农说："我还没说完呢。我的意思是，你们要派人跟麦区长联系，带汽油划子带人过来接应我们。"罗界义说："这个可以考虑，看看两位乡长还有什么想法？"沈五根说："我现在没得一兵一卒，光杆司令一个，听你们安排吧，叫我做什么我就做什么。"徐理高见还剩自己一个没说话了，便赶快说："不是朝我那块撤吗？我准备好大船，准备好吃的喝的，迎接他们。"

见其他人都说了，罗界义转向丁孟营说："丁老弟，你说说，有些什么要当心的。"丁孟营想，他这是最后要做决定的架势啊，好，让你决定就你决定，你决定了的事，你就承担。于是，他说道："得把个日子定下来，大家好准备吧？"罗界义对麦幺花说："小七妹，你去把皇历拿来。"麦幺花拿来皇历递给罗界义。罗界义翻开看了看说："就定阳历 5 月 7 号，阴历初四，黄道吉日，利起事。今个 4 号，整整还有三天，怎么样，来得及吧？"柏集椿说："我这块来得及，就怕你们高邮那边接应的人来不及。"

罗界义说："这个你放心，我马上吃过饭就往横荡赶，连夜划船到高邮，明天中午就能向麦区长报告了，后天我就跟他的人乘小汽艇过来了。这样子，这个事我最后再跟你们做个交代，浪奶奶的你们都记住了。一喃，暴动，也叫兵变吧，时间本月 7 号夜里一点钟，这个事交给柏排长、朱排长，杀的干部越多越好，到高邮你们就升官发财。二喃，丁老板等明天徐乡长开过会，你们两人一起回横荡，备好吃的喝的和大船。三喃，沈乡长和小七妹暂时不派事，你们继续潜伏，以后会有你们做的事。四喃，不管什么情况，任何人不得把事情泄露出去，也不得把别人说出来，如果说出来，浪奶奶的我们要派人杀他全家。好，最后我们一起喝一杯，各自去准备。"

　　晚上，北阿区委开会，决定撤去横荡乡徐理高的乡长职务，并对他的其他问题进行调查，如有贪污问题立即拘押。乡长职务暂时由华指导员兼。明天章辅、金忠礼、高副乡长带区里几个人一起去宣布，并开始调查徐理高的问题，顺便把王顶贵送回家。

　　区委开会的时候，柏集椿和朱经农把三排的正副班长和二排的部分正副班长共11个人召集起来开了个小会，将兵变的事做了安排。他们开这个会不但没有通知三排的副排长冀德伦，反而派人暗中监视他的行动。

　　冀德伦是共产党员，当初派他来三排就是为了掺沙子，通过他的努力改变三排懒散的作风。他到三排后从他分管的二班开始教育引导，严格要求，将二班带成了区武装中队的尖刀班。这个班的高班长是冀排长重点培养的对象，他通过高班长又团结了几个骨干，冀排长就是想通过这种一个带一个的办法，逐步影响全排。没想到柏集椿他们来得这么快，让冀排长的计划就此中断了。

　　昨晚开过会，高班长表面平静，内心则翻江倒海，思考着怎样把这个消息告诉冀排长？如果没有机会自己如何阻止这次兵变？他想不管怎么弄，先把情报写在条子上，明天一有机会就传给冀排长。于是，他假装起来解手，撕了一片小纸条，躲进被窝摸黑歪歪斜斜、大大小小地写下了"今夜一点柏排兵变"几个字，然后将纸条搓成小卷放进内衣口袋。

　　第二天早上，上早操时虽然看到了冀排长，但没办法传递情报，因为冀排长身边始终有两个人一前一后地跟着。怎么办？今夜就兵变，情报不传出去，北阿区委、区政府将遭受重大损失。他想到了食堂打饭的丁师傅，这人是他们一个庄台的，平时关系很好。但他也不知丁师傅是什么人，只是感觉到他不会出卖他，时间来不及了，只能这样冒险了。因而他决定通过丁师傅把情报传给冀排长。下了早操，他也没回宿舍，就直接来到了食堂。

　　食堂里有几个战士来得比他还早，已经坐在那儿喝粥吃馍头了。他跟他们打了个招呼，便来到丁师傅面前打粥。付餐券时，他将小纸卷先放到丁师傅的手心，低声说了句"给冀排长"，然后付了餐券，端起粥碗和馒头咸菜与那几个战士坐到一起，一边吃一边跟他们聊着家常一边观察着门口。

不一会儿，冀排长进了食堂，前后都有人跟着，他已经感到了异常，但不知道为什么会这样。他想将那两个跟踪监视的人甩开一会儿，故意站在门口望了一会儿，看到高班长在那边吃饭，便走过去喊道："高班长，你们班，今天早操时缺不缺人？"高班长站起来也大声说："报告排长，三排二班今天早操全班一个不少。"说着还将嘴向丁师傅那边歪了歪。

他这一招还真有用，那两个监视的人怕被他发现，只好先去打粥，打完粥，坐到一旁边吃边看着冀排长。冀排长见高班长将嘴歪向丁师傅，便心领神会地来到丁师傅这儿打粥。付餐券时，丁师傅又把餐券还到他手上说："哎，冀排长，我好像记得你上次多把一张的吧？"冀排长拿着餐券说："没有，没有，你记错了，拿去，不要到月底盘点时少账了。"这时，丁师傅已从口袋里掏出高班长那小纸卷一边塞到冀排长手里，一边拿过他手里的餐券说："那我记错了，也可能是柏排长，反正是你们三排的。"冀排长揣好那纸卷，端着粥和馒头来到那两个监视者旁边，与他们坐在一起喝粥。这边高班长视线一直随着他转到了丁师傅那儿，见他在那儿与丁师傅磨蹭了一会儿，心想他应该是拿到那小纸卷了。

冀排长回到宿舍，掏出纸卷一看，真是惊诧万分。他只知道三排有过去的乡丁，有湖匪，但没想到他们竟敢搞兵变。外边出不去，出去就有人监视。一上午都没摆脱监视的人，上午训练时，也没看到连长、指导员。直到吃过中饭，他经过四名女民运队员的宿舍时进去坐了会儿，将高班长的小纸卷塞到了女民运队员何敏手里。何敏根据纸条上写的和冀排长说的拿纸迅速重新写了一段字，交给另一个女队员送给金忠礼。

本来昨晚定下来，今天金忠礼和章辅是吃过早饭一起去横荡的，因县里临时召集各区开会，他们又到县里开了半天会。会议主要是三件事，一是确保完成第二次扩军任务，二是做好麦收和公粮征收工作，三是要求各区紧急收购废钢、铝和铅，虽然子弹厂已经开始搬出小朱庄，但湖西这里要一如既往地支持子弹厂，价格高一些也要收购，以供子弹厂生产枪炮弹药之急需。

县里的会结束后，他俩决定先到横荡去处理问题，明天回来开各乡乡

346

长会，落实县里会议要求。可刚要出发，金二爷、金二妈来了。他们来对金忠礼、章辅说："后天是正日子，明天晚上暖房，你们要回去啊。"章辅说："哎呀，这两天事多，恐怕明天还回不去呢。"金二爷说："明天暖房，你可以不回去，忠礼一定要回去，你后天上午一定要到家。"

两人答应后坐着马车出发了。已经走了二十几里路了，后边区公安科员骑着快马追来了。

原来女民运队员送信到区里，他们已出发，女队员没见到金忠礼，又回去向何敏报告。何敏批评说："那你应该给其他干部啊！"女队员说："我也不知道哪个是他们那边的，不敢给。""区里还有哪些干部？""文书和公安科员。"为防止柏集椿的人怀疑，何敏又叫另外两个女队员一起去送信："赶快去交给公安科员。"这才有公安科员骑着快马来追金忠礼。

公安科员将章辅和金忠礼拉到一边将何敏的信交给他们。两人看了信后，觉得事态非常严重，必须立即派人回去处置。章辅说："看来，阿拉两人得分开了。吾带伊拉继续去横荡，侬必须立即回去坚决果断地处置。这可能是一场针对吾俩的兵变，吾去横荡可能会安全一些，侬千万注意安全。"金忠礼说："有可能，不过也不能排除里外串通、里应外合的可能。如果是这样的话，横荡并不安全。不如我们今天都不去横荡了，等把这件事处置了再去。"

章辅摇头说："不行，县里上午强调的三件事都很急，横荡乡长不定，将影响整个乡的工作，必须紧快去把这个事处理了。侬赶紧回去，不要管吾，阿拉这么多人呢。9号见！"说着伸手与金忠礼握手。金忠礼握着她的手说："那你们今天到那儿就宣布，宣布一结束就往回走，千万不要在那儿耽搁。9号见！""嗯。"章辅答应一声后上了马车。金忠礼则对公安科员说："这样，你马给我骑，你跟政委到横荡，宣布过决定后，你们和政委就回区里，千万不要耽搁。注意保护好政委。"说完，跃上马向北阿飞奔。

114

那天晚上，罗界义与柏集椿几个人密谋结束后，他连夜赶到横荡，又趁夜色雇了条小渔船渡高邮湖，于第二天天亮回到了高邮。一到高邮，他就向麦大庆报告他们明天夜里一点搞兵变的事。

麦大庆听了后是又喜又急，喜的是终于在湖西要搞出大名堂了，急的是明天就起事哪里来得及嘀："界义啊，你叫我怎么说你是好喃？要办个大事了，我要赏你，可你总是屎到屁眼门了才来告诉我，浪的我要去太君那儿报告，要调艇派兵，你说来得及吗？"罗界义说："今个6号，你赶去向稻香太君报告，下午调艇派人，我们连夜赶过去，明天上午就到了，来得及。""你说来得及有用啊？没用的，浪的得看稻香太君的，他要慢慢吞吞的，我也没办法。""你去催他啊，浪奶奶的火烧眉毛啦。"

麦大庆去稻香大雄那儿一报告，没想到稻香立即同意调艇派兵。调了两艘小汽艇、六个日本兵、一个小队的伪军，三十多号人7号上午从高邮出发开往湖西横荡乡下河口。

金忠礼一口气飞驰二十多里路，到北阿时他并没进区委，而是直接去了县委，向县委张书记汇报，请求独立营和县巡湖大队支持。他考虑处置柏集椿这几个兵痞的事有区中队第一排就足够了，他担心的是万一高邮那边有日伪军来策应，可能会给湖西根据地带来更大更多的损害，包括章政委等一些区乡干部的安全。因而他想请县里立即派人派船从陆路和水路两个方向到横荡，预防高邮方向的来敌。张书记听了报告当即叫秘书电话通知在银集训练的县支队一个连从陆路连夜赶往横荡乡公所，水上巡湖大队十艘钢板划子从南北两个方向朝横荡集结。同时，他又与新四军驻军联系，请他们派一个连的兵力向横荡乡集结，策应县大队的行动。

从县里回来，他的心也就放了下来，因为章辅那边的安全有保障了。他叫通信员喊来中队长吉德义。金忠礼问："吉队长，中队最近有没有什么异常情况？""报告区长，上午发现三排冀排长像是有什么事似的，看到我挤眉弄眼，前后还有两个人跟着。后来我觉得这很不正常，已经安排人监视三排了，并命令一排全体待命。""好！我们的中队长还是过得硬的。你怀疑得对，冀排长之所以跟你挤眉弄眼，他是想给你传递情报喃。""什么情报？真有情况？""三排长柏集椿、二排副排长朱经农密谋今夜1点搞兵变，杀区乡干部。""啊？真有这事，那冀排长怎么没向我报告呢？""他已经被他们严密监视了，怕打草惊蛇，造成人员伤亡，他没有直接去向你报告。不过他已经巧妙地把情报送出来了。现在我们研究一个万无一失的方案，以最小的损失全歼这伙兵痞。"吉德义说："这帮吃屎长大的东西，忘恩负义，平时那么信任他们，他们却搞这一着，真是狗改不了吃屎。这样，区长，这个任务交给我，我带一排去把他们全抓起来。"金忠礼摇头说："他们不会轻易放下武器，如果他们负隅顽抗，势必给我们带来伤亡。""那这样，擒贼先擒王，我叫人通知他俩来议事，把他们先抓起来。"金忠礼思考了一会儿说："这样也可以，但是会出现两种情况，一是他们有所察觉，不来你这儿，依然跟前边的结果一样；再有即是他们来了，被抓了，会不会还有其他人挑头来救他俩？如果这样，也一样会有伤亡。"最后，金忠礼确定："晚上十点钟把队伍集中到大王庙广场，你们派两个班先藏在大王庙里，趁班排长进庙开会时抓捕。"

晚上十点，区武装中队住处里，金忠礼吹响了紧急集合的哨声，并大声告示说："金苇河上游过来两条装烟土的大船，快到金苇渡了，大家先到院外大王庙东广场集合，马上分头去追查。"待队伍集合完毕，金忠礼说："全体班排长到大王庙里的小楼上开个会，把追击路线和任务讲一下，其他人架好枪原地休息待命。"

这时，柏集椿、朱经农都感到了事有蹊跷，完全打乱了他们密谋的计划，他们想找机会商量一下应付的办法，但前边指导员、连长、副连长都在那儿看着，根本不可能让他们两人在集合时串联谈话的。柏集椿看看站在队伍前边的几个干部，他们的眼睛正对着集合的队伍，他又向二排那边看看，压根看不清朱经农站在哪儿。他想，好歹离起事还有三个小时呢，再观察一会儿看看，也许进去开会时两人有坐在一起的机会喃。他便第一个走进了大王庙的大殿，从后边拐向东爬上小楼，刚进房间就被缴了枪拘押到了里间。接着参加柏集椿秘密召集开会的另十人，除了高班长，都一一被拘押。

这时，金忠礼再回到东广场集合队伍。队伍集合完毕，他向中队全体战士宣布了他们搞兵变的罪行，然后回到大王庙将柏集椿、朱经农分开进行突审。金忠礼审柏集椿，吉连长审朱经农，主要是想从他们那儿审出兵变的计划、其他参与者以及是否里外勾结等情况。很快两人交代了罗界义和丁孟营召集他们在麦幺花家密谋，以及他们回高邮搬救兵的情况。审完后，金忠礼立即安排："吉连长，你立即去准备三辆马车，一排跟我坐马车到横荡乡，那里的战斗一定很激烈，我们去增援一下。我们走后，你派人去把麦幺花抓起来审问，并把柏集椿他们看押好，明天我们回来进行审判。"

金忠礼担心横荡那边的战斗会激烈，但他更担心章辅的安全，因而，他带领一排人快马加鞭地往那边赶。

115

与金忠礼在半路上分手后，章辅他们一行于傍晚时分到了横荡乡公所。乡里的其他干部都已等在那儿开会，可是徐理高却迟迟不见踪影。有人说，他很可能在下河口他大哥徐老哇的船上，早上看到他带一个精瘦的人朝那个方向去的。区公安科员对章辅说："章政委，我们不能等他，金区长交代不能在这儿久留，我看就对乡干部宣布就行了。"章辅考虑了一下对华指导员说："这样，大家先吃晚饭，侬派人去喊徐理高。晚饭后，伊仍未到，阿拉就开会宣布。"华指员叫乡里小通信员到下河口徐老哇船上去喊徐理高回来开会，然后安排区里的同志吃晚饭。

小通信员来到下河口，站在岸上向船上喊："徐乡长，喊你到乡里开会呢。"徐理高听出是乡里小通信员的声音，便对麦大庆说："麦区长，恐怕还能逮几条大鱼呢。"麦大庆问："怎么晓得会有大鱼？"徐理高说："你看，这么晚喊我去开会，不是有紧急事，就是县区有人来。不信把这小通信员抓来问一下就晓得了。"麦大庆点点头示意他去抓。徐理高走出船舱对岸上说："你勒什么嗓子啊，嘴里跟含个死鱼头似的，喔喏喔喏的听不清楚，你上船说。"小通信员跑下坡，一上徐老哇的船就被两个伪军带进了船舱。

进船舱一看，小通信员愣住了。舱里竟然还有日本鬼子，而且除了徐理高、徐老哇，其他全是生脸子。他想，坏了，鬼子到湖西了，乡里还没有人晓得，乡里还有章政委他们区里干部，得想办法脱身赶快回去报告，好让他们有个准备。正想着，徐理高说："这么晚，叫我上去开什么会啊？"小通信员不想把真实情况告诉他，便回道："华指导员叫我找你的，说是什么扩军工作。""扩军工作？指导员他死了娘老子啦，这么乌漆麻黑的天急着开会啊？你家去告诉他，今晚不开，明个开。"小通信员听他说这话连忙答应一声"嗯啦"，掉头就往舱外走。还没走到舱口，就被一个日本鬼子拦住了："你的走的不行！"麦大庆也发现了问题，连忙说："把他绑到后边去，怎么能让他回去呢？他回去，我们不是全暴露啦？"

徐理高也回过神来了，他觉得乡里肯定有大鱼。因为，如果是扩军的会，指导员会问到他什么时候开，现在他华指导员通知晚上开会居然他不知道，这是不正常的。于是，他对麦大庆说："麦区长，我们得赶快出发去横荡乡公所逮大鱼，迟了，大鱼就溜了。"麦区长叫再审审这小东西。徐理高遵命，他上去一手抓住小通信员的衣领一边来回猛扇小通信员的耳光，一边说："你这小东西，跟老子也要起了花招。老子养条狗还晓得看门口呢，养你，你就这么跟老子玩溜子啊？"小通信员嘴巴上布满了血印，嘴里也流出了血，眼泪也被打了出来，但他依然说："乡长，我没递哄你。"在一旁的罗界义上去拎起小通信员一边往外走一边说："浪奶奶的看我来。"他把小通信员拎到船舷那儿，拎住他的脚将他头朝下放进水里说："浪奶奶的我看你还嘴硬。"将他的头在水里闷了一会儿提出水面问："说，乡里到底有什么事？"小通信员深深地吸了口气说："开扩军会。"又闷下水，再提起来，上下几个来回，小通信员只是"我没撮空""开扩军会""我没递哄你"三句话反复说。最后把小通信员弄得奄奄一息丢到了船板上。

这时，时间也不早了，为了接应柏集椿他们的兵变得赶快向横荡乡公所进发了。麦大庆向日本兵报告后，带着日伪军坐着徐老哇早准备好的三辆马车向横荡乡公所驶去。

横荡乡公所里的区乡干部吃过晚饭等了一会儿，仍不见徐理高到场，便开会了。会上，章辅叙述了横荡乡徐理高在第一次扩军工作中所犯错误的经过。正讲着，乡里站岗的民兵带着下河口的一个渔民来找华指导员，华指导员出去问什么事，渔民讲："今个下河口来了两只汽油划子，有好些伪军，还有几个日本鬼子，岸上留几个站岗，其他全上了徐老哇家的船。大堤上还有三辆马车，我怕他们来抢粮，偷偷地来告诉你一声，你们要快做打算。"华指员一听赶紧推门进去对章政委耳语了几句。章辅刚把区里撤销徐理高乡长职务的决定宣读结束，听到这情况马上说："有一股日伪军在下河口登岸，可能已向我们这边进发过来了。现在大家不要慌，区里的同志立即原路返回，乡里的同志由华指导员指挥向北转移。好，立刻分头行动。"

351

乡里的同志在华指导员的带领下上了向北的小路，区里的同志在章政委带领下全部坐上来时的那辆马车驶出了乡公所。可是，当区里的马车驶到横荡街上时，后边响起了枪声，日伪军的三辆马车已经到横荡街了。

　　章辅一边叫马车师傅加速，一边指挥有枪的同志向日伪军的马匹射击。金忠慧拿着驳壳枪移到章辅的前边，用身体挡着章辅，瞄准日伪军最前边一辆马车的马头射击。区公安科员也掏出驳壳枪与金忠慧一起向那匹马射击。终于那匹马嘶吼了一声歪倒了下去，日伪军的第一辆马车停在了那儿。但他们的第二辆、第三辆马车很快又追了上来。这时区公安科员的枪不响了，原来他被敌人的子弹击中了。后边的同志拿起他的枪继续向后射击。突然一颗子弹击中金忠慧的头部，章辅一边抱住她，一边向后射击。终于，日伪军的第二辆车也停下了。但没过一会儿，日伪军的第三辆马车又赶上来了。

　　子弹嗖嗖地飞穿，在黑夜里闪现着一道道光线。这时一颗流弹击中了区里的赶马师傅，车上的一位同志立刻补上去赶马。又一颗子弹击中了区里马车的马，马车停了。章辅喊道："同志们，快下车，往麦田里撤。"但是敌人的子弹击中了她的左臂，她用毛巾扎住伤口，然后向路边的麦田里撤。又一颗子弹击中了她的左腿，她倒下了。区里一位同志跑过来，掏出包里的毛巾扎住她左腿的伤口，然后正准备将她背到身上时，一颗子弹击中了他的胸膛，两人同时倒在地上。日伪军见状，像狼一样地扑了上来。徐理高冲过来叫两个伪军将章辅绑起来。

116

　　罗界义和徐理高把章辅架到了麦大庆面前。

　　麦大庆一看，眼睛一亮："哟，浪的这不是那个上海囡娘嘛，你叫章辅？"章辅斜视了一下麦大庆说："吾叫章忠苇!""咦？我记得你叫章辅啊。你们共产党不是骨头硬呢吗？浪的怎么真名字都不敢报啦？你看我，不管是湖东湖西、天南地北，浪的我麦大庆都不改名。"章辅轻蔑地说："哼，麦大庆，吾告诉侬，吾之所以改名为章忠苇，就是为了永远纪念金忠苇，要记住为金忠苇报仇! 麦大庆，侬不要得意，杀忠苇的账迟早一天要跟侬算的!""好啦,不管你是章辅,还是章忠苇,浪的我就认你这个上海囡娘。你让我想了好几年,想得好苦啊。走,把她架到马车上。罗界义,你们看看还有什么活的,浪的统统抓过来,没有就赶快撤。"麦大庆坐到章辅旁边,叫马夫驾车回下河口。

在路上,麦大庆对章辅说:"上海囡娘,我麦大庆也是个知书达理的人,对你是仰慕已久,只要你答应我几个条件,浪的我包你活命。"章辅没搭理他,把脸转向另一边。麦大庆继续说:"一个条件呢是你要答应脱离革命,今后不再为共产党做事;这第二个嘛,就是你脱离革命后做我的姨太太,浪的我包你荣华富贵。"

听到这些,章辅怒火中烧。她义正词严、声色俱厉地说:"麦大庆,吾鄙视侬,民族危亡之时,侬不思救国,反卖身求荣,投靠倭寇,助纣为虐,残害同胞,成为人人唾骂的狗汉奸,侬有何脸面言知书达理?有何脸面站在湖西的土地上?有何脸面苟活于中华大地上?麦大庆,吾正告侬,共产党人为了国家的利益、民族的利益和人民的利益敢于牺牲一切,包括自己的生命,吾是共产党员,吾会践行我的誓言,吾绝不会因任何诱惑而出卖组织、出卖同志!吾绝不为个人蝇头小利而苟且偷生!麦大庆,吾奉劝侬,趁早从歧路上返回来,放下屠刀,立地成佛,掉转枪口,与湖西人民一起抗击日本帝国主义,才是侬之正道!否则,侬绝逃不脱湖西人民对侬的清算!逃不脱中华儿女对侬的审判!"

麦大庆嘿嘿嘿笑了会儿说:"哎呀人生苦短啊,但再短也要过个几十年啊。浪的你才二十郎当岁就牺牲,未免也太短了些了噢,可悲啊!浪的你若听我的,我可延长你的寿命,让你享尽洪福。"

"哼!寿命?我们共产党人关心的不是自己的寿命,而是民族的寿命、国家的寿命!有的人是可以过得长一些,但伊过的是猪的寿命、狗的寿命!有的人会过得短一些,但伊换来了民族的长寿、国家的长寿!谁可悲?湖西人民自有公认!中华民族自有公认!"章辅铿锵有力地回答道。

"浪的,死到临头了,你还这么嘴硬。给我扒开她的褂子!我倒要看看她这个共产党人的骨头硬,浪的还是我的刀硬!"麦大庆气急败坏地咆哮说。章辅的外褂被旁边的伪军扒开,露出里边的蓝布内衣,内衣上有她亲手绣的一颗红五星,虽是黑夜,但那颗红五星依稀可见。麦大庆看到红五星说:"哟,还有五角星呢啊?浪的我倒要看看她是黑的还是红的。"他一边说着一边从腰中拔出匕首向章辅胸前的红五星刺去，并沿着那颗红五星向下划开。

章辅的蓝内衣被刺开，鲜血从露出的胸膛中流出。她转过身体骂道："侬知书达理吗？呸！吾看侬卑鄙无耻，狗彘不如！侬有母亲吗？侬有姐妹吗？侬如此穷凶极恶对待一个女人，侬的母亲、侬的姐妹会夸奖侬吗？如果有一天她们也被这样对待，侬会像现在一样得意吗？"

被这一骂，麦大庆悻悻地收起了刀说："你不要嘴硬，马上到横荡街有你好看的，浪的我告诉你，你的时间不多了，你好好想想，是要活命，浪的还是要留在共产党？"

旁边那个扒她裷子的伪军被骂得像是有点良心发现了，是的啊，如果自己母亲、姐妹被这样，自己怎么想嘞。于是他又悄悄地将她的裷子向中间拉了拉。

马车回到横荡街，麦大庆叫全部下车，带着抓到的区乡几个干部从街上游一段街，示众后到街头再解决。他们一共抓了章辅、华指导员等12名区乡干部，区干部都是与日伪军对射中受伤后被抓的，华指导员等8名乡干部是返回来救章辅时受伤被抓的。

散会后，华指导员带领乡里同志向北撤离，没走多远就听到了激烈的枪声。他就对乡里同志说："不好，听枪声，敌人来得还不少。这样，你们女的继续向北撤，我们四个男的和四个民兵去增援政委他们。"他们八人回到街上时，见日伪军在前面，便从他们屁股后边射击，最后八位同志全部受伤被抓。

虽然是夜晚，街上没有一个民众，但熟睡的民众早已被密集的枪声惊醒。他们都贴着门缝向外张望。被绑着的12名区乡干部走在寂静的街道上，没有一个显出懦弱害怕的样子，虽然都有枪伤，但仍然挺着胸膛前行。

章辅昂首走在最前面，她知道麦大庆这些凶残的敌人不会放过他们，可能这是她人生中走的最后一段路了。人生的第一段路是在江南家乡走的，人生的最后一段虽在异乡走完，她没有感到遗憾。她觉得这里与家乡一样也是水乡，最后一段路走在美丽的高邮湖畔也是美事，况且湖西是自己战斗的地方，明天又是和金忠礼结婚的日子，自己已经是湖西的媳妇，湖西也是自己的家乡，人生的最后一段路在这锦绣湖西走完又有何遗憾？

只是这夜太黑、太寂寞。因而，她带头唱起了国际歌："起来，饥寒交迫的奴隶……"后边的 11 个人也跟着她一起哼了起来："起来，饥寒交迫的奴隶，起来，全世界受苦的人！满腔的热血已经沸腾，要为真理而斗争……"

唱完《国际歌》，她领着大家又唱起了《跟着共产党走》："你是灯塔，照耀着黎明前的海洋，你是舵手，掌握着航行的方向……"虽是夜深人静，但章辅知道街道两旁的房子里一定有聆听他们歌声的父老乡亲，因而，她要用他们的歌声，用她最后的生命向湖西的父老乡亲宣传中国共产党。事实上，两边民房里的民众都听到了她的歌声，都看到了她血染衣衫仍昂头挺胸、英勇不屈的形象，人们无不为之伤心落泪，无不佩服她的英雄气概。

这时，从下河口方向传来了枪声。麦大庆知道这是他们留在下河口的人开的枪，他觉得不能这样走下去了，也不能等北阿柏集椿他们搞兵变的人了，共产党的武装已经追到附近，再这样耽搁时间，后路被切断，上不了艇，那来的人全都完蛋。

走到街外刘奶奶庵东边的一块乱坟地时，麦大庆手一举喊道："停！罗老兄，丁老弟，徐老弟，你们把他们 12 人带过去站一排，浪的送他们上西天，动作要快。执行后，赶快撤到汽艇船上。"说完，他带几个伪军和日本兵坐上马车先走了。罗界义、丁孟营、徐理高三人指使伪军将 12 人带到乱坟前。罗界义喊道："浪奶奶的，统统给我跪下！"然而那 12 人傲然屹立，谁也没有动一下。

章辅从容不迫、大义凛然地说："宁愿站着死，决不跪着生。要杀要剐任你们便，要叫我们下跪是痴心妄想！"接着，她带头高呼："打倒狗汉奸！打倒日本帝国主义！共产党万岁！""砰、砰、砰……"在一阵罪恶的枪声中，章辅等 12 位区乡干部英勇就义。

117

麦大庆的马车到下河口时，岸上的日伪军正在向汽艇上撤。水里的两艘汽艇，一艘已离岸开走，另一艘也已发动起锚。马车上的麦大庆一伙见状，没等马车停下便跳下马车连滚带爬地跑上汽艇。

县独立营的战士勇猛冲到河边一起向汽艇射击，但是，敌人的汽艇还是开走了。这时，湖面上县巡湖大队的几艘钢板划子也已赶到，在湖上与敌人的小汽艇交上了火。打了一会儿，敌人见我们的钢板划子越来越多，便加快速度向高邮逃跑了。

大堤上，独立营战士们见敌人的汽艇跑远了，便迅速掉头向有枪声的横荡街搜索前进。这时，新四军的一个连队在横荡街东已经与罗界义一伙伪军交上了火。

罗界义他们顽抗了一会儿就向下河口溃逃。在罗界义带着剩下的伪军向下河口逃跑时，徐理高则慢慢地摸到侧后，趁乱窜进旁边的田里，没再跟着他们向湖边跑，而是利用熟悉的地形，甩掉手中的枪，走小路遁入了夜幕中。

独立营和新四军前后夹击，罗界义一伙伪军很快被消灭。罗界义、丁孟营在顽抗中被击毙，还有 13 个伪军投降。

金忠礼率领区中队一排赶到时战斗已经结束，战士们正在打扫战场，已把牺牲同志的遗体抬到了乡公所一间会议室里，将受伤的同志向北阿转运。金忠礼拦住运伤员的马车问章辅在哪里，他希望他们能说章辅就在这马车上，让他紧缩的心能放松下来，至少他可以抱着一个受伤的章辅举行二爷二妈安排好的婚礼。但马车上的人还是跟他说了真话："章政委不在马车上。"

这时，天已蒙蒙亮，街上的人都已打开门走上了街头。他们有的帮着抬伤员，有的帮着把散在街面上的枪支物品归到一起，有的帮着把敌人的尸体抬到乱坟岗埋到坑里。金忠礼向他们打听章辅政委的消息，希望他们能说出她的去向，但他们谁也没有说他那个战友章政委的噩耗，只是向他默默地摇摇头。他找遍了昨晚战场的每一个角落，没有章辅的踪迹，也没有她的音信。

在场的县区同志知道明天是他们两人结婚的日子，因为他们看到了他俩向县委打的结婚申请，看到了县委同意他们结婚的批复，看到了县里发给他们的刻印着"囍"字的结婚证书。此时此刻谁又忍心在他们的喜庆日子里把章辅牺牲的消息告诉他呢！

他来到乡公所会议室门口，他知道这是他找章辅的最后一站了。这里边有昨晚受伤后被日伪军在刘奶奶庙旁杀害的 12 位区乡干部，有 2 名在与日伪军战斗中牺牲的北阿区干部，其中有区公安科员，还有金忠礼的妹妹金忠慧。他在门口静默地站了好一会儿，不敢推门进去。他真希望在这里边继续找不到章辅，他好将希望延伸下去。

这时，县委张书记走过来搂着他的肩膀将他从那间房子的门口带到了另一间办公室里。张书记把金忠礼拉到身旁坐下，金忠礼伏到桌上抽泣起来。张书记让他哭一会儿，把心中的悲伤释放出来。过了一会儿，金忠礼抬起头泪水直滴地对张书记说："张书记，我对不起章辅，我没保护好她，我请求县委给我处分。"说着又伏到桌上抽泣起来。

张书记说："忠礼同志，失去亲人是痛苦的。在抗击日本帝国主义的斗争中，我知道你已失去八位亲人，他们都是抗日英雄，他们永远活在我们心中！章辅同志更是我们学习的榜样，我们要召开大会，隆重地纪念她，号召全湖西的党员干部向她学习。你在这次处理兵变过程中，机智勇敢，圆满地完成了任务，县委应该表彰你。同时，我们也要认识到敌人这次兵变给我们区乡民主政府也造成了重大损失，我们要从这次兵变中吸取教训，对区乡政权进行一次调整，坚决把那些敌对分子从我们的队伍中清除出去。忠礼同志，现在全国的抗战虽然已经取得了许多重要的战果，但是日伪军还很猖獗，斗争还很残酷，最后的胜利还没到来。我们活着的人要擦干血泪，拿起武器继续战斗，把日本鬼子赶出中国，这才对得起逝去的同志和亲人、对得起你的战友和爱人章辅同志！"

金忠礼抬起头说："张书记，我有个请求，我想把章辅和忠慧带回金苇乡葬在金苇高地，让章辅和她们最初到湖西建根据地的三姐妹在一起。"张书记说："我同意你这个请求。在这次战斗中牺牲的同志，家在湖西的可以安葬到老家，家不在湖西的，县里将在北阿辟一块墓地安葬他们，以便后人纪念。"

县里就地购置了 14 口棺木，将 14 名牺牲的同志入殓后分别安葬。横荡乡 8 位同志分别运回他们的村里安葬。金忠礼护送章辅和金忠慧的棺木回金苇乡，还有其他乡的 4 位同志的棺木分别由县区干部护送到他们的村庄。

夕阳西下，晚霞映照着金家庄，让金大爷家门上的那张大红"囍"字显得分外艳丽。在金家庄的金家大人小孩和左邻右舍几十号人都集中在金大爷家那几间房子前，等着金忠礼回来暖房铺床。金忠国一会儿跑到庄头向北阿方向看，来来回回看了几次也没见到大哥的影子。天色渐渐暗了下来，忽然金忠国叫了起来："大哥回来了。"听到这喊声，人们都跑出来看，没有啊！金忠国说："你们听，马蹄声。"果然，马蹄声由远到近、由低到高地传到了庄上，不一会儿马车出现了，庄上一片欢腾。小弟金忠智看到了马车上的大哥，他一边喊"大哥"一边赶紧拿了一挂短鞭放了起来。噼里啪啦响了一阵后，马车上了庄台。

看到马车上两具棺木，本来欢笑的金家庄顿时像冰封了的金苇湖，凝固了。人们不动、不说，只听见喘气声。待马车到了门前，金忠礼下车站在那儿泪珠直滴，庄上的人一下都围了过来。金大妈眼睛直直地望着两具棺木，直愣愣的像个冰人。金二爷颤抖着问："忠礼，这、这是……怎么啦？""区中队有人兵变，高邮的日伪军到横荡接应。你侄媳、侄女走了。"金大妈、金二妈一听先后扑到棺木上大哭："我的好儿媳啊，我的好闺娘啊……""我的侄媳啊，我的侄女儿啊，你们怎么忍心放下你二妈，就这么走啦？苦啊……"这时，全场哭声一片。

金忠礼强忍着悲痛对二爷说："二爷，她们回家了，我们把她们抬下来吧。"金二爷这才回过神来，连忙一边吩咐人去拿长条凳，一边叫几个大劳力来抬棺木，一边又叫人去找日光和尚。金忠礼对二爷说："不用去叫日光师傅了，她是坚定的共产党员，信仰共产主义，不信那些东西。"

金二爷喊"起棺"时，全场的人全部对着棺木跪了下去。金二爷他们将两具棺木抬到门前，并排搁在长条凳上，全场跪着的人才站起来。金忠礼说："难为各位乡亲，你们回去吧，我们几个小的替她们守灵。"全场上的人都说："我们也守。"金忠礼劝道："各位乡亲，今天先回去，明天早上来送她们最后一程吧。这儿有我们喃。"经金忠礼再三劝说，乡亲们才陆续离去。几个男劳力在两具棺木上方搭好了柴席棚子后也离开了。金忠礼和一帮小字辈围坐在两具棺木旁。金二爷怕金忠礼伤心过度一直陪着金忠礼，金二妈端来原是为新娘子过门准备的枣子汤。金忠礼接过那碗枣子汤，两眼望着碗里的枣子，泪水如金苇湖里的水盈盈溢出，像屋檐上的雨水一滴接一滴地滴进碗里。金大妈看着儿子伤心，她坐在那里也不住地抹着泪水。

118

金家庄笼罩在夜色中，一片冷寂，只听到泪水滴进枣子汤里低浑的声音。良久，金二爷一手将金忠礼手中的碗端给二妈，一手拍着他的肩膀说："忠礼，二爷心里也苦啊。选来选去，特地为你们选了明天这个黄道吉日。唉，是我这个日子没选好啊。怪我！怪我！"金忠礼握住二爷的手说："二爷，怪你，怪到六国去嘞。"金二爷说："那是这老天爷欺人啦，说好的黄道吉日不来，偏让我金家遭受这样的血光之灾。"坐在旁边守灵的二爷家的小儿子金忠国说："呀，你不要相信老天了，老天也是偏心眼，对们湖西从来就不好。要么大雨把湖西淹了，要么大风把房子掀了，要么大雪把庄稼冻了。反正老天没对们湖西好过。倒是大嫂他们来到湖西后，我们的日子才好些。"三爷家的金忠臣说："哎，就是的，老天偏心眼。淹，淹死了；旱，旱死了；冷，冷死了；热，热死了。反正没让我们快活过。大嫂他们来了，我们心里快活。"四爷家的金忠智说："想起来，我就要骂老天爷，骂他眼睛瞎了。"去屋里放下那碗枣子汤的二妈从屋里出来听到这话赶紧制止忠智："耶，侠子说归说，不作兴骂啊。老天师在天上看着呢。"自幼失去父母的金忠智养成了桀骜倔强的性格，二妈越制止他，他越不听："二妈，要是老天爷眼睛不瞎的话，那就是睁一只眼闭一只眼。我们没做坏事，他为什么，叫们没呀没妈？日本人烧们房、杀们人，为什么不用五雷轰他们？"二爷二妈也没法回答。

听到他们议论，金忠礼从悲伤中醒来，他觉得他有责任把他们带好，让他们明白更多的道理。因而他说道："也不能怪老天，老天只是一种自然现象，他对人们是公平的，你们说的这些不平事，实际上都是人做的。刚才二爷说的黄道吉日，其实只要有恶人在，就难有黄道吉日。这些年，日本鬼子在我中华大地上作恶，怎么能有黄道吉日呢，黄道吉日都被他们作成了黑道凶日，只有打败日本鬼子，我们才能有黄道吉日。"金忠智说："大哥，那这次扩军让我去，我要打败日本鬼子，让们湖西天天是黄道吉日。"忠国、忠臣也都抢着说："我要去！""我亦去！"

一直坐在那里滴泪的金忠翠虽没有说话，但耳朵在听，心里在思索着。她想，们金家的女儿有五个，大爷家的忠苇、忠慧和自家姐姐忠英三人已被恶人害死，二爷家的忠清姐前年到外地工作，至今也无音信，家里只剩自己一个女孩了，虽说是最小，也已十六岁了，应该要为们金家挑一些担子了。想到这儿，她对三个弟弟说："你们能消停些啊？今个不要跟大哥闹着参军了，让大哥心烦，等事情过去再说不行啊？"犟脾气的弟弟忠智顶嘴说："们又不烦大哥，们是要给大哥报仇。"金忠礼说："没事，让他们说吧。"然后又对妈妈、二爷、二妈说："妈，二爷、二妈，夜也深了，你们忙了几天了，先回去歇会儿，明早还要烦你们三位长辈来送她们喃。忠翠，你送们妈回屋，忠国你送二爷、二妈过去。"金大妈说："妈不用送，忠翠，你送二爷、二妈吧。妈再跟忠礼说句话就回屋。"

看着忠翠把二爷、二妈送走后，金忠礼说："妈，你也歇着吧，有什么话明天说吧。"金大妈一手握住手巾包一边说："唉，算了算了，也没什么了。"金忠礼看出妈欲说又止的样子，猜她肯定有什么事想说又怕说，便对妈说："妈，你尽管说。儿子没事。"金大妈本来是高高兴兴引以为荣的事，老早就把手巾包攥在了手里，等儿子回来暖房时交给他，可是，儿子带回来两具棺木让她大惊失色，哪里还能把这个给儿子啊？刚才坐在这儿，她想了许久，交还是不交？一直游移不定，不交吧，亏了人家吴厂长的一片心意；交吧，又引起儿子的伤心。真是难为了大妈。这会儿在儿子的坚毅眼光下，她终于决定交给儿子："就几句话。子弹厂搬走，你晓得吧？""前几天在县里开会才听说的。"金忠礼应道。

金大妈接着说："昨天已经搬得干干净净了。大前天，吴厂长已经先到新厂去了。临走前，他晓得你和章辅的事，特地送给你们一人一支钢笔。"金大妈说着松开手，露出那个手巾包裹，手巾是湿的，也不知是大妈的眼泪还是大妈的手汗浸的。金大妈一层层打开后，露出两支钢笔。金忠礼接过手巾包，里边包着两支钢笔，两支钢笔下边还压着一张纸条。金忠国连忙把马灯拿过来照着。金忠礼拿起潮湿的纸条，上面有的字已洇染，他看到上边写着："章政委、钟区长：我 6 号已离开小朱庄去新厂安装设备，本来 9 号想回到湖西来贺喜的，恐届时走不开，故请大妈带信。祝你们新婚愉快！革命伴侣，比翼双飞！"在母亲面前，他强忍着泪水不让它往外流，他把那张纸条灌进口袋，又拿起两支笔仔细端详。两支钢笔套上边都刻着：'恭贺金忠礼、章辅新婚志禧。'他又将两支钢笔放进口袋，然后把妈妈搀回屋里休息，自己站在那里深吸了几口气后，才又坐到棺木前。

忠翠把二爷、二妈送回家后走过来说："大哥，刚才送二爷、二妈时，二妈说要请人念经超度，二爷说你不让，二妈说不念经、不超度叫人家闺女怎么转世啊？大哥，要不就请日光师傅来念个经，让嫂子和姐姐早早转世吧。"金忠礼看着忠翠问："你相信人会转世吗？"忠翠点点头说："不是说，清明不插柳，死掉了变黄狗，清明不戴花，死掉了变黄瓜吗？要是念经，还把她们超度成们金家嫂子和姐姐不好吗？"忠国过来听忠翠说这话，便插上来说："你那是侠子说了玩的顺口溜。"忠智则抢着说："我亦信，们呀们妈死时，日光师傅来念经超度的，们呀们妈早已转世，天天在金苇湖捕鱼呢，就是他们认不得我们，我们也认不得他们，我老在金苇湖那边看，不晓得哪条渔船是他们。"金忠国说："我不信！鬼神都是假的，人的生命就这一回，死了就没得了，根本不会有转世不转世的。"金忠臣说："好像有转世，不然江湖上的人怎么老是说十八年后又是一条好汉呢。"忠国又说："那是说书人叫人不怕死，先死了再说，十八年后还会变回来的，其实，不可能。大哥，你说是吧？"

听到他们姐弟这样的议论，他觉得并不奇怪，他们年龄小，受农村风俗习惯的影响会较多，等他们以后读了一些自然科学的书籍，他们会改变这些认识的。因而，他只是简单纠正一下他们的看法："信佛的人都相信人会有来世，实际上人只有这一世，是没有来世的。刚才忠国说得对，人的生命只有这一次。"金忠翠说："那我就迷糊了，既然只有这一世，为什么有些人年纪轻轻地愿意去死呢？"这又是一个复杂的问题。没等大伙说话，忠翠又说："大哥你忘啦，那年，后庄上的二丫头被罗界义奸污，后来投金苇湖死了，她投河时一定相信她会有来世的啊。"忠智支持他姐道："对呀，不是说来世相报吗？没有来世怎么报恩呢？"忠臣则说："们忠苇姐不也是的啊？她明晓得去换嫂子，她肯定活不成，可她还是去了，她那时才十九岁，难不成她不晓得人就只有这一世吗？"

这确实又是另一个重大问题，如果生和死的抉择降临到一个人面前，那这将是这个人一生中所面临的最重要的考验、最重大的抉择。不同的人是会有不同的选择，而他们的选择也都有他们坚信的情由。这要讲起来自然很复杂，不是一两句话能说明白的，但也不能让他们这几个小字辈自己去悟出，也应该把自己对这个问题的理解告诉他们，让他们碰到这艰难的抉择时能有个正确的态度。于是，他对四个小的说："人的生命只有一次，就这一次生命来讲，谁都想活得长些活得好些，而当生或死两条路出现在面前时，选择又是艰难的。后庄上的二丫头投湖，放弃生，选择死，她是一个不屈的丫头，不愿屈辱地活在这个世上，她相信有来世，她现世斗不过罗界义，她要到来世去报仇雪恨。你们忠苇姐可能相信有来世，也可能不相信有来世，我没跟她交流过，她并没被麦大庆他们那些日伪军抓住，她并没有面临生与死的选择，是她自己走到这生与死的十字路口上，而又义无反顾地选择了死，把生留给了你们嫂子，她是在履行她保护政委生命安全的职责。她坚信她换下的这个人对领导湖西人民发展经济、支援前线抗战很重要，不能失去她。从某种意义上说，她是为了湖西人民、为了抗日而选择了死。而你们的嫂子章政委，这次也是有生的机会的，她可以下跪求饶，可以出卖同志、叛变革命，这样，麦大庆会给她生。但是那样的生是对她的侮辱，是对她的摧毁，她正气凛然地选择了死，正是基于她对共产党的忠诚，对共产主义信念的执着，对民族和人民的热爱。你们嫂子和忠苇、忠慧，还有周璧、王辉她们选择死正是为了我们更好地活，对她们这些为国家、为民族、为人民而牺牲的人，我们活着的人要让她们的精神永远传下去，在我们湖西大地上永放光芒，让更多的湖西人成为她们那样的人，这才是她们真正的转世。"

听了大哥的这番话，几个小的似懂非懂，陷入了沉思。最小的忠智还是忍不住先说话了："大哥，我想要大嫂还转世到们家，我要她转世到我姐身上，我姐会跟她一样的。"弄到现在你并不理解我说的"转世"啊，金忠礼想。还是金忠国理解得明白，他对忠智说："忠智，大哥说的转世不是真转世，是说我们有她们那本领，有她们那不怕死的精神，就代表他们转世了。"金忠智还嘴硬不服地嘟囔了一句："那还不是转世啊？"

119

第二天上午，为章辅、金忠慧举行简单的安葬仪式。虽简朴但不单金苇乡的乡亲过来为她们送葬，区里和她们一起战斗过的同志也大老远地跑来给她们送行。县里张书记也来了，他还亲手捧起泥土撒在她们的新坟上。临走时，他告诉金忠礼明天县里开追悼大会，悼念在这次事件中牺牲的同志，同时对搞兵变的首恶分子进行审判。

送葬的人都走后，金忠礼一个人绕着墓地缓缓地走了一圈：四爷、四妈、周璧、王辉、忠苇、小万、爹爹、爸爸、忠慈、章辅、忠慧先后安葬在这里，他们的形象一个个在他眼前显现：四爷、四妈是金苇湖上普普通通的一对打渔夫妻，前仆后继执意将日伪军追杀的两男三女渡过金苇河，到最后他们也不知道他们用生命渡运的是湖西党组织的播种人，是湖西根据地的开垦者。周璧、王辉两位新四军年轻女民运工作队员，在湖西建立党组织、开辟根据地的初期，宣传发动群众，筹集抗战物资，遭敌人抓捕，受尽酷刑，忠贞不屈，视死如归。爹爹、爸爸、小万、忠苇、忠慧、忠慈、章辅一幕一幕的英勇画面在他眼前次第展开，让他心潮腾涌，不能自已，久久难以平静。

最后他走到章辅的墓前跪下，用手在章辅墓的边缘不住地往下扒，扒出一个手掌深的小坑，从口袋里掏出那张纸条和一支钢笔，将他们放进坑里，覆上土，踩实，以此将吴厂长的心意传达给章辅。然后面对着章辅的墓席地而坐，他想静静地跟她说说心里话，想再听听她发展湖西经济的路子，再看一看她那为支援前线征粮、扩军、送物资忙碌的身影，可他只听到金苇湖水拍击岸边的声音，只看见金苇高地后边金苇摇曳的身影。

蓦地，他站起来走到章辅的墓后，凝视着那丛芦苇，绿的叶，金色的秆，上面飞舞着一群金色的蜂。他想起了那次日寇扫荡，他和章辅与子弹厂工人们撤退在芦苇荡里，干粮所剩无几，他剥开芦秆，取出里边的蜂蜜塞进她的嘴里，她哑着蜂蜜露出孩童般甜蜜的笑容的样子，此时又浮现在他的眼前。他到湖边从根部掐了一根粘有蜜蜂的芦苇，轻轻地拿到章辅的墓前。奇怪的是原先上边的蜜蜂没有惊离，后边还有蜜蜂跟了过来。他把这根飞满金苇蜂的芦苇插在章辅的墓前，两手合十说：你是将我带入党组织的引路人，你为支援抗日前线、为湖西人民生活，满腔热情地发展湖西经济，为湖西做的是甜蜜的事，对于湖西民众来说你就是一个甜蜜的人，也许这蜜蜂就是你的化身，就是你叫她们来传话的。我知道了，我会把你未完成的事业继续下去，把你的精神传承下去，再见！我亲爱的人，抗战胜利再见！

在全县召开的大会上，县委表彰了在这次事件中牺牲的同志，张书记在讲话中介绍了他们的英勇事迹，特别详细介绍了章辅在湖西的战斗经历和她一心为党、一心为抗日、一心为湖西民众的高贵品质和忘我工作、舍己为人、宁死不屈的革命精神，号召全县干部向她学习。会上对兵变的首恶分子柏集椿、朱经农进行了公判，并当场执行死刑。对麦幺花审查后，认为她虽未参加兵变，但为他们提供密谋场所没有向政府报告，因而判她七年拘押，没收麦家的全部财产。怪异的是麦幺花竟然没有提沈五根半个字，柏集椿、朱经农也没交代他们在麦家密谋时有沈五根，而另三个人，罗界义、丁孟营在横荡被击毙，徐理高在逃，也就没有人知道沈五根也参加了那天晚上在麦家庄园的密谋，因而，他得以继续坐在北阿区教育科员的位子上，为区委、区政府今后的工作埋下了隐患。

　　不过，金忠礼对他是有防备的，因为沈五根向章辅申请与麦幺花结婚的事，他是知道的。那天下午，章辅对他说："忠礼，侬说离奇吧，沈五根申请与麦幺花结婚喃。"金忠礼起初乍一听是感到有点不可思议，他说："我就不知道哪个是天鹅，哪个是癞蛤蟆了。""侬不要玷污了天鹅，吾看他们两个一个也不是天鹅。侬说结婚双方吧，一般人讲门当户对，革命同志讲志同道合。"金忠礼抢着补充："就像我们这样啊。"章辅拍了一下他的臂膀说："去，又耍贫嘴。吾就是想不透伊拉是因为什么走到一起的呢？"金忠礼说："想不透就不要想，天下奇异的婚姻多呢，有臭味相投的，有丑态相吸的，有狼狈为奸的，还有沆瀣一气的，总归物以类聚，人以群分，他们这两人结合在一起肯定有他们黏合在一起的胶汁。不过麦幺花有主了，倒也省了你的心了。嚯嚯嚯。"金忠礼说着笑出了声。章辅听出了他的意思，他是说她过去曾提过麦幺花追金忠礼的事，因而，她又拍了一下金忠礼说："吾看侬快成江湖上卖狗皮膏药的了，光耍嘴皮子。吾是说过伊追侬，吾那是提醒侬不要掉进那妖艳美色的陷阱里去。吾当时就不相信侬会答应伊。"金忠礼说："那是一定的，因为我对你是鲤鱼吃秤砣，铁了心的，在我眼里，湖西让我动心的女人就你一个。""好啦，好啦，不要耍贫嘴了。说正经的，若是批准伊拉结婚，吾担心的是武装连的事。"金忠礼说："这还真是个事喃。我看，不管批不批准他们结婚，沈五根都不适合在武装连做排长了。"后来才有把沈五根从武装连调出任区教育科员的安排。因为有前面这些事，所以即使沈五根在这次兵变中没暴露什么，金忠礼对他也是有防备的。

大会之后，金忠礼任北阿区党委书记、政委。他上任后，对区乡许多干部做了调整，许多人得到了提拔，而沈五根不但没得到重用，反而把他调回吉家庄乡任副乡长。

　　从区里再回乡里，沈五根虽然对这样的调动非常不快，但他没有显露出半点不满，而是打起背包、提着行李就回老家去上任了。他自己心里有数，这次闹这么大的事，死了那么多人，判了那么多人，而他却毫发无损，他还有什么不满的？那天晚上，在麦家庄园认下的七兄妹，罗界义、丁孟营两人在横荡被乱枪打死，柏集椿、朱经农两人被枪毙，麦幺花在监里，徐理高下落不明，只有他还在共产党的乡政府做一个副乡长，每月有津贴拿，每年有服装发，还有什么更高的奢望嗬？行了，与他们那几个比，小日子已经上天了。他心里有数，是麦幺花保了他，要不然，他这会儿不是成地下鬼，就是监里囚嗬。所以，在回老家上任之前，他去找了麦幺花的大妹麦幺苗，嘱咐麦幺苗有机会去探望她姐时，带口信给她姐，就说他等她出来结婚。其实他这也就是猪八戒吞大刀，玩玩嘴上功夫而已，得把她稳住啊！她现在可是他的命根子啊，她在那里边哪一天熬不住，把他的事给抖出来，那他命的根就断啦。

120

　　金家三个小弟兄在第二次扩军中因年龄还不够，仍然没能去参军，但他们都有了一份抗日的工作。在区武装连进行整顿过程中，金忠臣从乡民兵队中调进武区装连当了个班长。他想这样也好，利用这个机会苦练杀敌本领，等下次扩军就参军，一到新四军里就跟老兵一样能打能冲。

　　金忠国被抽到县里当文书，帮助县委秘书抄抄写写、管管文书档案。起初他对这工作不太满意，时不时地在大哥金忠礼面前飘一两句厌烦的话："整天盯着白纸黑字，一个鬼子都看不到。我这是什么抗日工作？"金忠礼严肃地对他说："忠国，抗日，有前线也有后方，如果光有前线没有后方，前线战士的枪支弹药、吃喝穿用没人管，他们怎么打胜仗呢？《三国演义》你不是看过吗？那时的人就知道兵马未动粮草先行呢，我们怎么能不把这些事做好呢？""可是，我没有做征粮征草征兵筹钱做被服的事，成天就是抄抄抄、写写写，能抄出公粮、写出兵马来啊？"金忠礼拍拍他的后背说："忠国，抗战就像一张大网，每一个抗战的人都是网上的一个结、一段绳，哪个结、哪段绳出了问题，就会有漏网之鱼，就会影响整个抗战的效果。你的工作也是这样，假如你把上级的命令抄错字、写错词，那会有什么后果，你好好想想。"金忠国略有所思地点头说："这倒也是真的，那我不能有半点马虎呢，一定要认真做嘞。""不但要认真做，还要好好学。你想，你每天见到的那些县里干部，哪个不是有丰富斗争经验、有真才实学的老革命啊？你在他们身边就是熏，也要把你本事熏大的。"此后金忠国再没有对文书工作说过一句厌倦的话。

最想离家参军的金忠智也心满意足，因他过去跟着金大妈、忠翠在子弹厂食堂蹲了几年，子弹厂的人跟他都很熟，后来子弹厂人来运破铜烂铁，他坚决要跟人家走，人家就把他带过去当工人了。

还有金忠翠，她有一副好嗓子，湖西秧歌唱得远近有名，一到插秧时节，人们都争着请她唱秧歌，后来被调到县文工团当了一名演员。

1945 年 8 月 15 日，日本宣布投降，湖西民众奔走相告，纷纷上街跟着舞龙队和旱船队后边游行、呼喊口号，尽展胜利的喜悦。本来，金忠礼想到金苇高地去告慰章辅他们，后来还是没去。因为其他地方的日本军队投降虽然已基本完结，但盘踞在高邮城里的日本鬼子还迟迟不肯缴械投降，高邮湖畔的抗战还没有取得完全胜利，所以他要等高邮湖、宝应湖、金苇湖一个鬼子不剩、干干净净了再去告慰英灵。

华中野战军向高邮周边调集七、八两个纵队和地方武装共 15 个团的兵力，准备发动高邮战役。北阿区也驻防了一个团，因此湖西地区的抗日工作一直没有结束。县委张书记已经调到别的地方工作了，现在的方书记工作抓得和过去一样紧，他要求湖西根据地县区干部积极行动起来，动员全县力量打好抗日最后一役。因而金忠礼还在为新四军攻打高邮、邵伯做准备，主要是组织民工、民船，帮助部队运送粮食和弹药等物资，同时还指挥区武装中队配合作战。

高邮城里的日本鬼子负隅顽抗，而麦大庆心里早有了打算，他想，几百万日军都打败了，你这高邮城里两千来个小鬼子算个球？因而他早早把家人先安排离开高邮，然后又叫徐理高去湖边偷偷地准备了一条小渔船。于八月半那天晚上，他乘日伪军对他毫无戒心时，借口到大堤上赏月，登上小渔船潜逃了。在小渔船上他换了身长衫，化装成教书先生上了条货船，跟着那货船从运河一直南下到了扬州，又从扬州渡江到镇江，再从镇江乘车到了南京。

他在小渔船上把一个信封交给徐理高说："这里边是那年我与金忠礼签的契约，你回湖西后，如果我带国民党军队很快回到湖西，你就继续跟我干，如果湖西还是在共产党手里，你拿着这份契约可以保你命。"徐理高送走麦大庆，怀揣这份契约回到他大哥徐老哇的船上，整天蹲在舱里不敢出来。那天夜里他跟在罗界义、丁孟营后边打了一阵枪后，听到枪声越来越猛烈，了解湖西根据地兵力的他知道县独立营和新四军合围过来了，看看他身边二十个伪军哪里是他们的对手，便弃枪从麦田里乘黑逃走了。县里区里都以为他当时就跟麦大庆逃到高邮了，其实他一直在徐老哇的船上藏着。风声过后，他才逃到高邮，在麦大庆手下当起了副官。回到湖西，他听说沈五根毫发无伤，又做起了吉家庄副乡长，他便寻个机会到吉家庄乡会了他这位拜过把子的兄弟。

华中野战军于 12 月 19 日打响高邮战役，一个星期时间，歼灭日军 1100 多人、伪军 5000 多人，最终龟缩在高邮日军司令部的日军司令被迫率残部 900 多日军、3500 多伪军缴械投降。至此高邮湖西抗日根据地也完成了她的历史使命。又是一年的冬季，湖西金苇招展、枝秆挺拔，闪耀着金色的光芒，像是在迎接又一场暴风雪的到来。

121

上午听到高邮日军投降的消息，下午，金忠礼带着一沓写着"抗战胜利啦"的白纸条，来到金苇高地章辅他们的墓前。他在每个墓前烧几张"抗战胜利啦"的白纸条，以示对英灵的告慰。烧完后，他再次来到湖边，寻找有金苇蜂的芦苇。冬天的芦苇一片金黄，花和秆都是金色的。他又折了几根有蜂蜜的金苇插到章辅的墓前，双手合十对着墓说：心爱的人，抗战胜利了，现在你再呷一口金苇蜂蜜，一定是这世界上最甜最甜的蜜。

说完话，他一转头看到金忠国："咦？你什么时候到这儿的啊？""我刚到。大哥，大嫂很喜欢蜜蜂啊？""嗯。她说过，蜜蜂勤劳，不知疲倦，为的是把最甜蜜最美好的东西留给人间。其实，蜜蜂就是她的化身。""大哥，你这样说，我想起来了，蜜蜂是大嫂的化身，也是我们湖西人的化身。大哥，抗战胜利，我们湖西也有一份不小的功劳嗬。最近，县委彭秘书写湖西抗战总结，我帮着抄写。你晓得吧，我们湖西在抗战这些年里，统共上缴公粮 300 多万担，参加新四军的有 2600 多人，其中牺牲在战场上的有 500 多人，上缴边币 270 万元，还向新四军送了大量被服、毛巾、绷带、敷料、鞋帽、绑腿。你说，我们湖西不像蜜蜂吗？"是啊，虽然蜜蜂微不足道，但她们对整个生物圈的贡献是必不可少的，如果没有蜜蜂，百分之八十的开花植物、百分之九十的水果会消失，整个生态系统将崩溃。金忠礼一边点头一边指着章辅他们的坟墓说："是啊，他们都是蜜蜂，他们为抗战胜利立下了汗马功劳，今天的甜都是他们酿出来的。"

"大哥，我来是有两件喜事想告诉大哥和大嫂的。""什么喜事？""我先告诉你第一件，我姐忠清和姐夫又回来工作了，姐做民运部长，姐夫做公安科长。""那好啊，还有什么？""县委批准我加入了共产党，还把我调到金苇乡当副乡长。""好事啊，你看还是在县里工作长本事吧？""嗯，是长本领。可往后得有新的本领了。""什么新本领？""大哥，你看，这抗战胜利了，日本鬼子被赶回老家了，今后也不打仗了，我去金苇乡就是要有治水的本领、治田的本领。我想把水治好，让乡亲们把田种好，多打粮，多卖钱，家家户户能盖新房，乡亲们个个能吃饱穿暖，我要像大嫂他们那样为湖西人民酿造出甜蜜的生活，那我也就算跟大嫂他们一样有功劳了。"

小弟啊，你想得太天真了，日子哪能这么顺当噢！他对忠国说："忠国啊，可能还没到那一步呢。你想啊，麦大庆、徐理高这些汉奸的账还没算，而他又在逃，你说他们能死心吗？再说了，你不记得爹爹说过的话了吗？日本鬼子就像那地老虎。地老虎你不知道吗？就是田里的害虫，它变成蛾子时，常常在夜间偷吃蜜蜂辛辛苦苦酿的蜜，尸位素餐；它是成虫时，你知道它的名字又叫切根虫，逮住你一丛植物，从根上下手，往死里搞，残酷无情。还有他们的心眼跟我们的心眼是不一样的。爹爹说，我们中国人的心眼是跟金苇管子一样笔直通透，有什么看得一清二楚。那日本鬼子的心眼跟猪大肠一样拐了又拐，心机很深。他比你弱时，对你点头哈腰、俯首称臣，不过，即使这样他还能时不时地脚下给你使个绊子；他与你帮七帮八[81] 时，你跟他相处，就像一块酥泥[82] 掉进水盆里，他是那盆水，你是那酥泥，日久天长慢慢地把你浸没了；他比你强时，他就是面点厨子，你就是他手里的一团面，想这么捏你就怎么捏你。"

"那不是处处都得防着他们吗？""我们心眼直，我们不欺人，但是我们也不能不防人欺。""那不是永远停不了打仗吗？""也不是永远停不了打仗，也会有一段不打仗，什么时候有仗，什么时候没仗，我不是阴阳先生，我也算不出来。但是有一条是肯定的，那就是人弱鬼上身，若要想不打仗，必须强到人家不敢打你。"金忠国若有所思地说："就像过去大哥叫我们练武一样，膀子一撸，露出肌肉，看都把他看晕了，哪还敢打你呀！"

这时，前边又走来两个人。金忠礼眯起眼一边眺望一边说："像是县里干部。"金忠国望了会儿说："大哥，又有喜事了。""你又有什么喜事？""不是我，是你有喜事。你看来人，一个是县委方书记，一个是组织部徐部长，他们来，肯定是你有喜事，我听说县长要调走，指不定调你到县里嗫。"

见真是县委方书记和组织部长他们，金忠礼迎上去说："哎呀，这么大冷的天，有什么事叫我去啊，又劳你们顶着寒风跑来。"方书记对他说："抗战胜利，我们也是来为他们扫个墓，祭奠他们，告慰英灵。我们不能忘记那些为抗日做出贡献的人，我们更不能忘记像章辅这样为抗日而英勇献身的人。"说完他们面对坟墓，肃立低头默哀。

默哀结束后，他身旁的组织部长把金忠礼拉到一边说："忠礼，我和方书记这次来，也是向你宣布县委的一项决定：从即日起免去你北阿区委书记、政委职务，你在家等候组织审查。"

金忠礼惊愕不已，在家等候？我还有家吗？爹爹、爸爸、两个妹妹先后为抗日而献身，金家媳妇章辅在婚礼前一天慷慨就义，弟弟忠信参加新四军不知生死，如今回家，唯有陪尚存的老母了。但回家怎么跟老母亲说呢？抗战胜利了，儿子回家陪老母亲种田了，总得给老母亲一个合情合理的解释啊。于是他问："为什么？抗战胜利了，党员干部嫌多了吗？"

组织部长说："忠礼，你也是入党多年的同志了，觉悟不能这么低，党组织对一个同志的审查很正常。同时，你应该知道，抗战胜利了，但汉奸的账必须要清算。有人检举你通敌资敌，把粮食运往高邮，卖给日伪军。这儿有你签字的契约。"

金忠礼听说这个事，脑子轰的一下像是血液凝固了，整个人像被冰冻了一样，手想动，劲使了很大，但动弹不得，嘴想说，上下唇呀了呀，但说不出话。过了一会儿，缓过神来，他马上抬高嗓门辩解："我的部长同志，我们不能脱离当时的环境和形势孤立地看问题。那时前线战士子弹奇缺，二师在小朱庄建子弹厂，而子弹厂火药、雷管、钢、铜、铅什么都缺，为了给子弹厂换原料，我们才同意用一部分余粮跟他们换原料的啊。而且当时是县委张书记批准的，子弹厂吴厂长也是知道的啊。"

在一旁的方书记虽然才来湖西上任半年多，但他已经从湖西一些人对金忠礼的评价中了解到这绝对是共产党难得的基层干部，绝不可能是一名汉奸，但检举他的人在县委门口贴出"检举大汉奸金忠礼以粮资敌的信"，又寄来了那份契约，那上面明明白白地写着的就是金忠礼与汉奸麦大庆之间做的生意，北阿镇上传得沸沸扬扬，现在全国都在清查惩处汉奸，作为湖西根据地的县委不能不表明态度。他清楚当时那种形势，这么一项决定不可能公之于众的，肯定只有少数人知道，现在的问题是知道的人或牺牲或离开了湖西，一时无人证明他的清白，只有暂时委屈他一下了。因而，他走过去拍拍金忠礼的肩说："金忠礼同志，我知道你在北阿为抗战、为湖西民众做了很多有益的事，你们金家也为抗日做出了巨大牺牲，这金苇高地上的一座座坟墓就已经说明了问题。但你把粮食给高邮的日伪军这是白纸黑字的证据。你知道在战争年代这种资敌行为是什么性质。如果调查结果证实你确是资敌，那就不是免职这么简单了，那是要以汉奸论处的。不过你要相信组织，我们一定会把这事查清楚的，我们会尽快派人去找张书记、吴厂长了解情况，争取尽早还你清白，恢复你的职务。"

金忠礼心想，抗战胜利了，我还要什么职务？作为一名共产党员，我需要的是一份继续革命的事情做。他想跟方书记说能否先安排他做一份工作，不问是什么位子，哪怕是跟小弟忠国一样回金苇做个副乡长，只要是为共产党做事就行，让他边做事边等审查结果。于是，他转向方书记，正要开口说，方书记对一边的金忠国说："小金，你跟我们一起走，正好我们到金苇乡去，带你去上任。"

墓地上北风呼呼地刮个不停，章辅墓前的那几根金苇已被刮倒。金忠礼过去把她们又扶正插紧。然后他到湖边找来一块鹅卵石，将她清洗干净，拿到章辅墓前。他在墓前坐下，从腰间拔出匕首在石头上刻了起来，边刻边对着章辅的墓说："心爱的，你初到湖西名章辅，后来为纪念大妹金忠苇，你执意把名字改为章忠苇，现在你应该恢复原名了。我告诉你，

370

现在看来，抗战胜利，并不等于就天下太平了。我怕有不测风云，别人找不到你，因而刻一块石头埋在这里。"刻完后，他将上边的字又看了一遍：章辅（章忠苇）之墓。随后又把以前埋钢笔和纸条的坑挖开，纸条已烂，钢笔还在。他拿起那支钢笔一遍又一遍地读着吴厂长在上边刻的字："恭贺金忠礼、章辅新婚志禧。"仿佛自己正与章辅并肩走进妈妈和二爷、二妈为他们准备的婚房。

　　默念了不知多少遍后，他把那支钢笔放在胸口焐热，再将钢笔和那块刻了字的鹅卵石一起埋到掘深了的坑里。而后站在墓前又默念道：心爱的，醒来吧，请你来证明我的清白！

　　北风依然一阵阵地呼啸着，风在那几根金苇的秆和叶之间飘拂，发出丝丝啪啪的响声。金忠礼凝神静听，在这丝丝啪啪声中仿佛有一种吴音传进他的耳里："忠礼，侬别怕！金苇湖是清的，萨宁也搅不浑伊！"

方言注释

1. 八更八点，湖西方言，形容时间长或迟。

2. 抓武夺旗，湖西方言，指动手动脚乱抢别人东西。

3. 今个，湖西方言，即指今天；明天为"明个"，昨天为"昨个"，前天为"求个"，后天为"后个"。

4. 呀，湖西方言，即指爸，"呀呀"，即爸爸。"他呀"，是湖西妇女对丈夫的一种称谓，意为小孩他爸。

5. 侠子，湖西方言，指孩子，或伢子，湖西人平时称呼小孩子，就称小侠子。

6. 山头，湖西方言，指房子的山墙，西山头即朝西的山墙。

7. 谈闲，湖西方言，意即聊天。

8. 递哄，湖西方言，意思是说假话哄人。

9. 自杆，湖西方言，即自己。

10. 概里，湖西方言，即全部。

11. 哈，湖西方言，读"快"的上声，意为聊。

12. 呜哇，湖西方言，指唢呐。

13. 揪，湖西方言，读"求"的上声，湖西人的万能动词，这里意思是抓、打。

14. 这窟，湖西方言，即这里；那窟则指那里，哪窟是哪里。

15. 搭浆，湖西方言，指做事马虎、不踏实。

16. 嚼嚼白，湖西方言，意为随便说说。

17. 才将，湖西方言，即刚才。

18. 照应，湖西方言，意为看看、配合。

19. 玩溜子，湖西方言，意为要诡计。

20. 充，湖西方言，由充军引申而来，骂人外出乱跑，有时亦说"充魂"。

21. 先那晚，湖西方言，表示稍早前的时间。

22. 屋屎，湖西方言，骂人的话，指没用的东西。

23. 光堂，湖西方言，指漂亮。

24. 扩，湖西方言，贬义，指人夸大其词、吹牛，有时也说这种人叫"扩子"。

25. 难为，湖西方言，意即谢谢、感谢。

26. 一声，湖西方言，意为干脆、再一次、进一步。

27. 向前个，湖西方言，指大前天。

28. 炮铳的，湖西方言，骂人的话，意即遭炮轰的。

29. 小不紧的，湖西方言，意为细小的。

30. 没头端，湖西方言，本指水深过顶，引申为全部覆没。

31. 打不到底，湖西方言，意为不知底细、心里没数。

32. 死歪子，湖西方言，意即死定了、完蛋了，"歪"读阳声。

33. 撮空，湖西方言，指说假话、说大话。

34. 花头经，湖西方言，指花样、招数。

35. 坎，湖西方言，指将容器等翻过来，口朝下反扣。

36. 胡打热说，湖西方言，即胡说八道。

37. 七大八，湖西方言，指一大半、七八成。

38. 上会，湖西方言，民间小规模经济互助形式，这里是指以劳动力互助的形式。

39. 小不拉几，湖西方言，指很小。

40. 大窍，湖西方言，指大作用、大希望。

41. 玩溜子，湖西方言，意为不诚实，用诡计，"溜"读去声。

42. 鬼头若脑，湖西方言，即鬼头鬼脑的、爱玩阴谋诡计的。

43. 你俩各，湖西方言，你的尊称，相当于"您"。

44. 茨菇愣，湖西方言，即发愣、发呆。

45. 挺尸，湖西方言，骂人的话，指睡觉。

46. 打啰啰，湖西方言，意为支支吾吾、含糊不清。

47. 不管经，湖西方言，意即不管用，没有用。

48. 霍起来，湖西方言，形容得意、炫耀、神气的样子。

49. 拍双，湖西方言，意即翻一番。

50. 冰冻铠子，湖西方言，即冰凌。

51. 根脚，湖西方言，即墙的根基，引申为根部、基础。

52. 们家，湖西方言，即我们家。

53. 欠，湖西方言，意为认死理、行动迟缓、啰唆。

54. 作想，湖西方言，指好处、好的打算。

55. 一股拢统，湖西方言，指全部、所有。

56. 作兴，湖西方言，指合乎风俗习惯或道理。

57. 户儿，湖西方言，指人，带有轻视的称谓。

58. 一声，湖西方言，即一旦。

59. 招，读"梢"的阳平，湖西方言，意为乱抓乱踢。

60. 屁股大拉巴，湖西方言，指全身赤裸。

61. 扛火叉的，湖西方言，是指跟着别人后面做杂事的。

62. 谈人，湖西方言，指找朋友、谈对象。

63. 瓦，湖西方言，意为舀、挖。

64. 小尖块，湖西方言，指好占小便宜、耍小聪明。

65. 斜觉，湖西方言，即睡觉。斜，读"卡"的去声，觉，读"告"音。

66. 味水，湖西方言，意为滋味，有时也引申为性格、样子。

67. 榜干，湖西方言，意为很干，一点不湿。

68. 眼线，湖西方言，即准头、瞄准的命中率。

69. 喔起，湖西方言，指称石头、剪刀、布的游戏。

70. 抱气味，湖西方言，指讲义气。

71. 划码，湖西方言，即大约、大概、差不多、瞄住。

72. 小护儿，湖西方言，指小伙子、小年轻、小男孩。

73. 叽咕赖瞿，湖西方言，指叽叽咕咕、软磨耍赖。

74. 窝子，湖西方言，即摇篮一类的物件。

75. 推办，湖西方言，指对不起、怠慢。

76. 朝个，湖西方言，朝读"召"，指从前、以往，起初、开始。

77. 老哇，湖西方言，一种善于潜水捕鱼的鱼鸦，渔民养殖并以其捕鱼为业。

78. 勒嗓子，湖西方言，扯着嗓门大声叫喊，带有贬义。

79. 孬子，湖西方言，指精神失常的人、不知好歹的人。

80. 帮七帮八，湖西方言，指差不多、大差不离。

81. 酥泥，湖西方言，指细粒状的干泥。

图书在版编目（CIP）数据

湖西烟云／公常平著. -- 北京：中国文史出版社，
2023.2

（跨度小说文库）

ISBN 978-7-5205-3819-0

Ⅰ．①湖… Ⅱ．①公… Ⅲ．①长篇小说-中国-当代

Ⅳ．①I247.5

中国版本图书馆 CIP 数据核字（2022）第 185878 号

责任编辑：薛媛媛

出版发行：**中国文史出版社**

社　　址：北京市海淀区西八里庄路 69 号院　　邮编：100142

电　　话：010-81136606　81136602　81136603（发行部）

传　　真：010-81136655

印　　装：廊坊市海涛印刷有限公司

经　　销：全国新华书店

开　　本：720×1020　1/16

印　　张：24　　　　字数：372 千字

版　　次：2023 年 2 月第 1 版

印　　次：2023 年 2 月第 1 次印刷

定　　价：69.80 元